U0534822

花儿是心上的油

陈元魁 ◉ 著

人民文学出版社

图书在版编目(CIP)数据

花儿是心上的油/陈元魁著. —北京:人民文学出版社,2013
ISBN 978-7-02-009958-0

Ⅰ.①花… Ⅱ.①陈… Ⅲ.①长篇小说—中国—当代 Ⅳ.①I247.5

中国版本图书馆CIP数据核字(2013)第133740号

责任编辑　赵　萍　涂俊杰
装帧设计　李思安
责任印制　李　博

出版发行　人民文学出版社
社　　址　北京市朝内大街166号
邮政编码　100705
网　　址　http://www.rw-cn.com

印　　刷　三河市鑫金马印装有限公司
经　　销　全国新华书店等

字　　数　442千字
开　　本　880毫米×1230毫米　1/32
印　　张　17.625　插页3
版　　次　2014年10月北京第1版
印　　次　2014年10月第1次印刷

书　　号　978-7-02-009958-0
定　　价　39.00元

如有印装质量问题,请与本社图书销售中心调换。电话:01065233595

第 一 章

1

天麻麻亮。

憨哥从家里出来，戴着鹰嘴啄食的毡帽、兔毛耳套，穿着老羊皮半氅。眼看大雪节气，没有下雪的迹象。干冷干冷的天气。背着背斗的憨哥缩着脖子，胳膊下夹着粪叉，袖着双手。远看，不像二十一岁的青年。他的老羊皮半氅穿了六年。刚上身那一年，除了寒冬腊月进城、走亲戚，他舍不得穿它。闲放着怕蛀虫，隔三岔五挂在太阳下晾晒、抖毛，伺候先人一般，还得提防贼娃子。后来时时刻刻穿着它，拾粪也穿。结果是后背的皮板被背斗磨磨蹭蹭露出里毛，肩头也被背斗勒开一条破口。

沿大路转了一个时辰，没见一泡粪，路上却有粪叉划出的痕迹。憨哥发现路边枯草后边有一泡大粪。喜冲冲把冻成整块，粪叉一碰咔啦啦响的大粪挑进背斗。向西望去，十几头牲口的脚户驮子逶迤而来，领头骡子的青铜"噪子"欢欢地响着，三个脚户追随左右，垂头缩脑半睡半醒的样子。脚户驮子从眼前经过，蹄声越去越轻，憨哥等着屙下几泡粪的指望落空，决定去河边看看。去河边饮水的牲口会给他一点安慰。

到河边愣住。青白冰盖横在眼前，把往日一刻不肯安静的河水封得严严实实。封死了也好，可以踩着冰桥去河中央的沙梁。半月前，以及后来几天，他来河边拾粪，发现河中央沙梁密集的黑刺丛中,一闪一隐地蹿着十几只尕拉鸡儿。大约黑刺丛有它们的窝。只不知一夜封河的冰盖结实不结实。

憨哥用粪叉戳几下冰面,咔咔咔的响声证明,水浅的地方已经冻实。小心踏上冰面前行几步,犹豫起来。如果踩裂不结实的冰盖掉进河中,会让刘香受到惊吓。临盆的女人最怕惊吓。看那干净冰面,薄得镜儿一般,能看清冰下流动的水影。憨哥把背斗支在岸边,用粪叉探路,一步一小心地踩着冰面过河。曾听贵德的亲戚说,河面一旦封冻,就不会开裂。走过封冻的黄河冰桥,有些地方能看清冰面下流水,可牲口驮子照样来去,单人行走更不在话下。事实证明亲戚说得对。虽然脚下的冰面几次发出碎裂的声音,毕竟让他走了过来。

黑刺丛的枯叶残枝发出窸窸窣窣的声音。憨哥蹲在地上,用马尾绾了三个扣子,摸到长得最旺的一丛黑刺边沿,观察片时,把扣子下在尕拉鸡必经的地方,猫腰向沙梁东头走去。他得从东往西喝撵,才有可能让尕拉鸡入扣。

刚摸到沙梁东头,一连串呼喊从庄子那边飘飞而来:"阿——大!阿大!阿——大!"巧儿的声音,显然在疾步行走或者奔跑,使得气息断断续续。

刘香要生养?据她说,生养日子在十一月下旬,不可能这么快。憨哥慌乱,失脚滑坐在冰滩,听见生灵扑啦啦飞出黑刺丛的声音。刘香给他说,这次生养她心里怕怕的。说她的肚子比怀巧儿时大,肚子里的动静,也比怀巧儿时厉害。他也害怕起来。她隆起的肚子确实大,大得有点怪。庄子里没见过怀娃娃的女人有过这么大的肚子。

憨哥拎着粪叉,小心又急迫地走过发出细碎开裂声的冰桥。女儿向前迎了几步:"阿妈肚子疼得满炕打滚,北房奶奶叫我寻你快回去。"冻成紫红的小脸全是惊恐之色。

憨哥提起背斗抡上肩头,边跑边喃喃地祷祝:"菩萨保佑菩萨保佑……"跳堵在嗓门的心,在他走进院门时落回心窝。婴儿尖亮的哭声,把平安和喜悦从发黄的窗户送出来,扩散着一股香气。

2

房里香气浓郁,让憨哥恍恍惚惚,似在梦中。襁褓内拼命嘶喊的粉嫩肉团让憨哥再度恍惚。依刘香生前高隆的硕大肚子,怎么会生出如此瘦损的一个娃儿?几乎是一只剥了皮长着人脸的瘦猫。定睛细看,闭着眼睛拼命嘶喊的婴儿脸上,除了皱褶,不是凶相怪相;洪亮的哭声,蠕动的襁褓,证明着婴儿饱满的气力。

刘香蓬散在枕头的头发闪着汗光,疲惫的表情盖不住心底溢出的喜悦和安详,盯视婴儿的眼光充满了慈爱。憨哥见过这种眼光。下了羊羔舔食羊羔身上衣胞的母羊眼睛,就放射着这种令人心疼又心酸的目光。

"我害怕难产,没想到肚子疼了几次就养下了。"刘香气喘喘地说,"多亏了北房奶奶。""这娃娃喊得叫人害怕哩,你快给他喂奶。"

"这时候哪里的奶!"刘香把仰躺的身子调成侧卧,将婴儿襁褓揽进怀内,一手托扶膨胀的乳房,用乳头蹭摩婴儿嘴唇。婴儿感知了母亲的爱抚赐予,迫切地拱顶几下,咬住乳头吮咂。刘香皱几下眉头,甜甜的笑挂在嘴角。

房间被怪味香气填充。憨哥俯下身子,鼻子贴近婴儿黑柔的胎毛嗅了一阵,惊惊诧诧地说:"香气是娃娃身上的,你养了个香娃娃。"

"北房奶奶说我羊水破的时候,她闻见了一股香气。娃娃养下来,北房奶奶就说娃娃是香的。"刘香把鼻尖贴在婴儿头顶,疑惑又肯定地说,"我闻着啥气味都没有。"

"这就怪了,我从河滩跑回来,一进院门就闻见一股香气,以为北房奶奶煨了柏香,可又不是柏香的味道。"俯身冲着婴儿胎毛抽几下鼻子,发起呆来,"会不会……"复杂的神情凝在眉心,"有一年阿大说,巴浪村一个家西番①养下有香气的男娃娃,三岁被吉祥寺院的阿卡②接走了,说是吉祥活佛的转世灵童。我们的尕娃会不会……"

刘香浅笑着说:"你别疑神疑鬼,快叫巧儿炖米汤,我吃饱才有奶水奶娃娃。"紧紧地揽抱住婴儿,似怕被什么人夺去。

北房奶奶推门进来,用胳膊肘关上门扇,把捏在右手的几枚红枣,左手的两小片红纸放在炕桌上,"记得我家小媳妇坐月子剩了些红枣,寻了半天,才寻出这么几个,都干了,还有虫眼。"望着放在刘香嘴边的大碗,"给月婆子只喝清汤寡水的米汤咋成?得给她宰个母鸡。"

"母鸡下蛋哩。攒些鸡蛋,托人去街面上给她换黑糖、黄米、圆圆。"憨哥给北房奶奶数说自己的盘算:"前几天我去河滩看下一窝尕拉鸡。今早河里结冰,我去沙梁下了扣子。等抓住一两个尕拉鸡,煮了给她吃肉喝汤。"北房奶奶又说:"你得在房门上挂一条厚门帘。满间炕没有隔墙,房门一开冷风直往炕上灌,要是月婆子受了寒气,日后有你的麻烦。"

"好我的北房奶奶。别说厚门帘,家里连一片多余的破布都没有,我把啥挂在门上?"

北房奶奶盯住憨哥看了一阵,笑了:"怪不得叫你憨哥哩,一点点心眼都没有。门帘没有,家里总有闲着的口袋吧?"

懵了的憨哥心想,口袋与门帘有啥相干?忽然明白过来,"家里有三条牛毛口袋,一条装着麦子,一条装着青稞,还有半口袋豆

---

① 家西番:是对生活在青海东部的,主要从事农业生产,宗教信仰和风俗习惯与藏族相似却又讲汉语的一部分群众的称呼。——编者注(本书中注释均为编者注)
② 阿卡:青海人对佛教僧人的一种尊称。

儿。我把它们倒进仓仓,把三条口袋连在一起,就是厚门帘。"

北房奶奶手捂在嘴上嘿嘿嘿笑出声来。笑完,不无称赞地说:"都说你憨,你其实不憨。难怪乡老说你是狠人。"

3

太阳高出树梢,村巷朝南的庄廓墙被太阳抹成耀眼的金黄。三三两两的村民挤在太阳烘热的角落,喧板①、吃旱烟、捉虱。憨哥松开腰里的紫红布腰带,理成一束捏在手里,让披在一起的皮袄大襟小襟松垂开来,怀里顿时凉爽。经过秦家庄廓,在门外场院揽麦草的秦靳氏扔开花篮背斗,拍打着腿面的灰土,说:"憨哥你站一下。"

憨哥紧忙掩住敞开的皮袄前襟,亲热地叫了一声:"上院嬷嬷。"秦家光阴红火,时常接济贫寒的憨哥,憨哥时不时给秦家帮工作为答谢。

"你媳妇生养了?"秦靳氏一脸喜悦,"听说是儿子,养下来满房子香气?"

"就是就是!"喜悦和自豪让憨哥的回答干脆利落。

"乡老说你是狠人真没说错。不但娶了好媳妇,还养了个稀罕儿子。往后我也得叫你狠人。"袖口捂嘴嘿嘿嘿笑了几声,"忌门了吧?"

"忌了,是北房奶奶叫我忌门的。"

"我想去看看你媳妇,猜谋你家忌门没敢去。我给你媳妇准备了一合儿黄米,一疙瘩黑糖,十几个圆圆。你办完事原路回来,把我准备的东西拿去给你媳妇炖米汤。"单腿跪扶住花篮大背斗

---

① 喧板:青海方言,意为聊天,拉家常。

继续揽草。

聚在向阳墙角暄板的三个男人收住话题盯着憨哥走近。手拿捻线杆的顺风耳笑眯眯地问:"憨哥,听说你媳妇养了个香娃娃,高兴死了吧?你没听说过?巴浪村的家西番养下有香气的儿子,三岁被寺院阿卡接去寺院坐床,成了活佛。你媳妇给你养了个转世灵童,将后你享福哩。"

"有福也是儿子的。"此话是一块石头打进憨哥心里,激泛起他的忧虑。倘或有一天真有一伙披袈裟的阿卡拥进家门要接走儿子,他和刘香会是什么心情?用反感的眼光射一下顺风耳,快步走开。

身后暴起揶揄的笑声,追来拉鼻态的声音:"憨哥,是不是你的俊媳妇被花儿精缠上了,给你养了个发香的后人。小心你的狠人当不成了。"又是一阵笑声。

村口大榆树下,猪娃保四仰八叉靠在树上,半睡半醒地晒着太阳,脚上套着那双已经磨通后跟的鸡窝,眼窝红红的。

"猪娃保,又挨打了?"猪娃保母亲家里家外受了闲气,把气撒在猪娃保身上。大巧儿一岁的猪娃保是个苦命孩子。

猪娃保眼窝湿了:"阿妈煮洋芋叫我烧火,我用火棍拨火,不小心火棍碰上锅底,锅漏了,阿妈说我是败家子,踢我几脚。"

憨哥松开猪娃保满是补丁的大裆裤腰,脖子肿得比他的拳头还大,亮休休的。

"能走路不?能走,起来跟我走。"

猪娃保双手拄地站起来,"憨哥尕爸爸,你叫我跟你去哪儿?"

"你别管我领你去哪儿。你先说,你刚刚叫我什么?"

"叫你憨哥尕爸爸。"

憨哥严肃了脸色,"谁让你这么叫我的?"

"我一直这样叫你。"猪娃保不解地望着憨哥突然变了的脸色。

"再不能这样叫我,你重叫一次。"

"那我叫你什么?叫……狠人爸爸?"

憨哥脸上绽出笑意,"这样叫就对了。今后不论在哪儿见我,都得叫我狠人爸爸,记住没有?"

太阳晒了几个时辰的河冰,表面已轻度融化,汪着一层消冰水汽。此刻不能过河。站在南岸探望片时,沙梁黑刺丛了无动静。决定明天一大早再去沙梁,或者直接去北岸树林下扣子。即便扣不住尕拉鸡,北岸崖头上还有野鸽子,拿上弹弓就成了。

第 二 章

1

端着一瓦盆热洋芋的刘香从厨房出来,发现穿着紫红斜布棉袄的下院新媳妇站在大门外望着门扇发怔,慌忙招呼:"到了门上不快点进来,张眉瞪眼看啥!"朵秦氏娶来下院做媳妇,不满十八岁,看上去还是个爱耍爱笑的大姑娘。

"我见大门上贴着忌门红纸,心想娃娃满月了,咋还忌门哩,没敢进来。"捧着羊肚手巾包的朵秦氏脚步迟疑地迈进门槛。

刘香腾出一只手伸向朵秦氏,把朵秦氏让进房里,"满月了,忌什么门。是巧儿大大心实,红纸贴得牢实,这几天没顾得扯掉。"

盘腿坐在炕上的憨哥扑扑扑吹散罩住瓦盆的热气,拣一个裂口有焦疤的洋芋递给朵秦氏。朵秦氏接住放回炕桌,打开手里的羊肚手巾包,亮出一牙子白面锅盔,"锅盔是城里姑父拿来孝敬我公公的。我公公掰下一牙子,叫我早早地送来。我公公说,满月的娃娃能喂着吃点面食。"

刘香双手接住,"多谢你家老人想着我们,三番五次给我们好东西吃。"把朵秦氏放回炕桌的洋芋重新递给她,"吃,家里没什么好吃的,多吃几个洋芋。"从瓦盆挑拣有焦疤裂口的洋芋,放在朵秦氏手边。

朵秦氏吃完手里洋芋,衣襟上蹭几下手指,伏在炕沿逗惹已经会笑的婴孩,着意吸几下鼻息,一股香气游入鼻孔。刘香养下散发香气的娃娃,被庄子里的村民,尤其女人们视为稀诧,都想看看这个怪异的婴儿,闻闻他身上散发的香气,证实传闻是真是假。无奈忌了门。好不容易耐过三十天,朵秦氏借着公公给婴孩掰下的一牙白面锅盔,抢先见识了这个婴孩。孩子身上果真散发着一股香气。虽然不是人们传言的那么浓重,却足以让她从陈年的炕烟气味中,把那似有似无的清新香气分辨出来。

刘香扯过炕角一件补丁摞补丁的黑斜布薄棉袄,铺展,将婴孩放在上面,大小襟左右裹住,又用两条袖管缠住,抱起来放在朵秦氏怀里,"你说我儿子身上是香草气味?"

"我在娘家当姑娘时,最爱做香包儿。装进香包的香草就是这种气味。"朵秦氏用鼻尖蹭着婴孩额头,"我闻惯了这种香味。今天闻你娃娃,肯定是香草的气味。"

"可北房奶奶说,是沙枣花的味道。"刘香用小指指甲挑去孩子鼻孔里的一块黑鼻痂。

朵秦氏认为北房奶奶说得明显有误,使劲抽几下鼻子,"这明明是香草气味,怎么会是沙枣花的?"把婴孩头脸挨近刘香鼻孔,"你好好闻闻,是不是香草的味道?"

刘香笑了,"上院嬷嬷前天来我们院里,站在窗子外面说,给娃娃做了个钻钻①,送过来叫我穿在娃娃身上试一试。不合身,她拿回去改。我给她说,再三天就满月了,别管忌门不忌门,叫她进房里喧了一阵。上院嬷嬷说娃娃身上的香气是大荔花的,你说怪不怪?"

朵秦氏扫一眼给巧儿挠痒痒的憨哥,"今日天气好,太阳红红的,你的娃娃出月了,我抱出去让娃娃浪一圈吧?"话是对刘香说的,实在征求憨哥的同意。

---

① 钻钻,青海方言,指贴肉无袖无领夹棉背心。

"你要不嫌闹哄,抱出去叫他晒晒太阳也好。"

刘香拽住要走的朵秦氏,取出上院嬷嬷送来的新钻钻,解开缠裹婴孩的薄棉袄,给他套上钻钻,复又裹上棉袄,交给朵秦氏。朵秦氏欢天喜地抱着婴孩走出院门,又折回院里问道:"刘香姐姐,你们给娃娃起没起名字?该怎么叫他?别人问起来我好说。"

刘香在房内说:"巧儿大大说庄稼人家的娃娃,叫啥都成。既然大家说娃娃身上有香气,就叫香娃吧。"

憨哥的声音响出窗子,"成!就叫香娃。"

2

朵秦氏抱着香娃走进自家大门高声喊叫:"阿妈、大嫂、二姐,我把刘香的娃娃抱来了,你们快来看。"

三个不同年岁的女人分别从北房、南房跑出来。婆婆接过香娃说:"这么稀罕的娃娃!"掉转香娃让他的脸盘朝向儿媳和姑娘,"你们看,才出月的娃娃,眼睛叽里咕噜转得多活泛,一看就是个聪明娃娃,长大准是个英俊小伙。"

大嫂和二姐啧啧称好,"只可惜肉皮儿黑。"

大嫂的话被婆婆接住,"庄稼人家的后人,要细皮嫩肉做啥!长大有出息就成。"鼻尖在香娃脸上蹭几下,"这娃娃实话香着。"把香娃小脸先后挨近儿媳、女儿鼻孔,"你们快闻,实话有一股一股的香气。"

大嫂、二姑娘闻了,异口同声地说:"实话实话!前几天听人说刘香养下香娃娃,我俩不信,今日眼见为实。"

朵秦氏迫不及待地问道:"你们闻出了什么香味?"扫视母亲、大嫂、二姐。

婆婆皱眉凝神回味融入鼻息的那股香气,不确定地说:"好像是牡丹的味道。"

"我闻着不像。"大嫂俯脸又闻了几下,"我闻着是海纳花儿(凤仙花)的味道,不信你仔细闻闻。"把二姑娘让在前面。

二姐连吸几下,"我闻着像是……说不上!说不上什么香气,反正闻着怪怪的。"

朵秦氏不禁纳闷。三个人闻出三种味道,加上她自己、北房奶奶、上院嬷嬷,不同的人闻出不同的香气,究竟是什么原因?疑惑和好奇心陡然增高,得到进一步验证的冲动,促使她抱着香娃走出家门,在村巷里游走。她想寻找答案并向村人证实,虽然北房奶奶、上院嬷嬷先她闻了香娃身上的香气,可把香娃从家里抱出来让大家见识,她是头一个。

好奇中等待并希望尽早见识香娃的村民,尤其是女人们,听说香娃被朵秦氏抱出来满庄子夸耀,纷纷从自家出来,一堆一伙地围住朵秦氏,叽叽喳喳发表各自的见解。"馒头花的味道!"偏院婶婶肯定地说。

冶家二媳妇发表不同的见解:"是打泡儿(罂粟)的气味。"

张家大姑娘认为是石珠的味道。七嘴八舌各执己见,几乎要争吵起来。虽然有女人闻出是香草味,与朵秦氏一样;有姑娘闻出是沙枣花气味,与北房奶奶一致;可多数女人说的与别人不一样。有说是菊花香,有说是菜瓜花香,有说是油菜花香,甚至有个女人说是刺梅花气味。

迷惑不解的朵秦氏游走大半个庄子,得不到信服的解释,便对妇女们的这些表白产生了怀疑。怎么可能?一个小儿身上居然散发十几种香味,而且随时随地变化着,让对香味敏感的女人们无法准确认定,到底是怎么回事?朵秦氏觉得应该找几个男人,让他们闻闻。

男人们对这种事缺乏兴趣。见她抱着刚出月的小儿走过来,要么装作没看见,要么怕纠缠似的躲开。听见动静围上来的,全是叽叽喳喳爱说话的女人。老也好,少也好,好像在别人家小儿身上,能找到自己向往已久的快乐或者什么期望。

村口场边碌碡上坐着两个男人,一个是顺风耳,一个是长腿。朵秦氏决定向这两个出门多经见广的男人讨教。

不等朵秦氏走近,顺风耳站起来说:"听人说,你抱着憨哥的儿子满巷道夸呢,你过来,我也闻一下,这娃娃是真香着还是假香着。"

朵秦氏把旧棉袄包裹的香娃托举在顺风耳眼前,胡子拉碴的顺风耳偏头歪脑端详香娃面孔:"憨哥没一点章法,做下的娃娃倒是十分地心疼。"俯脸抽几下鼻子。朵秦氏迫不及待问:"啥香味儿?"

"啥香味儿!明白是酥油味道,膻烘烘的。"顺风耳皱着鼻子。

朵秦氏失望又生气。顺风耳凭着爱打听见识多的本钱,自以为是庄子里最能的人,除了大庄的高先生,不把外人放在眼里。这种人没实话。即便香娃身上是奶气,也不至于像酥油,膻得叫他皱鼻子窝嘴。

朵秦氏勇敢地斜一眼顺风耳,对长腿说:"宋家爸爸,你是经见最多的人。你闻个,这娃娃到底香着没香着。"

长腿是庄子里出门最多,走得最远的人。曾为湟源的歇家拉骆驼去过西藏,还从西藏那边去过尼泊尔。朵秦氏下意识认为,能从长腿嘴里得到最确切最权威的解答。

长腿端详婴孩眉眼,而后抽鼻子吸气,"是有一股闻见闻不见的香气,是……"仰脸望着蓝天,"让我想想。"片刻,说:"好像是赞丹树(菩提树)的味道。没错!是赞丹树的味道。拉萨寺院里这种树多,我闻过这种气味。塔尔寺小花寺院里也有两棵。我肯定,这娃娃身上的味道是赞丹树的味道。"

自出生长到十八岁,朵秦氏只在河湟地面上生存,往西没进过小峡,往东没出过老鸦峡。塔尔寺、赞丹树这些名字,听着遥不可及。可她相信长腿说得有道理。花有花的味道,树有树的气味。比如杨树、榆树、桦树,仔细闻就能闻出不同的气味。香娃身上的香味,有人闻得见,有人闻不见,说明气味很弱很淡。鼻子灵可以闻见,鼻子齉就闻不见。这一会儿有、一会儿没有的气味,真像是树木散发的。可见长腿爸爸的说法最值得信服。

3

时近正午,冬眠的田野空旷寂寥。田地涧坡上的树木,一棵一棵孤单地挺立着,疏朗的枝条一动不动。一匹瘦马垂着脑袋立在田地边缘,慵懒地踏步,蹄下扬起阵阵飞尘。几只野狗你追我赶慌迫地跳过路边涧沟向远处跑去。辙印蹄痕驳杂的官道上空无人烟。西边小峡、东边碾伯,隐没在灰蓝色蜃气中,飘飘忽忽。几只苍鹰在蓝得耀眼的深空悠悠盘旋。

朵秦氏认为正午时刻不该这么寂静。这种反常的空静寂寥衬托她的孤单,不禁有点莫名地害怕。她边走边想,顺风耳和长腿的话加重了她的莫名的害怕,心里冒出一连串疑问。从憨哥家抱出香娃到现在,已经三个多时辰。刚出月小儿,被生人抱着在外面游走,又被那么多唧里喳啦的女人接过去抱过来地评头论足,总会哭几声,踢踏几下的。可香娃一直乖乖的。再说,刚出月的婴孩,随时要哑奶,三个时辰闻不见母亲气味,哑不上母亲奶水,定会哭闹。可香娃一直乖乖的,如同一个既聋又哑不知饥饱的古怪娃娃。如此一想,莫名的害怕加剧了几分。仔细打量怀里的香娃。薄棉袄裹着的香娃,在领豁内扭动着头颅,圆圆的眼睛直盯朵秦氏,一下一下皱着眉头,哑吸嘴唇,十足是胎毛小儿令人心颤的憨稚,没有一丝一毫怪异现象。朵秦氏看得慈心荡漾,爱意沸腾,禁不住凑上嘴唇,在香娃肉嘟嘟的小口上亲了几下。顿时,那股似有似无的香草花气沁入她的肺腑。

耳后传来铜铃铛欢欢的摇响和紧迫的蹄声,一头走骡从朵秦氏身边踏踏而过,后鞦和尾巴梢甩着几缕红丝垂穗,鞍鞒上稳坐一位着装整齐的年轻后生,左手拽着辔头,右手抡着绞有红丝穗的缰绳。从搭在鞍鞒后边的帆布褡裢,朵秦氏看出这是一位邮差,从川口那边过来要去省城。

走骡经过朵秦氏身边后,青年邮差回头打量抱着婴孩的朵秦氏。走骡走远了,他的眼光还揪在朵秦氏身上。朵秦氏慌忙离开大路,跨过枯草凄凄的塄坎,想回头看看那个骑走骡显得十分威风的青年邮差,却被羞涩劝住。而骑走骡的邮差却吼唱起来:

尕马儿骑上官道上走,
老鸦峡撂在了后头;
麻不过花椒辣不过酒,
香不过尕妹的舌头。

高亢清亮的吼唱,在空旷寂寥的田野震荡,也让朵秦氏放慢了逃避的步伐。邮差向她传达他的一种向往。朵秦氏感觉面孔发烫的时候,怀里香娃猛劲蠕动几下,哭起来。朵秦氏一边拍一边嗷嗷嗷地哄着,加快步伐闪进两座庄廓之间的巷道。邮差见不着她了,她也听不清那惹人的吼唱,可香娃继续哭喊着,哭声越来越烈,抗议什么的气势。

等得心慌的刘香听到院墙外传来儿子哭声,急忙迎出大门,一脸恐慌的朵秦氏已经来到门口,"香娃猛乍乍哭起来,怎么哄也哄不乖。"

刘香抱住儿子,放在炕头解开缠裹的棉袄,原来棉袄湿了一大块,新钻钻下摆也湿渍渍的。笑着瞅一眼观看究竟的朵秦氏,"到底是新媳妇,没拉过娃娃,尿湿了也不知道。"三五下抽去棉袄,把光溜溜扭动的小身子揣进怀里,揪起汗衫大襟,用奶头引惹儿子。

哪料香娃哭得更凶,甩头撞着刘香乳房,不肯噙住奶头。刘香心火上蹿,在香娃身上拍了几掌,扔在炕上,"你是什么娃娃!给你啫奶你不啫,连声赶气地哭个不住,你嫌我怀里委屈,你就在炕上哭,看你能哭到啥时候!"做出不再理会的样子,眼睛却一下一下看那精身子挣扎的婴儿,忍不住心疼,又把香娃抱起,用衣襟裹住,噙着眼泪气恨恨地问朵秦氏:"你把娃娃抱哪去了?"

庄子南边是一片坟地,庄子西边有座小庙,朵秦氏向人们夸显散发香气的娃娃,东跑西颠要是经过这种地方,岂不遇上不净?

"我抱着香娃在庄子里转了几条巷道,那么多奶奶、嬷嬷、婶婶、嫂嫂、姐姐们抱他看他惹他,他都好好的。后来我转到村口,碰见顺风耳伯伯和长腿叔叔,香娃也乖乖的。后来在大路上见一个骑牲口的邮差,别的什么也没遇见。"突然意识到香娃是邮差吼唱"少年"后开始哭闹的。可她没敢说出来。走路的男人给她唱"少年",会叫人疑心是她招惹的结果,不说为好。

4

在场上同年轻人"打梢"的憨哥回家来,认为在外面遇了不净。北房奶奶找来几张黄表,占了三次,没有效果,对急得满头出汗的刘香说:"得抱去大庄叫高先生看看,这么连三赶四地哭闹,把娃娃哭坏哩。"

憨哥认为这时刻抱香娃去大庄看病,天黑才能赶到,看完病深更半夜如何回来?婴孩哭闹是常事。猪娃保、官保,还有别的娃娃,小时候哭闹得不让家里人安静,后来不就全好了?耐活一夜,如果天明继续哭,再去不迟。

男人说得不无道理,刘香只得压住焦躁等待事态发生转机。北房奶奶取来一碗白面,让刘香烧白面汤喂儿子。香娃的哭喊间断起来,哭一阵,储备气力似的停顿一阵,接着再哭。到后晌终于噙住奶头咂了饱奶,哭闹的间隔时间越来越长。

入夜,香娃甩胳膊蹬腿哭得愈发邪火。刘香抱起来喂奶,放回炕上看他哭号,自己也一股一股地淌眼泪。睡倒的憨哥坐起来,把香娃揣进怀里拍着哄着,仍不济事,不禁火起,扔在炕上,"哭!哭!哭死娘老子有你好过的日子!"拧着眉毛盘算,该如何收拾这扰心的局面。

间断停止哭喊的香娃,把眼睛睁得溜圆,黑眼仁牵着游移无着的神气滑来滑去,似在寻觅什么,又似在等待什么。

刘香端着油灯仔细审视暂时安静下来的儿子。按理,声嘶力竭号了半日,气亏神疲,再没精气神儿。真要是内脏有地方疼痛难忍,小小人儿也该是半死不活的沉迷。可灯光下的香娃精眉钻眼,没有昏沉疲软的迹象,面色也没啥变化。这才确信儿子没头没脑的哭闹,只是一种短暂的古怪现象,不会妨碍什么。听儿子哭声,亢亮的声音裹着不依不饶不罢不休的豪气,听不到一丁点凄悲。便把香娃安顿在中间,夫妇一边一个睡着守护,由他一阵一阵甩胳膊蹬腿地哭闹,不再焦虑。片时沉入梦乡。

第 三 章

高岐伯穿了棉袍,套上黑羔皮马褂,头戴黑缎红顶瓜皮帽,捋着山羊胡走过院坪走出大门。门侧拴马桩上,拴着他家的铁青骡子,不情愿地甩着低垂的头颅,缰绳牵动桩上铁环,锵啷作响。草房内有铡草的声音。雇来的两个临时帮工都是勤谨人,及早过来铡草,给牲口饮水喂料,为今天的丈量土地做好准备。

饭后,去村口迎候乡老及垦务分局公员的帮工,把一对抱孩子的年轻夫妇领进上房,说:"从夼庄来给孩子看病的。"

坐在炕沿捧着白银水烟瓶的高岐伯不及招呼,憨哥、刘香夫妇双双给他鞠躬。憨哥小心说道:"高先生,我两口从夼庄来,烦劳先生给我们儿子看病。他刚养下来好好的,不哭不闹。前日满月,被人抱出去满庄子转了一圈,哭着回来,怎么哄也哄不乖,整日整夜地哭,哭得我们没法,赶早来请你老人家看看。"把放在脚边的牛毛褡裢提起来,"没拿头,给您装了一小升豆面。本想再装些洋芋,又怕搭在马上她骑着不舒坦。"后腰被刘香碰一下,急忙煞口退在刘香身后。

高岐伯盯住哭闹小儿思忖片刻,庄重了脸色对殷切期待的憨哥夫妇说:"我粗通点医道,平日只给庄舍乡邻看个头疼脑热的小病,用的全是土法白方。不是坐堂行医的先生,哪敢在你们小儿身上造次?"

此话不虚。高岐伯在四川任职期间,衙门近旁有条繁华商街,街中有座"济世堂",堂主仲一宗是远近闻名的神医。高岐伯偶感湿寒,慕名前去"济世堂"就诊,与仲一宗一见如故,一来二往成为挚交。品茗听松,把盏玩石,醉卧竹下,畅怀泉头,聆听仲一宗演说岐黄,辩讲五行,竟对医道有了兴趣。在仲一宗指导下粗读《伤寒论》《金匮要略》《本草纲目》《内经》以及《医门法律》《慎疾刍言》《医学三字经》,死背熟记汤头歌诀;在巡察乡里催办公案的闲隙,深入山寨孤寺搜集民间治病偏方,集腋成裘,无心插柳柳成荫,渐成气候。后来卸任回乡,凭这一知半解的医术,为贫困乡民排忧解难,每每奏效,声名不胫而走,传遍四乡八寨十六堡。因了高先生怜贫惜弱,多用民间偏方施治,分文不取,成了乡民病难必求的救星。

高岐伯贴着刘香身子,仔细察看香娃左手虎口三关。风关、气关、命关的形色红黄隐隐而不显露。审视耳后脉象,再翻看眼皮,打量瞳仁,趁香娃张嘴号喊,探看口腔舌色。从刘香怀里接抱住香娃,双手托举看他体态,掂他分量,观察四肢的伸屈灵活。正看得入心,堂屋条案上的八音自鸣钟叮叮咚咚响奏起来。被高先生双手托举而缩脖踢腿锐声抗议的香娃,猛地刹住哭声,灵动着眼仁四方寻望,粉嫩小脸闪露出奇异神彩。在场众人齐感意外,似乎极端哭闹的小儿突然安静,倒让他们无所适应。

刘香接抱住停止哭闹却显出怪异神情的香娃,递给憨哥征询的眼光。憨哥会意,急声直嗓给高先生说:"这尕娃养下来怪怪的。接生的北房奶奶,庄子里的女人都说他身上有香气。还有人说,巴浪庄家西番养下有香气的尕娃,三岁被寺院喇嘛接走了。高先生,我家尕娃会不会……"会不会也是活佛的转世灵童?可莫名的顾忌让憨哥没敢把话说完。

眼神远逸的高岐伯捋着山羊胡沉思片刻,嘴角浮出一丝浅笑,"有些话可听不可信。依我看……"收拢逸散的目光再度仔细打量香娃,委婉地说:"我认为娃娃没病,你们用不着担心。眼下我说不出他连续哭闹的原因。得等些日子,看看往后的动静。哭就由他哭去,不妨碍什么。"见憨哥、刘香交换眼色,疑惑地盯住他,又说:"你们心里要不踏实,我给你们说一个镇惊安神解痊的白方,回家按我说的办法煮了给儿子服用。"从书橱顶层抽一本线装书籍,翻看数页,给憨哥交代:"寻一根山羊角,快刀切成薄片,用冷水浸泡,然后文火熬煮,多煮些时刻,滗出汤水给你儿子喝,一日早晚喝两次,连喝三四天,记住没有?"

"记住了。"刘香抢先重复,"寻一根山羊角,快刀切成薄片……"话没说完,香娃眼仁上下翻动几下,锐声号哭起来。

"别怕,回去先给儿子服药。"高岐伯用平静又肯定的语气给刘香注入安慰和信心。吩咐老伴收了憨哥的豆面,拿来几个白面馍馍装入空了的褡裢,把小两口送出大门。憨哥扶助怀抱儿子的刘香认镫上马,解开缰绳开步的时候,高先生突然说:"等一下!"给老伴耳语几句,老伴疾步入院。

片时出来,手里多个拨浪鼓。高先生接住,拨浪拨浪摇几下,递给马上的刘香,"这拨浪鼓是我从四川带来给孙娃子玩耍。如今孙娃子大了,闲放着。你们拿回去,儿子再哭,就给他摇拨浪鼓,看他有什么动静。如有变化,托人带话给我。如有什么不适,再来一趟。"意味深长地瞄了刘香几眼。

第 四 章

1

喝了山羊角熬煮的药汤,香娃的哭闹间隔拉长。一旦哭闹,威逼人的气势却没有明显改变。倒是高先生送的拨浪鼓,每每让哭得几乎断气的香娃安静下来。

高岐伯送香娃玩耍的拨浪鼓,鼓身直径两寸,一寸薄厚。五寸长的手柄尾端,连着朱红丝线编制的双鱼穗,年深日久,已成暗红而且鱼头鱼尾被磨糙失形。这拨浪鼓与刘香小时候见过的那只拨浪鼓形状相似。要说有什么区别,那拨浪鼓是羊皮鼓面,这只是蛇皮。那拨浪鼓的甩槌是两颗硬木圆珠,这拨浪鼓是两粒珊瑚。刘香记忆中,那拨浪鼓摇出的声音咚隆咚隆有点沉闷,尤其雨雪天受潮,声音滞闷不亮。这只拨浪鼓,乓乓乓乓响得清脆。这种亮脆清越的响声,果然能让香娃中止哭闹。不过,得不停地摇动拨浪鼓,香娃才会舞舞蹈蹈地甩动双臂伸屈双腿,眼仁闪闪亮亮上下左右滑动,脚指头也缩缩翘翘着。如果停止摇动拨浪鼓,香娃就如受了骗似的大哭小号。哭声不再是火躁火燎,而像憋屈了很久很久突然释放的怨声,穿人心肺。

为香娃也为自己得到片刻宁静,憨哥和刘香轮流守在香娃身边。先用食指拇指捻转拨浪鼓手柄。手指酸困,再用两掌夹搓手柄,使那乓乓叮咚的音响持续不断。

这种局面让憨哥大动肝火:"又不是我家先人,凭啥要这般伺候!"扔下拨浪鼓拔腿出门而去,一辈子不再理会的架势。

这种局面只能靠刘香维持。男人可以狠声硬气地扔下拨浪鼓、儿子以及这个家出去调换心情,女人却不能。这是从她身上掉下来的一疙瘩血肉啊!又是会哭会闹活生生的血肉,她哪能硬了心肠不管不顾?只要香娃不再撕声扯嗓地耗费气力,甩头扭胯地折腾自己,哪怕她把指头捻断,把手掌搓麻、搓烂也在所不辞。好在身边有个知事女儿,在她做饭、喂猪、煨炕、扫院、担水的时候用拨浪鼓哄着这个捉弄人的兄弟。

此刻,哭够了也闹疲了的香娃,在拨浪鼓叮叮咚咚的安慰中闭眼熟睡。刘香把拨浪鼓小心放在枕边,搓揉酸困的手腕手指,望着儿子沉静而天真粉嫩的脸蛋,心被潮溢的爱意浸泡,感恩的目光抚摸着拨浪鼓斑纹生动的蛇皮鼓面,两粒光洁的珊瑚甩槌,在岁月中老了颜色的双鱼垂穗,忆起小时候见过的那个拨浪鼓。

石娃的阿舅从西宁买来一只拨浪鼓给外甥娃。石娃拿着拨浪鼓满庄子夸耀。那天是正月十三,保宁村出社火的日子。石娃把拨浪鼓举过头顶当啷啷摇着夸着,只许伙伴们仰看,不许伙伴们触摸。围了一圈的伙伴,都是头次见这稀罕东西,觉得那玩意儿在石娃头顶直向他们刺来炫目的光芒,发送丁零咣啷的火花。后来,石娃磨磨缠缠把她哄到别的小伙伴不敢去的珍珠寺后墙角,说,只要让他揣摸她的手,他就让她摇几下拨浪鼓。她眼热那个稀罕东西,把手伸出去让石娃使劲抓捏,趁机把拿上手的拨浪鼓摇了几百下,直到把它的式样和声音烙进心里。

如今,她眼前真真实实放着一个拨浪鼓。样式比早先那个好看,声音也比早先那个好听。高先生把它送给香娃玩耍,好像意味着什么。高先生递给她拨浪鼓,眼睛里就藏着那种意味。作为女人,一个有男人又有儿女的女人,不敢捉摸别的男人向她送来的有意无意的眼神。可高先生的眼神,在那一瞬钻进她心里,变成她甩不脱的一个心思。那不是轻薄的眼神。六十多岁,被方圆几十里乡民尊崇的高先生,不会见了女色忘了身份。那是疑问夹杂着关怀,想与她进一步交流,或者向她征询什么落实什么的恳切眼语,而且好像不便当着憨哥说。是高先生从香娃身上看出别的什么症候,为了安慰她,才说香娃没病,却又禁不住心里的担忧,从眼睛里露了出来?如此说来,高先生要她过些日子再去大庄,不是随口说的。

窗子响了两声,惊散刘香的思绪。刘香慌忙下炕,北房奶奶已推门进来,端着粗瓷蓝边大碗,碗里盛着一块血红的肉,"女婿家的骡马中结死了,给我送来些马肉,我心想你要奶娃娃,又被香娃闹得吃不香睡不稳,叫儿媳妇割下一疙瘩给你送过来,只不知你肯不肯吃马肉。"把碗递给刘香,单腿跨坐炕沿,俯身打量熟睡的香娃,"香娃这些天哭闹得松了,是吃了高先生药的缘故吧?"北房奶奶慈祥的目光从香娃脸上移向刘香毛墩墩的眼睛,"原以为没日没夜哭闹了这些日子,把个家踢腾得不成个样子。不承想还是红扑扑肉墩墩的,睡着了乖得猫儿一般。看这气色,八成被高先生说对了。月娃娃哭闹不是病,是投胎转世带来了上辈子什么怨怅,哭闹到一定时候就不哭闹了。"

北房奶奶拿起枕边拨浪鼓,一手捏住两粒甩槌,一手捻动手柄看了几眼,举起来打量垂吊的双鱼丝绦穗,说:"我这辈子见过的拨浪鼓,要么是货郎子走庄串村摇的,鼓面有碗口大小;要么是从城里买来给娃娃们耍的,茶盅大小的鼓面。这么精巧的拨浪鼓还是头次见识。别说大小,只这鼓面的蛇皮,连的双鱼穗,我们这地方少见。真真是有眼色的人从大地方带过来的。高先生把这么好的东西送你儿子当耍耍儿,可见你的香娃是有福气的。"

刘香笑起来,"啥福气!养下来哭闹得不叫人安静,倒像是屈死鬼转下的。只求他乖上几天,好让我们安心做活儿。"从北房奶奶手里接过拨浪鼓抚摸着,"多亏高先生给了这么个稀罕东西,响动起来,能让他乖静一阵子。"

北房奶奶俯身把鼻孔挨近香娃脸庞闻了几下,"看病时候,给高先生说没说娃娃养下来身上发散着香气?"

"说了。还把庄子里有人认为是转世灵童的话也说了。"

"高先生怎么说?"

"高先生只笑了笑,没说啥。"

"高先生没闻见娃娃身上的香气?"

"高先生只顾看病,没说这个。"

刘香扑闪扑闪的浓长睫毛下水波一样荡漾的眼神,让北房奶奶欲说不说地犹豫一下,问道:"憨哥一大早背背斗提铁锨出门,是去南台吧?"

"他说衙门里要办垦务所,鼓励多开荒地。他去南台看看动静,要是真有其事,就得早动手。"笑一下,"他这是找借口往外跑哩。每天每日听香娃哭闹,早没耐心了。要不是吃饭睡觉,巴不得不回这个家。"

"你这么说冤枉了憨哥。我儿子说,大庄那边开始丈量荒地。要不是寒冬腊月,庄子里的人都挤到南台上了。心急的,先去瞅准地方,钉上木桩打下记号,等开春地消了开垦。你家人手少,得早点动手。"她抻几下坐皱的前襟起身欲走,看一眼香娃又说:"要是憨哥需要你帮手,就把香娃抱我炕上去,我替你们哄着,不信哄不乖他。"

刘香送出房门,"多谢你送来马肉,等香娃大大回来,就把大碗给你们送过去。"

2

北房奶奶挪开腿前一堆铺衬,接抱住香娃,把拨浪鼓巴啷巴啷摇几下,"快去忙你的事儿,香娃我给你哄着。我哄大了三个儿子,又哄大了四个孙子,不信哄不乖香娃。"

接连几天,憨哥吃完早饭就出去了,说是去南台,免得别人把整壮的、水头道路便利的荒地抢先占尽,留下沟坎涧洼、高塄斜坡的地方让他翻垦。刘香怀疑憨哥在扯皮吊谎。腊月寒天,是庄稼人最闲的时日,谁会跑去空荒的南台?男人给他说谎,是为了躲避哭闹的香娃,去外面讨个清静。男人们,天生没有眷顾娃娃的耐心,借口躲几天,不是什么了不得的事。她担心的是憨哥心实,去外边三摇四晃没事好做,被心术不正、有坏习气的村民引诱去耍赌博。自憨哥娶了她,被乡老戏称为狠人后,憨哥总有点羊肺肺压不到锅底的轻浮。

有次,顺风耳对憨哥说,神树寨有一个狠人,能用一条胳膊夹住叫驴在场上走一圈。如果憨哥用一条胳膊夹住叫驴在场上走一圈,才不妄称为狠人。憨哥明知顺风耳取笑,还有激将的意思,但觉得不拼命作一次证明,就会辱没了狠人的名声。结果是没夹起毛驴,倒被毛驴压倒在场上,险些压断了肋骨。

还有一次,庄子里有人叫憨哥拔木碗①。憨哥说不会拔木碗,也不想耍赌博。那人就说,你算什么狠人?哪有狠人不会拔木碗耍赌博的?从今往后该叫你厌人!憨哥不服气,结果把她娘家哥哥托脚户捎来的一顶新毡帽输给了别人。

她要落实一下。如果憨哥给她扯谎是为了寻人晒太阳暄板,就由他去。要有什么不好的苗头,责问他有据实的理由。

老远听到场上一阵一阵的喊叫,间杂着踢踏的脚步声。紧忙向场面走去,果然,顺风耳带领十几名半壮少年,在场上"打梢"②。随着梢棒起落,众少年欢呼呐喊,踢踏得场面扬起阵阵浮尘。

刘香得等到打完一轮,才能与顺风耳说话。发现场面西边两

---

① 拔木碗:一种民间赌博方式,类同掷色子猜花点数。
② 打梢:青海民间体育游戏。击打抛起的短木棍取决胜输。

根碌碡间,有什么东西起起伏伏动弹着,似条狗又不像。正疑惑着,毛团上露显出黑乎乎的人头,原来是穿着白板羊皮褂的猪娃保,卧在两根碌碡之间观看场上的"打梢"。

刘香走过去,身上裹着大人白板皮褂的猪娃保两手拄着碌碡忽的一下站直身子。刘香见猪娃保起身的利落样子,不禁替猪娃保高兴。

这尕娃,刚养下时跟香娃一样,不停地哭闹。写夜哭郎帖子,禳解外道,都不济事。他母亲柯连氏听从乡老指点,清早抱出村口撞姓。偏巧那天没一人经过大路。眼看天色大亮,抱儿子出来希望撞见贵人的柯连氏,听见扑扑索索哼哼唧唧的声音顺着地皮响过来。低头看,竟是一头跑窝骚猪,尾巴一蜷一展在她脚边打转,忍不住骂道:"我天不亮抱娃娃出来撞姓,指望遇个身强力壮的富贵路人,让娃娃随他的姓,免去前世带来的孽债。没承想等来你这个好吃懒做挨刀的东西!你不去别处,跑我眼前做啥?"蜷腿要踢走这个不识时务的东西。转念,忍住没踢。老人们说,撞姓撞姓,撞到啥是啥。老天爷安排的缘分,不能挑不能拣,更不能轻慢遇见的任何生灵。猪丑,猪脏,可天生是食来张口的福分。至于挨刀,牛羊不也照样?人也保不住要挨刀。既然先人留下规矩,撞姓得认头一个撞见的人。猪不是人,却是一个生灵。如此这般自我劝慰时刻,那猪好似明白了她的心事,仰头直对她哼哼。她只得把准备送给贵人的白面馍馍喂给猪吃,"猪大爷猪二爸猪三哥,我想遇见贵人却遇见你。既然你是老天爷给我儿子派来的保人,我就把儿子托付给你,从今往后叫他猪娃保。你得保佑我儿子不哭不闹,欢欢实实长大成人。只是……撞见贵人我得要他一个纽扣缝在儿子身上,我往你要啥?"想着蹲下身子,趁猪吞咽馍馍,拔了几根猪鬃,抱儿子回家。

世上事真蹊跷。听庄子里人说,猪娃保母亲把猪鬃缝进红布小袋,用子母扣连在猪娃保肩头,猪娃保再没哭闹,总是吃不足睡不够的样子。平平安安长到六岁,肉头肉脑讨人喜欢。只不知,生养或是撞姓犯了什么关煞,身上带着两样疾病:气脖子、弱视。常常是气脖子发作,眼睛恢复正常视力;气脖子消肿,眼睛却麻麻糊糊看个真切。庄子里的人背着他母亲玩笑着说,那天清早撞姓,遇见没劁净跑窝的骚猪,脖蛋肿胀着,天麻麻亮眼睛看不真切,成为伴他一世的病症。

"猪娃保。"刘香说,"你看人家打梢,应该站在场东边往西看。坐在西边迎着太阳,亮晃晃的不耀眼吗?"

猪娃保笑出声来,"我当是马保家的大拴狗挣断铁绳出来咬人,吓得我一下子跳起来,原来是个人。"又笑了一阵,"你是西院的狠人婶婶吧?"

刘香装出生气的口吻,"叫我甘家婶婶!我不准你跟着别人胡叫。我是你甘家婶婶,不是什么狠人婶婶,记住没有?"

"记住了,狠人婶婶。"接着一串戏谑的笑声。

刘香抚摸猪娃保锈乱的头发,无奈地笑笑。

3

打梢调换人手,开始下一轮比赛。刘香喊了两声,顺风耳扔下手里梢棍走过来,"你不在家里哄你的香娃娃,到场上叫我做啥?"

"包家爸爸,我听香娃大大说,镇署鼓励乡民多开垦荒地,这是真事还是虚话?"

"事情是真,可不像人们嘴上说得那么简单。"顺风耳脸上浮现出通达世事的自得。

"包家爸爸,你把事情详细说说吧。"

顺风耳盯住刘香毛墩墩的大眼睛,嘴角挂上一丝轻蔑。大约认为这种有关民生有关当局政令的事,与女人交谈有失它的意义。

可刘香明闪闪的殷切眼光,让他把持不住,"你知道陆洪涛吗?"

"不知道。"刘香不但不知道,而且连顺风耳说出的这个名字也没听清。

"甘肃省省长你都不知道,还爱打听。"在耳后抓捏几下,"陆洪涛给马麒一个委任。马麒你总该知道吧?"

刘香点头。

"马麒是甘边宁海镇守使。陆洪涛叫马麒兼任宁海垦务督办,委派赵从懿当宁海垦务总办,在西宁道所属的西宁、湟源、大通、循化、贵德等县分设垦务局,要把荒地规划成三等九则……"

话被刘香打断,"啥叫三等九则?"

"三等九则就是把现有荒地根据土质、水利、气候、交通等条件的好坏,划分出等级。总共三个等级,细分为九个规则。凡承领荒地的,要按等级规则交纳执照费。在民和、循化实行了一阵,百姓没钱交纳执照费,行不通。甘肃省政府又不肯支付这些经费,就把所有的垦务划归宁海镇守使兼办。以后凡百姓领垦,要主动开据承领文书,交给镇署核定,发给垦荒执照,一概不征收地价。大体上就这些,听明白了没有?"

猪娃保抢先答道:"听明白了!"

刘香、顺风耳一齐盯住猪娃保。"大人说话,你一个脬蛋娃明白什么?"顺风耳一副不屑的口气。

"甘肃省长陆洪涛叫甘边宁海镇守使马麒当垦务督办,要把荒地分成三等九则。"

惊诧的顺风耳、刘香交换眼色。一个六岁尕娃,大人说话听一遍就记得清清楚楚,复叙得八九不离十。这样的好记性,会让人不相信自己的耳朵。两人打量什么稀罕玩意儿般仔细打量猪娃保,越打量越觉得奇怪。"谁是陆洪涛?"顺风耳想得到进一步证实。

"陆洪涛是甘肃省长。"猪娃保伸脖仰脸地自豪着自己的这种能耐。

"那……三等九则说的是啥?"

"要按荒地的土质、水利、气候、道路条件好坏,把荒地分成三个等级,再细分为九个规则。"

刘香从猪娃保锈乱又沾满灰土的头发收回目光,投向顺风耳,"听你这些话,我家憨哥去南台看荒地就是真事。"愧笑起来。

顺风耳怪声怪调笑了两声,"今早碰见他,说去长腿家问个事儿,你去长腿家寻他吧。"给召唤的官保应了一声,去当他们打梢的裁判。

刘香给猪娃保撂下一句话,快步走进东巷。长腿爱耍赌博。听人说,当脚户走南闯北的长腿见多识广,学了几手赌博高招,方圆十几个庄子没人能赢他的钱财。憨哥找长腿,八成是向他讨教,学几手诓骗人的把戏。耳听为虚眼见为实,只有把憨哥堵在赌博场,她才有理由把他从泥滩拉上岸来。

绕过东巷最后的庄廓墙角,一眼看见憨哥蹲在大门外,手里端着长腿的乌木杆玛瑙嘴长烟瓶,正与给黑草驴刷毛的长腿唧唧咕咕论说着什么。刘香刹步闪在墙角后边,想听听两人是否在论说赌博。转念,觉得站在暗处偷听男人说话,叫外人看见,不说她担心男人不走正路,却说她一个女人家,偷偷摸摸做事不正当。想了想,转身回家。

4

隔着两座庄廓,听见香娃一声连一声地吼哭。跑步来到大门外,北房奶奶在门口转圈儿拍哄怀里的香娃,巧儿跟在腿后,眼里噙着泪水。

刘香慌忙接抱住香娃。北房奶奶火火地抱怨:"这是什么娃娃?好端端地哭起来,就像要人的命哩。"把拨浪鼓举在香娃眼前摇了几下,"好了好了!你哭也得有个哭的样子,这么干火火地号着,没一点眼泪,好像你妈妈不在时我折磨了你。"

这话是叫刘香听的。刘香笑着对北房奶奶说:"叫你劳累半天,你回房里休息,我把他哄乖再回去。"等北房奶奶走进大门,刘香抚摸巧儿头发问道:"香娃是怎么哭起来的?"

刘香走后,北房奶奶在台沿铺一条口袋,抱香娃坐在口袋上晒太阳。巧儿摇拨浪鼓逗弟弟玩。香娃一直乖着。院里转悠的大公鸡叫了两声,香娃哭起来,怎么哄也哄不乖。

"哦。"刘香似乎明白了什么。听香娃哭声,一声一声拖着长音,从低到高,扬着干硬的声气,没一点悲凄的意味,倒像是故意干号惹大人着急,或者招大人喜欢。刘香把悬吊的心落回腔子,同巧儿走回院子,寻看惊惹了香娃的公鸡。

血红冠子艳亮羽衣的大红公鸡,同五只母鸡在摊晒的马粪上游弋,啄食牲口没有消化的豌豆渣,首领般昂首挺胸。似乎知觉有人定睛打量,它扭伸亮丽颈项,单腿凝立,迎合刘香的审视。又似乎感知了刘香心思,扇动双翅,脑袋前伸又高扬起来,尖喙微启放出嘹亮长啼。刘香怀里的香娃周身蠕动,顿然收住号吼,快速扭转脑袋寻看声音来源。

刘香慌忙下蹲,让香娃眼睛对准一丈外的公鸡,"在那儿!看见了吧?"

大公鸡偏头歪颈用单眼对准她和香娃,嗓子起伏两下,放出一串低沉的咕咕咕声,似对她母子诉说什么。

刘香惊奇,有了隐约的认识。香娃在高先生家听到八音钟声顿然收敛哭闹。今日先由公鸡啼鸣引发哭号,又因公鸡啼叫停止号喊,这里面……虽然一下子想不透这现象意味着什么,可她明确了一件事情,高先生送香娃拨浪鼓是有用意的,让她再去大庄也是有用意的。大约,她养下的这个散发香气的娃娃不是一般的娃娃。为什么不一般,只能去高先生家里寻得答案。刘香顿时紧紧揽抱住儿子,好像会有什么外力突然从她怀里夺去一般。

临近中午,憨哥挺胸腆肚地回家来。做针线的刘香从男人挺胸腆肚的样子看出他心里的高兴。只有遇到舒心事,男人才会把身子挺得门扇一样板直。她佯装无意地问道:"去南台占地的人多吧?"

"我没去南台,我去长腿家借牲口了。"

"长腿答应借给你牲口?"

憨哥愧笑起来,"他把尕驴借给我了。"

借尕驴显然不是为了骑着耍人。"你平白无故借人家尕驴做啥?"

憨哥有了给刘香瞪眼的理由,"你说做啥?眼看要过年,得驮些粮食去城里斗行卖掉,备办年货。"

刘香看着手里的剪子沉思片刻,说:"趁借了人家牲口,我俩先去大庄一趟……"

话被憨哥截断,"你以为张口向长腿借牲口容易吗?给长腿说的是驮粮食去城里换年货。要是去大庄,长腿会怎么说?再说,高先生不是说香娃没病吗?没病再去大庄做什么?真要有病,也是外道病,得请看外道的人禳解。庄子里的人说,这么闹人的娃娃,得撞姓认个干亲。猪娃保撞姓后再没闹人。"

刘香眨动的长睫毛下闪出愠怒,"你想让香娃也撞个跑窝的骚猪?"

"这话谁也说不下。反正大庄再不能去。看了一次没看出名堂,说的药方也没多大效用,去也是白去。"

第 五 章

1

目送憨哥牵驴出门远去,刘香慌忙换上出门的紫尔斜绑身,苫好头帕,用旧棉袄缠裹住香娃,拨浪鼓塞在儿子怀里,把抹桌子的北房奶奶叫出来,低声说:"上次去大庄给香娃看病,高先生说回家吃药如有变化再去一趟。可巧儿大大不让我去。我今日趁他出门走一趟大庄,麻烦你操心着巧儿,别给人说我去了大庄。"

北房奶奶边听边嗯嗯地应着:"你放心去吧,要想不让男人知道,就早点回来。你是走着去还是借了谁家的牲口?"

"我去大路上边走边等,要有顺路的牲口车马,央及人家捎我一段。"起头她这样打算,后来觉得不切实际。腊月半间,又是大清早,碰上顺路车马固然好,碰不上岂不误了时间。她决定向长腿媳妇求助。长腿媳妇几次对她说,家里需要牲口只管张口。虽然憨哥进城借了人家毛驴,可凭着长腿媳妇许下的话,试一下没什么要紧。长腿的走骡步子快,可以早早地回来。

正巧长腿媳妇出门倒炕灰,听了刘香恳求,痛快应道:"成!吃罢饭叫他备牲口。"拉刘香进院门。

铁青骡子把嘴埋进转槽吃草,听见动静抬头,用黑玉般亮眼瞅着刘香。

长腿听完刘香的恳求,说:"你男人昨日借驴没说你要去大庄。"

刘香用眼神求助长腿媳妇。长腿媳妇给男人做出说明:"憨哥不信高先生能治香娃的病,不让刘香再去大庄。她想趁憨哥进城去趟大庄。"

"哦。"长腿若有所思地喝两口酽茶,"我的走骡脾气躁,不让生人近它身子。你抱个娃娃怕是骑不上去,骑上去也会被它撂下来。"有意味地望一眼媳妇。

刘香借牲口没想到这一层。真被骡子撂下来伤了香娃,没法给憨哥交代。长腿媳妇出个主意:"你要怕她骑不住,就送她娘儿俩去大庄。"

"你这是虚话还是实话?"长腿嬉皮笑脸地发问。

"你说呢?"长腿媳妇严肃了眉眼,"快喝!喝完备牲口去。"

2

从村巷拐上官道,走骡加快步伐,挂在脖颈的铜铃越响越欢。起头,长腿轻松地迈着细瘦长腿,悠闲地甩着缰绳穗头,还哼哼唧唧唱着什么。时不时瞭一眼稳坐鞍鞯的刘香,那眼神似在夸耀:怎么样?没骑过这么好的牲口吧?

刘香心里不忍。借人家牲口,还叫人家牵着缰绳像伺候掌柜奶奶。不禁说:"他大哥,你这么跟着骡子把你走坏哩,你也骑上吧?"

长腿好像早在等待刘香的这声招呼,笑眯了眼睛,"你说的是虚话还是实话?"

刘香扭头往身后看一眼。她抱香娃骑在鞍鞯上,长腿只能紧贴她身子骑在骡子胯蛋上面。她为难着说:"骑上来吧。"

喜形于色的长腿把骡子牵到路边土坎前,长腿一伸上了土坎,没等刘香明白,已经骑了上来,把瘦硬的胸脯紧贴刘香后背,呼出的热气喷得刘香脖颈湿痒痒的,又把两手从她身子两侧伸到前边拽住辔头,几乎抱住了刘香。刘香忍着强烈的羞涩、委憋。

得意的长腿嘚啾嘚啾吆喝着,抖几下辔头,骡子的铃铛和蹄声愈加欢紧起来。刘香听着掠过耳边的风声,迎面寒气夺去她鼻尖的知觉,看看棉袄内香娃蠕动的头脸,腾出一手,拉头帕包住脸颊,听到耳后长腿的声音:"我的走骡骑着舒坦吧?"

"舒坦。"长腿牵缰绳一侧走动时,她担心骡子使性把她和香娃颠下去。此刻有长腿在身后贴护着,不再提心吊胆,便体会到骑着走骡的惬意。

"听人说你的香娃从出月那天哭闹得止不住,今天咋乖得不出一点声气?"耳后的声音分明细柔起来。

"就是,我也觉得怪。上次抱他去大庄高先生家看病,一路上乖乖的,到大庄下了牲口就哭闹起来。八成是我养下的娃娃心野,只想往外跑,不愿圈在家里。"话是随口说的,一出口突然意识到自己的话里好像隐含着什么。此前没想到这一层,今天脱口一说,这一层就显显地留在她心里,想抹掉也不可能了。捉摸自己不经意说出的这句话,越想越觉得里边隐藏着某种让她吃不准想不透的东西。

"娃娃乖,你心里畅快,骑着牲口又这么舒坦,我给你唱几句'少年'吧?"

意外的恳求让刘香愣一下,说:"你一唱我娃娃就哭哩,不能唱。"

拿娃娃做借口,实际是怕长腿唱出挑逗她的"少年"。长腿的眼睛、语气告诉她,他心里有些谋算。她不能给他这个空隙。可她的"你一唱娃娃就要哭"的话,让她生出一种念头:一路走来乖默的香娃,会不会听到唱"少年"哭起来?要是听了"少年"哭闹,说明……她有了验证的冲动,希望长腿不顾她的制止喊唱起来。

长腿却是这样的反应:"你不让唱我就不唱,可我想说几句,你准我说几句'少年'吧?""你想说就说,我又没把你的嘴堵住!"她对长腿的改变主意有些莫名的生气。

"你说的是虚话还是实话?"借着拉拽辔头,长腿用两小臂在刘香腰际夹了一下。

刘香佯装出生气的声音:"你想说就说,夹我干啥?再夹,你下去走!"

长腿一字一顿说起来:"一溜儿山,两溜儿山,三溜儿山,脚户哥下了(个)四川;一日儿牵,两日儿牵,三日儿牵,把好人牵成了病汉。"

刘香心里酸酸的。这是长腿当脚户最真切最突出的感受吧?让他的语气变得苍苍凉凉的。长腿心里一定还有更多更好的"少年",希望说给别人听。她腾出一手把掖在儿子头顶的棉袄领豁松开一些,香娃眼睛明纠纠地望着明亮的天光,没有哭闹的迹象。

"你说得好,叫人听了心里酸酸的,你再说几段。"

"这回说你最爱听的吧?"试探的口气,又借着拽拉辔头用小臂碰夹她的腰。

"只要你说,我都爱听。说你当脚户学下的。"心里说:只要香娃不哭,你唱也成哩。

"樱桃尕嘴一点红,大眼睛赛过了亮星;眉毛弯成了两条龙,尕脸脑胜过了花檎。"把嘴贴近刘香耳根,"你猜我说的是谁?"

刘香偏头躲开直冲耳朵的热气,"说我嫂子哩。嫂子常给我说,你夸她眼睛大,脸蛋儿红。你们是叫人眼热的好两口。"

"我说的是你,你偏要往我婆娘头上拐。"长腿有些失意地顿一下,又说起来:"酸菜在缸里泡着哩,萝卜在窖里头窖着;昨晚夕梦见你叫着哩,今早晨我怀里靠着。"

听了这"少年",刘香身子前倾脱离长腿的前胸,用力过猛,把怀里香娃挤压在鞍头,哭出声来。她气恨恨地说:"你满嘴胡说啥!把我娃娃吓哭了。"

长腿不但不在乎刘香的脾气,反倒放声唱了起来:

　　月亮上来三星走,
　　满天星,
　　七星它摆八卦哩;
　　尕妹妹活像冷石头,
　　揣上了走,
　　焐热时咋丢下哩。

香娃哭得更凶,气急败坏的样子。刘香用胳膊肘顶开长腿胳膊,表示不满和气愤。心里却想,香娃是被鞍头挤压才哭的,听见长腿歌声哭得更烈,又踢又蹬,会不会再听他唱,就会停止哭闹?于是放软了口气,"我知道你对你媳妇好,常在人前夸她。你给我唱一段夸你媳妇的'少年'。"

看见树林后面隐现的大庄,长腿吆喝住骡子,腿一骗落站在路边,把辔头搭在鞍口,拉起缰绳边走边说:"鞍子上骑惯了,骑在后胯蛋快把人的交裆磨烂了。"瞟一眼庄重着眉眼打量前途的刘香,放声吼唱起来:

　　藏里的雪山是盘天的路,
　　高得很,
　　走进了太阳的口里;
　　尕妹是海底的红珊瑚,
　　深得很,
　　捞不到阿哥的手里。

怀抱中挣扎哭喊的香娃顿然止住啼哭,转动头颅似在寻求声音来源。刘香将棉袄领子往下拉开,香娃湿闪闪的眼睛立即对准走在骡子一侧的长腿,着劲蹬了几下。刘香高兴起来,喜眉笑眼地说:"一路上听你又说又唱,不知不觉到了大庄。"

3

刘香如此这般细说香娃身上出现的变化,特别强调香娃听到公鸡啼鸣、喜鹊啼叫后的反应。

高先生捻着胡须笑了,"这就是了。"借阳光仔细打量香娃,观看耳后血脉、左手食指虎口三关,说:"比上次胖了,上次是刚满月来的吧?"

"就是,一晃二十几天。"

"娃娃身上还有香气吗?"高先生抬头仰望天上盘旋的两只老鹰,追想着什么。

"腊月里很少抱出去。北房奶奶说娃娃身上还香着,可我啥味道也闻不到,他大大也闻不到。"刘香说着顿了一下,"话说到这里我想起来了,说娃娃香的都是女人,闻过的男人都说没有香气。只有一两个男人说娃娃身上有木头的气味。"

高先生又说:"这就是了。"指使身边的老伴,"你把茶端到台沿上,把烟瓶拿出来,让姑舅哥喝茶吃烟。"给刘香摆一下手,"你跟我去房里,我有话问你。"

刘香抱儿子诚惶诚恐跟进上房,猜摸高先生两次说"这就是了"是什么意思。

不知是从明亮的院子进入房内被昏暗压迫,还是到了哭闹时刻,香娃哇的一声哭喊起来。高先生见刘香手足无措,拿起八音钟拧了几下,亮闪闪的八音钟就叮叮咚咚脆响起来。这一招真灵,香娃顿然刹住哭喊,小脑袋甩转几下,眼睛盯住高先生手里发声的东西,扬起双臂又蜷蹬着腿脚。高先生放下八音钟说:"你儿子是十一月中旬满月的,推算的话,是正月前后怀上的。你仔细想想,正月二月三月中你遇过什么事情,是不是受过惊扰?"

懵懂的刘香望着高先生深沉的眼睛,从模糊的记忆中搜寻能够解除高先生疑问的答案。

"别急,慢慢想。"高先生退坐在太师椅上,"你怀娃娃时一定受过刺激或者惊吓,仔细想想,会想起来的。"

刘香无着的疑虑,引出高先生的开导:"这么说吧,上次和今日看你娃娃身上脉象,没有什么症候。大凡小儿生病,无非内燥气滞食积惊厥之类,脉象都会呈现。据你娃娃哭闹中听到悦耳声音就会中止哭闹,我以为即便有病,也非肉身气血变异之症候,而是与生俱来的先天心病。就是你们所说的胎里带。"

刘香依然懵懂着。高岐伯只得进一步开导:"这样说你听起来费劲吧?可我还得从大处说起。这人,跟天地间一切生灵生物等同。无论山木池花、飞鸟沉鱼、弱畜强兽,皆是受日月精华而孕,采天地灵气而育。日月天地孕阴孕阳孕正孕邪,花果草木飞禽走兽,无不被阴阳正邪四气浸淫。人也如此。我给你打个比方。同样的果木,无论山上的、野洼的、庭院内的、荒僻角落的,都要开花结果。可树干长得快慢直歪,花叶开得繁艳稀缺,果实结得多少好坏,却各不相同。甚至同一棵树上,有的枝梢结出饱满鲜美果实,有些枝梢却结出歪瓜裂枣。为什么会这样?皆因为采纳的天地灵气不同等不同量,吸收的日精月华不同质不同级所致。有的枝梢逸伸舒展,饱受日光暖照,清风拂抚,雨露滋润,人们剪枝施肥灭虫,既便利又遵循章法,结出果实自然是硕大饱满光鲜。而那伸进阴暗处境的枝梢,高墙阴蔽,屋檐遮盖,太阳晒不到,和风不通畅,终年被阴湿浸淫,枝干叶脉花蕾缺少正气护持,邪气就会乘虚而入,其结果不是干疤就是虫眼,色暗味涩。所谓家花没有野花香,与此同理。在庭院旮旯角落靠人工娇护之花木,比之坦荡大野自然繁衍的野花,虽娇艳却失之茁壮,虽明丽却缺失芬芳……"

刘香眨巴眨巴的长睫毛下渐渐褪尽懵懂,秋波般荡漾出明慧神采。

"我这样比方你就会明白,我为啥要问你那样的问题。人同花木,不论孕期还是生养成长期,如果珍重关爱,精心呵护,饱受正气爱意,其秉赋自然聪慧灵秀,气血旺盛。反之就乖僻谬邪不近天理人情……"

一个隐蔽在刘香心底几近板结的秘密,在高先生娓娓的引导中松动、复活。被她努力压进心底的那个羞辱同时泛动,随着紧快的血脉涨红她的脸颊。她不敢把这件事说出来。不是不敢说,而是不能说。于是果决又言词游移地说:"我……想不起怀娃娃受过什么惊吓。一年了,儿子也养下了,再想过去的事……反正我怀他没受过惊吓。你说娃娃身上没病,哭闹是胎里带,我就不害怕。哭闹就由他哭闹。等大些了,自然会好。"慌忙走出上房,似乎多待片时会被高先生揭穿。高先生的眼睛能看穿人心。上次送行叮咛她再来一趟,说明已经看出她命里有事,叫她来询问根由。可那个根由她是无论如何都不能说的。

刘香快步走过院坪,给晒太阳的长腿使个眼色,径直走出大门。

送出门的高先生对躲躲闪闪不再正视自己的刘香叮嘱道:"娃娃的哭闹没有大碍,但这样的孩子心气重,哭闹起来多抚慰少责骂,更不得咒打。多用清明柔美的心声引育他的灵慧,才会茁壮成才,切记切记。"

第 六 章

1

起风了,摇晃的树木枝条撕挂疾走的风,惹它发出呜呜的咆哮。青灰天幕浮游着黑色云团,一群乌鸦从刘香头顶掠过,翅膀扇出哨音,掀乱她额角头发。怀里香娃蹬了几下,哭喊起来。

刘香松开棉袄领豁,没有眼泪干号的儿子,让她心里的酸楚翻滚。她把脸埋进棉袄领豁,一来避风,二来遮住眼睛,免得长腿发现她要哭。嘴唇触到香娃柔密的头发,一丝百合的清香从鼻孔游入她的心窍。

迎面过来三辆杠梢车,载着粮食口袋。头辆车边走着毡帽皮裌的壮年车户,看见过来的走骡上骑着一个俊俏女子,亮嗓吼一声,唱起了"少年":

> 黄芽白菜朵朵(儿)大,
> 没有个韭菜的尖气;
> 十个八个地见过她,
> 没一个你一般罕稀。

"少年"!"少年"!这诱人动人恼人害人的"少年"!

2

刘香娘家父亲本不是脚户。有一年农闲,被当脚户的本家伯伯鼓动,同去兰州给"德兴海"商号驮运绸缎、布匹、烟草、冰碱等日用百货。回途路经老鸦峡,遭遇土匪抢掠。拼命的伯伯被土匪乱刀砍杀。她父亲侥幸逃得活命,孤身抵达碾伯,饥寒惊累倒在路边,被碾伯蔺姓人家扶进家门,供吃供穿宽慰多日。为报答危难救助之恩,她父亲拜认蔺家主人为干大,立誓长来长往。以年岁排序,蔺家姑娘蔺慧兰成了她的娘娘。远在贵德、碾伯两地,隔山阻水,彼此心意相投却稀有走动机会。她父亲病殁前,再三嘱咐儿子刘能,继承他未竟意愿,世代与碾伯蔺家交好,多多走动,答报蔺家救难扶危之恩。她哥哥把她许给贸然闯入刘家的平安人憨哥,有一半前提,是为了维系这个干亲而创造便利条件。

那年正月,碾伯姑父病危弥留,身边没后人的娘娘托人带话,要刘香去碾伯看护病人,好让娘娘腾出手准备后事。刘香征得憨哥同意,安顿好自家琐事赶去碾伯,姑父已经过世。娘娘孤单悲凄,再三挽留刘香多住些日子。刘香不好断然撂下孤单的娘娘,耐着性子照顾娘娘的起居饮食,盼望娘娘主动开口放她回家。

那日清早,刘香去村外小河担水。一个精壮男人牵一匹枣骝马在河边饮水。听见脚步声,那男人把目光投向刘香。刘香愣一下,这人咋这样眼熟?纳罕中突然灵醒,这人是曾经在曲坛寺花儿会场见过的那人。顿时心慌意乱,垂头躲开男人目光,用眼角余光扫视,那男人脸上也是惊喜的神色。

刘香蹲在河边,用榆木马勺往桶内舀水,忍不住第三次把眼光投向那个男人时,他说话了:"我见过你。在曲坛寺会场,我就把你认下了。"要向刘香靠近,却被马的缰绳拽住,又问:"我常来这里给牲口饮水,从没见过你担水,你不是这里人吧?"

"我娘娘家在这个庄子里,我来娘娘家……"给一个生人说这些话有点多余,顿然收口,马勺碰在桶沿,半勺水洒进河里。刘香暗喜这人眼尖,曲坛寺六月会场人山人海,她站在人伙中听他唱"少年",没说一句话,他怎么就能记住她?

3

那是憨哥头次领她逛六月会场。满山满洼,林里林外,一堆一圈听唱"少年"的人伙里,数这个人的声音高,嗓子亮,"少年"多,吸引人们里三层外三层围住他听唱,与他对唱。憨哥说:"这人唱得最好!"拉她席地而坐,盯视这人的眼睛、鼻子、耳朵、牙齿、舌头,欣赏他畅亮的声嗓,倾听他丰富的心声。这人一首接一首独唱,与人合唱、对唱,精力饱满,神采飞扬,越唱声音越亮。起先,听众为他吆喝,给他喝彩,合着他的尾音放声吼喊。后来,听众被他的"少年"灌醉了。醉意最深的是憨哥。她几次想走开,被憨哥拽住不让起身。她想走开,是因为那张扬起来能使树叶颤动,能让鸟儿躲开的歌声,弯弯曲曲直往她心里钻,令她时而随他高兴,时而陪着他忧伤。这人发现她被他的风流打动,痴迷地望着他,一眼一眼送给她这样的眼语:你是哪来的?为什么只听不唱?能不能跟我对唱几段?她领会到,他的眼睛要说的不仅仅这些,就不由得慌乱,脸上隐隐地发烧。再不能待在这里继续看他的令她心慌的眼语,听他的令她痴迷的声语,忍受他火辣辣目光的抚摸。她拉憨哥离开,憨哥不肯。再拉,憨哥恼起来:"家里没撂下奶头上的娃娃,急什么?这样的'少年'把式,遇上了就得听得济。"用胳膊夹牢她的手腕,不许她独自走开。直听到散场,憨哥竟然打听到这人名叫翟达贵。笑着说:"'少年'唱得好,人也长得攒劲,名字却不好,猛一听是'贼打鬼'。怎么起了这么个名字?"

此后几天,翟达贵的影子总在刘香眼前晃动,声音总在她耳内旋响,目光如烧红的针,轻戳她的心房,又如熨斗在她心里热热地来去。料不到,时隔多年,竟然在这里遇见。

4

脸上烧烘烘的刘香佯装满不在乎,急迫地舀满两只水桶,拿起扁担,好几次才把担钩钩住桶梁。担着水桶走出十几步,责怪自己平白无故慌什么慌?不就是一个唱"少年"的人。既然多年没见还能认得,站下说几句话,甚至叫他唱几句"少年",有什么不可以?可她已经担着水桶离开了河岸,不好停下来,也不好回头看他。揣着这个突然涨进心里的情绪回到娘娘家。

整整一天,翟达贵的影子总在刘香脑海内晃荡,怎么赶也赶不走。自己找理由安慰自己,在花儿会场相互打量了几眼,就彼此记住了,时隔多年,能一眼认出对方,这是缘吗?好像也是老天爷有意安排,要她和翟达贵在这里遇面。

第二天清早,刘香担着水桶从娘娘家出来,既怕翟达贵拉着牲口在河边饮水,又担心翟达贵不来河边。拐过最后一座庄廓墙角,一眼看见翟达贵已经到达河边,给枣骝马说着什么,眼睛却朝南望着。刘香的心紧快地蹦跳,脚步也乱了,弄得水桶左右乱晃,几乎把扁担从肩头甩下去。不及走到河边,翟达贵的声音迎了上来:"我等了半天,以为你今日不来担水。"

刘香要质问一句:"平白无故等我做啥?我又不是你的……"话没出口脸却烧起来。距翟达贵十几步放下水桶,蹲在河边往桶内舀水,忍不住问道:"你的家在碾伯?"

"我不是碾伯人。我不是来这里走亲戚的。我是碾伯街上

'积成当'的伙计。枣骝马是掌柜子的。你的家在哪里?"

不回话显得没教养,刘香对着马勺激起的水花说:"我们是生人,没见过面的生人,你问我的家做啥哩?"

"怎么是生人?当年我在曲坛寺会场就把你看下了。"

"会场上人山人海,你不看别人,咋就把我一个人看下了?"刘香又把水舀到桶外边,在沙石上溅起一片水花。

"你长得这么心疼,谁见了也能一眼看下哩。尤其是你的这对儿毛墩墩的大眼睛,会说话。眼眨毛扑闪扑闪两下,能把人心扑闪得胡跳哩。你在你娘娘家坐多少日子?"

"你管我坐多少日子!"心里接着说,你不是我男人,管我坐多少日子?我男人说你的名字起得不好。看你今日言行,果然像个贼打鬼。嘴上吐出的话却是:"我明后日就要回平安尕庄去。"犹豫一下,"你的'少年'唱得好,实话好。我是听你的'少年'把你认下的。你还唱不唱'少年'?"

"'少年'不唱咋活哩,一天儿瞌睡着黑哩。"翟达贵抑扬顿挫地说了两句。

"那你再唱几声,叫我听个。"她真想听,听他那穿云驾风又能钻人心窝的歌声。

"你胡说哩!大清早,又在庄子跟前,人们听见骂我哩。"觉得这样说会扫了刘香兴头,补了一句:"我不能大声唱,却能小声唱,你听着。"压抑着嗓音低细地唱起白牡丹令:

> 麻奶头结在树梢上,
> 我当了六月的杏儿;
> 尕妹儿站在河边上,
> 我当了耀人的镜儿。

刘香心跳加快,慌忙将舀满水的水桶按扁担长短提开,扁担上肩时说:"你说你在碾伯街上当伙计,我咋没见过?"

"我在号房,不在当街铺堂。哪天你要上街,到'积成当'院里寻我,我给你看几样稀罕东西。"目光追着走出十几步的刘香,拔腿追上来,"我给你拿了一疙瘩冰糖,你甜甜地吮上。"硬往刘香手里塞。

刘香不敢要,却不自禁地接在手里,慌慌迈步,桶里河水闪出桶口。

5

这天吃早饭,蔺家娘娘自言自语:"眼看是你姑父的五七。五七亡人要见五阎王,得去街上纸货铺定做一把花伞。"

刘香听在心里,收拾了碗盏试探着问:"娘娘,去街上定做花伞,我俩一起去还是我一人去?"

"定一把花伞,用不着两人都去。再说我身上不受和,不想动弹,你一人去吧。"给刘香一大铜元。

刘香整理身上的阴丹棉绑身,捋光额角头发,从娘娘家出来直奔街市。来娘娘家这些日子,替娘娘采购香蜡纸扎、卷烟茶叶,去过两次街市。今天去,自觉受了什么诱使,有点身不由己。她心里清楚,是翟达贵的"我给你看几样稀罕东西"的许诺在作怪。

翟达贵会给她看什么稀罕东西?当铺的库房,真有大户人家入当的好东西。看一眼,能让她开眼长见识。

走到当铺门前放慢脚步,希望深暗的铺堂内显出翟达贵身影,想着走着,被一人当面拦阻,闪后一步定睛一看,居然就是她想见又怕见的会唱"少年"的男人,不禁笑起来:"你不守着号房,跑街上做啥来了?"

"从早起我的眼皮儿跳得停不住,又连着打喷嚏,心想你今日要来街上,等你来了。"要拉刘香的手,被刘香打开。

"你说你给我看几样稀罕东西,啥东西?拿出来叫我看。"心里接着说:你要拿不出稀罕东西,我再不信你。

翟达贵笑了,"东西在库房里,你得跟我去库房里看。"给她一个挑衅的眼语:敢不敢跟我去?

刘香怕翟达贵想什么坏心,腿脚却跟着翟达贵往前挪动起来。进入一个高墙大院,又进入石砌墙根、铁皮包门扇的小偏院。开锁推开库房门扇,让刘香进入光线昏暗的库房。

刘香站在门口,用脊背抵住打开的门扇,"快把你的稀罕东西拿出来,我看一眼就得走。"

翟达贵眼里闪出恐慌,拉开刘香关上门扇,"号房不准外人进入,我冒着被掌柜责打领你进来,敢开着门吗!"

从平行摆放的货架中间经过,刘香适应了库内光线。货架上摆放着五花八门形形色色的物品:有粉彩瓷瓶、黄铜香炉、青铜灯台、木雕镜架、隔扇、玻璃影壁、钟表、一摞一摞的绸缎布匹、衣裳皮张、笔筒、墨盒、书匣、一卷一卷的字画;有马鞍、马镫、围脖、臭棍、辔头、肚带、驮鞍等车马挽具;有铁罗锅、铜火壶、风匣、碗盏、马勺等炊具灶具;有回民的汤瓶、阿文挂屏、插屏,藏民的银盾、奶勾、木碗、腰刀、念珠、护身符、镀金佛像、泥塑佛像……

缓慢移动双脚的刘香看得眼花缭乱。翟达贵走到库房角落,借着天窗射下的一束阳光,一手拿一样东西亮在刘香眼前,"这是一面古铜镜,这是一瓶花露水。"先把铜镜递给刘香。

刘香双手捧住,从沉甸甸的分量感知它的稀有。镜面足有一尺大小,光滑明亮,把她的面庞五官映照得分分明明,往上翘的眼睫毛也一根一根看得真真切切。她的眼睛,被所有见过她的人夸得神乎其神。她不止一次从别人家的镜子里观照过自己的眼睛。不知是那些镜子太小太旧还是别的原因,都没能让她像现在这样,为自己有这样一双眼睛感到惊讶和骄傲。这面铜镜不但把长而密的眼睫毛,杏核一样圆泛的眼圈,白玉般晶莹纯洁的眼白,黑宝石般明亮的眼仁照了出来,还把眼眸中心连接心窍的那个通道也透彻地照亮,让她从眼睛一下子看进自己心里,感觉成了一个通体透明的玻璃人。这种空前的奇妙感觉,让她手捧铜镜翻来覆去看得爱不释手。镜子背面,是铸造的云纹穿花浮雕图形,中间是双凤手柄,边沿有几颗曲里拐弯的文字。为了解惑,把求教的目光投给翟达贵。

翟达贵及时做出解答:"听掌柜的说,镜边上的铭文是'见日之光长毋相忘'。"指一指货架中间一格,"这铜镜还有个紫檀木雕花镜座。"

沉甸甸黑里透红的月牙形云纹木雕镜座,又让刘香眼瞳射出亮光。尕庄三十六户人家,有铜镜的只有两家。北房奶奶从娘家陪嫁来的铜镜只有五寸大小,积年累月已经不明亮了,照出的人脸模糊不清。没有镜架,得靠着东西立起来。长腿家的铜镜,据说是长腿跑脚从成都买来的,当作稀罕物件保存着,除了拿出来给人夸耀,很少让女人使用。她偶然见过一次,样子比不上这个大器。刘香为见识如此稀罕的铜镜而兴奋,"这么好的东西,是什么人家当的?"

"我进'积成当'当伙计,这铜镜就在库里放着。听掌柜说,是碾伯富户朱金贵家的东西。直到家境败落没来赎,成了死当。如今大户人家太太、姑娘时兴水银镜,没人肯买这沉旧东西。"把铜镜架上镜座。

刘香担心这古旧却精灵的铜镜,摄取了她的形容灵魂,永久地闭塞在这昏暗的库房角落,竟莫名地慌恐起来。突然闻见一股浓郁又特殊的香味,原来翟达贵打开了花露水小瓶的瓶塞,"你闻,这香味好闻不好闻。"

刘香凑近鼻孔,翟达贵却收回小瓶压上瓶塞。

刘香头次闻见如此特别的气味,闹不清究竟是什么香气。从小到大闻过的所有鲜花鲜草的香味,都比不上这个气味。她刚要仔细辨别一下,翟达贵说:"这东西闻多了鼻子齉掉哩。"却又打开瓶塞让刘香挨近鼻孔闻了一下。刘香顿然觉得那股香气直透心窍,令她浮升和迷醉,"这么香的东西,也是富人家当的?"

"这是跑大买卖的人当下的,从天津来的。法国进口的'百花牌'香水。"

百花牌?百花?百花!刘香朦胧的意境中,浮现出一百种鲜花千姿百态的模样和绚丽的色彩。怪不得呢!原来是一百种花儿的香气聚合成的东西。不禁伸出双手,"叫我拿在手里详细看看,这么稀奇的东西,我头一次见。"

翟达贵把香水瓶递给刘香,"我知道你们女人喜爱这种东西,所以叫你来的。你是头一个,也是唯一被我叫来看这好东西的女子。"

刘香嗯嗯嗯应着,双手捧住四寸高低、半寸见方的扁平玻璃小瓶。小瓶正面贴着纸签,纸签上印着五颜六色的图谱和曲里拐弯的字码,瓶底有指头肚儿大的凹窝,瓶盖是拧上去的。正看得入迷,觉得有热气喷在耳后,腰胯被触摸,明白翟达贵已经把嘴唇贴近她脖子,双手打算搂她的腰胯,猛地闪身跳开,身子脱离翟达贵,香水瓶失手掉在地上,咔嚓一声摔成碎片。

刘香惊愣住。惊愣住的还有翟达贵。泥塑的两人,被弥散起来的浓烈香气冲得脑昏心迷。刘香气愤翟达贵借机占她便宜,"你……你……"气息噎塞说不出话来。

变了脸色的翟达贵声音颤抖着,"我把大祸闯下了!掌柜的非把我的腿打断不可。"蹲下身子,意识到再没有可能把打碎流失的香水收拢回来,跳起来跺脚揪手,"怎么办?怎么办?"眼里闪出惊恐中夹杂着恼怒的目光。

极想脱身逃离的刘香,觉得人家叫她来见识别人少见的好东西,是出于好心。可……"谁叫你偷偷摸摸地欺侮我。你知道我是有男人的。我认你,只为你'少年'唱得好,受听,又觉得你人好,没料到……这香水贵吧?"

"值十几块白洋!"翟达贵露出悲声,"我一年挣五块白洋,把我卖掉也赔不起。"盯住刘香凄凄惶惶眨巴的眼睛,直通通地说:"这事好赖由我顶着。但你得答应给我当连手,我俩好一场,这事我一人顶着。"

刘香又气又怕浑身颤抖,"我是有主儿的,我男人……"抖得说不清白。

翟达贵哀凄又迷醉地盯着刘香的美目,向她靠近,猛扑上来,紧抱住刘香要求云雨。刘香挣扎着,不敢喊叫,急呼急吸,鼻孔心窍被那特殊又浓烈的香气灌满,心痴神迷,只有一丝清醒的意识操纵她拼力抗挣,撕打这个可恶可恨又可怜的男子,终于打退他的放肆蛮横,跑出库房,跑回娘娘家。

蔺家娘娘见刘香回来惊魂未定,清泪洗面,再三询问,得知原委后,比前比后劝慰半天,才让惊恐哀凄的刘香平静下来。

刘香脱下阴丹绑身,换上短袄要去厨房做饭,记起绑身底襟口袋装着翟达贵头天给她的冰糖(原打算回家给巧儿吃),挖在手里出房门,挥手扔到南墙根堆放粪草的地方。

蔺家娘娘问她扔了什么,她说那个坏男人硬塞给她的冰糖。蔺家娘娘笑了,"劝了半天,我的话你还是没听进心里去。去,把冰糖拣回来。你对他有气,可冰糖是吃食,糟蹋不得。你不吃,可以给别人吃。"

刘香只好把沾了灰土草屑的冰糖重新捡了回来。

几天后回家,憨哥和北房奶奶都说她脸色不好,认为她在蔺家娘娘家过于劳累,让她在家养息,不必急着出门做活。她反复用蔺家娘娘劝慰的话开导自己,力争把这事淡忘。当月没来月信,以为受惊吓所致;第二月仍不见月信,又害起口来,才明白有了身孕。

第 七 章

1

憨哥的狠人名号,是乡老叫出来的。乡老是什么人物!乡老叫过的名号,别人不能轻视。

六年前,麦子吸籽女人提草的日子里,长腿来他家说:"憨哥,'晋益丰'掌柜应了贵德'荣盛昌'掌柜的话,去窑街驮运水缸送到贵德去。不巧有个伙伴腿上生疮不能走路,五个头口没人使唤,你随我跑一趟吧?"

憨哥当即应承。收割前闲散日子挣几个钱不是坏事。驮脚,他也不是头一次。

十二天后,他们把五十口窑街水缸卸在贵德"荣盛昌"货栈。趁半天空闲,长腿引领憨哥等伙伴游走贵德街道、寺庙。也是活该有事,傍晚回客店路上,从一条小巷闪出一个姑娘从他们眼前走过,水上漂一般。姑娘身着阴丹薄衫,两条黑缎似明亮的麻花辫垂在腰下,辫梢随着细碎步伐,一跳一荡拍着圆突的尻蛋,好一副走手!戏台上的花旦一般。憨哥盯望着,咽了五口唾沫,感觉有一根细线牵住他心尖,姑娘每走一步,他的心尖就被揪扯一下。早几年听到的两首"少年",被这根无形的细线揪扯出来:

一根柱子三根梁,

凤凰(么)展翅地盖上;

> 尕妹的身套是一炷儿香，
> 走路时漂在个水上。
>
> 天上的云彩起层层，
> 层层里有金龙哩；
> 箭杆儿身子大眼睛，
> 维你时有精神哩。

憨哥望着揪他心尖远去的那个身影，身不由己跟随上去。跟过曲曲折折的小巷，跟过暮色中朦朦胧胧的田间小路，绕过被暮气晕染的杨树林，穿越一片黑刺丛，跨过搭着两根树木的小河，踩着卵石走上河岸斜坡，从几排粗壮的水渠柳下经过，出现一座梨树掩映的庄廓。直到那个身影飘进双扇木门，憨哥才猛然清醒收住步子。

憨哥闹不清自己怎么了，像恍惚间做了一场梦。从梦中醒来，心还为梦里情景悸颤。憨哥巴望那个姑娘再从那大门出来，让他看看她的脸面，熟记在心中，好把这场梦境囫囵带回尕庄。直到暮色与梨树完全重合，憨哥才魂不守舍寻摸来路回到县街客店。

"你去哪了？"火焰般的质问从长腿歪斜的嘴唇间扑出来，"人生地不熟，一转眼不见了你的踪影。我们把后响去过的商栈、庙宇找遍了，你究竟去哪儿了？"审视憨哥丢魂失魄的呆相，长腿收住抱怨，上炕歇息。

憨哥呆坐到众人催他吹灯，才和衣躺倒。这一夜，小时候母亲讲过的狐狸精、柳树精的故事总在心里起伏。难道遇见了狐狸精或者柳树精，被她迷住心窍，才会跟着走了那么多路？可一想那女子走路的姿态，长辫梢一左一右拍打尻蛋的活泼样子，他不信那是个蛊惑人的妖精。长这么大，头次见如此好看的女子。单那背影，美得没法儿言说。美得他把魂魄丢在她进去的那座庄廓门外。那是她的家吗？再一次去那儿，见到的会不会是一座荒坟？憨哥越想心里越空,越空越想知道底细。客店雄鸡第三次啼鸣,憨哥打定了一个主意。

第二天清早,长腿招呼伙伴给牲口饮水喂料,去"芳茂德"商号驮装返宁的羊毛牛皮。呆望着别人忙活的憨哥突然对长腿说:"你们走吧,我不走了,我使唤的头口你分派给别人。"

"为啥?"众伙伴惊愕。

"憨哥你说的是实话还是虚话?"

"实话。"

"到底为啥?你总该给我说明白吧?"

"我昨日见了个女子。"

"见个女子就不想回家?"长腿与众伙伴同时笑出声来,等待出发的骡子、毛驴、役马也使劲踢踏前蹄,"说你是憨哥你真成了憨哥!什么样一个女子,让你看一眼就不想回家,遇上了狐狸精吧?"

"谁胡思乱想了?我说的是实话。"

长腿严肃了脸色,"憨哥,我惜你孽障,叫你出来跑脚,是想叫你趁农闲挣几个钱儿。你见一个女子就不想回家,叫我怎么看你?叫尕庄的乡亲怎么看你?听我的话,走吧。就算你见了一个仙女,那也是天上的,你向往是白向往!"

长腿递给憨哥的缰绳被憨哥撂开,"我说不走就不走。你们走你们的,逼我做啥!"

长腿确信憨哥要么中邪,要么被什么怪事缠住,再劝也是枉然,丢下一句话:"话我给你说到了,众弟兄也都听见了,你留在这里有个三长两短,日后别怨我们。"领众人牵牲口出了车马店。

2

凭借昨日来去两趟的印象,憨哥走小巷绕田地穿柳林过小河,终于看见高大梨树围护的那座庄廓。庄廓大门洞开,树上鸟儿欢唱,都在欢迎他的到来。

憨哥凭借一棵柳树隐住身子,听着溪水的潺潺哗响,盼望女子出来。俗话说得好,等人易久,嫌人易丑。憨哥等得舌尖起泡,仍旧不见那女子踪影,陡然有了闯进庄廓大门的勇气。已是以往,皮鞋踏在屎上。他岂能铁一样立起来,雪一样消掉!从树后闪出来,打量并整理身上褐褂,迈步径入庄廓大门。

院中央粗老梨树下,一个精壮男子盖着阴凉,用斧头敲打一把镰刀的刀裤,听见脚步声抬头。浓眉毛、大眼睛、陡鼻梁、薄嘴唇的脸膛和鹰一样明亮的眼神,一下子镇住贸然而入的憨哥,令他收住脚步,欲言又止呆立不动。

精壮男子打量着问:"姑舅哥有啥事?"

憨哥含混地应一声,不知该说什么。

"你从哪里来?"严肃了眉眼的精壮男子抚弄着手里的镰刀。

不想撒谎的憨哥禁不住撒出谎言:"我从西宁东边来这里寻找割田活儿。"话出口意识到谎言已经穿帮。走乡串户寻活的麦客,少说有一条褡裢,装几把惯用的镰刀还有磨石。可他身上什么也没带。

精壮男子哦了一声,指着身边的板凳让憨哥坐。板凳一头钉着熟铁班妻。板凳下放着一把推刨一把凿子。

"大哥是木匠?"落座的憨哥问道。

"你看我像木匠吗?"精壮男子笑起来,亮一下手里镰刀,"要割田了,得把镰刀把换一下。"蹲下身敲打镰刀裤子,卸取刀片,

"找上活儿没有？"

憨哥只能继续撒谎："问了几家，都说田地不多，自家人手够用，不需要外人搭帮。"被空瘪的肚子提醒，"转来转去没寻上活儿，把肚子转空了。"趁精壮男子低头，扫视院里东房北房西房，希望从洞开的房门、高挂的支摘窗内见那女子的身影。

精壮男子意味深长地打量憨哥，扔下工具，起身去了厨房。片时出来，一手提着砂罐，罐口盖着粗瓷大碗；一手端着木升子，"馍馍吃完了，只有炒面。你拌着吃还是抓着吃，由你。"

饿急的憨哥接住，左手托碗，右手从木升取木勺舀炒面入碗，提砂罐倒入适量茶水，硬跷起食指捣拌数下，不及拌匀，撮一团扔进嘴里，腮帮嚅动喉节蹿跳咽了下去，"你家炒面甜滋滋的。"

"是梨干炒面。"

憨哥狼吞虎咽吃完拌炒面，巴掌揩嘴，探望北房堂屋门内摆设，"家里就大哥一人？"

"媳妇娘家菜籽黄了，媳妇同小姑儿去她娘家拔菜籽了。"

"今早去的？"

"你怎么知道？"鹰眼闪出疑问和警惕。

"我……猜的。今早在村口见两个女子急慌慌走着。你一说，我猜谋就是你媳妇、妹子。"得意自己的撒谎本领，心却虚慌起来，"去娘家拔菜籽，得几天吧？"

精壮男子只给一束厌嫌的目光。

憨哥慌乱，不知接下来该做什么。把真实用意告诉对方，注定没有好果子吃。做出告辞要走的样子，"还不知道大哥姓啥。"

"姓刘，名叫刘能。"

"这庄子叫啥？"

"保宁，也叫贡麻。"

"你家……不雇割麦子的？"

"我家地少，用不着雇人。"冷硬的口气后边又是厌嫌的目光。

"那就多谢大哥的炒面。"憨哥走到大门口,心里暴涨一股勇气,转身回来,垂手卑恭地巴望着刘能,"大哥,我把你央及个,看在出门人孽障,给我三天的活儿,只给我吃肚子就成。三天后,我去别的庄子寻活儿。到时候麦子全黄了,就有人雇我。"心里想的是,跟嫂子去娘家拔菜籽,三两天就该回来。庄稼人,自家黄熟的庄稼也得抢收。

刘能抚弄着换上新木把的镰刀,比画割麦动作,觉得顺手,才盯视着憨哥的眼睛说:"我看你不像吃不下苦的人,可我家里没有多余活儿需要外人搭手。割麦还得几天,眼下……你个家说,我该给你什么活?"

"进门前我见庄廓西墙下有一堆羊板粪,我给你撒粪吧?"

"你会撒粪?"故意戏问的刘能心里说:是个眼睛见活的人。

憨哥憨实地笑了,"不会撒粪算什么庄稼人!"

刘能去角房取来一把凿子锨,一把长柄木榔头交给憨哥。他要借此验证这个人的真实身份和用意。这些羊板粪,是去年秋上从东山阿卡洛桑家的羊圈起出驮来的,打算晒干后配着麦衣子煨炕。不料秋里几场淫雨,接着天冷下来,没顾上料理。被牛羊长年累月踩踏的圈粪,驮来堆在院墙外,先是秋雨,再是冬寒,冻结成更大更硬的粪块。原想开春消冻处理一下,总没有宽余工夫。既然这人主动要求把它撒出来,他何尝不能来个顺水推舟,借坡骑驴。

憨哥提了铁锨、榔头去大门外做活。刘能在院内忙自己事儿,不去理会。他估计这人没有耐心干完撒粪活儿,自会扔下铁锨榔头悄声离去。

憨哥直忙到傍晚,从远处铲土背过来,盖压住细碎粪土,以免雨淋减了肥力,再把用来煨炕的粪渣背进柴棚,这才收拾工具回到院内,洗手吃饭。

当晚,刘能安排憨哥单独睡在西房炕上。疲乏的憨哥头挨枕头睡死过去。

3

翌日醒来,已是太阳照亮树梢时刻。憨哥慌忙起身,在刘能关照下洗脸吃饭,殷切问道:"今日派我做啥活儿?"

刘能含笑思忖片刻,"你随我来。"绕过西房后夹道,推开一扇木板小门,"这是我家果园。有四棵梨树、一棵核桃树、两棵杏树、三棵樱桃树,靠北墙是几棵桃树。"

憨哥被粗茂高壮的果木包围、笼罩,转动脖子仰面观看,遮云蔽日的树冠上,挂吊着累累果实,将细枝柔条拖拽得弯垂下来。梨子、核桃绿实实地挤出叶隙;黄里透红的杏子,鲜明在叶前杈后;低矮桃树上,半红半绿的桃子或隐或显;樱桃的细碎叶间,显突着一嘟噜一嘟噜的红白玛瑙。

憨哥羡慕不已。尕庄人要有这等果园,福要享上天。

耳边响起刘能的声音:"结杏熟透了,再不摘,风来雨去全要掉下来。你会不会摘杏子?"

小时候追随伙伴偷摘人家青杏的憨哥,头次经见如此阵势的杏树,不自信地说:"我只摘过尕树上的尕杏儿。"

"我这大树上的大结杏,你敢不敢摘?"询问的口吻里有轻视人的意思。

憨哥不让刘能认为他胆怯无能。"摘杏有什么不敢!"靠近树身,往手掌吐口唾沫,搂抱树身要上攀。

刘能笑了几声,"看你就是二把刀!去,西墙角立着三架云梯,你把最高的那架云梯搬来。"

憨哥走过去,三根笔直的松木椽子立在墙角。比普通椽子长,椽身上一左一右错杂着十数支五寸长的横翅。憨哥选定最长的一根,双手持住云梯,躲让着树冠来到杏树下。刘能接住,瞅着枝杈纵横的树冠,把云梯架在两股树杈交汇处,按摇几下,审度着憨哥,"没见过我们贵德人是怎么摘杏吧?想不想试当试当?"

憨哥被这不无轻蔑的挑逗激起来,觉得只要双手握紧梯身,出脚踩牢踏翅,不会有问题。不料刚上两翅,梯身转动,掉下来仰在地上。脸红了,跳起来再上,换手倒脚的工夫,云梯转动,掉下来伏在地上。

刘能自管看着笑,既不指示原因也不说明要领,成心看洋相的态度。

憨哥不服。豁出把腰摔断,也要攀上梯顶让刘能服气。反复多次,掌握了要领,把握住平衡倒手换脚,爬到树冠中心,金红金黄的硕大结杏垂吊在眼前手底,给他散放沁心香气。他极想摘一枚解馋,忍着没有伸手。

刘能将红柳条提篮举过头顶,"把杏儿摘放篮子里,轻摘轻放。"

憨哥偏身探手要接提篮,险些从云梯翻落下去。接篮挂在树杈,时左时右或前或后,将够得着的饱满美杏摘入手心,小心放进提篮,心里溢涌出空前的快乐,却又夹杂着莫名的焦虑。他为那女子来这个家里,并乐意为他们做活,却不知那女子今日能否回家。回来将如何看待他?他该如何表白自己的心思?如果女子今日不回来,明日刘能会不会给他安排活儿?想得心乱眼花,摘几个干疤瘪杏放入提篮。

憨哥摘满提篮,用拴在篮把的细毛绳吊下树,刘能接倒在铺了厚草的地上。云梯换几个地方,摘下十几篮结杏,刘能叫憨哥下树吃饭,说:"后晌我俩唠板,不做活。"

后晌,刘能把杏子分送给有老人小孩的人家。慷慨的举动让憨哥心里装满敬服。

当晚,刘能与憨哥同睡一炕,有意无意问起憨哥身世。憨哥感念刘能两天的作为,坦胸敞腹亮出自家往事。

"我原来的家在碾伯甘滩。这是我记事后阿妈说的。阿大是家里老二,为分房产,与我达达、爸爸闹翻,同我阿妈离开甘滩,流落平安尕庄,住进南台被人遗弃的窑洞,给尕庄殷实人家打零工过活。北房奶奶单梁氏怜惜我家穷苦,时常接济些洋芋炒面。我六岁那年秋上,北房奶奶给了我家半升豆面。阿妈打发我送还升子,半路下起暴雨,北房奶奶留我吃饭等待雨停。我傍晚回到南台,发现山崖垮塌,我家窑洞连同阿大阿妈全被埋没。此后北房奶奶收留了我,抚养我到十五岁,把西房借我,让我自己养活自己。家里穷,没起官名,自小叫我憨哥儿。十五岁独立后,北房奶奶央求乡老给我起名甘仁恩,意思是让我永远记住别人给我的恩情。可人们继续叫我憨哥儿,慢慢地取了后边的儿字,只叫我憨哥。"

"若要好,小名叫到老。"刘能的声音低缓沉滞,接着放出鼾声。

4

憨哥被树上争闹的麻雀吵醒,天已大亮。刘能仰躺着,眼睛盯着窗户。憨哥慌忙起身穿衣,"大哥,今日派啥活儿?"不禁焦虑,倘或今日那女子还不回来,是他承诺要走的日子,该怎么办?

"今日我领你浪一圈。"刘能边穿衣裳边说。

太阳高过柳树,刘能同憨哥从家里出来,沿巷道出村,顺田埂往东北方向行进。黄熟的小麦地里有人收割,摇动的麦浪显隐着弓伏的脊背和草帽的边缘。地头高壮的杨树睡熟了般沉静,老绿的树冠衬着耀眼的蓝天。一梢一梢稀薄的白云,如同扫帚刚刚在天上扫过。茂密菖蒲包围的水草滩上,一头犏牛一头黄牛受制于长长的绳索,默立反刍,甩起尾巴扫除落在后胯的牛虻。

憨哥跟随刘能穿过一片柳林,一片杨树林,经过大路和路北的两个村庄，看见更多的男女在麦浪中起伏，不禁问道："大哥，人家都忙着收田，你不急吗？"

"我家的地在南面山根下，黄得慢。"

"看人们都忙着，我却是个闲打浪，心里不踏实，你给我派个活儿吧。"

"庄稼人能吃苦好，可也得叼空儿享点清福。"刘能向前指点，"到了。"

一条大河横在憨哥眼前，宽阔的水面舒畅而平缓，几乎听不见水声。河中央梭子形沙洲上，落了一群水鸟。憨哥想起湟水河中心的那溜沙梁，又焦躁起来，不明白自己脱离长腿他们执意留在这里究竟图什么？过了今日，他得遵守承诺离开刘能的家，却依旧没见迷他心窍的女子。这样离去，实在不甘心呐！

"这就是黄河。"刘能的口气自豪又自负，"是不是比你们那边的湟水有气势？"

焦虑燎着心窝的憨哥不自觉应一声，只想着下一步该怎么办。

"我们这地方比你的平安尕庄好吧？"

"好！好得没口儿说，好得我不想走了。"攀住刘能的话，好为下一步要求起头。

刘能的鹰眼闪出俏皮的光，"会下棋吗？"

"象棋吗？"

"不是。庄稼人地里休息下的那种棋。"

"我只会下'褡裢'。"

"那好，你坐着，我去沙滩画个棋盘，与你下'褡裢'，看谁下的好。"伸手从树上折下一段枯枝，碎步跑下岸坡。

下面是河水冲淤出的平坦沙滩，刘能用树枝画出大约五丈长、两丈宽的"褡裢"。憨哥顿然明白，刘能把他引到这里，嘴上说浪，其实别有用心。紧张着下了岸坡，"这么大的'褡裢'，得用多大的棋子？"

"满河滩的石头,搬过来就是棋子。"刘能扔开树枝,去一旁搬来一块脸盆大小的扁圆石头,对走神的憨哥说:"去啊!把你的子儿搬在棋盘上。"

明白刘能要用这种方式拼试气力,也明白刘能搬一块石头放在"褡裢"腰穴,是逼他搬六块石头,与刘能的一块石头挤运围堵,憨哥的恼怒显在脸上。不下棋,等于认输;石头搬小了,也会受到讥嘲。憨哥煞紧裤带,一口气搬来同样大小的六块扁圆石头,安放在"褡裢"一头的交叉穴,心想,前两日派我做活,是看我做活的章法、耐心,今日要试我的力气、脾性。压住上蹿的恼惧,装出乐意又满不在乎的样子,心里却鼓涌着不服气:你贵德人不把荞麦当五谷,我平安人也就不信猫儿不舔糨子,少爷不吃杂和面!

憨哥开始搬运沉重石子,抱着石头退后进前,想方设法要把刘能的一块石子围堵在死角,还得防备被刘能吃掉一子。来去一个回合,憨哥气喘吁吁,大汗淋漓,被刘能吃掉四子,只得服输。

"再下不?"刘能的鹰眼闪烁的得意后面,隐着些许赏识。

"缓一阵吧。"没有气力继续这种不公平的角力游戏,憨哥施出求告的语气眼神。

"那好,我俩去树阴凉下。"两人回到岸边柳树下,平躺在地,望天上游走的云丝。河北岸出现一群绵羊,星星点点撒开,老母羊的苍凉叫声被水面飘送过来,跟着飘来挡羊汉子吼唱的晶晶花令:

　　西天取经的是唐僧,
　　白龙马驮经(者)哩;
　　留下"少年"的孙悟空,
　　阳世上宽心(者)哩。

"少年"的尾音还在河面上波动,靠着树干半躺半坐的刘能挺直上身,左手捂住耳腮,扬声应唱晶晶花令:

　　花儿本是心上的话,

不唱时由不得个家；
钢刀拿来头割下，
不死时就这个唱法。

刘能唱完一段，引来对岸挡羊汉子一长串抖舌的吆喝。

刘能的声气嘹亮悠长，拖着颤抖的尾音，憨哥惊诧不已。这个浓眉鹰眼一表人才的汉子竟然会唱"少年"。声音又高又亮直往人心里钻。他会唱，他家女子也会唱吧？如果也能唱得揪人心肺，那将是怎样一个女子！猜测坚定了憨哥要见女子的信心勇气，他决定死磨硬缠哪怕被刘能咒骂，也要等他家女子回来。

"你的晶晶花令儿唱得太好了，好得没口儿说。"激动使憨哥的声音有点颤抖。

"你会听'少年'，说明会唱，你也唱一段。"

"我可不会唱。不会唱是自小嗓子不好，五音不全，不敢唱。可我爱听，听来听去知道唱的是什么令儿。"

"听过啥'少年'？"

"听得多，记性不好，没记下多少，只记牢了两段。"

"哪两段？你念出来我听听。"

憨哥想到那天见那女子心头冒出的那两段"少年"，笑着问："我念出来你不笑话吧？"

"念'少年'我笑话什么？念！"

憨哥一字一顿念了出来：

一根柱子三根梁，
凤凰（么）展翅地盖上；
尕妹的身套是一炷儿香，
走路时漂在个水上。
……

憨哥念完两段"少年"，观察刘能的反应。

刘能说:"我听出你有心事。心里牵着个女子,能不能给我说说?"

激动的憨哥决定借此话头把自己的真话倒出来,"我不知被啥迷住了心窍,还是老天爷给我定下了这段故事,大前天后响在县街见个女子,就猛乍乍记起这两段'少年'……"如此这般坦白出两天来的行为念头。

"看来我没猜错。"刘能的炯炯眼神闪着鹰的机警,"你们尕庄人叫你憨哥没叫错。街上见个女子,就鬼迷心窍跟到人家门外,还编谎留下来非要见女子不可,你说你憨不憨?"

憨哥憨笑一下,"我不知道这是犯了啥病,可就是由不得自己。当时只想把她好好地看几眼,能说话就与她说几句话,没想到……大哥,是不是你把你妹子故意打发开,不让我见她吧?"

阴阳难辨的怪笑挤出刘能嘴角,"看来,你憨得不轻!我不知道这个茬子,有啥故意不故意的?"扫天空一眼,"我现在知道了,就得实话告诉你,你见的女子是我媳妇。"

"大哥哄我哩。我从背影看得清清楚楚,留的是辫子,走路是姑娘的走手,咋说是你媳妇?"

刘能心里骂一声,不无讥嘲地说:"看你表面上憨,其实心里不憨。"这话也提醒自己,路上见个姑娘就被一段"少年"激起邪念,跟随姑娘到家门外,想方设法要见姑娘,这种男人八成是不稳当的。于是,鹰眼射出锥子一般锐利的目光,"我哄你是为你好。你只见我妹子背影,其实我妹子又麻又丑,不值得你追到家里找问。"

"大哥又哄我哩。老人们说过,买衣裳看袖子,说媳妇看舅子。大哥你长得这么攒劲,你妹子咋能又麻又丑?我只想见见她,见过了,这由不得我的病说不定就好了,回家没什么扯牵,你咋想法儿不让我见她?"

这话问怔了刘能。憨哥死皮赖脸的背后,有着让人喜爱的耿直。见一眼就放进心里丢不开,虽然没什么明确目的,但这样的执着令人感动。想如此想,说话依然冷凛着眉眼,"我没哄你。我妹子刚生下心疼得很,阿大阿妈乡邻村舍都说长得比我还心疼。后来着了天花,命保下了,却成了大麻子。这样吧,我这妹子早晚要寻婆婆家。这两天我见你是个能吃苦的实诚人,我把话给你撂下。你要从平安尕庄叫来媒人,再把二十四表礼备齐,我就把妹子给你当媳妇。办不到这些,你就是白向往一场。"

刘能只想把憨哥打发走,认定这样的条件只会把憨哥吓退,从此打消没根没底的痴心妄想。

憨哥望着脚前忙碌的蚂蚁想了想,"大哥这话当真?"

"当真不当真全看你怎么办。你现在就去县街寻脚户回平安尕庄去。"必须叫憨哥尽快离开。要不妹子回来被憨哥看见,真不知这个死心的憨头会做出什么事来。

"只要大哥说话算话!"憨哥欲要开步又犹豫起来。刘能从身上摸出一枚大板铜元塞在憨哥手里,推一把,憨哥飞也似离去。

5

北房奶奶单梁氏从长腿嘴里听到憨哥的行迹,正为他担心,却见憨哥急眉火眼从贵德回来,径直走进北房,扑咚一声跪在炕沿前,如此这般数说原委。单梁氏听完憨哥的诉说恳求,想了想,"这事得求乡老做主。"

到乡老家,憨哥下跪,给乡老复叙贵德的经见和遭遇,央求乡老为自己做主。

乡老捋着山羊胡子审度憨哥的迫切神情,"刘能真留你在他家住了两天两夜?他家真有十几棵果树的大园子?真有三面房子?"

憨哥赌咒发誓,如有半句谎言,天打雷劈。

"他派你做活留你吃住,是给你夸耀他家的盈富;他与你下棋,是给你显他的本事;他说妹子又麻又丑,却向你要二十四个表礼,还要我们尕庄出媒人去贵德上门下话求亲,他这是向我们尕庄人夸他贵德人的能耐。我们平安尕庄虽不如他们贵德保宁富,地方不如他贡麻好,可我们尕庄人是吃苦长大的,不是被外人比大的。媒人、表礼都好说,有我一句话,就全有了。我只问你,倘或刘能妹子真是麻子,你娶来当媳妇,你和我们尕庄人都成了冤大头,这你知道不知道?"

憨哥笑了,"乡老,你们不是常说,买衣裳看袖子,说媳妇看舅子吗?刘能攒劲得没口儿说,他妹子会是麻子?我从她背影看得出来,她比哥哥还要攒劲。"

"不是说得过天花吗?背影好看脸上难看的人多的是。"

"那是刘能哄人哩,反正我肯定她不是麻子。"

"听你口气,已把那女子吃进心里了。多的话我不说,媒人、表礼我替你央求大家,这是为我们尕庄、尕庄人争气。要是争来个人人厌嫌的麻子,那就是你的命,你自找的。不但不能嫌弃,还得好好地待她。不能叫贵德人说我们平安尕庄人的坏话,做到做不到?"

"别说脸麻,就是全身麻,我也认了!"心里的烫火,让憨哥显出瞎子跳崖的勇敢。

乡老当即召集尕庄有脸面的老者与单梁氏夫妇商议,备厚礼,抽调牲口,派单梁氏老大夫妇去贵德保宁提亲保媒。第二趟,乡老选派得力乡民送去二十四表礼。一来二往趁热打铁,把刘能妹子刘香娶来尕庄。尕庄全体村民忐忑不安地给憨哥添礼贺喜,接着年轻后生闹房,把震动尕庄乃至平安驿的消息传播开来:没娘娃憨哥,从贵德娶来比花骨朵还要俊的媳妇!

"你是狠人!"乡老给憨哥跷起大拇指,"从今往后得叫你狠人,不能再叫憨哥。"

第 八 章

1

憨哥从驮鞍取下沉甸甸褡裢,毛驴拴在碌碡把,抱来麦草扔在毛驴嘴下,进房门险些被门槛绊倒。刘香用大碗端来酽茶,趁男人喝茶工夫,从褡裢取出买来的年货:三两红曲、三两姜黄、三斤红枣、一斤冰糖、一斤黑糖、一包砖茶;从另一头取出两包卷烟、一包火柴、两架白线、一架扣线、七尺花洋布、七尺直贡呢、一丈斜纹缎、一面圆镜……

刘香着意捧住圆镜,看镜面,看镜背,看镜架,爱不释手。这面直径六寸,有金属边框支架的水银圆镜,是她向往多年的东西。捧在手里轻巧明亮,把她的面庞五官映照得活灵活现。不禁想起那面不该想起的古铜镜,下意识把圆镜扣放在一旁,说:"看来看去,你买的尽是家里用的东西、我用的东西,你不是想买一顶毡帽吗?"

"我还想新皮袄呢。驮去的粮食只卖四块白元,买了毡帽就买不了你用的零碎东西。"

"你不该扯斜纹缎,太费钱。不扯斜纹缎,就能买一顶毡帽。"

"哦,我戴上新毡帽,你跟丫头身上全是补丁衣裳,不是叫人骂我吗!斜纹缎扯了一丈。'裕兴昶'的伙计说,一丈斜纹缎能裁一件大主腰,一件小主腰。你跟巧儿一人做一件新主腰穿上过年。花洋布给香娃做钻钻、主腰、棉裤。"

刘香感激着男人,问憨哥:"长腿家的尕驴今晚拉过去,还是明早拉过去?"

打盹的憨哥睁开疲惫的眼睛,"我缓一阵就拉过去。尕驴累了两天,得喂点麸料。拌麸料得铡碎的草。为拌麸料,总不能去别人家借铡刀。拉过去叫长腿自己喂。"

刘香有意把斜纹缎抖两下,"这么好的衣裳面子,我个家裁,裁窄了裁肥了,糟蹋掉哩。我把尕驴拉过去,顺便叫长腿媳妇给我和巧儿把主腰面子裁出来。"见打盹的男人没什么表示,急忙用头帕卷包起斜纹缎,到院里解开拴在碌碡上的毛驴缰绳,拉出院门,把缰绳绕搭在驴鞍,让它前面走,她在后边跟着。憨哥拉驴还回去,长腿两口无意中会把话说漏。她借走骡去大庄的事早晚得告诉憨哥,年前瞒着他,过年有个好心情。

酽茶、旱烟消减了憨哥身上乏气,他撂开手里的羊角巴烟瓶,在毡上蹭几下手掌,又在腿上蹭两下,小心着抱起香娃,端详他的长相。香娃的小脸圆圆的,眼睛大大的,鼻梁棱棱的,眼仁黑黑的,耳轮光光的。最突出的是眼睫毛,又密又长,尖儿往上翘着,一扑闪,眼仁就放出亮光。香娃的额头、脸盘、鼻子、嘴唇、下巴、耳朵都与刘香长得一般无二。尤其眼睫毛,尤其黑葡萄般水色明亮的眼仁,还有眼仁转来转去的灵巧,活活儿从刘香身上挪过来的。

憨哥越看越喜爱。这是他的精血,他的心气,他的影子,他的根苗。如果女人是模子,别人填进模子泥土,倒出来只是胡基。可他的模子翻倒出来却是玉块、金砖!是刘香这个模子好,他填进模子的东西也好。不好才是怪事!全尕庄,包括全平安地区,狠人就他一个!

刘香刚娶来时,全尕庄老老少少男男女女,没一个不说刘香长得俊,长得稀奇。尤其是眼睛,会说话。只要盯住你看一下,再把眼睫毛扑闪两下,能把人的魂魄勾走。作为丈夫,这是他的骄傲,也是他的隐忧。世上的男人,十有八九向往俊俏女子。没命娶来当媳妇,也得把她当作一朵花儿,想方设法折在手里。再不,就把个家想象成一只蜜蜂,终日往那花蕊里钻探,沾她的香气,采她的精华。自刘香娶进家门,就有人提醒他,这么稀奇惹人的一朵花儿,得小心看护着,免得被长手的人折了去。现在看来,不但刘香没被人折走,反倒给他结出这个稀罕种子,实在是老天爷偏心关照着他。

憨哥越想越美,把香娃举过头顶,用额头磨蹭香娃鸡鸡,伸出舌头舔舔香娃肚脐眼,又把香娃的鼻尖、下巴、耳朵含进嘴里咂吮。香娃被这陌生又强烈的亲昵弄得紧张、发痒,四肢抽搐几下,颤抖着哇的一声哭喊起来,无论憨哥怎么摇,怎么拍,怎么哄,都不肯息声。

院里响起一串脚步声,接着顺风耳的声音:"狠人,我串门来了。"

2

憨哥慌忙下炕,把哭得声塞气噎的香娃塞给巧儿,"抱到北房去,让北房奶奶把他哄乖。"招呼顺风耳坐在炕沿,递上羊角巴烟瓶。

"你跑一趟西宁城,见识了什么稀奇事?"顺风耳好像是随口打问,眼神却分明想得到满意的回答。

憨哥实话实说:"长腿的尕驴老了,驮了一口袋粮食,天擦黑才赶到城里斗行,第二天买了些过年东西就往回赶路,看都没好好地看几眼,能见识什么稀奇事儿?"

"你这趟西宁城白跑了。偌大一个西宁城,天天有稀奇古怪的事。我就知道一个,你想听不想听?"

"想听。"憨哥听见北房传出香娃的笑声。女人们到底凭什么本事,能把哭得止不住的娃娃哄乖,还惹出笑声。

顺风耳假咳两声,"我先问你,城里人为啥把男人不叫男人,要叫丈夫?"

被这突兀的问题问憷,憨哥半张着嘴只顾朝顺风耳眨眼睛。

"不知道吧?"通晓世事的得意,让顺风耳挺直下塌的腰背,翘起下巴,"眼睛只看脚前一尺大的地方,永远别想走出尕庄。丈夫丈夫,一丈之内是夫,超出一丈就不是夫。"给憨哥怪笑一下。

憨哥依然懵懂着,不明白这上不着天,下不着地的话从何说起。

"你进城的前两天,西宁府台衙门处决一个通奸杀夫的女犯,城门内外都贴了布告,你进城一趟,这件事都不知道,不是白跑是什么?"

"你一说我想起来了。我进东城门,看见城墙贴着布告,围着人观看。天快黑了,我又不识字,还得赶到斗行卖粮,不知贴的什么布告,可……布告与你说的丈夫有什么相干?"

"有相干没相干,听我说完你就知道了。城里有个鞋匠,娶个好看媳妇,总有不三不四的浪荡子弟在鞋匠铺附近转悠。心想媳妇长得好看,总会招惹风流人眼馋。要么媳妇出嫁前不安分,水性杨花,如今嫁他一个鞋匠,那些倾慕者不死心,要找缝子下蛆。从此严格约束媳妇,不许单独出门会客。媳妇被激怒,说你这么不放心,当初该娶个丑八怪做媳妇。丑妇是家中宝。鞋匠的反应是管束得更加严厉,不准媳妇走出大门。年头节下上街走亲戚,鞋匠紧随其身不离左右。媳妇万般无奈,对丈夫说,我是大活人,为你成年累月囚在房里,快要发霉生蛆。你干脆托银匠打一把锁子,锁住我的下身,你把钥匙挂在脖子上,或者噙在嘴里,免得终日疑神疑鬼。鞋匠我行我素,不给媳妇一丝一毫的自由。媳妇绝望了,说,我总算明白了,在你心里眼里,我什么都不是,只是一个皮。在我心里眼里,你什么也不是,只是个醋壶、醋坛、醋罐、醋缸!我要叫你明白,大活人是管不住的。我真要不安分,真要风流,你一点办法也没有。早晚,我要在你眼皮底下与外人日皮,还要叫你给我解裤带。鞋匠只当是气话。有天,鞋匠正在铺堂绱鞋,厨房做饭的媳妇举着两只面手跑进铺堂,夹紧人腿搓扭着,快快快!我尿憋得吃不住,快给我解开裤带。鞋匠见媳妇两手沾着面屑,白乎乎地举在头顶,慌忙撂下锥子麻绳,给媳妇解开绾成死扣的裤带。媳妇用两肘挤夹着宽松的裤腰,急步走入铺堂一侧的大门。鞋匠心想,媳妇这泡尿真是憋坏了。半支烟工夫,媳妇笑眯眯再次来到铺堂,要鞋匠给她系上裤带。说,你把我守得紧,守来守去,让人在你家厨房把我日美了,你要不信,往外看。鞋匠顺媳妇手指望出去,匆忙远去的是个穿绸衫的粗壮男人,腰背上全是面粉手印。鞋匠大吼一声,拿起锥子追寻到厨房,手起手落十几下,媳妇前胸后背血花斑驳。最后鞋匠被拿切刀反抗的媳妇砍裂脖颈而亡。到官府,媳妇说生不如死,只求速判速死。"

憨哥听得目瞪口呆。庄子里,顺风耳最爱串门,东家出西家进却不招人烦,是顺风耳总有说不完的新鲜事暖人耳朵。今天说的这件事,听了让人心寒。他隐约觉得顺风耳说这事有什么用意,笑着说:"叫你顺风耳叫对了,这世上没有你打听不到的事情,老天爷给你世了个好耳朵。我是个粗人,进城只顾卖粮买年货,没顾上打听一两件古怪世事,叫你白来一趟。"

顺风耳抚弄着憨哥的羊角巴烟瓶,阴阳怪气地笑一下,"你其实不粗,跟长腿跑一趟贵德,把人家花骨朵一般的姑娘弄到家里当媳妇,本事比我大多了。可你得记住我说的话,丈夫丈夫,一丈之内才是夫。别像我说的那个鞋匠,娶了好媳妇没命受用,到头来落个鸡飞蛋打。"

刚才不透彻的想法一瞬间清晰起来,"用不着你来提醒我,我心里明着镜儿。"

"就是就是,你是狠人嘛!"哈哈着走出大门,突然转身对送出来的憨哥说,"我来,是想问问你媳妇去大庄见没见高先生。我有事请教高先生,怕他出门给人看病不在家。"

"我媳妇昨日去了大庄?你是怎么知道的?"

又是那种意味深长的坏笑,"我什么不知道?"撂下一丝坏笑扬长而去。

3

刘香从长腿家回来,憨哥四仰八叉躺在炕上,炕桌上放着烟瓶、茶碗,还有拨浪鼓。憨哥熟睡要拉鼾,尤其仰睡,鼾声更凶。此刻虽然闭实了眼睛,却安静得猫儿一般。男人在装佯。每当高兴,憨哥就要给她装模作样,目的是惹她高兴高兴。刘香不理会装佯的男人,搬开炕桌腾出炕面,把长腿媳妇铰好的主腰面子展开,一边端详一边说:"难怪长腿媳妇说我男人有眼色,这么好看的衣裳面子,谁见了不喜欢?能穿上这么新鲜好看的新主腰过年,全夯庄恐怕就我刘香一人。外庄人见了,一定说我是狠人的媳妇。"偷眼观看,憨哥只把眉头皱起来,没有往日听她夸奖时喜不自胜的举动。刘香疑惑着打量装佯的男人,发现他灰暗脸色里埋藏着恼怒。正不知如何是好,听香娃的欢笑又从北房传过来,便说:"你就这么装着,我得去北房,叫北房奶奶绾纽子纽门。"刚撩起门帘,憨哥猛地坐起同时喝令:"你给我站住!"

刘香回头怔住了,男人鼓突的眼仁似两粒火炭,声音刀子般锋利:"狗日的背着我去了大庄?"

"你咋知道的?"立即后悔问得愚蠢。要想人不知,除非己莫为。

"我啥不知道?"脱口冒出这一句,憨哥暗自好笑,怎么跟顺风耳一个腔调?

既然被男人知道,再没有隐瞒的必要。刘香跨坐炕沿,用乞求谅解的眼光望着男人,"上次给香娃看病,高先生……"

话被憨哥打断,"你别高先生长高先生短,我只问你,为啥要瞒着我去人庄?"

"不瞒你,你能让我去吗?人家高先生……"

话被再次打断,"又是高先生高先生!他真要有本事,上次就该看出啥病。嘴上说香娃没病,却叫你再去一趟,还要背着我,他安的什么心?"

刘香生气。她不能容忍男人对高先生不恭,甚至把高先生往歪处想,"人家只为我们的娃娃,我也是为了把上次看病吃药后的情况及时告诉高先生……"

"哼!"箭镞似的哼声射断刘香的话,喷火的眼睛盯牢刘香面孔,"就算是这样,那你这次去,他说了什么?"憨哥使劲搓捏双手,往手上积聚打斗的气力,或者极力克制要发作的双手。

"我把上次看病回来,喝了山羊角汤,玩耍拨浪鼓以后香娃的变化告诉高先生。"

憨哥的眉心鼓起一条肉棱。

"高先生看了香娃的耳后血脉,指根血脉,还看了眼仁、鼻孔、舌头,问我香娃怀孕坐胎期间是不是受过惊吓……"

话又被截断,"我看这个人不会看病,又没说头,满嘴胡说。娃娃有病没病,与怀孕坐胎有啥相干?他是另有图谋,只往你身上寻找由头。"

刘香不能听忍丈夫对高先生产生误解,严肃了神色语气,"听我把话说完成不成?"她尽量把高先生原话的意思说得全面。发现丈夫听得认真,有耐心。不过最终的反应是:"你别听他胡说!你说,自你怀上娃娃到生养,受过什么刺激惊吓?反正我没有让你受过惊吓,担过风险,姓高的不是胡说是什么?"

憨哥此话不虚。自知道刘香怀了娃娃直到生养,憨哥对她的体贴关爱无可挑剔。要不是怕庄舍乡邻笑话,恨不能把她当作娘娘供奉起来。一则,刘香要给甘家续上香火;二则,刘香一旦为憨哥留下后人,旁人再想勾引就不那么容易。所以处处事事顾着她,重活不让她做,风雨湿寒不让她出门下地。怀孕胎儿受惊吓受刺激的话,说不到憨哥身上。要他信服,就得把藏在她心里的那个事实明白说出来。可那种事能说给憨哥吗?一旦憨哥知道她被别的男人勾引欺辱,会怎么想?当初她把这事埋藏心底不说,就为避免憨哥多心。如今话推话说到这里,不说明白,只会让憨哥怀疑高先生的叮咛,轻视高先生的嘱咐。思前想后,觉得这件事说上天说下地,是为了香娃的成长。至于在男人心里引发怎样的疑云,她相信随着时光增长,太阳终会驱散他心里的阴影。便把去碾伯给蒲家娘娘帮忙,早晨去河边担水,遇见唱"少年"的歌手,以及后来发生的事一五一十全盘托在憨哥眼前。

憨哥边听边抚弄羊脚巴烟瓶和羊皮烟袋,一锅一锅连着抽烟,夸张地咂着嘴巴,往炕沿磕烟锅也比往常使劲,把炕沿砸出几个凹坑。不等刘香说完,急迫问道:"你说的唱'少年'的人是哪一个?"

"就是那年六月我俩浪曲坛寺会场,在树林里听人唱'少年',你听得入迷,我三番五次叫你你都不肯走,后来打听人家名字,你说人家名字起得不好,听起来像是'贼打鬼'的那个。"

"他给你说过他是碾伯街上的?"

"当时我俩在一起,从早到晚没分开过,听他唱'少年',是在多人的场合,他能给我说话吗?"

憨哥回忆那天经过。两口儿从早到晚都在一起,没有单独行动,刘香没有机会与外人说话。但刘香的眼睛会说话。那些唱"少年"的去会场显能,就是想方设法取悦女人的心。见了刘香会说话的眼睛,"贼打鬼"能视而不见,轻易放手?如此一想,记起刘香要找地方解手,离开他去了树林深处。那工夫正好是"少年"把式休息喝茶的时刻。一定是听唱过程中,刘香与"贼打鬼"用眼睛搭上话语,而后借口解手,去没人地方办了"好事"!

这种回忆判断,涨昏了憨哥的头脑。怪不得顺风耳平白无故要给他讲什么"丈夫丈夫,一丈之内才是夫"的道理呢,原来是这样!不禁粗声恨气地审问道:"在碾伯给蔺家娘娘做伴儿,去河边担水遇见的咋不是别人,偏偏是'贼打鬼'?"

刘香不知如何回答。犹疑间憨哥又问:"香娃是那时节怀上的?"

"当月没见月信,以为受了惊吓的缘故。第二月也没见月经,才明白怀了娃娃。"

黑了脸色的憨哥往炕沿磕烟锅,把羊脚巴烟瓶磕成两截,望一眼断折烟瓶的尖锐骨茬儿,将手里破损的一截扔在地上,再不说话。大约一碗茶工夫,阴阴地问:"这事给外人说没说过?"

"这种事咋能对外人说。给你没说,是怕你走心术儿。如今香娃哭闹看病,经高先生指点,我才明白与这件事有关。说出来,为的是日后小心着看顾香娃,多哄多爱,少训斥打骂,才能治好他从胎里带来的心病。"

"哼!怕是你的心病吧?"目光直逼刘香,让刘香打个寒战。

第 九 章

1

接连几天,尕庄村头巷尾出现穿紫红袈裟游走的寺院阿卡。起头一个,后来增加为三个。起头一个在村外游走,尕庄人没怎么在意。常有云游僧侣路过或者入庄乞讨布施。坐落官道一侧的尕庄人习以为常。增加为三个,躲在村口空场大榆树后探头探脑,交头接耳,尕庄人警惕起来。六根清静的出家人不应该鬼鬼祟祟。其中必有蹊跷!倏忽意识到,巴浪村的家西番养下发散香气的儿子,三岁半认定为某寺院活佛的转世灵童,被喇嘛接去寺院学经。尕庄的香娃养下来散发香气,就有人疑心又是一个转世灵童。如今香娃已过三岁半,寺院喇嘛大概是依据梦境得到的兆示,前来寻访,由于眼见的标识与梦中显示的有些出入,才没有贸然行动。

被寒苦锉刀锉平了心气的尕庄人陡然亢奋。他们渴望亢奋,却不该是这样的亢奋。应该是怎样的亢奋?他们不甚明了。久旱渴望下雨,可不该是暴风雨。香娃真要被寺院喇嘛接去寺院坐床,是浇在尕庄人头上的甘霖还是暴风骤雨?怎么办?怎么办?

北房奶奶、上院嬷嬷、偏院婶婶、下院新嫂,以及所有疼爱香娃的妇女们听到这骇人消息,第一时间齐集刘香家中商议对策。见到发呆发愣神情凄惶的刘香,她们没有了主张。女人只会调动针头线脑,只会安排锅碗瓢盆。大事向来得由男人们做主。憨哥呢?她们这才发现,应该在家的憨哥却不在家。号称狠人的憨哥,该不会见几个阿卡吓得躲了起来?

刘香把香娃紧紧揽抱在怀内。她也不知憨哥去哪儿了。已经三天没入家。

是憨哥率先知道了消息,去寻求高人讨主意了?

"快!快去见乡老!"北房奶奶凭空挥动双手。众妇女呆望着她,弄不明白她要大家同去还是独自去。下院新嫂朵秦氏掉头跑了出去。

两顿饭工夫,或者三顿饭工夫,朵秦氏回来了,"乡老要我们沉住气。阿卡在村口游荡,不一定是冲着香娃来的。等弄清阿卡的来意,再做道理。"

"再做道理就晚了!"北房奶奶认为一向丁是丁、卯是卯的乡老,说出这四六不靠谱的话,只能证明阿卡的来路目的,是乡老不能阻挠的。八成是知道自己虽是乡老,顶多在乡民眼前呼点风唤点雨。面对带着佛爷旨意来的寺院使者,别说是乡老,县长省长也得退避三舍。

"快!快去把长腿和顺风耳请来。"尕庄三十六户的男人中间,紧要事能拿主意的仅此二人。

自告奋勇的冶家二姑娘和马家大媳妇还没回来,顺风耳和长腿却先后来到。

两个男人端着肃正脸色。众妇女顿然收住嘈杂议论,让出炕沿请两个有本钱的男人就座。众妇女垂手站立两侧。从脸色判断,两个男人还没想出对策。可妇女们相信这两个男人会想出对策的。尕庄三十六户的男人不分老少算起来,正好一百单八个。刨去十五岁以下男孩,能下地扶犁耕地、割麦,上山烧灰,出门挖金子的足有七十二个。七十二人中,这两个男人不论咋看,都是人物。紧要关头拿不出好主意的人物,算啥人物?

"憨哥去哪儿了?"顺风耳把抽了几口的羊脚巴烟瓶传给长腿,扭头问刘香。自他俩进门,刘香一直把下巴支在香娃头顶发呆。常年脸上挂笑,见人就礼让的刘香,今天准定吓碎了心。好在还把破碎的心兜在胸腔内。

"谁也不知他去哪儿了。"上院嬷嬷秦靳氏替刘香回答。感觉其中必有蹊跷,却不敢说出自己的疑惑。庄稼人家的男人,出门入户多停不给婆娘打招呼。倘或为了家务,或为了给刘香母子捞点吃喝,错想是有罪的。

"真要是寺院派来接走香娃的,我们咋办?"北房奶奶想对只顾埋头吃烟的两个男人发脾气,硬忍住了。

"能咋办?"顺风耳往炕墙上磕掉烟灰,边装烟边说:"命定是活佛的转世灵童,就得去寺院接受喇嘛们的严格教训。三岁前不来接,是寺院没有奶娃娃的女人。等三岁后断奶,寺院才接去学经坐床。香娃几岁断奶,喇嘛们早已掐算出来了。"

刘香神经质地松开紧揽怀内的香娃,快速撩起衣襟,亮出白晃晃两个奶头,"我的香娃还没断奶,还不断奶。"硬把乳头填进香娃嘴里。香娃欲咂不咂地欣赏着眼前的两个白面馒头,竟然咯咯咯地笑起来,同时扭动全身。爱哭也该哭的香娃,在这种时刻笑起来,让在场众人相信了眼前事实:不是转世灵童,何以如此?

"不能!我们不能让阿卡把香娃接走!"北房奶奶斩钉截铁地说,还有点咬牙切齿,"豁出我这条老命,也要保住我们的香娃!寺院领走的不是香娃一人,还有刘香,还有憨哥。我们不能把三个人的命交到阿卡手里。"老迈的北房奶奶一瞬间显得活力高涨,口气壮壮的,声音朗朗的,气魄足足的。众妇女被感染,全都一下子显抖出精气神,"对对对!豁出我们大家的老命,也不许阿卡接走香娃。"其中几个夸张地显出摩拳擦掌的倾向。

"寺院掐算出的转世灵童,谁能留得下?谁敢留?硬留下,只会招来不平安。连累香娃父母不说,还会连累全尕庄人。"顺风耳说这话时扫视勇气可嘉的妇女们,眼光怪怪的。

顺风耳说的是道理。但这道理众妇女不想接受。"宋家爸爸,你说句话。"朵秦氏认定长腿会有好主意。

长腿把羊角巴传给顺风耳,清一下嗓子,"来之前我去村口看了看,那三个阿卡不像来村里办大事的。寺院派出办大事的阿卡都有道行。肩上担着佛爷的旨意,不会偷偷摸摸躲躲藏藏。以我说,我们有些多心,总怕香娃是转世灵童,被寺院接走。香娃招人疼爱,尤其你们这些奶奶嬷嬷婶婶嫂嫂们,把香娃视为个家的亲人。接走香娃,扒走的不光是刘香憨哥的心,还有你们大家的心。这事得另想办法。"

"啥办法?"众口一词让妇女们显出急不可耐的慌乱。

"真要是寺院掐算出的灵童,要想不让领走,只有一个办法。"

众妇女被寒苦磨浑了的眼仁,一瞬间星星般亮了一下。

"寺院掐算圆寂活佛的转世灵童,会掐算出好几个。而后依照佛爷托梦的梦中景致,四处寻访与梦境相同的地方。而后才接触出生年月日与佛爷圆寂时刻相同的新生男孩。而后领去寺院做法事诵经,让不同地方领去的几个预选灵童,辨认活佛生前用过的、喜爱的东西。最后在全寺大喇嘛监督下,进行金瓶掣签的仪规。如果是大寺院选定的灵童,还得报请中央政府批准认定。如果香娃只是几个预选灵童中的一个,就有办法。"

"啥办法?"妇女们的语气和目光,已经透出对长腿的钦佩和折服。到底是进过西藏出过尼泊尔的人,见识上天了。

"当年给憨哥说媳妇,全尕庄家家户户有钱的出钱,没钱的出粮食。憨哥应承等日子过好了,把大家的钱粮如数还给大家。至如今憨哥的话没兑现,再让……"

顺风耳不耐烦了,"有话直说!这么绕来拐去的比婆娘家还啰嗦!没见大家越听越糊涂?"

"我的意思是,还得靠庄舍们齐心协力凑集些钱粮,塞给那三个阿卡,堵住他们的嘴。叫他们放弃香娃这个预选灵童……"

"不成不成!"顺风耳从炕沿跳起来反对,"打点寺院阿卡,不怕给你放咒？你这是给尕庄人招灾惹祸。"

"什么招灾惹祸！我看那三个阿卡根本没有出家人的样子。一脸的老鼠相，多少喂一点，就能救下香娃。"

众妇女异口同声赞称长腿的主意是真主意。只要留住香娃，寺院想放咒只管放，尕庄人不怕。

顺风耳见妇女们众志成城，阴阳怪气地问长腿："阿卡能听你的话？"

"你忘了我会说藏话？"

众妇女松了一口气。只要能留下香娃，钱财算什么？集！集！当年全尕庄合力给没娘娃憨哥娶来俊媳妇。如今再把香娃留下来，是积大德的事！是给尕庄长脸的事！也是为自己的寒苦日子增光添彩的事！不做会后悔。

众妇女发声喊，鸟散而去。俗话说：男人是捞钱耙子，女人是装钱匣子。只要女人肯打开装钱匣子，哪怕取出的只是三大麻钱，一枚铜元，半斤麦子一升豆儿，佛爷会被尕庄人的真情感动。

2

哗啦啦走尽了人众的房子，空寂得让刘香手脚无措。三岁半的香娃与其说不懂母亲心情，倒不如说要看母亲的笑谈。他把拿在手上的拨浪鼓摇得连天价脆响，同时在炕上蹦跳着，用脚片拍打炕毡的声音给拨浪鼓加添共鸣。刘香呆视活泼儿子，心内愈加凄惶。长腿想出对策，奶奶嬷嬷婶婶嫂嫂们分头去凑集钱财，既令她欣慰又令她恐慌。欣慰的是村民们在紧要时刻为她分忧解难，香娃有可能不被寺院喇嘛夺走；恐慌的是，纵然奶奶嬷嬷婶婶嫂嫂们乐意把心掏出来换下香娃，最终却要取决于每家每户做主的公公婆婆丈夫儿子的同意。眼下正值青黄不接，家家户户用清拌汤打发日子。拿出家里吊命的钱粮接济外人,十有八九会受到阻扰。再说,当年憨哥娶她,村民们集资的钱粮,憨哥应承一笔一笔还给人家。事实是,紧巴巴的日子,挪不出一颗粮食了却这个人情。日子越久,压在她与憨哥心上的负担越重。哪还有脸面再从村民身上割肉吮血。可不割别人肉不吮别人血,香娃就永不是她的香娃了。

怎么办?到底该咋办?刘香团团乱转,用视线模糊的泪眼打量该安静却不肯安静,成心用蹦蹦跳跳踩踏她心房的香娃,隐疼的心窍溢涌出一股寒意。原以为养个儿子就是一辈子的指靠,哪料想,养了个命中不该是她的孽障!只会揪她的心,撕她的肺,绞她的肠子。在这种时刻还嘻嘻哈哈蹦蹦跳跳。真正是娘老子的心在儿女上,儿女的心在石头上!

一提起娘老子,心慌意乱的刘香忽然明白,心里的空、慌、怕、急,全因为身边缺个憨哥。天杀的憨哥!到底去哪儿了?家里要着火,儿子要升天,婆娘要进地狱,憨哥还有闲心去外头逍遥!极端的恐慌中忽然添进了疑惑。憨哥早不在,晚不在,偏偏在这个节骨眼上不在。这个念头令刘香清醒。憨哥是成心吧?为什么成心?是起了疑心!起疑心又不能给人明说,只好去碾伯寻那天杀的"贼打鬼"落实事情。如果真能找到"贼打鬼",从"贼打鬼"嘴里扒出实话,倒是一件好事。要是找不见"贼打鬼",又疑心香娃来路不正,就巴不得香娃被寺院阿卡接走。这个念头一出现就扎了根,毛根越伸越明确:是憨哥事先听到风声,在喇嘛进庄前有意避开了。这样,既能让喇嘛领走来路不正的香娃,又能保住他的狠人名声。刘香打个寒战。

3

刘香没有猜错。不过话得说回去。

听刘香细叙被"贼打鬼"欺侮经过,憨哥心里落下一块粗粝巨石,压得他沉默少言,愁眉不展。最叫憨哥痛苦的是,心里装了狼牙棒一样消化不掉的心事,却既不能发泄又不能张扬。不能发泄不能张扬也还罢了,还得装出真狠人一样,继续得意、自豪。这算什么事儿?!被这个心事折磨得连续失眠几夜,憨哥显露出少有的萎靡不振。

"憨哥,几天不见,咋瘦成这样?媳妇俊,也得悠着点。"这样劝慰的村民,显然以为憨哥贪恋床帐之欢娱,不爱惜身子。

"有什么天大的心事,把狠人消磨成这样?"顺风耳试探的口气中暗含着幸灾乐祸。

憨哥接住顺风耳递过来的羊脚巴,蹲在墙根闷声抽了两锅,突兀地问道:"你给我平白无故讲说一丈之内才是夫的古今儿,是听了什么闲话吧?"

"不是我听了什么闲话,而是你知道了什么事情吧?"憨哥的语气表情,说明憨哥吃了某种哑巴亏。顺风耳测进眼里喜在心中。"是不是吃了什么哑巴亏?你是我们尕庄,不!是我们全平安地块上响当当的狠人,有啥哑巴亏能让你吃?"他有意停顿一下,"是不是媳妇太俊的缘故?"

弦外出音。憨哥警惕着顺风耳的奸诈,说:"别怪俊。当年你娶的媳妇不俊,外人照样给你寻事。"

"不怪俊就得怪憨。太憨守不住俊媳妇。"

这种话是扣子,不小心就要套住。他想探测顺风耳心里的深浅,反被顺风耳探测。憨哥一时接不上合宜的话。

"你有心事。"

"没有心事。我狠人能有什么心事?"

"皮谎!你的心事全在皮脸上放着。"

憨哥原本不展的眉眼,由于顺风耳这句不敬的话,添加了阴郁。我狠人的脸啥时候成了皮脸?乡老也没敢说我的脸是皮脸。说我皮谎我承认。可我能给你这号人说实话吗?没说实话,你已经把我的脸说成是皮脸。说了实话,你不把我压在尻子底下?

望着憨哥明显佯装的满不在乎的背影,顺风耳心里骂道:好皮叫狗日了!一个没娘娃,仗着娶了个妖精媳妇,又仗着养下个稀罕儿子,被满庄子婆娘们疼爱,就口气大得不知道天有多高地有多厚。你忘了你的狠人名号是怎么得来的?没尕庄,你能有今日?还甘仁恩呢,甘你妈的皮恩哩!不叫你吃点苦头,你就不知道尕庄的顺风耳是长着三只眼的马王爷!

顺风耳试图用苦头压一压狠人的气焰倒是其次。主要是叫尕庄那些迷色势利的人们明白,当年偏看他的丑婆娘、笨儿子,如今却把刘香、香娃当成金镶玉顶在头上。这种不公平是尕庄人亘古以来嫌穷爱富、舔肥尻子咬瘦尿等等穷酸毛病的根源。不亮出这个根源叫尕庄人看一看,想一想,议一议,尕庄人就不会长进。

机会终于来了。灵感来自官道上独行的一个阿卡。

4

当年长腿跟着湟源的歇家跑西藏,广泛接触环湖地区藏族牧民,一来二去,学会些藏语。如今年过四十不再跟脚,缺少与牧民口头交流的机会,但凭着年轻时死记硬背学下的那些藏区日常用语,还能流利地说出口。这使得长腿从刘香家出来,奔往村口的路上,显现出胸有成竹的义无反顾。

顺风耳有意放慢脚步跟在长腿身后。他要找个借口,脱离这无聊的是非。可长腿身先士卒排除万难的背影令他怯火。此时找借口不去村口,只会被长腿小瞧。终止这个由他策划实施的游戏,必须给长腿交底。这个节骨眼上,长腿回头问道:"你迟迟畏畏落在后头什么意思?是怕阿卡给你放咒?"

"就是,我一家七口还得活人,经不起被别人折腾。"

"你说的别人指谁?"长腿听出顺风耳的话外有话。

顺风耳答非所问,"你能说转阿卡?"

"说转说不转,去了才知道。"

"值吗?"顺风耳索性止步。长腿执意要当说客,他不交底不成了。

"什么值不值?"长腿一时没能领会顺风耳此话的含义。

"我是说我们给憨哥当说客,闹不好要引祸上身。"

"我这么做不为憨哥,是为刘香,为香娃。"

对显然铁了心为刘香出头的长腿,顺风耳不得不交出底细。与其让阿卡戳穿,不如自己戳穿。一咬牙一狠心,"别去了,村口的不是真阿卡。是我支使拉鼻态寻摸来的假阿卡。"

意外让长腿愤怒,"你这是在戏弄我,戏弄刘香两口,戏弄全尕庄人!"

"我谁也没戏弄。我只戏弄憨哥。狗日的一个没娘娃,靠着尕庄人帮衬娶个俊媳妇,让乡老叫出个狠人,他就把下巴扬到天上去了。如今养下个发香的儿子,眼看要把尻子撅上天了。不治一治,他眼睛里装不下我们尕庄人。"

长腿明白了。明白了就坦然下来,"憨哥该治!可治憨哥连带着治了刘香,治了香娃。刘香母子没做错事。"

"做没做错事天知道!没见这些日子憨哥的皮脸灰塌塌的?没见刘香背着憨哥借你走骡去了大庄?"顺风耳脑子倏忽一转,"话到这我才算明白。趁着憨哥借你毛驴去了省城,你又用走骡服侍刘香去大庄。八成是你和刘香合计着打憨哥的背棍吧?"

长腿看见自己的拳头朝着顺风耳扇动的两片嘴皮捣了过去,又见自己的巴掌狠劲扇在顺风耳脸上,顺风耳踉跄着向后倒下去。不过这些应该用在拳头巴掌上的气力从嘴里喷发而出:"你再这么由嘴胡说,看我不捣烂你的皮嘴。"他迫使自己冷静下来,意识到顺风耳这样做由来已久,并非只为戏弄憨哥出气。"你戏弄憨哥是假,戏弄尕庄人是真。你不怕尕庄人看穿你的贼心,乱石头砸死你?"

"我这样做是为全尕庄人出气。当年单梁氏求告乡老,把刘香从贵德娶来,靠的是谁?单梁氏和乡老?不!是我们大家的钱粮。他狗日的以为娶了俊婆娘了不得了。如今又养个发香的儿子,不把尕庄人放在眼里。当年许下还给我们的钱粮至今没还。没还就没还。我们没有逼他还,可他不念大家的情。不给这种人一点苦头吃,他就不会长进。"

长腿从顺风耳的语气神色中看出,顺风耳这样做,并非借着一时一事的不满,而是由来已久的某种蓄谋。顿时感觉顺风耳是披着羊皮的狼,由于习惯性的龇牙咧嘴而露了原形。一股深深的厌恶涌出心房,同时伴有暗喜。假阿卡显露出顺风耳的险恶用心,可刘香毕竟能放下心来安心地养育香娃。这比什么都重要啊!

身后响起急迫脚步声。长腿明白顺风耳要撵上来给他下话,却懒得再搭理这个披着羊皮的狼。他已想好,为了刘香永久安心,为了尕庄平安,他对大家说:阿卡们应承不收任何答谢,放弃尕庄这个预选灵童。

三天后出门的憨哥回家。听到长腿说退阿卡的经过,没怎么放在心上。他放在心上的是"积成当"小掌柜给他的说明:自那年私自带女人进库房打碎香水瓶被我父亲辞退后,再没见过翟达贵的面。估计为唱"少年"远走高飞了。

第 十 章

1

刘香把燕麦扔在唠坎,关照地边玩耍的儿子。香娃蹲着,用一截树枝拨弄着什么,很小心很投入的样子。大约是几只长翅膀的大蚂蚁或者一个蚂蚱。几只白得耀眼的粉蝶从马莲草丛飞过来,在香娃头顶缠缠绕绕忽上忽下地舞着,大约闻见了香娃身上的香气。北房奶奶和下院新嫂说,从杨树叶伸展,麦苗拱出地皮开始,香娃身上散发出一股一股的香气,几步远就能闻到。庄子里的女人把香娃当作宝贝,一有空闲就围在香娃身边惹逗说笑,把舍不得给自己儿孙吃的好东西留给香娃。下地收工路上,争抢着要抱香娃,惯得香娃不肯待在她的身旁。

刘香把目光贴在儿子身上舍不得移开。小满后的艳阳天,满世界郁郁葱葱。长高虫一声一声的啼叫从远处传来,天地睡熟了一样,宁静得让人听见更远地方突然响起的喜鹊叫声,水沟里溪水滚过石头的喧闹,蜜蜂从头顶经过留下的嗡嗡声。自刘香懂事,父亲母亲常说,她三岁前后,也就是香娃这么大的时候,总是哥哥刘能形影不离地守护着她。跟父母去田地由哥哥背着。父母在地里拔草、割麦、往场上搬运捆子、往磨坊背粮食,总是哥哥陪伴着她,喂她吃饭,哄她睡觉,抓走爬上她脚面的蚂蚁,赶开围她乱撞的牛虻。她是贴着哥哥的脊背、闻着哥哥头发的汗气长大的。长大成人出嫁到平安没回过娘家。如今,三岁半的儿子像她小时候一样在地边玩耍,让她不禁想起多年没见的娘家哥哥。

太阳升到头顶,妇女们陆续离开麦田,集中在小树林歇晌吃饭。刘香把手铲插在地里,抖掉衣襟、腿面上的草茸土渣,抱起瞌睡的香娃走进小树林。妇女们欢快的说笑,让歪在刘香怀里的香娃挺起身子,眼睛闪出愉悦的神采。

背靠杨树席地而坐的北房奶奶伸出草汁染绿的双手,"把香娃给我。"

刘香要把香娃抱给北房奶奶,却被朵秦氏从怀里抢过去,撮嘴在香娃脸蛋美美地亲一口,说:"好几天没闻香娃的味道,让新嫂好好闻个。"

香娃扭躲朵秦氏挨近的鼻尖,朵秦氏佯装生气,"新嫂只闻你的香气,又不吃你,你扭开脸做啥?才三岁半的娃娃,知道害羞了?"她一手托抱香娃后腰,一手把香娃扭转的脸蛋揽近鼻子,夸张地吸气,"比前几天更香了,香得没法儿说。"

悄悄摸上来的偏院婶婶从朵秦氏怀中夺走香娃,"我也闻闻。"怕被别人抢夺,跑出小树林又闻又亲。刘海蹭着香娃眼窝,痒得香娃咯咯咯地笑起来。

被嬷嬷、婶婶、嫂嫂、姐姐们传递着喜欢了一阵,香娃回到母亲身边。

妇女们围坐成圈,把自家带来的青稞炒面、煮洋芋、杂面干粮、玉麦炒面、大麦面油花,集中放在中央,就着砂瓶、瓦罐、黑釉瓷坛的凉茶吃喝起来。北房奶奶从炒面布袋取出一块白面馍馍递给刘香,"这是给香娃吃的。"

刘香双手接住,对香娃说:"快给北房奶奶说多谢。"

香娃奶声奶气地说:"多谢北房奶奶。"

朵秦氏从底襟口袋摸出东西捏在手里惹逗香娃,"香娃,再叫我一声新嫂,我也给你好东西吃。"

刘香松开揽抱香娃的左手,让他走到朵秦氏身前。朵秦氏双手合在一起伸到香娃眼前,"香娃猜一猜,新嫂手里是啥好东西?"

香娃呆怔片刻,回头向母亲求助。刘香鼓励道:"猜,慢慢猜,猜错了也不要紧。"

把目光投在朵秦氏手上的香娃依旧呆怔着。朵秦氏只好挪开左手又伸展右手,原来是两颗干缩的红枣,"说多谢新嫂。"

"多谢新嫂。"香娃及时学说,却没有伸手拿取红枣的举动。朵秦氏把呆怔的香娃揽进怀抱,美美地亲一口,"真是个心疼娃娃。"冲红枣吹几口,一个塞进香娃嘴里,一个放在香娃手里,"让新嫂揣个鸡鸡。"手伸进香娃裆内。香娃扭动屁股想挣脱,却被朵秦氏揽抱得更紧,只得由她揣摸,感受那怪怪的舒坦。

香娃被偏院婶婶叫到身边,递给他一个捏得见棱见角的炒面籴儿,"这是用酥油黑糖拌下的炒面,给公公吃的时候,我捏两个籴儿给香娃拿来了。"让香娃张嘴,她掐下一角投进香娃嘴中,看着香娃咀嚼,"甜不甜?"

"甜。"

等香娃咽下,上院嬷嬷逗惹道:"我不要你说多谢,我要你另说一句话,要是你给我说一句稀罕心疼的话,嬷嬷明日也给你拿几个酥油炒面籴儿。"

香娃望着上院嬷嬷的脸呆了一阵,突然喵——呜、喵——呜、喵——呜,连叫数声。

众妇女愣一下,暴出大笑。一个个笑得前仰后合,用袖口衣襟揩着眼角。不明白香娃咋会猛然学仿出猫叫,而且学仿得像模像样。

上院嬷嬷用手巾揩干笑出眼角的泪水,"我说香娃是最心疼的娃娃,你们不信,这下该信了吧?上次我家丫头把香娃抱到我家里,我公公正用炒面籴儿喂他的狸猫。手拿炒面籴儿,喵呜、喵呜地引逗狸猫来吃,竟然被香娃看在眼里,记在心里了。"

北房奶奶忍不住试探一句:"香娃,你学猫儿学得好,真猫儿一样,你还会学什么？学出来叫北房奶奶听听。"

香娃征求意见似望着母亲。刘香及时给予鼓励的眼神。香娃转身面对北房奶奶,伸长脖子,猛然发出狗的叫声:汪！汪！汪汪汪！汪！

惟妙惟肖的狗叫,而且是刚刚睁开眼睛吃奶小狗的叫声。众妇女刹那的惊愕后又暴出赞许的笑声。笑够了,朵秦氏说:"香娃,会不会羊叫？学几声,我们听听。"

"咩——咩——咩——"

"鸡叫会不会？公鸡的叫鸣。"

"咕咕——唔、咕咕——唔。"

"牛呢？牛犊的声音。"冶家二媳妇提出新的要求。

"哞——哞——哞——"

妇女们指点出的家禽家畜,香娃无一不会学仿。惹得众妇女一阵阵开怀大笑,夸奖香娃聪明伶俐,赞扬刘香养下了稀奇儿子,不但身上散发香气,还小小年纪富有灵性,长大成人一定是了不起的人物。刘香心里热潮澎湃又疑虑丛生,不明白香娃身上呈显的这些现象,应该看作是好事还是坏事。

2

锅里水滚,刘香将松散麦草绾绞成疙瘩塞入灶门,拨火棍交给女儿,起身把盛豆面的木升子端放在锅台,一手往锅里撒面,一手持擀面杖快速搅动,防止面粉在滚水中聚结成疙瘩。看着锅里渐渐黏稠的面糊,心随手动,情不自禁轻声哼唱,声音渐渐高扬起来。

烧火的巧儿见母亲高兴得哼唱"少年",疑惑地问道:"姆妈,你不是说家里不能唱'少年'吗？"

愉悦忘形的刘香猛地清醒,"我唱'少年'了？"她惊骇自己的狂妄大胆,居然在家里哼唱"少年",让女儿听到。

刘香的脸颊烧烫。明知是被锅里热气托的,却认定是害臊引起的。今天在地里拔草听见有人不停地唱"少年",又因为香娃学仿动物叫声,给众人带来长时间的喜悦,搅乱了她平常的心境,把心里装不下的喜悦从嘴里张扬出来,可怎么会是"少年"呢?

小时候在娘家,哥哥领她去过六月会,去过好几次。哥哥爱听"少年",汉民唱的、藏民唱的、回民唱的都爱听,听来听去学会了"少年"。背着大人、熟人,唱出来叫她听,问她唱得像不像,好不好。她嘴上说好,其实她不想听。不是哥哥唱得不受听,也不是"少年"唱出来不动听,而是"少年"唱出来,总会勾起人心里的忧愁,颇烦,好像心里积了无数的愁苦悲怨,没地方诉说,没办法倾吐,在心里捂了很长时间,放出来的味道是酸酸的、苦苦的、涩涩的,让人听了心里泛酸,泛苦,发呆,想哭。况且她是女孩,更不敢随心随意地唱"少年",听"少年"。从小到大,总是躲着,避着,如同"少年"是深不可测的碧绿潭水,一不留神就会掉进去。谁料躲来躲去,终究没能躲过去。怪只怪憨哥非要拉她去曲坛寺会场,去了非要坐在人伙里听唱"少年",再三再四叫他也不肯离开,使她听着听着忘乎所以,心随那悠扬起伏的声音,飞到老远老远模糊缥缈的境界中,心思落不到实处。更没料到那人的"少年"钻进她心里就生了根……想起碾伯的遭遇,刘香伸进木升抓面的手却伸在锅沿,烫得她猛地缩手,险些把木升子碰进锅里。

母亲的失常被巧儿看在眼里,"姆妈,我把火退了吧?锅里有煳焦味儿。"

刘香手足无措胡乱抓掀几下,才让自己镇定下来。

3

暮色四合,憨哥回来了,缩背塌腰乏透的样子,坐在炕沿,"香娃,给我脱鞋。"

与巧儿解绷绷的香娃扔下手里棉线,下炕蹲在父亲脚前,一手鞋尖一手后跟抱住父亲的络鞮①,往下用力。紧硬的生牛皮络鞮,劳作一整天肿胀的脚,加上憨哥故意扭动脚尖后跟逗惹儿子,挣得香娃满脸通红气喘吁吁,仍旧脱不下来。

从厨房端碗进来的刘香边布碗边说:"要香娃脱鞋你就老实着,看把香娃挣得。"眼睫毛忽闪两下,被嗔怨射中的憨哥脚一收缩,香娃后仰躺在地上,双手紧抱着汗臭灰土飞散的络鞮。惹得四人大笑。

饭后,刘香带巧儿去厨房洗锅。憨哥仰靠着被子,"香娃,把我的烟瓶、柴皮匣子取过来。"

香娃把两样东西从窗台取放在炕桌。

"给我把烟装上。"

憨哥一手火镰一手火石,嚓!嚓!嚓!接连三五下,裹着火石的火艾冒出蓝烟,扑的一吹,火艾腾起金红火苗,他紧忙取一根柴皮就着火苗点燃,而后用柴皮火焰点着烟锅里的烟丝,吧嗒着嘴唇吸了三口,身子前伏把烟瓶探出炕沿,扑的一吹,一豆灰白的烟灰落在地上。

连抽四次过足烟瘾,憨哥将烟瓶插入烟袋拉紧口系,放在炕桌。香娃却拿起烟袋松开口系装烟,装好烟末把烟瓶送到父亲嘴前。

---

① 络鞮:民间手工缝制的生牛皮便鞋。

想睡觉的憨哥说:"我的烟吃够了,乏得只想睡觉,你又要叫我吃烟?"

香娃不说话,自管用烟瓶的玛瑙嘴撬捣父亲紧闭的嘴唇。

笑不是恼不是的憨哥只得张嘴叼住烟瓶。香娃又把火镰、火石、火艾塞在父亲手里。

纳闷的憨哥不得已坐起来,"饱乏饿劣呆,吃了饭我只想睡觉,你不是在捉弄我吗?"

"我想看你打火。"稚气里透着执拗。

"打火有啥看头?白白地打火,只会糟蹋火石火艾。"

"打火好听。"执拗中显出幼稚的自信。

"打火好听?打火怎么好听?"憨哥审视手里的火镰、火石,不明白香娃这话从何说起。收拾完厨房的刘香回到房里,见父子两个脸对脸呆坐着,纳闷着问道:"你父子两个是泥塑的吗?"

"你儿子非要我打火,说打火好听。你说,打火有什么好听的?"

刘香笑了,"叫你憨哥真没叫错。香娃想听火镰火石摩擦的声音。"

憨哥一头雾水。"真是有心机儿!打火为的是取火,没听说打火是为了听声音。"

刘香取来灯盏放在炕桌,"天黑了,你打火把灯盏点着。"心里说,只心疼火石不心疼儿子。

憨哥只得照办,双手合力摩擦火镰火石,同时观察香娃的反应。嚓!嚓!嚓!嚓!连续的摩擦声果然让香娃凝神屏息目光专注,仿佛听到的不是铁石生硬的划擦,而是什么美妙的动静。

"我总算明白了。"刘香喜不自胜地说,"高先生给香娃拨浪鼓,是看出香娃爱听声音,爱听各种各样的声音。不单单爱听,还能把听到的声音像模像样学仿出来。"接着把香娃学仿家禽家畜叫声的经过说给憨哥。

憨哥的反应是伸手捏一下香娃脸蛋,"没想到我儿子还有这样的本事。"粗硬的手指捏疼了香娃,扑入母亲怀抱惊恐地望着父亲,泪水盈满眼眶。

"你这是稀罕儿子还是捉弄儿子?"少见的恼怒从刘香明亮的眼眸闪出来,"高先生说香娃心气重,要我们多抚爱少威吓。你不知道夸奖儿子,也不该折磨儿子。看把香娃吓成啥样了。"她搂紧香娃,用脸颊蹭抚香娃额头、脸蛋,眨动的眼睫毛划痒香娃的眼窝,他扭脸躲开母亲的亲昵,笑出声来。

"你就这样惯。早晚不惯成咒世才怪哩。"憨哥把火镰火石扔进柴皮匣,"庄稼人家的后人,天生是受苦的命,要什么心气?!动不动就号,就淌眼泪,这就是你的心气?"他恶狠狠地瞅着香娃,"这么奴的后人,长大有什么出息!"

忍着气怨的刘香故意说:"出息不出息,都是你的后人。你不是全尕庄、全平安地块上独一无二的狠人吗?狠人的后人有出息没出息,名声落在你狠人身上。难道你希望人们说你不过是个装样子的狠人?"说完低头用下巴蹭抚香娃额头,用眼角余光观察憨哥的反应。

憨哥吹掉烟灰再装一锅,"我不是嫌香娃机灵,我是嫌他尽听些没章法的声音,又经不住阿奶、婆娘们的怂恿,胡乱学仿狗叫猪叫……"

刘香紧忙纠正,"香娃没学猪叫。我也不会叫香娃学仿猪叫。"

憨哥阴阳难辨地笑一下,"你知道猪叫难听?我们的后人要学就学厉害的,学老虎叫,学狮子叫……"

话被刘香截断,"香娃没见过老虎狮子,能学仿那些叫声吗?看香娃眼下的情形,只要是见过的,听过的,都能学仿出来。我要是你,有空闲时间,就扛着香娃四处找见识去,让香娃多经见,多学习,多显出些本事。到那时候,人们就会说:'尕庄的狠人不愧是狠人,不但从贵德娶来好看的媳妇,还养下有香气的儿子;不但有香气,还是个聪明好学的娃娃……'"

第十一章

1

今天出门,憨哥没让香娃穿裤子。盛夏六月,只穿着夹钻钻的香娃赤脚精腿骑在憨哥肩上,儿子舒坦他也舒坦。

坐在北房台沿与北房奶奶收拾红花的刘香吃惊了:"你咋把香娃的裤子脱了?这些日子太阳毒,把香娃的嫩肉晒黑哩。"

"晒黑就晒黑!庄稼人家的后人,有几个细皮嫩肉的?再说,我不会找阴凉处走路?"

"你咋没拿晌午?"刘香明知饿不着父子两个,还是忍不住问了一句。

"你管得事多!我狠人扛着儿子出门,哪天是空着肚子回来的?"

川水地的庄稼再过几天就黄透了,庄户们储备气力割田抢收,暂时把南台平整土地、开挖渠道的活儿撂开。趁这空闲,憨哥决定扛着香娃四处走走,让他见见世面。不能让儿子总是偎在婆娘、阿奶怀里,听她们东家长西家短的闲话,由她们引逗香娃学仿狗叫猪喊。

走出村口,等在路边的猪娃保迎上几步迫切地说:"狠人爸爸,你天天扛着香娃四处游浪,今天把我领上吧?"讨好的脸色。

憨哥发现猪娃保走动得利落起来,"你的气脖子不肿了?"

"大庄高先生把我的病看好了,不肿了。"

"我扛香娃满天下游浪,你跟着,把脖子走肿了咋办?"

"高先生说只要小心着,就不要紧。把我领上吧。"他亮一下夹衣口袋,"我拿了一个干粮,不要你管晌午。"

"那就叫一声狠人爸爸。"

"狠人爸爸!"猪娃保伸手在虚空里晃着。

"你这是做什么?"

"我想揣一下香娃的精肚。听人说,香娃身上的肉比绸子还绵。"他的手从香娃脚边晃过,在虚空里摸着。

憨哥把猪娃保虚晃的右手引导在香娃脚上,"你想揣脚就往脚上揣,满天胡抓啥哩。"

"我往香娃脚上揣着,可揣空了。"

"你的眼睛不利落?"

"麻麻糊糊只能看出大样儿。"

"高先生治你气脖子,咋没治你的眼睛?"

"高先生说我得的是怪病。先治气脖子,气脖子治好再治眼睛。"

憨哥哼了一声,"在高先生眼里,不是怪病就是心病,他不会看病。"

六月的田野一抹金黄,六月的天空蓝得晃眼,六月的云彩懒洋洋的,因此太阳有了六月火燥的脾气。扛着香娃的憨哥浑身透出亮闪闪的汗水。扫视路边一块块黄熟待收麦田,憨哥判断着它们的主人。那麦秆黄亮,穗头狼尾巴般粗壮,齐刷刷密匝匝迎风摇摆发出沙沙沙欢响的麦田主人,一定是早出晚归精耕细作,按节气拔草浇水施肥的勤谨人。那稼禾稀疏,穗头短细的庄稼,其主人肯定是只会指靠女人里里外外张罗,顾了庄稼顾不了娃娃,顾了家里顾不了地里的愚人。相比较,他和刘香好多了。他能吃苦,会做庄稼;刘香勤快,心灵手巧。一年的收成能把日子过得光光鲜鲜。遇上好年份,还能制几件农具,缝几件新衣裳。庄稼人指靠的是庄稼。但最大的指靠是后人。一想到后人,骑在肩上的香娃的绵肉,与他肩颈粗硬的老肉紧贴在一起,让他有浑然一体永不分离的踏实和快乐。父子的血脉,通过肉体相互传递着一股活力,交流着一种信心。憨哥情不自禁哼唱起来。

"憨哥爸爸,你唱的是啥?"猪娃保好奇地问。

"谁让你这么叫我的?叫狼人爸爸!"

猪娃保笑了,"叫惯了,不小心就叫成憨哥爸爸。"顿一下,"狼人爸爸,你唱的这是啥调儿?"

"社火调儿。"憨哥抖动肩头,缓解香娃骑压产生的困麻,继续东一句西一句地唱着。边唱边后悔着,要不是怕热没给香娃穿上裤子鞋袜,可以放下来叫香娃走一阵。

"社火有好多调儿,你唱的这是哪个调儿?"

憨哥发现猪娃保虽然眼睛对着他说话,眼神却是散的,"我不知道这是啥调儿,是过年去大庄看社火,听人家一遍一遍地唱着,记了几句,胡哼哼哩。"

"憨……狼人爸爸,我们在大路上,你唱'少年'吧。"

"没见北边有几个庄廓?在这里唱'少年',寻着挨骂哩。"

猪娃保朝北边寻望,"我以为那是一片树林。"

憨哥倒换着揽抱香娃双脚的手走了一阵。猪娃保说:"现在大路两边没有人家,狼人爸爸唱'少年'吧。"

"我爱听,不爱唱。"憨哥说的是实话。此刻真想吼两声,可吼出来不好听,会被猪娃保笑话。他二十好几的狼人,怎能让九岁的脬蛋娃笑话。

"你是没唱头才不唱的吧?"猪娃保用散光的眼睛盯住憨哥,"我有词儿,我说你唱,成不?"

"你一个九岁脬蛋娃,能有啥词儿?"憨哥倏忽记起猪娃保有特别的记性,别人说几句话,他全能记住。连识字人说的文话,都能一字不差说出来。"成,你先说几句,我听听,是能唱不能唱的。"

猪娃保一口气说出一段词儿：

> 案板头上切菜瓜，
> 尕菜瓜，
> 切刀没磨着不快，
> 唱个"少年"甭笑话，
> 娃娃家，
> 声气儿没扬着起来。

"重说！什么娃娃家？我有儿子的人，还叫娃娃家？"憨哥佯做不屑状。

不屑也从猪娃保散淡的目光中显出来，"你唱的时候改一下，把娃娃家改成狠人家，不就成了？"

憨哥的心激荡起来，喉咙发痒，捏一下香娃脚巴骨，"香娃说，我唱还是不唱？"

"唱！"香娃扭几下屁股，腿裆的细皮嫩肉，尤其蹭着后颈的鸡鸡，导火索般引燃憨哥的激情，他先长长地吼了一声，鸡声鸭调地唱了起来。

2

说笑着到了三十里铺。鸡鸣狗叫的小小街面，停着些脚户驮子，一只花狸猫在低矮房檐上踱步，两只乱毛野狗一前一后从吃草的牲口脚下窜入村巷。香娃扭动屁股，用大腿内侧的绵肉和鸡鸡蹭着憨哥脖子，把幼稚的愉快传达给憨哥，"大大，去大院里。"

憨哥望进去，原来是车马店。几个木匠在院内干活。两个解木头的匠人扯拉着大锯，板锯上的太阳反光闪闪耀眼。憨哥双手夹握香娃双腋,一举一缩头,把香娃抱在怀里又放在地上,焐得湿痒的颈项顿然凉爽。

香娃光脚踏着地皮跑进车马店院落。

四十岁上下的店主妇端着熬茶砂罐和几个黑大碗从厨房出来,见一个光屁股精脚小儿甩着肉肉的胳膊,直奔解木头的锯架,慌忙放下大碗砂罐,扑上前拦抱住香娃,"憨人憨人!你跑到锯木架下做啥?解木头锯末子乱飞,飞进你的眼睛咋办?"一股似有似无的暗香游入鼻孔。她茫然四顾,没有任何发香的东西,意识到香气是小儿身上发散的,打量憨哥、猪娃保的穿着,"你们从哪来?"

"我们是尕庄人,闲转。"憨哥把香娃从主妇怀里拉到自己腿边。

"尕庄的?"主妇的眼仁闪出惊喜,"我知道了,你……"盯住憨哥,"你就是尕庄的狠人吧?这娃娃是你的儿子香娃?"

憨哥觉得意外,"你咋知道我的名字,我儿子的名字?"

"尕庄与三十里铺不隔州不隔县,只几步的路,谁不知尕庄的狠人、香娃!"慌忙唤来伙计给木工倒茶,她让憨哥三人进房。

吃喝间,主妇作了必要的说明:车马店主姓王,昨日去西宁办事,三四天才能回来。店里要打制一辆杠梢车。用推刨刨木头的是穆师傅,解木头的两位是他的徒弟。

主妇等香娃吃完,取来手巾揩擦香娃油滟滟的手指手掌,把沾在手指缝的胡麻籽摘下来放进香娃嘴里,抱起香娃仔细打量他的眉眼五官,又扭头打量憨哥,"不怕你生气,这娃娃一定像了他妈妈。像你这么憨实的人,能从外州县娶来俊媳妇,养下这么心疼的儿子,实在是祖上积下的阴德。"笑出声来,"难怪叫你狠人,传得四乡八堡都知道。"用鼻尖蹭着香娃的脸蛋、额头。

主妇从柜上面的木匣取出一个带把的糖果,"巴郎糖是我给外孙省下的,今日见了香娃,我给香娃吃。"

憨哥双手接住对香娃说:"多谢嬷嬷。"

"多谢嬷嬷。"甜心的奶声奶气。

主妇收拾炕桌时说："你们是闲转来的,别急着走,让两个娃娃在院里玩耍。等我给匠人做好晌午,一同吃了晌午再走不迟。"从门箱翻找出一双小鞋,"我外孙穿过的,让香娃把鞋穿上,别叫钉子、木签扎了香娃的脚。"

解木头桩子栽在院坪南侧。木桩上固定着脸盆粗的榆木,一道一道画着墨线。榆木两边搭着坡形踏板,两个赤着胳膊的小伙子站在踏板上,按照墨线,从榆木顶端认上板锯,你扯我拉地锯进木头,哧——沙——哧——沙——连续有节奏的响声吸引住香娃,他站在一旁入神地观看、倾听,噙在嘴里的巴郎糖一动不动。猪娃保没有耐心,跑出院门。

两个赤膊小伙解下一片可以分解方木的厚板,重新站上踏板,认上板锯开始扯拉。香娃若有所思地挪到东南角有阴凉的地方,观看木匠师傅的劳作。

刨木方的穆师傅站在长凳一侧,拿起四棱方木瞄了几眼,一头碰塞进班妻,双手紧握推刨手把,先短促地刨几下,再舒展双臂腰身,从这头刨到那头,一刨一刨又一刨,伴随着清晰悠扬的嗞嗞声,从刨口吐出的刨花,无声地飘落在板凳两侧。一卷刨花跳得高飞得远,正巧飘落香娃脚前。香娃捡在手里,木头的清香游入鼻孔。双手展开卷成圆桶状的刨花,木纹丝丝缕缕的刨花,薄巧得能看清后面的影像。

专心做活的穆师傅,发现站在一旁观看自己劳作的,竟然是个三四岁的幼儿,只穿灰洋布夹钻钻,胳膊腿精条条露着嫩肉,裆里的小鸡鸡螺丝般嵌在脬蛋中央,自豪地突出着尖端,心里顿时涌满慈爱。"过来。"他掸掉腿上的木屑灰土坐在板凳上,等香娃走近,抱香娃坐在腿上,仔细端详香娃眉眼,唱出一句秦腔花音:"好一个眉清目秀俊娃娃。"接着一句秦腔韵白:"小娃从何而来?怎得看我老朽做活?"

香娃呆了一阵,指一下蹲在上房台沿吃烟的父亲。

穆师傅扫一眼憨哥,"看你不过三四岁,没见过木匠做活?"

"我要听声音。"

"听声音?听什么声音?"

香娃指一下哧啦哧啦解木头的大锯,再指一下穆师傅放在板凳一头的推刨。

穆师傅纳闷着端详香娃憨稚里透着精灵的神情。把香娃抱放在有阴凉地方,搬来一截木墩让香娃坐下,调整板凳方位,继续推刨方木,边刨边唱,唱的是眉胡戏里的岗调:

> 娃娃生来真稀罕,
> 鼻子棱来眼睛圆。
> 不听大戏不听歌,
> 专听木匠扯干蛋。
> 听得木匠心喜欢,
> 锛子锛来钻子钻。
> 锛掉榆木死疙瘩,
> 柏木梁上钻眼眼。
> 锯子解开千年树,
> 推刨刨平万年坎。
> 修下庙宇修宫殿,
> 人间的香火烧不断。
> ……

穆师傅的唱逗,板锯有序的哧哧哧沙沙沙,刨子下时长时短的细微动静,山涧溪水般源源地灌入香娃耳朵,深入他的心窍。

消息不胫而走,附近人家的妇女陆续来到车马店。香娃被妇女们传递着搂抱在怀里,闻香气,看眉眼,抚摸丝绸般光滑的肌肤,蜗牛般伸缩的小鸡鸡,慈言款语地惹逗香娃给她们说话、发笑,把家里带来的红枣、桂圆、蚕豆、冰糖塞给香娃。香娃的夹钻钻没口袋,憨哥替儿子接住,教香娃一遍一遍说多谢。

回尕庄路上,猪娃保有意落在后边,与憨哥保持一段距离。腰际粗壮,似乎衣裳下藏掖着什么东西。

"猪娃保,你是不是趁人家不留心,偷了人家的东西?"车马店主妇把他三人当作稀客,好吃好喝招待半天。如果猪娃保偷拿人家东西,往后哪有脸面再见人家。他立逼猪娃保把藏掖在腰间的东西取出来,真要是偷拿的,得转头送回去。

猪娃保迟迟畏畏从衣裳下扯出一片黑羊毛编制的东西。原来是一条破烂褡裢。"从哪拿的?"憨哥虎起眉眼。

"街上拾的。"

"不对!拾的就该大眉大样拿在手里。这么藏藏掖掖的肯定不是拾的。"

委屈从猪娃保散漫的目光中显出来,"真是拾的。香娃看木匠做活,我去街上转一圈,走着走着,看见水沟边上有一片黑乎乎的东西。拾起来,才看清是别人撂掉的破褡裢。拿回家叫阿妈补一补,还能用。"

"你卷起来夹着就成了,干吗藏着?"

猪娃保不说话,哧咪哧咪地笑着。

走进村口,猪娃保问:"狠人爸爸,明日你们去哪里?"

"明早往东,去中庄。"

"把我领上吧?我也想去中庄。"

3

憨哥扛着香娃、领着猪娃保到达中庄,小街两边的铺面还没显露人气。皮匠铺伙计正在打扫铺台;鞍鞯铺掌柜正往店门口张挂围脖、夹板、皮绳、臭棍、铁嚼环;饭馆后院传出猪挨刀的嗥叫;唯有街西头的铁匠铺,已是炭火喷红,锤声叮当。

一手持夹钳翻动煅件,一手用小锤指点煅位的师傅扎着牛皮围裙。双手抡着大锤的徒弟满头油汗。叮叮当!嗵!叮叮当!嗵!叮当叮嗵!叮嗵!叮嗵!叮叮当嗵!每当憨哥感觉脚下地皮震颤一下,香娃就在肩上蹾一下屁股。香娃初次倾听沉实的铁器砸打声,竟然随着叮叮当当的声响上下闪动身子,双腿用力抬起屁股又蹾下来。连续几下,憨哥的脊梁又困又酸,只得把香娃从肩上放下来,教他站在铺门外面观看铁匠劳作。

今天,刘香坚持给香娃穿了开裆单裤、单鞋。在不肯穿裤子的香娃屁股着实拍了两掌。以刘香的话说,娃娃的奶肉经不住太阳毒晒。要不,憨哥哪敢让香娃站在铁匠铺门口。

香娃看着听着,挪到风匣后边,举手要把指头探进风门。被铁匠师傅揽抱在怀里,打量香娃又打量门外站立的憨哥、猪娃保,"你们虽是闲人,可铁匠不是戏娃子,站下来有啥看头?"端详香娃五官,"秀流得像个姑娘,胆子却大了点,敢把指头往风匣里塞。"

"我儿子没见过打铁,想听打铁的声音。"

"打铁有啥听的?真是闲得没事干!"说这般说,审视香娃的眼神分明透出好奇。

憨哥笑起来,香娃的偏爱说不出理由。正因为没理由才显得古怪。"这尕娃养下来就有这种怪病,只要是声音,都爱听,听了还能学仿出来。"为证明自己不是伪说,鼓动香娃,"香娃,给师傅学学听到的声音。"

香娃愣一阵,发出声音:"呼嗒呼嗒呼嗒……"

"这是风匣的声音,再学学打铁的声音。"

"叮当,嗵!叮当,嗵!叮嗵、叮嗵、叮当嗵!"

奶声奶气学仿的声音令铁匠惊惊诧诧地说:"这是哪来的娃娃?没见过世上还有这么能的娃娃,才三四岁吧?"

"三岁半。"憨哥骄傲地伸长脖子,"我们是尕庄的,你知不知道尕庄有个狠人?"

铁匠师傅半张着嘴愣一阵,醒了,"你就是狠人?这娃娃就是香娃?"指令徒弟,"快!进去把你师娘叫出来,就说尕庄的狠人抱着香娃来了。"

徒弟撒腿跑进后院。

铺堂后门出来一老一少两个女人。年少女人右手提着砂罐,左手掌着两个大碗。年老女人从憨哥怀里接抱住香娃,"我闻个我闻个。"鼻尖蹭着香娃脸蛋抽几下鼻孔,"实话香着,实话香着。"年少女子挨近香娃闻了几下,"香得很香得很。"慌忙放下砂罐大碗,从老女人怀里夺抱住香娃,对憨哥说:"砂罐里有茶,你们个家倒着喝,我把香娃抱进去给他吃点东西。"不管憨哥同意与否,抱香娃去了后院,老女人笑嘻嘻地跟走了。

"老的是我婆娘,小的是我妹子。"铁匠师傅挪板凳让座,倒茶,把乌木杆玛瑙嘴烟瓶递给憨哥,"婆娘、妹子听说尕庄有个狠人,狠人的媳妇养下个香娃娃,香气十分好闻,盼着见一见,没料想你们今日到了门上。快喝茶,吃烟。"

"踏踏踏"蹄声由远及近,两个骑马人从铁匠铺门前经过又勒马折回,其中穿邮差衣裳的青年问道:"钉不钉马掌?"

师傅含笑走出铺门,"哪匹马要钉掌?"

两人下马。穿湖绸长袍黑缎马褂的中年人指一下自己的海骝马。铁匠师傅接住缰绳,拴在门侧木桩,先抚摩马耳,又从马鬃抚摩到前胛,再抚摩滚圆的后臀,抚摩到马尾梢,侧身挨靠住马身,嘴里哦哦哦地哄叫着,右手顺内胯抚摩马腿直到蹄弯,提起马蹄,观看铁掌的磨损程度。放下马蹄说:"再不钉掌,就把蹄甲磨斜哩。"

铁匠师傅让两位进铺堂坐下喝茶、抽烟。师傅从木斗内拣几枚掌钉,一副铁掌,提了铲刀、拔钳、钉锤,拿一个牛毛编制料袋,靠近马身,把料袋挂套在马嘴,等警惕的马眼变得亲和并甩头吞嚼料瓣,拍拍抚抚地把手滑向后胯腿弯,提起马腿,胳肘夹紧马膝,弓腿支住马小腿,右手持钳拔下松动的马掌,拔尽掌钉,换上铲刀,铲修磨劈的蹄甲。

马主人见帅傅技艺娴熟,坐骑没有跳弹,接住邮差递上的哈德门香烟,与邮差说起话来:"路上我说到哪儿了?"

邮差仰头想了想,"你说马麒派人去北京瀛台谒见九世班禅,想借班禅之口提请段祺瑞设立青海为特别区。"

穿缎马褂的接着说:"这是马麒的妄想。妄想脱离甘肃独立。段祺瑞嘴上应承,实际上推诿不办。到了九月,拉卜楞寺的嘉木样五世派僧侣进京,控诉马麒的屠杀罪行,请求惩处。段祺瑞指令冯玉祥查办。这时的冯玉祥,已经是西北边防督办。"

"是我把时间弄反了,把前年的事说成去年的了。"穿邮差服的青年愧笑着说。

缎马褂接着说:"到了十月,马麒在循化街子掀起伊斯兰新老教派内讧,借着平息教内纷争,把马国良在循化的势力排挤干净,取得了对撒拉族的绝对控制权……"

在一旁仔细倾听的猪娃保,趁缎马褂用火钳夹炭火点烟的工夫突然说道:"两个姑舅爸爸,你们说的马麒我知道,他是甘边宁海垦务局督办。"

邮差、缎马褂同时把目光投在猪娃保身上,不过是个眼睛不利落的八九岁少年。缎马褂问道:"看你年纪不大,能知道马麒是什么人,干什么的。你是怎么知道的?"他的经验中,农村小孩,尤其贫困地区农村孩子,上不起学堂,不可能了解肚皮以外的复杂世事。这小孩竟然知道马麒的身份,还有勇气在生人面前炫耀自己的能耐,不禁对猪娃保有了好感。

"我记性好,别人喧板我听一遍就能记住。"猪娃保努力睁大眼睛盯视说话的两个生人,想看清他们的穿戴打扮长相模样,可眼睛不争气,只给他两个大体的人影。

"你还知道什么?"邮差问道。

"马麒的爷爷是马兴旺,父亲是马海晏,二兄弟马麟,三兄弟马凤,他们是甘肃河州西乡摩尼沟人。"

邮差、缎马褂再次交换眼色,"这些是从哪里听来的?"邮差追根问底,只为考查猪娃保的这些记忆何以生成。

"去年碾场,偏院尕爸爸、庙院骨头爷爷、顺风耳达达、长腿爸爸坐在场边上喧板,我听了记住的。"

"还记了什么?"

"去年碾场时节,马麒派朱绣、周希武去兰州与刘郁芬商量和平解决时局。走到莲花台,被土匪杀了……"

缎马褂、邮差第三次交换眼色。缎马褂把寻思的目光对住憨哥,"他是你儿子?"

"不是。"憨哥诚惶诚恐起身回答,"是我庄舍的尕娃,跟我出来闲浪的。"

"你们是哪个庄子的?"

"尕庄,往西七里就是尕庄。"

缎马褂说:"这尕娃记性真好,别人说过的话能牢记不忘。可眼睛不好,看人散光,他家里大人没给他治眼睛?"

"他还有气脖子病,治好了。听大庄治病的高先生说,只要别太劳累,气脖子不会再犯,眼睛得慢慢地治。"

"哦。"缎马褂让猪娃保站起来,仔细打量他的身架、气色。从身上摸出两块银元,欲要给猪娃保却交给了憨哥,"我看你是个实诚人,你把这两块白洋给他的父母亲,叫他们领尕娃到城里把眼睛治一治。这么聪明的尕娃,不能让眼睛拖累一辈子。"把银元放在憨哥抖动的掌心,"告诉他父母,到城里治眼睛钱不够,到北斗宫街万家院寻我,我叫万宜权。"

憨哥慌忙指令猪娃保,"猪娃保,快给两个贵人磕头。"

猪娃保扑通下跪,连磕三个响头,额头被地上铁屑扎破,渗出血来。

马掌钉好,邮差付了工钱。缎马褂给憨哥、猪娃保再次叮咛看眼睛的事,解缰理鞍,认镫上马,扬尘而去。

铁匠弹几下舌头,"尕庄是出奇人的地方。"

抱进后院的香娃被铁匠妹子抱出来,交给憨哥几尺花洋布。

"我嫂子说,这几尺洋布让香娃妈妈给香娃做一件衣裳。"她把一只麦秆编的螺旋状秋蝉笼子交给憨哥说:"秋蝉是我侄子从山上抓来的。说来也怪,抓来几天一声没叫,今日我们抱香娃刚进房门,它就叫起来,惹得香娃不肯坐在炕上,要到院里守着笼子听秋蝉叫,菜也不好好吃。我嫂子叫我侄子把秋蝉给香娃,我侄子舍不得给,被我嫂子骂了几句……我嫂子说,日后要来中庄,就来我们家,我们认你们做亲戚。"

"好好好,能认下你们这样的亲戚,是我香娃的福气。"

4

除去牲口市场,中庄再没有好去处。路上,猪娃保揪着憨哥后襟,生怕走失一般。

憨哥明白猪娃保心思,却只顾仰望香娃提吊在他额前的秋蝉笼子。编笼子的麦秆散发着淡淡的麦香,秋蝉爬伏在笼壁。碧绿身子,褐绿粗壮的后腿夹着肥大肚腹,叠合背上的胶翅闪闪发亮,长细的触须探出笼格。

"大大,它咋不喊?"香娃用脚后跟磕着父亲的前肋。

"我们走路笼子摇晃它不喊。等回家挂起来,它才喊哩。"

香娃把笼子提高抱在怀里。

"狠人爸爸,你把贵人爸爸给的银洋叫我拿一拿,我长这么大,手里没拿过银洋。"

"你眼睛不支当,被脚下石头瓦块绊倒,银洋滚掉咋办?"

"我拿得牢牢的,不让它滚掉。拿一下就给你,我实话没拿过银洋。"

憨哥从汗衫口袋取出一枚银元,放在猪娃保手里,由他贴着眼窝翻里翻面看摸了一阵,收了回来。"等回家给你阿妈,由你抱着睡觉都成,这阵儿不能叫你拿着。"心里,被给了银元的万宜权感动着。都说有钱人啬皮,可见这话说得不周全。像今天的邮差、缎马褂,无意中碰见,听猪娃保说了几句话,就拿出两块银元给猪娃保治眼睛。出手如此大方,除了真正的有钱汉,就是有眼光的人。保不住是个会看麻衣相的,看出猪娃保命里隐着富贵,才乐于相助。

骡马市坐落庄子以北,湟水南岸间的河滩地。卵石密布,低洼处水草茂盛的狭长地块上,散栽一些拴马木桩。不是年头节下,也非三六九集市,人畜不多。南边一排粗高杨树荫蔽的斜坡下,拴在木桩的十几头牲口默然侍立,有的抖着耳朵,有的扫着尾巴,有的甩着脑袋,有的喷着响鼻……牲口主人靠树身蹲坐着吸烟、喧板、打盹。七八人围站在一头骡子身旁争讲着。两个人袖口对袖口讨价还价。

憨哥寻找有阴凉的干爽地坎,放下香娃,对仍然揪着后襟的猪娃保说:"昨日一进车马店你一溜烟不见了踪影,今日却揪住我后襟不放手。你不是咂奶的娃娃,我也不是你阿妈,跟这么紧做啥?去!到河边抓鱼娃去,我得坐下来吃几瓶烟。"靠树坐下,伸展双腿,让香娃坐在两腿之间,一边抽烟一边照看抚弄秋蝉笼子的儿子。

猪娃保紧贴憨哥坐下,没有走开的意思。

憨哥没好气地说:"叫你河里抓鱼去,没听见吗?"

"我眼睛麻麻糊糊的,不小心滑进河里淹死了,你咋给我阿妈交代?"

"是你跟我出来的,不是我硬叫你出来的。把你淹死,我拿这两块银洋去西宁城下馆子、看戏、给香娃买好吃好穿的东西。"使劲往石头上磕着烟锅。

"你把银元给我,我就去河边抓鱼。"

"给你银元丢了咋办?银元是贵人给你治眼睛的,不是叫你拿在手里显能的。耍去!再不听话,我把银元撂掉哩。"将瞅好的一粒石子捏在手里,夸张地向怀内揣几下,而后扬手扔了出去,石子落在卵石滩上发出响声,"听见没?我把银元撂掉了。"

"你撂的是石头。银元掉在石滩上不是这种声音。"猪娃保把身子贴过来靠住憨哥。

"六月天,你这么贴着不热吗?"憨哥讨厌又不得已,只好软了口气,"你听过狠人爸爸赖过别人钱财吗?我受贵人托付,银元只能交给你阿妈。去,个家寻地方耍去,把香娃领上。"用脚尖碰着专心玩弄秋蝉笼子的香娃,"跟猪娃保耍去,我要躺倒睡一会儿。"

"我要听秋蝉叫,提着笼子它不叫。"香娃的眼睛没有离开笼子。

猪娃保怔了一阵,起身迟迟疑疑走开,走几步回头看一眼,没入浓密的灌木丛中。

香娃专注笼内秋蝉的动静。摇晃笼子,用指尖碰触秋蝉探出笼栅的触须、爪尖,"大大,它咋不叫?"

"这里不安静,它不高兴,不想叫。"

"它啥时候高兴?"

"回到它生长的地方就高兴。"憨哥无意中对答儿子的提问,突然联想到唱"少年"的人,往往在最伤感最孤单的时候才乐意吼唱几声。而且希望听众从他的吼唱中明白他的心思。被笼子囚禁的秋蝉,大约嫌身边没有共鸣的伙伴,才不肯出声。

憨哥说话间扫视来往行人,看见近处木桩上拴了一头鞍鞯齐整的骡子,觉得眼熟,忽地灵醒这是长腿的走骡,刚拴上的。四处寻望,长腿与几个人挤成一堆比比划划说着什么。等长腿扭头关照走骡,憨哥挥几下胳膊。长腿走了过来,"你来这里做什么?"

憨哥紧忙站起来,"趁麦子没黄透,领香娃出来散心。"

"虚话还是实话?"长腿眼露疑惑。年头节下领香娃来中庄,可以看社火看皮影。如今五黄六月,领娃娃到牲口市场散心,真是闲得没事干。

憨哥把香娃听火镰打火的声音,喜欢学仿各种声音以及刘香的建议简略说给长腿,"我领他出来长见识。你呢,也是出来长见识的?"嘴角浮出坏笑。

"你这么一说,叫我记起一件事。上个月我跑脚去了河州,在那里住了两天,听那里的人说,河州保安有个女人也养下有香气的娃娃,如今四岁了,身上还一股一股地散发香气。全庄子叫他香娃。听他们说,是个古怪娃娃,一岁前哑奶,嘴里吮着奶头,手指头捻一下捻一下的,能捻出响声。过年看社火,发现捻指头是跟着社火鼓点节拍,丝毫不乱。两岁半,整天站在河边泉头呜呜哇哇地喊着唱着。不让唱就发脾气,躺地上打滚,不吃不喝。家里大人只得由他。三岁就会唱'少年',会唱十几个令儿。据说这娃娃记性好,只要听人唱一遍,就能学唱出来,学得一模一样。听了这些话,我想起你的香娃,有意多问了几句。那家姓朱,父亲是皮匠,会唱影子,是皮影班的二手。那尕娃是十一月养下的,养下有香气,起小名香娃,三岁起官名朱禄。你说这事怪不怪?我记得你的香娃也是十一月头上养的,如今也四岁了,也是喜欢学仿各种各样的声音。"

"真有这种事?"憨哥半信半疑,"你说的是实话还是虚话?"模仿长腿的语气。

"说真也真,说假也假;你信就真,你不信就假。"大约对憨哥的反应不满,长腿在香娃脸蛋上捏一下,走开了。

望着长腿离去的背影,憨哥回味长腿的话,觉得不信不对,相信又没道理。天南地北,隔山阻水,相像的人,相像的事不能说一件没有。即便真有另一个有香气而被叫作香娃的古怪孩子,与自家的香娃有何相干?

日头偏西,想听秋蝉叫的香娃闹着要回家,却不见猪娃保回来。憨哥扛起香娃在牲口市场周围寻找,没有踪影,只得回到刚才的地方坐等。三袋烟工夫,猪娃保从河岸树林钻出来,右手塞在怀里,受了惊吓的表情。凄楚楚地说:"狠人爸爸,我被狗咬了一口。"伸出右手,手腕靠近手背的地方有三个血红牙印。

"怎么回事?"

"我在河边耍水,看见一墩墩马莲草后有个黑乎乎的东西。我当作别人撂掉的黑牛毛褡裢,想拾起来,没想到是一条黑狗卧在那里,以为我要抓它,咬我一口。"

"活该!"憨哥骂了一句,"你以为天天有人撂下黑牛毛褡裢等着你拾?家狗还是野狗?"

"我眼睛麻麻糊糊没看清,要能看清是卧着的狗,能叫它咬吗!狠人爸爸,你问家狗野狗啥意思?"

"没啥意思。"憨哥骤然慌张起来。猪娃保要被野狗咬了,闹不好要得疯病。"快回家快回家!回家把银元给你阿妈,叫你阿妈明日领你去西宁城看病。"

第 十 二 章

1

日月扯着光阴大锯,将一年锯成四季,锯成二十四节气,锯成子丑寅卯辰巳午未申酉戌亥,把短暂的欢乐和绵长的忧愁锯成零碎的记忆。榔头打碎的土块、耙耱扬起的粪沫、牲口槽里的麦草、填进猪圈的生土、拔在崂坎的杂草、镰刀底下的麦茬、碌碡碾碎的麦衣子、背进磨坊的磨物、罗儿格出麸皮、羊粪蛋雀儿屎、毡上的跳蚤梁头的蜘蛛……全成了日子的锯沫,被女人伙进马粪填入炕洞,让劳累的男人在烫炕上美美地拉呼、舒展筋骨……

睡够了也睡醒了的憨哥睁开眼睛打哈欠,问:"今日初儿?"

"初八。"

"昨日不是初三吗?今日咋成了初八?"

刘香笑了:"你说的是哪一年的话?"

"哪……如今是几月?"

"阴历六月。"

睡糊涂的憨哥眨巴着眼皮,"是龙年六月吗?"

"蛇年六月!没见过你这样忘性大的人。"

"忙糊涂了。"

吃过早饭,刘香把香娃抱起来放在憨哥肩上。憨哥身子往下一矬,觉得肩上压了一块石头,又感觉脖颈被粗布圈住,隔开了香娃的细皮嫩肉和裆里那一团让他得意的东西,"你给香娃穿上裆裆裤了?"

刘香笑了,"六岁半了,哪能再穿叉叉裤?"

憨哥下蹲让香娃从肩上下来,"六岁半的尕娃再叫阿大扛着,别人笑话哩,个家要去!"

香娃拉住巧儿手,"姐姐,我俩要去。"

刘香蹲在香娃前面,用手掌揩去香娃吃炒面沾在嘴角的面屑,"今日阿大、阿妈要去南台割田,巧儿得在家里做饭,给阿大、阿妈送晌午。"

巧儿红润的嘴唇噘起来。刘香抚摩巧儿头发,"你是十一岁姑娘,再疯张冒失四处跑着玩耍,不像人样儿。"又对香娃说:"姐姐要在家里做饭,还得喂猪,你怕一人孤单,去找猪娃保,叫他给你做伴。"

香娃刚到猪娃保家门外,险被冲出大门的猪娃保撞翻。追撵出来的柯连氏手里甩着一截柳条,劈头盖脸地抽打猪娃保。

抱住脑袋的猪娃保边躲边喊:"谁叫你不给我治眼睛!谁叫你不给我治眼睛!"

气青脸色的柯连氏喘着粗气,"不给你治眼睛你就给我惹是生非?你说,我拿啥赔人家的铁锅?"

"嬷嬷。"香娃叫一声呆住,许久才说,"猪娃保哥哥闯啥祸了?"

柯连氏拉香娃走进大门,指着扣在地上的铁锅,"他拿石头把马家的锅底砸通了,马家人把锅拿到家里要我赔。"

"哥哥砸锅做啥?"香娃懵懂地打量锅底有个破口的铁锅。

"谁知道!问死不出声。只说我拿了贵人的银元不给他治眼睛。"

香娃又呆了,不明白治眼睛与砸锅有何相干。

"那年你大大领你们去中庄,猪娃保的手被狗咬破,我拿贵人给的银洋领他去城里治伤,没顾得治眼睛。我说不治狗伤将后疯

110

下哩,他不信,说我不想给他治眼睛。"抹起泪来。

香娃想不通,不治眼睛怎么成了猪娃保砸锅的理由。嗫嗫着走出大门,猪娃保在远处给他招手。走过去,猪娃保神神秘秘地说:"是叫我耍去吧?走!今日我领你去个好地方。"

香娃甩开猪娃保拉扯袖口的手,"你阿妈哭着呢。你先回家,等你阿妈高兴再出来,我去场上等着。"

"我回家阿妈把我打死哩。"拉住香娃,"我得等阿妈气消才能回家。"

"你砸人家的锅做啥?人家的锅惹你了吗?"

原来,早晨猪娃保被母亲支使去别人家问事,路过马家门口,看见卧着一只黑狗,油然想起被黑狗咬手的往事,气愤被狗咬一口,白白地花掉贵人给他治眼睛的银元。火从心中起,怒在胆内生。蹲地上胡乱抓摸到一块石头,砸向黑狗,以报被咬之仇。不料听到嗵的一声破响,砸中马家抬出门外准备铲刮锅墨的饭锅。马家人听到动静,见饭锅锅底砸出拳头大破洞,闯祸的猪娃保怔在一旁。揪着猪娃保耳朵,抬着破锅上门讨要赔偿。

2

香娃跟随猪娃保在村巷搜寻可以玩耍的伴侣。经过顺风耳家庄廓,吱扭吱扭的声音吸引香娃停住脚步发起呆来。

"顺风耳爸爸碾场呢,这是碌碡包甲的声音。"猪娃保要拉香娃走开,香娃却甩脱猪娃保的手,"我要听包甲的声音。"

"这有啥听头!走,我领你去河里抓鱼。"

香娃再次甩脱猪娃保拉扯的手,呆头呆脑地倾听那连续不断的吱扭吱扭声。

香娃、猪娃保来到场边。顺风耳用长缰绳牵着拉了两套碌碡的骡子,一圈一圈碾压浇了水已经半干的场面。顺风耳媳妇平整碌碡滚压不到的边角地方。

在远处,香娃只听见吱扭吱扭的响声。站在场边,包甲与碌碡轴的摩擦,骡蹄的踏动,喷出的响鼻,顺风耳的吆喝,抖动的缰绳,给单调的吱扭吱扭声添加了鲜活的内容。听得香娃眉目专注,灵性飞扬,感觉被这些丰富的声音托举起来,飘飘忽忽有些眩晕有些迷蒙。

顺风耳媳妇撂下铁锨走过来,弯腰捧住香娃脸蛋,"香娃越长越心疼了。"抽动鼻孔吸纳香娃身上似有若无的香气,右手从香娃脸蛋滑过肩头滑过胳膊又滑过腰胯直到裆前,"让嬷嬷揣个鸡鸡。"

顺风耳媳妇丑怪的面相让香娃害怕,一蹦子跳出去半丈远,惊羞地说:"我六岁半了。"

顺风耳媳妇笑了,"六岁半就知道害羞?过来,嬷嬷不揣鸡鸡,只闻香娃身上的味道。"向香娃勾着手指。

香娃反而后退两步,矜持着不肯靠近。

顺风耳一个箭步蹿过去揪住香娃耳朵,"你人没长大,心术儿却长了不少。你给全庄子的阿奶、婆娘们揣鸡鸡,凭什么不让我婆娘揣?"给婆娘指令:"你揣!使劲揣!看他裆里长的是尿还是别的什么东西!不信一个脬蛋娃也会挑肥拣瘦。"使劲拧扯香娃耳朵。

香娃疼得龇牙歪嘴,想说:就是不叫你婆娘揣!我怕看你婆娘的丑脸。没敢说。

顺风耳婆娘想揣不敢揣地游移一下,低头走开了。

"包家达达给我说个故事吧。"为解除尴尬的香娃提出请求。

"我婆娘揣你鸡鸡你不让揣,我不给你讲故事。"顺风耳心里鼓涌起强烈的莫名气恼。往昔自家媳妇被人冷落,自家儿子不受人待见的情景又历历在目。心里的莫名气又增了几成。

受冷落的香娃呆愣着。猪娃保说:"走,我领你去官磨吃油饼饼儿。"

3

距离官磨十几丈,香娃听见了雄浑绵长的訇訇声。似风声又似雨声。这奇特的声响从何而来?由何而发?香娃疑惑着接近磨坊,雄浑有气势的声响中,夹杂着清脆的咔嗒咔嗒声,悦耳动听。

香娃靠近磨坊,訇訇訇的水声是从磨坊底下喷发出来的,伴有氤氲的水汽。心惊胆寒地探头细观,水星溅在脸上。水从上宽下窄倾斜的磨槽直泻而下,冲击着訇訇訇转动的磨轮,发出雄浑又激越的响动,气势直逼心灵。香娃呆看源源不息狂冲的水柱,跳溅的水花,湿漉漉裹着绿藻转动的磨轮,心里腾起一股懵懂的感觉。仿佛自身是一束水流,一片水汽,一星水花,在訇訇訇的气势中跳荡、飞溅、幻化和腾升,不知来路也不知去向。

正听得发呆,那清脆的咔嗒、咔嗒、咔嗒声,从訇訇訇的底音中突现出来。香娃分辨,是从磨坊内传出的声音。慌忙走进磨坊,原来是下院新嫂朵秦氏坐在磨板敞亮地方,正在格面。咔嗒、咔嗒、咔嗒的声响,是罗儿在格子上弹出来的。下院新嫂端起罗儿往一边倾倒麸皮,另有一种间隔的咔嗒、咔嗒声继续着。香娃顺声望过去,訇訇訇转动的磨盘一侧,垂吊着一尺长短手腕粗细的木棒,磨盘每转一圈,托着磨盘的磨梁就与木棒碰撞一下,碰撞出间隔的咔嗒、咔嗒声。

领先进入磨坊的猪娃保给呆望的香娃说:"那是搅曲把。"

朵秦氏停下手里活儿,"香娃,你跟猪娃保来的?"奇怪两个小孩怎么会玩耍到这里。

"香娃想听磨上的声音,我就领他来了。"猪娃保不聚光的眼睛东张西望,"还要领他去油坊吃油饼饼呢。"

朵秦氏挪转身子把双腿伸下磨台,"香娃,来,到我怀里来。"香娃迷迷呆呆的憨稚,令她产生搂抱亲昵的冲动。

香娃却盯视着罗面格子和罗儿,罗儿下堆集的雪白雪白的精粉,"新嫂,我想听罗儿弹面的声音。"

朵秦氏笑起来,"真是憨人!格面有啥听的?"见香娃执拗地盯着罗面工具,油然想起香娃学鸡学狗的叫声,"好好好!我格面你听。"

朵秦氏娴熟敏捷的劳作吸引香娃,眼睛盯着她握拉罗儿的右手,随她的前推后拉滑动眼仁,观赏罗儿下面雪一般纷纷飘落的面粉,观赏罗儿内弹跳起伏翻转中渐渐多出来的活泼的麸皮……这一切,伴随着悦耳的咔嗒、咔嗒、咔嗒声,明快、均匀、清脆。惹得香娃十指蜷动,心随悦耳的声律跳动。

香娃的腼腆揪动朵秦氏心窍,揽抱住香娃后腰,习惯性地把手伸进香娃短小的斜布汗褂,在他温热光滑的脊背上搔痒痒,感受香娃身上似有若无的香气,不禁爱意荡漾,另一只手便从裤腰插进去,在绸缎般滑柔的尻蛋上抓揉几下,滑探到前裆,握住了香娃鸡鸡,"新嫂揣个鸡鸡。"

香娃向后弓腰,要把鸡鸡从她手中抽出去,却不能,只得由她揣摸,难为情的同时感觉到全身通畅的舒坦。自小,北房奶奶、上院嬷嬷、偏院婶婶……都爱闻他身上香气,同时揣抚他的鸡鸡。"叫我揣个鸡鸡。"这句疼爱他的话,已经烙入他的心田。揣得多了,他记住了不同人的不同揣法。如果让他闭上眼睛猜测是谁揣他鸡鸡,他会一口说出是谁。这几个人里,下院新嫂的手最绵最光,捏住鸡鸡,他心里就生出一种麻酥酥的感觉。上院嬷嬷的手粗硬点,北房奶奶的手更粗硬。北房奶奶满把握住他的脬蛋,用大拇指拨拉鸡鸡。上院嬷嬷手背朝着脬蛋,用两根指头夹住鸡鸡轻捏几下,拽几下,拧动手指让鸡鸡左右摇甩。偏院婶婶用两个指头肚儿捻抚鸡鸡,边捻边向外拽一拽,很轻很小心地拽,然后再捻。下院新嫂揣起来最舒坦。她先用手掌托握住脬蛋,摇揉几下,脬蛋就收缩紧圆,鸡鸡也在这种抚揉中舒服得长一点粗一点硬一点;而后用四个指尖包握住鸡鸡,前后推拉鸡鸡外皮,鸡鸡就再大一点再硬一点;然后整个巴掌握紧,捏一下再捏一下……香娃懵懵懂懂觉得六岁半男孩再不能让人揣自己鸡鸡。刚才在场上没让顺风耳媳妇揣,就为这个。可北房奶奶、上院嬷嬷、偏院婶婶、下院新嫂自小揣他鸡鸡,揣惯了,叫他不觉得难为情。特别是下院新嫂,边揣边亲他的脸蛋、嘴巴、眼睛、额头,让他感觉像自己的母亲,比母亲还要疼爱他。一见下院新嫂,鸡鸡就热乎乎的,想让她揣。

　　香娃这些念头从脸上显露出来,是呆憨的腼腆,腼腆中隐透出灵动和迷醉的神态。这种神态感染朵秦氏,会更加用心抚弄手里那个神妙的东西,她自己的心气也不禁荡漾,飘飘欲飞。眼前纷纷扬扬的缤纷花雨,全是细碎的香草叶。从香娃身上闻到的香气更加浓烈,一股一股穿透心窍。她自觉变成一枚香草,汇入纷纷扬扬的花雨,于是脑海浮显一幅画面:一个姑娘被一个小伙挤在墙角,非要亲她的嘴,揣她的奶头。姑娘不让亲,不让揣,半推半就地等待着。小伙说:我听了一首"少年",唱给你听吧。姑娘说:这是家里花园,唱"少年"把你皮子扒掉哩。小伙说:我说出来你听不听?姑娘说:好听就听,不好听就不听,扭脸把耳朵支过去。小伙对她耳朵轻声说:大门外头种白菜,白菜叫猪吃了;睡到半夜揣鸡儿,鸡儿叫皮吃了。姑娘脸红心跳,想挣脱讨厌小伙,却被小伙紧紧抱挤在墙角,嘴压在姑娘嘴上,手直往姑娘裆里抓摸。那一刻姑娘晕了痴了迷糊了,闻到一般浓烈的香草气味……

　　"香娃!再不来油饼饼没有了。"猪娃保的喊声冲进磨坊。

　　香娃和下院新嫂从迷醉状态中清醒过来。朵秦氏抽出手,整理好香娃裤腰,亲亲香娃脸蛋,"今天的香娃比任何一天都香。快去吃油饼饼,新嫂还要弹面哩。"

香娃不舍地离开磨坊中轰轰隆隆的响声。觉得在场上没让顺风耳媳妇揣鸡鸡是不对的。他要弥补这个过失,找机会让顺风耳媳妇揣他的鸡鸡。

香娃找不到相宜的机会。顺风耳家在庄子最西端,十天半月难得见到。见到时人家总是忙着。不能让忙人停下手里活儿揣他的鸡鸡。关键是怕看那张丑脸,一推再推。可不让顺风耳媳妇揣鸡鸡,就消不了顺风耳对他的不满。他得等个好时机。最好是顺风耳媳妇想闻他香气的时候。到时候闭眼让她揣。她要问为啥闭眼,就说舒坦得闭了眼睛。

机会终于来了。这天,香娃受母亲支使去顺风耳家送还借用的熨斗。顺风耳不在家,只他媳妇一人在炕上纳鞋底。香娃放下熨斗说了多谢。顺风耳媳妇只顾拉扯手里麻绳。香娃失望地要离开,顺风耳媳妇突然撂开鞋底,"来,香娃,到我跟前来,叫嬷嬷闻闻你身上还香不香。"挪到炕沿,捧住香娃脸蛋闻了几下,"香是香着,可味道淡淡的,浅浅的,不像小时候,老远就能闻见。"凝目打量香娃眉眼,双手依旧捧着脸蛋,没有往下揣摸的意思。香娃抓住她手腕往下拉拽,拉到腰际又往裤腰里塞,"你不是想揣鸡鸡嘛。"

惊得顺风耳媳妇猛地推开香娃,瞪圆了眼睛,"你是九岁的娃娃!哪个九岁的娃娃还叫人揣鸡鸡?!"

"我……"香娃记起自己真九岁了。顿时脸面飞红,拔腿逃跑。

第 十 三 章

1

三石鼎锅烧开的酽茶,飘散着茶香。马脊梁帐篷内,尕庄人团团挤坐,把各自带来的食物集中放在炕桌上,吃馍馍喝茶,称赞长腿选的地方好,帐房门朝着戏台,坐在帐内可以看见台上戏娃子。

轮到顺风耳得意,"听我的话没错吧?早来有早来的好处。我一年浪一趟,知道会场上的阵势。"

"没有包家爸爸不知道的事情。"嘴里噙着炒面的猪娃保鼓着右腮,"明日戏台上唱啥戏你也知道吧?"散光的眼睛环视众人,意思是给顺风耳出了一道难题,看他如何夸口。

顺风耳抬高自信的下巴,"别说唱啥戏,就连唱戏的人,我也知道是谁,你们信不信?"

香娃忍不住问:"你咋知道?"

"我什么不知道?"惯常的神态语气,"威远镇二月二会场,唱戏的十有八九是哈拉直沟魏家堡的'仁义社'戏班。人们常说的皮鞋班。主要演员是月师傅,大名魏月仁,在西宁'协成玉'杂货铺当过伙计,老生、花脸都唱。戏嘛,不是《闯宫》就是《甘露寺》,再不就是《大报仇》。"见众人半信半疑地倾听,"谁要不信,跟我打赌,输了给我灌十斤'天佑德'的'神仙不落地'。"

没人说信,也没人说不信,更没人打赌。顺风耳更加得意,"尕庄浪会场最多的是我。威远镇二月二会场我是第六次来,每次来看他们唱戏,听土族阿姑唱'少年',咋能不知道?"怀里揣出一枚铜元递给张家老三,"一说酒我的涎水出来了。去,灌几斤烧酒我们喝,浪会场不喝酒不算浪会场。"

憨哥三天前遇见长腿,知道他在召集二月二浪会场的村民。他动员刘香同来,刘香却说:"去的全是男人,我一个女人夹在中间算什么?你想去就领着香娃去,让香娃见识见识会场上的世事。"刘香没来,憨哥却不知刘香因何没来。刘香再不敢到唱"少年"的会场。"少年"打动了她的心也戳伤了她的心。

有人唱起"少年",声调沧桑,时近时远,似乎在林间星散的帐篷间转寻,寻找或挑逗对唱的人。憨哥推搡打盹的猪娃保,"你不是爱学'少年'吗?快出去听,记住了回来告诉我们。"

猪娃保叫走了香娃、李家小娃。

苍声的"少年"在继续。听不清唱的什么词儿。长腿吞下一盅酒,"真人不露相,露相不真人,听这声嗓,是个二巴刀,不会唱,还要显能。'少年'是黑天半夜唱的吗?一定是个咒世。"

顺风耳挑眉咧嘴地表白自己观点,"你管人家是白日唱还是夜里唱。没人唱算什么会场!我们浪会场不就是为了看戏、听'少年'?听声音,是寻摸个连手哩。等一会儿有女人对着唱,我们喝酒听'少年'两不误,多好!"

几个人希求有女人应声对唱,让他们高兴高兴。人们十里几十里赶来会场,图的就是高兴。浪会场的不一定都能唱、都会唱,也不是能唱想唱才来花儿会场。多数人来会场图的是听人家唱,看人家男男女女挤堆儿寻乐,让自己也快乐快乐,满足满足。比如正月里观社火,自己不扮身子,不跳不扭不唱,站在一旁里观看,却跟跳的扭的唱的一样儿高兴,一样儿满足。

始终没有女人应唱,孤单的吼唱继续飘近飘远,时而出树林去了河边,时而又回到帐篷附近,声音沙哑,语调更加苍凉。

猪娃保同香娃、李家小娃回来了，"是个老汉。"猪娃保在胸前比画着，"胡子这么长，背着装馍馍的布袋和灌茶的沙瓶。"

"唱了些啥？"憨哥问，"你不是记性好吗，说几段，我们就知道这老汉图啥哩。"

猪娃保果真记了几段，一口气说出三首：

> 月亮上来影子来，
> 月亮影子里浪来；
> 人不来了影子来，
> 跟影子说几句话来。

> 尕雨儿下在馒头山，
> 山水大，
> 淹掉了山底的磨扇；
> 每晚夕想你到三更天，
> 天不亮，
> 脚巴骨当成了算盘。

> 尕妹妹活像灵芝草，
> 长在了瑶池的水里；
> 阿哥是鹿羔满天下跑，
> 啥时候能噙到嘴里。

"这老汉来会场寻等往日的连手。"酒已半酣的长腿口齿含混不清。

醉酒的、瞌睡的被早寒逼醒，会场上已是游人如织。长袍马褂、绸缎绑身的汉族男女；白顶帽、黑盖头、白盖头、绿盖头的回族男女；更多是土族游人。皮肤黝黑神情憨厚的男人，擦胭脂抹粉的腼腆女人,一律穿着节庆盛装。

树林深处飘出悠扬的"少年"。整个树林出现一刹那神圣的静默,而后风迎雨催般响应起来。歌声此起彼伏,男声、女声、苍声、童声,一首一首连缀起来,编织起来,形成声腔的大网,歌喉的湖泊,激荡着、澎湃着、泛涌着……

在这一波一浪起伏交织的"少年"湖泊中,有一个声音格外清越,格外嘹亮。

"这声音听着耳熟。"憨哥集中心力辨听,倏忽记起曲坛寺会场遇过的唱家翟达贵。再次侧耳辨听,没错!是翟达贵的声音,翟达贵的腔调,翟达贵的气韵,"一定是他!"

"谁?"顺风耳问。

"在曲坛寺会场见过的一个唱把式,听出是他的声音。"憨哥心想,过去了十年,香娃都九岁了,这人的声嗓咋还这么好?这一想反倒疑惑起来。不可能!当年算他二十五岁,如今少说三十五岁。三十五岁嗓子还像当年那样畅亮,他是什么人?八成是不受苦,只靠唱"少年"混日子的?便有了证实的冲动,丢句话给顺风耳,出了帐房。

2

顺着极好分辨又极有吸引力的歌声,憨哥在靠河滩地方找见了唱"少年"的人。他没辨错,就是翟达贵!比起当年,翟达贵没显老,没显黑,也没显瘦,但身子虾一般弓着,以至于扯嗓子唱的时候,要使劲伸着脖子又向上抬起下巴,一手扶着后腰,一手在腰际支撑,仿佛一不留神或过分用力,就会扑爬在地上。可他的声音没变,腔调没变,自信自得因而有点忘乎所以的神态也没变。

憨哥纳闷。纳闷间想起刘香,与刘香在曲坛寺会场听"少年"

时的心情。有人挤挤撞撞从身边拱进人群,同时亮声叫嚷:"翟姑舅哥!翟姑舅哥!我心想到威远镇会场准能遇见你,果然!我俩这是第十一次会面吧?"

是一个花白长胡须的老者,精神矍铄气色红润,伸出双手要握对方的手,猛地愣住,"你怎么了?腰疼?"

翟达贵不置可否地笑一下,"受伤了,腰伸不直。"含笑环视,对围观者说:"马爷是我的老相识,我得跟马爷喧一阵。"搀扶马爷席地而坐。围绕成圈的听众有的走开了,有的索性坐下听两人喧板。纳闷又好奇的憨哥决定听听两人说话,兴许能知道点什么。

"去年在五峰寺会场见你好好的,才半年工夫,咋成了这样?怎么伤下的?"马爷掀起翟达贵后襟察看伤势,被翟达贵推开手臂,"一句两句说不清。"苦笑笑又叹口气,换上戏谑的口气,"你呢?尕连手还没寻见?"

"没寻见。可我心里知道,这次来威远镇会场一定能寻见。"马爷自信地捋着飘拂的花白山羊胡须,眼眸上闪烁着向往的神采。

人群里有人发话:"老人家,看你岁数,寻的是老连手吧?"笑起来,证明自己在惹笑。

马爷对问话人严肃起眉眼,"连手就是连手,什么老连手新连手!别以为长胡子就是老汉。"给众人挤眉弄眼,"老是老,刀刀!"

众人大笑。戴沙狐皮帽,大通口音的中年人说:"马爷,你的尕连手是怎么好下的,给我们喧个。"惹起一片应和的呐喊。

马爷挺直下塌的腰背,扭头问翟达贵:"翟姑舅哥,记得那年是民国十二年吧?我在曲坛寺会场听你唱'少年'把你认下了,我的尕连手也是那一年认下的。"

"这么说是十二年前认下的。"戴黑礼帽,穿皮大氅的湟源口音的青年弹几下舌头,表示对马爷的佩服。

"十二年好了几次?"手上戴两枚绿松石戒指的鲁沙尔人问道。

马爷躲开众人注视的目光,抬头张望树上枯疤,捋着胡须,欲说不能的样子。

翟达贵替马爷说了出来:"好什么好!自那年认下后再没见过。这些年马爷跑遍所有会场,再没遇见。"

"可我年年能遇见你,年年听你的'少年'。"马爷打断翟达贵的话,证明自己十多年并没有白跑会场。

戴沙狐皮帽的大通人又说:"马爷,人家明明给你撂坨哩,你还不死心。别寻了,再找个新连手。凭你红扑扑的脸色,这么好的脾气,什么样的连手寻不上?"

马爷佯装严肃相,"胡说!我认准的尕连手就她一个。哪像你们,吃着碗里的望着锅里的,没饥饱!"

众人又一阵哄笑。民和口音的小伙明知故问:"马爷,啥叫没饥饱?"

"就是肚子吃憋了,眼睛还馋着。"

有人等得不耐烦,倒一碗枣儿茶端给翟达贵,"姑舅哥,你俩暄够了没?暄够了快唱,有两个阿姑等着与你对唱哩。"

翟达贵扶挂马爷肩膀站立稳定,弓背窝肚地唱起来。嘹亮歌声颤颤悠悠飘扬飞散,引发远远近近此起彼伏的应和。

憨哥听着,想着,眼睛一直盯着马爷精神矍铄的面庞。十二年前在花儿会场遇见一个女子,而后但凡有花儿会,都去寻访会面,一年复一年,每每愿望落空却不死心,坚持寻觅等待十数年,不能不让人肃然起敬。只知这种年复一年的寻觅等待,换得了什么心境?单从表面看,马爷活得快乐逍遥。但如果这个马爷就是昨晚深更半夜唱"少年"的那个老者,想必心里装的不仅仅是快乐。如同翟达贵,面相没变,气色没变,尤其是声嗓丝毫没变,人却变得弓背塌腰站不直身子。站不直身子依旧要来会场,来了照样唱"少年",这里头究竟有什么样的道理?如此想来想去,憨哥有了一个主意。

3

跟随长腿、顺风耳被人流淹没,又在某一时刻浮出人流回到帐房的香娃、猪娃保,急慌慌吃完憨哥做的面片,一个要去看戏,一个要去看灯影。争讲一阵,为照顾猪娃保的眼睛以及情绪,香娃同意去看戏。唱戏点汽灯。能把黑夜照得白日般明亮的汽灯,是香娃向往见识的稀奇物件。

憨哥收拾碗筷,把罗锅提进帐房,舀水击灭残火,把后晌买好的一瓶烧酒、一包纸烟揣进怀内,给守帐房的李家小娃叮咛几句,去河滩边的帐房中寻找翟达贵。

一棵粗壮杨树下,爬伏在地的汉子试图扶着树干站立起来,刚蜷起双腿,手从树上滑脱,又扑爬下去。憨哥见他眼饧嘴歪站立不稳,"你得坐着缓一阵。"扶醉汉靠住树身坐好,正要走开,扑的一声,有东西掉他头上又弹落地上,竟是一只乌鸦。憨哥惊悚,死乌鸦掉在头上,不吉不利。憨哥抬脚向乌鸦踹下去,却把脚停在半空。乌鸦的眼睑扑闪扑闪着,翅膀也在抖动,估计飞行中受伤,或撞上树干掉下来,正巧掉他头上。活的生灵,不能由他弄死,却又懒得理会这个不吉利的东西,朝乌鸦吐一口唾沫,走开了,心里说,死活看你的造化。

终于打问到翟达贵的帐房,可翟达贵不在帐房内。五十岁开外的守帐房老汉给憨哥挤着眼睛说:"忙去了。"

憨哥觉得老汉眼睛里有话,一时没反应过来,"忙去了?忙什么?"

对憨哥的迟钝老汉有点讥嘲:"能忙什么?你说浪会场的人能忙什么!"笑一下,往河沿密集的黑刺丛闪了一眼。

憨哥只得等。平日没有口福的人,趁着浪会场,要使劲吃些平日吃不着的好东西。会场人山人海没有方便去处,耐到天黑去黑刺丛中宽松。憨哥靠住一棵杨树等待,看见有女人从黑刺丛中闪出来,提着裤腰边走边系裤带,转眼没了踪影。片时,一个弓背塌腰的身影闪出来,放声吼唱二牡丹令:

> 上去达板九道岭,
> 羊羔儿咂奶(者)跪下;
> 尕妹是烧酒喝一盏,
> 骨酥筋麻地醉下。

憨哥陡然想起顺风耳说过的"一丈之内才是夫"的故事。陡起的嫌恶中有了更强的好奇。身子弓成虾,还有能耐拈花惹草。这中间藏着什么道理?还有,曾经板直的腰身何以弓塌下来?

憨哥等翟达贵走到身前,言不由衷地说:"姑舅哥本事大啊!"不明白自己这句话是为了挖苦还是为了抬举。

翟达贵得意了,"阳世上来了阳世上闹,阳世上来几遭哩。姑舅哥面生得很。"

"你的'少年'唱得好,我听上瘾了。"取出怀里烟酒,"想跟姑舅哥暄个。"

受惯了奉承的翟达贵有着处世的活泛,"好好好!"往帐房内打手势。

五十开外的老汉笑着说:"忙完了?忙完了你守着,我看戏去。"披上皮袄走了。

黑牛毛编织的马脊梁帐房。憨哥坐在旧栽绒马褥上,拆开烟封,抽一支给翟达贵,"给姑舅哥买了一盒洋烟,还有一瓶酒。"

翟达贵接烟夹在耳朵上,"你是专门寻我暄板的?"

"专门寻你。"憨哥搜肠刮肚把话说得让对方高兴,"当年在曲坛寺会场听你唱'少年',我顾不上吃饭,没想到今年在这里遇见你。要不是会场上遇见,我往哪寻你去?只不知当年你身板直直的,如今见你面相没变,也没显老,腰咋弓下了？腰弓得直不起,'少年'唱得还那么好,叫人想不明白。"

"有啥想不明白的？我是老天爷世下浪会场的人,不浪对不住老天爷给我的这个嗓子。"

"哪……腰是……老天爷世你是浪会场的,就不该把你的腰整成这样,腰不利落……"

阴阳难辨的笑声扯断憨哥的话,"腰不利落能把我咋样？不是照样……别人是听我'少年'的,又不是听我的腰的。"

"你说的别人是指女人吧？"故意探了一句。

又是得意的笑。

憨哥神差鬼使直往要害处探问："你的腰是不是因为女人才弄成这样？"

翟达贵盯视憨哥欲说不说犹豫一阵,"吃烟吃烟。"取下耳朵上纸烟,凑近灯火点燃,吸了两口,"你寻我暄板就为说我的腰？"

憨哥不无窘迫地笑笑,"我以为……"以为什么,说不出下文,只好顺着话茬儿,"我见姑舅哥人缘好,会场上,就有人往你身上贴,刚才从黑刺林出来的女人……你年年在会场上浪着唱着,一定维下了不少连手吧？"

翟达贵逼视憨哥,似想看穿他问这些话的用意,话却是这样说的："不维几个连手,会场有啥浪头！浪会场就为寻连手。'挡羊的阿哥羊伙里看,羊伙里来狼者哩；我维下连手大家们看,人里头为王者哩。'不是我夸嘴,这些年浪会场,少说维了十几个连手,一年一个。"

"今年的连手就是你领进黑刺丛的那个？"憨哥对翟达贵的憎恶,如同黑刺在心里爹散开来。老天爷给了他这次机会。要不,刘香包藏多年迫不得已说给他的那个秘密就永远成了秘密。怪不得顺风耳平白无故要给他讲什么"一丈之内才是夫"的古今当当。闹不好刘香的事全尕庄都知道,唯独瞒着他一人。他要借此机会把那件事弄个水落石出。

伴装憨实的憨哥笑问:"十几个尕连手里,有没有最让你扯心的?"会场上靠"少年"吸引女人,或者对唱中彼此有意,顶多是找机会瞅空子打个饥荒,过后天南海北各奔东西,只能算得了一两口野食,算不得真正的连手。再说,像翟达贵这号人,光阴全耗在会场,见女人就往上贴,朝三暮四挑三拣四,谁敢把真情给他?

翟达贵滑着眼仁,捕捉记忆中与他交媾过的那些女人,皆因为相遇在人潮涌动的会场,意趣相投冒出一两星火花,借那短暂的热度,搞一次播云布雨的勾当,匆匆慌慌过后烟消云散,没留下十分清楚的印象。其中倒有一个,因为相遇在另一类场合,他没能得手,反而永久地烙在心里,成了他永难补愈的心病。可他已经夸下海口,再说真话,只会让这人轻视他的能耐。便来个以假托真,"都是让我扯心的,不扯心算连手吗! 要说这里头谁最让我扯心,倒是真有一个。是我在碾伯'积成当'做号房时,去河边饮马认识的那一个。她说她在曲坛寺会场听过我的'少年',当时就把我吃在心里了。要我给她再唱'少年'。我说这里离庄子近,不能唱,要找个好地方给她唱。第二天我把她叫进'积成当'号房,拿两样稀罕东西给她看,她就答应给我当连手了。"望着憨哥意味深长地笑笑。

憨哥强忍暴躁的心跳,"看了什么稀罕东西?"

"看东西只是由头。号房里不能唱'少年',我给她念了两段,她就用眼睛勾我,号房里没地方,她……"翟达贵用臆想补充描绘当年那幅没能完成的春宫图,"她把裤腰退到膝弯,撅着尻子叫我隔山取火。那是我见过的最白最美的尻子,揣她奶头,也是最绵的奶头。我就想,这么好的女子,见了我这么饥荒,一定遇了个不得济的男人……"

憨哥被粗气憋得脸色黑青。这事除了他,全尕庄没人不知无人不晓,唯独他不知情! 要不,顺风耳凭空讲什么一丈之内才是夫？

　　憨哥喷火的眼睛盯死翟达贵一张一合的嘴皮,决定先一拳捣他嘴皮,捣掉几颗门牙,再骑他身上狠劲捶他,把他的板颈整断,看他还有什么能耐……却听翟达贵没好气地质问道:"你听着听着皮脸脑黑成锅底做啥？好像我日了你的婆娘。"

　　激怒的憨哥突然意识到对方十有八九在吹牛。只有故意夸大事实的人,才会把丑事当成光彩在人前炫耀。可心里已经燃烧的嫉恨大火一下子熄灭不了,咬牙切齿地说:"你敢碰我婆娘,我把你的皮子扒掉哩！"

　　翟达贵竟然笑起来,"别说扒掉皮子,就是把头掐掉,不过碗大个疤！钢刀拿来头割下,不死了就这个活法。腰打弓了,我不是照样浪会场寻连手嘛！"

　　憨哥手上的所有骨节胀疼起来,忍耐让他尝受空前的痛苦。不忍不成,会场上打斗起来,别人就要寻问原因,那不是脱了裤子让人看自己的屎尻子？狠人的名声,不就成了被人踏在脚上的屎吗！况且况且……

　　憨哥努力劝导自己把翟达贵的话当作吹嘘、牛皮。努力认定刘香绝不会背着他与别的男人野合。不过,再不能坐这里看那丑陋的嘴脸,听那丑陋的声音。跳起来走出帐房,又返身将酒瓶、烟盒取在手里,愤愤地说:"我买了烟酒不是给畜生吃喝的。"

　　翟达贵愣了,丈二和尚摸不着头脑。

　　戏台那边咚咚锵锵的锣鼓,敲震得憨哥意乱如麻。

　　老远听见帐房内有人哭有人笑。飞步进入帐房愣在门口。坐着的猪娃保左一把鼻涕右一把眼泪,哭得声情并茂；香娃却躺在马褥子上,笑得扬胳膊蹬腿。长腿、顺风耳只顾猜拳喝酒,好像没听到身边有人哭笑。

　　"这两个怎么了？"憨哥大感不解。

　　"醉了。"顺风耳吞下一盅酒。

"你两个给他两个灌了多少?"

长腿扭头打量哭笑的猪娃保、香娃,然后才说:"他俩浪回来就醉着,摇摇晃晃站不稳坐不直。我问他俩在哪儿喝的,不说,一个只顾哭,一个只顾笑。"

"他两个从没喝过酒,身上没钱,哪能把个家喝成这样?"憨哥认定是长腿、顺风耳趁他不在把两个孩子灌醉,怕他抱怨才巧言遮辩。

戏台那边又是紧骤的锣鼓敲打。

顺风耳笑了:"你们一年半载出一次门,少见多怪!这次浪会场我们到了哪里?威远镇!威远镇啥地方?出酒的地方!天佑德、世义德、文合、永胜合……多少烧坊酒房!加上这里家家户户烧酿酩馏酒,大年三十开始喝酒,直喝到二月二,酒气飘散在大街小巷,庄廓院舍,空气中全是酒!早上蹲在树梢、墙顶、崖头的喜鹊、麻雀、鸽子,到后响全躺在树下、墙根、崖底,酒气熏醉的!这里人知道底细,不危害它们,第二天酒醒,照样飞上树梢、墙头、崖顶。现在是二月头上,要不,满地是熏醉的蜜蜂、苍蝇、蜻蜓、蝴蝶。"

第 十 四 章

1

一条恶狼龇牙咧嘴朝香娃扑来,惊他清醒,恍惚中听见嘤嘤哭声。母亲披衣坐在炕上,双手捧着脸,肩膀抖动,哭声从指缝漏出来。

惊疑的香娃打算坐起来询问原因,听到父亲愤愤的声音:"你还有脸哭?个家做下的事情!要不是香娃看病把事情抖出来,还不知你瞒到啥时候。是苍天有眼,叫我在威远镇遇见翟达贵,知道了底细。要不是念你给甘家养下两个后人,我两脚把你踢出大门去,你还有脸哭?"

香娃听清这些,不知如何是好,只能佯装死睡。前年,巧儿十三岁,母亲让父亲在放粮食、杂物的隔间腾出一溜地方,泥起独睡小炕。以母亲的话说,姑娘大了,再不能跟大人挤在一个炕上。姐姐有了单独睡觉的地方,可他还得与大人睡在一起。

这是头次被梦惊醒,醒来竟是这种局面。

母亲继续捂脸哭泣,肩膀抖动,哽哽咽咽上气不接下气的憋屈样子。

香娃希望母亲说点什么,好叫他听明白原因。母亲终于哽咽着说话了:"当初怕你多心没敢给你说。给香娃看病听从高先生的话,才把实情说出来。以为你信了,没想到你听信别人挑拨又见了那个贼打鬼,平白无故给我发脾气。早知你是这样,就不该叫你浪二月二会场。"

憨哥忽地坐起来,"心虚了吧!"学仿刘香的语气口吻:"'早知道这样,就不该叫你浪二月二会场。'可我偏偏浪去了,又偏偏遇见了贼打鬼。"

"你声音小点!别把香娃吵醒。"刘香低声求告。

憨哥反倒提高声音,"吵醒就吵醒!吵醒也好!让香娃知道你是啥人!"

刘香要捂住憨哥的嘴,憨哥甩头挣脱,一拳击在刘香肩头。

刘香激怒,撕抓男人的肩背头发,"我为顾你男人脸面,顾你狠人名声。你当男人的遇事不好好想一想,只会怨骂我婆娘家做事不稳当。好!你不怕儿子听见,不怕姑娘听见,你就大声喊吧,叫北房奶奶一家全听见。"越说声音越高,成心张扬的架势。慌得憨哥伸手捂她的嘴。

刘香戛然收声,却收不住悲怨,放声号哭。委屈的哭音透出窗户,架上的雄鸡唔唔唔啼鸣起来。刘香即刻收敛悲声,噎声噎气地哽咽着。

佯装熟睡的香娃感觉父母在盯视自己,极不自在,翻身让脊背朝向父母。

静默。静默。刘香终于收住悲怨情绪。见香娃再没动静(认定刚才是梦里翻身,并没听到什么),压低声音哀哀地说:"当初我把不想说、不敢说的话说给你,是为了儿子。如今看起来,你没把我的话当真。你不当真也罢,疑心也罢,我只求你别再为这事乱发脾气、骂人。后人大了,我们遇事先得想着后人。哪怕你心里有多大的亏枉,你也得忍着。别让姑娘、儿子看出我们为那没影的事儿……"

"没影的事儿?哼!"憨哥石柱般倒在炕上,枕头被砸出响声,咚!

"等个合适的时候,我俩去一次会场,我估计还会遇见那个贼打鬼,我要当头对面与他对证,叫你明白冤枉了我。"

憨哥没反应。香娃感觉母亲睡倒了,脸朝他的后脑勺,用枕头蹭着眼窝。

香娃想翻身贴近母亲,用额头贴住母亲泪湿的眼睛,却忍住了。这时,母亲突然低声吼道:"你要做啥?!"

"我要日你!"扑抓拉扯的动静,"你别想后人后人把我糊弄住。你的名声我顾,我狠人的名声也得顾。可我得给个家种下个放心的后人。"

撕抓、扭压、抵抗的肉搏在香娃身后进行,震撼香娃心肺近乎爆炸,猛地坐起同时把枕头摔在墙上。

刘香、憨哥呆住。两条白森森身子扎着香娃眼睛和心脏,他跳下炕,从门箱顶扯下老羊皮袄,赤条条拖着皮袄打开房门。

"你去哪里?"刘香颤抖的声音。

回音是房门猛狠的磕碰。

2

刘香僵坐到鸡叫三遍,轻手轻脚下炕,摸出房门。大门外有两间北房奶奶家的草房。刘香凭借微弱晨光,看清香娃裹着皮袄蜷睡在草窝,一动不动。刘香回院取了栽把扫帚,先扫院门外,等北房有了开关房门的动静,打扫院落,而后进厨房准备早饭。

房内有了动静。刘香从后锅舀了洗脸水端进房里,巧儿正在扫地。憨哥愣坐炕沿,一脸黑雾。刘香放下脸盆,看着脸盆内闪动的水影:"洗脸。"

憨哥愣坐着,好像没听见,又像听见了故意不作理睬。

"没听见吗?洗了脸吃饭,茶烧好了。"心火烧硬了刘香的口气。

"洗尿哩！人都没心肠活,洗尿的脸哩。"

刘香张嘴又把话忍了回去,只用冒火的眼睛瞪住男人。意思是:我俩吵归吵,别在丫头眼前尿三屁四成不成？我们的事孩子知道有什么好？

憨哥被刘香凛利的眼光降服。这双眼睛,好时比花儿柔俊,恶时比刀子凛利。憨哥蹲下洗脸,双手掬水拍在脸上,吹着粗气,水花溅了一地。

香娃被巧儿叫进来,默声洗脸,蹲在柜角不肯上炕,始终望着地皮。茶端来了,主食是炒面。

憨哥蹾下茶碗,取烟袋抽烟。见娘儿三个默声吃喝,没有理他的迹象,撂开烟瓶拌炒面,边拌边说:"今日把炕灰扒出来,背到大门外;把圈粪出出来,再拉生土把圈圈填了;明日撒粪,后日往地里驮粪。"

刘香、香娃低垂着头,没有应声。

憨哥吃下九个青稞炒面朵儿,喝了三碗茶,声明寻借驮粪牲口,走了。

巧儿不解地问:"今早的阿大怎么了？"见母亲、兄弟依旧低头想着什么心思,又问:"香娃,今早你也是蔫头耷脑的,到底怎么了？"

"问她！"香娃跳起来狠狠地看母亲一眼,撒腿走了。

巧儿估摸父母遇到什么难言之事,不便细问,把头贴在母亲肩上,用温情软化母亲的悲凉。

炕灰背出一半,憨哥回来了,站在旁边抽烟,审看娘仨劳作。片刻,把烟瓶戳进烟袋扔在窗台,从刘香手里夺过铁锨,往香娃背斗铲灰,一锨两锨三锨四锨……

"十二岁的娃娃,你要把他挣下吗？"刘香拦阻男人不要再铲,被男人推开,"十二岁怎么啦？我十二岁跟着大人犁地呢。"把第六锨扣进背斗,装满细灰的背斗噗的一下扬起迷眼的灰尘,"照你们样子,驴年马月才能背完,背!"

刘香要帮儿子把装满的沉重背斗提上肩,又被憨哥推开,"个家背!把你黑天半夜给大人使性的本事用在正路上。"

香娃扶背斗时,拧着脖子不看父亲。这时被飞扬的灰尘迷得流出眼泪,腾出一手用袖口揩眼睛,然后双手捏紧背斗系,提离地面却无力背在肩上。憨哥提着背斗口一用力,香娃就势转身把背系套在肩上,腰腿软一下,脸就红了。一步一挪往前走,巧儿慌忙从后边扶托背斗底盘,帮助香娃迈出大门门槛。

再回来,香娃将背着的背斗朝着父亲站定,脸拧到一边,等父亲往背斗装灰。炕灰轻浮,放下背斗铲装不致扬起飞尘。背着背斗铲装,铲了松散的炕灰,先要平端起来而后才能倒入背斗。憨哥明白,香娃这样做是向他示威,要不就是抗议。心里老大不痛快,铲土一样将炕灰一锹接一锹铲倒进去,炕灰扑飞起来,香娃的头发、脖颈、肩背顿时被扑成灰白。憨哥仍不解气,将最后一锹倒入背斗并且狠劲拍压一下。拼力支持的香娃,被这意外的加力弄得身子后倾倒坐地下,炕灰倒了一地。

这个过程被北房奶奶看在眼里,"憨哥!你是教儿子做活,还是整儿子?十二岁娃娃骨头还嫩着,能背这么大的背斗?"颠着小脚上前扶助香娃。

"人没大,倒学了不少的毛病!"憨哥觍笑着给北房奶奶解释,"得叫他吃点苦头,才能明白狠人的儿子该是啥样。"

"你狠人小时候啥样我清楚得镜儿!"北房奶奶黑了脸色,"后人不是乌拉子①,由你当作牲口使唤!"用袖口揩擦香娃脖颈上的灰尘。

"后人?哼!还不知谁是谁的后人!"憨哥斜了刘香一眼。

---

① 乌拉子:青海方言,指雇工或者奴仆。

3

别别扭扭做完春播活儿。眼看出苗,父子间这种摩擦不但没有减弱,反而明显起来。起初避着外人,渐渐地矛盾外露,在公开场所,憨哥时不时给香娃发难。

起先,庄舍们没怎么在意。谁家没个碟大碗小,铁勺碰锅沿,大牙咬了舌尖的事?庄稼人下黑苦的日子里,心急气躁,难免父子争讲,夫妇拌嘴,娘女使性。日子久了,次数多了,庄舍们觉察甘家父子的摩擦,超出了家务范围。一点一滴的误会积累起来,发展成冷战,而且强弱不均,有些恃强凌弱的情势。分明是憨哥时时处处故意刁难香娃,给香娃难堪。偏巧香娃是个犟板颈,不但不避让,还要顶牛。往日十分活泛的刘香,变得死板起来,话少了,笑少了,村巷里见人低头快步走过,生怕与人说话,或者害怕被人问起什么的虚怯样子。庄舍们看在眼里,闷在心里,不明白其中有什么子丑寅卯。于心不忍的,绕着弯儿问道:

"憨哥,这些日子没见你跟儿子一搭儿走过,香娃不在家?"

"还是香娃小时候好。你整日扛着东庄进西庄出,八成儿,小时候太惯着了。"

这种话意,憨哥能听明白,是讥笑他小时候没好好指教儿子,儿子大了又不会指教。便暗里哼一声:"你们知道什么?!"

"狠人,大大的儿子,老虎的皮子,香娃犟起来比你还犟,你这个狠人没白当。将后的香娃一定比你还狠。得请乡老给香娃起个好名字。"顺风耳说。

这种貌似玩笑的话,憨哥听了不免有些得意。得意过后是加倍的沮丧。莫名的沮丧反过来加剧了他对香娃的怨恼。

妇女们细心,看出更细微的一些变化。上院嬷嬷说:"刘香,这些日子听不见香娃笑,听不见香娃说话。地里听见喜鹊喊,长高虫儿叫,香娃也悄悄的。他父子两个到底为了啥事,像牛见了刀子。再这样下去,香娃的性子变掉哩。"

"刘香,不知你发现没有,香娃长大后,除了眼睛像你,其余都不像你,更不像他大大,你说他长得像谁?"

对这试探性疑问,刘香只能一笑作罢。憨哥的反常行径,已把他一个人的疑心扩散成全尕庄人的疑心。原以为假以时日,憨哥在她的感化下丢弃心里那个狐疑,主动缓和与儿子的紧张关系。现在看来,她想得太简单。她的名声要紧,憨哥的狠人名声也要紧,但更要紧的是香娃的成长。不能让香娃在这没深浅的水里消磨掉灵性。遮遮掩掩解决不了的问题,只能把它亮出去,让太阳晒,让风霜摧。长痛不如短痛。经过两晚上失眠,刘香有了主意。

这天吃完早饭,刘香从门箱取出自己出门才穿的紫尔斜绑身,把憨哥年节才穿的对襟夹袄取出来放在炕上。将巧儿、香娃叫到身边,说:"我跟你阿大出门办件事儿。办得快,一两天回来;办得慢,得十天半月。巧儿好好地操心家里,香娃要听姐姐的话。没事就帮助北房奶奶做活儿,听见没?"

"听见了。"姐弟俩异口同声应答,问:"姆妈,你们要去哪里?"

"这是大人的事,你们别问。"严肃的语气,眼角余光观察着憨哥的反应。

抽烟的憨哥半张着嘴,举着烟瓶的手一动不动。

刘香把巧儿、香娃推出房门,对发怔的憨哥说:"快换衣裳,把你放着的那几个铜元全拿上。"

憨哥瞪眼,"你没头没脑叫我换衣裳要去哪里?"眼下是春播后拔草前的空闲时间,女人们要趁机走走亲戚。可刘香家远在贵德,不是说去就能去。他身后没有可走的亲戚。

"去见乡老。"

"见乡老?"憨哥紧张起来,"见乡老做什么?"

平静的刘香平静地说:"央求乡老抽几天工夫,同我俩寻那个贼打鬼去。寻见了当头对面把该说的话说清楚,免得你疑神疑鬼整日把气出在香娃头上。"

憨哥佯装镇定掩饰内心的慌乱,"你想得轻巧!乡老是你使唤的?"

"乡老是不是我使唤的,不去咋知道?快换衣裳!"夺下憨哥手里烟瓶,把衣裳塞他手中,"快换,见乡老得穿整齐。"

憨哥把衣裳扔在炕脚头,"我今日要去南台浇水。你硬叫我去见乡老,打的啥主意?"

刘香冷笑一声,"我能打啥主意!你是家里主儿,听信外人闲话,由心机抓弄婆娘儿女。我们婆娘娃娃拿你没办法,只能央求乡老给我们做主。听北房奶奶说,当年你给乡老发誓赌咒,要把我如何如何当人、疼爱。如今你说话不算话,我不求乡老求谁?见了乡老,你把你的亏杠说出来,叫乡老给我们评评理,究竟是你错还是我错……"

憨哥心虚了。为贼打鬼那件事求见乡老,是脱了裤子撅起尻子叫人看自己的屎尻子!是让乡老以及平安地区所有人知道,憨哥从贵德娶来俊媳妇没本事管束,被一个唱"少年"的贼打鬼夺走了媳妇的心,还给她肚子里留了种子。这不成了天大的丑闻!他憨哥日后怎么活人?怎么在庄舍前走动?

恐慌的憨哥躲开刘香的逼视,不无惺悔地怪笑一下,"乡老是忙人,贵人,哪有工夫管我们这些尿事!再说,南台的地今日不浇水,明日就没水了。"慌忙穿鞋打算开溜。

刘香决定强化效果,"这怎么是尿事?这是关乎你我名声的大事!你不去我一人去,要是乡老忙着不去,我就一人去碾伯当铺寻问贼打鬼,把他叫来尕庄与你对质。"

"好好好!从今往后,我把婆娘娃娃当成佛爷供起来成不成?"见刘香皱眉斜目地审视自己,堆上笑脸下话:"从今往后你我别再提那个贼打鬼。"飞也似去角房提了铁锨,一溜烟不见了踪影。

刘香捂嘴笑起来。回到房里的巧儿、香娃纳闷着问:"姆妈,你们不去办事了?"

"不去了不去了。"刘香双手搅抱住儿女,用下巴轮换蹭摩他俩的额头、脸颊。

4

憨哥说话算话,强压那股莫名怨恨,佯装出知错改错加倍亲近儿子的举动,"香娃,把烟瓶给我装上。""香娃,给我捉虱。""香娃,快给我抠几下。"把脊背支给儿子,"往上点,对,就这儿,使劲抠。"

都是做出来给刘香看的,让刘香以为他与香娃和好如初,已经彻底把贼打鬼从心中赶走。其实他没忘,不可能忘。每当单独与香娃相处,就下意识打量香娃,见了生人般仔细辨认,香娃究竟哪儿与他相像?动作、说话的语气、走路的姿势,越看疑心越重。除一对儿眼睛像刘香,香娃身上没一个地方像刘香,更别说像他。香娃的脸盘、鼻子、嘴、耳朵,包括肉皮,小时候看着都像他,现在越看越不像他。他的儿子怎么会不像他?于是,贼打鬼在威远镇二月二会场上说过的那些话,又在耳边响起,接着显出贼打鬼得意的脸色,而后浮现这样的情景:在"积成当"号房昏暗的角落,贼打鬼搂抱着刘香,咂她的嘴唇,吮她的舌头,揣她的奶头,而后刘香解裤带让裤子堆在脚上,转身撅起尻子,由贼打鬼随心所欲地冲击。于是,被他极力熄灭的妒火再度熊熊燃烧,烧得他周身冒油,五脏焦裂。

这是他的奇耻大辱,他没办法从心里彻底清洗出去。可又不能把这事公开、张扬。唯一能做的,就是把这深重的嫉恨转移在香娃身上。如今,连转移嫉恨的可能也被刘香剥夺。这种没有气性的日子,让他觉得压抑、昏暗、无所适从。他想说服自己接受这个既成事实,只当被人哄骗做了一次王八。可他办不到!他是谁?他是狠人!是乡老和全平安地区人们公认的狠人!狠人的媳妇被人弄了,被一个凭着唱"少年"到处诱骗女人的贼打鬼弄了,这是丢了甘家先人的脸,丢了全尕庄、全平安人们的脸!好几次他想象着撵到碾伯,从"积成当"号房把贼打鬼揪出来,揪到街面人多的地方,将贼打鬼打翻在地,踢他的头,踹他的脸,踏他的下身,让贼打鬼满地打滚、求饶、吐血!然后当着众人发誓赌咒,从此不再唱"少年",不再引诱良家妇女。可这样做,把不该张扬的事情张扬开去,解了恨出了气却糟蹋了狠人的名声。让人说他虽然娶了比花儿俊的女人,却管束不住,被外人偷着摸着弄了,不但弄了,还下了种子。

这些想法让憨哥更加认为,香娃身上的香气,养下来没日没夜的哭闹,学鸡学狗学猪的怪异,无一不与贼打鬼有关!即便不是贼打鬼种子,也是被贼打鬼害成这样。联想起刘香给香娃看病,袒护香娃的种种举动,愈加相信自己的推测、判断是正确的。这让憨哥见到香娃如同见了贼打鬼,恼怒、嫉恨,恨不能白刀子进红刀子出。为了保全名声,保全这个家,保全刘香继续当他的媳妇,他得另想办法另打主意。

这天,憨哥率领香娃去大湾浇苗水。憨哥提着铁锨大步流星走在前面,香娃背着捆扎成团的麦草,有意拉开距离跟在后面。自那晚听见父母吵嘴,光身子扭成一团撕抓扭压,逼他跑去草房睡觉,心里就有了挥之不去的别扭。见母亲觉得难为情,心发慌脸发烫。他朦朦胧胧认为这是大人的事,不该小孩子操心,可心里的别扭消除不了。以至于害怕夜晚到来,害怕睡到半夜又被父母吵醒。他听得出来,父母吵嘴好像为了他,又好像不单纯为他。可他不明白父亲为什么要恶狠狠地对母亲说:"我要日你!"而且那么强硬那么蛮横。

香娃认定这是丑恶的事,见不得人的事,只能在黑天半夜偷偷摸摸进行的事。而母亲是被动的,迫不得已受伤害的。于是对父亲产生反感。觉得父亲在他面前表现出的热情和气,都是虚的、假的、装出来的。实际上是个坏人,坏透的人,不要脸的人。这样的人怎么会是他父亲?他清楚,父亲故意给他的刁难、无理,都为这件事。这反而让他暗地里高兴,巴望父亲继续刁难他,故意捉弄他。那样他就有理由不去看他那些虚假的脸色,接受他那些装模作样的关心。就可以与他保持距离,有理由与他顶嘴、抵触、抗争。

现如今,无论父亲怎么对待他,没话找话与他亲热,他都心存戒备地做父亲要求做的事情。虱子给你抓,脊背给你抠,烟瓶给你装。可别想叫我与你说话。为了证明自己不吃父亲这一套,证明自己的反感,抠痒痒,他用指甲使劲在父亲肉皮上抠出白色划痕,作为报仇泄愤;把父亲衣裳内抓住的虱子放在炕沿,指甲挤压的同时,恶声咒骂:看你再咬!看你再咬!而后往沾了虱血的指甲上吐唾沫,呸!呸!然后在毡上蹭掉令他恶心的虱血。

憨哥好像没有觉察儿子这些变相的反叛。或者觉察到了不想在乎,依旧是热火亲切的样子。香娃有点无所适从。接受父亲的关心吧,害怕上当;不接受吧,觉得不应该。

5

两人一前一后来到大湾。憨哥站在渠头等香娃走近,说:"我扒开渠口把水引进毛渠,去地里浇水,你守在这里,别跑水就成。"三下五除二扒开一尺宽窄的豁口,在距离豁口两尺远的地方,用香娃背来的麦草捆塞填住渠道,铲湿土拍堵严实,渠水就咕咕嘟嘟流灌进干裂的毛渠,水头泛着白沫,冲刷起渠里的枯草残叶向东南方向流去。憨哥强调一句："守好！别让水跑了。"跟着水头，顺毛渠向自家麦地走去，随时清理不通畅的渠道。

香娃坐在渠边，瞅着漂带着白色浮沫、褐色枯枝、黄色麦草屑的流水，从远处顺渠而来，在堵塞渠道的泥草坝前冲撞出后卷的水花，旋转着，从扒开的豁口哗哗响着注入毛渠，急急慌慌向自家麦地方向奔流。

香娃的心，随着远去的欢快水头，被茂盛着杂草的渠岸夹护着，绕过大片麦地，经过起伏的涧坡草洼，惊动草丛中幼小蚂蚱，乱箭般纷纷射向四边；惊动落在渠岸的一只石头雀儿，翘几下细长尾巴，掠着麦苗一起一伏飞向远方；惊起一群藏卧在干渠的尕拉鸡，吃力地飞起来，翅膀扑棱棱扇响着没入南边树林。于是，树高兴起来，摇动身子，让树叶唱出哗啦啦的风歌；于是，缠着树梢的悠悠白云飘飘忽忽跳起舞来，像挂着无数铃铛，呛啷啷的响声灌满香娃耳朵。香娃仔细分辨，这些混杂的声响中，有马脖子挂摇的铜铃声，有铁匠铺风匣风页的摆动声，有秋蝉的鸣叫，有推刨滑过方木、刨花跳出刨口的声音，有搅曲把碰在磨梁的声音，板锯吃进木头的响动，马尾罗儿在木格上前来后去弹跳的动静，台上胡琴锣鼓的吵闹……香娃听呆了听迷了听痴了，自觉身子变成声音，从鼻孔一下一下游出去又游回来，汇入咕咕嘟嘟哗哗啦啦的流水，向远方跳动着奔涌着……

注入麦田的水越来越细，失去了往前涌漫的力量，渗入松疏的土地不再漫涌。憨哥意识到渠口的泥草坝溃散，水已流失。骂一声，拔腿向渠口飞奔而来，边跑边喊，香娃依旧呆迷着，没有反应。憨哥看清，拦堵干渠的泥草坝已被冲刷开一道口子，流水欢畅着挤涌过决口直泻而去，卷带着两边溃塌的泥块麦草，决口渐冲渐宽。

憨哥暴怒，一脚踢向香娃同时断喝："水跑光了！你没看见还是大天白日做梦？"

被踢翻在渠岸下的香娃惶恐万分爬站起来，看一眼渠水，害怕了。眼皮一眨不眨望着父亲。憨哥逼上一步挥起巴掌却忍住了，"叫你守着坝口别让跑水，你大绷着眼睛是做啥的？""我……"香娃嚅嗫着，"我听着水响，听着听着忘了……"

憨哥顾不得与香娃理论，急着铲土堵坝。第一次有麦草团做支撑，前后拍压湿土就能堵牢。这次，麦草溃塌松散随水流失，铲来酥土再难堵挡急冲冲水流。憨哥从远处挖来数块草根结连的硬土块，总算堵住溃口。他从香娃一眨不眨盯视他的眼中看出，在那浅浅的惧怕后面，是对他的怨愤，对他的抵触，对他的抗议。这虽然是香娃的眼睛，但也是刘香的眼睛。一想到刘香眼里竟然有着对他的怨愤、抵触、抗议，多日来努力压抑的妒火腾的一下燃烧起来。身不由己揪住香娃耳朵往上用力提拽，"你说你整日呆头呆脑尽想些啥？说！"

香娃被揪拽得踮起脚尖歪咧着嘴角，却不应声。心里暗暗高兴自己没有看错。这些日子父亲对他的亲热全是假的，装出来的。这之前父亲只会刁难他、捉弄他，却不动手。假装几天终于露出真面目，不但动脚踢他，还想把他的耳朵揪下来。这些想法让香娃眼角喷出火焰。抬手扳住父亲揪耳朵的右手小拇指，使劲扳到嘴边，张嘴咬住父亲小拇指。

钻心的疼痛让憨哥松手。左手扇在香娃脸上，咬牙切齿骂出声来："狗日的你敢咬我！看我不把你这个野……种，你一出家门就不像个样子！不信我制不了你。"几掌几脚，香娃倒在麦苗上左右滚动。

香娃没哭。身子滚动躲避父亲的踢踏，眼睛继续向父亲喷射怒火。火上浇油，憨哥愈加暴怒，回身抓起扔下的铁锨再次扑上来，香娃已经跑开了，跑远了，直奔南台方向。

噙着眼泪飞奔的香娃只有一个念头：母亲、姐姐都在南台拔草，他要让母亲知道，那个叫父亲的人终于露出真面目。这次不是刁难、捉弄，而是动手动脚。不但动手动脚，还骂他是野种。这样骂不但骂他也骂母亲。他去,不是向母亲寻求原因,寻求袒护,而是要母亲知道,因为她的某件事情,从小把他扛在肩头向人夸耀的父亲,已经把他视为仇人,视为野种!而后就离开母亲,去当他的野种,再也不见可恨的父亲,可怨的母亲。

巧儿听见喜鹊叫,抬头寻望欢悦的鸣啼从哪棵树上传来,无意中看见香娃从北边疯张冒失地狂奔而来,"姆妈,香娃!"用手铲指向右前方。

刘香抬头,已经奔到地边的香娃猛地刹住双脚。由于刹得过猛,身子险些扑爬在地里。香娃浑身泥土,眼睛直直地瞪着,惊魂不定的样子。刘香慌忙撂下手铲站起来。香娃同父亲去大湾浇苗水,不该来这里也不该是这副模样。

香娃转身跑开,不让刘香靠近。

"香娃!"刘香觉得奇怪,从大湾跑来南台却不让她靠近,到底发生了什么事情?"香娃,你给我站住!"刘香的口气凛烈,停在塄坎上。

刘香停步香娃也停步,仍旧无声地瞪着眼睛,喘着粗气,胸脯急迫地起伏,紧紧咬合的嘴唇使腮帮鼓出核桃大的疙瘩。

刘香看清儿子直愣的目光中藏隐着委屈、怨怅,还有恼怒。心疼了,伸出双手疾步走近香娃。香娃却快速倒退,不让母亲接近。从另一侧迂回到后边的巧儿拦抱住倒退的香娃,香娃发现是巧儿,扑进姐姐怀抱放声号啕。

既慌乱又纳闷的刘香意识到父子发生了摩擦。不及她接近,香娃挣脱姐姐搂抱又跑开了,拖着长长的哭声。附近地里拔草的妇女都站起来张望。

北房奶奶给跑过地边的香娃招手,"香娃!香娃!到我这儿来。"

盲目乱跑的香娃站住,望着慈颜善目的北房奶奶,欲前不前地犹豫着。另一块地里的下院新嫂朵秦氏呼唤起来:"香娃!来我这里。"双手朝香娃勾着指头。香娃接受下院新嫂的召唤,绕过几条塄坎向她跑过去。

朵秦氏迎上十几步,抱住满脸泪水的香娃,"香娃你怎么了？"满头满脸抚摩着,"好了好了,香娃不害怕。有下院新嫂,谁也不敢欺侮香娃。"见刘香绕塄坎要走过来,慌忙打个手势:先别过来,等我哄乖了再说。

朵秦氏脸对脸打量香娃的神色表情。香娃哽咽得上气不接下气,断断续续说:"阿大打……打我,骂……骂我。"

"他凭啥打香娃骂香娃？你慢慢说,我叫北房奶奶回家美美地收拾他。"

"我没看好,水跑掉了。"

朵秦氏笑了,手指揩擦香娃脸上泪痕,"为这点小事,看把你哭成啥样子,香娃的胆子太小了,脾气太牛了,阿大打骂……"

"他骂我是野种。"

朵秦氏以为听岔了,"骂啥？骂你是啥？"

"野种！他骂我是野种！"

惊诧的朵秦氏瞪直了眼睛。香娃不会说谎。可憨哥怎么会骂儿子是野种？这不是把刘香和他个家一起骂了吗?！一定是香娃听错了,憨哥气头上顺嘴骂岔了。为了安抚香娃,说:"他骂野种香娃就是野种吗？别管！等我告诉北房奶奶,让北房奶奶收拾他。"抬头给刘香一个手势:好了,乖了,你放心吧。

地里所有人把注意力集中在香娃身上,猜测发生了什么事情,关心着结果的时间内,天空被黑灰沉滞的云团挤罩得昏暗下来。云层深处隐隐地滚出一串湿闷的雷动。掠得麦苗抖动的疾风,夹带着雨的腥膻。一星两粒的雨滴击在人们手上、脸上。沉闷的雷动发作起来,如同千车万马拉来填满江河的石头,哗啦啦倾倒出云层。一声撕天裂云的霹雳,灰褐色滚翻的云团闪出一条灵蛇般曲折的电光。雨滴从云际斜击下来,几点、一束,顷刻汇成茫茫水帘,伴着塞满世界的喧哗水声。

妇女们喊叫着跑散,寻找可以避雨的地方。朵秦氏拽着香娃往西奔跑。那里有个简易敞棚,是前几年尕庄人修灌渠堆放工具和休息的地方。香娃奔跑间看见北房奶奶同儿媳妇以及刘香、巧儿躲进敞棚,挣脱朵秦氏的拽拉,转身顶着倾倒的雨流奔跑而去。

"香娃!香娃!香……娃!"朵秦氏、刘香、巧儿、北房奶奶都扯开嗓门喊叫,巴望香娃听从召唤。可滚砸着天庭的巨石,劈削着天幕的神剑,涨满世界的淋漓水声,吞吸了众妇女的呼喊也吞没了香娃的踪影。

"香娃今天怎么了?"北房奶奶盯住刘香。

"谁知道!从来没这样过。"刘香言不由衷。焦虑、担忧、呼唤都无济于事,听天由命吧。这个念头倒让刘香心里出现一片平静的空白。香娃养下来怪怪的,起初以为是病,经高先生看过说是胎里带来的心气,不是病。不是病只能拿命来说。生成的怪命、奇命,除了由着他,黑头凡人能有什么办法?如此一想,高先生看病做的那些比方,从刘香心里清清楚楚浮冒出来。香娃今天的举动,不许她亲近,钻进雨地里,再次显出香娃命里的怪异。既然是命里的怪异,大约与天上打雷下雨、地上长草开花一样有它的道理。担心是多余的。等雨下完,雷电息止,香娃还是香娃,老天爷不会让他出现意外。刘香这样宽慰自己,放松紧张心情等待结果。

起先,是那莫名又强烈的恼愤、怨怅,鞭子般驱赶着香娃,如同受惊的马驹,漫无目的狂跑突奔。渐渐,无遮无拦倾倒的天河,用冷森的湿重击打他的身体,并把这种力量透进体内,让他有了空前的狂放不羁自由自在的快意。那几乎从发梢、肩头滚擦而过,几乎击穿他心窍的霹雳,加剧着驱赶的力度,让他如一束雨箭,从天庭射出直击大地,义无反顾勇往直前,有了酣畅淋漓的气魄。自觉成为一跳水花,在天潮的狂起狂落中跳跃、翻滚;又如一屑叶草,在暴雨狂笑声的气流中飘飞、旋转,与雨声风声雷声电声混为一体,体现着自己的顽强,证明着自己的气势。他被天地的声音征服也被天地的声音感动,直至忘了自身的存在。

雨说停就停,耗尽体能的乌云变得异常轻巧明快,顷刻间被水渍渍的轻风丝丝缕缕地带走不知去向。天空如漂洗过的蓝绸,亮莹莹的,星星点点的残雨在阳光里一闪一亮地散落着,麦苗在袅袅升腾的地气中虚虚幻幻地绿着、清新着。

"香……娃!香……娃!"

妇女们双手掬成喇叭呼唤着。只有颤回来的呼声,没有香娃的应答。雨水冲洗干净的树木、山冈、草坡、田地,静默地传达着某种神秘的信号。

"快!四处找找。"北房奶奶一声提醒,妇女们分头散开,在沟坎、涧坡、树林、草丛中搜寻。刘香叫巧儿朝北,自己向南边喊边寻。刘香迷信香娃身上的怪异,是天生的独特秉赋。而具有独特秉赋的人往往是命大的人。命大的人怎么会轻易出事?一定是藏在什么地方避雨,连带着给她使性子,吓她呢。刘香顺麦田塄坎拐东拐西走到最南端的涧坡。过了这坡就是上南岭的台地,接着是陡峭的山崖。从一棵孤立的大榆树下经过,一眼看见榆树左侧石坎下的洼窝躺着一人,被太阳照得身上冒着水汽。心房抖颤扑跑过去,果然是香娃!竟然睡得人事不知。

6

当晚,香娃高烧,昏昏沉沉,四肢抽搐,说着胡话。刘香、巧儿一左一右守在炕上,心急如焚不知如何是好。憨哥蹲在房门外抽烟,躲着刘香。一切取决于香娃。如果香娃有个三长两短,刘香就不是他的刘香,他的狠人也当到头了。他的心因焦虑忧惧而颤抖。

北房奶奶指导刘香给香娃灌了四合汤,嘱咐煴被潮汗的要领,狠狠地瞪一眼憨哥,回北房去了。

一个时辰后,刘香把手伸进捂严的被窝。香娃的额头、肩窝、前胸后背汗津津的,心里略微平静下来。憨哥一直看她的脸色。一个男人家,做了贼一样小心小胆地看女人脸色,让她于心不忍。真想问问,今天父子俩到底怎么了,让香娃疯魔得连她也不肯亲近。可她忍住了。眼下香娃最要紧,只要香娃好转,有时间与他算账!

下院新嫂朵秦氏来了,拿着一截可以吹出明火照路的草绳。刘香简略说明炖四合汤的经过,"已经出汗了。"

"那就好那就好!"朵秦氏直直地盯住憨哥,"香娃大大,你今日把香娃怎么了?弄得香娃见刘香像见了生人。"

憨哥啜嚅了一阵,"叫他看水,他贪玩不操心把水跑了。"

"为这你就打了香娃骂了香娃?"

憨哥摸弄着手里的烟袋不出声。

"怎么打的?"朵秦氏的用意是让刘香听听事情经过。

"踢了几脚。"

"骂了什么?"

"骂他是野娃。"

朵秦氏用目光逼住憨哥,"香娃好好的怎么成了野娃?"她确信是香娃听错了。害怕父亲责难的香娃,紧张中难免把野娃听作野种。可种是种,娃是娃,口气语音不一样,怎么会听错?

憨哥反倒有了主意。只要认定骂了野娃,刘香就拿他没办法,不禁得意起来,"整日只想着四处野去,说是爱听鸟儿叫,爱听牲口喊,跟着这个叫那个喊的,把个家当成飞禽走兽。野来野去做活不专心,不是野娃是什么?"

一向憨实厚道的憨哥为掩饰过错竟然狡辩,朵秦氏不禁生气,"可香娃说你骂他是野种。"话赶话收刹不住,"怎么能骂儿子是野种?你知道不知道什么是野种?"

不该也不想公开的事就这样被公开。反应最强烈的自然是刘香。骂香娃野种,不就是骂她!这不白之冤不能听之忍之。跳下炕撕住憨哥领口,"你骂香娃是野种?你凭什么骂香娃是野种!"多日来积压心中的委屈不满,顷刻间变作愤怒爆发出来。吓得巧儿缩在炕角,惊恐地看着撕抓父亲的母亲,发觉母亲疯张的样子十分可怕。

憨哥被撕抓推搡得前倒后歪。男人加上狠人的自尊,让他捣出一拳,刘香被捣翻在地,撕发抓脸地号啕起来。憨哥只能实说:"我想骂他野娃,不知为啥一出口成了野种。我是被他气糊涂才骂错的。"见刘香不理会他的解释,嘟囔几句拔腿躲了出去。

听见动静的北房奶奶来到西房,与下院新嫂劝慰半天,刘香平静下来。

朵秦氏后悔情急之下说漏了嘴,自觉眼不是眼鼻子不是鼻子,悻悻地走了。

"说不定就是气头上骂错了。"北房奶奶打着圆场退了出去。

刘香不自在起来,不敢正视巧儿。总觉得巧儿用异样的目光打量她这个与其他女人一样疯泼的母亲,开始小看她。望着香娃湿漉漉的头发说:"巧儿,香娃已经安静,汗也出透了,你睡觉去,我得躺会儿。"

巧儿下炕,抬高脚步走了。一阵极度的空虚袭上刘香心头,伴着深深的委屈幽怨。和衣躺在香娃身边,听香娃均匀的气息,感激着北房奶奶和四合汤。寻找能够劝慰个家的理由。尕庄乃至平安地区,父亲母亲气急之下骂儿女野娃,是口语上的习惯。尤其对那些顽皮不听话,整日在外边疯玩,吃饭睡觉都叫不回来的男孩,时常骂作野娃。野,指他出门不是耍水就是玩泥,上树捉雀,下河抓鱼,沟里掏老鼠,山上捉蚂蚱;要么结伙偷挖人家洋芋,偷摘人家豆角,上树骑墙掏挖蜂窝……全是三天不打上房揭瓦的角色。大人管束不住,只得骂几声野娃求得心里平衡。某种程度上,有点赞许孩子胆大,敢作敢为的意思。联想到香娃出生后那么多怪异现象,特别爱听各种各样的响动,学仿飞禽走兽的叫声,整个心思全在野外,去野外总是迷迷呆呆的样子,闹不清他心里想些什么,骂他野娃并不过分。可骂野娃怎么会骂成野种?娃、种,口音口气全不相同,怎么会把这个弄成那个?只有一点可以说明这个事实,憨哥嘴上说不再提说贼打鬼,可心里并没忘记贼打鬼,并没忘记那件让他疑心的事。以至于生气骂香娃野娃,不由得骂出了心里想骂的话。

　　设身处地的推想,让刘香感慨万千。原以为夫妻有着肉挨肉心贴心的情感,没什么东西能够改变和扭转这种血肉亲情。世事正好相反,一点没影的事,竟在夫妇间产生一层看不见摸不着却十分厉害的隔膜。让彼此猜疑、设防、虚情假意地应付。想通了这点,看透了这点,反倒无所谓起来。脚正不怕鞋歪。只要个家走得正行得端,管他别人如何看待。憨哥疑心就由他疑心去,想跳弹就由他跳弹去。说到底,别人笑话只能笑话你憨哥,小看也只能小看你憨哥。丢人丢的是憨哥的人,狠人的人。

　　当晚,躲出去的憨哥没有回家。香娃出透汗一觉睡到天亮。早上醒来,又是精眉钻眼的香娃,张嘴说肚子饿,想吃油饼饼。刘香觉得昨天的事如同那场雷暴雨,来势凶猛惊天动地,过后依然是天明气清。

7

　　香娃还是香娃。日子的滋味却完全变了,香娃不肯与父亲照面。父亲出现香娃撒腿躲出去,整日整夜叫不回来,好像执意做给憨哥看。你不是骂我野娃吗?不论你是真骂野娃还是假骂野娃,我如今就是野娃!看你能把我如何!

　　"憨哥,刘香是百里挑一的好女人。"长腿以见过世面的大口气说,"放着好日子不过,寻什么故事!你这是马不跳鞍子跳。"

"憨哥,叫你憨哥真没叫错。哪有父亲骂个家儿子是野种的?你不知道这样骂后人就是骂你个家,骂你婆娘,骂你先人吗!你实在是憨得没章法了。"庙院骨头爷正在厕所出粪,往粪架上使劲磕着沾了大粪的铁锨。

顺风耳把憨哥叫到家里喝酒。喝到半醉时说:"我的话你明白了吧?丈夫丈夫,一丈之内才是夫。别太在意这种事。香娃姓甘。儿子姓甘就成了。"啜一口酩馏酒,"自你娶来刘香,自刘香养下香娃,尕庄人就把你们一家人当作戏娃子敬着,当成戏文早晚念着。你知足吧。"

"你说这话啥意思?"酒已半酣的憨哥问道。

顺风耳答非所问,"日妈妈都是见色迷心的东西!只要长个好面皮,就有得不尽的便宜。"

"听你口气有人把你惹下了。是谁把你惹下了?"

"全尕庄把我惹下了!"顺风耳巴掌拍着炕桌,"知不知道这些狗日的当年是怎样偏看我媳妇,偏看我儿子的?"

"想,想知道。"憨哥真想知道。因为顺风耳话里有话。

"想看我的笑谈是不是?"指头点戳憨哥额头,"狗日的也想看我的笑谈?"

喝着人家的酒,纵然心里不痛快,也不好说什么,憨哥把话题岔到牲口身上。

这天,憨哥有意拖延到小半夜才回家来。拖延是为了等香娃睡着再回家,免得香娃为躲避他跑去外人家睡觉。

香娃不在家,刘香就着油灯纳鞋底。香娃不在家倒让憨哥暗自喜悦。一喜悦,浑身燥烧,有了与刘香交媾的欲望。自香娃雨中受寒发病那天起,刘香不许他靠近身子。理由是心里不畅快,或者"身上不干净"。他清楚,刘香的"身上不干净"不是真不干净,而是在赌气。他骂香娃野种,等于骂刘香身子不干净。骂她身子不干净还要她的身子,他是自打嘴巴!男人的自尊叫他忍着,可男人的身子让他忍不住。强硬着来,刘香就扎麻古怪大喊大叫,成心叫北房奶奶能听见动静。北房奶奶嘴碎,一旦传入别人耳朵,哪怕他长着天大的嘴,也说不清白。只得一忍再忍,忍进身子的欲火快要把小肚子烧通了。

香娃不在,刘香被灯火映得脸色红润,眉眼分明。憨哥憋足的欲火又向全身火辣辣流窜。打定主意,哪怕下跪求告,也要把憋积在肚子里的火药发射出去。况且今晚他有个法宝,只要说香娃起官名的事,刘香准会放松警惕。

憨哥脱鞋上炕,脱光衣裳躺进被窝,刘香是视而不见的样子。憨哥想了想说:"香娃真真是命大的人。怪不得养下来身上有香气,怪不得有人说他是佛爷的转世灵童。我如今才算明白,这尕娃的衣食宽厚。你说,谁家的尕娃像他,被庄子里的奶奶、嬷嬷、婶婶、嫂嫂们疼爱得像疼爱个家的儿子孙子?你养下这么个尕娃,给我甘家争光了。"

刘香明白憨哥说这些话的企图。本不想搭理,却忍不住说:"争光也是给别人争了,野种能给你争光?笑话!"

"我说我骂的是野娃,一不小心骂成了野种,你咋听不进心里去?叫我说多少遍你才听进心里去?"憨哥自觉男人的自尊又开始捣乱。急忙放缓语气,"这只能怪我,不识字,舌头大,说话说错了。"观察刘香的反应。

刘香想笑硬忍着。

"你猜,我今日寻谁去了?"憨哥尽量用亲和的语气。

"你寻谁与我什么相干?"

憨哥得意地抬高下巴,"我见了乡老。"

这让刘香意外,"见乡老?见乡老做什么?"

"请乡老给我们的儿子,"把"我们的儿子"说得十分响亮,"起官名。"

这话刘香爱听。爱听就让脸上显出活泛的表情,"咋想起给儿子起官名了?"

　　"十二岁的半壮小伙,没官名咋成。"

　　"起了啥官名?"

　　憨哥眼珠两转,"快睡!睡下我说。"揭起被子挪动一下身子。

　　"想得美!"刘香装出继续纳鞋底的样子,却把顶针脱下指头,"你说,说了我再睡。"

　　"乡老起的名字好听死哩!阵势死哩!我得……我得搂着你才能给你说。"嬉皮笑脸地出手抓摸刘香乳房。

　　刘香打开憨哥放肆的手,重新戴上顶针,拿起针锥往鞋底胡乱戳了几下,"你少向往!"

　　沉默。憨哥利用沉默劝解男人的自尊。刘香则劝说着女人的任性。最后说:"我才不管起了什么官名。反正是野种,野种要官名做啥?可我有事要跟你商量。"

　　憨哥愕然,"啥事?"

　　"这些日子我前前后后想了很多。你父子俩闹成这样,不能全怪你。香娃生来是个怪人,怪人只会有怪脾性,不由他脾性怕是不成。由他,你父子两个就没有消停日子。香娃避你不回家,一天两天没啥。嬷嬷、婶婶们亏待不了他。可也不能长年累月这么避下去。既然香娃喜欢野山野水飞禽走兽,我们听高先生的话,给他这个方便,这个自由,把他送到贵德阿舅家去。贵德地方好,好山好水好树好草好花都比这里多,飞禽走兽也比这里多。再说,我娘家哥哥是个好性子人,爱唱爱说爱浪,与香娃对卯……"

　　正中下怀的憨哥打断刘香的话,"成成成!你这个主意好!我们尕庄除了青稞、白菜、萝卜、洋芋,再没别的。贵德出产多,六月的结杏,八月的长把梨儿,就能把人吃得济。叫香娃去叫香娃去!我早有这个想法,怕你当妈妈的舍不得,没敢说。你这话说到我的想心上了。快!快睡!"揭起被子让刘香看他的命根,"我胀得吃不住。"

女人的身子也有女人身子的贪婪。一见憨哥硬挺的命根,刘香身上也烧燥起来,烧得下体水津津的。原本是好两口,为一点误会,荒费了多少大好时光!这时刻干柴遇烈火,岂有忸怩作态之理。

于是颠三倒四。于是老牛犁地大喘气。莺燕觅春喜啼悲。接连三次,方才解馋。仰躺着缓平了气息,刘香甜声黏语问道:"给香娃起了啥官名?"

"甘家英!"

"顺口是顺口,听起来没你说得那么阵势。"

"还要啥阵势?甘家出了英雄!阵势不阵势?你再把英字想成天上的鹰,满天飞,人们得抬头才能看见,扑下来叼的净是肉食。这阵势还不阵势?"

第十五章

1

一匹走马从眼前踏踏而过。骑马的是个戴礼帽、戴茶镜、穿着缎马褂绸长袍黑皮鞋的中年有钱汉。刘香扫一眼,继续纳鞋底。不料骑马人折回来,在刘香眼前来回勒转马头,不停地打量刘香。刘香情不自禁抖掉腿面上的麻绳屑,慌张站立起来。被陌生的有钱汉如此打量,她恐慌又羞涩,不知应该走开还是任对方放肆地打量。

有钱汉骗腿下马,拉着缰绳往前几步,说:"这位大嫂是不是等人?"陕西那边的口音。

面对语气和善姿态优雅的陌生男人,不想答话的刘香禁不住答话:"你咋看出我在等人?"

"你的眼睛告诉我的。"扫一眼走过来的香娃、猪娃保,"你的眼睛会说话。"

刘香暗喜并有点不自在。对方一眼看出她在路边等人,还说她的眼睛会说话。欣慰促使她多问了两句:"听你口音是下路人,你这是要去哪里?"

有钱汉笑了,露出整齐洁白的牙齿,"你先别问我去哪儿。你说你坐在路边等谁?"打量站在刘香身旁的香娃、猪娃保。

刘香觉得,对这般友善和气举止优雅的人不该说虚话。便把真实目的告诉了对方。

对方脸上浮显出惊喜,"你没有白等,老天爷派我来了。"

刘香纳罕起来,"你这话是……"

"我是西宁'兴华社'老板。姓花,去兰州办事回来,过两天要去贵德一趟。你要放心,把儿子托付给我,我保准带去贵德交给他舅舅。"指着香娃,"他就是你儿子对不对?"

刘香吃惊,"你咋知道他就是我儿子?"

有钱汉朗声笑起来,"儿子的眼睛跟你的眼睛一模一样,谁看不出来!"

半信半疑的刘香下意识觉得,虔诚的等盼感动了天爷,给她派来了贵人。为打消疑虑,或者进一步得到可信的证实,她说:"你骑马过去时,我正低头纳鞋底,你咋看出我在等人?"

"你这般秀气女子,没事不会坐在路边。我正猜测着,你抬头看了一眼,你的眼睛就把我拉住了。"话有点轻佻,语气却庄重。

"那……"刘香犹豫起来,"我把儿子托付你带去贵德,你情愿?"

"我不是说老天爷派我来的吗。"给香娃招手,"你到我身边来。"

香娃到他身前,他抬手抚摩香娃头发,打量香娃眉眼,"我带你去贵德,敢不敢跟我去?"

香娃望着母亲。

刘香还在犹豫。有钱汉把手举在鼻孔前闻了几下,又低头在香娃头顶闻了闻,"这孩子闻着香香的。"盯住刘香,似乎对自己的发现感觉迷惑,需要刘香作出解释。

"你闻出我儿子身上香着?"刘香诧异。香娃养下至今,说香娃香的全是女人,没一个男人闻出香娃身上有香气。这个男人……"你真闻见我儿子身上香着?"

"味道好闻得很,你们难道没闻到过?"

刘香笑了,"都是女人闻见我儿子身上香着,男人们一个也没闻见过,你是头一个。"确信这是一种缘分,有缘分便可信赖,"香娃,你跟这位爸爸走吧,到贵德叫你阿舅及时托人带个话来,我好放心。"慎重起见,她认为有必要把该问的都要问清楚,"你的'兴华社'在城里啥地方?你只说你姓花,没说名字。"

有钱汉明白刘香的用意,严肃了脸色说:"'兴华社'在城内石坡街,我叫花枝荣,城里人都知道我。"

刘香放心了,把包袱对角解开,拴背在香娃身后,在胸前将包袱两角打结,压压包袱,确信不会松脱丢失,给香娃叮咛几句。等花枝荣认镫上马,同猪娃保扶助香娃骑在后面。香娃双手撕抱住花枝荣后腰。花枝荣给刘香丢下一束浅笑,吆喝一声,走马奋蹄踏踏而去。

刘香望着香娃远去的背影,心头一紧鼻孔一酸,泪水夺眶而出。

2

蹄声嘚嘚。骑在走马后胯紧贴花枝荣后腰的香娃,双手死死揪住花枝荣的宝石蓝团花缎马褂,生怕一松手会颠下马去。交裆感受着宽阔马臀左右均匀的扭动,如同坐着筛子,轻微的颠摇中舒坦得昏昏欲睡。香娃侧脸贴着滑溜溜的缎马褂,眼前是闪跳流窜的树木、庄舍、土崖、庙宇、田地、草堆、牲口、忽隐忽现的各色人众……瞌睡袭来,香娃努力撑着涩重的上眼皮,警告自己骑在别人马上,睡着摔下去岂不丢人。何况眼见的全是新鲜景致,不看进眼里岂不可惜。可沉重的瞌睡经不住马筛子的轻颠微晃,渐渐地坠进虚虚幻幻的梦中,闪上闪下的,是好长好长一串梦景。有飞檐翘角的高伟城楼、有深幽幽的城门洞、有排列着铜泡钉的厚重门扇……他告诉自己,这大约就是长腿爸爸说过的西宁东城门。

接着梦见的,是一座石桥。桥栏上蹲着龇牙咧嘴的狮子。接着是两座高尖的砖塔,塔顶挑着明晃晃的黄铜月亮……梦里的香娃告诉自己,这是顺风耳爸爸说过的东关清真大寺。

香娃被似梦非梦的景色晃得眼花缭乱。头里嗡嗡嗡旋响着各种声音混合成的漫天声浪。努力集中注意力,看清声浪中人来人往……白顶帽、黑长衫、黑盖头、白盖头、绿盖头、毡帽、四片瓦帽、光头、礼帽、狐皮帽、草帽……路两边,全是铺面铺堂,车马挽具铺、杂货铺、铁匠铺、碗盏铺、皮匠铺、木匠铺、饭馆……还有卖吃食的小摊小贩、凉面担子、剃头担子、甜醅担子、酿皮摊子、油炸糕摊子、凉粉担子、粽子、枣儿茶摊……

最让香娃感觉新奇的,是来往行人搭在胳膊上、肩头上的各种毛皮,有赭红的狐皮、青黄的狗皮、雪白的羊羔皮、灰褐的旱獭皮、褐灰的狼皮、花里胡哨的豹皮、灰白的兔皮……除此,驮在马身上、驴身上、骡子身上的黑口袋、白口袋、牛毛褡裢、烧柴、羊粪、背斗……以及坐在车辕上挥鞭子的车户、拉着骆驼的蒙民、黑篷布的马拉轿车……都让香娃感觉阿妈少给了一双眼睛。

香娃被人扶抱下马。马被人牵走。花枝荣引领香娃进入窄窄的青砖门洞,走过青砖台沿,穿过亮堂的过厅,一阶一阶踏上咚咚响的木楼梯,进入隔扇门的房间。花枝荣将一把牛尾掸尘交给香娃,让香娃下楼将腿脚肩背上的落尘掸净。而后指导他洗脸、搽香脂、梳头。唤来一个插花簪银的俊秀女子,给花枝荣倒茶,点烟……

香娃的梦游在继续。自觉应该清醒,却更加恍惚迷离。眼前全是亦真亦幻的景象。好像去了一个四合院。院中央是青砖砌垒的透空花墙,墙上排放着各式陶盆,盆内有花有草有树有石……花池一侧空场上,有人倒立、有人劈叉、有人翻斤斗、有人咿咿呀呀叫唱……

一群男女围住花枝荣和香娃。花枝荣给他们指点香娃。好多鼻孔朝香娃压过来,香！香！真香！

花枝荣给梦中的香娃指点那些男女。这是张三,须生;这是李四,花脸;这是王麻子,丑;这是春花,老旦;这是秋月,青衣;这是夏雨,小生;这是冬雪,刀马旦……都是好听的名号,古怪的称呼。

花枝荣又给梦中的香娃指点家什:这是板鼓,这是云板,这是大锣、小锣、大钹、小钹,这是板胡、二胡、三弦、笛子……

板胡？板胡！香娃感觉梦要醒了。威远镇二月二会场看戏,他听了板胡的声音,尖锐高亢苍劲的声音直钻他心窍,钻得他心疼、心颤、心酸,令他想起荒寂的山沟、干涸的河滩、流云的天际、孤单的飞鸟……香娃激动了,感动了,大了胆子对花枝荣说:"板胡的声音好听,动听,我爱听。你拉板胡吧,拉板胡让我听。"

花枝荣把板胡拿在手上,拧动弦纽,左手四指按压弦索,右手扯拉弓子,一扯一拉,笼罩香娃的幻梦消失,把香娃拉进了现实。

香娃听那钻穿心窍的激越清音,痴迷于拉板胡的花枝荣。花枝荣坐着椅子,左腿架在右腿上,腿面苫一片白布,悠然扯拉架在大腿上的板胡,随着弓弦进退摇着脑袋,耸着肩膀,半眯着眼睛。香娃想起威远镇二月二会场看戏的情景。长腿爸爸说,那声音最尖最亮的就是板胡。他被板胡的声音感动、征服,听得心潮起伏,意马狂奔。那声音是从厚厚的黄土山塬生发出来的,苍苍的、悲悲的、凄凄楚楚又雄雄阔阔,惹他的心思飞起来,满天荡漾,找不着落点。如同给他诉说着一种怨怅,一种忧伤,一种愤慨。由于不知道谁在向他诉说而令他心窍空洞、酸涩、悸颤。现在,那种感觉、感想又把他包围、穿透,想喊想唱想说想哭,可他不敢。花枝荣是生人,是母亲托付把他带去贵德的贵人,他不能像在家里那样任性。

拉板胡的花枝荣收住弓子,抬头发现香娃泪流满面,惊诧不已,"你怎么了？"

"你……拉得太好听了。"

花枝荣将板胡放在单桌。"这三天在城里玩得可好？"

香娃恍惚。三天？他来城里三天了？他的睡梦做了三天？

"第一次进城吧？"花枝荣端起三炮台盖碗喝茶，指一下身旁的机凳。

香娃顺从地坐下，"我像做了一场睡梦。"

花枝荣笑起来，询问香娃母亲的情况。香娃把知道的一五一十告诉了花枝荣。

花枝荣又问香娃父亲的情况。香娃也如实告知。

花枝荣唾掉喝进嘴的茶叶，"好花插在牛粪上了。"

愣怔的香娃好半天才说："我家没养牛，没牛粪。"

花枝荣笑了，"我是说，你妈那么俊一个人，嫁给一个穷得叮当响的没娘娃，可惜了。"

香娃隐约认为这人说得没错。可不能因为同意花枝荣的看法就忘了自己的事情，"花家爸爸，你啥时候送我去贵德见我阿舅？"

"不急。我城里的事还没办完。等办完就带你去贵德。这几天我领你再浪几个地方，让你多见识见识。"

香娃跟着花枝荣见识了山陕会馆。见识了香水园。见识了城隍庙。见识了麒麟公园。

这些见识让香娃看清一个事实：乡下全是穷人、忙人，整日整月整年地忙，不做这就做那，没一刻消停。城里却全是闲人，好像都没事好做，整日闲得无聊，东转转西浪浪。仰在躺椅上喝茶、喝酒、嗑瓜子、吃兰花豆、听曲儿。就连街上铺堂的掌柜，也是整日坐在堂口，跷着二郎腿，手里捧着水烟瓶，与走进铺堂的买主喧板，跟来往行人招呼、说笑。说话细声慢气，咳嗽要偏头用手捂住嘴巴。不像庄稼人，放屁都不避生人，还故意放出大的响声，证明自己是吃饱肚子的人。尕庄人总在发愁，愁庄稼长得不好，愁风不调雨不顺，愁身上没穿的，灶里没烧的，手里没用的。总把自家的不如意不称心挂在嘴上，又四处打探别人家的不如意不称心。

可这些戴着礼帽、瓜皮帽，穿着长袍马褂，鼻梁上架着茶镜、水晶镜,背搭手走路迈着八字步的城里人,脸上光光鲜鲜,走路四平八稳,说话慢条斯理。连喝茶也有好多的讲究:右手拇指中指夹提着三炮台碗盖的圈底,在水面上刮一下,再刮一下。左手拇指食指夹着碗托的边沿,把碗举到嘴前,揭了碗盖吹一口,再吹一口,同时轻轻摇头,而后抿住碗沿轻呷一口。那些茶碗茶盅全是细瓷。龙碗也好,红福字碗也好,青花碗也好,碗盖碗沿一碰,就发出悦耳的丁零当啷。茶碗里不仅仅只放茶叶,还泡着红枣、桂圆、葡萄干、冰糖。

香娃见识到的另一个现象,就是花枝荣有很多熟人。不论在街头、庙内、树林,都有人跟花枝荣打招呼,叫他花老板。多数人给花老板打招呼要点头哈腰。少数人是花老板给人家点头哈腰。

其间,也有让香娃想不通、不自在的事。有人见花枝荣领一个男娃四处转悠,便上上下下打量香娃,而后询问花枝荣:"花老板,这……"目光直往香娃衣裳里边钻探。

"领着转转,领着转转。"花枝荣笑眯眯地应答。

有人直接问道:"花老板,领了新徒弟?"

"不是不是。"对这种人花枝荣很冷淡。

"花老板,看这娃气色,穿着,从乡下来的?"

对这样的询问,花枝荣带搭不理。

"花老板,这娃长得秀气。看这眼睛,会说话呢,从哪寻来的俊娃?"问话人笑笑的,笑里好像藏着什么。

花枝荣哈哈大笑。出手抚摸香娃脑袋、肩膀、腰背,拍香娃屁股。

香娃认为花老板应该对人说:"我从兰州回来路过尕庄,这娃的母亲托付我送他去贵德见他舅舅。"可花枝荣没说,一次也没说。为啥没说,香娃想不通。花老板有那么多熟人。有戏班子。对他十分友好,他情愿跟随着东走走西看看,落得快活。

3

比平日稍早一点,花枝荣带香娃走进炒面片饭馆。吃饭中间对香娃说:"今晚看戏。"

"兴华社"戏场在石坡街。花枝荣给守门人吩咐几句,转身不见了。守门人叫来另一人,如此这般几句,领香娃进入戏场。

观众坐满所有座位,其余挤站在两边墙下。"今晚人多。"领进香娃的人说,"你得站着看。"安排香娃站在他认为理想的位置,交代几句,走了。

香娃既兴奋又茫然地东张西望。台上幕布背面有两团亮光。台下场子里光线昏暗,坐满场子的有男有女有老有少。说话的自管说话,嬉笑的自管嬉笑,声音嘈杂。一排一排长椅两侧,是供人走动的过道。前排椅背顶端有一条五寸宽窄的板台,作为后排观众摆放茶碗、瓜子、落花生的条案。跑堂肩上搭着羊肚手巾,提着硕大的铁皮水壶,壶嘴足有两尺长短。跑堂站在过道,双手一前一后持定壶把,举壶前倾,尖细壶嘴吐出冒气的开水,直直冲注进座位中端客人的茶碗,迅捷准确不滴不洒。香娃吃惊又觉得神奇。到底是城里戏场,倒茶功夫非同一般。

正看得吃惊,肩头被人推一下。回头,推他的人用眼睛示意:站远点!香娃没动,推他的人和挤在一起的三人挪脚向后缩退,将香娃孤立起来。台上锣鼓突然铿铿锵锵地敲打起来,厚垂有褶皱的幕布,被两人从中分拉两边,挂在台口的两盏汽灯,把雪亮光明撒布台下。女观众头上的饰件一闪一亮地晃动起来。

香娃在黑压压嘈杂的人堆中搜寻花枝荣的面孔。说来看戏,戏开场却不见踪影,不知何故。

空前的新鲜、热闹、嘈杂把香娃的心神搅乱。戏娃子穿红着绿在台上走动、转圈、扬手踢脚、唱、摇头、捋胡子、撩袍襟、甩袖口、跺脚,却不明白唱的什么。只有板胡的声音尖尖锐锐悠悠扬扬直往他心里钻,钻得他神思恍惚。觉得看见了天上流云、风中狂摇的树木、山里空阔荒蛮的豁豁牙牙、枯水皲裂的泥滩、山道上伸长脖子爬动的牲口……

香娃特意留心戏台上戏娃子穿的朝靴。漆黑的靴筒,五寸厚的粉白靴底,踏在台上嗵嗵嗵颤响……香娃被这零零碎碎忽远忽近的感想弄得神思恍惚。稀里糊涂到了散场时分。

观众几乎散完,领香娃入场的人出现在香娃眼前,引领香娃进入后台。花枝荣坐在一张镜桌前喝茶,脸上五花六道地抹着颜色。这才明白花枝荣登台唱戏。却不知方才在台上又唱又扭的哪一个是花枝荣。

"怎么样?"花枝荣问。

香娃反问:"花家爸爸,今晚你唱的啥戏?"

花枝荣温厚地笑了,"看了半夜的戏,不知道唱的什么。"放声大笑起来,"以前没看过戏吗?"

"会场上看过。人多站得远,只看热闹。"

花枝荣庄重了脸色,"今晚唱的是'铡美案',我扮秦香莲。"

香娃疑惑。台上出现的那个穿青衫领娃娃的女人,就是花枝荣说的秦香莲?可那是女人,言语动作全是女人,怎么会是花枝荣?疑惑变作好奇,好奇又加重了疑惑。

花枝荣喝完茶,在香娃呆迷的打量下卸妆。领香娃离开戏场,"我们洗澡去。"

4

进入澡堂,湿热的水汽让香娃憋闷。憋闷加剧他的紧张慌乱。

花枝荣真是戏台上那个悲悲凄凄的女子,怎么能领他到这种地方?紧张慌乱加进羞涩,无论花枝荣怎样说服诱导,香娃都不肯脱下衣裳。

"脱!"生气的化枝荣脸上浮出凶相,"满身是炕烟汗气味,不洗澡咋成?快脱!"命令的口气,指责的眼神。

香娃觉得被人小看,既委屈又恼火。明白戏场里那几人推他避他,是嫌他身上难闻。委屈又成为自卑。尕庄那么多爱干净的女人都说他身上有香气。到城里怎么成了难闻的炕烟汗气?自我证明的冲动,让香娃想脱不敢脱地解开衣裳纽扣。看见花枝荣三下五除二脱光里外衣裳,精赤条条戳在他眼前,小肚子下居然是一片黑毛,黑毛中垂着丑恶的东西。一下子恍惚起来,戏台上的女人怎么转眼成了男人?不知羞丑的男人!

香娃被花枝荣强硬地扒去衣裤,强硬地拖进水池。水池中众多男人自由自在地戏水,旁若无人。香娃紧缩的身子和心情松弛下来。花枝荣又成了女人,温存地给香娃搓垢痂,洗头,手指手掌在香娃身上滑摸,比水还要温柔。

回到住处,花枝荣显得十分友好。香娃已把难为情丢在澡堂,不再局促。花枝荣盯着香娃看,说:"看你就想起你母亲,感觉同你秀美的母亲在一起。你这对眼睛太迷人了,我喜欢这样的眼睛。今晚睡在炕上吧。前几日你身上气味难闻,也怕你难为情。今天洗了澡,可以同我睡炕上。"

香娃又把花枝荣当作戏台上那个女子。母亲一样宽善温存,体贴入微。心想,戏娃子就是戏娃子,会做人,能抓人的心。拒绝这样的关心照顾,会显得不近情理。

花枝荣铺开两条花色耀目的绸缎被褥,并排放两个枕头。香娃自小被父母夹挤在粗重的褐子被窝,此刻单独盖一条花艳鲜丽的被子,慌张着脱了衣裳钻进被窝,顿时被绵软温馨的感觉陶醉,轻飘似仙。躺进另一条被窝的花枝荣,伸手抚摸香娃的耳轮、下巴、脖颈,把脸贴近香娃后脑勺,抽鼻子闻了几下,"知道为啥让你睡我身边吗?你身上的香味很特别,好闻,睡我身边可以催眠。"絮絮叨叨说着香娃听不懂的怪话。把手探进香娃被窝抚捏他的腰胯、屁股。香娃忍着怪痒,感觉着身上洗澡后空前的滑爽,以及绸缎被窝的轻软温暖,有了睡意。

不知多长时间,浑身湿热逼醒香娃。发觉被人扳着腰胯,有硬挺的东西在尻槽滑动,顶得肛门疼痛。一激灵,挣脱搂抱滚下炕沿,惊惧羞恼缩成一团,大抖大颤。

"你娃怕啥呢,我稀罕你呢,快上来。"花枝荣的声音潮乎乎的。

香娃后退,身子被板壁挡住,抖颤得越发厉害。想哭,想喊,想骂却噎得要断气一般。

静默许久。香娃脱在枕边的衣裳被花枝荣扔下炕,"不上炕把衣裳穿上!"再不言语,窸窸窣窣响动片时,有了轻微的鼾声。

香娃小心着穿衣裤穿鞋袜,心里恼着母亲。不该不问底细把他托付给这样的人。不知这时候该不该出去。黑天半夜,摸不清城内的东南西北水头道路。继续站着直到天亮?可他一刻也不想与这人待在一起。花枝荣的鼾声,比驴叫猪喊还要刺耳。摸到房门口拉开门闩,突然记起从家里带来的包袱,进城后被花枝荣撂在板壁一侧的条桌上面。包袱内有母亲给他准备路上吃的干粮、面大豆、炒蚕豆。有吃的,自己就能步行去贵德。返身取了包袱,出房门,蹑手蹑脚下楼梯,过院坪,费力把门担卸下来,门扇发出吱扭声。

"谁?!"角房窗户暴出警觉的质问。

香娃拔腿飞跑。跑出街口才敢停下来喘气。静悄悄的街上只有残淡月色。狗吠声从远处传来,接着几声雄鸡啼鸣,全城的雄鸡此起彼伏呼应共鸣。狗叫鸡啼让香娃感到亲切。一股怨愤从这亲切的感受中流溢出来,再次恼恨母亲。觉得恼恨母亲没有道理,就开始恼恨父亲。要不是骂他野种,何至于到这境地。

第 十 六 章

1

凭着心里翻滚的羞愤怨恨,已经干馊的干粮(面大豆、炒蚕豆可口如初),还有十三岁男孩的机灵勇气,第三天下午,香娃走进大山环抱的一条山沟。

青黛色巍峨大山阻拦视野,香娃感觉前途艰难,无路可寻。暮色罩下来,沟里静得只有脚踩在草上的沙沙声。香娃猜测坡梁后面大约有个村庄,走到那里才能求得落脚的人家。双腿又重又硬迈不动脚步,破了鞋口和后跟的鞋被脚胀满,生疼生疼。

自艾自怨的香娃坚持着挪上草坡顶端。眼前依旧是起伏的更高更远的坡梁。双腿一软跌坐在一丛馒头花边。走岔了路,再不敢贸然寻路乱走。

暮色越罩越低,香娃急得要哭的时候,坡梁顶上什么东西动了一下,又动了一下,显出全貌,原来是一条狗,站在坡顶朝香娃张望。香娃喊叫并向狗招手。有狗说明近处有人家。没人家也不要紧,把狗叫到身边做伴,不怕豺狼还可以取暖。

站在坡顶的狗看见香娃招手,想动不动地犹豫着,扭头向后望了一下,伸垂着脑袋顺坡走下来,走得很慢。香娃第二次招手喊叫的时候,坡顶又显出一条狗,接着出现第三条狗,伸垂着脑袋向香娃坐的地方走来,不是一前一后而是分散开来,从不同方向走下对面的坡梁又上这面的草坡。在距离香娃几十步远的地方蹲坐下来,盯着香娃。

不会是狼吧?听长腿、猪娃保说过,狗走路尾巴蜷在背上,狼走路尾巴拖在身后。刚才没留意。此刻,三条东西面朝他蹲着,看不清尾巴什么样子。香娃希望它们是狗不是狼。这个希望把他会学狗叫的能力提吊起来,连喊几声:汪!汪!汪汪汪!

香娃学仿的狗叫声,顺草坡起起伏伏传出去,被大山弹回来,嗡嗡嗡响进耳朵。三条蹲坐盯视香娃的狗或狼一动不动,没有前进也没后撤的表示。香娃只得奋力再喊,汪汪汪!汪汪!汪!正喊得起劲,草坡顶端有东西动了几下,显出全貌,是一个人。香娃疯狂呐喊,可那三条东西依旧一动不动望着他。

那人在坡顶停留片刻,锐声呐喊着冲下坡梁,手里甩着一个火球,火球围绕身子画着圆圈。三条东西听到喊声,看见有人抡着火球飞奔下来,起身向南奔蹿而去,身后拖着粗长的尾巴。

抡火球的人来到香娃眼前,原来甩抡着一条点燃的麦草草绳。喘着粗气打量香娃,斥责道:"你人不大胆子不小!要不是我听见狗叫顺声音寻过来,你被狼咬死了。"

这人五十岁上下,中等身子,留着山羊胡子,胡梢已经花白,两头尖中间宽的枣核形脸上,小眼睛,尖鼻子,厚嘴唇,说话露出的牙齿白得耀眼,"天要黑了,你一个人坐这里做什么?"

香娃委屈得直想哭。如此这般说明缘由。

"路走岔了。"枣核脸朝西指一下,"去贵德的路在那个山嘴嘴西边。你走进垴垴沟了。走,先去我家,到明日再说。"

香娃抂地站起来,硬腿硬胳膊地跟随枣核脸走了几步,"达达,我肚子饿得走不动。"

枣核脸盯住香娃看一阵,背朝香娃蹲下身子,"爬我身上!十三岁的人,叫我背着不羞吗!"

香娃不想让枣核脸背着走,可发软发麻的双腿和空瘪的肚子强迫他趴在枣核脸背上。

疲乏已极的香娃感觉着枣核脸脚下的颠动,昏蒙欲睡。枣核脸突然喝骂起来:"你这驴日出!我寻你你不在,现在从哪里钻出来站在这里?"

香娃惊悚四顾,原来一只黑山羊站在前面,望着枣核脸。等他走近,转身一蹦一跳地与枣核脸平行前进,很快乐的样子。

枣核脸告诉香娃,他是山垴垴村人,姓徐,名叫四十五。傍晚发现回圈的山羊少了一只,出来寻找。怕遇见狼,拿上草绳火种,没料想遇见的除了狼还有人。

背一阵下来走一阵,翻过一道更高的坡梁,终于看见窝在坡底沟坎上的村庄。灰蒙蒙的炊烟罩着沉闷的狗叫羊咩牛哞。

错杂坐落的陈年庄廓。墙面塌落得斑斑驳驳。墙土完整的部位覆盖着墨绿的苍苔,墙根馊损进去,虚土积在墙下。布满蹄痕的村巷凹凸不平。比较下,徐四十五家的庄廓最新也最气派。徐四十五屈腿让香娃从背上溜下来,高声喊叫:"羊来了!"

有人从昏暗的门道跑出来,是个五十上下的女人。

"这驴日出!"徐四十五望着脚边的黑山羊对女人说,"我上山下洼寻了一圈,不见它的影子。在铧尖石等了一阵,也不见它。回来它却在铧尖石上站着,你说怪不怪?"见女人只顾打量香娃,喝道:"一个野娃有啥看头!快把尕黑圈到圈里去。"

香娃紧随徐四十五走过堆放干牛粪的门道,进入院子愣住,母亲怎么在这里?!细看,不是母亲。跟母亲像模像样。尤其眉毛,尤其眼睛。再细看,比母亲年轻,比母亲稍胖一点,肉皮比母亲黑一点,身子比母亲稍矮一点。这女人身边贴站着一个男孩,同香娃一般大小,也是宽颧骨,小眼睛,比徐四十五的眼睛还要小。

"阿大,尕黑寻见了?"女子的声音清清亮亮,比母亲的声音还好听。

"寻见了。"徐四十五拍着香娃的头说。

圈羊的老女人回来就把做好的晚饭端上炕桌。洋芋豆面拌汤。饿急的香娃连喝三碗,才有了多余的心情留意这家四个人的言语行动。枣核脸是家里主人。老女人是他婆娘。年轻女子是儿媳,尕眼睛是儿子。

饭后,老女人招呼儿媳点灯,徐四十五恶声恶气地说:"还早!谁家这么早点灯?!"

香娃纳闷,天已近晚,房里昏暗,借着窗纸透进的微弱天光,只能看见人模糊的影子,怎么说还早?正纳闷着,黑暗中响起徐四十五的声音,"还没问你的名字。"

香娃慌忙回答:"香娃。"

"香娃?咋起这么个名字?"

"阿妈养下我身上有香气,就起了这个名字。"

"身上香着?我背你走了那么多路,咋没闻见你身上香着?"

儿媳的声音:"阿大,我闻闻吧?"

"想闻就闻!"不满又不得已的口气。

像母亲的儿媳的面容从黑暗中靠近香娃,俯下脸在香娃头顶闻了几下,"阿大,实话香着,一股一股的香气是从头发里出来的。"

"我知道了。"徐四十五说,"是老天爷把这个尕娃给我送来的。老天爷把尕黑藏起来叫我去寻,是叫我从狼口救下这个尕娃。"停顿片刻对香娃说:"你得听老天爷的话,先在我家里坐下。"

香娃听从徐四十五的安排。有了与花枝荣的遭遇,他懵懂认为,听徐四十五的话没错。

2

香娃被摇醒,"快起!天亮了。"徐四十五硬邦邦的声音。

没睡醒的香娃双眼涩重不想睁开。恍惚中意识到在别人家里,不能不听话。一激灵,醒了。房里黑黑的,只有窗户透进微弱天光。徐四十五穿着夹袄,坐在被窝看香娃穿衣服。院里有匆忙走动的脚步声。窗纸渐渐明亮,能看清堂屋米柜的油漆花纹。老女人提来炕桌放在炕头,端来炒面、豆面锅塌、茶罐和几个粗瓷大碗。徐四十五的儿子仓娃揉着眼窝走进来上炕,没睡醒的样子。

徐四十五在被子上蹭几下巴掌,抓炒面入碗,提茶罐倒茶,拌炒面,扭脸问香娃:"会不会拌炒面?会拌吃炒面,不会拌吃锅塌。"

香娃支吾着。在尕庄,醒来先去屙屎尿尿,洗了手脸才能吃饭。这里却怪,徐四十五坐在被窝还没下炕,仓娃的细眼缝全是黄乎乎的眼屎,没洗脸没洗手怎能吃饭?香娃觉得脸上手上干壳壳的,望着已经吃起来的父子俩,不敢动手。

徐四十五咽下嘴里的炒面籴儿,说:"我知道你心里想啥。我们这里是塬山,缺水,沟底有一股水,是碱水。吃水得去五里外的马莲沟担,将就着吃吧。"

香娃相信徐四十五的话。可他的屎尿憋着,不解决屎尿没心思吃喝,"我得先去圈圈。"

"想去圈圈就去,迟畏啥。"香娃刚出房门又追上一句,"要屙要尿都去圈里,别屙尿在外边。"

香娃回到炕上。老女人递给他一条半湿的羊肚手巾,"用湿手巾把手脸擦一下,再吃饭。"香娃接住,脸上手上仔细揩擦几下,还给老女人。老女人笑着说:"塬山不比你们川水,没什么好吃的东西,你将就着把肚子吃饱。"

徐四十五哼了一声。不知哼婆娘此话多余,还是哼香娃没有眼色。

香娃一口茶一口锅塌吃喝起来,支棱着耳朵听院里动静。像母亲的儿媳妇如果清早出去马莲沟担水,该回来了。但不知她的男人怎么没露面。大约出门不在家。

徐四十五在炕桌猛拍几掌,惊天动地的声响把香娃吓呆,不明白徐四十五因何动怒。却见徐四十五食指在嘴里蘸点唾沫,沾着炕桌上的馍馍渣,沾一点,伸舌头舔进嘴里,再沾,再舔。而后猛拍桌面,直到炕桌缝隙中没有一星半点馍渣震弹出来,才搓着拍疼的手掌,笑眯住眼睛说:"五谷糟蹋不得。"

饭后,徐四十五穿了裤子,坐在炕沿穿鞋,问婆娘:"奶子挤下了?"

"挤下了。"老女人机械地应答着。

徐四十五走前给香娃说:"你不能闲坐在我家,得给我做点活儿。吃饱喝足跟仓娃挡羊去。"等脚步声响出门道,老女人给香娃解释:"他每天每日把奶子送到上新庄去,那里有人订了我家的奶子。"

3

担水的儿媳回来了,挣得面孔红扑扑的,眼睫毛翘得更起,眼里闪着愉悦的神采,似乎担水路上见了喜鹊,或遇到别的什么高兴的事。香娃觉得更像自己的母亲。放下水桶扁担的儿媳拿一个锅塌,边吃边给仓娃叮嘱:"你今日挡羊领上香娃,别走得太远。"

仓娃眨巴着尕眼睛,"知道!"不屑应答又不得不应答的语气。

像母亲的儿媳坐在炕沿,把香娃揽在怀里,"我再闻闻你身上的香气。"抽几下鼻孔,双手按住香娃肩头推开一点,仔细端详香娃五官,浮露出惊讶和喜悦,"长得这么心疼,尤其这对儿眼睛,毛墩墩的,眼仁明纠纠的,稀罕死人哩。你说,你长得像你大大还是像你妈妈。"

"像我妈妈,全尕庄人都说我像我妈妈。"

"你妈妈一定一定是个俊人儿吧?"

香娃心里烫烫的又酸酸的。不由得说,"我妈妈长得像你,昨日我猛一见你,以为见了阿妈,仔细一看不是阿妈。你比我阿妈年轻。"

"是不是?"儿媳兴奋起来,"我哪儿像你阿妈?"

"眉毛、眼睛、鼻子都像。最像的是眼睛,连眼睫毛都像,又黑又密又长。嘴不像,你的嘴唇比我阿妈的厚。"

儿媳推开香娃,从炕头扁箱上面的针线蒲篮中,取出手掌大小的三角形水银镜残片,小心捏住一角,把香娃揽在身边,头挨头照看。残缺的三角镜片中显出两张不完整的面孔。调整镜片角度,这么看那么看地观照一阵,儿媳笑了,"我俩的眼睛实话一模一样。"眼里却汪满闪颤的泪水。

儿媳小心放好镜片,揭开扁箱取出一件旧夹背心,"我公公出去不知啥时候回来,我跟婆婆去地里拥洋芋。你跟仓娃去山里挡羊,多穿一件不受冻。"像母亲的儿媳给香娃套上夹背心,扣好纽子。香娃感觉这么叮嘱他关心他的就是母亲,忍不住问道:"从昨日到今日没见你男人,你男人是脚户吧?"只有脚户才出远门不在家里。

"他就是我男人。"儿媳含混地说着,眼里溢出幽怨。

"他?哪个他?"

"就是跟你一般大的尕眼睛。"

香娃惊愕。与他一般大的尕眼睛居然是她男人,这怎么可能!他才十三岁,怎么会是她男人?香娃觉得世上的事一瞬间全乱了。

"我是童养媳。"儿媳用袖口沾掉眼眶里滚颤的泪珠,"童养媳知道吧?"

香娃摇头,觉得心跟着摇了几下。

"我娘家在土门关羊毛沟。他三岁那年,我大大把我给他家当童养媳,那年我九岁,大他六岁。我在他家长大,今年虚岁十九。"

懵懂的香娃懵懂着,心里的酸楚却强烈起来。隐约觉得这里面有太多太多无法说明的原因。就是这些原因,让这个像自己母亲的女子提说起这些就忍不住要淌眼泪。

咩咩咩的羊叫惊走纠缠香娃的呆怔。儿媳提了装干粮、沙瓶的布袋,领香娃走出大门,赶出圈的羊挤站在大门前空场。全是山羊,黑白混杂二十多只。儿媳给仓娃交代:"香娃是川水的娃娃,上山下洼多操心着,别走得太累。"把布袋挎在仓娃肩头,像母亲在关照儿子。

仓娃甩动手里的黑毛绳抛儿,挤成一团等待出发命令的羊们欢叫着掉头朝西行走,领头的就是昨日徐四十五寻找的尕黑。

仓娃上身穿白扣布夹袱,外套山羊皮坎肩。陈旧的山羊皮坎肩,皮板朝外毛朝里,下摆夯出长短不齐的羊毛;腿上打着补丁的褐裤短得刚盖过膝盖,裸露着粗糙干瘦的小腿;光脚套着一双生牛皮挖泥鞋。这样一个平平常常、干瘦不起眼的半大尕娃,居然是像他母亲一样长着一对好眼睛的十九岁女子的男人,实在让香娃想不通。忍不住向仓娃踩踏过的乱草吐了一口唾沫。

羊们绕过沟底发黄的涝水,向南爬上草坡。这面长满了馒头花、晶晶花、蒲公英的草坡渐高渐远,尽头是蓝里透着紫黑的高巍石山。山石犬牙交错,山头压着莹莹老雪。

仓娃坐在露出草皮的岩石上面,指点香娃坐在他身边。坐下后香娃问道:"昨晚夕你在哪睡觉?"

"西房里。"

"盖一个被儿吗?"

"两口儿,就要盖一个被儿。"

"你……媳妇叫啥名字?"

"她的娘家人、我阿大阿妈都叫她豆妹,我叫她豆姐姐。"

"她不是你的童养媳吗,男人咋把媳妇叫姐姐?"

"阿大阿妈教我这样叫的。说等我过了十六岁,圆房就不用叫姐姐了。"

香娃心里涩涩的,说:"我也叫她豆姐姐。"香娃再不知该说什么。他六岁被母亲搂着睡觉,父亲领着他上庄下庄转悠。童养媳在他心目中如同母亲,叫姐姐对不对?

草坡上出现一只白得雪似的山羊,埋头吃草的尕黑抬头望了片刻,向白山羊走过去,在相距一丈的地方,白山羊发现,脸对脸站了片刻,与尕黑同时站立起来,用后腿支持身子,前腿落地同时向对方冲锋过去,咔!犄角碰交在一起,相互抵顶,犄角咔咻咔咻磨碰出响声。不见输赢。黑白双方后退到一定距离,再次冲锋、抵顶。白山羊渐渐显出优势,抵顶得尕黑向后倒退、倒退,四蹄犁着草皮,扬起草屑。

仓娃站起来,甩抡黑毛绳抛儿,发出呜呜呜嗡嗡嗡的声音,在抡出的虚圈花梢得看不分明的当口,抛儿扑地向前一抖,一颗黑色流星朝白山羊飞去,不偏不歪正中白山羊犄角,把得势的白山羊击得趔趄几下,跑开十几步,甩着犄角。香娃看呆了,仓娃竟有这等本事!

香娃头次见人打抛儿。甩出石头击中白山羊犄角令他惊奇。可抛儿抡起来的呜呜嗡嗡的响声更让他动心。一条毛绳,中间的抛窝包一块石头,就能抡甩出如此好听的声音,在旷寂的草坡上响得悦耳,传得遥远,从山上唤来了回音。

香娃对毛绳抛儿发生了研究的兴趣。仓娃把抛儿递给香娃,香娃左看右看,上看下看,没什么机关。又疑惑又好奇,"你是怎么打的?"

兴奋起来的仓娃如此这般指教香娃抡打抛儿。香娃反复实践体会,渐渐掌握了要领,但抛出去的石块与目标差得老远。别说是羊犄角,连羊身子也打不着。香娃脸红了。

"这是急不得的,日子久了就能打中。"仓娃的尕眼睛安慰着香娃。

4

这天一早,整个天空被涩重的云团挤挤匝匝地罩实。这些灰的黑的褐的云团,从石山顶端铺盖下来,布洒它们的津液。淅淅沥沥,草坡顶端缭绕时薄时厚的白雾,遮蔽石山的头颅,偶尔从白雾稀薄的间隙露出黑黢黢峥嵘的山体。这是要下一整天,甚至好几天淫雨的征兆。

羊群出不了圈,豆妹往圈里抱去平时割来储备的干草,给北房西房的炕洞填进麦衣、马粪。坐在炕上借着窗纸透进的黄弱亮光,契纳袜子溜根。身边一左一右坐着尕眼睛和香娃,三人的腿脚伸进被窝。

阴雨天房里的昏蒙,炕上适度的温热,专注地瞅着袜溜根针脚的豆姐姐,这种温馨的宁静陶醉着香娃。唰唰唰的雨声听起来远在梦中又近在耳边。仓娃身子歪靠着窗根打盹,两条闭实的眼缝,如同贴在眉毛下的两段线头。香娃昏昏欲睡。他来西房想听豆姐姐说话,可豆姐姐只顾做针线不说话。香娃把目光投在豆姐姐脸庞,从她的眉毛、眼圈、眼睫毛上寻找母亲的踪影。于是,母亲热乎乎地在他心里活动起来。还有北房奶奶,还有上院嬷嬷、下院新嫂。想到下院新嫂,香娃裆内更加热乎起来。他清楚这是热炕焐热的缘故,却又恍惚觉得下院新嫂又在揣摸他的鸡鸡。这一揣不要紧,把一种古怪的感觉从他裆内传进心里又渗入全身,格外舒坦又格外窘迫。强烈的难为情火一样烧烫他的脸颊。

香娃要挣脱下院新嫂令他痴魔的手掌手指,使劲扭动身子,盖在腿上的被子扯动起伏,分散了专心做针线的豆妹的注意力。发现香娃双颊潮红,奇怪地扭着屁股。纳闷着问:"香娃你怎么了?是不是炕太烫?"手伸进被窝摸摸香娃腿下的炕面。

难为情让香娃语塞,嗫嗫嚅嚅不知说什么好。

豆妹意识到只顾做针线冷落了香娃。撂下袜溜根,挪腿让香娃坐在对面,伸手摇醒仓娃:"你有多少瞌睡?睁开眼睛!我给你俩唱歌儿。"

仓娃睁大燕麦眼睛,依然迷怔着。豆妹双手捧住香娃脸蛋,"香娃想听什么?"香娃明亮澄澈的眼光令她从心底里厌恶仓娃的眼睛。那不是眼睛!是两颗燕麦!是刀尖在牛皮上划出的两道细痕!

"豆姐姐唱啥我都爱听。"香娃殷殷切切的声音。

豆妹仰脸望着乌黑的橡檩和压顶的菜秆,想了想,盯住香娃生动的眼睛,轻声唱起社火唱词绣荷包:

哗啦啦钥匙响,
打开个牛皮箱,
取两张粉莲纸剪它个荷包样。

头剪牡丹花,
二剪石榴花,
三剪上老鼠儿拉西瓜。

四剪粉银花,
五剪五金花,
六剪上竹叶儿伴梅花。

七剪玫瑰花,
八剪大丽花,
九剪上菊花儿傲霜花。

十剪十样锦,

样样剪分明,

再剪上松柏树冬夏长青。

……

着迷的香娃注视豆姐姐翕动的嘴皮,启合间糯米般细白的牙齿,长睫毛下明澈的眼光,觉得烁动的眼光像水面的波纹荡漾,令他着迷,使他眩晕,感觉身心不在炕上,不在房内,而是长了一对翅膀,飞翔在蓝天白云间,树木花草边,被一股温馨的气流托举着,飘上飘下,飘东飘西,流逸翻飞,轻如羽毛。忘记了高低远近,只觉出心醉神迷。这股托举他周游天地的气流,不是喜鹊的啼鸣,不是泉水的流溅,不是树叶的摇颤,却比喜鹊的唱鸣还要欢悦,比泉水的流溅还要清纯,比树叶的摇颤还要细致。这些美妙的声音,是从豆姐姐翕动的嘴唇间飞扬出来,清纯、明快、活泼,震荡着他的心弦,跟着颤动,和着共鸣……

香娃头次听这么生动的歌唱。豆姐姐不仅长得像母亲,不仅声音悦耳,而且心里藏着这么好这么妙的东西,实实在在是……极想把自己的这些感想告诉仓娃,不料仓娃又睡着了,头歪靠着窗子,错开的嘴角吊出一溜涎水。香娃伸手要把仓娃摇醒,被豆姐姐拦住,"别摇他,他就这样子。"香娃不禁替豆姐姐委屈。

唱得兴奋的豆妹亲亲香娃眉心,"香娃还想听啥?"

"我想听姐姐唱'少年'。"香娃认为豆姐姐唱起"少年"会更加动听。

豆姐姐庄严了脸色,"不许香娃胡说!'少年'不是家里唱的!"

豆妹严肃的表情让香娃明白提错了要求。懊悔冒冒失失让高兴的豆姐姐转眼间不高兴了。茫然不知所措,呆呆地看着豆姐姐。

香娃的呆相引惹出豆妹更深的爱怜。摩挲着香娃头发,"等天晴,我领你去豆儿地里拔草,到时候给你唱'少年'。"

香娃盼着雨停天晴,想象豆姐姐站在碧绿的豌豆地里唱"少年"的样子,心里醉醉的。如同威远镇会场闻酒香闻醉了一般。

5

天空放晴。阳光安抚山坡,地气氤氲,雨水洗过的花花草草鲜亮怡目,蓝莹莹的石山腰际缠绕着一丝一缕轻柔的白云。圈内闷了几天的牛羊,欢叫着上了山坡,送行的鸡狗也叫得空前响亮。

送走送奶子的公公,送走挡羊的男人,豆妹收拾拔草工具和午饭,带着香娃从家里出来。往东翻过三道坡梁,绕过沟底潺潺流响的山水,爬上北边的阳坡。阳坡的田地随地形错落起伏,灰绿的燕麦、青绿的青稞、褐绿的胡麻、碧绿的豌豆、老绿的油菜、墨绿的蚕豆,鲜鲜艳艳铺排在阳光下;塄坎上厚密的杂草中,点缀着紫的、黄的、红的、白的、粉的碎小野花;野花上纠缠着大如巴掌、小如指甲的各色各式蝴蝶;草底下跳着大蚂蚱、小蚂蚱、更小的蚂蚱;耳边嗡的一声飞过蚕豆大的黄蜂。所有生灵都在雨后的太阳安抚下风流起来。豆妹被这些丰富的色彩和多情的生灵引逗着、感染着,闷缩的心境顿然开朗,忍不住放声唱起直令:

麦子出穗豆开花,
燕麦的穗穗儿吊下;
我俩的姻缘天配下,
生死的簿儿上造下。

顺着山坡起起伏伏扩散出去的歌声,招来一股和暖的风,温润柔软地拂过或高或矮或密或疏的稼禾,把美妙的沙沙沙声灌入香娃耳朵,同时把一股混合的香气汇入他的鼻息。他分辨出来,那是山的气味、水的气味、草的气味、花的气味;还有牛粪、羊毛、马鬃、木头、石块、蝴蝶、蚂蚱、蜜蜂的气味。其中最突出最浓烈的是豆姐姐的气味、母亲的气味。香娃醉了,头重脚轻似要飘飞似要扑倒在地。他知道,真正叫他醉了的还是豆姐姐放飞的歌声。

连唱几段,来到豌豆地边。豆妹给香娃叮咛几句,小心分开豆秧豆蔓进入地中央。话音在挂满豆荚的秧蔓上跳荡出来,"香娃,豆姐姐的'少年'唱得好不好?"

"好!豆姐姐唱得比谁都好。"

"还想听吗?"

"想听。你一天到黑地唱,我就一天到黑地听。"

豆妹的笑声从豆蔓上滚过来,"谁能一天到黑地唱哩。再说还得做活。你爱听,隔天我领你认一个哥哥,他唱得比我还好。"

"比你唱得还好的哥哥在哪儿?"

"到时候你就知道了。"

香娃迫切地等待豆姐姐说的那个隔天,迫切地想见那个比豆姐姐唱得还要好的哥哥。

6

早饭后,徐四十五高声亮嗓叫豆妹端洗脸水。豆妹同婆婆且惊又喜。轻易不洗脸的人要洗脸,说明今天出门去大地方办大事。豆妹要利用这难得机会。对婆婆说:"今早担水,靠山村的麻家婶婶问我,有没有五岁娃娃的鸡窝鞋样。要有,借她用用。我答应今日送过去,顺路再担一担水,领上香娃认认担水路儿。"不等婆婆表态,进厨房把担来的水倒入水缸,挑了空桶,带领香娃出门。

婆婆疑惑地问:"你不是去送鞋样吗?"

豆妹慌忙撂下水桶扁担进西房,片刻出来,拍一下夹袄底襟,"我装上了。"

走出村口对香娃说:"今日我领你去见唱'少年'比我唱得还

好的那个哥哥。"

香娃高兴得蹦跳几下。

朝北走出沟口,拐向东走上一面坡梁,豆妹放下水桶扁担,拉香娃并肩坐在坡顶露出草皮的岩石上,"今日香娃身上的香气重,远远地就能闻见,一路闻到这里,闻得我想唱'少年'。"

香娃求之不得,"豆姐姐想唱就唱,我爱听你唱。"向后张望,山垴垴村早被陡高的坡梁拦在看不见的地方。眼前沟涧没有人家,没有人影,正是唱"少年"的好地方。

豆妹放声唱起割沙柳令:

三弦子弹来四弦子响,
二弦上没有个码子;
早起里牵来晚夕里想,
睡梦里哭成了哑子。

渐落渐细的尾音被轻风带走。留下风从草尖掠过的声音,还有天上几只红嘴鸦盘旋放出的鸣叫。香娃希望豆姐姐扬声再唱的时候,远处飘来男人应和的"少年",悠长辽远,越来越清晰,越来越近,声音飘落的空静中,草坡顶端显出一个人头,接着显出全身。香娃意识到这是豆姐姐唱"少年"召唤来的人时,这人已经停在眼前。

豆妹喜颜悦色对香娃说:"叫!快叫麻五哥哥。"

"麻五哥哥。"香娃站起来。麻五哥哥二十三四岁,身板周正壮实,穿着黑布斜襟无袖夹褂,双臂黝黑,黑里透红泛着油亮;腰间缠一条枣红布带,黑斜布单裤,千层底布鞋。令香娃暗惊暗喜的,不是五哥的整齐穿着,而是他整齐的眉眼五官。比起豆姐姐的尕眼睛男人,麻五哥哥不是人而是天神。特别是那双眼睛里闪动的亮光,火焰一样,能把木头点燃。隐约感觉到,豆姐姐与麻五哥哥是最般配的男女。

麻五哥哥大而有力的手在香娃头顶、肩膀摩挲几下,从怀里掏出一个白布小包,手掌上展开,是几块枣儿大小的冰糖。取一块送到香娃嘴前,香娃不自觉地张口噙住。又取一块送到豆妹嘴前,豆妹张嘴要接却身子后仰躲开,用手接住。麻五哥哥把剩余冰糖重新包好交给豆妹,从怀里摸出一个圆镜,把镜面对准豆妹脸庞,"这镜儿好不好?"

"好!好!"豆妹双手接住,调整镜面角度对准自己眉眼,端详片时,把香娃揽到怀里一起照镜。镜面两寸大小,挨得近只照见豆妹光洁陡直的鼻梁鼻尖。伸直胳膊,才照见香娃半个脸蛋。香娃没看仔细,豆妹说:"看清了吧,我俩的眼睛长得一模一样。"

镜面太小,照不全两人的四只眼睛。香娃懂事地说:"我全看见了,全看见了。"

豆妹珍重地收起圆镜,把香娃爱听"少年"的话说给麻五哥,要求麻五哥给香娃唱几段。麻五哥率情吼唱起来,唱的是尕马儿令:

> 扎梁的缝儿里抱公鸽,
> 抱出来一对儿母鸽;
> 一晚上想你(者)门槛上坐,
> 天上的星星数过。

再唱白牡丹令:

> 大骡子驮的是银妆货,
> 小骡子驮的是枣儿;
> 尕妹好比是梅花树,
> 阿哥是探梅的雀儿。

麻五哥右手捂托在耳根,半眯着眼睛唱出的"少年"让香娃惊诧不已。这是他听过的最好的"少年"。声气嘹亮悠长,尾音颤颤抖抖拖得老长老长。每唱一句,字句像一个个玛瑙珠子从嘴里蹦出来,干脆利落清晰明白,让他一字一句听得明明白白。此前他听过的"少年",没一个能唱成这样。声音虽好,却听不清唱了什么,只听到嗯嗯呀呀忽高忽低的声音起伏、拖延,感觉在倾诉心里积压了很久很久的一些烦恼,一些怨怅,却听不明白到底是怎样的烦恼,怎样的怨怅。而麻五哥做到了。香娃明白他心里积压着太多太多的心事,一旦张口,这些心事就如渠里冲毁堵拦的流水,一下子奔泻开去,把心事汇进天上的云彩,汇进大山,汇进河流,汇进树林,汇进庄稼花草,同它们一起浮游,一起流淌,一起摇曳……而且,麻五哥的声调里含着钢音,像飞出去的闪光的刀子,能深深地扎进木头,扎进石头,扎进人的心里。这些隐约的感想变成一股冲动。等五哥的尾音被山坡上上下下的花花草草吸纳干净,四野出现空前的宁静透明,香娃冲冲动动地说:"麻五哥哥,你教我唱'少年'吧。"

"好啊!"麻五哥盯视香娃眼睛,似在求证他的要求是真是假,"听豆妹说,你去贵德寻阿舅走岔路才到她家的。你早晚要去贵德,我怎么教你?"

香娃脱口说:"我不去贵德,我要跟你学'少年'。"

麻五哥与豆妹对望一眼,"你学'少年'做啥?"

"唱!像你一样唱'少年',叫人们说我唱'少年'唱得好,唱得跟你唱的一样好。"

"那好。"麻五哥再次摩挲香娃的头发、肩膀,"只要你爱唱,肯学,我就教你。"意味深长地给豆妹传递眼色。

豆妹说:"香娃,我跟五哥有话要说。你坐这儿看着水桶扁担,我们说完话就回来,你别乱跑,等我回来。"用眼睛说出后边的话:成不成?

香娃果决点头。为表示自己真的愿意,盘腿坐好,把扁担放在腿上。

"香娃真是懂事的娃娃。"豆妹被五哥急迫地拉走了,转眼隐没在草坡下一片树林中。

香娃观望流云,倾听风声,回味麻五哥唱的"少年",心里溢动着向往。不知向往了多长时间,发现豆姐姐已经回到自己身边,眼睛红红的。

"豆姐姐,你哭了?"

"我给麻五哥说起家里的难怅,说着说着难心了。"用巴掌揩几下眼窝,"五哥有事回去了,走,我俩担水去。"弓身拿起扁担,用担钩钩住桶梁。香娃发现豆姐姐后背沾了些草屑灰土,头发上也沾着草屑,"豆姐姐,你走路绊倒了吗?"

怎么? 大眼睛闪出疑问。

"你身上有土,有草渣儿。"

豆妹慌忙扔下扁担,脱下外衣抖净灰土草屑,蹲下身子让香娃摘净头发上的草屑,才担起水桶下坡。

回家路上,豆妹叮嘱香娃:"你想留我身边学'少年',就得听我话。回家别说要学'少年'不去贵德。这样说你就学不成了。我们这里见不得唱'少年'的人。把唱'少年'的人看成懒干、寻口①。你要说学'少年',我公公就要打发你去贵德,你再也听不到麻五哥唱'少年'。"

香娃意识到豆姐姐与麻五哥背着家里人见面,其中有瞒哄他的什么事。可麻五哥的"少年",像母亲的豆姐姐给他的疼爱,已经让他舍不得离开这个地方。舍不得走,就得找理由让徐四十五把他留下。

傍晚回来的徐四十五把香娃叫到身边,"我今日去了鲁沙尔,打问到要去贵德的脚户后天动身。我明日把你送到鲁沙尔脚户家里,后天跟他去贵德。"

"我不去贵德!"香娃几乎是喊叫着说,"我要坐在你家里,给

---

① 寻口:青海方言,对乞丐、讨饭叫花子的俗称。

你挡羊,跟豆姐姐做庄稼。"

突兀的要求让徐四十五丈二和尚摸不着头脑。疑惑间,想起寻尕黑遇见香娃的情景,心里再次生出这样的念头:这是老天爷的安排。不禁暗喜。有香娃给家里挡羊、做庄稼,吃用不费,他可以领着仓娃跑跑外面的事,让仓娃学点跑外的本事。但脸上装出生气样子:"你不想走就早说!害得我洗脸跑一趟鲁沙尔。你要早说,我会省下洗脸水!"

第十七章

1

刘香提着镰刀站在地边,望着黄熟的、挤挤匝匝的穗头在风中摇摆,发出沉甸甸的沙沙声,溢满心房的喜悦却不像往年那样饱满,那样强烈。总有一缕心思收不回来,在四处游荡。她清楚,要想收回这缕心思,就得听到香娃到达贵德的确切消息。

刘香望一眼地南边的憨哥,地西边的巧儿,望一眼天空。挂着几片羽毛云的天空让她放心。分头从南边、西边开割的男人、女儿用不着她分心。让她分心的只有香娃。

香娃离家整整一月。依据花枝荣给她的印像,怀疑花枝荣没有道理。花枝荣是忙人,在人尖上活人。加上香娃贪恋城里新鲜光景,在城里耽延十天半月也是常理。可不至于过了三十天还在城里耽延着。最大的可能是阿舅见了外甥,高兴得忘了回话。不然就是寻不上顺路带话的人。

劳作,甩头,都赶不开香娃的影子。努力想些别的事情,没有一件不与香娃缠在一起。北房奶奶责怪她。为了避让事端把儿子送去外家,恐怕不是常法。下院新嫂给香娃做了一双袜子,还拿来一个心形香包。听说被她托人送去贵德,抱怨她事先没给她通串一声。认为托生人带十三岁娃娃出远门做事欠妥。偏院婶婶说梦见了香娃,满头满身沾着花瓣,香气诱人,她凑上去闻,发现不是香娃却是唱戏的,穿着戏装,像戏台上的秦香莲,被一个拿刀的人追杀。她被惊醒,鼻子里还留着香娃身上的那股粉香气。最令她不安的是顺风耳的那些话:"我知道你娘家附近有座珍珠寺。你是闻着寺里桑烟长大的。我猜,你养下的儿子与珍珠寺有某种夙缘,引你不由得把儿子送去贵德。"

这话沙子一样澄入她心里,再也淘洗不净。她想起小时候在珍珠寺角落用拨浪鼓作诱摸她手的石头娃。拨浪鼓,又是拨浪鼓!高先生给的拨浪鼓在门箱内放着,可香娃……刘香的左脚被什么咬了一下,尖锐的疼痛惊散纠缠她的这些念想,发现脚面被镰刀尖碰出一道破口,正往外渗血。起身喊道:"巧儿,你过来一下。"早上出门她让巧儿把毛蜡带在身上。

巧儿绕着地塄走过来,明白母亲需要毛蜡止血。慌忙跑回去,从脱在地边的单衫底襟袋取毛蜡再跑回来,已是气喘吁吁汗流满面。蹲在母亲脚前,替母亲脱掉白布袜,盯着吓人的血红,从毛蜡棒掐下绒毛压贴在伤口。

"姆妈又想香娃了吧?"

刘香苦笑笑。只有女儿留意和懂她的心事。巧儿已经十八岁,有提亲人上门。可她舍不得把女儿这么早打发出去。都说人有三魂七魄,她的三魂是巧儿,七魄是香娃。如今的七魄飘散出去不知着落,再让三魂飘散出去,岂不要她的命。对其他媒人,她决绝地说:"巧儿还小,等两年再说。"对提亲的上院嬷嬷,她得说实话:"等贵德阿舅带话说香娃已在他家,我才有心思想巧儿的事。"她嘴上说巧儿还小,其实不小了。庄子里十六七岁的姑娘大多出嫁了。出嫁早的,已有了娃娃。多留一年,等于给自己多留一份熬操。

确信血已止住,伤口不过是镰刀尖碰破的一点浅短划痕。巧儿回自己的位置继续割田。刘香拿起镰刀警告自己不能再胡思乱想,心里却骂着香娃:"真是个不懂事的娃娃!阿舅心粗,忙,忘了给我带话来。你一个娃娃家,不至于忙得连妈妈都忘了吧?"

2

太阳沉到树梢后面,一斗半的麦子收割完毕。总共二百八十一个捆子,齐刷刷立了三排。刘香打发巧儿回家做饭,硬拉着憨哥去北房奶奶的地里帮活。

暮色徐徐下罩,刘香拖着乏透的身子走进村巷。憨哥留在地里磨镰刀。他说北房奶奶老大家的磨石好,不能错过。

身后追来的朵秦氏叫道:"香娃妈妈停一下。"快步来到身边,"我这是第三次来你家叫你。"

刘香的眼睛问道:贵德带话来了?

"你不是要买绮线吗?今日从兰州来个货郎,东西又全又好。我叫到院里,过来叫你两趟你都没回来,这是第三趟。"

些许的兴奋抵不过通身的疲劳,"这会儿又饿又乏,得回家缓一阵,货郎不会走掉吧?"

"串村走户的货郎,天黑了,能走到哪里去?"朵秦氏头一次见刘香乏累到这种程度,"信儿我告诉你了,吃完饭能来就来我家。不想来,我把货郎留住,明早你过来。大白天,绮线花色看得更清楚。"推一下刘香,"快回家吃饭去。"管自走了。

翌日清早,恢复体力的刘香扫了院子,烙几张狗浇尿油饼,烧好茶水,叫醒男人、女儿洗脸吃饭。割完一斗半,剩余全是边边角角不整壮的小块地。三个人得分头去收割。

憨哥、巧儿走后,刘香仔细梳头。巧儿出嫁前,她得叼空儿绣下几副枕头。买不上好绮线,她一拖再拖。既然来了兰州的货郎,需要选购中意的绮线、扣线、绣花针。只不知货郎昨晚被朵秦氏留住,还是去了别的村庄。

感觉可以整洁地面对大地方来的货郎,刘香从家里出来,听见吧嘟吧嘟的拨浪鼓声。明知是货郎在召唤买主,却不禁有些恍惚,以为香娃在炕上摇着拨浪鼓,吧嘟吧嘟的脆响是召唤她的疼爱关照,不让她从身边走开。刘香迎着拨浪鼓声,绕过一座庄廓拐入另一条小巷,再次愣住。迎面过来的分明是香娃!摇着拨浪鼓,挑着忽闪忽闪的扁担,扁担两头吊着花里胡哨的货箱,货箱四周围挂着红红绿绿亮亮晶晶的物件。刘香盯住那面随转随响的拨浪鼓。中碗大小的羊皮鼓面,声音不比香娃的拨浪鼓清脆,却十分响亮。响亮的声音是蚕豆大的木甩槌击出来的。

"我猜你就是刘香大嫂吧?"

被拨浪鼓敲乱的刘香神志,在这声询问中恢复清晰。诚惶诚恐,"你……咋知道我的名字?"

"昨晚留我住宿的朵家大嫂告诉我的。是她叫我往这边走,说会遇上你。"

真遇见了!货郎竟然猜中她就是刘香。好奇心让刘香把目光大胆地投在对方身上。好英俊的汉子!剑眉,眉梢几乎要伸进鸦黑的鬓角;一对丹凤眼,外眼角微微上挑,双眼皮层次分明,核桃仁似的褐黄色瞳仁;陡直鼻梁下两个边缘光洁的鼻孔;红润的上嘴唇神气地微微上翘,使得人中棱线分明;四方下巴也微微前突,突出嘴唇下的那条凹槽;周正的身板由于扁担的下压,右肩稍微向下倾斜;一身毛蓝布衣裤,白袜麻鞋。

刘香从来没敢这样大胆仔细地端详过一个男人,包括初婚期的憨哥。自觉失态,脸面顿时飞红,"你……咋知道我就是刘香?"她忘记已经问过一次。

"只有你这样好看的女子,才会等着买上好的绮线。"

巧妙机敏的回答,让刘香内心充满喜悦。等着买上好的绮线,是心气高、眼色好的女人的行为。货郎把她的长相与心气、眼色联系在一起,猜出她就是刘香。这样的男人少有,至少尕庄没有。不禁喜颜悦色地说:"走,我领你去我们院里。"

货郎应一声,身子稍微下蹲,趁着扁担被货箱下坠又反弹的眨眼工夫,将右肩的扁担换到左肩,左手的拨浪鼓换在右手。用左手扶住扁担,随着扁担一上一下的忽闪迈出碎小步伐。刘香有意放慢脚步落在货郎后边,打量他的背影和走路姿势。货郎板正的脊背,颀长的双腿,起落轻巧却踏迈稳健的双脚,无处不是壮年男子特有的丰采。

刘香进大门喊一声北房奶奶。领货郎来院中,无论北房奶奶是否需要选购针头线脑,叫出房来陪她选择绮线,她自在一些。应声出来的北房奶奶,招呼货郎把担子放在北房檐下半阴半阳地方。半阴,能让货郎歇凉;半阳,可以借助阳光检阅货箱内的各色物品。货郎从吊扎货箱的绳套上取下扁担钩,将两个担钩钩在一起,靠立墙角。挂好拨浪鼓,松开绳索,打开货箱,退坐窗台下的木板床上,撩起衣襟扇凉。任两位买主随意挑选。

曾有货郎来过尕庄,也被北房奶奶叫来院内换买东西。比起来,这货郎的东西实在是丰富多彩。但凡妇女们需用的物品应有尽有:大针、引针、绣花针、别针、编制竹针、钩针;股儿线、轱辘线、绮线、扣线、花红线;红头绳、黑头绳、丝带、绸带;绢制芙蓉花、海棠花、石榴花、月季花;绒制各种头花;大氅扣、制服扣、汗衫扣、风纪扣、子母扣、气眼;鞋带、脚巴骨带、鞋溜儿、松紧带;竹尺、木尺、铁尺、大剪、小剪、杭州张小泉剪、刮胡子刀、剃头刀、刮糨糊刀;竹挖耳、银挖耳、铜挖耳、竹牙签、银牙签、缠线板、缠线轱辘;铜顶针、锡顶针、铁顶针、针锥、麻绳蜡;竹编藤编草编蒲篮;小圆镜、方镜、椭圆镜、靶镜;百雀灵、维尔肤、胭脂、粉饼、口红、海蚌油、甘油、香胰子;玛瑙串、珊瑚串、玻璃串、玉镯、戒指;钢针、花发卡、玻璃发卡……

看得刘香满心喜爱,满脸喜悦,仿佛见到的不是妇女日常家居用品,而是一个女人与生俱来的生命色彩和情绪的轮廓形状;仿佛看见了二十多年一点一滴积累在心里的全部喜爱和眷恋。心思不由得滑到歇凉喝茶的货郎身上。感觉这个货郎一定是懂得妇女珍重妇女的多情多意之人,难怪长得这么英俊,难怪第一眼就令她产生好感,难怪……发觉货郎也在目不转睛地端详她的身子。刘香不自在起来,心跳气粗。慌忙拣出几束绮线,装作仔细检视颜色质量,"北房奶奶,你说这些绮线是不是比先前那个货郎的绮线好,颜色新鲜,粗细均匀?"

不及北房奶奶回话,货郎抢先说道:"我的绮线是精制特纺绣花线。是天津、汉口那边来的,自然比一般的粗纺绣花线好。"

"天津、汉口?"刘香忍不住盯视货郎问了一声。货郎眼里腾起一束火焰,炙烤刘香的火焰。刘香莫名地慌乱,跑回房中翻找出憨哥头年招待亲戚剩下的半包卷烟。又去厨房取来火柴,递给货郎,"忘了给你让烟。"看着货郎白净细长的手指和透着润红的指甲。

货郎双手接住,"我不会吸烟,多谢大嫂这么热情地招待我。"又把一束火焰从眼底腾出来,"大嫂的眼睛长得实在好看。看你眼睛,就知道你想说什么。"

刘香大胆地盯住货郎脸庞,"那你说,我现在想说啥话?"

"你想说,绮线这么好,价钱是不是太贵?你想买,可手里没钱,用鸡蛋能不能交换?"盯住刘香,似在追问对不对?

货郎聪明得能钻进人心。刘香无话可说,转身躲开货郎火辣辣目光。听见货郎说:"我们做走脚买卖的,能收现钱最好。没钱又需要,拿东西交换也成,鸡蛋换线,两不见钱。"爽朗地笑起来。

鸡蛋换线,两不见钱,是走乡串村货郎的一贯经营手段。聪明的货郎自然比别的货郎做得更加活套。刘香与北房奶奶商议着挑选了两套绮线,五枚小针,五枚大针,一丈松紧带,一版子母扣,一版气眼;给巧儿选了一个花卡子,三尺红头绳。估计选拿的东西太多,家里积存的鸡蛋不够抵顶这些东西的价值,把气眼和松紧带放回货箱。

这些动作被货郎看在眼里,说:"大嫂喜欢又想要,别放下嘛。"

刘香再次被货郎的机敏折服,"我想要,可家里存下的鸡蛋三十几个,能换这么多东西吗?"

"那有什么要紧!你自管拿。鸡蛋不够过些日子再给不迟。"

刘香想了想,没拿放下的东西。把选好的东西捧在货郎眼前,"这些东西该给你多少鸡蛋?"

货郎只顾望着刘香的眼睛。眼仁溢显的不再是火焰而是蜜汁,"大嫂你看着给。给多了我不忍心要;给少了你不忍心,随着给吧。"

"你这是给我个铁馒头,无处下口。"刘香嘴上惹笑,心里有些反感。人聪明过分会叫人害怕。回房把积存的三十三枚鸡蛋尽数端出来,端在货郎眼前,"家里存下的鸡蛋全拿出来了,不够换,你得等我男人回来,家里的钱他掌管着。"

该看看鸡蛋数量的货郎依旧欣赏着刘香的美目,"够了够了,可你先得替我放着。我要担着担子满庄子寻找买主,家家户户都给我鸡蛋,我担着多费事。你先放着,天黑前我再来取。"递给刘香一束复杂的眼神。收了北房奶奶的两块铜元,将立在墙角的扁担拿在手,取下拨浪鼓,缓慢地盖住货箱,理顺吊绳,用担钩钩住,弓身挑起扁担,对发愣的刘香说:"我计划在尕庄待上三天,然后再去别的村庄。你不用着急,后两天鸡儿下蛋给我就成了。"

刘香认为这样做不会亏欠货郎,不禁说道:"晚饭来我家里吃,我做好饭等着。"看见货郎又闪出一束古怪的眼光。

等拨浪鼓声摇出两座庄廓远近,刘香急忙收拾工具下地。

3

刘香把挑选的针线放在炕桌让憨哥看。吃烟的憨哥扫了两眼,"这绮线比前年买的绮线俊。"

"货郎说他的绮线是从天津、汉口那边来的。"

"怪不得看着不一样。"

刘香把鸡蛋换线,货郎后晌要来取鸡蛋,她邀货郎在家吃饭的安排告诉憨哥。

"应该。走脚买卖人,能体谅我们庄稼人的寒苦,留他吃顿饭应该的。要是没地方睡觉,叫他睡在我们家里。"

同意货郎在家吃饭,刘香已经感激男人给予她的支持。听说可以让货郎在家留宿,刘香更加高兴。尽管不明白为什么要高兴。

天空罩下暮色,货郎来了。整理镰刀把的憨哥扔下镰刀迎上几步:"我婆娘邀你在我家吃饭,以为你不来了。"

"应了的,咋能不来。"货郎放下货箱,立好扁担,将放在货箱盖上的黑龙纸包打开,竟是一条新鲜猪肉。

憨哥没料到货郎会买肉来。不自觉地出手接住,"这,这不成了店里的臭虫,吃客吗?"

货郎笑着做个手势。不及憨哥领会,剥葱的刘香走上前说:"怕是你进千家走万户吃惯了好东西,吃不下庄稼人清汤寡水的粗饭,顿顿饭缺不下肉吧?"

货郎笑笑,"大嫂这样说委屈我了。是村东头姓崔那一家要了些东西,说没有现钱,头天刚宰了猪,问我用猪肉换成不成。我心想来你家吃饭,哪能只用两个肩膀扛一个头。就用东西换了这条肉。大嫂怎样方便怎样做,我等着吃就是了。"又闪出古怪的目光。

刘香只得把肉拿进厨房,再次感慨着货郎的机敏、活泛。

"把货箱提进房里。"憨哥抓住货箱提绳,被货郎拦住,"吃了饭就得走,放院里吧。"

"往哪里走?这里要是城镇,你能寻上住店的地方。庄子里,你总得寻个睡觉的地方。睡我家里不是一顺梢吗?"提一只货箱进房。货郎兴冲冲提上另一个货箱跟进房内,又把立在墙角挂着拨浪鼓的扁担拿进房内。

有肉,刘香分一半做炸酱,一半配白菜、芹菜炒两个菜。上桌前,支使巧儿邀请北房奶奶过来吃两碗肉饭。

北房奶奶笑呵呵地来了。让上炕坐在中央。憨哥、货郎分坐炕桌两侧。憨哥见货郎盘腿坐在炕上依旧是挺胸拔背的端正坐姿,说:"看你坐炕样子,只在我们青海地面上做买卖吧?"

"我们陇西老家的很多习俗与青海一样。自小大人要我们吃饭坐端正,不得说话。"

"哦,你是陇西人,姓啥?"

"姓李,叫李英俊。十四岁离开陇西,先在兰州'鑫盛昌'当伙计。后来做起走脚买卖,家小安顿在兰州城里。"

"哦。"憨哥摆手礼让,"北房奶奶,多调炸酱。"转面对货郎说:"你也放开肚子吃,出门人,吃饱不想家。"

饭后,北房奶奶回去了。刘香坐在憨哥身后,听他和货郎暄板。借憨哥身影堵挡,从憨哥肩上望过去端详货郎。推想香娃成人必定与货郎同样聪明英俊,这个念想就固定在她心中。此刻,炕桌上的油灯从下往上照亮货郎的面庞,把五官泗出些虚幻的暗影。货郎不再是货郎,是已经成人的香娃,与父亲侃侃而谈,口齿清晰,语音悦耳。不禁用胳膊肘碰一下憨哥后腰,"你看货郎姑舅哥像谁?"

"像谁?"憨哥被这突兀的话问懵了。

"像不像我们的香娃?"

"这是扯不到一起的事!香娃是香娃,人家是人家,怎么会长得像?"

"我是说香娃长大成人,会不会像这位货郎姑舅哥一样聪明攒劲。"

憨哥嚅嗫着打量灯光里的货郎,"你是说香娃长大叫他当货郎?"

　　一股怨气在刘香心里波动。怎么这样呆愚!要是憨哥能有货郎的一半儿聪明,就不难领会她话里的意思。这一夜,半睡半醒的刘香心里总是晃动着两个人影。一会儿是香娃挑着货箱;一会儿是货郎摇着蛇皮拨浪鼓。一会儿两个身影重叠,片时又分开。影影绰绰虚虚幻幻,鸡叫三遍才淡远模糊成一团黑雾。

4

　　这日早起,憨哥说北房奶奶的老大约他同去中庄骡马市场选购一头骡子,早饭要去老大家吃。出门前对货郎说:"今晚要不走,再来我家睡觉,听你喧板。"

　　刘香瞪男人一眼。真是多嘴!货郎毕竟不是香娃,再留有什么必要!男人的话已出口,她一个女人家不好更改。心想今日五个母鸡少说能下三个鸡蛋,能够补齐换东西的鸡蛋数量。便打了三个荷包蛋,舀给货郎两个,舀给巧儿一个。

　　吃完饭,刘香得等货郎走了才能下地。巧儿先走了。刘香收拾完锅灶回到房里,货郎还坐在炕沿上发呆,没有行动的意思。不禁:"看你消消停停的样儿,几时才能卖完东西?尕庄是小地方,有钱汉少,你转上一半天也就够了。"

　　"不急不急,我想和大嫂说几句话。"眼里又有火苗闪烁。

　　"你是走脚买卖人,我是有家有口的庄稼女人,我们能有什么话说?"

　　货郎端详刘香严肃的面孔,"大嫂的眼睛这时候更好看了。是你的眼睛叫我多坐会儿。昨晚上你没睡好吧?眼睛里有了红丝丝。"

　　刘香心动一下。心细的聪明人,能从一丝一毫看进人的心里。

憨哥就没有这样的心眼!

"一夜没睡好,想谁了?"货郎的语气轻佻起来。

"想儿子了。"刘香躲着货郎炙人的目光。

"大嫂说的不是实话。从昨日你就一眼一眼地瞅我,瞅得我昨晚也没睡好,你咋能说想儿子了。"

"我想我儿子长你这么大,一定比你还要聪明攒劲。快去转你的买卖,我得割田去。"把挂在扁担钩上的拨浪鼓取下来递给货郎,心软了一下,觉得这样撵货郎走有些不应该。

货郎接住拨浪鼓愣一阵,揭开货箱,"不怕大嫂生气,你是我当货郎走村串乡见过的最叫我动心的女人。你的眼睛把我的魂儿吸进去了。从今往后我心里再没别的女人,你让我给你多说几句话吧。"要抓刘香的手。刘香本能地后退几步,感觉又见了贼打鬼,见了贼打鬼的嘴脸,"你再这样我就喊北房奶奶了。"声音是压低的,担心真被北房奶奶听见。

说要喊叫却没喊叫,让货郎产生错觉,以为是必然的半推半就。撂开拨浪鼓要搂抱刘香,"北房奶奶!"刘香躲开,同时高喊一声。

北房奶奶应一声,脚步声响过来。货郎慌忙蹲在货箱边佯装整理货物。刘香下意识整理衣襟和头发。北房奶奶进门就说:"我见憨哥、巧儿都走了,听你们唧唧咕咕地说话,心想,货郎为啥还不走。"端详刘香表情,"你叫我做啥?"

"货郎大哥要走,我问你要不要再挑几样东西。"

"你今日要离开尕庄?"北房奶奶审度装模作样整理货品的货郎。

已经镇定的货郎站起来,"你们尕庄我只转了一半,要东西的人多,今日还走不开。再说,我得多卖掉东西,腾出地方装鸡蛋。"笑起来,"甘家大哥叫我今晚再来他家睡觉。"

"哦,这样的话,你先去转,我得问问儿媳妇们需要什么,后晌再挑选。"坐在炕沿,看着货郎盖好箱盖,扎好吊绳,用扁担钩钩住吊绳,上肩挑出房门而去。便有疲沓的拨浪鼓声传来。

北房奶奶等刘香收拾好下地要带的东西,一同走出房门时说:"这些走千家门的人精得很,你要提防着。"

刘香躲着北房奶奶的目光点头。

5

整整一天,刘香脑子里交替浮现香娃和货郎的影子。她不时坐在捆子上发呆,没心思割田。货郎的机敏、活泛令她喜欢。人长得俊,五官是五官,身板是身板。自从做姑娘到嫁人做媳妇再到生儿育女做母亲,没有哪个男人让她如此吃在心里。是货郎的什么让她过目难忘?人的长相固然要紧,可真正打动她的,是货郎身上特有的那种性情。机敏聪灵、善解人意、自如洒脱。如果香娃长大成人能像货郎这般为人,该有多好。却不能让香娃做走脚买卖当货郎。见多识广固然好,却容易沾染坏习气。货郎的活泛和善解人意,是走千家门学到的,可同时也养成了轻浮浪荡的坏毛病。如果香娃长大成人也沾染这些坏毛病,岂不比现在更让她悬心。

傍晚收工走进院门,一眼看见房门一侧并排放着两个货箱,房里闹哄哄的,是几个男人争先恐后的说话声。细听,是憨哥、顺风耳、长腿,还有猪娃保。疾步进入厨房,巧儿在案板前扎围裙准备做饭,"姆妈,阿大叫我再做长面。"

"房里咋闹哄哄的?是你阿大叫来的?"

"阿大说货郎喧板受听,叫来几个人喝酒喧板。"

刘香觉得作为主妇应该先去房内向来客问好,却怕与货郎照面。转念,自己没做亏心事,怕他没有道理。况且长腿、顺风耳很少上门,不问不应该。

刘香的出现平息了众人的嘈杂。刘香一一问好,最后把目光盯在货郎脸上,看见对方眼里的喜悦加愧疚,想好的话一下子变成这样:"我们这里的男人都是干喝酒。你是远客,不清楚你们喝酒的习惯。我得用鸡蛋炒个下酒菜。明日给你的鸡蛋不够数,你别见怪。"

货郎及时接话:"大嫂咋想就咋办,客随主便嘛。"笑起来,笑得坦然又含蓄。

"人家买酒来的。"憨哥提起一瓶烧酒给刘香看。刘香这才发现还有两瓶立在炕桌边。

刘香回厨房炒菜。如果香娃在场该多好。

男人们轮流喝酒中间,猪娃保急于听新鲜见闻,趁憨哥斟酒时说:"狠人爸爸,你快叫货郎大哥讲故事吧。"

憨哥要货郎讲,货郎却说:"我先讲不对。我先讲成了喧宾夺主,让两位大叔先讲。"向顺风耳、长腿平端双手礼让。

"啥叫喧宾夺主?"猪娃保问憨哥。

"我也不知道他说的这是什么洋话。"憨哥把酒盅交给猪娃保,"给你包家爸爸敬酒,让他说。"

喝了敬酒的顺风耳解释道:"喧宾夺主就是客人话多,只顾争争抢抢说话,忘了是在别人家里。就是不懂礼貌。"

"礼貌是啥?"猪娃保明知故问。

顺风耳指着长腿头上已经失色变形的礼服呢帽子,"你宋家爸爸头上戴的就是礼帽。"

又一阵哈哈大笑。

巧儿端上长面,男人们洒洒扬扬地吃完,又缠着喝了一阵,长腿、顺风耳、猪娃保你扶我搀地摇晃着告辞而去。憨哥、货郎一边一个倒在炕桌两侧,鼾声大作。

巧儿撤下碗筷去厨房洗锅。刘香奋力挪动憨哥伸进炕桌下的一条胳膊,抬走炕桌,炕毡上洒了些菜叶面头。刘香伏在炕沿一点一点拣拾在手掌里。起身时被货郎捏住手腕。惊得刘香险些失口叫出声音。下意识扫一眼憨哥,醉死了一般。这才挣脱货郎的手,低声狠劲地说:"你要脸不要脸!"

货郎一骨碌坐起来,嬉皮笑脸地比画儿下,意思是憨哥醉得不省人事,他佯装喝醉其实没醉,这样做是为了与她相好一下。闪着火焰的眼里,有了恳求甚至哀求的柔蜜。

刘香羞愤难忍又不得不忍。也冲着货郎比画,指一下货郎,指一下门口的货箱,再指一下院门的方向,心里上蹿的羞恼之火不禁从嘴里喷射出来:"这两日我把你当作儿子一样喜爱、照应,你却给脸不要脸!再这样,现在就给我出去!"退站在面柜前,瞪着依旧嬉皮笑脸的货郎,努力让自己镇定。俗话说,母狗不翘尾,公狗难上身。是个家不自重,第一眼见货郎就禁不住把心里的喜爱从眼睛露出去,引惹得货郎痴心妄想。此刻受此羞辱,也是咎由自取。门外响来巧儿脚步声。刘香慌忙拿起扫炕扫帚,在巧儿进门的时刻说:"你下来,我把炕扫净,拉开被窝再睡。"

货郎乖巧地下炕,立在一旁看刘香扫炕铺被子,努力扑打心里腾起的那一片火焰。

这晚,睡在巧儿身边的刘香先是硬挺着身子一动不动,防止女儿从她的躁动不安猜出什么。后来辗转反侧没有一丝睡意。天亮把这事告诉男人,自认为狠人的憨哥,断不会轻饶了货郎,那就意味着自己把丑事张扬出去。不告诉男人,又该如何决绝地叫货郎离开,远走高飞。一想到货郎不过对她产生了痴妄之心,流露出隐爱之情,并没真正做出什么,又有了几分不忍。这么一个聪明英俊人儿,一旦从身边走开,再没有重新见面的可能。她如何弥补由她而开裂在他心里的这一道伤口?前思后想,眼泪洒湿了枕头。

绝早起来,打扫院落再打扫院外空场,等待男人起来。憨哥咳三喀四地出来,斜披着夹褐褂,脸上有轻微的浮肿。等憨哥解手回来,刘香叫住他,"人家是走脚买卖人,喝酒不让着点。今天再不能耽误人家的买卖。"

"酒是人家买来的,说明人家想喝酒。喝酒图个醉,不醉算什么喝酒!"

"吃完饭就把他打发走吧。我看得出来,这人尻子重,给他好话好脸,他就黏缠着不走。"

"那也得等人家多卖些东西,腾出地方,把该收的鸡蛋收全。出门人,多给方便是应该的,头磕下了揖作不下吗?"吐口黏痰要进门,又被刘香拉住。拉住男人不知怎么说合适,吭了几下,"你们男人喝醉酒胡做哩。"她希望憨哥像货郎那样机敏灵泛,立即领会她说这句话的用意。可憨哥迷迷呆呆,酒淹过一样不能灵醒。她忍不住说:"昨晚夕你喝醉不知道,货郎趁我扫炕捏了我的手腕。"

憨哥怔一下旋即释然,"喝醉的人,甭管。"

"他没喝醉。"话撵话说到这里,索性全说,"我看他是故意的。"

"故意的?你说货郎故意捏你的手?"憨哥微肿的脸上有了奇怪的表情。

"不管是故意还是醉了,今天得叫他走!给他的鸡蛋备齐了。你不能再留他在家里睡觉。我再没心思服侍他。"

憨哥盯视着刘香眼睛想了一阵,说:"人家坐我们家没白坐,又买肉又买酒,我们吃人家的肉喝人家的酒,完了就赶人家走,庄子里的人怎么说我们?今晚再叫他吃顿饭,算我们还账。"甩开刘香拉扯的手踏门而进。

饭后,刘香把备齐的三十七个鸡蛋端出来,"跟你换东西的鸡蛋你今早拿走吧。我们今日要去远地方割田,天黑前回不来。"

货郎欲说不说不及张嘴,憨哥却说:"婆娘们的话你甭听。我俩还没暄够。再说,吃你的肉喝你的酒,我们得好好地待应你一顿。后晌早点回来,在我家吃饭。"意味深长地扫一眼刘香。

197

6

刘香、巧儿走进院门闻见羊肉的膻香。北房奶奶家煮羊肉了。收割是庄稼人的重活,北房奶奶要犒劳儿子媳妇。进房门发现憨哥躺在炕上打盹,身边立着昨晚喝剩的半瓶烧酒。径直去厨房的巧儿噔噔噔跑进房来,"姆妈,阿大给我们煮了羊肉。"

刘香问男人:"哪来的羊肉?"

佯装打盹的憨哥撇一下嘴角,脸上分明是得意之色。

"你今天没去做活?"憨哥今天该去南台洋芋地做活。

"说好要给货郎还账,我去大庄买羊肉了。"坐起来抓酒瓶顶了一口。

刘香只得去厨房。锅口冒着不多的热气,灶里剩着残火,可见肉已煮绵,只等货郎来了舀碗上桌。推开锅盖,一股膻气直冲鼻孔。汤面上厚厚一层浮油。探下铁勺搅动几下,浮油散开,拳头大的肉疙瘩带着一指头厚的肥膘。顺势舀一口汤,就着铁勺尝一口,笑了,到底是不下厨房的人。

"怎么啦?"巧儿问。

"青盐下多了,花椒下少了。"取来装花椒的木匣,撮些椒粉入锅。想添水冲淡咸味,锅里已是半锅肉汤,再添水,味就薄了。回到房里问憨哥:"你下了多少青盐?"

"咸了吗?"

"咸得发涩。"

"不可能!"憨哥下炕穿鞋,"我只下了一撮儿,咋会咸得涩了。"到厨房舀汤尝一口,弹着舌头,"不咸不咸!再下点青盐才对。"伸手往瓦罐中抓盐,被刘香撕住袖口,"再下盐咸得吃不成。"

"胡说!哪有吃不成的道理!骆驼靠青盐过沙漠呢。"不管刘香阻止,又往锅内丢几颗青盐。刘香确信天天劳动出汗,憨哥的味觉失灵。

"阿妈,我先喝点汤汤吧。"巧儿的涎水几乎要流出嘴角。

"你想喝就舀一碗。"刘香去菜地摘芫荽,拔萝卜。

巧儿取碗舀汤,憨哥说:"这样喝汤太肥。你们姑娘家不能喝太肥的汤。你兑些开水再喝。"

锅里煮肉,后锅的水估计开了,可放到此刻成了温吞水。巧儿用铁勺把汤面的浮油掠开,舀半碗汤喝下,"太咸了!"

"咸一点有味道,好厨子一把盐嘛。"憨哥怪笑着说。

暮色罩下来,不见货郎回来。刘香希望货郎改变主意去别的村庄,又担心男人一片好意落空,"叫巧儿出去寻叫货郎吧?"

"寻什么?买卖人,卖够钱自会回来。我煮肉等他,他要皮谎不来,说明他心里有鬼。"

天擦黑,货郎来了。听说男主人煮肉招待他,感激之情盛满眼眶。再三再四送一把剃头刀给憨哥,送一把剪刀给刘香,送两个发卡给巧儿。

肉捞在掌盘端上桌。滴洒在盘沿和炕桌的肉汤顷刻间凝成一点一点的油脂。洒在碗里的碧绿芫荽,被浮油缠裹得不再碧绿。

转乏了也饿了的货郎吃出肉咸,喝出汤腻,出于对主人好意的尊重,没敢说出来。直吃得伸脖子打嗝,喝得挺肚子搓揉的时候,憨哥突然说:"货郎姑舅哥,你又买肉又买酒叫我心里过不去。今天煮肉待应是给你还账。现在账还了,就不留你在我家睡觉,你走吧。"

货郎愣了,"你这是……"

"我这是为啥,你心里清楚。快拿上你的剃头刀子、剪子、卡子快走。"率先下炕做出送客的架势。

刘香、巧儿愣愣不已。巧儿为父亲的突然变脸,刘香却为货郎担忧。天已黑透,尕庄人家吃得早又舍不得费灯油的人家,早已闩门睡觉。这时候叫货郎走,不是故意整人家吗?

货郎自知理短,默声打开货箱,把刘香换东西的鸡蛋放入箱内,默声挑担出了大门。

刘香不忍心,想说服男人留货郎过夜,又怕货郎扳住鞍子上马。忍住心里酸涩,目送货郎没入村巷黑暗中。幻想货郎经过谁家大门,正巧被出来解手的主人看见,叫进去留宿一夜。

憨哥重新上炕,从被卷后取出剩余烧酒,对瓶嘴顶了几口,哈着粗气给巧儿说:"快去厨房烧一锅酽茶,快!茶要尖尖的。"

坐在炕沿胡思乱想的刘香言不由衷地说:"这时候才知道肉汤太咸?"

"咸倒是小事。不快喝滚烫酽茶,羊油就凝在肠子里,胀死人哩。今日煮的是山羊肉,太肥的山羊肉吃下去就得喝酽茶消油。"

"我们喝酽茶消油,人家货郎……"刘香猛然明白憨哥的真实用意,"你是故意多下青盐的?"

"我是谁?我是狠人!我狠人的婆娘是由人随便抓挖的?"顶一口酒,"狗日的出去别喝冷水算他命大,喝了冷水……"

"这不是要整出人命吗?!"刘香顾不得许多,跑进厨房拉起巧儿奔出大门,"我俩分头追寻,你往西,我往东,寻见货郎给他说,千万千万别喝冷水。"

巧儿想细问原因,被刘香猛推一把,"快去!"

刘香小跑着寻了几条村巷,没有货郎影子。估计货郎已找到留宿人家,却不放心。心急口渴,嗓门快要冒出烟来。直追到村子东边去大庄的官道,依旧不见货郎影子。放心不下黑灯瞎火寻人的巧儿,折回往西寻找,终于在西村头碰见气喘吁吁的巧儿,"姆妈,没寻见。"巧儿的声音沙哑。

"你的声音咋这样?"

"肉汤太咸,又跑着寻人,又渴又急,嗓子哑了。"

"不管他了,快回家烧酽茶喝。"

"姆妈,你叫我寻见货郎叫他千万别喝冷水,为啥?"巧儿嘶嘶啦啦的嗓音让刘香听了害怕。

"今日吃的是山羊肉,油重,喝冷水会把油凝在肠子里。"

巧儿站住,"我渴得吃不住,喝了几口泉水,不要紧吧?"

"快!快回家!"刘香拉巧儿疯跑。

第十八章

1

阴天,一阵一阵山风吹来,香娃不时把手夹在腋窝暖一暖。川道起洋芋在霜降前后,早晚下地穿一件夹袄就成。可这里却像到了冬天。仓娃一家都穿着棉袄,徐四十五还穿了棉裤。扶着犁杖的徐四十五不时腾出手提一下裤腰。顺着犁沟拣拾洋芋的仓娃母亲和豆姐姐,弯腰把翻冒出来的黄白色宝贝疙瘩拣拾到背斗、提篮内。

香娃把双手夹在腋窝取暖。目光从凌乱的枯黄秧蔓移开,观看仓娃一家人的劳作。徐四十五补丁摞补丁的老旧棉裤,由于用力扶压犁杖而显出僵硬的双臂;仓娃母亲被风吹乱的头发;豆姐姐包住头发并遮住半个脸的细色头帕;牵着骡子笼头走在前面的仓娃高一脚低一脚的趔趄样子,让香娃惆怅。要在晴天,他会是另一种心情。此刻灰蒙蒙的天空,时紧时缓冷飕飕的西风,还有仓娃一家人默声劳作的忙碌身影,都给他添加沉闷的感觉,让他有了唱"少年"的念头。可他不能唱。豆姐姐再三强调,如果他不留神在仓娃父母面前露出一句半首"少年",他就别想再留在这里跟麻五哥学唱"少年"。他只能在豆姐姐单独带他出去挑水或做活时,才敢唱几声学得半生不熟的"少年"。只能在见到麻五哥哥时,才能让他纠正唱错的毛病。可豆姐姐单独领他出去的机会太少,十天半月不定能有一次。依此刻的心情,如果能放声吼唱几句该多好啊。

想唱不能唱,香娃只能在心里默念学会的"少年"。眼前的情景让他默念出这么一首:

尕马儿驮的是红楸子,
大骡子驮的是果子;
走访天下着配钥匙,
要开个心上的锁子。

香娃自觉成了欲雨不雨的天空,时缓时急的罡风,沟坎坡梁变化多端地起伏。感觉心在飞翔,飞得飘乎不定,飞得虚幻缥缈,飞得头昏目眩。

恍惚间,看见一只灰褐皮毛的老兔,蹲卧在一丈远的地塄一侧,定定地望着他,长耳抖立,嘴唇翕动,大约想吃洋芋枯秧上尚有水色的嫩叶。香娃小心伸出右手,向兔子勾动食指。兔子明白了,向前跳出一步,蹲下来看香娃勾手指,然后再跳前一步。当老兔距香娃五尺远近,一丛蓬乱的席芨草后,又闪出几只毛色更新更细的幼兔。香娃油然想起母亲。想起母亲香娃扭头,像母亲的豆姐姐正把一个洋芋从肩上扔进背斗,拽一下头帕,弯下腰去。就在此刻,香娃感觉有股嗖哨的风从高空响下来,气势凛烈。一个念头冒出的瞬间,香娃大吼一声跳起身子,俯冲下来的一只黑鹰,被他突兀的动作惊得刹住俯冲,掉转翅膀,飞羽拍在香娃肩头。香娃站立不稳倒下去的瞬间,闪眼看清老兔带领几只小兔箭一般纵跳远去,转眼不见踪影。高兴的香娃油然记起麻五哥教唱的一首"少年":鸽子飞了鹰没飞,鹰飞时翅膀响哩;身子回了心没回,心回时咋这么想哩。

香娃被鹰扑倒,豆姐姐扔下背斗仓皇跑来,却见香娃喜眉笑眼爬在地塄,洋芋枯秧在身下沙沙作响。

"吓死我了!"豆妹双手捂压住几乎顶破胸膛的心跳,"叫老鹰啄瞎眼睛怎么办？"

"它想抓兔娃，被我惊开了。"香娃心里溢满感激。像母亲的豆姐姐真如母亲一样关爱着他。

徐四十五见香娃没出意外，招呼守在牲口身边的仓娃和老伴，"下来缓一阵。"边装烟边审视拣开的叶秧，"拣得不干净！再拣一遍。把半黄半绿的叶茎全拣出来。"顿一下又说："缓一阵香娃给我牵牲口，仓娃回家取口袋，把你伯伯家的尕驴拉来，天黑前把起出来的洋芋收拾回去。"

"你叫我再拣一遍洋芋秧子。"香娃提醒一句。疲劳会让大人说话错三岔四。

"刚才没想到这一层。先给我牵牲口。秧秧撂在地里没人拿，洋芋得收拾干净。"

香娃发现豆姐姐递给他一束目光，觉得里边有话，痛快地应了徐四十五的安排。

2

这天一早，徐四十五同仓娃赶着驮洋芋的三个牲口上路。对送出大门的仓娃母亲说："来去得四天，叫香娃把羊挡好。"

香娃听说要他顶替仓娃挡羊，对仓娃说："把你的抛儿给我。"

"抛儿在东房南头粮食仓仓上搭着，你挡羊拿上就成了。"回头说话的仓娃使劲睁着燕麦粒似的小眼。

豆姐姐给香娃加一件皮褂，把装着干粮和沙瓶的布袋挎在香娃肩头，替他从圈内放出十三只山羊，陪香娃走出村巷，"你赶羊先走，顺着担水路走到苦水沟口，再往野狐梁那边赶，等你赶过野狐梁到了雁儿岭，我就能撵上你。"

"麻五哥哥今日也去雁儿岭吗？"

"你走你的,我会叫你见到麻五哥哥。"豆姐姐有点心神不宁。

香娃学仿仓娃样子,让羊们走在前面,他跟随其后,手里抡着抛儿。不时喊一声:"尕黑!"领头但不太循规蹈矩的尕黑就从陡直的路坎跳下来,走在众羊前梢。走不多远,尕黑攀上路左的土崖半壁,立在突出的土塄上面,探头寻看下一步落蹄的地方,像在卖弄攀爬陡峭崖壁的能耐,招惹其他羊们停下来向它观望。

"尕黑!"香娃喝吼一声,同时把抛儿抡得呜呜呜作响。

走走停停,从苦水沟口拐上东边的野狐梁,梁坡上半枯半绿的杂草引开了羊群,边啃边走,香娃只能随着。天气晴好,一溜一溜的卷云悬浮半空,四野静得只能听见羊们啃草的声音。香娃想起母亲,想起北房奶奶,下院新嫂,想起猪娃保,推想未曾见面的舅舅。这些念想如一阵风,掠过时没留下什么踪迹。卷云一样总在天上悬浮的,是对豆姐姐和麻五哥哥的眷恋。十数天没见到麻五哥哥。豆姐姐让他赶羊来雁儿岭,估计要在这里会见麻五哥哥。

羊走散了,尕黑走得最远,停在西边高坎,似要把羊们引向西去。香娃找一块鸡蛋大的硬土块,兜在抛儿窝,学仿仓娃抡起来,抡得呜呜呜发响时刻,松脱食指钩住的小环同时朝着尕黑抖一下抛绳,干土块飞出去,没打中尕黑犄角却打在尕黑腰际。香娃有点沮丧。尕黑明白了他的意思,跑过来带领羊们朝东行走。香娃高兴,小声唱起学会的一首直令:

袖筒里筒的千里眼,
拿起了看,
远山(哈)照成个近山。
远走的骆驼高飞的雁,
你站一站,
给我唱下个"少年"。

太阳一竿子高,香娃和羊们到了雁儿岭。太阳爬到头顶,不见

豆姐姐来,也听不到她用"少年"给他传送消息。香娃猜测豆姐姐迟来的原因,倍感孤单,不禁大声吼唱不甚熟练的白牡丹令:

> 白银子做下的挖耳子,
> 纸捻子绾了个系子;
> 天下的黄河(哈)探到底,
> 人心里探不出底子。

香娃对自己的歌声不满意。干涩短促,没有持续不断时起时伏的绵长气韵,没有叫人听了心头发颤的声势。他想重唱一次,尽量把声音拖长、起高。却听见雁儿岭下苍绿中透着紫红的沙柳丛中,飘飞出回应的"少年",麻五哥的声音。

香娃朝岭下沙柳丛奔跑,又猛地刹住脚步。羊们分散在岭坡,不能撂开它们不管。他高一脚低一脚退着上坡,目光在沙柳丛中搜寻。麻五哥、豆姐姐不着急出现,令他好奇、生疑。回头看,羊们悠闲地吃草,不慌不忙。草坡上半黄半绿的杂草和剩余的碎小野花,被太阳晒得睡着了。

香娃又朝坡下走。走到能看见麻五哥哥又可以照看羊的地方,唱上两声,在沙柳丛说话或者拣拾柴火的麻五哥,就会知道香娃多想见他。

越过一道草坎,香娃愣住。沙柳丛中有人影晃动,像爬伏在地上抓捕什么,腰背一起一抬的。香娃下蹲,下蹲是为了看得真切一点。一眼看清,爬着的麻五哥光着双腿,身子下压着豆姐姐。麻五哥白光光的尻子猛抬猛落地夯冲着,夯冲着身下的豆姐姐,夯冲得豆姐姐大呼小叫声音格外奇特。

香娃愤怒!豆姐姐说错话做错事也不该受这等欺压。可欺压、争讲、扭打,脱了裤子做什么?疑惑粉碎了香娃的愤怒,下意识觉得这两人在做见不得人的丑事!恼怒中陡然暴出强烈的羞愤。左右看几眼,拣一块鸡蛋大的石头,装进抛窝,呜呜呜地抡起来。

他要打中那个丑陋的尻子。叫它知道,大天白日做丑事招惹了石头!

抡欢的抛儿在适时的抖脱中抛射出石头,偏了,击在麻五哥脖颈。麻五哥跳起来穿裤子。香娃飞跑上坡顶,一骨碌滚入乱草蓬乍的洼坑,喘着汗津津的粗气。

足有一顿饭工夫,爬得心焦意乱的香娃心里空洞难耐,一拳砸扁草上爬行的一只蚂蚱。一双脚显在眼前,接着豆姐姐的声音:"香娃。"

香娃磨蹭着坐起来,眼睛只看豆姐姐的脚面、裤角,心跳得咚咚乱响,脸上烧乎乎的。像母亲的豆姐姐背着他,背着仓娃,背着仓娃父母与麻五哥在野地里做丑事!他不想看她的那张叫他羞得发烧的脸。可豆姐姐蹲下来,把那张让他惧怕的脸往他眼睛里塞填,逼他不得不看一下,发现红扑扑脸上是泪汪汪的眼睛。这泪汪汪的眼睛更像母亲的眼睛。像汪了一肚子苦水,一肚子怨怅,一肚子不得已。香娃心软了,眼眶胀胀的。

豆姐姐坐在香娃身边,把拒绝搂抱的香娃搂抱在臂弯,抚摸他的头发、脖颈、脊背,许久才说:"你不该……"不该什么,没说出来。

香娃转动被豆姐姐揽抱在臂弯的头脸,从她胳膊下看见麻五哥坐在一丈远的地方,望着山坡下的沙柳丛,右手揉压着脖颈。

"你不该用抛儿打麻五哥哥。你把他脖子打肿了。"居然轻笑一声,"香娃的抛儿打得好,可不该打你的麻五哥哥。"

委屈的香娃用哭音说:"谁叫他欺侮豆姐姐。"想说:我要打他尻子,打歪了。觉得难为情,没说。

豆姐姐再次轻笑一声,"麻五哥哥没欺侮豆姐姐。你还小,有些事不明白。等你长大就知道了。"见香娃平静下来,"去,给麻五哥哥唱你学下的'少年',让他听听唱得对不对。"

"不!我不唱。"香娃把脖子拧得麻绳般粗硬。

"是今日不唱还是永远不唱?"豆姐姐捧起香娃下巴审看他的眼睛。

豆姐姐的眼睛又成了母亲的眼睛。这么近这么耐看,像深不见底,被一层雾气笼罩的潭水,从潭底往外荡漾的波光拍击着香娃心房,不禁把头脸偎依在豆姐姐怀里。他想说永远不唱,又觉得不能这样说,只用脸颊蹭着豆姐姐鼓鼓的胸脯。

豆姐姐对坐在一边的麻五哥说:"香娃今日不想唱'少年',你回去吧。"

香娃偷眼观看站起来的麻五哥。他左耳后的脖颈红亮着鼓起一个包,香娃心里既高兴又懊悔。"他们四天才回来,你看着办。"

麻五哥无声地走了,下到坡底,用"五屯令"送上来一首"少年":

园子里长的是绿韭菜,
不要割,
就叫它绿绿儿长着;
尕妹是阳沟阿哥是水,
不要断,
就叫它清清地淌着。

尾音还在草坡上缠绵,豆姐姐应唱起"拔草令":

歇地里长下的草甭拔,
麻雀儿抱两窝蛋里;
阿哥走时魂留下,
给尕妹做两天伴哩。

颤抖的尾音被起伏的山坡、坡后高巍的石山、石山上缠绕的云彩渐吸渐微,只剩下空寂的天地。麻五哥成了一豆黑影,被苍黛的草色淹没。豆姐姐收回远送的目光,"香娃,你怪姐姐不?"

香娃无从应答。

"你在这个家坐了两个多月,没看出我这个媳妇是咋当的吗?终日被抠皮公公训着,守着个不明事理的尕眼睛男人,心里的愁怅、委屈只能给麻五哥诉说。麻五哥是我最知心的相好。"

香娃想说:相好就该畜生一样大天白日野地里做丑事吗?意识到这样说会让豆姐姐生气,忍住没说。

"既然香娃知道了,豆姐姐就不再瞒哄香娃,只求香娃别把今日看到的说出去,成不?"

香娃企图想一想再应答,却点了头。

"好香娃!我这辈子会记住香娃。"

3

豆姐姐问香娃:"今晚想不想去东房睡觉?"长睫毛把一束目光挑给婆婆。

香娃不敢直接回答,把目光投向仓娃母亲。家里剩下三人,去东房睡觉得征求仓娃母亲同意。

"叫香娃给你做伴儿吧。"仓娃母亲明白了豆姐姐的意图。

徐四十五在家,尽量不点灯睡觉。今晚豆姐姐点了油灯,把灯火苗挑得亮亮的。扫炕,把纳了半截的鞋底放在手边。豆姐姐仔细打量灯光里的香娃,"香娃世得实在俊。看你模样,我猜想你阿妈长得跟画儿上的人一模一样。"

"我阿妈长得像你。"香娃也觉得灯光下豆姐姐的眉眼更像母亲的眉眼,尤其眼睛,扑闪扑闪得让他以为在梦中见了母亲。

"你阿妈有你阿大做伴。可没人给我做伴,我像你阿妈也是干像。"

"仓娃不是你伴儿吗?"香娃说这话感觉别扭。仓娃怎么会是豆姐姐的伴儿!

"平日里有仓娃,主要是有仓娃父亲,这院里就没什么可害怕的。今晚他俩不在,多亏还有香娃。要不,我会害怕得睡不着。"

香娃的眼睛问道:"害怕啥?"

"我们山堖堖村不比你们川里尕庄。时常有狼、野狐跑到房背后喊叫,跳进圈里咬死猪羊。平日有仓娃父亲,由他给全家人壮胆。今晚要有狼来,香娃怕不怕?"

香娃想起迷路走进沟堖那天见过的三条狗一样的狼,觉得不怕,又觉得不能这样说。

豆姐姐笑了,"我知道香娃也害怕哩,就叫了一个伴儿,你猜,我叫谁了。"

香娃脑子里冒出麻五哥影子,"你叫了麻五哥哥?"

"香娃真是机灵娃娃!有麻五哥给我们做伴,别说是狼,就是老虎狮子来了都不害怕。今晚上你、我、北房里的,都能睡个安稳觉。"

香娃朦胧感觉豆姐姐叫来麻五哥还有别的事做。可麻五哥哥能来做伴毕竟是好事,"你给北房里的说了?"

豆姐姐忽闪着眼睫毛,用手指点一下香娃鼻尖,"这一下香娃又不机灵了。叫生人来,能让北房里的知道吗!我叫麻五哥迟点来,明日早些走,北房里的就不会知道。这事只准你我两个人知道,别给北房里的说,成不?"

香娃不知该点头还是不该点头。沙柳丛中麻五哥光着尻子压在豆姐姐身上夯冲的情景又显在脑子里。今晚上来了会不会又要那样夯冲?好奇心让香娃认为应该仔细看看他们夯冲的样子,于是点头。

豆姐姐安排香娃睡在靠墙一头,给香娃盖一件皮袄,"被儿留给麻五哥哥。"吹灯,低声说:"你安静睡着,我得等麻五哥哥来了给他开门。"

香娃决定假装睡着,等待麻五哥来了听他们说什么做什么。

他被自己的谋划搅乱脑子,时儿混乱时儿清晰。混乱时,满脑子麻五哥红肿的脖颈;清晰时,满脑子起起伏伏夯冲的白森森尻子。一种奇怪的感觉从心底向周身蹿动,令心房紧骤骤、命根热乎乎,感觉被下院新嫂朵秦氏揣着,捏着,把手掌的潮热绵柔,四指的灵动变成说不出的舒坦传遍全身,使得心里急迫迫麻酥酥。他想翻身,却怕豆姐姐发现他装睡,硬忍着不动。

豆姐姐不时把耳朵贴近窗户听着动静。不知过了多长时间,下炕趿鞋出去了。香娃慌忙翻身,盘算如何看清他们的行动还不让豆姐姐发现他在偷看。及时发现,板硬的皮袄袖筒从袖根到袖口是个空洞,能从袖根望见袖口外的东西。香娃暗喜,把皮袄顶在头上,用一手扶住袖筒使它保持中心空洞。片刻,听到脚步声响进房内,慌忙把眼睛贴近袖根,袖口外的景象果然进入眼睛。只见两条身子黏在一起,一阵舔吸什么或者吮咂什么的声音,而后成了低声的说话:"给,冰糖。"袖口外显出一块白布手巾,手巾上放着几疙瘩冰糖。"你的舌头比冰糖甜。"这是豆姐姐水渍渍的声音,"我把香娃叫过来睡,北房里的就不会疑心。""香娃睡实了没有?""娃娃们,头挨枕头就睡实了。""我看这尔娃心眼多,看把我脖子打得还没消肿。""我把我俩相好的事全说给香娃了,要不敢叫你过来吗?"

一阵急迫的动静,袖口外白光光地显出豆姐姐的一截身子,接着是哼哧哼哧的喘息,接着是豆姐姐似哭非哭的啼喘呻吟。香娃轻轻挪动袖筒,看见麻五哥的半条大腿。再挪袖管,是麻五哥鼓突的尻子,正一起一落地夯冲着。夯一下,豆姐姐的腿往起翘一下。香娃恍惚起来,恍惚听见了母猪寻窝的哼哼唧唧,听见了老牛拉犁的粗喘,油然记起牲口配种时那慌迫的躁动,草驴被叫驴骑压后嘴唇的着劲颤嗑。心里的麻酥向浑身传染,命根又被下院新嫂潮热的手握捏着前拉后推,在绵柔的手心里膨胀……香娃顿然明白,那一晚父母光身子扭压为了什么,明白当童养媳的豆姐姐为啥见不得仓娃。

尽量收敛却收敛不住的响动终于平息。袖筒口白光光的肉身被被子遮盖,然后是唧唧哝哝的说话,很轻很低又绵长不断,弄得香娃眼皮越来越沉,越来越沉……

4

一只大红公鸡站在房顶昂首啼鸣。嘹亮声音变作抛儿甩出的石头,击在香娃心口。惊恐着醒来,天已大亮,公鸡在院里啼叫。掀开皮袄坐起来,炕上什么也没有,被儿叠放在炕角。

香娃重新躺倒,胳膊伸入皮袄袖筒,回想昨夜情景,恍如做梦。院里有脚步声来去。片时,脚步声响进房内。香娃慌忙用皮袄捂住脑袋,装出没醒的样子。豆姐姐掀开皮袄,"香娃醒来,天大亮了。"

香娃第一眼是豆姐姐容光焕发的面庞,嘴唇红润如雨后樱桃。尤其是眼睛,明纠纠光彩四射。香娃以为见了母亲。母亲高兴的时候眼睛就这么明亮,明亮得如同没有一丝云影的天空,让他的心情也高远起来。

香娃边穿鞋边想,豆姐姐给他讲古今那晚上,不点灯睡觉,天亮起来脸色灰灰,眼皮有点浮肿。昨晚几乎没睡,咋这般精神?又发现豆姐姐走动时脚底生风,轻巧灵快。就相信麻五哥哥有什么魔法,让豆姐姐变得如此焕然一新。

饭后,豆姐姐帮香娃把十三只羊赶出羊圈,将装干粮和沙瓶的布袋挎在香娃肩上,说:"昨晚麻五哥拿来的冰糖,我把两疙瘩装在布袋里,你今日挡羊有吃头了。"明纠纠的眼里溢出很多要说却没法说的话。

"麻五哥哥今晚还来吗?"香娃情不自禁地问。用皮袄袖筒偷看豆姐姐与麻五哥做丑事,会叫他体会一种从没体会过的奇异心情,会让他享受下院新嫂揣捏鸡鸡的那种奇异的舒坦。

"还来。"

这晚上麻五哥真的又来了。

"今晚上还来不来?"香娃问赶羊出圈的豆姐姐。他有了莫名的烦忧。认为麻五哥不该再来。偷看了两次,再偷看不应该。

豆姐姐的回答却是:"来。"

傍晚,香娃甩着抛儿,把尕黑带头顽皮一天显得有点疲沓的羊们赶回家时,大门外的断碌碡上拴着一头骡子两头驴。骤然紧张起来。徐四十五说来去需要四天,却在第三天回来了。豆姐姐早上送他,说麻五哥今晚还来,这可怎么办?

圈好羊走进院子,北房里嘻嘻哈哈地说笑着。提前回来又这么高兴,大约今年兔儿坡的深眼窝洋芋卖了好价钱。香娃的揣测得到了证实:"香娃,达达给你买了个巴郎糖儿。"徐四十五把一个桃红颜色带着细木把的扁圆形水果糖拿在手里,手指捻动木把,糖块绯红绯红地转了几下。

香娃走近炕沿接住,"多谢达达。"

徐四十五对坐在炕桌另一侧的仓娃说:"听见没有?香娃多有礼行。"

仓娃朝父亲眨几下燕麦细眼,继续玩弄手里的一截红头绳。

端茶进来的仓娃母亲对仓娃说:"再抚弄就把头绳弄脏了,快放你房里去。"

仓娃朝母亲眨两下细小眼睛,下炕去了东房。

香娃心想,红头绳是仓娃买来给豆姐姐的。

晚饭做的是长面。徐四十五连吃四碗。仓娃、香娃都吃了两碗。香娃还想吃半碗,可心里压着麻五哥晚上要来的事,不敢再吃了。豆姐姐一直在厨房里忙着,想问豆姐姐怎么办,总没机会。

饭后,徐四十五一边抽烟喝茶,一边给仓娃母亲数说卖洋芋经过。窗纸越来越暗,"点了灯再给我说。"仓娃母亲下炕要拿油灯,被徐四十五阻止,"话是听的,不是看的。等厨房收拾完毕早点睡。乏了几天,仓娃得早点缓下。"

豆姐姐却在窗外请示:"阿大,缸里没水了,我去担一担水吧?"

破天荒的事引起徐四十五的疑惑,"天黑了,往哪儿担水去?!仓娃忙了几天,不知道服侍仓娃早点缓吗!"用探审的目光扫视仓娃母亲和香娃。香娃心虚,慌忙低头。徐四十五给婆娘下令:"去,把大门闩牢!"

院里迟迟畏畏的脚步声响进东房。

扫炕拉铺,仓娃母亲给徐四十五说:"你们走掉这几天,我叫香娃给仓娃媳妇做伴。"转脸对香娃,"今晚有仓娃,你不用再去东房。"

睡倒不及半袋烟工夫,徐四十五的鼾声如同破车爬坡,响得一声比一声难听。香娃希望闪电打雷下暴雨,希望麻五哥被家里急事绊住。硬睁着干涩的眼皮等待动静,却悄无声息。

5

香娃被徐四十五叫醒,"背上背斗拾粪去!"

香娃揉着眼屎糊住的眼睛去角房取背斗,庆幸这一夜平安无事。提着栽把扫帚的仓娃母亲敲两下东房北头窗户,"仓娃媳妇,你不是说缸里没水吗?该担水又躺着不起来。"房里没有反应,又使劲敲两下窗户,"起来担水去!"

依旧没有动静。仓娃母亲望着窗户愣一阵,继续扫院坪。香娃寻见粪叉出大门。仓娃母亲扔下扫帚再次敲东房窗户,"仓娃!仓娃媳妇!三番五次叫着没听见吗?"

依然没有回应。仓娃母亲推开房门进去催叫,惊叫一声疯跑出来,"仓……大……大……"吼哭起来。

徐四十五仓皇跑进东房,呆住了。仓娃趴在炕上,头耷拉在炕沿外,脖子上吊着抛儿毛绳。右胳膊伸在一边,手里捏着剪刀,左胳膊蜷压在身下。毡上糊着一摊血迹,一堆血污的麦麸皮,炕沿地下也是一摊血渍,炕上凌乱不堪。

"仓娃!"大抖大颤的徐四十五上前检视仓娃,将木头般僵硬的身子扳成仰面朝天,酱紫色肿胀失形的脸上,豌豆般圆突的眼白鼓出细窄的眼缝。"天哦!天哦!"徐四十五疯癫地拍打自己的头颅、胸膛,满院吼喊:"天哦!天哦!"

近邻被异常吼喊惊动,过来察看究竟。接着叫来庄老。紧接着,前来安抚活人的村民挤满院落。庄老指派两个精壮后生骑马去鲁沙尔警察分局报案。

晌午刚过,派去报案的村民同四个县衙公人骑马赶来,两个背长枪一个挎短枪。大门外下马,院门里外、墙头上下、房内房外察验一圈。三个穿黑制服扎白绑腿的分局警察分头叫村民问话。戴黑礼帽,穿对襟黑缎袄,脚蹬长腰皮靴的中年长官分别把徐四十五、仓娃母亲叫进北房询问情况。

两顿饭工夫,长官从北房出来,叫人搬来机凳,坐在北房台沿,玩弄着手里的鞭子从容吸完一支卷烟,从裤兜抽出洁白手绢仔细揩嘴,给香娃招手,"你过来。"

在厨房门口发呆发愣发抖的香娃,没有引起村民们留意。此刻被长官传唤,吓得双腿打战迈不出步子,惊恐地望着长官鹰一般冷凛的眼睛。那是能看穿人的五脏六腑的眼睛,闪出的目光比刀锋还要锐利。香娃感觉被刀尖顶住心窝,大抖大颤身子似要缩成一只老鼠。

"别怕,你过来。"长官再次招手,语气温和。香娃被两个老成妇女扶推着走近长官身前。长官继续抚弄着马鞭子。从进门到现在,鞭子一直捏在长官手里,时而背在身后,时而拿在腹前,抚弄习惯无法丢手的样子。长官把玩鞭子的专注,吸引所有村民的眼瞳。这是不同于一般马鞭的软把长梢皮鞭。鞭把是六股牛皮条拧成的一尺长短的软把,可以两手折弯成半圆弧形。鞭梢是牛皮条拧辫的,一截一截叠折成鞭把一样长短,同鞭把一齐捏在手里。看那叠折的圈数,有鞭把的十倍长短。

双腿颤抖的香娃努力站在长官身前。长官的鹰眼咄咄逼人,神态却是友善的,"别怕。"温和的口气,"我知道你是平安驿尕庄人,要去贵德寻阿舅走错路,被这家大人从狼口救下留住在这里。这家大人是你的恩人。现在恩人的儿子被人杀害,你知道什么,告诉我,我们要把杀害你恩人儿子的凶手抓捕归案。你别怕,知道啥说啥。"

香娃颤抖得更加厉害,想说又不敢说,恐惧而鼓突的眼仁盯着长官手里的鞭子。

"你别怕,我们知道你是个孩子,什么也没做。"把香娃揽在叉开的两腿间,抚摸他的头发、肩背,"不敢说先别说,看我给你耍个把戏。"鹰眼扫视院落中默立的村民,最后把目光定在北房与西房房檐交错的角落。众村民看见,那儿有一张蜘蛛网,网中心盘踞着一只蚕豆大黑褐色天狗,一动不动。众村民既纳闷又疑惑地把目光从天狗身上移回长官脸上时,长官推开香娃起身,右胳膊一扬一抖,一声尖锐霹雳,电一般闪出去的鞭梢已把蜘蛛网击破,天狗坠落地上。不等村民反应过来,第二声霹雳中,鞭梢击中欲要逃遁的天狗,瞬间成为一摊黑血。

众村民看得瞠目结舌,惊呼的勇气都没有,齐齐地望定香娃。

香娃神差鬼使,把所经所见一一数说出来。说完最后一句,身子不再颤抖。

长官再次抚摸香娃头发、脖颈,"你是好孩子。我当着村民们给你保证,等抓住凶手,落实案情,我送你去贵德见你阿舅。"

香娃哇的一声哭起来,"我不去贵德见阿舅,我要回尕庄见阿妈。"

"好好好!我会把你送到尕庄交给你母亲。"长官给庄老、徐四十五交代必办的事项。在众村民拥护下出院门,接住村民递上的缰绳,认镫上马,同四名随从飞驰而去。

村民们渐渐走稀,留下几个妇女守护瘫睡的仓娃母亲。庄老同几位老成村民商讨埋葬仓娃事宜。香娃独自呆立北房檐下,死盯着东房房门、窗子,钻心的痛楚一阵一阵传遍四肢。他恨豆姐姐,恨麻五哥。为了当相好,竟然把同他一般大的仓娃弄死。他后悔走错路来到山垴垴村,后悔见了像母亲的豆姐姐,后悔爱听"少年"又认识麻五哥学唱"少年"。

"少年"!"少年"!都是"少年"惹的祸!

香娃把目光定在长官击毙天狗留下的血痕上面。已经晒干的血污令他恐惧又狂想不已。一个活物一瞬间成为一摊血污。在如此厉害的长官眼前,豆姐姐麻五哥会躲到哪儿去?他恨他俩,却希望他俩躲到远天远地的角落,永远别让长官捉拿。

第二天后晌,庄老率领村民掩埋了仓娃。

6

徐四十五磕掉烟灰,对愣站在炕沿前的香娃恶冲冲地说:"要吃个家吃去,没人伺候你。"等香娃挪动步子又说:"吃肚子想好,是赶羊出去,还是给羊割草去。"

香娃去厨房舀一碗开水,拿一个油花坐在灶门前,一口开水一口馍馍安抚空得咕咕直叫的肚子。想好把羊赶出去挡,比闷在家里好。

香娃把晌午要吃的油花装入布袋,沙瓶灌了开水,挎上布袋要走,被徐四十五堵在院里。撑开袋口看一眼,凶凶地说:"早饭吃了油花,晌午又拿油花!把油花放下!装几个煮洋芋。"香娃怯惧着回厨房,把油花换成煮洋芋。徐四十五再次验看,嘟囔着:"你说我把你领到家里图个啥?"盯着香娃走出大门,突然喝道:"挡羊不拿抛儿,你浪观景去?"

香娃这才记起该拿抛儿。转身往回走,倏忽记起抛儿被鹰眼长官拿走了,"抛儿被长官……"

徐四十五暴跳起来,"狗日的们!"指头直指香娃,小眼睛瞪得空前溜圆,在原地跺脚转几圈,扑向东房撞在门扇,才想起房门被他扣住。疯魔般扑进厨房又跑入北房,拿出一盘麻绳和几截断损毛绳摔在香娃脚前,"抛儿!抛儿!没抛儿不能挡羊吗?有本事个家做一个抛儿!"

香娃望着脚前的绳索,明知徐四十五不是给他发脾气,却忍不住哭起来。

"他大大……"北房窗户透出仓娃母亲的哀叫。

徐四十五呆望抹眼泪的香娃。许久,伸开巴掌抚摸香娃头顶、肩头,嘟囔着:"你说我把你领到我家里图个啥?"揩一下眼窝,"去吧,操心好孞黑,羊羊丢不了。"拄着香娃肩头走出大门,替香娃打开圈门,嘟囔着:"孞黑你知事些,别由性子乱跑,听香娃的话。"

香娃尾随十三只山羊,心神恍惚地走着。总觉得甩惯了抛儿的手空得难受。捡起路边一条半枯的树枝,抡甩几下,心里才好受些。他认为再不该留在徐四十五家。认为可以悄悄地走掉,问路去孞庄或者去贵德。可长官鹰一样锐利的目光总在头顶上闪着,那击毙天狗的长鞭子更让他胆寒。再说,他眼前出现了三条以为是狗的狼。出现徐四十五抡着火绳从草坡呐喊着冲下来的身影。扔下救了他的孞黑和徐四十五逃走,对不住他们。何况长官答应,等抓住麻五哥豆姐姐,要送他回孞庄见母亲。一想到豆姐姐被抓,心疼起来。

今天的尕黑不再是往日的尕黑。一直低垂着脑袋不紧不慢地走路,不再故意摇晃犄角,好像找不到抵顶的对手犄角闲得难受;也不再夸耀攀援本领,跳上土坎或者立在陡峭的崖壁中间,用抛儿吓不动它。有尕黑压着,别的羊们不再撒野,老老实实跟着尕黑到了草坡,互相挨挤着寻找口食。多半时间想吃不想吃地呆站着,让拂过地皮的冷风把羊胡子吹得一卷一抖。晴天多云,太阳不再亮得耀眼,天空不再蓝得透明。偷偷摸摸的云朵从头顶移过,草坡就暗灰灰地如同病人的脸色。半枯半干的乱草也如病人的汗毛,毛瑟瑟地传达着内心的酸楚烦乱。

眼前这些失去光彩的景致,这些突显哀伤的气象,针一样扎刺香娃酸涩的心灵,使涨满心窍的纷乱情绪汇缩成一个气团,在周身游走、冲撞、寻找出路。他感觉只要张口吼一声,唱几句,这些气团就会发散出去。要唱的只能是"少年",可"少年"是麻五哥教的,是用抛儿绞杀仓娃又把豆姐姐牵扯进去不知去向的麻五哥教的。他纵然被气团涨死!闷死!憋死!也不能听凭他的教唆,吼什么"少年",唱什么"少年"!

香娃捶打自己。哪儿难受捶打哪儿,哪儿憋屈捶打哪儿。只要把周身游走的那个气团捶打粉碎,就不会有吼叫的念头,不再有唱的欲望。他的奇怪动作引得尕黑凝望着他,别的羊们也学仿尕黑凝望着他,忘了吃草。香娃得了些安慰,满心感激地回望尕黑和羊们。发现一丛席芨草后有几只野兔,蹲坐起来直直地望着他,耸立的长耳朵抖动着。兔子头顶,一只百灵鸟停在虚空扇抖着翅膀。奇怪的是,往日停在虚空抖翅膀,同时要婉转地鸣叫,可此刻却哑着声嗓。香娃隐约觉得生灵们受了惊扰,有了忧怨,顿时哭泣起来,抽抽泣泣,任眼泪尽情地流洒。尕黑同羊们慢慢地向他靠拢过来。百灵飞走了。草坡顶端出现一只火红的野狐,来来去去转走着,拖着火炬一样的丰硕尾巴,尖尖的嘴巴一直朝着香娃。香娃揩掉眼泪,定睛观赏那只美得叫他心颤的狐狸。狐狸感知了他的心情,脸朝他蹲坐下来,一动不动。嘎、嘎的雁叫传来。狐狸抬头望向天空。香娃也抬头望向天空,一队人字形雁阵从西北方向游来,游过他头顶,向东南方向游去。嘎、嘎、嘎,给他一声接一声的哀告。随着渐远渐弱的叫声变成一字队形,汇入青灰的天空。

青灰天宇吸住香娃目光,让他看到青灰中透洇出青白,青白里洇显出青紫,青紫中洇散出褐灰……眼前暗成黑灰,才意识到有人站立在他的眼前。

"你呆呆地看啥?"原来是徐四十五。

"看天。"香娃的声音水水的。

"看天?天有啥看头?"徐四十五朝香娃张望的方向张望,东南天空积了厚厚的云堆,别无他物。"眼看天黑了,不见你回家,我寻你来了。"语气软软的,布满血丝的小眼睛蓄着哀怨的慈善。

"我没知道天黑。"香娃这才想起煮洋芋还在布袋里,可他没觉得饿。

徐四十五轻喝几声,尕黑和羊们聚拢在香娃身边,跟随回家。徐四十五又嘟囔起来:"我知道天爷把你交给我是啥意思了。天爷早知我家里要出人命,把你交给我,是叫你给我家做干证的,是叫你顶替无常的仓娃……"手掌压在香娃头顶抚摸他的头发。尕黑咩了一声,羊们跟着大叫不已。

7

转眼一个月。

"快起!今日我们去鲁沙尔。"香娃被徐四十五推醒。

香娃刚刚穿好衣裤,仓娃母亲把热茶、炒面端上炕桌。大病一场刚能下炕走动的仓娃母亲早起烧茶服侍男人吃饭,可见今日去鲁沙尔不是小事。

"今日去鲁沙尔两件事。"徐四十五对疑惑的香娃做出解释,"昨后晌庄老来家里通知,长官要我把你送去鲁沙尔,由他送你去平安尕庄见你阿妈,这是第一件。第二件是仓娃阿妈的汤药少一个药引子。今日去鲁沙尔抓这个药引子。有这药引子病能大好。"

一股沉涩的喜悦在香娃心里起伏。要去尕庄见母亲了。跟着喜悦的却是惊恐,鹰眼长官抓住了麻五哥、豆姐姐?

三人来到村口,庄老的儿子拉着两匹马等着。徐四十五同香娃骑一匹,另一匹骑了庄老儿子与病弱的仓娃母亲。

太阳两杆子高,两骑四人来到蚂蚁沟口的河滩地。这里聚集着数百近千的乡民,还有乡民陆续从几条山道向河滩汇集。人越集越多,像过年看社火,像逢集赶市,却又不像。数十个背枪挎刀穿制服扎绑腿的警察在维持秩序,喝令人们排站在四围,让中间空出一个场地。

被徐四十五揽在身前站立的香娃禁不住浑身的颤抖。场上空前的肃杀气氛,令他憋闷惊悚。抬头看徐四十五老两口,脸上是古怪的表情。

周围的人们窃窃议论。一个说:在大河坝抓到的,警察摸到帐房跟前,两个人还抱在一起睡觉呢。一个说:本来要一个人顶命,可半路上反抗用石头砸死一个警察,就得两个人顶命。

香娃抖得缩成一团。要不是徐四十五两手塞进腋窝提拉着,一定会瘫在地上。

十几个骑着高头大马的人在人群外下马,拨开拥挤群众走入空场。其中有戴礼帽,穿长腰皮靴,手拿软把长鞭的鹰眼长官。有人抬来几条板凳。这些官绅打扮的人礼让着落座,交头接耳地说笑。突然,人群骚动起来,前拥后退,与此同时有人唱起"少年",唱的是水红花令:

  千年的黄河水不干,

祖辈辈不塌的青天；

麻五哥的声音！香娃听出是麻五哥唱"少年"，一下子挺直缩成一团的身子,巨大的好奇遮蔽住他的惊惧。这时刻唱"少年",唱得这么响亮这么高亢这么清楚,只有麻五哥能做到。只有为了维住豆姐姐舍得丢命的麻五哥才有这样的胆魄豪气。果然,被两个警察推搡进场子的麻五哥虽然五花大绑着,却挺胸昂首继续唱他的"少年",不亏气,不怯火,把火一样烫心的"少年"从口腔吼放出来：

千刀万剐的我情愿,
舍我的豆妹是万难。

接着,豆妹被推搡入场,同样五花大绑着,凌乱的头发遮住半个脸面。围观群众再次骚动,声浪在场地上空滚动。

鹰眼长官扬一下右手,长鞭闪电击出尖利的霹雳,全场顿然息声,只剩鞭梢在虚空余留的旋响,以及被鞭梢击起又被风吹散的那缕尘土。

长官指挥下,豆妹和麻五哥相隔丈余,站立在半是卵石半是泥沙的河滩空地。

一个穿制服戴礼帽的人站起来,宣读判决书。麻五哥转身面朝豆妹叫了一声,被乱发遮住眉眼的豆妹迟疑一下,也转身朝麻五哥站定。彼此相望,麻五哥又高歌五屯令：

日头儿跌到九龙口,
铁狮子滚了个绣球；
一处儿死了一处儿走,
好名望留在个后头。

围观人群旋起一股风啸浪涌的嚣叫,盖住了历数罪行的宣判。

老母鸡飞到房顶上,

麻雀儿飞到个树上；
你死了甭喝个迷魂汤，
重转到阳间的世上。

鹰眼长官再一次用长鞭镇压群众的嚣叫纷嚷，走到麻五哥身边听他说话。片刻，鹰眼长官高举双手，全场顿然鸦雀无声。鹰眼长官环视一圈，高声亮嗓说："男犯夸下海口，要是有人在他头落地时唱一首'少年'，他的身子会等唱完'少年'才倒下去，你们信不信？"

"信！不信！"震天回声，把群众空前极大的猎奇心吼放出来。

鹰眼长官又听麻五哥说了什么，走回众官绅面前比画几下。有人提一条板凳放在麻五哥身前。持砍刀的刽子手喝一口酒，端起一碗走到麻五哥身后，踩上板凳，围观群众再次骚动起来。现象说明，官府应允麻五哥要求，要看他如何站着死。

鹰眼长官扬手息止冲天的嘈闹："县长同意男犯站着死，借此看他能夸多大的海口。有谁在他头落地时唱一首'少年'？"

死寂的会场无人应声。被乱发遮挡眉眼的豆妹突然把头发甩到脑后，"我唱！"破石裂云的凛利声音。

被极端心境麻痹的香娃，顿然明白了眼前的事实。更厉害地颤抖，身子下坠。徐四十五同仓娃母亲从两侧夹提着他的胳膊，随他的颤抖而颤抖。

站在板凳上的刽子手伸手摸摸麻五哥梗直的脖颈，端碗噙一口酒，扑的一声喷向麻五哥脖颈，又朝刀面喷了一口，扔掉酒碗，双手举起砍刀，所有人的心跳停止。

"哎……"豆妹昂脸朝天吼唱吾阿哥令……人们的耳朵眼睛连成一体，看清砍刀从上往下划一道亮光的工夫，麻五哥的头落在板凳下的卵石上，弹跳着滚动几下，奓散的头发渐渐抿收，白森森的脖颈断口紧缩成粉红色圆疤又猛地张开，冲天喷出一股热血，血腥气弥漫天地。耳朵听清了豆妹的第一句唱词：

毛毛雨儿罩阴山,

没头的尸身摇晃一下,继续挺立着……

第二句唱词清清楚楚灌入人们耳窍:

　　水红花罩了个塄坎;

张开的脖颈冲天喷出第二股热血,洇晕出一片殷红的腥气,尸身前倒的瞬间又立住了……

第三句唱词充满哭音:

　　手拉手儿到阴间,

人伙里有人发声陪豆妹同唱,一人、十人、百人……铺天盖地的歌唱中,血腥气混同"少年"扩散、扩张、扩散……

　　鬼门关我俩人团……

唱到第七个字豆妹哽住,身子剧烈抖缩,一口鲜血从口中喷射出来,身子跟随鲜血向前扑倒,麻五哥的尸身同时仰倒在地。

所有人恢复了心跳,咚咚咚如同敲响天鼓。会场却像坟场,死寂无声。只有风声裹挟着咚咚咚天鼓人心的响动……

香娃瘫坐地下。一个气团在他肚脐眼周围拱动游转,如一枚核桃向上顶突着、顶突着,从腹部顶突到胸腔再到喉管,冲出喉咙,变成一股甜滋滋腥味滑溜溜从口里喷射出来,哇!眼前泥土显出一条羽毛状殷红。

人们里三层外三层围住这个吐血孩子,不清楚因为什么。人群被警察驱赶分散,鹰眼长官出现在徐四十五眼前。徐四十五抱扶着脸色蜡黄的香娃。瘫坐的香娃头耷拉在胸前,无声无息。一股奇香从羽毛状的殷红鲜血弥散开。所有人都抽动鼻子,"这是什么香味?!哪来的香味?"迷呆呆左顾右盼,企图找到答案。

鹰眼长官指令手下拉来一匹马。他双手托抱起脱骨的香娃,小心着托举上马鞍,分开香娃两腿让他骑住,纵身跳上马背。

第十九章

1

迎接祭客的执客疾步走进大门,"祭奠的来了!"喝茶的吹鼓手紧忙放下茶碗,拿起家什吹奏起来。执客返身出门,骑高头大马到来的吊客已在马下,抱扶马上男孩下马。执客心想,这个戴礼帽穿蓝缎长袍羔皮马褂的祭客一定来自西宁。看那同来男孩觉得面熟,却想不起哪儿见过。来人一手牵马一手扶着男孩胳膊,说:"请姑舅哥通报一声,鲁沙尔来人要见刘香,请她出来说话。"

执客意识到来者并非祭吊,进门前着眼看看男孩,好像是香娃却不是香娃。径直走进厨房对锅灶上忙碌的刘香说:"婶婶,门外来了一个人,要你出去说话。"

刘香下意识抻抻围裙,用抹布揩干湿手,狐疑着走过被唢呐吹得颤悠悠的院坪。刘能?贵德来的带话人?出大门愣住。怎么是香娃?仔细打量那个不像香娃的少年,真是香娃。"香娃!"变声的呼喊让她有些眩晕。

香娃也似见了生人,愣望着母亲。母亲穿着那件有补丁的蓝斜布绑身。腰间系一条麻带,头戴白扣布搭头长孝,鞋面缝了两块孝布。

刘香蹲下来紧紧搂抱住香娃:"我的先人!你猛乍乍从哪来的?"昂头把疑问的目光递给穿戴体面的城里人。

城里人却问:"给谁办丧事?"

刘香松开香娃起身回答:"房东老奶奶去世了。"眼泪滚了出来,"香娃,你的北房奶奶殁了。"

香娃依然半呆半愣着。刘香只好望向生人,发现对方不无惊诧地端详她的面孔,她的眼睛,而后才说:"这里说话不方便,能不能找个说话的地方?"

看见刘香被人叫出去的憨哥纳闷着寻出来,身后跟着猪娃保。发现刘香与一个牵马的体面人站在大门一侧说话,直冲冲地说:"来了祭奠的不让进去,把人家挡在门外有啥说头?"

猪娃保惊惊诧诧嚷叫:"狠人爸爸,这人我俩见过!"要上前招呼,被憨哥揪住衣袖,"你胡传啥!人家是城里人,你啥时候见过!挖坟坑你的眼睛又出麻达了?"

"他是中庄铁匠铺给我两块银洋的贵人呐!"兴奋使猪娃保的声音又高又亮。

憨哥再看,果然!是那个出手两块银洋的有钱汉,姓万的有钱汉!"是……是万贵人?贵人来了怎么站在大门外。快!快让贵人到房里。"要往院内拉,刘香捶了憨哥一拳,"只见贵人!没见你儿子来了吗!"

粗心的憨哥这才看见贵人身侧靠着一个男孩。香娃?儿子香娃?这枯干黑瘦的尕娃是香娃?他不信,可男孩的眼睛叫他不得不信就是香娃。

"你这驴……"险些脱口骂出驴日的!是万贵人体面的穿着和轩昂的气度令他一瞬间改口,"你出去多半年没有消息,咋又猛乍乍回来了?"把狐疑的目光投向万贵人。

万宜权挣脱憨哥、猪娃保的拉扯,"既然香娃父母都在,我们去一边说话。"牵马领香娃向庄廓一边走动。猪娃保要跟随,刘香说:"没听见贵人只要我和香娃父亲说话吗?"给猪娃保一个眼语。

猪娃保退走时说:"万贵人,等你们说完话,我邀你去我家吃长面。我阿妈时常提起你。叫我见你一定一定把你邀到家里。我阿妈给你做长面饭报答你的恩情。"不舍地进了院子。

拐过另一座庄廓墙角,唢呐的呜咽低弱。万贵人严肃起脸色,"我长话短说。我是国民党青海党部派驻鲁沙尔特派员万宜权……"把办案中间徐四十五夫妇陈述的来龙去脉简略说明。最后说:"我答应香娃,把他送来尕庄交给你们。香娃只是见证人,现在见你们夫妇,我就放心了。香娃受了惊吓,要好好地关照。"从马褡口袋摸出一块白元,"本该去灵前烧张纸,可我这身行头进去了平添许多麻烦。这白元算我对亡人的一点丧仪。"抚摸着香娃肩头说:"我说话算话,把你领来交给你父母亲。将后好好地孝顺父母。"收缰绳理辔头打算上马,却对刘香说:"我能给你说几句话吗?"眼睛朝向憨哥。

憨哥猜疑,万宜权把该说的都说了,还说什么?还要单独跟刘香说。可万宜权用眼光向他征求同意,他不好明着拒绝。接住刘香递给他的白元,走开了。

牵马同刘香走过又一座庄廓,万宜权仔细端详刘香的面孔、眼睛,"见你我才明白,香娃为啥在山埫埫村待了半年。豆妹是个苦命女子,也是个好女子,可惜了!"递给刘香一束复杂的目光,理辔头认镫上马,来去拨转马头,深情地注视刘香,而后抖动辔头双腿夹马,马喷出一声响鼻腾蹄而去。

刘香感觉心被揪扯一下。猛然记起猪娃保要邀万贵人去家里吃长面,慌忙扬手呼唤,万宜权已经绝尘远去。

2

香娃回来了!出门半年要去贵德却又回来了,在全村人时出时进的举丧场所引起一些骚动,接着是种种猜测。

西屋北头安排老师傅念经,人出人进不得安静。刘香把香娃安顿在南头巧儿炕上。妇女们都来问候。说香娃黑了瘦了,说山垴垴是穷地方,没吃没喝把香娃饿瘦了。上院嬷嬷、下院新嫂朵秦氏在香娃身上闻了又闻,最后的结论是:半年时间,山里野风吹干了香娃身上香气,闻不见了。

不论妇女们怎样说笑、惹逗,香娃总是半呆半傻的样子,好像被山风吹尽香气的同时把心思吹枯了。下院新嫂朵秦氏意识到,香娃这趟出门遇了特别犯心的事。让惹逗香娃的人都出去,让刘香、巧儿去厨房忙活,自己留下来问问清楚。她相信香娃会给她说出实话。

缩在小炕角落的香娃头耷拉着,好似熬了几夜瞌睡。朵秦氏把枕头放在炕头,压揉几下,使枕头中央凹下去,拉香娃躺倒:"我看香娃瞌睡了,你睡着,我守着你。"拉开被子盖住香娃腰腹双腿,朵秦氏跨坐炕沿抚摸香娃肩头,仔细打量又黑又瘦令她心疼的香娃。香娃起先望着她,可眼仁涩滞无神,如同刚刚宰杀尚有几丝活气的羊的眼仁,即将凝固的青白令人心寒。后来香娃闭上眼睛,眼皮、鼻翼、双腮时不时颤动,仿佛有只无形的蚊虫时不时落下来叮咬;又像身上哪儿疼痛,硬忍着。"香娃,你是不是哪儿疼着?给新嫂说,新嫂给你揉揉。"

香娃没有反应,好像没听清她的话,又像听清了不想理会。"香娃,你是不是在哪儿受了惊吓?我们这里小孩子受了惊吓要叫伴儿。你在外面没人给你叫伴儿,才成了这样子吧?"与其说她在询问香娃,不如说在给自己寻找合理的答案。

香娃仍旧没有反应,只微微地喘息。

院里执客高喊:祭奠的来了!唢呐呜呜咽咽吹奏起来。香娃眼皮颤了几下,晶莹的泪水从长密的睫毛下溢出来,集成泪珠滚过脸颊。

朵秦氏慌忙用手掌揩擦香娃泪湿的脸蛋,安慰着:"香娃不难心。"她以为香娃为去世的北房奶奶落泪,"北房奶奶活了七十八岁,头一天好好的,晚上睡着了,早上再没醒来,没受一点罪。北房奶奶是老天爷收去享福了。"

香娃把蜷在被下的手伸出来,抓住朵秦氏抚摸他肩膀的手。

"香娃真是懂事娃娃。"朵秦氏双手握紧香娃瘦手,传达自己的爱怜。

唢呐收声。北头炕上的念经声显亮起来,伴着木鱼、铜铃的声音。香娃一动不动地躺着,好像沉入熟睡又像在装睡。

又一阵杂乱的脚步声,唢呐再度呜咽。香娃的眼皮抽搐几下,长睫毛下又汇出几颗泪珠,滚落在枕头。

朵秦氏索性把鞋脱了,盘腿坐在炕上,定定地望着半睡半醒的香娃胡思乱想。

3

在锅头上分装"汤米三碗"的刘香,满脑子是万宜权临走撂下的这句话:"见到你,我才明白香娃为啥在山墕墕村待了半年。"还有万宜权盯视她的那种眼神。人家没说多余的话,她也不便细问。但她明白,这里头有着比命案还要复杂的事实。到底是怎样一个豆妹,叫一个男人为她舍命,又让香娃成了这样?

刘香想不出所以然。把舀满的五碗熬饭一一放进木盘,看着执客端走,觉得可以趁机去西房看看香娃,却见朵秦氏疾步走进厨房对她说:"刘香,香娃这次回来怪怪的,一句话不说,只闭实了眼睛睡觉。说他熬了瞌睡吧,不像;一听见吹唢呐就淌眼泪。院里吹四次唢呐,香娃淌了四次眼泪。"朵秦氏拉住马兰花,"给你大伯子说一声,叫吹鼓手别吹唢呐。"

惊得马兰花睁圆眼睛,"你不是叫我寻着挨骂!丧事上的唢呐,说不吹就能不吹?"

朵秦氏意识到这个要求欠妥,讪笑笑,对刘香说:"要不,我把香娃领到我家里去。听不见唢呐声,他就不哭,我好好问问他,到底为了啥事。"

到底为啥,刘香已从万宜权的话里听出点门道。可她不想让别人知道。"也好,我这里忙得顾不上他。你把他领你家里去。等后天抬埋了北房奶奶,我再领他回来。反正他已经回家,我不再悬心了。"想笑得自在灿烂些,却成了苦笑。

朵秦氏叫上巧儿,帮香娃起身下炕,领出房门,被喝了酒的憨哥看见,摇晃着拦堵出大门的巧儿、香娃,"到哪里去?"舌头有点不听使唤。

朵秦氏接话:"我婆婆多半年没见香娃,想见见香娃。"

憨哥虎虎地瞪着香娃,"你都十三岁的人了,咋不懂规矩?跑出去半年不见面,回来不给北房奶奶烧纸磕头,又想野……"顿然收口,狠劲儿瞪着香娃。

朵秦氏严肃起眉眼:"你说香娃不懂规矩,我看是你没有眼色!没见香娃病着吗?"拨开憨哥,与巧儿扶拉着香娃跑出大门。

朵秦氏家与刘香家隔着三座庄廊。站在院里,唢呐苍凉的呜咽仍旧一阵阵飘来,悠悠的又幽幽的,仿佛隔着梦境的某种警示和召唤。进入房内,声音朦胧模糊,失去了贯穿双耳直揪心窝的凄楚。朵秦氏让香娃脱鞋上炕,半愣半呆的香娃机械地脱鞋,上炕缩在炕角。朵秦氏拉开被子盖住香娃双腿,香娃突然开口:"姐姐。"拍一拍身边的炕面。

巧儿俯身抓住香娃的手:"你在这儿安静缓着。等我做完分派的活儿,就来陪你。"手被香娃紧握着不放。"香娃听姐姐的话。姐姐得去烧火。到后晌祭奠的人少了,姐姐一定过来陪你。"

"姐姐得病了?"

"你……咋看出姐姐得病了?"

"姐姐说话喘气。"

巧儿笑了，"还是香娃眼利，一眼看出我说话气不匀。不要紧的一点小病，过些日子就会好。"挣脱香娃的手，跑走了。

朵秦氏跨坐在炕沿，"香娃，听你阿妈说，贵德气候好，水土好，你去阿舅家多半年，反倒又黑又瘦，你是不是没去阿舅家？"

香娃的长睫毛眨抖几下，似要说话却没说。

翌日，憨哥同猪娃保带了吃食茶酒去坟地打坟。忙到后响，刘香抽空把香娃领过来，引导他跪在灵前烧纸磕头，参加送亡仪式。香娃听凭母亲指点，一拨一转，机械地学仿别人动作，始终是半痴半呆的神态，默不作声。刘香、朵秦氏暗中观察，除了神情呆滞，没有其他反常举动。好像适应了唢呐的悲怆吹奏，不再有泪珠滚过脸颊。

这天，出殡男人们从坟地回来，吃了最后一顿丧饭，答谢送走了老师傅、吹鼓手，喧闹多日的院落顿时显出空前的冷清。帮助马兰花做完全山的准备和丧事扫尾工作，乏累得腰酸腿困的刘香夫妇才有机会与香娃对话。

"我托嘱花先生把你领到贵德去，你怎么没去贵德？是他到城里变卦，还是你不想去阿舅家，惹人家生气了？"

香娃低垂着脑袋，不出声也没反应。

"大人问话没听见吗？"憨哥口气火火的，烟锅在炕沿上磕出一个凹痕。

"阿大，你说话不能柔和点吗？"巧儿一说话，就得大张嘴急喘几下。

"我柔和不下！"憨哥盯视坐在炕沿，只给他一个弓腰垂头背影的香娃。"就算姓花的说话不算话，就算你进了城不想去贵德，那就该回家来。为啥远天远地跑到大南川的山垴垴里？你说！你得把这个话说清楚！"

巧儿发现香娃脚边的地皮湿了两坨，知道香娃哭了。紧忙蹲在香娃腿前，双手扶抚香娃膝盖，"香娃别哭，有啥话快给阿大阿妈说,说明白阿大就不生气。"

忍着不出声的香娃却忍不住眼泪,双肩抖动,泪水滴湿巧儿的手背手腕。巧儿给母亲一个眼色。刘香望着憨哥愣了一阵,说:"香娃不说就不说吧。已是以往,皮鞋踏在屎上。万宜权说香娃在法场吓得吐血,如今再经不起惊吓。等日后身子硬气了再问不迟。"

"等身子硬气?哼!看这样子,这辈子硬气不了!"憨哥朝香娃翻翻白眼,"出去逛荡多半年,把个家整成病人才回家来,怪谁?事到如今我总算明白了。"又用烟锅在炕沿砸出个凹痕。巧儿看出母亲的疑虑也猜穿了她的心事,说:"我看香娃着了外道病,得请人看看。"

一个病字,让刘香记起高先生说过的话:香娃得的是心病,这种心病是胎里带来的。难道胎里带来的心病,十三年后还盘踞在香娃的气脉血液骨髓中?难道这趟该去贵德却中途发生的变故,是香娃命中该遭的孽缘?不但没能消除反而加重了他胎里带的心病?

刘香越想疑虑越多。最终归结成一种结论:看病!给香娃看病!先去大庄让高先生看。如不见功,再请阴阳、法师禳解。不论是胎里带来的心病,还是阳世上得下的肉身病,看了,禳解了,发送了,她才能心安。

她要等待时机。只有憨哥高兴并放下男人架子,才会同意她带香娃去大庄看病。

机会来了。这天吃晚饭,憨哥一眼一眼往刘香胸脯和腰胯上睃视,饥荒的样子。讨好刘香,给她碗里搛了两筷头酸菜,而后和颜悦色地说:"我给猪娃保说好了,明日过来帮香娃倒胡基。"

刘香明知故问:"平白无故倒什么胡基?"

憨哥咽下嘴里面叶,"总不能叫香娃老去北房睡觉。在厨房盘一面独睡小炕,先让香娃在厨房里睡着。等巧儿出嫁,南头的炕就是香娃的。"

这种盘算令刘香高兴。香娃回来十数天,只能在北房借宿。巧儿是十九岁大姑娘,与兄弟同睡一炕不方便。香娃也不肯再与父母同睡一炕。盘一面小炕让香娃睡觉,比去北房借宿好。

刘香对蹲在面柜前喝汤的香娃说:"听见了吧?明日同猪娃保倒胡基。你阿大把猪娃保叫来,担水和泥的重活由猪娃保做。你给他搭手就成了。"这话说给儿子也说给男人。倒胡基要紧,但香娃眼下的身体还不宜做重活。无论憨哥叫来猪娃保出于什么考虑,她也得强调一下。

香娃只把嘴前的碗口挪开,作为回应。刘香只好给巧儿叮咛:"猪娃保听你的话,你叫他多出力,别挣着香娃,香娃是病人。"

"我知道。"巧儿扫视兄弟和父亲。

香娃陪姐姐洗完锅碗去了北房。眼里荡漾着急迫的憨哥催刘香快睡。刘香故意慢条斯理地说:"你想睡就睡,我还得做针线。"

"做什么针线!丧事上前前后后忙了几天,你没乏吗?"伸手抓捏刘香胸脯。

"少来!"刘香躲闪,"我知道你打的啥主意。北房奶奶殁了没过三七。北房奶奶的儿子们都剃头留了胡子。你不是说你是北房奶奶的半个儿子吗?是儿子就是孝子,是孝子就得守孝百日,等过了百天再打算。"从门箱取针线,眼角余光探视憨哥反应。

憨哥嬉皮笑脸,"那是人前头说的话。我是甘家人,丧事上里里外外出了大力,该尽的孝道已经尽了。快!我胀得吃不住。"

"胀了剁掉去!"刘香的下身湿热起来,"你不是狠人吗?狠人在人前头说话哪能不算数!"

憨哥涎笑着拉开被窝,脱裤子故意把硬挺的东西给刘香看。刘香想把持却把持不住。上炕脱了衣裳,被憨哥饿虎扑羊揽进怀抱。刘香拼力搡开憨哥热烫的身体,"活像十几年没见女人的饥荒鬼!先别急,我有话给你说。"

"弄完了再说。"憨哥要上马,又被刘香推开,"我没心肠!心里想的只是香娃的病。看着香娃又黑又瘦整日蔫头耷脑话都懒得说,你当大大的不急吗?"

像一笼旺火被一个东西从上面压下来罩住,憨哥的欲望在这软磨硬推的障碍前减退了旺势。丧事前后的忙碌,让他无暇顾及香娃的回家意味着什么。这时刻万宜权说过的话,变成活生生的影像,在头脑中一一掠过。不禁说:"我当大大的急也是干急、白急。出去多半年不见音信,却又猛乍乍回来了。回来就回来,又说去了什么山垴垴村跟人学唱'少年'。"

说起"少年",憨哥心里冒出另一层气恼,"我越想越怪。一个汗毛没褪的脬蛋娃,平白无故跑去什么山垴垴地方。去就去了,平白无故跟人学什么'少年'。学'少年'就学'少年',却跟着嫖风卖皮的人……"话赶话说到这里,心里多出一层疑云,"……你是不是……"缩回抓摸刘香乳房的手,"我这时候才明白,你托人带香娃去贵德是虚话,实际是……"

实际是啥,憨哥自有想法却不敢说出来。如果说错了,刘香会发疯。刘香发疯,他今晚就别再向往她的身子。游移着把手伸向刘香乳房,被刘香打开,"你说!实际是啥,说出来再揣。"

憨哥真想说:实际是叫香娃寻他的野大大去了。话没敢说出来,心却被这个念头涨满。越想越觉得真是这么回事。硬忍着心火说:"你说,我跟你都不会唱'少年',养下的尕娃为啥远天远地寻人学唱'少年'?这样的尕娃不像是我们的尕娃。"

说刘香托人带香娃去贵德是虚话,已经令刘香一肚子暗火。又说香娃不像是自己的尕娃,这显然是旧话重提!这让刘香的暗火迸溅出火星。但为了香娃看病,也为了避免南头的巧儿听出动静,刘香极力劝解自己,能忍就忍!像忍受虫子爬,忍着憨哥的粗硬手指在乳房、肚皮、交裆内蠕动。下身的热润变成涩燥,没情没绪地叉开双腿:"你不是饥荒吗,要弄就快弄!"

憨哥的欲火,已被自己再三再四的疑云层层包围,几近窒息。脑海出现的,又是"积成当"号房角落贼打鬼搂抱着刘香双胯隔山取火的影像。身子里流窜的那股热潮渐细渐弱,只存留一丝线头一样细微的念想,揪着命根内一点隐秘的东西,觉得用交媾的娱乐和疲顿能把心情改变一下。不料硬挺的东西不再硬挺,用萎软出卖了他的心思。

刘香的愠怒中夹杂着意外,"你不是饥荒得很吗?"

"不成了不成了!"憨哥万分沮丧,"一想到香娃跟着嫖风卖皮的学'少年',尿就不硬了。"侧转身子,"日他妈想弄一下都弄不成!"

"那……香娃的病看还是不看?"刘香心里怅怅的。

"由屎你们!上天入地由屎你们!"

第 二 十 章

1

丁丑春风前一场鸡爪雪,原野如慵懒美妇不事浓妆却又不经意施上脸的薄粉。这不刻意的自现,突出了她的自然天分,随意而不失法度,自如却颇具匠心。朝阳斜抚,银毫闪烁,玉露晶莹,天地氤氲,把地心生发的春的热情传达给万物。僵硬了一冬的山峦,枯槁了数月的树木,都在浮游的蜃气中柔和起来。被夜露浸逼得昂首长啼的雄鸡,被朝阳催赶着跳出厩圈的马牛猪羊,在这先期而至的春汛撩拨下,释放着冬季蓄集起来的多情,向人们诉说它们迫切的心愿。

聆听和感受这种迫切心愿的,除了把生命捆绑在土地的农人,还有从天地万物中辨识五行的高岐伯先生。

这天清晨,高岐伯再次感觉到那种无形的催促和召唤。如果以往的催促召唤来之冥冥中某种先兆或者暗示,那么这次的催促召唤却出之人间真实的信任和期待。四天前,乡老给高先生送来一封信函。信函是从西宁发送给乡老的。乡老拿着信函拜访他,用工整蝇头小楷书写的信函,入眼就让高岐伯心灵为之温煦。

乡老台鉴:

官亭一别,忽忽三载有余,贵恙安泰吧。今致函贵乡台,有事相托,恳请贵乡台垂谊,致力扶助,余将谨铭心扉,待时厚报。

余去南京国民政府总党部集训期间,得遇挚友游歌。游君系国学音律英才,衷情于民间歌词谣曲的搜集、挖掘、整理、汇编。接游君函,得知游君辗转陕西甘肃至河湟,近期将至。余公务繁忙,实难脱身,特拜托乡台,在游君途经官亭、碾伯、平安等河湟重镇采风搜集,会晤相关传承人等,给予联络、引荐、推举,以及车马食宿便利。

谨祝恭安。

晚生万宜权揖首
民国三十六年农历二月望

高岐伯明白,乡老转托于他,一则,他居家平安大庄,从地理位置上论,属河湟谷地中心偏靠省城。游歌先生作为中转据点,入住出行利于辐射;二则,他居家行医,以民间偏白单方服务于民间劳苦大众,口碑四播信息灵通;三则,家道殷实,食宿卫生习俗及待人接物非民间贫寒粗俗人家可比;四则,外域从政的经历,走南闯北的见识,以及学养才思品行,可与游歌等肩。

身后响来脚步声。老伴双手提着驼毛马褂走到身边,"不穿马褂就急慌慌往外跑,不怕着凉?"示意高岐伯转身,老伴将马褂套他身上,给他边扣纽子边说:"在家里等着不一样吗?非得去大路上等。人家一个月不来,你难道每天每日去大路上傻等?"

"我心里有数,今明两天准来。"高岐伯不无感激地望着老伴走开的背影,突然叫道:"你等等。"走到老伴眼前,"把福寿、福禄的被窝搬到上房炕上,把西房腾出来让游先生住。游先生看书写字睡觉没人吵扰。人家是做学问的,起居需要安静。"

老伴点头要走,又被高先生拉住袖子,"把东房里的单桌抬到西房去,再抬一把椅子。游先生不习惯盘腿坐炕,可以坐椅子看书写字。把我的玻璃罩煤油灯也拿到西房去。"

老伴笑了,"你不是嫌清油灯不亮吗?拿走煤油灯,你靠啥看书？"

"点洋蜡嘛。"轻推老伴胳膊。老伴走出去几步又被叫住，"游先生是下路人，不习惯睡热炕。刚开春的天气，不煨炕房里冷。你少煨点，让炕面温温的，睡觉被褥不会太凉。"

"那……游先生坐椅子看书记事，脚要受冷的。"

"这我想好了，叫老大出去买些木炭，给游先生点上火盆。"

老伴颠着小脚走了。高先生向大路东边张望，心里的企盼和喜悦愈加热切。从四川任上卸职回到故乡，被河湟谷地亘古不变的生活习俗包围，身心得到了安逸，精神却出现了萎顿。域外事、天下事，除偶尔的道听途说，几乎没有可能听闻。游歌的到来，会改变他的生存色彩，哪怕只是暂时的改变。为相的余伯牙与打柴的钟子期因一曲高山流水相遇相识相知，成为千古佳话。这等雅事雅遇，他岂能粗心，岂能错失。

在浮升氤氲蜃气中闪闪隐隐的路的尽头，出现一粒黑点，渐动渐黑，显出步行的孤单人形。高岐伯判定游歌会骑马到来。转念，走乡串村搜集民间文化瑰宝，辗转流徙难免步行。提着袍襟疾步向东迎走一袋烟工夫，看清来人戴一顶破旧毡帽，穿着补丁摞补丁的褴褛棉袄，不免失意。来人近前问道："姑舅爷。"向左扬一下手，"这庄子是大庄吗？"

高岐伯打量来人，"是大庄，你是……"

"我从大峡口来，到大庄见看病的高先生。"

高先生的失意顿然变作热情，"我就是高岐伯，你哪儿不好？"

对方愣望着高岐伯，下意识把肩上的褡裢取下来提着，而后又搭在肩上，无言的诚惶诚恐。

高先生向远处张望，空空如也，说："走，去我家里。"

2

来人坐在太阳晒热的西房台沿,喝完两碗热茶,却不肯说明前来诊治什么病症,只一眼一眼扫视高先生老伴和两个孙子。高先生示意老伴、孙子走开,单独询问来者,再一再二,来者终于红了脸膛诉说病情:娶媳三年,每行房事,阳具一触阴门就泄,被媳妇戏怨:粮食倒在仓门。最好一次,是刚插入阴户就泄。经年累月的床上无能,弄得他既向往床笫之欢又畏怯阴阳之合。媳妇使性子、发脾气,索性与人偷情。他自知无能不便声张,又无脸面求医。道听途说平安大庄高先生体恤病人,无偿施治多有功效,慕名前来求助。

"应该早来。"高先生和颜悦色地说,"早治好得快,如今病成积习,费事了。"望着对方沮丧绝望又哀伤的神情,"是你的脸面害了你。为顾脸面失去根本,孰轻孰重?"高岐伯拍拍对方膝盖,"我先说个偏方,回去抓十条泥曲蟮,剖开洗净,同一两韭菜一起捣烂,冲和上二两热黄酒,加少许开水搅拌成稀糊,用沙布滤尽粗渣,喝服汁子。每日一次,连服五日。如有变化,再来一次。"让对方复述偏方用料、配制服用方法。证实对方已经记清没有出入,把看见希望因而显出神气的来者送出大门。

一位骑马男子正在门外下马。这个穿着灰布制服,留着分头的男子手牵马缰绳,给走出大门的高先生抱拳作揖,"您老想必就是高岐伯先生吧?"

"你是游先生?"高先生喜出望外。眼前的游歌比他设想的还要英俊干练:中等偏上的个头,胖瘦适中,看上去身强力壮,举手投足灵活敏捷;红棕色的脸膛,与衣领内白皙的肤色形成鲜明对比,证明他热衷于走乡串村却不在乎风吹日晒;但这透出沧桑的脸色,并没有遮掩住锁藏在眉宇间的坚韧果敢,自信孤傲。

高先生感觉看见了被时光云烟遮蔽了的自己往昔的影像。"好像很久前在哪儿见过你。"接住马缰,唤来孙子福寿去照料马匹。

"我也有同感。"游歌在高先生礼让下进入大门,"我与前辈一见如故。"

进入上房就座。孙子福禄奉上烟茶,退了下去。游歌扫视房里陈设,"不但与前辈一见如故,还好似云游浪子回归家室,一切都觉得亲切熟悉。"

"好好好! 有这感觉就好,宾至如归嘛。"高先生捧着银制水烟瓶,边抽烟边把乡老接到万宜权信函,上门托付他的前提简略说明,"我估计你三天前该来的,这三天好几次跑去大路边等候。"

"老前辈如此礼遇晚生,令晚生诚惶诚恐。我前几日从碾伯过来,觉得距西宁不远,索性先去西宁,拜访万专员并求他办一份证明身份的通行证,在西宁逗留两天,今日才来府上。"

高先生有些诧异:"你们做学问的到民间采风,还得征得官府认同出具通行证?"

"本不需要。多年的独来独往,习惯了与民众交道,每到一地避着官府。不料去年秋上在河西走廊,被平凉的民团误以为是打散的西路军战士,关押起来。好不容易通过当地一个学究出面保证,才予放行。我想西路军将士在祁连山被马家军打散,西宁当局必然严查。提早办好身份证明,避免再被纠缠。"

寒暄中,高岐伯同游歌到西房,征求游歌起居饮食方面的要求。游歌见高先生如此周到的安排,再次表达了感激之情,玩笑着说:"高先生如此善待晚生,晚生要乐不思蜀。"

"那样更好。我清居乡野,出门入户除了吃喝拉撒的俗务,再没什么像样的事做。如能与你终日谈古论今,辩经盘道,对弈品茗,老朽余生可谓幸之又幸。"

此后数天,游歌依据官亭、碾伯几位民间歌手提供的线索,前往平安周边的三河、红崖子沟、哈拉直沟寻访歌手,采集谣曲词令。早出晚归,或留宿在村居农家。期间,春的气息渐丰渐浓,李白施粉,桃红惹情,柳翠风流,梨蕊布香,打扮得时光妖娆,撩拨得人心荡漾。工蜂般忙出忙进的游歌,被丰厚的收获振奋着,举手投足间释放着喜悦,出门入户哼唱着新记录的民间曲调。一旦收敛外露的激奋沉静在案前,眉宇间凝聚着深沉和睿智。

习惯了相夫教子、甘心于平实农家生活的高先生老伴,针对游歌的勤奋发出感慨:"比起这里一得空闲就晒太阳捉虱打盹的年轻人,这个下路人不枉在人世走了一遭。真揣不透他心里装着多少热情精力。这么脚不沾地地跑着,没有一丝的困顿乏气。"

"人家是做学问的,有抱负有理想。"高先生也被游歌的敬业精神感动着,被游歌的潇洒倜傥感染着。对游歌心目中那个丰富多彩的音律世界产生敬意,"游先生,你比蜜蜂还要勤劳啊!"

"比起蜜蜂我还差得远呢。一只蜜蜂酿出一斤蜜,要在蜂箱和花木间来去飞行两千万次。高先生你说,我是不是还差得远?"

高先生情不自禁拍着游歌胳膊,"你的精神,矢志不渝的干劲,值得我们这里的青年人学习。"

"没来青海前,听音乐界一位前辈说,河湟是'花儿'的海洋。来到河湟,发现凭我的两只手两条腿畅游这个大海,实在是力不从心。只有拼了气力甚至生命,才有可能见识这个海洋的万分之一二。只有努力再努力,加油再加油,才不枉走河湟一遭。"

"这十数天的奔劳,游先生搜集到不少的民间瑰宝吧?"

游歌摊开封面颜色各异的五个硬皮笔记本,"这十几天,仅仅在平安地区,我采集了七百六十三首'花儿'唱词,记录二十一个曲令曲谱,三十九首民间歌谣小调的曲谱,还搜集些皮影唱词、曲牌、道情和眉胡戏唱词曲牌。要不是有别的事,我实在舍不得离开这个丰厚的民间口头文学的富矿区。"

"有别的事？游先生要走？"

"去年我从西安出来前，与一位做电影的朋友约定，给他的一部纪录片配曲。约定今年清明后谷雨前在贵省的西海金银滩会面。后天是清明，我先得把这里的工作放下，去金银滩与他会晤，完成纪录片的配曲，回头再来这里继续工作，到时又得叨扰前辈。"

"我巴不得这样的叨扰。"高先生慌忙给老伴、儿孙叮嘱，尽可能采买当地土特产品，在游歌逗留的最后两天，多做可口特色食物款待游歌，"要给游先生留下难忘的口舌念想，尽快打马回到尕庄来。"转而对游歌说："念你早出晚归的辛劳，我没敢搅扰你的日程安排。既然要走，我得挽留你两天，歇歇脚，给我点求教的机会，两天后准你远走高飞。"

"前辈说求教愧杀我矣。前辈有话尽管赐教。晚生恭敬不如从命，在前辈家放肆两日。"

3

这天，高先生同游歌从家里出来，打算去南岭消闲。站在门外的中年妇女见有人出来，慌忙上前，"高先生。"

高岐伯认出是多年前来家里为哭闹小儿看病的妇女。"是你啊！来了就该进门，怎么站在门外？"

刘香扫一眼高先生身旁的英俊男子，发现对方盯视着她，下意识低头抻几下衣襟，手足无措。

高先生对游歌说："来看病的。"摆手让刘香进门。

刘香礼让高先生和英俊男子走在前面，她跟随步入上房，垂手站立门侧，等高先生和英俊男子在八仙桌两侧落座，觉得应该说话，却紧张得不知说什么好。下意识抻几下衣襟，并拢双脚，为自己有破口的鞋面红了脸膛。

"你曾抱儿子来我家看病,年时久了,忘了你是哪个庄子的,姓啥。"

高先生从容又亲和的语气消解了刘香莫名的慌乱,"我叫刘香,尕庄的。"

"走来的?"常有贫困乡民从周边农村步行十几里甚至数十里来大庄求诊。

"村里牲口都往地里驮粪、种地,借不上牲口,走来的。"

"你哪儿不受活?"

"不是我不受活,是儿子不受活。去年冬上得病,叫他来大庄看病他不肯来,三拖两拖拖到开春。眼看越拖越重,我叫不动他,就个家来了,想麻烦高先生走一趟尕庄,给我儿子看看,到底着了啥病。"

高岐伯从刘香语气中听出她内心的矛盾,"是你抱来看过的那个爱哭闹的儿子吗?"

"就是他!养下来没日没夜地哭闹,哭得我没法儿,抱来让高先生看的。走的时候你给了一个拨浪鼓。"

拨浪鼓让高先生清晰地记起这件往事。对仔细旁听的游歌说:"他儿子小时候对各种各样的声音十分敏感,听见响声就要哭闹。还有个怪异现象,生下来身上有香气,村人都说是某个活佛的转世灵童。"又问刘香:"你儿子该有十一二岁吧?"

"十三岁半,算相生十四岁了。"

"怎么病下的?"

刘香朝游歌闪一下美目。儿子在法场受惊吓吐血是病的根由,可她不想把这丢人的事告知外人。

"有话只管说,这位是我的挚友,做学问的。"

刘香不再游移。将万宜权送香娃回来所说的话,一五一十转叙给高先生。

"这么说,我得去尕庄。"

高先生叫来老伴,让她指派孙子备两匹马,而后对游歌说:"原想与你好好地暄两天,却有这等事需要我去一趟,只能让你一人待在家里。"

游歌欠身说:"我逗留两天是为了陪陪你。让我陪你去尕庄吧?"征求的口吻。刘香转叙的香娃经历,尤其在山垴垴村的经历,已引起他浓厚的兴趣和感慨。见识这个怪异男孩的愿望,让他提出这样的请求。

"好啊!"高先生喊来孙子,吩咐给游先生的马备好鞍鞯。

4

三匹备齐鞍鞯的乘马由福寿牵着候在院门外。三人走出大门,福寿将白马缰绳交给爷爷,枣骝马缰绳交给游歌。牵着青马对刘香说:"婶婶,这牲口是从天神保家借来的,老实。"揪住辔头,等刘香上马。

青马果然老实。见刘香靠近,微抖几下耳朵,喷两下响鼻,四蹄稳定着,没有认生的躁动。刘香双手扳住鞍鞯,抬起左脚认镫,脚尖碰得马镫来去晃动,认不进镫口。难为情令她禁不住望一眼高先生,顺眼望一眼游歌。再次抬脚认镫,还是踩不住晃动的马镫。顿时被羞涩逼出一脸臊汗。

"大嫂,我抓住马镫,你把脚伸进去。"走到身边的游歌捉住马镫不让它晃动,还迎合刘香的脚,把镫套她脚上。在刘香抬腿上骑时轻托她的腰胯,扶送刘香骑上鞍鞯,把辔头递给她。接连几个自然随意的动作,把游歌的关心体贴传入刘香心房,让她领悟到一种空前的慰帖和幸福。穿制服留分头英俊男人的这些举动,敏捷又随和,体现出识字人的优雅和教养。刘香想看他一眼,让他从她眼里看出她对他的感激:感激他给予她的尊重、热情和友善。可莫名的难为情阻止她把目光向他投过去。只暗暗地体会着他的手留在她腰胯上的那点热乎乎的力度。下意识希望它长久地保持下去,好让她永远记着这种空前的慰帖和幸福。

走出村巷拐上大路,高先生发现刘香的青马落在后边。在马上一颠一摇的刘香缩腰弓背,两臂僵直地拽着辔头,惧怕颠下马的紧张局促。高先生同游歌勒转马头,等刘香骑过来,笑着说:"我俩骑得太快让你跟不上吧?"

刘香脸上热烘烘的,"从没单独骑过牲口。"

"我俩骑慢点,信马由缰。你不用着急。有我,你儿子的病没什么要紧。"

"多谢高先生。"刘香感激着高先生的善解人意。觉得应该对英俊男子有所表示。克服莫名的难为情,把目光投向穿制服留分头的英俊识字人,发现对方正用探究的目光端详着她,不禁莞尔一笑。

高先生、游歌松垂着辔头扯手,由着马儿信步,刘香错后跟着,听他俩说话,打量英俊识字人的背影。外路识字人直腰拔背地骑在马鞍上,身子稍微侧转朝向高先生,不时用脚后跟碰一下马肚,提醒枣骝马保持缓慢步伐。他与高先生对话,间或放出畅亮的笑声。

刘香用心倾听他俩的对话。听着外路识字人干净利落的咬字吐音,觉得这人不但长得英俊,不但有礼貌有教养,就连说话的声音,也格外悦耳受听。渐渐,被两人的对话深深地吸引。

"……在平安地区十数天,我最突出的感受,是广大民众生活在水深火热之中。虽然河湟谷地远距内地国共两党是非纷争的中心地带,可地方当局派压的苛捐杂税实在繁重,使得民不聊生。有很多农家,三辈老小挤睡在一面炕上,一条旧毛毡一条破褐被是炕上唯一的物品。全家六七口人,甚至十几口人一圈儿睡在炕上,一条破被只盖住腿脚,肩膀腰背全露在外面。要不是煨了热炕,真难想象三九寒冬是如何熬过的。有的人家只有一条裤子,女人出门女人穿,男人在家赤着下身;男人出门穿走裤子,女人只能顶住大门在房里走动,惧怕有人敲门……"

"这种赤贫由来久远。"高先生说话间拍拍马肩胛,"难说是哪朝哪代的过失,也非哪朝哪代能够彻底根治。这是数千年封建王朝积累起来的弊病,久病成固疾,病入膏肓。原以为推翻清朝帝制,辛亥革命会给民众带来福音。岂料军阀割踞混战,接着国共两党争雄……俗话说,穷山恶水出刁民。这是把国弱民穷的根由归结于自然。想这河湟谷地,虽不比江南山清水秀人杰地灵,可也并非穷山恶水凶顽蛮荒之地。虽然水硬土薄,出产稀缺,可民众勤劳忍耐的人格操守,弥补着天地造化的不足。如果遇到政通民和的英明治理,可算一方福地。可叹历来的酷帝暴君视民生为蝼蚁,只会压榨不会安抚,只重赋税不重教化,致使民生苦难深重,愚顽不化……"

"奇怪的是。"游歌抖几下辔头,"如此瘠薄的山川,如此贫寒的生存,却蕴含着丰富的民间文化瑰宝。人们无意识地维护这些瑰宝又被这些瑰宝涵养着心灵,使得这里的民众具备了一种智慧。就是这种貌似凡俗的智慧,让民众在极端艰难的生存中保持着生活的热情,对前景有着坚韧的信念。使得褴褛衣衫和粗糙肌肤下跃动着一颗颗锦绣心肠。延续着虽然水深火热却永不枯竭的生存信念。这是我西行河湟的最深切感触。"

"是啊!这也是天道使然。有一段民间唱词,虽然唱的是妇女们绣花的题材,却反映出河湟民众超乎凡俗的精神向往和独特的民生情趣。第一次听到,我被深深地感染。就是这种精神向往和生存情趣,让广大河湟民众在苦难中百折不挠,生生不息。我念给你听,你必有同感。"高先生清一清嗓子,抑扬顿挫地念诵起来:

  一绣天高十万丈,

二绣地狱十八层,
三绣我佛莲台坐,
四绣童子拜观音,
五绣五帝众罗汉,
六绣长老念梵经,
七绣鹦哥巧说话,
八绣猛虎穿山甲,
九绣菊花头上戴,
十绣莲花水里生,
十一绣了再不绣,
日月轮回重开头。

青马喷着响鼻上下点动头颅。入神的刘香被抖动的辔头拽进现实,发觉倾听两人说话,反倒放松了骑马的紧张心情,忘了惧怕,身子随着马步上下左右颠摇,十分自如。更让她喜悦的,是从两人的谈话中,听到了更大更远的世事。虽然是粗浅的、暂短的,却让她明白了一个事实:同样是男人,氽庄的男人们习惯了日出而作,日落而息,面朝黄土背朝天的日子,除了吃喝拉撒,柴米油盐;除了庄稼、天气、牲口、婆娘娃娃,再没有别的说道。出门入户还要端着男人架子,饭来张口衣来伸手,动不动打骂婆娘,好像女人天生就是供他们由心机使唤、打骂。真要叫他们说几句明白话,一个个嘴秃言短,比木头好不了多少。可见,人要识字,要多经见世事,要多与人交谈。像高先生,已经是远近闻名的看病先生,还在衙门干过大事,可从来不给人端架子,尤其对乡下穷人,更加体恤疼怜。说话一是一,二是二,张口闭口文文雅雅干干净净,叫人敬仰、尊重、信赖。像这英俊的生人,第一次见面,给她这样的庄稼女人扶着马镫帮她上马,没有嫌她是庄稼女人而小看她,轻视她。倒像当作他的亲姊妹一样亲切和善,说话说得这样受听。虽然说的不是身边眼前的事,可让人觉得他眼里心里装着的,全是身边眼前的事,还为这些与他不相干的事操心着,忧虑着。这样的男人才是真正的男人……

5

憨哥、巧儿下地做活不在家。香娃在庄廓一侧空地上倒胡基。

刘香把三匹马拴在门前树上,呼叫香娃撂下手里活儿,洗净脚手拜见高先生。高先生却要看看香娃如何倒胡基。观看香娃倒了数次,给刘香一个手势,进大门步入西房,同游歌分坐在炕桌两侧炕沿。刘香歉笑着说:"穷家什么也没有,你二位稍坐一会儿,我去厨房烧茶。"

高先生阻止刘香去厨房烧茶,说:"把你儿子叫进来。"

刘香出大门催促香娃撂下模子洗手,"高先生大老远专来给你看病,别让高先生等你。"

"我没病,不看!"香娃继续刷洗模子,"叫高先生给姐姐看病。"

"你姐姐去地里做活,咋给姐姐看病?听话!别让高先生说我们在捉弄人家。"

香娃蹲在水坑边愣了一阵,把模子扔进水坑,跟母亲回家,垂手低头站在柜前。

"你小时候母亲抱你去我家看病,你记得吗?"高先生仔细端详香娃的气色、神态、五官。

香娃摇头。

"当时你一岁多点,整日哭闹,你母亲抱你去大庄看病。看完病我给你一个拨浪鼓,还记得吗?"

香娃点头。

高先生从身上掏出一个腕枕放在炕桌一角,压按几下,"你过来坐炕沿上,我给你号脉。"

香娃坐下,伸出黑瘦的左胳膊,将手腕放在小枕上。高先生三指轻搭香娃腕侧,用中指指腹触压关脉部位,食指无名指指尖自然触及寸部、尺部,体会,沉思,示意香娃换上右手。细心诊了脉象,对刘香说:"刚才看你儿子劳作,下蹲、起立、弓腰、伸手都灵活自如。气力不支,是因为对一个十四岁孩子来说,提着四联模子倒土坯,过于繁重。从脉象看,半年前法场受惊吐血,有过短时的气血亏损。好在孩子秉赋好,又亏得后天的造化,惊悚引发气血逆行,来势凶猛却没有造成经络损伤五行紊乱。只要重视养息,饮食调配,恢复只在时日。"

"自他回家来,整日蔫头耷脑不与人说话,半呆半傻像丢了魂儿,实在叫我放心不下。"

高先生边收腕枕边说:"记得他小时候看病,我说这孩子天生心气重,是胎里带来的秉赋。如今看来,仍是心病重于体病。发呆发傻,是心气淤结神情不畅所致。心病得由心法治。我从你的话里听得出,孩子与父亲有些积怨误解。是这种积怨误解,加重了心气的淤结。久而久之,势必生发血肿气痈之恶疾。以我之见,得让孩子暂时脱离这种环境,找一个平和清明的生长天地,让孩子积淤的心怨神劳得以化解发散,调养出澄明畅亮的情怀,心病则不治而愈。"

"头次看病后,我听从你的提议,打算把他送去贵德阿舅家,结果弄出又一层是非。"

"他父亲什么态度?"

"他没耐心。叫我们上天也好,入地也好。"忧怨的语气里含着悲音。

"既然这样,最好让孩子去贵德阿舅家中调养。新环境能调动新的情绪心境,对孩子成长有利。"

刘香问香娃:"听见高先生的话了吧?再叫你去阿舅家,你去不去？"

香娃点头。

高先生开一帖药方交给刘香，"给孩子服五服汤药。服了如觉得对路，再服五服。汤药是辅助调养气血，功效在表。根本是尽快给孩子找一处宽松平和友善的环境，越快越好，久拖无益。"

刘香送高先生经过院坪时说："送香娃去贵德，得跟他父亲商量。眼下地里活儿忙，腾不出人手送他，但我想办法吧。"心里打定主意，哪怕误了地里庄稼，也得送香娃尽快去贵德。嫁到尕庄将近二十年，为男人、为家务、为儿女，没回过一次娘家，该横下心肠回一次娘家。

率先出来的游歌已把三匹马牵到门口，将白马缰绳交给高先生，自己牵枣骝马和青马，对刘香说："大嫂，随我走一走，我有话给你说。"

刘香诚惶诚恐。这位穿制服留分头的识字人会有什么话要对她说？又暗自喜悦在此人离开前能陪他走上一段路。她清楚，对素昧平生的陌生男人，不应该有留恋之情。可此人却让她产生了难分难离的眷恋。既有从此天各一方，再无谋面机会的失落怅惘；又有希求再次见面的殷切渴望。自觉不自觉地与游歌并排走在一起。

"大嫂，你儿子长得特别像你，尤其他的眼睛，叫我一眼之后无法忘记。他的眼神告诉我，他的心灵遭受了严重的创伤。无人可以倾诉，无人能够倾听。他需要一个能真正理解他、宽慰他的人，才会把心里的疙瘩解开。高先生的建议应该考虑。我虽然不太了解你们，可我的直觉告诉我，或者说是你的眼睛告诉我，只有孩子的舅舅是他目前最值得信赖，最能依靠的人。如果你放不下家里活儿走不开，我愿意替你做这件事，把孩子送到他舅舅家去。"

意外和惊诧让刘香脸朝游歌站下来，睁大美目定定地望着游歌的面孔。这个穿制服留分头识字的外路生人，这个替她捉住马镫把她扶上马鞍的英俊男人，愿意替她把香娃送去贵德。这个许诺或者请求，实在出乎她的意想。她扑闪着长睫毛把游歌看了许久。她记起了花枝荣，记起托嘱花枝荣带香娃去贵德时的所有细节。花枝荣骗了她。至少是由于花枝荣的粗疏大意，让香娃经历了一场噩梦。眼前这个男人……

刘香游移不定。觉得应下来不对，推辞不应也不对。言不由衷地说："你们是贵人，我们的事咋能叫你操心。"

"我本该早两天去西海，是高先生留我多住两天。想不到留下第一天就认识了你，认识了你儿子，知道了你儿子的奇特遭遇。这说明我们是有缘分的。"游歌把闪烁着精气神的目光执着地探入刘香的瞳孔，"说心里话，你母子的眼睛太美了，美得令人心颤。我相信这是上帝的安排，让我认识你母子，并且要我为你们排忧解难。你不用管我是什么人，你只说你能不能信任我？"

刘香没勇气也没能力回答这样的逼问。不回答又不应该，嗫嚅着说："高先生给香娃开了药方，先得抓药给他吃……"

游歌笑着打断她的话，"我可以把药方带去交给孩子舅舅，让他舅舅操心吃药的事。我去西海早两天晚两天都行，多拐个弯，就把你儿子送到贵德了。"执着地探视刘香的眼眸，仿佛要把自己的心情注入刘香的心窍。

刘香的心窍热起来。因了对方的目光探究，也由于自己目光的某种收获。她相信游歌是实心的，不是第二个花枝荣，"你……啥时候走？"

"我现在回高先生家。明天你我分头准备。后天一早我来接你儿子。"向刘香伸出右手。

刘香愣一下，诚惶诚恐地在衣襟上蹭两下手掌手背，手心相对伸出了双手。

游歌只握住她的右手。把他手上有分寸的握力和体热，通过她胳膊的微微颤抖传导进她的心房。

第二十一章

1

香娃左顾右盼焦虑茫然,怎么没有出路?记得沿着一条林间弯曲小路进入空旷山谷,密不透风的树林中,有条路可以走。可此刻,四周迷迷蒙蒙辨不出方向。深不可测的幽谷,用恐怖的空静逼压着他,寻不见那条由一排一排湿胡基铺开的道路。香娃心急如焚,茫然四顾。有低弱的鸟鸣从迷蒙中透出来,引出他内心的喜悦。顺着鸟声寻找,定能寻见来路吧?鸟鸣越来越近,越来越清晰,将香娃从梦境中吵醒。原来舅舅刘能坐在炕头,两手捂在嘴前,发出鸟叫声音。

睡眼惺忪的香娃惊诧地望着刘能。刘能摊开双手,手里没有东西,嘴上也没有东西。惊诧的香娃觉得还在做梦。

"睡醒了吧?"刘能轻拍枕头,"睡醒了起来。"把炕柜上的衣裳取下来放在枕边。

纳闷的香娃穿衣裳还望着舅舅的嘴。手里没什么东西,悦耳的鸟叫是怎么吹出来的?刘能明白了香娃心思,张嘴让香娃看,嘴里什么也没有。香娃忍不住要问的时候,刘能舌头一卷,把含在舌下的一个小东西吐在手掌心,"咪咪儿。"

穿好衣裤,香娃跪在炕上叠被子,边叠边想,咪咪儿?比豌豆稍大点的小东西,噙在嘴里不让人看见,却能吹出动听的鸟叫声。刘能再次看出香娃的心思,"洗脸吃饭,饭后吃药,吃了药我给你看咪咪儿。"

"舅母呢?"

"你舅母同你表哥、表姐出去做活,留下我给你做伴。厨房锅里有温水,你舀水洗脸,我给你打荷包蛋。"

香娃去大门外茅厕解手。阳光已经抹下西房房檐,给窗子涂了一溜耀眼的金黄。院里杏树、梨树的树冠顶端,也被太阳镀出一层油一般亮的翠绿。蓝绸子一样的天空挂着几丝薄云。滋润的宁静,拂面的柔风,让香娃精神振奋。来舅舅家五天,服了五服汤药,香娃感觉绳索般捆绑他的那种周身的紧硬,已经松弛;双脚踏在地上,不再像踩着棉花。沉实从脚心一直传向大腿,身子不再摇晃;眼前那些虚虚幻幻浮游的雾斑,越来越少,随之减弱的,还有耳朵内老在淌水老在下雨的响声。高先生的药方见功了。舅母每天早上端给他的荷包蛋,中午炖给他的鸡汤、鸽子汤,后响做的羊肉炸酱面、牛肉臊子面,在不知不觉中赶走了从他身上偷偷抽走气力的那个鬼魅。最根本的,是阿舅、舅母、表哥、表姐们畅朗的笑声,如同照入房内的阳光,驱散了他心中那些几乎要长毛的阴霾,使他重新感知到心窍中原有的温暖。

洗了脸,吃了刘能端上桌的荷包蛋、奶茶、一牙子锅盔,药香已在院里飘散。"今天是第六服药的头一剂。送你来的游先生说,看病的高先生要你吃完五服再吃五服。昨日我打发你表哥上街按原方抓了五服。我看得出来,吃完这五服药,你会大好。"

"我已经好了。"

"比刚来那天好多了,脸上有了红气儿,也有了说话的心思。你刚来那几天不说话。你舅母背地里问我:'香娃会不会变成哑巴?'"刘能哈哈大笑起来。

香娃难为情地笑了。

"等你有了唱的心思,就说明全好了。"

香娃的心尖疼了一下。他怕听唱字,可阿舅不是故意说唱字的。为防止阿舅再说唱字,香娃说:"阿舅,你说吃完饭给我看咪咪。"

刘能变戏法般摸出比豌豆大不了多少的咪咪,放在香娃掌心,"见过吹鼓手的唢呐吧?这与唢呐咪咪一样,但不是唢呐咪咪。"

香娃用指尖捏住咪咪,翻转着细心观看。是两点弯曲的竹片对夹一条白绸,用线缠扎住的枣核状的东西。纳闷这样简单的小东西,居然能吹出那么动听的鸟叫。"阿舅,你再吹几声。"

刘能把咪咪含进嘴里,微张着嘴,嘴唇双腮微微翕动,便有脆亮的鸟鸣从唇间流泻出来。而后舌头一卷,与香娃说话,看不出嘴里含着东西。香娃更加好奇,"阿舅,咪咪是怎样吹响的?"

刘能张嘴让香娃看。阿舅用舌尖把咪咪顶在上腭,轻轻吹气,咪咪就唧唧呜呜地发出响声。而后用舌头把咪咪卷拨在舌头一侧,说:"靠出气大小缓急,振动竹片中间的绸子发出各种声音。"吐在手心,舀一碗清水冲刷干净,让香娃含进嘴里,"你试当试当。"

香娃试吹几下,没有声音。用舌尖顶在上腭,依旧吹不出声音。以为出气太弱,鼓气一吹,把咪咪吹落在地上。刘能哈哈大笑,"心急吃不了热豆腐。这得用心体会。等有工夫给你做一个,你整日噙在嘴里吹,不信我们的香娃吹不出好听的声音。"

香娃吃惊了:"咪咪是你做的?"

"这么简单的东西,谁不会做!教一次,你也会做。"

香娃觉得阿舅真有本事。向往阿舅尽快把做咪咪的本领教给他。

刘能收起咪咪,"今天我领你去黄河边,下扣子给你抓野鸡。你来的第二天我抓来一只野鸡,这三天吃完了。"

香娃心想,原来这几天舅母炖给他喝汤吃肉的鸡是下扣子抓来的。阿舅不但会做咪咪,还会下扣子抓野鸡。香娃极想见识阿舅的本领,急迫叫阿舅领他去河滩。

2

出村是连片的麦地。已经两拃高的麦苗把油亮的翠绿齐刷刷地铺向远方。高低错落的麦地边缘,一排排柳树垂着细柔的新枝。个别地里,有戴着草帽凉圈的女人身影。静谧随同普照的阳光,把目光所及的空间,描画成妇女手下的绣品,绚丽中透着空灵。只让一声半声的鸟叫和拖长的牛哞,像绣花针起落发出的闪光,耀入人心。

沿着曲折的田埂走过一块块麦田,经过一片生长马兰草的林边洼地,穿过密集着近百棵柳树的树林,一条波光粼粼的河流显在香娃眼前。宽阔的河面中央突出一溜灌木茂密的沙滩。被日光水汽抚托得虚虚幻幻的对岸上,也是茂密的灌木丛和柳林,在氤氲的地气中洇晕成一条灰绿长带,伴随着河水向远处蜿蜒伸展。

刘能停在一块麦地塄坎四下张望,蹲下来观看地形,伸手辨试偶尔才有的风向,走到另一块麦地边缘,把马尾丝挽成活扣,拴牢在木橛上,戳在麦苗中间,退回来给香娃说:"扣子下好了,只等野鸡把头和爪子塞进扣子。"示意香娃跟着,来到四棵柳树遮护的河畔台坎,席地而坐。指着宽阔又从容的河水,"知道这河的名字吗?"

香娃摇头。

"这就是黄河。"刘能指向西南方向灰紫色云霭成堆的天际,"往西八十多里,河水从龙羊峡经过时,比发怒的狮子还要狂躁。"指着东北方向闭锁天际的灰褐色云带,"河水从那里经过松盘峡,变作成千上万狂奔的老虎。只有经过我们这里,才变得这样从容不迫,这样舒缓。"见香娃目不转睛注视波光一闪一耀的河水,又说:"是这条大河,把我们这地方养育成一块出产丰富、人情敦厚的富地。这是一条有灵性的大河。"沉思着装烟、点烟、抽烟,接连抽了两锅,说:"给你讲个故事吧。听了,你就相信这河是有灵性的。"

香娃认为阿舅要讲的故事一定动听,把殷切的目光投给刘能。

"民国十七年十月,也就是你五岁那年。反对国民军的孞司令在甘肃渭源打了败仗,率领部队经洮州、岷州、拉卜楞寺,再经过保安往贵德这边流窜。十二月经过麦加城,杀了一百多人,抢夺牛羊马匹,十二月底接近贵德城。城里商绅为了保住城池,保护民众不受抢掠杀害,推举代表拿重礼迎接孞司令,给他戴高帽子,灌米汤,说他为地方除暴安良,是爱民的好司令。米汤灌得孞司令高兴,下令进入贵德不得杀人抢劫,扰乱民心,违者枪毙决不姑息。这样,贵德人民才免遭杀害。孞司令在贵德驻扎一天一夜,商绅们又送了许多金银财宝,宁海军统领马朝选还送了一百三十条快枪。第二天,也就是当年的正月初一,孞司令领兵从冰桥过黄河,往西宁进发。过河突然想到,驻扎一天一夜便宜了贵德人,应该向贵德人要些钱粮壮丁补充军用。下令回头过冰桥再进贵德城,不料想几万人的军队过后,冰桥当即裂缝、坍塌,孞司令干瞪眼过不了河……"

"我说这个故事,是要香娃知道,老天爷有眼睛,好事坏事看得清清楚楚。黑头凡人不知道该怎么做的事,老天爷就指领着你做。一夜间冰冻封河,孞司令的部队过了黄河,冰桥又一下子消散,这种事只有老天爷才能办到。"

飞来两只灰喜鹊落在树梢,压得细梢颤动摇晃。香娃朦胧感觉阿舅这些话是有意说给他听,给他某种暗示,某种劝解,却一时难以明确。

"该去看扣子了,估计套住了一只野鸡。"

老远看见下扣子地方有个生灵在扑扇翅膀挣扎,试图挣脱扣套逃遁。走近,竟是一只锦鸡,绚丽的翎毛在扑跳挣扎中闪耀出七彩光辉。刘能蹲在地边,小心捉住锦鸡翅根,松开套住脖颈的马尾扣,拔出木橛。"这野鸡肥得很,你揣。"把蜷蹬双爪的锦鸡伸上前要香娃揣摸。

香娃伸手过去,手心感觉到野鸡羽毛的柔滑和肚腹的悸颤,发现锦鸡的灰褐色眼睑闭合又睁开,水珠般明亮的眸子闪动着惊恐不安。跟随刘能走过两条堎坎,锦鸡眼里的惊恐不安仍旧刺着香娃心窍。小心地问:"阿舅,这野鸡是给我吃的吗?"

"给你吃肉喝汤补身子,阿舅跟着沾点口福。"哈哈哈朗笑。

"要宰它吗?"

"我的憨人,不宰咋能拔毛开膛扒肚?"

"阿舅,我的病不吃野鸡肉不好吗?"

"野鸡肉劲大,吃了好得快。"

"我已经好了,今天走这么多路,一点不乏。"

刘能盯视香娃:"你是不是不忍心阿舅宰它?"

香娃果决地点头。

"那好,我放掉它。"说放就放,松开揪捏双翅的左手,右手托住锦鸡肚子往上一抛,锦鸡扑棱棱扇着翅膀飞走了。两人盯视着越飞越小最后没入麦田的生灵,对望一眼,刘能把手放在香娃头顶,"香娃是个好心娃娃。我看得出来,你的心意比你阿妈的还要重。你阿妈小时候见不得我们糟践生灵。我们踩死一个毛虫,揪断一条蚯蚓,打死一只麻雀,往青蛙屁眼插麦秆吹气,你阿妈都要淌眼泪,给我赌气不说话。想不到你比你阿妈还要心软。"抚摸香娃的头发、耳朵,"有你这样的外甥,就如见了你阿妈。不过你的身子还虚着,只吃药见效慢。我听你的话放了野鸡,你也得听我的话,明日跟我去东山崖头打几只鸽子给你补身子。我们这里的野鸽一群又一群,打死一两只没什么要紧。"注视香娃的反应。

"怎么打?用弹弓吗?"

"用老单拐。"

香娃不知道老单拐是什么,只问:"打死的鸽子淌血吗?"
"不淌血。"
香娃垂头发起呆来。

3

香娃睡醒,又是太阳照亮房檐。舅母、表哥、表姐都已下地。刘能操心着香娃洗脸、喝奶茶吃馍馍,而后服汤药。刘能从西房梁头取下老单拐,擦净灰尘,在一根细棍一头缠上布条,蘸点清油,捅进枪管抽拉几下,又往像鸡头的枪拐涂少量清油,立在柜角。将烟袋大小的火药皮袋、铁砂皮袋连在一起,褡裢一般搭在香娃肩头,"嫌重,就说话。"

香娃乐意为阿舅分担这点活儿。可装火药的小皮袋轻轻的,装铁砂的小皮袋实沉沉地坠在后背,得用力拽住前面的火药皮袋,才能防止被后面的铁砂袋拽过肩头掉在地上。走出不远,肩头被坠勒得热麻起来。为了不让阿舅觉察,快步走在前面。

走过村东一座高墙阔门的庄廓,刘能喊两声,跑出一个与香娃一般大小的男孩,"宣文,进去给你爷爷说,有用秃的大楷笔杆,给我一支。"

宣文应声跑入门内,片刻出来,将一支秃头毛笔交给刘能。

"给你爷爷说我多谢了。"刘能边走边看笔杆内孔,朝香娃微笑。

大约一顿饭工夫,甥舅两人穿过一片杨树、柳树、榆树混杂的树林,眼前出现一片山水冲刷出的、乱石杂陈矮草伏地的干旱滩地。滩地尽头是一条山水冲刷成的沟壑,两侧是褐灰色土崖,犬牙交错的崖头上,蹲着上百只野鸽。

刘能打量地形,同香娃退坐在一棵粗壮杨树的阴凉下,让香娃扶着枪身。刘能分别松开两个小皮袋口系,将巴掌大的一块生牛皮卷成漏斗形状,尖头插进枪口,拿起装火药的小羊皮袋,袋口伸进牛皮漏斗的喇叭口,两根手指弹动羊皮袋,黑色的火药粉末便流进漏斗再灌入枪管。香娃看得有趣,"阿舅,火药咋是黑的,像锅墨子。"

"火药里有焦炭。"

"火药……是买的吗?"认为装在小巧结实的羊皮袋里的火药一定很值钱。

"哪有闲钱买它!是个家做的。"

香娃吃惊了,"做的?阿舅会做火药?"

"做火药不难,找全材料就能做。"

"材料?啥材料?"

"焦炭、硫磺、硝。有这三样东西就能做火药。"

"三样东西混在一起?"

"得混合在一起。但合多合少得按比例,一硝二磺三焦炭。"

"啥是一硝二磺三焦炭?"

"就是一份硝,二份硫磺,三份焦炭。分别碾成细末合起来就是火药。"

香娃似懂非懂。看着阿舅放下火药皮袋,拿起铁砂皮袋,往枪管内灌进大约半把多的铁砂,最后塞一团羊毛,"好了,可以把枪放平。"

香娃心里佩服着阿舅,将灌了火药、铁砂的老单拐小心着平放地上。

刘能从衣袋抓出一把麦粒,"你把这些麦子撒在干滩中间石头缝隙中,别撒得太散。你去撒麦子,我吃烟。"

香娃撒完麦粒回来,刘能已抽完两锅。放下烟袋、烟瓶,从汗衫口袋取出一个羊皮小包,展开,是一个黄纸包;再展开,纸上排列着扁豆大小的鼓包。刘能从边上撕下一个,将其余叠收起来。

"阿舅,这是啥?"香娃觉得打鸽子说起来简单,做起来却复杂得多,也有趣得多。

"这是火炮,靠它点燃枪内火药。"刘能左手两个指头捏着火炮,右手拿起枪,用手掌根拨起爬伏在枪管上的鸡头状单拐。原来"鸡头"下有个突起的尖嘴,嘴上有孔。把火炮按压在小孔,扁圆的火炮刚好盖住小孔。刘能双手端枪,注视崖上的鸽子。

"鸽子会飞下来吗?"

"眼下草没结籽,麦子没有收割,它找不着吃食。我们撒了麦子,它会飞下来的。"

香娃静观等待,急切盼望鸽子飞下来。

一只灰鸽子终于张开翅膀从崖顶飞起来,在干滩上空旋飞一圈,翅膀啪啪抖响着,落在没撒麦粒的地方,昂头向他们坐的地方张望,来去踱步,又向他们探望几眼,这才走向有麦粒的地方。这时,第二只、第三只鸽子飞下来,接着飞下一群,少说有四五十只,落在撒了麦粒地方,慌快地啄食。刘能把平端的枪举起来,香娃的身子缩成一团,把嘴张得老大。等了半天,不见枪响。要问为啥不开枪,却听阿舅猛吼一声,惊动鸽子们齐齐地抖翅飞起来,嘭!枪响了。香娃眼前飘过一缕蓝烟,飞起的鸽阵中,有三五只鸽子乱拍着翅膀直掉下来,其余从他们头顶掠过树梢,不见了。

"远了点,要不能打下十几只。"刘能把枪放地上,拿烟袋装烟,"去,把打下的鸽子捡回来。"

香娃起身却犹豫不前。

"去吧,铁砂轰死的鸽子不淌血。"

香娃迈着小步慢慢地接近那几只倒霉鸽子。一只仰在石头中间,爪子还在悸颤着。另外三只耷开翅膀爬伏在矮草丛中。果然没有血迹。香娃犹犹豫豫地壮起胆子,手抖着捡起一只,证实鸽子全身没有血污,才去捡拾另外三只。既高兴又茫然地走回来,放在刘能脚前。

刘能边抽烟边说："铁砂细小，轰进鸽子皮毛，皮毛骤然紧缩把血凝在身子里。少量的出血也被羽毛遮着。不过吃肉得小心着，防止铁砂硌了牙。"

"阿舅……"阿舅什么，香娃自己也闹不清。

回家简单地吃了午饭，刘能让香娃午睡。

香娃一觉醒来，收拾干净的四只鸽子放在案板上。"等你舅母回来给你爆炒鸽子肉，下剩的炖汤。"刘能把要来的粗笔杆放在案板一角，菜刀交给香娃，"把笔杆截断。"

香娃手持切刀看着笔杆，不知如何下手才能截断笔杆。刘能手把手教导，一手握刀，一手压刀背，刀刃压在笔杆上前后推滚，笔杆立即有了一圈刀痕。逐渐加力，刀痕在笔杆前后的滚动中渐渐加深。片刻，笔杆被滚截成两段。

刘能让香娃用同样办法截下一公分长的笔杆。刘能拿在手上细看，截下的笔杆内孔浑圆，孔壁光滑。教香娃把它从中劈为两个半圆弧，再削成小圆弧，两弧相对，形成枣核形扁长的孔，"好了，拿到房里去。"

回到房里，刘能将一条一公分宽的丝绸交给香娃，教他把绸带紧绷在一个弧上，而后两弧相对，用细线缠扎结实。"知道叫你做的啥吧？"

"咪咪儿！"香娃兴奋得面颊飞红。

"吹一吹，能不能吹出响声。"

香娃含在嘴中，这么吹那么吹都吹不出声音，弄出一嘴的涎水。刘能要过去含进嘴里，便有悦耳的鸟鸣从两唇间飞扬出来。用清水冲刷后交给香娃，"反复吹反复体会，你会吹得比我还要受听。"留下香娃揣摸体会要领，自去果园做活。

香娃得空就把咪咪含在嘴里，渐渐吹出单音，继而吹出简单的连续音、变化音。用心体会要领，终于能吹出鸟叫似的声音。

4

刘能递给香娃一面方镜,"你看,能看到什么?"

香娃双手捧住镜子,除了自己的脸,没什么东西,"什么也没有啊!"疑惑地望着刘能。

刘能笑了,"到底是憨人!叫你看看你自己,有什么变化。"

香娃思忖着细看,自己的脸色红润润的,好像比刚来时胖了,又不能确定是真胖了,还是原来的样子。因为这是来阿舅家第一次照镜子。此前,从梳头的表姐身后走过,带眼照一下,没留下明确的印象。此刻,他用挑剔的目光打量镜子里那个只能看却不能摸的自己,看哪儿长得比别人好,哪儿不如别人。他与心目中的表哥比,再与阿舅比,总觉得有些方面比不上表哥、阿舅,比他们缺点什么。究竟缺什么,又不明确。与记忆中的猪娃保比,明显看出自己的脸色比猪娃保的光鲜。尤其是眼睛,比猪娃保的有神。仔细观望镜子里自己的眼睛,如同看见了母亲的眼睛。镜子里他的眼睛与记忆中母亲的眼睛重叠起来,让他疑惑这双眼睛究竟是母亲的还是他的。尤其眼内水波一样荡漾的神气,深潭一样难以见底的澄明清澈,还有雨云罩住蓝天般的阴郁,都与母亲生气或者伤心时一模一样。可此刻他没有生气,没有伤心,为什么眼里的神情与母亲的神情一样?是母亲想他,把思念的目光穿过山水云雾与他联系在一起吧?正想得发愣,阿舅的脸出现在镜中,"看出什么了?"

"……看出我的病好了。"

刘能拍掌,"对!吃了十服药,缓了一个月,你身上的病全好了。好了就得做些活儿。"收走香娃手里的方镜。

"跟表哥、表姐一同下地吗?"香娃盼望这一天、这一刻。一个多月,每天每日看着表哥、表姐同舅母早出晚归,他已经不好意思再闲着让人服侍。

"不叫你做地里活儿。我要你学一门手艺。贵德街上的手艺人都是我的朋友。今天我带你上街,看你喜欢哪一行,就让你学那一行的手艺。去,换上你姐姐洗干净的衣裳。"

香娃边换衣裳边问,"阿舅,你街上的朋友都是做什么手艺的?"

刘能也在换上街衣裳,"有擀毡的、有箍桶的、有旋儿匠、簸箕匠、皮匠、绳匠……还有香坊制香的……"

"我要学香坊制香!"香娃情不自禁喊道。他迫不及待喊出这个心声,是觉得香字与他有着某种关系,必须及时表白出来,才不枉费阿舅舅母对他的一番心血。

5

刘能、香娃走进罗家香坊街门。在院里翻晒药香的罗积缘笑着给刘能拱手:"啥风把能人吹来了?"

"满世界的香风吹来的。"刘能也笑着拱手。

"满世界的香风?我咋没闻见?"

"你整天在香气里泡着,闻得鼻子不灵了。我们整日上山下洼披风戴雨地下苦,闻的是土腥味、树皮味、草汁味、石头味、牲口味;一股风吹过,闻见寺院庙堂和人家里点香的气味。一闻就知道是你罗家香坊制出的香。再说,今日我另有一香。"把贴站身旁的香娃拉到前面,"先叫罗家爷儿。"

香娃轻声叫道:"罗家爷儿。"

"我外甥名叫香娃。他妈妈养下他身上就有香气。你的药香,我的香外甥,是这两股香风把我吹来了。"

两人相对哈哈畅笑。

说笑一阵,刘能庄重了神情,"我外甥来我家养病一个多月,如今病已见好。十几岁男孩,整日闲着不是个事。我把他领来交给你,叫他学一门手艺。"给罗积缘挤一下眼睛。罗积缘当即领会刘能的眼语,含笑点头。

"你收他当工人,该怎么拨教就怎么拨教,该叫他做啥活就叫他做啥活。晌午管他一顿饭,大家吃什么他吃什么。等秋粮打碾我给你驮来一口袋新麦子面。"扭脸对香娃说:"罗爷爷一家全是好人,你用心看用心学,要尊重做工的伯伯、叔叔、哥哥。从明天起,你清早过来,中饭在这里吃,后晌回去,一天来去走路,你会更加硬气。"

香娃点头。阿舅说这里所有的寺庙、人家,都用罗家香坊制造的药香敬神,已把巨大的好奇装进他的心里。隐约意识到,自己名叫香娃,这里制造药香,这中间大约有什么牵扯或者联系。暗下决心,在香坊好好学习、劳作,不给阿舅丢脸。

第二十二章

1

"婶婶！婶婶！"猪娃保向提草的刘香呼唤,甩扬着双手。

刘香佯装没听见,却观察巧儿的动静。近些日子,猪娃保好像离不开巧儿,总要找借口到地里看巧儿,与巧儿说话,然后心满意足地离去。比如前天,猪娃保来到地边问她,"婶婶,阿妈受了阴凉,需要放血,你给我教一下放血的方法。"她觉得好笑。大凡有点岁数的尕庄人,哪一个不会放血?问问邻居就会知道,何必来地里问她。此刻,为了与巧儿说几句话,又不知找了什么借口。

装作没听见的刘香继续提草。巧儿喊道:"阿妈,猪娃保叫你哩,你没听见吗?我去问问他叫你有啥事?"

刘香还给巧儿不满的目光。她不能让巧儿与猪娃保频繁接触。十九二十的人,老往一起凑不会有好事。提高声音没好气地对猪娃保说:"一会儿都不让人安心!又有什么事?是你阿妈又着了阴凉,问我炖四合汤的方法吧?"

"婶婶,你快出来,好事情!好事情!"

从猪娃保喜形于色的表情,刘香第一个念头是贵德刘能托人带话来。香娃已到贵德阿舅家,要她去见带话的人。慌忙分拨着齐腰高的麦秆走出麦地,"是不是贵德有人带话来了?"

"不是贵德来人,是那个姓游的来了。"

"姓游的?哪个姓游的?"

"送香娃去贵德的游先生。"

刘香愣了,怎么可能?!"你说的是把香娃送去贵德的那个下路识字人?"

"正是他!在庄子里寻问你,被我碰见,把他让到你家里坐着,我跑来叫你回家去。"

刘香的心房一抖一热,拔腿往家里跑。跑出十几步,回头急迫迫喊叫:"猪娃保,你跟我一起回家!"

路上,刘香狐疑着。游先生说,送香娃到贵德后,要去西海会见拍电影的同事。该去西海的游歌,怎么又来到尕庄?转念,一个多月了,游歌大约是从西海那边过来的。推想中加快步伐,险些被半块胡基绊倒。走进大门心跳加紧,感觉要见分离太久的亲人,慌乱中有些莫名的难为情。听见脚步声的游歌迎出房门。迎出房门的游歌穿的还是那套灰色中山制服,还是把头发从中间分开梳向两边,黑油油有点蓬爹的头发下,还是那张眉眼英俊神气友善的面孔。

"大嫂,没想到是我吧?"游歌从刘香慌乱的神情中看出她此刻的心情。

"真没想到是你,你……从贵德过来的?"

"我从湟源过来。"游歌伸手扶住上台沿的刘香胳膊。刘香下意识扭头看看跟着她的猪娃保,想甩脱游歌的手,却由他扶抓着她的胳膊走进房门。

"大嫂,我完成了你交给我的任务,回来给你复命。"笑容明朗。

"知道知道。"刘香不明白自己说的知道是什么意思,脸红了。下意识取下挂在柱子上的牛尾掸尘,走出房门,掸打肩头、腿脚的灰土。回房挂好牛毛掸尘,心情已平稳下来,"你晒黑了。你坐,坐下,我去厨房给你烧茶。"

"大嫂别忙,我把送香娃去舅舅家的经过给你汇报一下。"

"不急不急。香娃已经到了阿舅家,急啥!这么远来我家里,不喝茶不成。"急忙去了厨房。片时,端来干粮、茶水,"你先喝几口茶,吃几嘴干粮。青黄不接的时节,家里没有白面馍馍。这杂面干粮你能吃就先吃几口,我给你烧汤去。"再次把目光投在游歌脸上,"西海那边太阳毒,看把你晒成啥了。"

"这二十多天住在草原帐房,风吹日晒,脸上脱了几次皮。"抚摸自己脸颊,"是不是很难看?"

"不难看不难看!男人家,黑了倒显得精神。西海那边的事做完了?"

"纪录片拍完了,我朋友回西安后期制作。我同他一起到西宁。他去西安,我来这里。"掰下一牙干粮,细嚼慢咽地吃下几口,"大嫂不用做饭,我把情况说给你听,然后要去大庄。"

刘香佯装生气,"你是嫌我家里没吃没喝才要急着去大庄吧?"见游歌笑了,对猪娃保作出安排:"你去把游先生马上的行李取抱到房里,再把鞍子卸下来,操心着给马喂些草料。游先生大老远来,少说也得坐上两天。"话对着猪娃保说,眼睛却望着游歌。

刘香跟着猪娃保走出大门,从马身上卸取皮箱、行李,低声对猪娃保说,"放下行李你去长腿家,给长腿说,我向他借几大钱儿,待应远处来的贵客。拿了钱你去割两斤肉,买几样细菜,再灌一斤酒,买一盒纸烟。办完这些事,去地里把巧儿叫回来,快去快回。"猪娃保将游歌的行李、皮箱搬进房内,快步去了。

刘香得等猪娃保借钱买来肉菜才能去厨房做饭,只能先陪着游歌。靠面柜站在堂屋地上,对坐在炕沿的游歌说,"你不是给我说带香娃去阿舅家的经过吗?"

游歌却反问道:"还没见大哥呢,大哥下地了?"

"香娃大大跟着包家爸爸出门了。包家爸爸听到一个信儿,大通煤窑今年秋后要招工人。香娃大大趁收麦前去煤窑打探情况,秋后好作决断。"

"哦。只靠种庄稼,日子过得艰难。"游歌把如何到了贵德,如何传达香娃生病的经过和高先生的担心,如何与刘能作了交谈,一一细叙给刘香。最后说:"香娃舅舅叫你放心,他会把香娃照顾好。把身上的病和心里的病彻底治好后,再把香娃送回来。"

刘香轻叹一声,"多亏你,香娃才能远天远地去了阿舅家。又绕这么多路把这些话告诉我。你的恩情我们这辈子也无力报答。"油然记起托付花枝荣带香娃去贵德的情景。一前一后,两个男人,结果如此不同。联想起丈夫憨哥,便觉得世上的男人,竟有着看不清识不透的千差万别。这一连串感想,令她微皱眉头,眼眸上闪出泪光。

默望着凝神沉思的刘香,游歌油然记起一首唐诗,情不自禁吟诵出来:"美人卷珠帘,深坐蹙蛾眉,但见泪痕湿,不知心恨谁。"

刘香挑起长而密的睫毛,深潭般澄澈的眸子上,罩着一层似有若无飘游的疑惑,嘴唇翕动要说话却没说。游歌领会了,笑着说:"我念了一首唐诗,是不是没听懂?"

"糖丝?啥是糖丝?"

"是唐朝年代诗人写下的一首歌谣。"觉得歌谣的定义不甚准确。但对眼前这个没文化的农村妇女,这样的定义比较好理解。"唐朝距今一千多年。写这歌谣的诗人叫李白,一生写了上千首好诗。"发现刘香的睫毛还在迷茫地眨动着,作出进一步比对,"那时候的诗歌,如同你们现在说唱的'少年',大多是四句一首,都是赞美自然、歌颂生活、倾诉爱情、抒发个人情怀的。"

刘香明白了,"这么说,你是给我念了几句'少年'。"觉得脸烫,抬手摸了摸脸颊。

"不能说给你念了几句'少年'。诗是诗,'少年'是'少年'。"意识到这样解释过于笼统,"嗯……可以这样说,世上先有了民间口头传唱的民歌,也就是'少年',后有了文人写下的诗歌。诗是从民间民歌中脱胎出来的。"

刘香虽然不甚明了,但感觉到游歌解释中,有着太多太多离她太远太高的东西,让她无法与游歌说到一起。便笑着说:"我只当你给我说了几句'少年'。可我没听清楚,你再说一遍吧。"殷切又执着的渴求从她澄澈的眼底荡漾出来。

"好,这次我说慢一点。"一字一顿,尽量把李白的"怨情"念得清楚明了,而后作出详尽的解说:"这首诗写了一个美妇人,把家里竹帘子卷起来等待着,等得心焦,想得心烦,两道眉毛皱起来,眼里含着的泪水滴下来湿了衣袖、靠枕,却看不出她到底是怨恨别人还是怨恨自己。"

刘香的眼波再次荡漾,仿佛轻风拂过湖面皱起的涟漪。轻微悸颤的睫毛,也似湖畔摇摆的芦草,传达着天然的悸动,"这次我明白了。"慌忙把目光移向地面,"你们识字人就是心细,看人能看进人的心里去。"两个脚尖相互碰了几下,"把这样的糖丝再给我念几句吧?"殷切执着的渴求目光又投在游歌脸上。

刚才是刘香的幽怨神态,激发了游歌的心灵,触动记忆里李白的"怨情",幻变为一幅现实画面。刻意为刘香寻一首适宜她听的唐诗,反倒难住了游歌。沉思片刻,情思激荡,脱口念诵李白的《越女词》:耶溪采莲女,见客棹歌回;笑入荷花去,佯羞不出来。接着作出通俗浅显的解说:"这首诗写了越地,也就是现如今的江浙一带。一个女子划船在名叫耶溪的河道采莲子,见一个划船唱歌回来的客人,慌忙划小船躲进莲花丛中,装出害羞的样子不敢出来见这个客人。"

刘香收回温情脉脉的目光,如同撕离粘在游歌脸上的一层蜂蜜。两只脚尖再次相互碰磕,"这回我全明白了。"用眼角余光窥探游歌的反应,"我没在河里采莲子,可我在麦地里提草。你从远方骑马来了,想给我唱'少年',就把我叫回家里,看我听了你说的'少年'羞不羞。是不是?"

惊讶的游歌半张着嘴,端详眼前这个长着一对会说话眼睛的俊俏女子。她朴素的却别出心裁的理解和阐述，把一个不识字农家妇女的天然聪慧体现得淋漓尽致。让他记起在河湟谷地接触过的所有妇女。记起她们利落的手脚，记起她们腼腆的举止，记起她们含情脉脉又饱含幽怨的眼神，还有她们水一般透明的柔弱，云一般淡远的心怀，以及柏木般坚韧的生存信念。虽然这一切都被粗糙的肌肤，褴褛的衣衫减灭了外露的色彩，把她们的灵性和聪慧遮蔽掩藏得不被外界识别。然而她们的灵性聪慧，并没有因为生活的艰难辛酸而泯灭。如那河湟谷地所有院落中茂盛过和正在茂盛的种种不知名不娇艳的草木花卉，不开则已，一开，必定是五颜六色，千姿百态，芬芳四溢。使那千千万万生活在水深火热中的贫苦家庭，由于她们的五颜六色，始终保持着对生存的永久信念；由于她们的千姿百态，使饱含辛酸苦涩的平凡生命充满了不泯的向往；由于她们的芳香四溢，生活底层的草根生命才持续着永久的鲜活。难怪河湟谷地产生和流传着那么多那么多动情动心动听的"少年"、歌谣，厚实得如同河湟谷地本身，绵长沉着得如同时光本身。这些他远涉河湟搜集民歌中，点点滴滴积累起来的，越来越多也越来越沉涩的感触和思索，竟然在一瞬间得出了答案。

冲动的游歌极想握住刘香双手，甚至把她搂抱住说一声太好了太好了！你真正是一朵奇花，是一株异草。只有你才真正理解"少年"，而那些"少年"只有为你歌唱才有意义，才有价值。可他克制了自己。含羞草是不能随便碰触的。何况是一个只见过两次，有家有丈夫有儿女的农村妇女。但心里那股潮水般澎湃的激情拍击着他的心灵，感觉不把此刻的心思感想表白给刘香，他将遗憾终生。不禁上前双手扳住刘香双肩，盯视着她魔幻般迷人心窍的眼睛说："你实在太美了，不但外表美，心也美，我要为你写一首歌，作一首诗。"

他的双手感觉到刘香双肩的悸颤扭动，似要挣脱他的双手，却没有挣脱，只把两面荡漾波光激漪的湖泊献给他，由他扑进去尽情地浮游、沉潜。

2

猪娃保同巧儿回来了,脚步沉实地走过院坪。游歌慌忙退坐在炕沿。刘香迎出房门,接住猪娃保买来的猪肉、青椒、茄子、一瓶烧酒,作出新的指派:"我跟巧儿做饭。你去把长腿达达请来,就说我家来了远方贵客,香娃大大出门不在家,麻烦他过来陪客人喝酒。"

刘香拿了木升子随后而出。家里只有杂和面,去北房借白面最便捷,可北房奶奶去世后,老三媳妇马兰花言来语去流露出对她家的厌嫌,意在要她和憨哥尽快解决住房,人家好收回西房预备儿子娶媳妇。这种局面下向人家借白面,张不开口。决定去下院借一升白面。五黄六月,全尕庄只有有老人的人家才会有将惜下来的白面。

吃了晌午打算下地的朵秦氏听了刘香请求,趁婆婆下窖取洋芋的工夫,挖了半升白面交给刘香,"快端走,见了又要唠叨。"

巧儿已将锅头、案板收拾利落。刘香分派巧儿和面,自己洗菜、切肉。眼前黑了一下,长腿已镶在身边。

"客人在房里,你不去房里来厨房做什么?"

"我看你给客人做啥好吃的。"打量巧儿手下面团,刘香刀下的肉片,"要做长面?"

"你快去房里陪客人说话。"刘香用胳膊肘推开紧贴身边的长腿,"别在厨房里搅扰。"

长腿欲走不走,"房里有猪娃保。听猪娃保说,人家是从大地方来的干公事的人,叫我陪人家吃饭喝酒,不合适吧?"眼内分明是引逗刘香多说话的意思。

"那你说,叫谁合适?"

长腿抬头看看灶烟熏成乌黑的檩橡压条,"也是,除了我,顺风耳,尕庄再没几个见过世面的人。是顺风耳出门不在家,你才叫我的吧?"

刘香乜一眼长腿,"一个男人家咋这般小心眼?我是念你比顺风耳实诚,走脚去过大地方,见过别人没见过的世面,才叫你的。顺风耳不在叫你,顺风耳在,我照样叫你。"

"你说的是虚话还是实话?"

刘香又用胳膊肘推搡长腿,"快去房里,是虚话是实话你就知道了。"

长腿依旧迟畏着,"我虽说见过世面,可见了大地方来的干大事的人,小腿肚子照样转筋。这么白光光地咋进房里去?你叫我拿一样东西吧。"

刘香笑了,"抓一把筷子,再把醋壶拿上。快去,别缠在厨房里磨嘴皮。"

长腿一手拿一把筷子,一手端醋壶,伸长脖子一闪一闪进了房门。坐在炕沿与游歌说话的猪娃保紧忙起身给游歌介绍:"这是宋家爸爸。"

游歌起身让座,打量长腿的身高,"这叔叔少说有一米八〇的身高吧?"

长腿愣一下,"我只是腿长,全尕庄人都叫我长腿。"嘿嘿嘿地笑着。

"这位叔叔说话很幽默。"

长腿不懂幽默是啥意思。看猪娃保,猪娃保有点窘迫,"我也没听清人家说了什么。"

游歌意识到幽默不通俗,解释道:"我是说你性格开朗活泼,说话有意思。"

"你说的是虚话还是实话?"

轮到游歌愣了。猪娃保慌忙补救,"人家说的当然是实话。人家是干公事的贵人,能说虚话吗!"

三人对视着大笑。

3

长腿喝了几盅,说:"游先生,听猪娃保说,你在官亭、碾伯、保安几个地方收集了不少的'少年'。你搜集这些做啥?全是乡下人唱的野曲野调,你们有大学问的人搜集这些做啥?"

"搜集回去做研究。"

"研……究?"长腿快速眨动眼皮,"把它们当学问?"

"可以这么说。民间口头流传的很多东西,都是我们最原始最基本的创作素材,从中可以借鉴独特的表达方式,找到灵感。谁拥有来自民间的基本素材,谁就能掌握创作的主动权……"

"这得多好的记性!就算一天听十段'少年',十天就是一百段。全装在脑子里,不乱掉吗!"

"只靠脑子肯定不行。民间的东西太多太丰富了,再好用的脑子,也不可能清清楚楚记下来。得靠本子把它们记录下来。"给猪娃保示意:"你把我的皮箱打开,有几个硬皮笔记本,还有一本乐谱,给我拿来。"

猪娃保慌张着打开红棕色牛皮箱,把一个软皮大本子、五个硬皮小本子取出来递给游歌。游歌打开硬皮小本,指着里边密密麻麻的小字,"这都是我记下的'少年',已经记了六百多首,记满了三个笔记本。"放下硬皮小本,拿起软皮大本子,"这里记的全是乐谱,也就是'少年'的调令。"

长腿、猪娃保传看乐谱,诧异不已。本子里每一张都画着一道一道的直线。五条线并行一起,隔开一点,又是并行的五条线。线上画着或多或少或疏或密的豆芽。这些豆芽,有的画在线下面,有的画在线中央,有的画在线上面;有的豆芽朝上,有的豆芽朝下,其间还有些长短不一的直线、弧线。猪娃保迷呆着眼睛问道:"我们的'少年'咋是一串一串的豆芽儿?"

游歌笑了,"这叫五线谱,是专门用来记录调式乐句的。像豆芽的是音符。不同位置的音符表示不同音调的高低快慢。"扫视几个人,全是半迷半呆样子,"这是专业音乐知识,你们不可能一下子听明白。我就是靠这个,把听到的'少年'曲令调式记录下来。回去后整理、归纳,从中找出它们的内在规律和特色……"

站在柜前认真倾听的刘香,禁不住一眼一眼打量游歌说话的样子,倾听他的声音,欣赏他的表情和举手投足的从容洒脱。推想游歌的心里,究竟装着多少别人不知道的新鲜东西。这样一个有学问有见识的人,说话待人却这么随和,这么平易近人。让她从他身上看到了自己男人身上,全尕庄男人身上没有的东西。不但看到了,还叫她着迷了,倾心了。她禁不住上前端起酒盅,"游先生,你的到来,实实在在给我这个家添了不少的光彩。我要敬你六盅酒。"

游歌慌忙接住,"大嫂,我本不会喝酒,可你们的盛情让我感动。特别是你,扔下地里活儿专门做长面招待我,我推辞就不应该。我干这六盅,表达我的感激。"果然干了六盅,脸庞顿时浮红,耳朵脖子都红了。

下院新嫂朵秦氏提着凉圈来了,"在大门外就听见你家里又说又笑高兴得不得了。没回家就进来了。"把刘香拉进南头,并肩坐在炕沿,"你让我过来听听下路识字人的古今儿,弄得我一后晌没心思提草,早早地回来了。看他们高兴样子,今晚不走吧?"

"我不让他走!留他坐上两天三天。叫猪娃保、巧儿跟人家好好地喧两天,多长点见识。"

"那我先给家里人做饭去。"

朵秦氏说着要走,被刘香拉住,"一年三百六十五天地里家里忙得不消停。今日豁出偷懒半天,听听人家说些外面的新鲜世事。"

朵秦氏略一思忖,"也罢,豁出让公婆男人骂一顿,也要轻松半天。"把凉圈扔在小炕,同刘香回到北头。长腿、猪娃保正半张着嘴听游歌的五马长枪。刘香同朵秦氏挤坐在猪娃保身后,听他们交谈。

"游先生,你东跑西走转了那么多村庄,寻访那么多唱把式,记下那么多'少年',费了不少的气力吧?以我说,你该安安静静坐在我们尕庄,传话到四乡八堡,叫四乡八堡会唱'少年'、会唱社火的人都来寻你,不就省事了?"

酒力涂红游歌面孔也弄粗了他的气息,大约也让他的脑子迟钝了,望着长腿想一阵,才说:"那怎么成?我来搜集挖掘埋藏在民间的文化珍珠,不劳动,不付出汗水,哪能坐享其成?你说的办法使不得。"

长腿给探头看他表现的刘香、朵秦氏挤一下眼睛,"你的话也对。可你只顾挖远处的珍珠,忘了我们尕庄也埋着玛瑙。"

"是吗?你是说尕庄也有会唱'少年',会唱社火的人才?"

"他就是一个!"长腿指着猪娃保,"会唱不会唱先不说,可他的记性好,别人说下的话,唱下的'少年',听一遍就记得牢牢的,说出来一字不差。"以长辈的口吻指令:"猪娃保,把你这些年听下的'少年'说出来,叫游先生记在本本上。"

猪娃保望一眼贴坐母亲身后的巧儿,为难起来。他听记在心里的"少年",多数是唱男欢女恋的,怎能在家里当着未来的丈母娘乱说?手挠脖颈对长腿说:"你知道,有些'少年'不能在家里说。"不等长腿作出反应,游歌已经理解了他的为难,"你说别的。只要是民间口头传说传唱的,即便是儿歌、童谣、谚语、谜语都行。你说我记。"把炕桌上的酒盅菜碗推到一角,展开一本硬皮笔记,

275

拔掉水笔帽,殷切地望着猪娃保。

猪娃保在浑水一样旋荡的脑海中搜寻能说的内容,猛地记起舅舅说过的大传"少年"。"我记起一段唱三国的'少年',家里能说。"一字一句数说出来:

> 茅庐里坐的是诸孔明,
> 卧龙岗修仙(者)哩;
> 你是天上的亮明星,
> 天每日牵心(者)哩。

说最后一句心里一动。当年听阿舅说大传"少年",只当听三国故事,也当作三国故事照模原样记在心里。今日从心窝取出来重念,发现并不是全说三国故事,而是用三国故事作比喻,暗表心事的。而且后两句正好表白出他对巧儿的心事。这个发现既让猪娃保兴奋又让他顾虑。扫视刘香、朵秦氏、长腿、巧儿,都望着他,迫切要听的样子。就打消顾虑,一口气连说两首:

> 关老爷书案上观阴阳,
> 曹丞相,
> 败走了华容道了;
> 阿哥我窗子里看月亮,
> 玉兔儿,
> 她守了梭罗罗树了。
>
> 庞统献了个连环计,
> 诸葛亮祭东风哩;
> 你来时瞒了个娘老子,
> 就说是转亲戚哩。

认真倾听的刘香皱起眉头。这是唱三国故事的"少年"吗?分明是猪娃保借着说三国大传,给巧儿打暗语。偷看巧儿,没什么

明显反应。游先生往本子上一笔一画地记着。这时刻制止猪娃保,会让游先生难堪。正犹豫着,猪娃保又琅琅地念出一首:

蔡瑁、张合(哈)亏杀了,
孔明的计,
蒋干把书信儿盗了;
今儿明早的别推了,
婚姻的事,
该说的时候(嘛)到了。

"你说的这是三国故事吗?"刘香忍不住厉声质问猪娃保,"这明明是……"是什么,刹口没说出来。一旦说明白,猪娃保就不敢再说。猪娃保不说,会让游先生失望。为了游先生,她也得装糊涂。在这当口,又一首"少年"从猪娃保嘴里蹦出来:

东吴里招亲的刘皇叔,
他招了孙权的妹子;
神佛保佑着到一起,
头枕着胳膊(哈)睡哩。

"对了对了!"领会了刘香眼语的长腿适时作出反应,"你越说越走味,别忘了我们在家里。"

"很好很好!"游歌却用探究的目光打量猪娃保,"如果这些'少年'全是你听别人说一遍就牢记在心,还复述得这么完整,说明你的记忆力确实不错。"

"游先生,除了'少年',别的东西你都喜欢听?"

"当然当然!"

"前年我去大通煤窑驮巴儿煤,碰见一个从祁连来的家西番。晚上住店睡一个炕上,他给我说了几段《格萨尔王》,我全记下了,说说吧?"

"快说快说!"游歌在西宁听万宜权说过,青海果洛、玉树等地区农牧民口头传唱的藏族英雄史诗《格萨尔王传》,与蒙古族史诗《江格尔》,柯尔克孜族史诗《玛纳斯》并称为中国三大英雄史诗,已引起他的神往。没料到会在今天听取其中的几段内容。这是天赐良机,岂能错失!

猪娃保接住巧儿适时递在手上的茶碗,喝几口酽茶,缓解烧酒弄燥的喉咙,说了起来:

> 可笑山谷间浅浅的溪水,
> 自己也不知向何处流淌,
> 小小的水花还要在峡谷喧嚷;
> 可笑峭崖下秃秃的山坡,
> 不知道擂石要滚向何方,
> 尘土中还要激起微弱的声响;
> 可笑草甸上无知的牧羊娃,
> 不清楚哪蓬草丛中藏有野狼,
> 还要将投石索儿在手中乱晃;
> 可笑田垄上柔弱的谷穗,
> 不知道什么季节降下秋霜,
> 茫然无知心中凄惶;
> 可笑岭国这群乳臭未干的孩童,
> 竟不知霍尔的炮石落在何方,
> 也敢动手动脚将炮石对放。

话音未落,在座人一齐喊好。猪娃保得意地瞅一眼巧儿,又说出几句:

> 头戴贵重的珍宝,
> 价值连城的松石、珊瑚,
> 对我不像是华贵的佩戴,
> 却像天降的红色霹雳。

身穿名贵的衣着,
绫罗绸缎轻盈美丽,
对我不像是佳丽的穿戴,
却像黑绳捆绑着身体。
……

记完最后一句,游歌眼内闪出敬服的目光,"这是你听一遍记下的?"

"没哄你,哄你是畜生!"猪娃保用毒咒证明自己没说谎话。

"还记了什么?"

"格萨尔就记了这么多。那个家西番只说了这些。有一年我去看阿舅,碰上一个土民,他给我说他们土族的长歌《拉仁布与祁门索》,他说了五十几句,我全记下了。"

盘腿坐着的游歌跪起来,隔炕桌伸出双手与猪娃保握手,"太让我意外了!我跑了那么多村庄,访问过那么多民间歌手艺人,没一个像你有这样惊人的记忆力。单你的这种记忆能力,就值得我认真考查和研究。"已有几分醉意的游歌,由于兴奋显出更浓的醉意,只管抓住猪娃保的手握着摇着,忘了手下是炕桌,桌上有菜碗。

刘香也兴奋不已。猪娃保令游先生感兴趣,游先生就有可能在尕庄多住几天。对猪娃保说:"把你听记的好东西全说出来让游先生记下。"

"我没说虚话吧?"长腿给游歌敬酒,"我们尕庄也有珍珠哩。除去猪娃保,还有香娃。香娃小时候听各种声音都能学仿出来,学仿得一模一样,只可惜香娃不在。"

"是我送走的香娃吗?"

"就是就是!"刘香把朵秦氏推在前面,"我儿子小时候最受下院新嫂的疼爱,她可以做证。"刘香认为,如果香娃也能引起游歌的重视,她这辈子就活得有了价值。

"可惜我与香娃接触时间太短。去贵德路上,香娃是个心事很重的孩子,不与我说话。"有意无意地望一眼刘香,"我想我会找到机会与香娃再次见面。"

酒力,意外收获的兴奋,游歌有了自我证明或者表现的冲动。"我在访问记录过程中学了不少的曲令,本该唱两段,让你们听听唱得对不对。可我知道你们忌讳在家里唱'少年'。为感谢大嫂的招待和你们给我的支持,我给你们唱两支歌曲吧?"

众人鼓掌叫好,催促快唱。

游歌喝口茶清清嗓子,低声唱道:

> 田野小河边,
> 红莓花儿开,
> 有一位少年真使我心爱,
> 可是我不能对他表白,
> 满怀的心腹话儿没法讲出来。
> ……

虽然是低声,没有扬高声调,可轻快流畅的旋律,清晰准确的吐字,唱得字正腔圆,余韵回旋。听得在座众人瞠目结舌。此人不但识字,不但对人和气,不但有教养,不但对庄稼穷人不摆架子,还会唱歌。而且唱得如此动听、悦耳。最惊讶又暗自佩服的就是刘香。这个从天边来的外路人,这个会写字会唱歌会关心人的英俊男人,像烧红的烙铁,在她心里烙上一个永远不会冷却的印记,把这印记的火烫从心窍导至全身,使她周身轻微又强烈地战栗一下。战栗过后,率先拍手掌并大声喝彩,"好好好!唱得太受听了!"

其他人高声应和:"就是就是!唱得太好听了。我们没听过这样的歌儿,给我们再唱一个。"

"刚才我唱的是苏联歌曲,歌名是《红莓花儿开》。你们爱听,我再唱一支。歌词是一个德国诗人写的,作曲家李斯特配曲。歌名是《你好像一朵鲜花》。"喝口茶,放出歌声:

你好像一朵鲜花,

多纯洁、多美丽温柔!

当我凝视着你,

那忧伤就潜入我心中。

我把手放在你头上,

诚恳地祝福你,

祝福和希望,

你永远纯洁,

美丽、温柔。

……

尾音落下,房里出现异常的肃静,仿佛被歌声引入梦境,一时不能摆脱,不能超拔。这是让歌曲余韵拨动心弦的肃静,是从颤悠的心弦上收获思想的肃静……

4

笑声歌声以及酒力稀释着时间,暮色在无意中降临。朵秦氏要服侍老小安寝,回去了。"明天能把游先生留住,我叫上我那口子再来。"

长腿醉得打盹说胡话。刘香指使猪娃保去长腿家通串一声,留长腿给游先生做伴,在这里睡觉。对半醒半迷糊的游歌说:"我家没有多余的被褥,得把你的铺盖打开。盖你个家的被子,你心里会安然些。"尽管这样安排,还担心炕上跳蚤咬了游歌。

与巧儿挤睡在小炕,刘香辗转没有睡意。清明后,巧儿的咳喘见轻,躺下轻咳几声就睡熟了。听着女儿均匀的气息,北头炕上窸窸窣窣的轻微响动和长腿滚石似的鼾声,刘香担心游歌熟睡翻身掀掉被子着凉,担心游歌酒后燥热口渴。轻轻起身披衣去北头察看,黑暗里一团白光光东西在炕上晃动。定神细看,游歌只穿背心坐着,怀里抱着枕头。刘香走近炕沿问:"是他拉呼吵得你睡不着?"

"是我喝酒太多,身上烧得睡不着,胃里也不好受。"燥涩涩的声音。

"你是渴了,我去烧开水。"

"大嫂,不用烧开水,舀一碗凉水最好。"

"那怎么成!你是外路人,不服这里水土,喝了生水要跑肚。快,一会会就能烧开,你耐活一下。"开房门要去厨房,又回身点亮油灯,"灯亮着你不心急。"慌忙进厨房,点亮固定在柱子上的灯盏,舀水入锅,点火。片刻,水滚。舀入干净瓦盆,用马勺捞舀着涮了几次,倒一碗端进房里,"快喝,我涮温了。"

游歌放下怀抱的菜瓜枕头,接住大碗。

"你抱着枕头做啥?"刘香笑着询问。

游歌大口喝下温开水,嗓音不再燥涩,"我看枕头上的绣花。"又喝下一口,"是你绣的吧?"

"你咋看出是我绣的?"

"我猜测是你绣的。"

"你猜对了,是我个家绣的。只是日子长了,绮线的颜色褪得不新鲜了。"

"颜色虽然旧了,可这鱼儿戏莲的图案十分好看。能看出你有一双巧手,还有一颗聪慧的心。"

刘香捂嘴笑起来,"听你这一说,我成能人了。"取开放在游歌腿上的枕头,"再喝几口,喝完我再给你端一碗。"

游歌咕嘟咕嘟喝下半碗,把碗递给刘香,"大家高兴,不知不觉喝多了。喝下这碗开水觉得好多了。实在过意不去,叫你也睡不好。你去睡吧。今晚有月亮,我去外面走·走,你不见怪吧?"

"是不是想吐?我取来瓦盆放在炕沿下,你想吐就吐在瓦盆里。"

"那就更不像话了。我身上烧得睡不着,去外面会凉快一点,要吐就吐在外面。"穿好衣裤,下炕沿穿鞋,"你去休息吧,我走一走就回来。"

刘香见长腿睡得不省人事,把披着的上衣穿好,"你一定要出去,我给你做伴儿。黑天半夜,你一个人不知道水头道路。"打开房门,轻轻走过院坪,卸下门担,开门走到院外。

月光皎洁,夜凉清爽。远处一声声水塘蛙鸣,近处草虫唧唧唧低吟。在门前空场转走几圈,游歌慌迫地躲在一棵树后哇哇哇呕吐一阵,回到刘香身边,"太不像话了,要让大嫂见笑。"

刘香后悔只图高兴,忘了提醒长腿、猪娃保少给游歌敬酒,让游歌遭受这等活罪。觉得有一肚子话该说,却半句也说不出来。月光,夜凉,鼓噪的蛙声,庄院肃穆的轮廓,四围连片的树影,把月夜的空静安详突出得梦幻一般。绕过两座庄院,几畦菜地,两人站在一块麦地塄坎。已经抽穗吸浆的麦子,在夜风拂掠下沙沙作响。两人望着远处的树影、山影,沉默着,体会对方的存在又被这种存在感动着,诱惑着。刘香感觉,这种沉默给予她的是一种莫名的压迫,不禁说道:"前后两次跟你在一起,还没问你的家在哪儿,家里还有啥人?"

游歌抚压着小腹,"我是河北人,家在石家庄。'九一八'事变后,我被叔叔叫去南京上学,住在叔叔家。叔叔在南京国民政府干事。我与西宁的万宜权是在南京认识的。"

"哦。那……看你已是三十好几的人,出门来这么远的地方干事,把婆娘娃娃撂在家里,放心吗?"

游歌笑了,"不怕大嫂见笑,我还没成家呢。不过已经有了对象,是我的同学。我俩都不急着结婚。眼下国难当头,我们要把精力放在事业上,多为国家做点实事。'七七'事变后,她同一批同学去了延安。我出来四处采风,暂时天各一方。"

河北,"九一八",南京,"七七"事变,延安……这些概念对刘香来说,既陌生又遥远模糊。但她相信游歌说的全是真话。是真话就让她感动,令她莫名地困惑和惆怅。不明白自己是为游歌四海为家的处世方式惆怅,还是为了别的什么原因。

"对我们这些不识字没见过世面的庄稼女人,你说的这些话太远太重了。我们一下子明白不了。可我知道你给我说的全是心里话,是把我们当成了你的亲人。"

"感谢你能这样理解我。"游歌借着月光,大胆地端详身边这位让他怜爱又让他敬重的女人。大胆地欣赏她那一对在月光下,在夜色里显得更加深邃更加澄澈也更加忧郁的眼睛。在河湟谷地奔徙的这些日子,他见过的所有女子,都如刘香这般温存,这般勤谨,这般善解人意又腼腆自卑。这些靠褴褛破旧衣裤遮体的女人;这些靠勤谨耐劳从地里刨食,终年甚至终生被艰辛压得忍辱负重的女子;这些在传统礼教的规范里循规蹈矩,因而变得唯唯诺诺的女人,像从荒瘠的山间流出的一股溪水,虽然细弱浑浊,却默默地滋润着两岸的土地;更像干涸山坡上孤立的树木,虽然树干皲裂树枝凌乱树叶稀少,却依然按照时令节气,给人们和大地报道着春夏秋冬的讯息。她们的聪明、灵慧、秀美,由于自然的荒寂,土地的瘠薄,生存的陈规陋习而被困扰和遮蔽,抵消和消弱。可她们的灵魂始终在血肉体内默默地悸动着、焕发着,并把这种生命的深层悸动和焕发,从眼中透露出来。一如河湟地区的"少年",从土地里,从花草中,从树木泉石中滋生着、默长着,等待一个时日,一个节令,而后奔放出来,传扬开去……

"你总是这么眼皮不眨地看着我,为啥?"夜静和皎洁月光壮大了刘香的勇气。

"你的眼睛实在是太美了,在月光下更美了。今晚上欣赏你的眼睛,我有了意外的收获。"

刘香用眨动的睫毛挑出心里的疑问。

"我上大学读过一本书,书上写道,俄罗斯的大作家屠格涅夫见到另一个大作家托尔斯泰时,说托尔斯泰的眼睛里藏着一百双眼睛。当时的理解很肤浅,认为这句话不过是夸张地形容托尔斯泰眼神的深邃复杂。为什么深邃复杂,深邃复杂到什么程度,并没有细想。如今欣赏你的美目,我突然悟出了屠格涅夫这句话的本质内涵。这难道不是意外的收获吗?"

又是既陌生又遥远模糊的概念!刘香用眨动的长睫毛再次把心里的迷惑困顿挑出了瞳仁。游歌把她与那些听起来费劲的名字和事情连在一起,让她的迷惑困顿中跳动出一些好奇。于是说:"你是说我的眼睛里也藏着一百双眼睛?"

"何止一百双!你眼里藏着上千双上万双的眼睛!藏着所有河湟女性的眼睛。换句话说,河湟所有的女性,借用你的美目,把她们所有的心思情感流露给外面的世界。"

"全是庄稼人,受苦的命,能有什么心思情感?"刘香不想说这个话题。除去一腔子愁苦、怨怅,庄稼女人还能有什么心思情感?说这些,只会让游歌为她们不平。不说为好。

游歌却抓住了必说的话题,"比起城里那些养尊处优的女人,你们的日子过得实在艰难。但生活的贫寒困苦只会让你们的心灵显得更加美好。我去过的所有河湟人家,见过的所有庄稼女人,虽然吃不饱肚子,虽然都穿着破旧衣裳,可他们对生活依然保持着美好的憧憬和向往,依然执着着对美好的追求。比如她们在衣裳上补补丁,也要密针细线补得平平整整,配色、剪形从不马虎。再比如,她们家里所有的枕头,男人的袜溜根,儿女的花肚兜,以及自己用的针线荷包,哪一样不是她们亲手精心绣制,哪一样不是绣得五彩绚丽美不胜收……"

话被刘香截断,"怪不得你抱着枕头看呢……这是我们做女人的本分。"

"可你们的美好心灵,聪慧的情思在这种本分中体现出来,让人感动,让人不敢轻视。"

"你这次来我家,就为给我说……"说什么呢?"说香娃到了贵德?"

"这是主要的。我不能让你为这事寝食不安。据香娃说,头次托人带他去贵德,中途出了偏差,让香娃遭遇了那么沉重痛苦的事。把香娃的确切消息告诉你,我就可以心安理得地去见高先生,而后去西安给朋友的电影后期配制音乐。"

"这么说你要急着走?"

"得尽快回去。'七七'事变后,抗战形势变化快,战事前景难以预测。这里偏远消息闭塞,去西安才能对我们往后的去向作出正确判断。"

"……这次去,再不会来这里吧?"刘香心里酸楚难忍。感觉这次放游歌离去,再难见面。鼻孔一酸,眼里汪满泪水,"要是香娃在,我要让他认你做他的干大大,要他跟着你去你要去的地方。"她不明白自己为什么突然说出这些话来。还希望游歌听了此话,像上次一样把双手搭在她肩头,甚至希望把她揽抱进他的怀里,给她承诺,给她宽慰。可游歌只望着她的眼睛说:"你这样说令我感动。香娃是你儿子,你舍不得叫我带走的。兵荒马乱的年月,我也不会带香娃离开你。我看得出,香娃是个心思重的孩子。到贵德见他舅舅,我肯定高先生的建议、你的决定都是对的。香娃舅舅是个豁朗大度、极有主见的人。跟着他,香娃会变的。我来见你,就是想把我的这种感觉告诉你,让你放心。"

"那……明日再留一天吧?下院新嫂要叫她男人与你说说话,听你唱歌。"

"再不能搅扰你们。明日我去大庄向高先生辞行,而后直接下兰州,从兰州坐汽车去西安。"

刘香想哭,想扑进游歌怀抱哭诉她的不舍之情。可她忍住了,凄凄楚楚地说,"那就回家里睡吧,明早要赶路,睡不好没精神。

吐了,胃里不翻腾了吧?"

"好多了。"游歌眼里也闪着什么。

这天早晨,刘香用剩余白面烙了油饼,煮两碗荷包蛋。长腿急慌慌吃完,"我的走骡等我给它饮水喂料。"走了。

刘香打发巧儿叫来猪娃保,给游歌的乘马饮水喂料,备好鞍子勒紧肚带,把重新捆扎好的行李和皮箱驮在马上。猪娃保牵马走在前面,认真梳洗换上出门衣裳的刘香同游歌跟着,拐弯抹角穿过村巷。

"猪娃保,送亲戚吗?"遇见的村民都给游歌行注目礼,给刘香和猪娃保传达着复杂的眼神。刘香心里又甜又酸。甜的是生平第一次与一个英俊有教养的男人在众目睽睽下走过村巷,不但不觉得局促,反而有了自豪的感觉。酸的是游歌此去天远路长,不知何年何月才能见面。说不定从此天各一方,再没有会面的可能。两天来被游歌的热情友好乐观焐热的心窍,会随着游歌的远走高飞再次冷下去。心里涨满了失落惆怅。

走出村口,迎面担水过来的拉鼻态半开玩笑半认真地说:"刘香嫂子,看你打扮得光光鲜鲜,不会是跟着这位有钱汉远走高飞吧?香娃走了,你再走掉,憨哥回来再也当不成狠人了。"留下一串扁担的吱咀声,踏踏而去。

真是老龙正在潭中卧,一句话提醒梦中人。拉鼻态说的是惹笑的话,但惹笑话也是话里有话。刘香意识到这两天高兴得有点过头,有点放肆,让村民们忍不住说出这样的话来。顿时收住脚步对猪娃保说:"就送到这里吧,你把缰绳给游先生,叫游先生上马。"

猪娃保把缰绳递给游歌,"游先生,我们照昨晚说下的办。我今后处处留心留意,多听记些'少年'、歌谣。你今后一年来一次尕庄,来了住在巧儿家里,我把听记下的全说给你,跟你喝酒,听你唱歌。"

游歌接住缰绳,认镫上马,把一束留恋的目光传给刘香。刘香心一颤,眼泪溢满眼眶,扭头用袖口沾揩眼泪。再回头,游歌的马已经跑出去十几丈。刘香扬起右手,希望游歌回头再看一眼,可马蹄踢踏而起的飞尘遮蔽了他的身影。

第二十三章

1

香娃在香坊的日子,是碾子在碾盘上转悠,没有头尾地延续着。有时候听见王师傅问梁师傅:"今日初几?"有时候听两个帮工对话。一个说:"眼看到了收田日子,收田捆子上场又要浪六月会。"一个说:"今年浪六月会,要维个尕连手。"

维个尕连手就是维个相好吧?香娃心里隐隐地疼了一下。这隐疼只停留了一会会,很快被快乐的记忆淹没。这些快乐的记忆,生发于他装在口袋里的咪咪。

每天,香娃在舅母、表姐关照下吃完早饭从家里出来,东山只泅出一溜胭脂红,预告着当日天气的阴晴。如具出门还要早些,山顶的天幕依然是青灰色。这时的村里村外格外宁静。庄廓、树木还被梦境缠绕着,不肯清醒。其实,每家每户早起外出活动筋骨的老人,已经回到家里。女人们已经在厨房里忙着烧茶、烙馍馍。这家那家的炊烟,从墙头、房顶袅袅升起,被晨风丝丝缕缕地吹散,与别人家的炊烟纠缠一起,网成一层灰蓝的薄纱,苫盖住庄廓和树木。远看,庄院树木飘飘忽忽。在这似真如幻的宁静中,偶尔一声鸡啼,一声牛哞,一声狗吠,把生灵的躁动透显出来。最勤快最活泼的是鸟雀们。那脆亮的啼鸣,一声半音地从晨霭缭绕的林木间响出来,却看不见它停在哪棵树的哪条枝梢。间或看见一只灰褐色的影子在茂密的树叶间隙一闪一跃,又没了踪影。啼鸣却更加脆亮,变作十几只相互比赛或者吵闹的热烈。香娃独自走出村道,穿越田畴,涉过河滩,走过独木桥,经过树林,自觉成为一只鸟雀。不甘示弱,不甘落伍,取出咪咪噙在嘴中,边走边吹,学仿听到的鸟鸣,也引逗鸟儿们放出共鸣。杳娃忘情地倾听鸟儿们唱和、争雄,忘情地学仿。用舌尖卷拨着咪咪,时而把咪咪放在舌头与上腭之间,时而压在舌下调整气息。忘情的香娃循追着鸟鸣走路,脚面湿了,想到被田埂沙坡上茂草的露水打了。就想,等东山顶泻下阳光,他踩过的这一溜茂草,就不会再有亮晶晶的露珠。肩背潮湿,把潮气透进肌肤,才明白这一路走在毛毛细雨中。

傍晚从县街回来,不时有急促的脚步声从香娃身后追上来又从身旁超越前去。也有三三两两陌生行人迎面走来又擦肩而过。他经过的树林、村舍,走过的田畴、草坡,都在暮霭中懒洋洋地挺立着,静悄悄地匍匐着。只有远处人的呼唤,牲口的嘶叫,鸡狗的响应,传达着生灵们近晚的慵躁。香娃心里莫名地空洞起来。他想吹咪咪充实内心的空洞,又怕被人们耻笑。十四五岁的半壮小伙,还吹咪咪贪玩。回到家,把这一天在香坊劳作的经过向阿舅汇报,证实自己没有偷懒,也证实香坊掌柜和师傅与他相处得如何融洽。趁着阿舅高兴,把学仿的鸟叫吹出来让阿舅鉴定。

"叽喳、叽喳、叽叽喳喳……"

"这是麻雀。"阿舅说,"你吹得像,一听就是麻雀叫。"

"叽——叽啾啾!叽——叽啾啾!"

"这是火焰焰。"刘能似乎不太确定,用口哨吹了两声,肯定了,"是火焰焰的声音。"

香娃把咪咪拨在舌边,调整气息,"叽啾叽啾!啾!啾!叽啾叽啾——啾!"

"这是啄木鸟。"刘能又摇头,"不是啄木鸟,是斑鸠。"

"咕咕——咕!沙沙——呔!"

"刚才说错了,这才是斑鸠的叫声。你知道斑鸠为啥要这么叫?"

香娃茫然注视阿舅。

"从前有一个穷苦人家,父母儿女相依为命。后来父母双亡,小妹妹由哥嫂抚养。哥哥下地做活不在家,嫂子就虐待小妹,不给她吃喝。小妹饥渴难耐,偷吃锅巴被嫂子责打。小妹活人艰难又不能诉说,自杀变成一只斑鸠,飞到家外树上喊叫:'哥哥……好!嫂嫂……歹!'"

心里酸涩的香娃发一阵呆,又吹出鸟叫:"嚯嚯咕啾啾!嚯嚯咕啾啾!"

"这是麻鹨!叫的是狮子滚绣球!狮子滚绣球。"刘能哈哈朗笑,拍香娃肩头,"麻鹨吹得最像。"

这天吃了晚饭,香娃给阿舅学仿路途中听到的另一种鸟鸣,以便知道鸟的名字。可左吹右吹吹不出声音,急出一头热汗。

"把咪咪吐出来。"刘能伸手接住,看一眼,松解被口水浸渍得变色的线,分开对合的竹片,绷在中间的白绸边缘已经毛糙破损。唤女儿取来一块白绸,按竹片宽窄剪下一条,重新绷住竹弧,用新线缠扎结实,交给香娃,"这下能吹了。"

香娃试吹,果然吹出了清亮的鸟鸣。

2

"下大雨,别让香娃去了。"因下雨窝在家里的舅母说,"香坊人手多,香娃不去误不了他们的活儿。"

刘能拿出一件毡袄、一顶草帽交给香娃,"下雨不去上工,说不过去。穿上毡袄,戴上草帽淋不着雨。"

"我送香娃去吧?"

表哥的请示也被刘能否定,"香娃不是泥捏的,淋点雨怕什么?"闪烁着鹰眼鼓励香娃,"庄稼人下雨可以窝在家不出门。香坊的活路不会因为下雨停下来。去吧,活做多做少由你气力,信用是一点也不能含糊。"给香娃穿上毡袄戴好草帽,送出大门,"把鞋脱下来提着,光脚走去。"

香娃言听计从,脱鞋夹在腋下,光脚走过雨箭击起一片水泡,滑溜溜的村巷。满天下只有雨声。草帽、毡袄被雨击打得嘭嘭作响。盛夏六月,光脚踩踏泥路,把凉爽从脚心传遍全身,驱赶着毡袄捂在身上的燠热。

路上不见一个人影,听不到一声杂音。只有从天庭倾倒下来的水帘在喧哗,在倾诉,在呻吟,在叹息,在呐喊。香娃忍着卵石、干树枝对脚掌的硌垫,来到河边。河水湍急,搭在两岸乱石堆上作为桥梁的三根树木,被急水淹没。从上游急骤推滚下来的河水在这里受阻,冲撞出更高的浪花和更响的水声,翻卷出白滔滔浪花。定睛,浪花里时隐时现的树干迎着水流向上移动。香娃踩住晃动的树干过河,好在树干两头被乱石埋压着,眼下的水势还不能将石堆冲散漂走树干。过了河,香娃停在西岸,回望撞击树干翻卷起的白滔滔浪花发呆。那一次雷暴雨,他顶着雨箭在霹雳声中狂奔,心头只滚动着恼恨,恼恨父亲为了水渠跑水揪他耳朵,踢他腰腿,还骂他野种。那风声雨声雷声,都为他的恼恨添加着力量,让他在恼恨中体会出反抗的快意。今天,这满天满地满世界的雨声,却往他心中倾注酸涩悲怨。大雨让所有的生灵敛声息气躲起来,可阿舅要他去香坊上工,要他独自在白茫茫无涯的雨帘中穿行,饱尝孤单滋味。这孤单的滋味加剧着他的哀怨。听出贯满双耳的雨声水声,夹杂着一股绵长的、时强时弱的哭声。是母亲思念他的哭声吗?翻卷的滔滔浪花,便托显出母亲那哀哀怨怨的眼神。母亲一定抱怨他,到贵德就把所有应该记住的全忘记了。这个念头一出现,那翻卷滚动的浪花中,跳显的不再是母亲的眼神,而是豆姐姐的眼神。那么急迫,那么凌乱,伴随着水一样绵长而无休无止的哭声。香娃心房紧缩,把板结在心底的隐痛挤压粉碎传遍全身。被板结层封压的眼泪,一下子滚出眼睛混入雨水。他又想起麻五哥,想起他一手托捂耳腮唱"少年"的样子,想起麻五哥唱给他的第一首"少年",在法场唱的最后一首"少年"。一股涩苦的悲怨从全身向心窍汇集。汇成一个滚动的气球,从心窍滚动出来,冲撞他的喉咙,逼他仰天大吼,吼出一首"少年"。可舌头不灵活。打嗝一样的间断气息,把完整的"少年"一字半句零散地喷出口腔:

"西——天——取——经——"从天庭狂泻而下的雨水,冲刷淹没了他断断续续的声音"——白——龙——马——驮经——者哩,——孙悟空——留下的——少年,阳世上——宽心者哩——"舌头渐渐灵活,气息渐渐通畅,连续喷吐出口腔的歌声,在雨箭雨帘的裹挟中曲曲折折穿行。

歌声汇进喧哗的大雨,愤怒地击打着树木,击打着石头,击打着草坡、土崖、田野、河滩……汇集成奔涌的水流,曲曲折折向低洼处流淌,混入狂怒翻卷滚涌的河水,喧嚣着冲向远方……香娃感觉憋在心里的那块僵硬的、沉甸甸的东西,终于被他一瞬间挤压成粉末,随着歌声喷扬出口腔,被雨水接纳、分解、稀释,汇入了天地。心里出现一个空洞。一股轻灵的气魄在这空洞中浮游、回荡,变作一股似喜似悲、非喜非悲的情绪,上升到眼睛和喉咙,变作泪水和号啕,与雨水同流,与雨声共鸣。他酣畅淋漓地哭号,把浑身气力挥发在雨水的宣泄中,以至于最终耗尽气力,下蹲缩成一团,把头脸捂埋在毡袄中,等待最后的平静。

雨在继续喧哗。像在讥嘲,又像在拍手鼓动、喝彩。

感觉身边有动静,一双水淋淋赤脚停在眼前。香娃惊恐抬头,冒雨站在眼前的竟是阿舅,戴着草帽披着毡袄。

"阿舅!"香娃扑进刘能怀抱大抖大颤号啕大哭。刘能搂紧他的双肩,由他号啕,"哭吧哭吧,哭出来就好了。"

香娃用额头抵顶刘能温暖的胸怀,哽哽咽咽地,"阿舅,你——"

"你走后,我猛地想到下大雨河水要涨,如果树干被冲走,你蹚水过河不知道深浅,就撑上来了。"

"哪——你听见我——唱'少年'了?"

"听见了。雨大,没听清你唱了啥。"

"你不骂我吧?"

"骂你?为啥要骂你?你能唱'少年',阿舅只会为你高兴。等雨住天晴,我领你到黄河沿上,把你学会的'少年'全唱出来,我要美美地听个哩。"

香娃把泪湿的脸面使劲贴在阿舅身上,心里腾起一股暖流。

"走,我送你去香坊。"

3

转眼到了六月会。

刘能在靠近黄河的林岸选中扎营的地方。这儿树木高壮,树与树间距较大,树冠间隙漏下的阳光,河岸边通畅的风,使地皮干燥。有几丛绵柳树分隔着林地上密集的人群。刘能指挥香娃和儿子把带来的布单两角扎上绳索,扯拴在四棵间距均匀的杨树上,圈出一块丈余见方的平地。四周铺上牛毛口袋、栽绒褥子、栽绒被鞘,中央摆上炕桌。而后指派儿子、女儿:"去,四处看看,把你们的阿舅、姨夫、姐夫和别的亲戚,都邀到这里来。"给香娃分派任务:"去,周围有枯树枝折一些回来。"

香娃四处搜寻,哪有枯树枝!即便有,也被先来的游人折完了。沿着河岸往西寻走一里远近,所有的林间空地都被游人占据。游人们席地围坐在草地,靠着树木。更多的游人用布单、口袋布绕树干圈出一块私人领地。有的扎下马脊梁帐房,帐房内铺着栽绒褥子、坐毯、毡片。稍微宽敞的林地边缘,拴着一匹又一匹骏马,一头又一头健骡,还有数不清的毛驴。这些拴住的牲口,有的卸取了鞍鞯,有的备着全套的骑具。高头大马身上,搭着细毡汗屉、栽绒马褥,备着包银大鞍,鞍下垂着镂花铜镫。马的前额、辔头、后鞦、尾梢上连饰着红绸飘带,丝线穗子。连那毛驴身上,也配着花哨的辔头鞍垫,脖颈挂着一圈响铃……

林地周边河滩道上,三五成群搽脂抹粉的藏族妇女,穿着大红大绿大紫的高领斜襟单衫,敞开的领豁衬着蒜头大的品红珊瑚串;细辫围绕的头顶,饰着几颗明黄蜡贝;腕上套着银圈、石镯;手指上戴着银镶绿松石戒指、掐丝铜环……她们一律把缃色、褐色、玄色、酱色夹袍的袖管拴系在腰际,宽敞的袍襟苫着靴子,一踢一挑地拖垂着后襟踏踏行走,盘绣辫套上的银盾闪闪发亮,呛啷啷作响……

那些骑马从远处赶会的藏族汉子,身子稍斜稍仰地拽着骏马辔头,一个两个三个地从香娃身边踏踏而过。马鬃马尾上缠连的细条红绸、金黄丝绦,以及腰际飘垂的红绸带绿绸带棕绸带,随着腾跃的马步闪动飘拂……这一切,看得香娃眼花缭乱。返回营地,"阿舅,到处都是人,枯树枝被人折光了。"

"没料到今年浪会人这么多。你守着地方、东西,我去郭拉亲戚家要些硬柴。你哥哥、姐姐邀来浪会的亲戚,见我们没动烟火,走掉哩。"

香娃靠树身席地而坐,打量来去游走的各色人等。戴白顶帽、黑盖头、绿盖头的回族男女;绾着发髻,梳着长辫,穿着阴丹斜襟短衫和绣花鞋的汉族妇女……最显眼的是身着氆氇夹袍,腰系红绿绸带的藏族男女。额侧的细辫、耳下的银环、手腕上细密的珊瑚串、琥珀镯、玉石镯、铜镯、银镯;指头上的银镶红玛瑙、绿松石戒指,五光十色,绚丽多彩。

香娃感觉稀诧。这些酱红皮肤,陡鼻梁,高眉棱,深眼窝,白牙齿的藏族男女,遇见相识的汉族、回族游人,明明白白地说着汉话。

啊啦啦的感叹,呀呀呀的应诺,微微前倾着上身,掌心朝上频频礼让的双手,让香娃记起威远镇二月二会场的景象。朦胧认识到,一方水土一方人。互助二月二会场与贵德六月会场,看似相同却又不同。大处一样,细微处各具特色。觉得世界大得没有边框,生活深得没有底线。

一个弓腰鼓背的中年男人从绵柳丛闪出来,双手背在后腰,一步一顿从香娃眼前走过。走出十几步又回头走回来,向布单圈围的营帐内张望,打量香娃。香娃慌忙起身问道:"你也是浪会场的?"认为这般弓腰鼓背行走不便的人,最好在家里坐着。

对方显然不满香娃的询问,不友好地说:"不浪会场来会场做啥?"扫视周围,"圈出这么大一块地方,只你一个尕娃坐着,别人呢?"

"阿舅去亲戚家要硬柴。哥哥姐姐舅母转去了。"

"哦。听你口音像是西宁东边的人。我也是西宁东边过来的。"

"你是西宁东边过来的?"香娃仔细打量对方。普通的市布衣裤,手工鞋袜。要不是身板残疾直不起腰背,单从眉眼看,算得上是个英俊男人。只是气色欠佳,又被乱草似的络腮胡子夺去了整洁。香娃判定对方是流浪汉,把想说的话咽回肚里,防止对方套近乎。

"我是河沿上的人。"对方蹲坐在一棵树前,腰胯抵住树身,两个膝盖支着前倾的上身。

"河沿上的?"香娃头次听到这个陌生的地名。

对方估摸出香娃心事,苦笑着说:"论远近,我们算是乡亲。"

乡亲?香娃心里重复着这句话,判断对方认乡亲的用意,"你是专门来这么远的地方浪会场?"

对方笑一下,"我天生是浪会场的人。别说是贵德会场,比贵德远的会场我也能去。"

香娃好奇了。这么个不展板的身子,过山跨河上百里路来这里浪会场?"你是怎么来的?"

"一路唱'少年'来的。我是唱'少年'的把式。每到一个地方唱几段'少年',人们就给我吃喝,留我住宿。"

"唱少年"三个字揪疼香娃心尖,语气不友好了,"你说你到一个地方唱'少年'有吃有喝有地方睡觉。可我知道'少年'不能在庄子里唱,你哄人。"

对方笑了,"这个你不懂!等你大了,就知道我没有哄人。"偏头向营帐内探望,"我见你一个人,想在你们的栽绒褥子上躺着缓一阵。"注视香娃,眼里有了请求的软弱。

香娃警惕着,"我阿舅见我叫生人躺在马褥子上,骂我哩。"

对方盯住香娃眼睛愣了一阵,双手拄地缓慢起身,"那你一个人守着。"扔下一束复杂目光,一步一顿离去。

刘能背来一捆硬柴,还拿了一把斧头。将一根胳膊粗细,二尺长短的硬柴劈成细碎柴片,引火烧茶。一时,舅母的大哥大嫂,妹子妹夫以及跟随的男孩女孩,同表哥表姐来到营地。舅母随后到来,提着一串粽子。亲戚们打量香娃,说长得与刘香一模一样,尤其眼睛,活活儿从母亲身上挪过来的。见香娃腼腆不爱说笑,说香娃世了个女孩性格。说笑间,男人们抽足了烟,女人孩儿们吃了零食,分头去寻快乐。刘能对儿子说:"你们别叫走香娃,我要带他去听'拉伊'。"

香娃询问喝茶的刘能,"阿舅,啥是拉伊?"

"就是藏民唱的民歌。我们汉人把民歌叫'少年',藏民叫'拉伊'。"

"用汉话唱吗?"

"不,用藏话唱。我背硬柴回来,碰见老相识的儿子。我这个老相识是东山庄的阿卡,人们叫他阿卡洛赛。他儿子万德太会说汉话。我们寻见万德太,他会把'拉伊'词儿翻给我俩听。"

4

　　林地边缘、场地中央比较宽敞的空地,都被人群占据。人们席地围坐成圈,说笑欢唱。此起彼伏的笑闹声、吼唱声、猜拳声,汇聚成嘈杂的声浪在林地上空回旋、震荡。远听,似水流绵绵的轰响,似急雨迫切的淋漓。这一群一群欢聚的游人,半数以上是鲜衣亮帽的藏族青年男女。他们围坐成圈,圈内是对唱"拉伊"的歌手,圈外挤站着分享快活的各色游人。刘能给香娃说,这些从长牧、莫曲沟、罗汉堂、亦石扎等地骑马或步行赶会的青年男女,扎下营帐支起锅灶,要在会场欢聚四天。用歌喉征服对手,寻求朋友,尽情歌舞欢会,而后带着欢乐和醉意,骑马或步行回到各自的村庄牧场,迎对艰辛的生活,期盼来年的欢会。

　　绕寻十数个唱"拉伊"的场所,终于在黄河南岸寻见了万德太。坐在圈内的万德太发现父亲的挚友在圈外呼唤,慌忙起身把刘能、香娃拉进人群,安排座位。香娃学仿刘能,盘腿席地而坐。丈余方圆的场地上,一个藏族男青年正在歌唱。歌唱的男青年头戴米黄宽檐礼帽,上身穿白府绸对襟铜扣衬衫,外罩玄色礼服呢夹袍,袖口、襟边镶着五色氆氇,腰扎红褐两色绸带,带上挂一把镶银嵌铜的牛角柄满尺腰刀,棕色绸裤,高腰卷鼻牛皮靴。脱出夹袍右袖的手里,拿一条雪白羊肚手巾,左手攥一酒瓶。随着啊啊呀呀咿咿啦啦的哼唱,提起左脚,用右脚支撑身体缓慢旋转,而后落左脚提起右脚,反方向旋转身体,举着羊肚手巾的右手随着歌声时而高扬,时而低挥,转身同时前移,将手巾递给对唱女青年。

　　女青年接住手巾放声高歌:啊呀啦……哎呀……女青年头戴黑呢礼帽,帽圈一周插着七八朵绢制鲜花;细密小辫从帽口排垂下来,归集于背上黑底彩绣的辫套;上身的粉红斜襟绸衫的领豁松敞,耸挺的双乳顶起珊瑚、玛瑙、琥珀相间的项链;缃色团花缎面夹袍,镶着五寸宽的水獭皮襟边、袖口;腰系红绿两色绸带,带侧垂挂银制奶钩;扫拖脚面的袍襟下,时露时隐着鸦色布腰皮帮轻靴。女青年唱着,缓慢旋转身体,轻轻挥扬羊肚手巾,歌声落尾,正好移到男青年身前,将手巾传递给对方……

顿时,站立助兴的伙伴们高举双手喝彩、跺脚;坐着的对瓶口沽酒,喊叫。女青年的伙伴用袖口捂住嘴巴,嬉笑盈盈,眼波闪闪。

"他俩对唱什么?"刘能问万德太。

万德太把酒瓶递给香娃,香娃怕得直往刘能怀里躲。万德太亮出雪白牙齿说:"男子唱的是:'达官显贵的千金,那股子艳丽的骚劲儿;看似高高的桃树尖上,熟透的果实一样。'女子对唱的是:'野鸭恋上芦草,真想亲热一会;湖面已经冰封,叫我气丧心灰。'"

香娃心里泛起一层涟漪。原以为"少年"最最好听,能钻人心窝。可钻进人心就叫人伤感、愁怨、惆怅。万德太说的"拉伊"词儿,听了叫人心情畅亮,开阔,引人的心事向外张扬而不是向里蜷缩。听他们的调儿,也是悠悠扬扬地飘荡,云彩一样轻盈,流水一般欢畅。联想他们骑马的姿势,女子们嬉笑的模样,真不知他们的心里,究竟装着怎样的心思,什么样的气魄。

对唱在继续。男子依然是边唱边单腿旋转身体,把毛巾传递给看中的女歌手。接住毛巾的女子也是唱着转着,把毛巾还给男子。男伙伴们狂放的吼叫踢踏,女伴侣们含情脉脉的捂嘴窃笑,看得香娃意气飞扬,心荡神摇。不管唱词听得懂听不懂,单这阵势,这场面,就把他的心思牢牢地缠住了。每当他把征询的目光投给万德太,聪明的万德太及时把唱词翻译给他:在那东山顶上,升起皎洁月亮;母亲般的情人脸庞,浮现在我心上。

香娃有些迷惑。情人的脸面怎么会跟母亲的一样?情人的意思他有所领会,母亲的含义更是明白无误。把这两样叠放一起,令他迷惑。他想起了母亲,想起了豆姐姐,想起了豆姐姐的麻五哥,纷乱的思绪令他迷呆。

刘能觉察到香娃的走神,"你要不想听,出去听汉人唱'少年'。他们唱的是仓央嘉措的情歌,我再听听。"

香娃从人群挤出来,朝河边走去,他听见了"少年",唱的是水红花令,声音低沉沙哑,不禁顺声寻去。

黄河岸边柳树下唱"少年"的,竟然是个老人,七十岁上下,山羊胡须足有一尺长短,稀疏地垂在胸前。老人靠着树身席地而坐,一条牛毛褡裢在腿边做伴。会场上,唱"少年"的聚汇成群,唱给别人听也听别人唱,展示彼此的声嗓和肚子里的货实,陶醉于众人的喝彩鼓掌。这老人却坐在冷清一隅,对着河水独唱。香娃停在近旁一棵树后,辨听老人不甚清晰的唱词。认为唱词含混,气韵不足,是老人缺失几颗牙齿,走风漏气的结果。这等"少年"好家,引不起别人注意,更不会让女人侧目,只能躲在人少的地方自娱自乐。

香娃细心辨听老人的"少年",终于听清了词儿,第一首唱的是"直令":

月亮上来影子来,
月亮影子里浪来。
人不来了影子来,
跟影子说几句话来。

第二首改唱"梁梁上浪来令":

尕雨儿下在馒头山,
山水大,
淹掉了山底的磨扇。
每晚夕想你到三更天,
天不亮,
脚巴骨当成了算盘。

第三首成了"二牡丹令"：

尕妹妹活像灵芝草，
长在了瑶池的水里。
阿哥是鹿羔满天下跑，
啥时候能嚐到嘴里。

从唱词、声调，香娃听出老人虽然独处，虽然不被众人留意、关注，但老人的心里依然充溢着迫切的期待，殷切的向往，十足的信心。香娃感觉这个情景似曾相识。脑子转几下，油然记起互助威远镇会场，深更半夜唱"少年"，被父亲和猪娃保见过的那个老汉。进而记起老汉姓马，被人们称作马爷。香娃陡生勇气，高喊一声："马爷！"

老者应声望过来。香娃从树后闪出，继续自己的验证："马爷，我见过你，在威远镇会场。"

老人眼里闪着疑惑，打量走近的香娃，"可我不记得你。"爽朗地笑几声，"我浪过的会场太多，见过的人太多，记不起在哪儿见过你。"

兴奋激活当年的记忆，香娃俏皮起来，"马爷，你的尕连手还没寻见吗？"

老人显出羞愧之色，"还没寻见。可我心里热突突的，今年一定能寻见。"

"你寻了十几年，转了满世界的会场，等你寻见，尕连手成了老连手吧？"香娃盯住老人腿边一个黑釉小口瓷坛。

老人给香娃挤眉弄眼，"老是老，刀刀！"把黑釉瓷坛举起来，"你这尕人儿心不尕。喝两口酒！"

香娃诚惶诚恐摆手甩头，"我不喝酒，我想听你唱'少年'。"

老人捋着稀疏的山羊胡须，"听我唱'少年'，不如听猫儿念经。如今门牙全掉了，走风漏气不敢在众人眼前唱。可我有个伴儿,说好在会场上见面。寻见他,你就能听上好'少年'。他是'少年'场里的英雄。"

"你说的……"香娃冒失猜测一下,"你说的唱把式是不是一个弓腰驼背的人?"

老人眼睛闪出惊喜,"你见他了?他在会场里?"

香娃惊喜,"我见他了,就在会场里转着。"

老人一下子跳起来,"在哪儿见的?快!快领我去见他。"老人抓住香娃胳膊的手,把内心的激奋传达给香娃。

第二十四章

1

憨哥从煤窑驮来两背斗巴儿煤。卸下黑乌乌沉重背斗,千恩万谢送走急着赶路的牲口主人,笑了:"今年过年做炉馍馍。"对递上毛巾的巧儿说:"你去猪娃保家,说我从煤窑驮来些巴儿煤,过来取几疙瘩炖茶去。"

刘香从憨哥眼神看出他的谋算,"巧儿要给你做饭。等吃完饭再去。这时候猪娃保不在家。"

"在家不在家不去怎么知道?"推搡巧儿,"快去!猪娃保不在你等一阵。"

巧儿喜滋滋去了。

憨哥向北边努嘴:"北房里没人?"

"你管北房有人没人!我把茶罐茶碗放在炕桌,快上炕喝茶去,我要做饭。"却被憨哥拽进房内,就手关住房门。刘香明知憨哥心情,故意说:"大天白日关房门做啥?"要挣脱男人的拉扯,被憨哥搂抱住腰胯,把气喘吁吁的嘴往她脸上拱,伸出舌头舔她脖子,"一个多月没见你,把我胀死了。"

"那也得等到晚上。"刘香理解男人的迫切,可理解中掺杂着莫名的反感,奋力挣脱他的搂抱亲昵。

"晚上是晚上,现在得打个饥荒。"手探进衣衫捏住刘香乳房。这一捏,刘香心软,下身潮热,可依旧有些反感,"耐活一阵吧。大天白日,大门大朗朗开着,要是……"

"我去把大门闩住,你把裤子脱掉,"猫儿似的闪出房门。刘香感觉脸上热烫,心里慌迫,双手捉住裤带活结却凝住了,倏忽间想起游歌。想起游歌就觉得憨哥这么急迫这么随便,只把她当作一个母的,只为解决饥荒。这念头熄灭身内腾起的那点欲火,立在炕沿前思谋下一步对策。

闩住大门回房的憨哥见刘香愣站着,嬉皮笑脸地搂抱刘香并抓捏她的乳房,"叫你脱裤子你咋还站着?快脱!我胀得吃不住了。"抓住刘香一手触他的命根。那硬挺的东西又让刘香心里一软,下身再度湿热。可心里依旧隔着一样东西,让她感觉别扭,"耐活一下吧,到晚上再说。"却被憨哥推压在炕沿,解她的裤带,气急败坏的阵势。

刘香憎恶陡增。不是憎恶男人而是憎恶他的这种无理野蛮。但心底那点怜爱也在挣扎着,不得已地说,"你这么压着,我咋脱裤子?"用力推开憨哥,坐起来,先整理弄乱的头发,慢慢松解裤带,把裤腰褪在大腿下面,转身双手挂着炕沿朝后撅起屁股,"要打饥荒快打!"

憨哥慌迫地动作,感觉不比往常顺溜。想调整一下姿势,却听刘香没好气地催促,"快些!大天白日闩住大门,巧儿回来咋想?"

憨哥心头一紧,顿然感觉眼前白森森肉团似曾相识。旋即记起那件戳心往事。觉得刘香在"积成当"号房昏暗的角落,不便舒展身体才这么朝后撅起屁股。而他成了贼打鬼,心慌意乱中得不到妙趣。如此想着,忘了抽送,接着就萎软着滑溜出来,沮丧涨满心房,"……你……我这是走路走乏了。"

刘香提起裤子,望着炕沿系裤带,恶恶地说:"日急慌忙你干的这是什么事?"

同样没好气的憨哥忍无可忍:"你是不是给别人撅尻子撅惯了?"这个念头让他认定刘香把他当成了贼打鬼。

猛转身的刘香柳眉倒竖杏目鼓突,"你说的这是啥话!有本事再说一遍!"

第一次领教刘香眼里射出的冷森森愤怒,憨哥自知失口、理亏,耷拉着脑袋坐在炕沿嘟囔:"人家想你想得吃不住,你却使性绊坎的,倒像我是个外人。"往腰里乱摸,记起烟袋没别在腰带上,十指相互捏压,让关节发出咔咔咔的响声。

刘香强忍羞愤先去开了大门,站在门外发愣,用袖口沾揩湿痒的眼角。回来的巧儿见母亲站在门外揩眼泪,纳闷了:"阿妈,你跟阿大吵嘴了?"

刘香换上平顺的表情,"我心慌你去了半天不回来,出来等你,一个飞虫撞进眼睛。"揪着上眼皮往地上吐几口唾沫。

"猪娃保不在家,他阿妈留我喧了一阵。"

女儿喜眉笑眼的样子,刘香明白了七八分。跷指头点一下女儿额头,"是你的鬼主意吧?"

巧儿只笑不说话,挽母亲胳膊进厨房做饭。

饭端上桌,憨哥埋头吃饭,旁若无人。巧儿故意问道:"阿大,你把魂儿丢在煤窑了吧?"

"阿大走乏了,不想说话。"

"我看不像走乏的样子。"巧儿要为自己的疑惑找到答案,"是不是后悔不该叫猪娃保来取大煤?"

憨哥冲巧儿瞪眼睛,"一个丫头家哪有这么多的话!面片塞不住嘴吗?"

好心遭到白眼,巧儿端碗去了南隔间。眼不见为净。

饭后憨哥早早地睡了。

望着辗转翻身并没入睡的男人,刘香后悔没有迎合男人的饥荒,让他憨了一个多月的热望遭到霜杀。男女之事天设地造,原不该有太多的理由。可自从见了游歌,听了游歌与高先生的那些对话,她心里就多了一层念想,一种希求。现在看来,念想只是念想,希求也只是希求。面对亘古以传的生活式样,她除了顺从、迎合,没有别的路可走。试探着走几步,只会添加自己的苦恼,要不就让别人苦恼。似乎应该主动一点,上炕紧偎在男人怀抱,用温言软语暖化他心里那层冰结。可一想起他那句"你是不是给别人撅尻子撅惯了"的话,融化的心结又被怨恼扭结成团。这不是怀疑她水性杨花,见男人只会逢场作戏吗!这不仅伤她脸面,还伤她的心。别个人伤她倒还想得通,可伤他的是个家的男人,是当初把她当作花儿捧在手里,当作冰糖嗿在嘴里的男人。按理,为夫为妻二十载,生男育女,彼此的高低深浅知道得透透彻彻。为什么一点点莫须有的事,就把两人应该贴在一起的心撕开?显然,憨哥嘴上说不再提说贼打鬼,实际上把那个人那件事钉在心里,像铁钉深深地钉进木头。这怎能不让她寒心,不让她对他产生反感?而且表面上不得已的反感,已经成为心病。

尽管一肚子怨怅,睡下时打定主意,只要憨哥有所表示,她就主动钻进他被窝,由他拨弄。三十好几快四十的人,出门一个多月,心里的浮火得靠她消解。可憨哥继续用翻转身体给她传达气恼,成心要占上风。刘香吹灭油灯,心里虚虚飘飘一整夜没有睡好。

这天早上吃炒面喝茶,憨哥依旧黑着脸面。碍着巧儿,刘香用温和的口气说:"前些日子,游先生从西海回来去大庄,顺路来我们家,说香娃已经送到贵德阿舅家里,叫我们放心。我央及猪娃保割一条猪肉,灌几斤酩馏酒,叫来长腿陪游先生喝酒吃饭,留他住了一夜。"

憨哥用指头捣戳碗里的炒面,没有其他表示。

刘香、巧儿对望一眼。巧儿会意,"阿大,阿妈说香娃你没听见吗?"

"已经去了阿舅家,听见听不见都一样。"三根指头撮一点炒面丢进嘴里。

还想说什么的巧儿见母亲使眼色,没说。刘香给憨哥碗里添茶,"儿子的事你不爱听,庄稼的事你总该要听吧?一斗半的麦子黄了,河沿上的也黄了。你去地里看看,先割哪儿的麦子。要割的话,把镰刀磨下。"

"我不从煤窑回来,麦子不割了?镰刀不磨了?"

对这分明寻衅的话,刘香只能避开,"你是家里的主儿,主儿不来,我们婆娘家心里没个头尾。"

"我看你有得是头尾!又割肉又灌酒地留生人在家里吃饭过夜,还要什么样的头尾?"把一束复杂的目光射给刘香。

2

憨哥从家里出来,背着双手,哼唱煤窑上学会的"十个字儿"。胳膊下夹着两把镰刀的官保脚步匆匆撵上来,"狠人,听顺风耳说,你去煤窑挣来几背斗大煤,十几大铜元。下次去把我叫上,我也挣些大煤。"

憨哥伸一伸脖子,"你以为绞辘轳的活儿好干吗?那可是讲技术的,摇慢摇快得凭眼色、手底的分量。像你这般没眼色的,只会派你下井挖煤。"

官保不服气,"没见过人日没见过狗晃吗!我城里姑父家有口水井,水井上的辘轳我不是没绞过。绞了几天辘轳,口气大得没尺寸了!"加快步伐把憨哥撂在身后。

庄子周边地块已经割完,立着一排排麦捆。有的地里正在收割。忙碌的人们见憨哥从地边走过,直起腰与他说话:"憨哥,去一趟煤窑,成了有钱汉。背搭手儿唱唱哼哼的。没见庄稼黄了吗?不割田闲转啥哩?"

"转着看观景哩。"憨哥半开玩笑半认真,"看着看着明白了。

瞎老鼠没黑没夜地刨土挖洞,吃的不过是瘪粮食。毛老鹰整日在天上旋着,寻见的尽是肉食。"

"怪不得给儿子起名甘家英,思谋着当老鹰抓老鼠哩。小心飞得太高把膀子闪折了。"伏身继续割田,不再搭理试图争讲的憨哥。

有的村民问道:"狠人,跟着顺风耳出门一个多月,又有了新见识吧?给我们讲几个新鲜古今儿。"

"外头的世道大得很,三天两夜说不完。等你割下麦子,磨下新面烙下油饼饼儿再邀我来,我详详细细给你们说,只怕你们的耳朵不够用。"

说说笑笑到了一斗半地边。果然全黄了,密匝匝的麦秆上挺着黄灿灿穗头,连麦芒也显得急不可耐,针一般朝天参着。估计今年的收成要比往年多一成甚至两成,喜悦更加浓烈。去河沿地路上,遇见割田回来的朵秦氏,一手提草帽一手提镰刀,憨哥问:"这么急慌慌的,奶娃娃去吗?记得你的娃娃都大了,家里没撂下奶头上的娃娃。"

朵秦氏用手背揩擦额头的汗水说,"香娃大大,田黄透了,不快些割田,这儿那儿转啥呢。刘香天天盼你回来收田。你倒好,没事人一样干转着。"

"我出来看看,先割河沿上的还是先割一斗半。田黄是黄了,迟上一半天没什么要紧。闲忙由人哩。"

"趁天气好割倒就安心了。万一来一场大雨,下上三四天,咋办?"

憨哥笑出声来,"老天爷惜人的孽障。我们实心实意地下苦,没哄地皮,地皮就不敢哄我们。今年我狠人的运气到了。麦子成得好,去煤窑挣钱也顺当。"得意起来,"我是谁?我是狠人!狠人没割田,老天爷就不会下雨。"

"听你的话,你狠人不怕天爷,倒是天爷怕你狠人。"说着快步走远了。

"狠人！狠人！"拉鼻态跑着撵上来，提着碌碡包甲。

"你叫啥？"憨哥明知故问。自娶来刘香，乡老叫他狠人后，全尕庄无论老少都叫他狠人，唯独拉鼻态不叫。后来听人说，拉鼻态不叫他狠人，是看不起他。认为从甘家滩流浪来到尕庄，靠北房奶奶怜惜，才有了落脚地方。能从贵德娶来刘香作婆娘，靠的是乡老和北房奶奶面子，号召尕庄人帮衬的结果。这等人有何资格在村民前称为狠人？可今天，拉鼻态居然叫他狠人，让他觉得意外又暗自得意。"稀罕！你不是不承认我是狠人吗？今日咋改口了？"

"以前不承认，从今……不，不是从今，是从那个姓游的下路人来你家那一天，就承认你是狠人了。"笑一下，笑得阴阳怪气。

"为啥？"

"为你娶个有本事的婆娘！能把识字的有钱汉叫到家里又吃又喝闹哄两天一夜。全尕庄谁家的婆娘有这本事？男人出门不在家，把生人留家里过夜，第二天肩头并肩头送出庄子，招手说再来，比送吃粮去的男人还要难舍难分。眼望着下路人骑马走得没影了，才没精打采回家。你说，全尕庄谁家的婆娘有这本事？想来想去，只有狠人才会调教出这样的婆娘。从那一刻，我就承认你是狠人。"

憨哥听出拉鼻态说的是反话。承认他是狠人，其实说他算什么狠人！个家出门下苦，却容忍婆娘在家里胡作非为。没好气地说："我没指望清鼻糊了半脸的人叫我狠人！也不指望别人管我家闲事。"恶狠狠推开拉鼻态，"该干啥干啥去！"

拉鼻态嬉皮笑脸不气不恼，"我今日该干的就是向你这个狠人讨教，怎样才能把婆娘调教得这么有本事？我婆娘虽说没你婆娘好看，可我想把她调教出你婆娘这样的本事。我也想当几天狠人。"

憨哥怒不可遏，却不得不强忍恼怒，"成哩，你要不会调教，叫你婆娘来我家里,由我调教,保管调教得舒舒坦坦。要想会,师傅怀里睡。叫狠人给你婆娘当几天师傅,你就成狠人了。"

几句话噎得拉鼻态翻几下白眼,哼一声走开了。憨哥恼怒不已,拉鼻态居然敢戏弄他。恼怒中浮出更大的猜疑,无风不起浪!怪不得刘香对他的饥荒采取那种态度。以往十天半月不见,他饥荒刘香同样饥荒,恨不得把他整个吸进去。可这次十几个不情愿,下身也干涩涩的。显然是地里浇了透水,不再稀罕甘霖。如此一想,认定刘香供游歌吃喝,留他过夜,是别有企图。刘香主动把这事告诉他,是想抢占主动。更可怕的是,拉鼻态敢于戏弄他,说明全尕庄人从来就没把他当作真正的狠人。虽然嘴上叫他狠人,心里却不承认他是狠人。他极力维护的乡老赐予的狠人名号,早已失去了光彩。这是由刘香的不检点不正经引起的,刘香趁他出门不在家勾引男人。上次是货郎,这次是姓游的。前思后想,决定暂且忍住恼怒,私下作些核查。等手上有了十足的把握,再作道理。

走进大门,西房有男人说笑。细听,是顺风耳、猪娃保。憨哥假咳两声,猪娃保笑眯眯迎出房门。柜上放着一包茯茶,茯茶上一截布料,另有一对纸包。憨哥黑了脸色:"今儿啥日子?"

被不友好脸色镇住的猪娃保,向顺风耳投出求援的目光。

"猪娃保阿妈托我做媒,提亲来了。"顺风耳吹掉烟灰,"日子是我看下的。"

顺风耳看下日子并出面做媒,憨哥没理由轻视。可他纷乱的心里跳着一个理由:田黄了,必须抢收,这不是谈婚论嫁的时候。"巧儿呢?"

猪娃保理解为巧儿的态度,腼腆着说:"巧儿没说啥话。"

"我问她去哪儿了?"虎虎的语气。

"巧儿跟婶婶在厨房炒菜。"

"炒屎的菜哩!叫她们先来房里。"

顺风耳脸上挂不住,"巧儿说你去地里看庄稼。看你阵势,是吃枪药去了。"

憨哥意识到冷硬态度让顺风耳不舒坦,放缓口气,"家家户户都忙着割田,等收完庄稼再提亲不迟吧?"

片时,巧儿用木盘端来鸡蛋炒韭菜、素炒黄芽白菜、大麦面锅塌。随后进来的刘香笑着说:"香娃大大昨日从煤窑回来,今日你就领猪娃保上门提亲,给我来了个猛兔上墙。五黄六月,家里缺这个少那个,尽着家里有的炒两个菜,你多担待。"把筷子塞在顺风耳手里,"先吃几嘴,我打发巧儿出去,看谁家有不下蛋要宰的鸡儿,买回来叫香娃大大宰下,晚上给你们炒肉菜,做长面。"

憨哥忍不住说:"看你的安排,今日后晌不打算割田?"

刘香先让顺风耳吃菜,而后才回答憨哥,"包家爸爸提着礼行上门给猪娃保提亲,事情成与不成是后话,不支应客人是说不过去的。"转面对猪娃保说:"吃几嘴菜,你出去灌一斤酒。喝酒的时候,你把你的想法,你阿妈的意思,给香娃大大说明白。"

憨哥想要脾气,想质问刘香,这家里谁做主?碍着顺风耳、猪娃保,不好显出小气,把两枚铜元拍在刘香手心,强笑着对顺风耳说:"我算明白了,三升皮袋只装三升!煤窑上挣下的四大铜元,还没焐热就头朝外了。"装出痛快样子对猪娃保说:"一斤不够!你灌上五斤。我们美美地喝一场,喝醉了躺上三天,管他麦子黄了还是绿了!"

刘香撤下碗筷,重新抹净炕桌端上热茶,跨坐炕沿说:"包家爸爸,两个年轻人不在,剩下我们三个,我把该说的话说明白。我的巧儿不能许给猪娃保。不是嫌他家穷,也不是嫌他人不好。是我巧儿有病。虽说开春咳喘得松了,可病根没除,一入冬就厉害起来。猪娃保这样的人家,经不起一个病人的折腾。等收了庄稼,匀出点钱先给巧儿看病,病看好了再提说她的婚事。二者,香娃还在阿舅家养病。等香娃回来帮扶大大把家里光阴过好了,我才打划出嫁巧儿的事。"

"那得等到啥年月?巧儿今年二十了吧?"顺风耳探测憨哥的表情。

"我知道姑娘过二十就难出嫁。可不能因为这个就把病着的姑娘打发出去。要是猪娃保和他阿妈真正喜欢巧儿,等几年吧。"

刘香这些表白,让憨哥心里的暗气膨胀。难怪拉鼻态戏弄他,刘香已经不把他这个男人放在眼里了。连巧儿的终身大事,她也把他隔在一旁,由着她的心机做出这样的决断。看来,刘香的变化,与先来的货郎,后来的游歌定有瓜葛。联系昨日对他饥荒的态度,可以肯定,变了的不单是她的脾气,还有她的心。

等猪娃保灌酒回来,宰鸡、煺毛、扒肠肚……三下五除二,两荤两素四碗菜上桌。三个男人喝酒,刘香巧儿下厨房做饭。

顺风耳明了刘香态度,估计这桩婚事前景暗淡,不能放开肚子纵情大喝。猪娃保敬酒时,顺风耳神情庄严地说:"你和巧儿的事,巧儿阿妈给话了,得等治好巧儿的病才能出嫁。这是为你好,为你家着想。回去告诉你阿妈,能等等几年,不能等早做别的打算。"没情没绪地干了六盅。不给厨房里的刘香母女打招呼,径自走了。巧儿回房发现少了主角,气氛不对,问父亲:"阿大,包家爸爸呢?"

"走了。"

"没吃饭,你咋叫包家爸爸走了?"

"腿长在他身上,他想走我有啥办法。"吞药般吞下一盅酒。

巧儿只好问神情萎顿的猪娃保,"阿大跟包家爸爸吵嘴了?"

"你阿妈要等你病好再出嫁。"

巴望提亲成功的巧儿觉得意外。冒出的第一个结论是父母亲嫌猪娃保家境贫寒,把她的病作为推脱的借口。这个结论倒让巧儿安心下来,"看你!这么一句话就把你愁成这样子。要是我阿大阿妈说:'猪娃保家里穷,我们的丫头不给猪娃保',不把你气死吗!心比针眼还小!"拉猪娃保坐在父亲对面,"你好好地给阿大敬酒,好好地吃菜,好好地喝酒,别的事有我哩。"给猪娃保一个媚眼。

3

暮色淹没院落。和衣躺睡鼾声如雷的憨哥突然起身下炕穿鞋。

刘香发现男人躲着不与她对视,忍不住问道:"你去哪里?"

"你别管!"扬长而去。

刘香既纳闷又暗喜。喝了酒的男人睡倒后总要纠缠她,出去也好,免得让她腻烦又扫他的兴头。按说,她应该迎合他的迫切需要,给他渴求的温存。可她心里总是隔着一层莫名的东西,不再有主动的迫情,而且惧怕他的亲热。难道先来的货郎,后来的游歌偷走了她的心?

巧儿天没黑就钻进南头。说是做针线,却没点灯。从巧儿平日对待猪娃保的言语行动看得出,希望猪娃保提亲成功。她的回话,显然违背了女儿心愿。刘香望着南隔间门,矛盾着。该不该把自己的真实想法告诉女儿,求得她的理解。给女儿治病不过是她的借口。嫌猪娃保母子二人光阴穷迫,是憨哥一人的态度。穷迫可以用劳苦去改变。凭猪娃保的吃苦勤劳,加上巧儿的帮扶料理,不会永久穷迫下去。她阻挠这门亲事的真实原因是,现在对巧儿百依百顺,恨不能化为空气被巧儿吸进肺腑的猪娃保,成亲后还会一如既往地看重巧儿吗?当年的憨哥,死乞白赖地缠她哥哥,下跪求告乡老乡亲鼎力相助,把她娶来当了媳妇。结果呢,为一点没影的事,不但处处时时猜疑她,连香娃也跟着被视为野种。现在回想起来,刚成亲那几年对她的热火蜜贴,不过是稀罕她是俊俏多情女子,是离不开她的奶头,离不开她的下身。等泄尽二十年积攒的男人精火,泄走了新鲜好奇,就把她当作一件有了豁牙的大碗,一把断了齿的耙子。这样的话能对女儿说吗?母亲把个家的难怅当作故事讲给女儿,让女儿吸取其中的教训而放弃自己向往的幸福吗?没有亲身体察,女儿会相信她的见解?看来,一个人有一个人的命,一个人有一个人的路。母亲哪能因为自己路不顺而阻挠女儿走路?顺与不顺,女儿不走怎么知道?思前想后,觉得做人太难,做女人更难,做一个让自己和别人都称心如意的女人更是难上加难。

鸡叫头遍听见大门响动。裹着酒气的憨哥重重地关上房门,对刘香瞪眼:"做什么尿针线,往半夜里点灯!"口里冒出火药味。

刘香把针别在袜腰,尽量温和地说:"往半夜等你不回来,不做针线不急吗?"

憨哥扫一眼,"给谁缝袜子?"

憨哥的口气令刘香不快,"我问你去哪里你叫我别管,我给谁做针线你也别管。"

憨哥吭几声没说出话来。把油灯挪放窗台,"你做针线叫我别管,我要做的事你也别管。"夺走刘香手里缝了一半的袜腰,别在上面的针划疼刘香手指。刘香凑近灯火,看划伤的地方是否流血,却被憨哥拧住手腕,"快脱裤子,我要日你!"

刘香愤怒,跪在炕沿拼命挣脱被憨哥拧住的胳膊,哪能挣得开!憨哥用左手抓撕她的裤腰。男人要硬来,增加了她的愤怒,还增加了她的恐惧,奋力抗争,一手护住裤腰。对抗中,胳膊肘碰在憨哥脸上。刘香被憨哥一拧一拽,钻心疼痛从胳膊电一般击进心窝,同时从炕沿滚落地上,尖锐嘶吼一声。

憨哥借势往刘香肩背、腰腿踹踏几脚。巧儿惊醒,急忙穿上衣裤过来劝架,见母亲被父亲踢踏得满地打滚,惊叫起来,"北房三爸爸,阿妈快被阿大打死了!"

北房奶奶三儿子两口龙动凤响地来到西房。刘香满脸血污蜷成一团躺在炕沿下,巧儿撕抱着憨哥两手。两口子慌忙扶助刘香上炕,取灯照看,是流出的鼻血染红半个脸庞。刘香双眼紧闭,密长的睫毛泪湿淋淋。马兰花搬枕头帮刘香躺好,碰了刘香右臂,刘香尖叫一声哭骂起来:"你这个没天良的!你把我胳膊拧断了!"

都慌了,怎么办怎么办?"你去把老大家牲口拉来,让香娃妈妈骑着去大庄叫高先生把断下的胳膊接上。"马兰花边擦眼泪边说。

"胳膊碰都不能碰,能骑牲口吗!"北房老三盯住蹲在柜前吃烟的憨哥,"我算看明白了,你这个狠人除了给婆娘儿女摆歪,尿本事没有!你说咋办?"他要逼憨哥快想办法而不是蹲着吃烟。

憨哥看着烟锅冒出的青烟凶凶地说:"谁叫她皮犟!"站起来,心乱如麻不知如何是好。意识到深更半夜,啥事都做不了,复又蹲下吃烟。

北房老三哼一声,对巧儿说:"只能等到天亮再说。天亮你去叫猪娃保,我去老大家把牲口拉来,叫猪娃保骑牲口去大庄把高先生请来给你阿妈看胳膊。"

好不容易耐到天亮。北房老三同巧儿分头行动,留下马兰花照看刘香。马兰花发现憨哥一下一下瞪她,心虚起来。憨哥下狠手拧断刘香胳膊,会不会因了她说的那几句话?

昨晚天黑时分,她去大门外刷洗尿盆,看见憨哥从院门出来,不禁问道:"天黑了,还往谁家串门去?"

憨哥不应声,走出十几步又转身走回来,"那个姓游的下路人来我家又吃又喝,还睡在我家里,这些你都知道吧?"

"又说又笑又唱地闹腾了半天一晚夕,聋子也能听见。"

"一起吃喝的还有谁?"

"我见猪娃保忙出忙进地跑着,听声音,一起喝酒说笑的有长腿、下院朵秦氏。"

"他们啥时候散场的?"

"天刚黑我就睡下了,听着西房里又说又笑又唱,听得没瞌睡。后来安静下来,我还是睡不着。半夜听见大门响,我从窗缝往外瞅,是那个下路人和刘香出去了。我心想,黑天半夜出去做啥哩。想着想着睡着了,不知道他俩啥时候回来的。"

"哦。"憨哥吐一口唾沫,走进黑暗巷道。

早起要去担水的猪娃保被巧儿堵在门口,如此这般一说,撂下水桶扁担,拉着巧儿跑到北房老大家。老三已给骡马备好鞍子。猪娃保接住辔头翻身上马,朝东飞驰而去。

巧儿回家,马兰花借口催儿女起床,回北房了。憨哥问:"猪娃保去大庄了?"

巧儿不应声,上炕跪守母亲身边淌眼泪。

憨哥无法忍受娘儿俩无声的抗议。去厨房胡乱吃几口干粮,拿了镰刀、磨石,进房把两样东西朝前亮一亮,"我去一斗半割田。田黄透了,再不割糟蹋掉哩。"不见巧儿有反应,悻悻地走出来,低头躲着村巷里来去忙人。边走边用磨石蹭磨镰刀刃口,沙沙沙的响声加剧着心里的烦乱。后悔没能忍住,下手强猛,伤了刘香。如果刘香胳膊断了又治不好,眼前的收割、打碾等紧活全得由他包干。

刚割下两个捆子,有人在身后叫喊。长腿朝他走来,迫不及待声粗气急的样子。

"啥事?"

"你把刘香的胳膊整断了?"

"你咋知道的?"心里说,传得真快啊。

"你别问我咋知道的,你只说为啥要打刘香?"眼里喷出比刀子还锐的目光。

"这是我的家事,用不着你操心。"伏身继续割麦。被长腿拽住衣袖,"走!跟我去你家,把我昨晚给你说下的话当头对面给刘香说清楚。"

憨哥甩脱长腿的撕拽，"闲尿得没事干了！你嫌没事回家躺着去。我要割田，我的庄稼比啥都要紧！"

"你的庄稼要紧，可我的名誉更要紧！走！把话当头对面说清楚。我不背传闲话的名声。走！"黑了脸色虎声命令，一副不服从决不罢休的气势。

憨哥不想服从。不服从又不能安心割田，把镰刀插进地里要走，转念又拿在手里。长腿错后一步跟在后面，押解一般，"没想到你是这么一个人！世上再寻不见比你更坏的男人。也寻不见你这么奴的狠人！你这是马不跳鞍子跳。刘香是多好的女人。你听上一点点风声就下黑手把她的胳膊整断，忍心吗？你这是日子过得太舒坦，个家把不疼的指头往磨眼里塞。老天爷真是瞎了眼，把一个好女人给你这么一个瞎尻！"

长腿的诅咒责骂，倒让憨哥平静下来。如果长腿替刘香打他几下，踢他几脚，他也乐意接受。庄舍村民为刘香抱不平，难道他真的错怪了刘香？转念，长腿陪姓游的喝酒，酒后也睡在他家炕上。会不会趁着酒醉，也占了刘香便宜？"刘香好与不好你怎么知道？"

"我就是知道！你娶了天下最好的女人做媳妇，可你不知足！早晚，你会把这个好媳妇丢掉哩。"

巧儿跪在炕头用热手巾给母亲揩脸，用指头梳理乱发。长腿立在炕沿前给刘香说："香娃妈妈，昨晚夕香娃大大把我叫到大门外，打问那一天与游先生喝酒的过程。我照实说了，可他回家把你打成这样子。我咽不下这口黑气，把他从地里叫回来，当头对面把我说下的话再说一遍。我宁肯把他惹下，也不能叫你吃亏。"转脸对憨哥，"你说！我昨晚咋给你说的。"

憨哥避开长腿的逼视，嚅嗫着说："你说刘香叫你和猪娃保陪着姓游的下路人喝酒，是为了防止别人说闲话。你说刘香留你睡在家里也是为这个。我问你，她和姓游的半夜三更出去做啥，你说你喝醉了,睡得太死,什么也不知道。我就说,你既然醉得什么都不知道,那他两个在炕上日皮你也不知道……"

"天哦!"话被刘香打断。

"香娃妈妈。"长腿伏身细看刘香萎黄的脸色,湿漉漉的睫毛,"你听见了吧,我给他说的全是实话,他听了不当实话。我……"

"宋家达达,这事不怪你。这不是一天两天的事了。自他把香娃当成……你去忙你的。我不要紧,缓几天就好了。"说着,眼泪滚过脸颊打湿枕头。巧儿紧忙拿毛巾给母亲揩眼泪,不留神碰一下右臂,刘香锐声呻吟。

"你这个坏屄!"长腿眼里闪出泪光,"你平白无故把婆娘整成这样,你是个畜生!"

"怎么是平白无故?我出门下苦一个多月,昨日回来想日她,她不给日。昨晚夕我想日,她又不给日……"

刘香左掌奋力拍击炕面,打断憨哥的污言秽语:"我的天哦!你把个家当个人成不成?二十岁的姑娘在眼前头哩!你说的这是人话吗?!"

"不是人话是啥话?你……你变心了,你不是先前的婆娘,你是变了心的婆娘。"

这话把空气凝住了。片刻的死寂后,刘香抽泣着说:"我是变心了。我变心是看不惯你的粗蛮,看不惯你的野道,看不起你心里装不下儿子,装不下……"哽咽变作大声号啕。

巧儿、长腿好言解劝。憨哥趁机溜出来,提镰刀下地。

憨哥割麦,心思满天乱窜,收不到镰刀上面,索性把镰刀插在麦茬中,就地坐下抽烟。他想吼唱几声。怪不得大路上的脚户,深沟里的金娃,动不动要唱"少年"。原来"少年"能解心慌,能解忧烦。可他没记下词儿。被他牢牢记住的就那么两三段,其中像烙铁烙在心上的,是他在贵德第一次见刘香冒出的那两段。因了那段"少年",他着魔一样追寻到刘香家里,最后竟然把刘香娶来当了媳妇。这样一想,刘香嫁他后的点点滴滴潮水般从心底涌动起来,淹没他心头的烦乱,浮泛出懊悔的泡沫。难道真的错怪了刘香?可她为啥在他日她时那样勉强,那样不情愿?当年的她可不是这样。细想,她的变化是从养下香娃后开始的。加上香娃的种种怪异行为,其中一定藏着什么不能明说的原因。就是这个原因,让刘香不再对他烫火,却对别的男人……

"不赶紧割麦子,坐在地里想啥?"一双粘着泥土的圆口布鞋现在眼前。抬头,是下院朵秦氏,"看你张眉瞪眼的样子,后悔了吧?"

憨哥明白她的"后悔了吧"指的啥事。却装作不明白,"我后悔什么?"

"你把刘香打得躺炕上不能动弹,不能割田,你不后悔?"

"你知道了?"憨哥盯着镰刀问。

"全孕庄都知道了。说不定全平安驿都知道了。孕庄的狠人打婆娘打断了胳膊!这一下你的狠人名声传得更远了。"朵秦氏蹲下,竖立眉毛质问:"你的心是铁的还是石头的?刘香哪一点对不住你,叫你下此黑手!"

憨哥自知理亏。可打了刘香的事实已经摆在众人眼前,不能不说出个理由。"我出门一月多,回来饥荒得吃不住,她却使性绊坎不叫我日,把我惹急了。"

朵秦氏冷笑一声:"看你这出息!女人家,总有不方便的时候,耐活一两天能把你急死?"

"她不是不方便!她是不想叫我日!她变心了,嫌我粗,嫌我野,不想要我这个男人了。"

朵秦氏冷笑一声,"刘香一点没说错!走,跟我回家,当头对面把昨晚上我给你说过的话给刘香再说一遍。我不能叫刘香以为是我给你捣了闲话。走!"

憨哥坐着不动。"没见我在割田吗!麦子黄透了,得紧着割倒,哪有工夫对闲话!"起身抓起镰刀,被朵秦氏揪住胳膊,"你把刘香打得躺在炕上,这事不能这么过去。得把该说的话说清楚。你不敢回家,同我去见乡老,把打婆娘的原因告诉乡老。"

憨哥甩脱朵秦氏的拉拽,双手抱握镰刀给她作揖,"你饶了我吧,我认错我认错。从今往后再不打婆娘。"提镰刀跑开几丈远,装模作样地劳作起来。

朵秦氏原本并不为对闲话,而是把两人拉在一起,缓和一下矛盾。见地里麦子亟待收割,拉走憨哥倒成了她的不是,便去自家地里做活。

4

刘香说服女儿别生父亲的气。强调庄稼对庄稼人是如何重要,眼下的收割是头等大事。话没说完,听见牲口蹄声响进大门,跟着猪娃保不无兴奋的喊声,"高先生来了!"

刘香示意巧儿扶她坐起来。巧儿扶助母亲坐好,整理蓬乱的头发。提着帆布褡裢的高先生走进房门。熟悉的家,熟悉的人,"原来是你啊!"

高先生一句"原来是你啊!"提起刘香的情感闸门,强憋在心房的酸楚怨恼一下子喷涌而出,把一肚子委屈变成强音,汇进眼泪淋漓尽致地泄放出来。巧儿惊愕,猪娃保惊愕,不明白见到高先生,刘香何以如此悲情地号啕大哭。仿佛受了委屈冤枉的人见了血肉亲情。高先生明白了,对欲要劝解失态母亲的巧儿说:"让她哭,哭过就好了。"坐在猪娃保搬来的板凳上,静待刘香平静下来。

猪娃保没敢把真实原因告诉高先生,是怕高先生知道伤者是男人殴打所致,生气不出诊。也怕这样的家庭暴力在尕庄乃至平安地区十分普遍,高先生见惯不怪,不认真对待。谎称从牲口上摔下来,不能走路,才来请先生出诊。

刘香后悔见到高先生没能把持住自己,却又相信高先生从她失态的号啕中理会了她全部的心事。用袖口沾干眼窝,要挪腿下炕,被高先生制止,"你别动!"放下茶碗靠近炕沿打量刘香神色,"心情好些了?"

刘香小孩一样点头。

高先生让巧儿上炕坐在刘香身后,小心脱掉外衣衣袖,裸出右胳膊。高先生先触摸脖颈、肩头,顺大臂摸捏下来,触到肘弯,刘香周身抖颤哎哟一声。"不要紧,肘关节脱臼,还上就好。"示意刘香挪坐炕沿边上,右臂朝外,让巧儿贴住母亲左侧后背。高先生立在炕沿边,左手托着大臂下端位置,右手握住刘香手腕,上下左右轻微旋动小臂,同时说道:"听游歌说,你们留他住下那个晚上,给他喝了不少的酒,喝酒中间让他唱歌。他平时不多喝酒,那晚高兴,不留心喝多了。过后他担心,喝多了没说错话吧?"

"没有没有!"猪娃保抢先说,"人家是识字贵人,开口闭口全是文话,喝大了说的还是文话,没说错话。"

刘香听猪娃保说话,感觉高先生的左手在变换托捏位置,旋甩她小臂的右手力度在逐渐加大,咬牙忍着肘弯处钻心的扯疼。

"听游歌说,他睡倒后胃里翻腾得厉害,想吐。你拿瓦盆放在炕沿下让他吐,他说吐在家里太不像话,坚持要去外面吐。你深更半夜陪他去大门外,守着让他吐,这让他深受感动。他说这里的老乡太好太好,热情善良好客,让他终生难忘。"

刘香脑海浮显出当时的情景:月色朦胧,树影幢幢,清风习习。蹲在树后呕吐的游歌让她于心不忍,恨不能替他减缓酒后的肠胃不适。刹那间,感到高先生右手捏紧她手腕,猛力一拽一推,左手猛地一托,随着一阵穿击脑底的尖锐疼痛,右肘弯处的胀疼顿然减缓许多。

"还上了,你动一动胳膊,疼不疼。"高先生松开双手。

刘香小心抬动胳膊,除肘弯还有些酸胀的轻度疼痛,几乎不能动弹的右胳膊可以抬起放下,活动自如。"好了好了!"上下左右甩摆,"高先生,不疼就能割麦子吧?"

"眼下还不能做活。得养息几天,等复位的肘关节韧带全部恢复功能,才能做活。但近期不能做繁重的活。要是不留心再脱臼,闹不好成了习惯性脱臼,就费事了。"

"哦。"刘香沉吟着,"地里麦子黄透了,巧儿大大一个人……"

话被高先生打断,"收割固然要紧,可最要紧的还是人呐!"收拾褡裢辞行。

第二十五章

1

送走高先生,刘香催促巧儿下地帮父亲收割麦子。有气的巧儿狠狠地说:"他的力气多得没处使吗?叫他割去!看他割乏了还有没有力气打你。"

女儿为自己不平,刘香自然感激。可女儿的口气令她不快,"你一口一个他,他是谁?谁家的丫头这么叫个家的大大?他再不对,也是你大大!"放软语气,"给你大大使性子,就是给个家的肚子使性子。快去,把麦子割倒收在场上,比什么都要紧。"

巧儿提镰刀拿草帽,依然是想走不走的样子。"你不想一个人去,把猪娃保叫上。有猪娃保搭手,大半天就能割完。你告诉猪娃保,等割完麦子,他家里有活,我们去做。"

"你说得容易!猪娃保想来,他阿妈也不会叫他来。人家又不是我家的佣工!"丢一束不满的眼光给母亲,走了。

刘香心里七上八下。女儿说得对,以前猪娃保指望成为巧儿女婿,乐得卖力献殷勤。如今她给人家明确回话,再笨的人,也能听出其中的话意。纵然猪娃保不死心,可他母亲会阻止猪娃保再来她家当差。想得心烦意躁坐立不安,决定去地里看看。胳膊僵直不能用劲,可以给父女俩绾几个腰子。

刘香用左手托着右肘,匆匆忙忙赶往地里。她的脚步踏在村路上,风的脚步踩在云彩上。急急慌慌一路赶来,半个天空积满灰中泛黑、黑中透出暗红的浓云。云头上下翻滚,前后推涌,疙瘩摞着疙瘩,连环套着连环。风从云头掠下来,地上的杂草、庄稼、树木颤抖着摇晃,挂碍得疾风发出狂躁的吼声。云团好像往西北方向运动,又像要倒退去东南方向。由于拿不定主意,后涌的云团与前推的云团积成一道凶煞的屏障,气势汹汹向西南天空泛滥过来。刹那间天地昏暗。风继续肆虐扫荡,裹着一股杀气,卷起地上土腥返回空中,翻滚的云团透出更多更浓的暗红。暗红中泛出青紫,青紫里涌溢着墨黑,把一串又一串恐怖的雷鸣从云阵深处逼出来,雨石头一般轰轰隆隆倾倒下来,击撞得地皮震颤不已。

刘香低头躲着窒息的狂风,上身前倾抵顶阻碍她的狂暴风力,一股混着土腥的雨味灌满她的鼻孔。看阵势是过雨,可云团中泛滥的暗红警告她,比过雨还要厉害的暴雨,正在挤挤匝匝的云阵中商议着,酝酿着。咔嚓!咔嚓!把云阵撕开缝隙的万钧神力,电一样震慑出来……

刘香闭眼低头转动身体,用脊背抵顶撞上后背的风力,忍着肘弯沉甸甸的隐疼。耳梢被一粒雨珠击中,脖子又被击中疼了一下,紧接着头皮肩头被连续击得生疼。睁开眼缝看路,脚前有白密的豌豆在蹦跳、蹦跳,倏忽变成蚕豆大小。刘香冲到一棵大树下面躲避,发现已经走到地头。满天倾倒下来的冰蚕豆,用闪晃的白光和密集的喧响把她挤压在树下,令她寸步难移,只能瞅着脚前蚕豆大的冰珠互相击打着堆积起来,顷刻埋没了她的双脚。

刘香紧靠树身,借头顶一根粗树枝护着头脑。随风倾倒的冰珠仍然击打她的头脸肩臂,击得头皮火辣辣胀疼。巧儿和她父亲在哪儿?躲开了吧?庄稼!庄稼怕是全完了!

当淹没双脚的冰珠把透心的冰凉传向心中,冰雹顿然稀小,一颗两粒地从树枝树叶弹下来,混进堆积的冰珠中间,融化成水。天地亮堂起来。草木、地塄水渍渍地显在眼前。脚前冰珠化成扁圆,半圆,越化越小,森白褪成青白,在汪起的水里渐渐失形最后融汇入水。

鞋湿了。湿了的还有裤脚。刘香弯腰用左手抓捏绞拧裤脚。少了右手的帮助,拧不干湿透的裤脚,索性不去管它。直身望向地里,呆了。眼前是由于冰珠快速消融而汪起的一片水塘。此前齐刷刷挺立的麦子,全被天庭释放下来的精灵杀伐成草铺,不服气地乱爹着被击折的身子,满地狼藉!刘香越看越呆,呆到极致,变作一声狂吼:"天哦!我的天哦!"

"天……哦……"颤抖的吼叫在水渍渍空间向四周传播,反弹回来各种声调的回音:"天哦!天哦!天……哦……"孖庄人汇聚地头,举手诅咒天爷的无情。

跑去河岸岩洞躲避冰雹的憨哥、巧儿回到地边呆住了。别说没来得及收割的麦子,就连收割成捆的,也被狂暴的冰弹击成一堆堆乱草。三个人疯魔般扑进地里,踩踏没脚的泥水,撕拉揪拽那些连着穗头的麦秆。穗头虽然连着,麦子却颗粒无存。全被冰弹击打脱壳散落泥水中。他们呆傻!愤怒!麻木了!人老几辈子,没听说下冰雹把庄稼打成这等模样!这是天爷成心整人!三个人从泥水中捞扯连着穗头的麦秆,上面颗粒无存,扔开;再捞扯,再扔开……最终停止了徒劳的挣扎。黑头凡人争不过老天。

沉默。沉默。体力耗尽,心气耗尽,下剩的只能是沉默。一如狂暴施威后的天爷,也沉默地观望着无能为力、无可奈何的人们,等待他们的醒悟。

憨哥一瞬间清醒。清醒就把鼓突的眼仁对准刘香,"都怪你!要是听我话,咋晚下茬一夜,全割下了!"又把指头戳向女儿,"也怪你!什么紧忙日子,却叫猪娃保上门提亲……"

巧儿要争辩,被刘香拉出来,拖泥带水地回家。争辩是多余的。全割下又能怎样!当地数百年留下的习惯,麦子割成捆子,要排放地里等待风干再上场打碾。蚂蚁般的黑头凡人,是天爷身上一群虮子。天爷要灭你,你长出一百个嘴也是枉然。将后的日子,指望南台那一亩七分旱地。

纷纷拥往南台,看天爷惩罚尕庄人是否存了一丝怜悯。拥上南台再次惊呆。南台将熟未熟的庄稼,大多数精精神神夯着骄傲的头颅,戏弄得风儿在稼禾间沙沙沙窃笑。唯独南台东边一溜庄稼,从最北边的台坎到最南端的山坡,被齐刷刷打铺在地中,上面盖着一层青白的、尚未融尽的冰珠,戴孝似的森白。憨哥、刘香双腿一软,无声地长吼,"天……哦!"他家指望的一亩七分旱地,就在这一溜中央。

2

第二天,庄里传言,尕庄有人不敬天爷,惹恼老天,给一点点颜色叫尕庄人看。谁?是谁眼里没有天爷,让全庄人跟着受罪!村民们私下计议,把这人找出来,让他给供奉在村庙的娘娘、土地、先祖点燃七七四十九盏明灯,跪拜七七四十九天,明年四月八日请娘娘做一场法会,一应费用由此人负担!

众怒在彼此的猜疑、指责中渐渐浓烈。庄稼绝收的人家及早走亲拜友,借贷活命钱粮。憨哥打算去中庄求人借粮,顺风耳悄无声息走进门来,"要出门?"

"仓仓没粮心里慌,得早打主意。"憨哥让座,递上羊脚巴,"吃烟。有麦子就有麦茶。如今连一碗麦茶都倒不起了。"

顺风耳哼一声,"你不是狠人吗?狠人能叫老天爷拿住?"意味深长地瞅一眼。

话里有话。憨哥想避开这个话题,却又打不消疑虑,"你听见啥话了?"

顺风耳严肃了眉眼,"你先说,你说没说不敬天爷的话?"

"没说过,半句也没说过。我虽是狠人……"慌忙刹口怪笑一下,"可我不是笨人,知道啥话该说啥话不该说。"

"可我听人说,你说你狠人不把麦子割完,天爷就不敢下雨。"更严肃地盯视憨哥。

憨哥躲开对方凛厉目光,想起地头与朵秦氏的对话。这婆娘!心里骂一句,"我不过随口说说。"

"随口说说?!天爷是你随口说的?庄子里寻找说这话的人,要叫他给村庙点上七七四十九盏油灯,跪拜七七四十九天,明年还得请上娘娘轿子在周边村子做九天祈祷法会。你算没算过,这些花费你得苦几年才能挣下?"

憨哥害怕,真害怕了。弓下脊背可怜巴巴望着顺风耳,"我不小心说了一句,没想到惹下这么大的事。这事还得你给我出个主意。"

顺风耳吐口唾沫,望着白沫被干燥地皮吸收成一坨湿痕,"其实庄子里人们气的不是你不小心说下的这句话。而是你当年赌咒发誓要善待娶来的刘香。你把好媳妇娶到炕上,就忘了给大家许下的愿心。要不是我在人前头给你遮掩、堵挡,尕庄人早把你整成扁食了。"

憨哥紧忙点头,"我记住了记住了。只要庄舍不笑话,我把她当成娘娘供在柜上。"

"听,你又在满嘴胡说!刘香再俊再能,也不能当作娘娘。以你心思,还想把香娃当作二郎神吧?"

"没没没!我从没这么想过。你知道我与香娃不对卯,不可能把他看得比个家还大。"

"可尕庄人不这么想。尕庄人全是些舔肥尻子咬瘦屎的混账。你知不知道他们当年是怎样偏看我婆娘,我儿子的?只因为我婆娘长得丑,我儿子生得笨。如今,你说大话惹了天爷,实是惹了全尕庄人。这种时候,纵然你婆娘再俊,儿子再能,也不能让尕庄人心软下来。不信?那就走着瞧。"意味深长地哼一声,扬长而去。

3

　　顺风耳停在拉鼻态家大门口,望着几乎倒塌的门墙门框冷笑一下。就是这个破家的主人,也即拉鼻态父亲,在他刚刚成家那年,秋收前遭受冰雹颗粒无收,他同新婚妻子上门求拉鼻态父亲借粮食三升。拉鼻态父亲乜眼瞅他妻子,问:"这就是你从湟中土门关娶来的媳妇?"接着又说:"在咱尕庄你好歹算得上一个人物,怎会……"怎会什么没说出口。但他明白,是取笑他娶来的媳妇不入尕庄人眼色。他想申辩几句,说父母亲包办,婚前没见过面,谁能知道娶来是个丑八怪?可他没申辩。既然成了个家婆娘,再丑也是婆娘。能养娃娃把包家香火续上,天大的不甘心也得甘心。只要能借出三升粮食把尕命儿吊住,比有个俊婆娘要紧。没见谁家的婆娘有张好脸,天爷下冰雹时饶了她。不料,拉鼻态父亲说:"冰雹打了你家庄稼也打了我家庄稼。我正想出门借粮,哪有粮食借人?想别的办法去。俗话说,丑妇是家中宝。你家里有个宝,会饿下肚子?"

　　一晃十数年,当年被拉鼻态父亲塞进心室的这个冷石头,至今还沉甸甸地吊着。要不是老不死的三年前已经死掉,他顺风耳纵然穷死,也不会进这个穷色鬼的破门。也许是当年被穷色鬼言中,他的丑婆娘给他家带来了财运。如今这场冰雹,打冰了尕庄多数人家,却没打冰他顺风耳。凭着他家仓仓里够吃半年的粮食,他也要理直气壮地说几句话。

　　拉鼻态正用手推小石磨磨拉大豆秸秆,估计要混入有限的粮食中对付肚子。顺风耳劈头直问:"当年乡老和单梁氏给憨哥说媳妇,用了你家多少钱粮?"

　　"装走我家二升麦子,二升豆儿。"

"是你阿大装的？"

"是我阿大装的。"

"我当年借你阿大三升粮食他不借。对憨哥他咋这般大方？是掐算出憨哥会娶来比花儿还俊的媳妇？"

"阿大说憨哥是没娘娃，是从甘滩讨要着来尕庄落脚的孽障人，尕庄人有义务帮扶。"

"憨哥如今不是没娘娃，有婆娘有儿子成了狠人，借你家粮食还没还吧？"

"憨哥还没还你先别管。你许我的一大白元啥时候给我？"

"我啥时候许过你白元？"

"叫我寻叫花子冒充阿卡的时候。"

"我许过给你一大白元？我怎么不记得？"

"你是佯装不记得。白元不给，别想再叫我信你。"

顺风耳笑了，"我惹你哩。许你的事一定办到。等手头便宜一定给。不过先得把今天的事给我办好。"

"啥事？"白元在拉鼻态眼前闪出耀眼白光。

"先叫狠人还你家钱粮。等治了这个掂不平，我就把白元给你。外加一大铜元。"

"阿大殁之前叮嘱过，当年是帮的，不是借的，不能叫人家归还。"

"你阿大不让还，你也不要？"

"阿大不让还的钱粮我不能上门讨要。"

"你阿大活的时候，憨哥是没娘娃，是尕庄的官娃娃，关乎着尕庄人的脸面。如今憨哥成了狠人，口气大得没尺寸了，连天爷也不往眼里放。是他惹怒天爷下冰雹打了我们大家的庄稼，叫我们大家饿肚子。你宁肯饿死，也不要当年借给他的粮食？"

拉鼻态想了一阵，"要！凭啥不要？如今阿大没有了，这个家我做主。"

4

顺风耳犹豫着走进上院嬷嬷秦靳氏家大门，当年烂在他心上的伤疤又隐隐地疼起来。忘了是哪一年，快过端午节了，他媳妇打发儿子上秦靳氏家借熨斗，同时讨要一点碎铺衬，准备为儿子做过节的头脚。被庄舍公认在尕庄最干撒利落的秦靳氏，见他儿子鼻孔内糊满鼻痂，还把清鼻涕吊在嘴上，就问："你几岁了？"

"十岁。"他儿子如实回答。

"十岁的娃娃不知道把鼻涕收拾干净，还东家出西家进地串门。去，叫你阿妈把你的鼻涕收拾清楚，把叉叉裤换成裆裆裤，再来取熨斗铺衬。你叫你阿妈去庄子里看看，谁家十岁的娃娃还穿着叉叉裤。去！"竟然又推又搡把他儿子轰出家门。

他儿子又羞又气，见门外花圃有几株开得正艳的大荔花，为报羞辱之仇，揪下所有花冠扔在地上，踩了几脚，直到解气。孰不知损伤的不止是几株艳丽花卉，而是秦靳氏精心呵护的一个美好私密。气得秦靳氏在庄内游走，数说他儿子、他婆娘、他的诸多不是。让两家人有了宿怨，十数年断绝来往。

一晃多少年，那个扇在儿子和婆娘脸上，羞在他心里的往事，发酵成一口恶气扎根在心中，蔓出些不宜剔除的硬刺，随时随地扎着他的自尊，让他在若干年的断绝交往后突然进入秦靳氏家大门时，心里还燃着复仇的余火。

在台沿上打袼褙的秦靳氏听见脚步声抬头，吃惊了，"哟！顺风耳呀！啥风把你吹我家来了？听人说，当年你儿子折损我大荔花，我质问你们是如何教养孩子，竟然教出一个土匪后，你两口发誓永远不进我这个俏皮婆娘的家。今日咋猛乍乍地进我家了？是……"是什么没说，却撂下手里袼褙，抖掉身上碎布屑，让顺风耳进房。脸上是不厌烦也不喜悦的神态。

顺风耳佯装不在乎。"我来问个事儿。听庄子里人说，憨哥自以为是狠人，说大话惹恼天爷下冰雹，打了大家的衣食。大家商量，该不该把当年听从乡老、单梁氏煽火，借给憨哥娶媳妇的钱粮要回来。要要，都要；要不要，都不要。你说句话。你跟狠人家挨得最近，又特别地关照刘香，疼爱香娃。你说该要不该要？"

顺风耳低眉顺眼讨教的语气，消解了秦靳氏内心的隐气。

"当年只说是帮扶憨哥。帮扶憨哥娶媳妇长得是夵庄人精神，没说是借给憨哥的。不是借的钱粮就不该讨还。"

"你家里不缺吃不缺用，才不想要的？"

"我是念惜刘香嫁进夵庄没享福，却受了不少的罪。不能在她落难时雪上加霜。"

"你念惜刘香，可憨哥不念惜。硬是把刘香的胳膊整断了。对这种人，不给他点锉磨，上天哩。"

"你的意思是为了刘香，也得叫憨哥吃点苦头，长点记性？"

顺风耳歪着嘴角笑了，"到底是最疼爱香娃的嬷嬷。为了香娃，得叫憨哥改改狠人的脾气。要账不是真要，是叫狠人明白，没有夵庄人的帮扶，哪有他狠人的今日。要叫他知道好歹，再不能四处充当狠人，连天爷也不放在心上。"

秦靳氏望着半干的袼褙想了想，"这么说，大家都上门假要账，叫憨哥看看大家的脸色，逼他改掉轻狂毛病？"

"就是就是！就是这个意思。"顺风耳估计秦靳氏已经入套，怪笑着告辞，发现秦靳氏没有送他出门的意思，过门道时骂了一句："这老俏皮！"

庙院骨头爷正在大殿供桌前点烛燃香。顺风耳佯装出救人于水火的焦迫表情，"骨头爷，你是服侍佛爷的。佛爷心里想啥，你明得镜儿，快把憨哥搭救搭救！"

"憨哥要无常？"

"真要无常才好。他说大话惹怒天爷,下冰雹打了夵庄人的衣食。夵庄人要把他乱石头砸死哩!"

"你的意思是要我借佛爷旨意,阻止夵庄人把事情闹大?"

"到底是服侍佛爷的人。"

"咋办?"

"只要你带头把当年娶刘香欠你的钱粮要回来,再叫憨哥把欠借大家的钱粮还给大家,夵庄人不饿肚子,就能安静下来。"

骨头爷想了想,认为对娶了好媳妇养了好儿子就忘了天高地厚充狠人的憨哥不敲打敲打,对不起佛爷。答应配合顺风耳办好这件事。顺风耳离开庙院时暗暗地咒骂:狗日的!伺候佛爷的也不是好东西!我知道满庄子只有你没嫌我婆娘丑、儿子笨。可你想的啥心我知道,你一个老光棍总想占我婆娘的便宜。等收拾了掂不平的憨哥,回头看我怎样收拾你!

5

庙院骨头爷带头上门讨要当年只说帮扶没说归还的旧账后,陆续有村民上门讨账。躲着不看刘香的眼睛,更不看刘香受伤的胳膊,口气却烈烈的,声明憨哥说大话惹恼天爷,灭了他们的衣食。为了活命,只能抹开往日的情分。

"没有!冰雹打了你们也打了我。硬要要,把我狠人这条命拿去!"无计可施的憨哥只能用决绝的口气把来人气走。回头抱怨刘香:"都怪你!没有贼打鬼那档子事,我不会拧断你胳膊,你就能及时下地收割麦子……"

憨哥的胡搅蛮缠强词夺理让刘香寒心。更让她寒心的是,上院嬷嬷、偏院婶婶都上门逼憨哥归还旧账。这真是瘸腿上拿棒敲啊!有些成心的意思。后来发现,上门讨账的只对憨哥摆歪,还不时给她使眼色。这才明白,他们的成心只针对憨哥。好像是用这种办法为她出气,抱不平。可她依然寒心。打断骨头连着筋呐!针对憨哥实际就是针对她。尕庄人高兴时,把她和憨哥当作调动众人兴头的皮娃娃,供众人快乐;尕庄人不高兴时,她两口就成了敞口的皮袋,供众人泄气。想不通的刘香最终只有一个办法:还!还掉这些挠心旧账,往后尕庄人就找不上借口轻易地捉弄她和憨哥。

她说出自己感想,征求憨哥意见。憨哥对她鼓硬眼仁,"拿啥还?家里仅有的粮食还掉我俩吃啥?"

"能还一家还一家,能还两家还两家。还完家里能顶账的东西、粮食,我俩出门要饭去。听人说,甘肃一些穷地方的人每年出门要饭活命。"

"甘肃人是甘肃人,我们是我们。我们出门要饭,羞死先人哩!"心里接着说:羞死先人还好说,我狠人的脸不被尕庄人拿尻子揉搓?

"我看你不是怕羞死先人,而是怕羞死你这个狠人。"

"我狠人咋啦?不说狠人我没有太多的想头。说起狠人我总算明白,是乡老叫我狠人后,尕庄人心里不服气,总想找我的茬头儿。我随口说一句话,他们就当成毛病挑来挑去……"

话被刘香打断,"你别把别人想那么坏。你只说去不去要饭?"

憨哥盯住刘香眼睛看了片刻,"你要饭要饭的什么意思?"

"见我们出门要饭,知道我们实在没有还账的办法,庄子里的就不再逼我们。等保住活命,做好明年的庄稼,再还他们的账。"

"凭什么还?那些钱粮是当年帮扶我的,不是借我的,凭什么还?"

"帮扶的也罢,借的也罢,还掉这些人情账,才有清闲日子过。"

"清闲日子？有你在这个家里，日子清闲不了。"

"你啥意思？"

"你还没看明白？孕庄人嫌我充当狠人是假，看我娶了好媳妇养下好儿子心里放不过是真。有你给我当媳妇，他们就永远放不过，永远要挑我的毛病。当初娶个顺风耳媳妇那样的丑婆娘，就没这么多是非。"

弦外有音。刘香的领会是：要是娶了丑婆娘，哪有贼打鬼那一档事，没有贼打鬼那一档事，也就没有后来这些连连串串的烦恼。可见，憨哥嘴上说不再提说贼打鬼，其实一直让贼打鬼在他心里作怪。不禁怨恼交加，用生硬口气说："你忘了是谁死皮赖脸缠在我家要娶我这个媳妇的？"

"那时候不知道媳妇俊要惹是非。"

"是媳妇俊要惹是非，还是你们男人爱惹是非？"

"这话啥意思？"

"顺风耳的媳妇丑，咋还有那么多是非？俊也不是，丑也不是，什么样的媳妇才让你们男人称心？"

憨哥张口结舌不知如何回答。

刘香沉默片刻，口气懒懒地问："怎么办？"

"什么怎么办？"

"还账的事。"

憨哥再次鼓硬眼仁，"给你说我还不下。硬要，把我这条命拿去。大不了一个死，打死饿死都一样。"

男人铁了心轻狂，只会加深孕庄人的憎恶。刘香决意向长腿讨个两全之策。

长腿觉得事有蹊跷。孕庄人历来不做落井下石、趁火打劫的勾当，这次怎么会拧成一股绳往憨哥、刘香身上捆绑？估计又是顺风耳在背后做了手脚。作为孕庄人一员，顺风耳识透了孕庄人心病，摸准了孕庄人气脉，加上那个善听八面来风的耳朵，再加上那条三寸不烂的舌头,历来不做落井下石、趁火打劫的尕庄人,也会为了体现尕庄人不是奴害,挺起腰杆施出往瘸腿上敲棍的勇气。憨哥的言行可气可憎,但打断骨头连着筋,真正受疼痛的是刘香。不能让刘香的胳膊被男人拧伤后,再让没头苍蝇一样的尕庄人撞伤刘香的心。

揭穿顺风耳的阴谋便能息事宁人。但揭穿顺风耳容易,却同时等于揭去了尕庄人的脸皮。同是尕庄人一员的长腿熟知其中的深浅,决意凭借数十年积累起来的人情人缘,东家出西家进地说服劝慰,重申当年乡老、单梁氏,以及尕庄人的善良意愿,继续给困难中的刘香人情温暖,化解她因憨哥的无知野道而冷缩的心灵。原本只为做做样子吓唬吓唬憨哥的尕庄人,自悔理亏,渐渐失去了彼此盲目效仿的冲动。

第二十六章

1

睡前,刘能对坐进被窝翻检裤腰捉虱的香娃说:"明早我送你去东山万德太家。"

"……我不去香坊上工?"

"不去了。我与罗掌柜说好,给你一个月假,去万德太家耍一个月。"

兴奋与困惑让香娃翻来覆去睡不着。兴奋是因为要去见万德太。这是六月会后他一直向往,阿舅应承下的。"等他们做完地里活儿闲下来,我送你去。"麦子收割完毕,打碾;接着采摘果园的长把梨、冬果、软儿;接着种冬麦,转眼到了腊月。这期间,他每天去香坊做工,心被"拉伊"中"母亲般的情人脸庞"牵着,想找出答案,却越想越糊涂。豆姐姐是麻五哥情人。豆姐姐长得像母亲。这是母亲般的情人脸庞的意思吗?百思不得其解,急切盼望去万德太家。

困惑的是,阿舅让罗掌柜给他一个月假,要他去万德太家玩耍。他不明白阿舅有什么用意,回想来贵德阿舅家,阿舅引领他做的每一件事,都好像有所用意,便相信阿舅这样安排自有道理。

这天吃了早饭,刘能把准备好的一包茯茶让香娃拿着,自己背着装了长把梨、软儿和冬果的柳条背斗,在舅母、表哥、表姐拥送下走出大门。沿着高高低低的田间坎塄朝东北方向行走。时值腊月,天寒地冻。田地、树木都僵硬地匍匐着、挺立着,无声无息。只有一群寒鸦在林间穿飞,在田野跳跃,在树梢上扇着翅膀。几头拴在树上或縻在地边的牲口,要么垂着沉重的脑袋,一动不动想着心思;要么慵懒地甩着尾巴,不情愿地捯动着前蹄。

甥舅两人沿着一条牛吃水坡道,走到一座童子山脚下。如两头褐色犏牛相对而卧的童子山包间蜿蜒下来的季节河床,扇面一样铺张到香娃脚前。

爬过一座小山包,刘能选一处避风向阳地,将背斗靠土坎立住,面朝西南席地而坐,取烟袋抽烟。香娃贴坐刘能身边,发现这里视野开阔。极目远眺,河阴成为一片苍苍莽莽紫褐色林海。所有村庄房舍被树木遮掩,只能猜测哪是田畴,哪是屋舍,哪是村路。唯有城内的玉皇阁从林海耸立出来,孤独地展示着威严。北面,褐红色山峦起起伏伏,如同卧着上千头骆驼。纵横的沟壑恰如骆驼身上凌乱的老毛。群驼无头无尾,向西化入堆积的青灰云层,向北蜿蜒进耀眼的天幕。在紫褐色林海和赤褐色山阵之间,弯弯曲曲的黄河自西向东逶迤而来,封冻的河面闪耀着冰的青白。香娃注视着,被山水林木的气势震撼,油然记起麻五哥教给他的一首"少年":上去高山望平川,平川里有几朵牡丹;下到平川折牡丹,折不到手是枉然。

香娃想唱。觉得此时此刻唱这首"少年",能把心里滚涌而按捺不住的心情张扬出去,让山、让水、让树木草石知道他的心事,知道他虽然只有十四岁,可心里已经有了很多很多的念想。他想借着眼前苍苍莽莽的景致,头顶飞过的鸟雀,脚前稀疏的枯草,诉说和倾吐这些念想。可麻五哥这个名字,针一样戳着他的心窍。因隐痛而紧缩的心窍,包裹住要滚涌要张扬的气流,集结为一粒酸涩的气团,在心房中冲撞,欲要突破却无能为力。

刘能感知了他的心事,"香娃,唱几声吧。"

"唱啥?"香娃领会阿舅的"唱几声"指的是什么,却明知故问,

"唱……'少年'吗?"

"对!唱少年。眼前这么好看的景致,四周又这么安静,放开声嗓美美地唱几段。"把鼓励的目光热热地投进香娃眼眸。

"我……"香娃的心房被刘能的目光烫热了,冷缩的心窍舒展开来,那股被限制、被阻塞的气流即刻膨胀成一股断断续续的声音,颤悠悠从口腔张扬出来:

上去高山望平川,
平川里有几朵牡丹;
下到平川折牡丹,
折不到手里是枉然。

尾音还在脚前的枯草尖上颤抖着,刘能着劲儿拍起手掌,"唱得好!唱得好!想不到我外甥有这么好的声嗓!"拍完手掌抚摸香娃后脑勺,"外甥的直令唱得这么好,阿舅得和上一段。"抬左手托住耳腮吼唱直令:

上去高山望平川,
平川里不见个牡丹;
心里想来睡梦里盼,
明早儿变成个夏天。

香娃惊讶。惊讶的香娃半凝半怔地打量眼前的阿舅。阿舅不但会做咪咪,不但会下扣子,会做火药,不但会说那么多故事,还会唱"少年"!唱得这么受听!阿舅唱的也是直令,也是上去高山望平川,可阿舅……"阿舅,我唱的这段'少年'是麻五哥教的。你唱的咋不一样?"

刘能拍抚香娃肩背,"香娃真是个聪明娃娃。你照学下的唱。我看着眼前景致唱。眼下是腊月,唱平川里有几朵牡丹,就不对了。跟别人学,主要学调令。调令是死的,该咋唱就得咋唱。词儿却是活的。得依据眼前的事物、季节、景色,还要依据当时的心情,把心里的念想编成词儿唱出来,才能唱出动听的、新鲜的'少年'。如果人人都照学下的词儿唱,就越唱越没有听头了。"

2

被群山环抱的东山庄,如同躺进摇篮的婴儿,呈显着原始和天然的面貌。进入村子,恍如走进一个与世隔绝的天地,扑面是神秘祥和的沉静。那耸立在院中央挂着三色经幡的高杆,庄廓墙头四角安放的白石,展示着它的神秘;那一坨一坨贴在墙上接受阳光照射的牛粪,用粗树枝搭成的牲畜围栏,以及飘散的牛羊粪气味,证明着它的原始;而那些卧立在栅栏内外,哲人一样沉思的黄牛、犏牛,拴在山坡下拖着长缰绳来去踏步的白马、青骡、灰驴,用它们处世不惊的老练说明着这里的天然。

敞开的庄廓大门向外张扬着叮叮咚咚悦耳的声音。叮叮咚咚的间隙,突显出低沉绵长的嗡嗡嗡声,仿佛上万只蜜蜂在振动翅膀。

"万德太家正在念经。"刘能脸上现出肃穆的神色。领香娃轻步走过门道,一眼看见北房西头的匣窗洞开,炕上坐着数位头缠紫红包布的阿卡,摇铃击鼓的声音,混合着桑烟从窗口飘散而出。

万德太从北房闪出来,做一个手势,意思好像是不要吵嚷保持肃静。而后把刘能、香娃让进西房。摆上彩绘描金藏八宝图案的长方形炕桌,取来两只木碗,提进一把紫铜茶壶,倒上奶茶,说:"阿大请来东山寺阿卡,给阿妈做驱病禳解经事。"简略说明着病经过。

万德太阿妈秋后开始头疼,渐渐严重。厉害时双手抱头在炕上打滚,说着胡话。疼痛过去,好人一般。每半月犯病一次,耐过三天恢复常态。阿卡洛赛诵经招算,原来他阿妈初秋去红柳滩砍伐红柳,回家途中内急,钻入山洼暗处方便。便后起身,发现山顶有一方俄堡,堡上草箭森森,经幡猎猎。心内惊悚,从此头疼。洛赛认定冲犯了山神,诵经禳解。

香娃倾听万德太讲述,钻进耳朵鼓荡他兴趣的,却是北房里上万只蜜蜂振动翅膀的喃喃嗡嗡,以及间隔跳显出来的丁零零的摇铃,咚咚咚的击鼓。铃声是那般的清脆,时而舒缓时而紧骤,仿佛给上万只蜜蜂翅膀的共振加进了金属骨架;鼓声是那般的沉实,仿佛轻霓点叶,又仿佛惊雷过天。这些奇特的声音让香娃着迷,放下木碗挪腿下炕。刘能对万德太说:"你领他出去,告诉他圈圈在哪儿。"

香娃却说:"我要看念经。"

香娃被万德太引领到北房檐下,肃立窗外,打量窗内诵经场面。八位年岁各异的阿卡相对坐在炕桌两侧,中间连排三张炕桌,炕桌中央一溜摆放各种生熟祭品。用酥油炒面捏造的奇形怪状的祭祀,立在小瓷碟上,有塔形的,螺旋形的,圆柱形的。表面糊着酥油,酥油上粘着青稞粒。这些祭祀中间,插摆着黄铜酥油灯,黄铜净水盅。灯火苗摇曳、闪跳,净水清亮澄明;祭祀两侧摆放展开的经卷,阿卡各自使用的法器。有法铃、金刚杵、海螺、铜钹、皮鼓。

一尺五寸大小、三寸薄厚的皮鼓边圈彩绘云纹图案。阿卡手持木把,用皮条拧编的软槌敲击鼓面。红绸拧编的铜钹持条,年长日久被酥油浸透闪着油光。法铃一律是黄铜铸造,铃体有细密的镌刻花纹,瓜楞形空心手柄。金刚杵也是黄铜铸造,一端是瓜楞空心球体,另一端是四棱矛尖。法螺最让香娃感觉新鲜。有琥珀色尖角镶着银饰的大法螺;有乳白色,螺口泛着银红闪光的小法螺。每当阿卡双手捧起法螺,在铜钹铿铿锵锵的擦击和皮鼓咚咚的击撞中,加进嘟嘟呜呜的法螺共鸣,香娃便感觉身轻如羽,被那飘逸悠远的螺音托过院墙托入林莽,送上云端。

直到阿卡的诵经间断,将法铃、金刚杵、海螺放在桌上,皮鼓、铜钹塞在炕桌下面,下炕出房站在台沿上咳嗽、吐痰,去大门外方便,香娃才收回遨游的心思回到西房,虔诚地求教:"阿舅,万德太阿妈头疼,是在不该解手的地方解手,被天爷看见后给的教训吗?"

刘能稍一迟愣,意识到在黄河沿上对香娃说的"老天爷会看见世上所有事情"的话,已经留驻在香娃心中,引他思考难解的世态现象,不禁拍着香娃头顶说:"香娃知道想事了,好。"

阿卡洛赛过来招呼,提铜壶给客人添茶,笑着说:"老相识,大老远又是背果子又是砖茶,费事了。"打量香娃。

刘能拍香娃肩头,"我外甥。开春来我家养病。与你的青措同岁。六月会上听了万德太们唱拉伊,整日缠着我问这问那。我说这些话你得问万德太父亲。想知道的都会知道。"接住万德太装好烟丝递上来的镶银羊脚巴烟瓶,"让香娃在你家住些日子吧。家里有活分派给他做。你们吃啥叫他吃啥。不听话就拿鞭子抽。"笑起来,递给香娃一束目光。

万德太父子笑了,"只怕从大地方来的娃娃,住不惯偏僻地方。"

"把你肚子里的货实亮给他,不信他住不惯。"刘能又嘿嘿嘿笑起来,抚摸香娃后脑勺。

刘能告辞。香娃恋恋不舍。陪阿舅走了一阵,想说:"阿舅,我跟你回去吧。"却没敢说出口。刘能看穿香娃心思,安慰道:"住两天就惯了。阿卡洛赛心里装着说不尽的新鲜故事。听几回,你就不想家了。趁你在这里的日子,我要出趟远门。等我出门回来,就来接你回去。"

迎面走来一个穿白板羊皮袄的女孩,手提小木桶。"青措!"刘能热切呼唤。等女孩走到眼前,"青措,我给你领来一个小哥哥,不!应该是小弟弟。你俩同岁。你是六月生,香娃是十一月生,你大他半岁,你是姐姐。"抚摸青措头顶,用两根指头把垂在她脸侧的细辫梳理到耳后,"你戴头了?"

青措点头。两颊红彤彤的青措用皮袄袖口捂住口鼻,只露两束亮闪闪的目光,羞涩又固执地朝香娃射过来,而后拖着破了后跟的皮靴扑扑踏踏跑走了。

香娃茫然问道:"阿舅,啥是戴头?"

刘能笑了,"一句两句说不清,过几日你自会明白。"抚摸香娃后脑勺,把最后的叮嘱留给香娃,扬长而去。

祈福禳解经事持续三天。香娃由万德太指使,往灶前搬硬柴;去村西泉溪提水;早上把十几只绵羊赶上山坡,后晌再把它们收拢在一起赶回来,喝令它们入圈;给念经阿卡递送喝茶的木碗、装炒面的木匣、盛酥油的瓦罐、切酥油的木刀、点烟的柴皮;扫集门外村巷的羊粪。

第四天下午,万德太母亲一手提拽皮袄前襟,一手平举在胸前上下颠着,在院坪上转圈,叽里咕噜说着什么。万德太给香娃解释:"阿妈的头不疼了,禳解灵验了。"

这天早上,阿卡洛赛同万德太去十几里外的村庄念经。把要带的经卷、法器等物件驮上驴背。万德太叮嘱香娃:"我走后,青措要去寺里添灯油,你跟她去。"

万德太父子刚出门,青措从昏暗的北房闪出来,提着盛酥油的长把小木桶,对无事好做有点失魂落魄的香娃嘿一声,管自走出大门。香娃意识到这声嘿是叫他,慌忙跟出去。等在门外的青措又用袖口捂住鼻口,只露着眼睛,用那古怪的目光盯视香娃。香娃从这羞涩却固执的盯视中,感觉到那个曾经十分熟悉的眼神。这种熟悉的眼神好像从母亲眼里见过,又好像在豆姐姐眼里出现过,却又不能肯定。

青措继续盯视。香娃不得不猜测,青措不会汉话,这样盯着他看,大约要他替她提着盛酥油的小木桶。走上前要把木桶接过来,青措却闪开身子,拖着不合脚的旧皮靴扑扑踏踏跑开了,撂给香娃一串咯咯咯的朗笑。香娃觉得笑声里有讥嘲的含义,不清楚自己哪儿做得不对。跑出去十几步的青措停下来,又用袖口捂住口鼻,只留眼睛从袖口上方盯视他,仍是那种似曾熟悉却又陌生的目光。香娃浑身不自在,不知如何是好。脑子一转,转身做出要回去样子,听见青措又嘿了一声。不得已,朝等待的青措跑过去,暗自决定,从青措手里夺下小木桶,看她如何表示。不料刚到青措身边,她又撒腿跑开了,扑扑踏踏的脚步声混杂着一串畅笑。跑出去十几步,停下来张望。再跑,再张望。弄得香娃无所适从,情不自禁一路追随而来,到了寺院门外。

东山寺规模小巧。一座主殿,几间僧舍。殿门虚闭,两边耳墙彩绘壁画,青面獠牙的护法神像脚踩着山川林莽。天长日久风吹日晒只能辨出大概。青措推开吱吱咕咕的沉重殿门,昏暗殿堂内,三排酥油灯的火苗欢悦地跳曳起来,耀得黄铜灯碗熠熠生辉。香娃想走进殿堂看青措如何给铜灯添加酥油,又怕招惹青措的讥嘲。母亲曾领他去村庙添灯油。母亲手持长嘴油壶,瞅哪个油灯缺油,将油壶长嘴对住灯碗注入清油。青措提来凝固的酥油,该如何添进灯碗?

青措从殿堂出来,向大殿左侧走去。拐过殿角见香娃还怔在殿前,嘿了一声。香娃紧忙跟过去。大殿左边是一条穿廊,穿廊的木栅栏上,固定着一排彩绘的木桶。青措用手掌拨动木桶,木桶哐啷啷转动起来。香娃看着好玩,学青措样子,手掌贴住木桶用力一拨,木桶哐啷啷响转起来。嘿!青措竖起眉毛,眼仁闪出凶光:"经桶要向左转!"

青措会说汉话?!

会说汉话的青措很少主动与香娃对话。香娃找不到与青措对话的机会,只能躲着青措,却又躲不开。青措一旦得空,就站在北房门口,袖口捂严口鼻,只露那双眼睛,用羞怯却固执的目光研究香娃的一举一动。香娃坐不是站也不是,找借口溜出院门。估计甩开了她的黏缠回到院内,不料又被青措牢牢地盯住。

青措扁圆的脸盘,颧骨突出两颊泛红,鹰钩鼻子厚嘴唇。总是火急火燎地走路,向后撅着尻子。早上赶羊出圈喜欢大声喝骂。去泉溪背水,总是塞不紧背桶木塞,背水回来肩背被淋湿一片。干起活儿,无论是往灶前揽羊粪搬硬柴,还是用长柄铜勺从锅里舀茶舀饭,眼睛只盯视手中东西,从不扫视在场的香娃,旁若无人。一旦得空,就会袖口捂严口鼻,用那羞怯却固执的目光打量香娃。香娃恨不能变一只麻雀飞离她的视野。

香娃不得已接受这样的打量。渐渐明白,青措自觉长得不怎么耐看,用袖口捂住口鼻只留眼睛,给他展示她脸上耐看的东西。这个念头让香娃进一步证实,青措脸上最引人注目的就是那双眼睛。准确些说,是那双眼睛里的神韵格外特别,让人说不清摸不透却能牢牢地揪住人心。大约这个原因,青措眼里才有那个曾经十分熟悉的东西。那东西好像从母亲眼里、豆姐姐眼里看到过。仔细揣摩,又不完全相同。香娃对青措产生了奇怪的眷恋,一旦一整天见不到青措,心里空得难受。一眼一眼扫视青措睡觉的房间,巴望那个匣窗哐啷啷推开,脸上搽了胭脂的青措从窗内向他张望。

3

去外村念经的洛赛父子回来了。吃晚饭,洛赛手捧木碗打盹,"人多地方小,熬下瞌睡了。"草草吃几口,倒头睡觉。香娃同万德太回到西房。听见青措房间的匣窗哐的一声,对盘腿坐在炕头整理腰带的万德太说:"青措睡觉了,我俩睡吧。"

"你睡,我要出去。"万德太把拧皱的布腰带用力抻展,顺长对折,重新裹好皮袄大襟,扎上腰带,取下挂在柱子上的狐皮帽。

"你阿大说熬下瞌睡了,你不瞌睡?"

万德太怪笑一下,"他是他,我是我。"

"你去哪儿?"

"去贡扎。"给香娃挤一下左眼。

香娃纳闷。后晌刚回来,牲口已拴进圈棚,什么事需要万德太再去贡扎?"你走着去?"

万德太只给香娃挤一下左眼,变把戏一般从暗处取出一支竹笛,"吹拉伊去。"

吹拉伊去?摸黑步行十几里路只为吹拉伊?但竹笛引发的兴趣比纳闷还要强烈。"你会吹笛子?"香娃的目光在褐黄色一尺长短的竹笛上睒视几下,有了吹一吹的冲动,"叫我吹几下。"伸出手去。

"家里不能吹!"万德太将竹笛塞进怀内,"你睡,别等我。"怪笑着走了。

空落的香娃掩住房门,上炕睡觉,猜测青措睡着后会是什么样子。他趁东房开着匣窗而青措不在,看见青措睡觉的炕上只铺一条毛毡,炕角卷放着一张羊皮,别无他物。青措只盖着羊皮睡觉?阿卡洛赛把家里仅有的一条褐子被给他盖,实在是看重他阿舅,把他当人。

院里响起脚步声。听出是万德太母亲在走动,接着是关大门、闩门的响动。母亲知道儿子出去不回来睡觉?实在让香娃想不通。万德太总不能整夜在外面吹拉伊吧?呆想着,听见似有似无的笛声从远处传来,断断续续,时高时低时远时近。凝神倾听,只有夜风掠过房檐的极轻极小的声音。再听,竹笛声从很远很远的地方传来,幽幽的,悠悠的。香娃坐起来,把匣窗推开一条缝隙,一丝寒冷在他脸上割出冰凉。一溜闪闪烁烁的繁星挤进他的左眼。推上匣窗,相信自己真的听见了竹笛声。万德太吹出的笛声?万德太要去贡扎村,应该越走笛声越远,可他听见的笛声分明越来越近,似乎就在院墙外面。香娃重新推开匣窗,证实自己的听觉是否出了毛病。笛声消失,大门却呛啷啷响了几下。听那响声,好像有人捉住门扇的铁扣链在轻微摇晃。

香娃的心跳堵在嗓门,噎得大喘。万德太不在家,阿卡洛赛熬了瞌睡一定睡得死沉。是什么人这般放肆?回答他的还是门外呛啷啷门链的摇撞。

恐慌的香娃不知如何是好,听见东房匣窗发出推开的声音。紧忙从匣窗缝隙向外窥视。什么人如此蛮横地敲门,需要青措出去开门或者质问?朗朗月照下,青措裹着皮袄从窗口跳下来,居然光着腿脚。香娃把耳朵贴紧缝隙,听到的不是青措的质问而是卸取门担开门的声音。收回耳朵换上眼睛,瞅见一个粗壮男子进入东房匣窗,青措随后而入,推闭匣窗。香娃惊愕。寒气被匣窗缝隙挤夹成凛锐刀片,割着他的脸庞。下意识推上匣窗,心想该不该去北房叫醒死睡的洛赛夫妇。好像要警告香娃不要胡作非为,北房传出主妇的咳嗽声。万德太母亲听见动静不打算干涉,让香娃泄气。蜷进被窝猜想东房匣窗内炕上,会发生什么事情?会不会与他从皮袄袖筒偷看豆姐姐与麻五哥……直想得头昏脑涨昏昏入睡。

一觉醒来,万德太手捧木碗坐在炕沿喝茶,"你……啥时回来的?"香娃紧忙穿衣。

"天刚亮我就回来了,在羊圈垫了干土。"吸溜吸溜喝得津津有味。

香娃盘算该不该把昨晚见到的情况告诉万德太。如果青措趁万德太不在家引男人进来,告诉他定会惹他发怒。不告诉又觉得不对。犹豫着打量万德太,发现万德太容光焕发满脸愉悦,不像连明昼夜来去走了几十里路,回来还给羊圈垫了干土。"你真去了贡扎?"

"不去能见相好吗!"

相好!万德太也说相好!"你也有相好?"

万德太骄傲地扬起下巴,被嘴里奶茶噎呛,咳了两声。

这样的奇事香娃不想错过,"你相好啥样子?"

"啥样子我说不来,反正抬势好得没法说。"

"抬势?啥是抬势?"

万德太盯住香娃,卖关子口气:"抬势就是抬势,不知道就别问。"唾掉喝进嘴的一根茶梗,"今日阿大叫我赶两只羊去街上卖掉。吃完饭我俩去羊圈,你把其余的羊赶到坡上去。"

青措房里一直没有动静。会不会……山垴垴村发生的事又涌入脑海。香娃恐慌万分,嗫嚅着说:"咋不叫青措起来吃饭?"

万德太露出讥嘲的神情,"青措去茶达林背烧柴,天麻麻亮就走了。"

香娃怅然若失。万德太兄妹的行径古怪神秘,让他连猜想的空间都没有。恍然间明白,阿舅领他来这里居住,一定有什么用意。

万德太走进羊圈,在挤成一堆的十几只绵羊中抓捏它们的脊肋。选中两只,一手揪耳朵一手推屁股弄出圈栅,赶走了。

香娃将其余的羊赶往村子东面山坡。深冬腊月,赶羊上山坡,只为它们活动四肢,晒晒太阳,啃吃坡上干枯的细草。太阳慵懒地停在头顶,用它黄亮的目光注视着人间万物。清寒占据所有的空间,把夏天烫人的阳光浸得绵弱无力。香娃跟着走走停停的羊们上到坡顶,选一处向阳避风洼窝,给找不到草吃不知如何是好的羊们做伴。眼下,错落着一座一座夯土院落。墙角上的白石,被太阳耀得晕出一圈虚幻白光。院中央高杆上的经幡,被冷风戏弄着抖一阵,垂下去停止不动,仿佛思忖着什么。经幡上曾经鲜明的蓝色黄色已被岁月洗淡,几乎与本色一样寡白。寡白地念诵着比蚂蚁还要繁密的经文。家家户户被太阳照成灰白色的屋面显得十分平坦,突显着圆圆的椽头和椽距间的阴影,显出搭在房檐上的梯子顶端。有一家的北房顶上,铺着大片褐布,布上晾晒着梨干或菜瓜干一类的东西。偶尔的鸡啼、狗吠、牛犊的哞叫,烘托着村里的宁静。

香娃看得心潮起伏,想唱"少年"。觉得吼唱几声,心里起伏的思绪就能随风飘走。可他不敢唱。万德太黑天半夜满庄子吹拉伊,似乎说明藏民不反对有人在村内唱拉伊。可他要唱的是"少年",不是拉伊。回味来路上阿舅唱过的那首"少年",认为自己也可以依照眼前情景编唱一段。于是调集注意力,目光从北边山坡扫下去,扫上南边山冈,再从西边豁牙口延伸出去,极目天涯,而后收回目光,扫视那些四四方方的庄廓院落、大门、屋顶、经幡、村巷里孤走的行人、晒太阳的牛羊驴马、卧在栅栏边反刍的犏牛……心里清晰出一首"少年":

> 上来山冈往下看,
> 轻风儿摆了个经幡;
> 山里的日子真舒坦,
> 忘掉了黑夜嘛白天。

香娃高兴地双手拍打地皮,草刺扎手却毫无知觉。他不但学会唱"少年",还能个家编"少年"。要是阿舅在身边,母亲在身边,猪娃保在身边,都会为他高兴吧?

一个头缠红布的阿卡走出村巷爬上山坡。香娃认出是阿卡洛赛,慌忙起身迎下山坡。手里拿着念珠的洛赛扶住香娃,"我以为你赶羊上坡就回家去。不见你回去,出来寻你。"

香娃扶助洛赛走到坡顶。洛赛向四周扫几眼,垫着皮袄下摆席地而坐,"这地方避风,端对着太阳。"把念珠缠在手腕,怀里摸出镶银玛瑙鼻烟壶,拔开塞子,往左手拇指指甲上抖出些许烟末,凑上鼻孔吸进去,仰脸张嘴看着天空,俄顷暴出两个喷嚏,眼眸顿时亮了几分。

"你阿舅叫我给你多讲故事,忙得没顾上,今日才得空闲。你说,想听啥故事,听过格萨尔吗?"

香娃认为这机会不该错过,"六月会上听拉伊,听了这么一句:母亲般的情人面庞。想不明白,你先说这个吧。"

洛赛把灰褐色眼仁对准香娃黑亮眸子,审视他何以有这样的疑问,"你不明白怎么会把母亲情人搅在一起吧?"

香娃虔服地点头。

洛赛从手腕取下念珠,捻着念珠想了一阵,"我时常与你阿舅喧板。你阿舅说过,你们汉人讲究阴阳五行,世上万事万物都以阴阳论说。天是阳,地是阴;太阳是阳,月亮是阴;男人是阳,女人是阴。拉伊唱的这一句,其实说的是女人的脸庞。生为女人,幼小是姑娘,出嫁是媳妇,生育后是母亲。无论母亲,还是情人,都是女人。听拉伊不能只记这一句。得把这一首全部记住,才会明白它的意思。'在那东山顶上,升起皎洁月亮,母亲般的情人面庞,浮现在我心上。'这里,月亮、母亲、情人都属阴。你可以把母亲比作月亮,也可以把月亮当作母亲。在女人心里,月亮是母亲,母亲是月亮;在恋人眼里,情人是月亮,月亮是情人。这不是专指哪个母亲,哪个情人,而是泛指所有的女人。比如像母亲一样疼爱你的人,可能是你的情人。情人给你的深情厚爱,也好比母亲对待儿女无私无畏。你把母亲、情人都归为女人,又把月亮比作女人,你就会明白。"

这番话,香娃似懂非懂。油然记起,他错把豆姐姐当作母亲,是豆姐姐长得像母亲,尤其眼睛,尤其眼睛里那种神情。思量豆姐姐对他的关心疼爱,与母亲没有两样。在他远离母亲时,豆姐姐代替了母亲在他心目中的位置。母亲,豆姐姐,在他心里的分量是一样的。可因为豆姐姐是别人的情人,又需要他分别看待……

香娃沉思,阿卡洛赛进一步说明:"这拉伊是照着仓央嘉措情诗唱的。以仓央嘉措的聪明才智,凡人不可能透彻地明白他诗里的真正含义。明白个大概也就够了。"

"仓央嘉措是谁?是你们庄上人吗?"见识此人的热望顿然

而生。

洛赛笑了,"仓央嘉措是活佛,大活佛。是五世达赖喇嘛活佛,已经圆寂了。"

4

阿舅终于来了。送给洛桑一条红布腰带,送给万德太母亲一串珊瑚手链,送给青措一面小圆镜,送给万德太一根竹笛。都是从西宁城买来的。刘能抚摸香娃肩背、后脑勺,"住惯了吧?万德太家好不好?"

香娃有千言万语,却一句也说不出,只望着阿舅傻笑。傻笑后突兀地问:"天上有几个老天爷?"

对这突兀的求问,刘能只能用眼睛盯视香娃。

"你说过人干坏事老天爷看见的。"

"谁干了坏事?"

香娃对阿舅耳朵轻声说出自己的所见所想。

刘能哈哈朗笑,"是香娃想偏了,这不算坏事。"

"那豆姐姐麻五哥为啥要……"

刘能摩抚香娃肩背。"这里的事与那里的事不是一样的事。有些事你大了自会明白。"

香娃急盼自己快快长成能明白这个事理的大人。

阿卡洛赛指使万德太宰羊、煮肉。家酿酩馏正好出缸。四个男人围坐炕上,青措端上手抓肉。香娃禁不住万德太半文半武地劝让,喝下半碗酩馏酒。

喝酒红了脸膛的万德太拿着新竹笛出去了。刘能、香娃回到西房。半醉的刘能睡下后说:"我去碾伯看望你姑奶奶,顺路在尕庄住了两天。"

惊喜撑圆香娃双眼,"你见我阿妈阿大姐姐了?"

"他们都好,盼望你回去。我答应来年开春送你回去。"

香娃躺倒。喝进肚的酩馏酒变成一只烫乎乎的手,在他全身抓挠,又往心窍里面探挠。这只手的五根指头细长细长,感觉是母亲的手。这只手顺着脊梁抓挠到脖颈,明白不是母亲的手而是豆姐姐的手。烫乎乎的手款款滑过肩头,腰胯,探入他交裆。他扭动尻子要摆脱这只放肆的手,发现是下院新嫂,便叉开双腿,向前挺起肚子,迎合下院新嫂的抓捏。润软的手掌整个捏住他的命根,边捏边前拉后推,前拉后推的同时握捏得越来越紧。香娃浑身紧缩地体验下院新嫂魔掌的法力,实在忍不住几乎缩成一团的时刻,轰的一下全身飞炸,血脉连同尿尿淋漓地喷射而出,"啊!"

被怪叫惊醒的刘能一骨碌翻坐起来,"怎么了怎么了?"

"阿舅……"香娃双手掩护闯祸的命根,"我……不小心尿下了。"

刘能抓摸火镰,打火点灯。香娃双颊潮红,恐慌又羞怯地用被子捂着腰胯,"我……尿炕……"声音颤抖。

刘能拉开被窝,不禁哈哈哈大笑,"你把阿舅吓死哩!你不是尿炕,你……成大人了!"

第二十七章

1

立夏前三天,香娃一人回家来。"舅母的娘家兄弟去过马营军马场投师学练压马本事,需要阿舅找熟人托情。正好香坊罗掌柜来西宁办事,阿舅托罗掌柜送我回家。"

"罗掌柜呢?"刘香以为香娃一到家门兴奋得率先跑进来,顾不得礼让罗掌柜。要出去迎接,却听香娃说:"到西宁罗掌柜叫我个家回来的。"

"你一个人走来的?"从西宁步行到孖庄,五十里呢!

证实香娃一人步行回家,刘香把香娃猛地揽抱在怀中,"我的先人!你不怕罗家湾兵营的人把你抓进去吃粮吗!"后怕使她搂紧香娃。

香娃挣脱她的搂抱,"阿大、姐姐呢?"

"你阿大去官保家打庄廓。你姐姐去地里提草。我疑心这几天你要回来,每天早早回家。"刘香打量眼生的儿子,忍不住又把香娃揽抱入怀,却被香娃挣脱,"阿妈,我十五岁了。"

"十五岁咋啦?十五岁就不能叫阿妈揽近了看看?"向儿子伸出双手,"来,两年没见,把阿妈想死了!跟阿妈还认生吗?"

香娃觉得让母亲搂抱叫他难为情。可母亲迫切的神情迫使他不得已贴近母亲怀抱。刘香双手捏住香娃胳膊,盯视香娃眼睛、鼻子、嘴巴、耳朵。虽然脸盘比原先大了,脸蛋比原先圆了,眼睛里多出了难为情,可仍旧是香娃,是她日思夜想恨不能从虚空一把抓下来噙在嘴里咽进肚里化入血脉的香娃。把香娃揽抱入怀,双臂紧紧箍住香娃身子,用脸颊蹭摩香娃的下巴、鼻尖、额颅,享受着香娃的汗气、鼻息、有了骨感的硬气身子。一股似有若无的香气游入她鼻孔,潜进她心窍。她定神凝气呼吸着,猛地松开香娃,望着他光鲜潮红的面庞兴奋异常,"香娃!阿妈闻见你身上香气了!"再次搂紧香娃,抽鼻子闻他的头发、脖颈、耳根,"实话!我实话闻见了香气!"

香娃趁母亲得到某种满足而松开双臂时从母亲怀抱退出。抠着被母亲头发蹭得发痒的眼窝脸颊,"阿妈闻见我身上有香气?"

"莫道你阿舅舅母表哥表姐没闻出你身上有香气?"

"有一次姐姐说,我去香坊做工一年多,被药香熏得浑身香味。"

刘香回味香娃身上似有若无的香味,不同于药香。究竟是什么香味,她难以说清。这不重要,重要的是回到她身边的香娃与送走前判若两人。那个香娃面黄肌瘦萎靡不振,而这个香娃容光焕发精神饱满;那个香娃如同秋天霜杀的树叶,而这个香娃却是夏日蓬勃茁壮的树木。难怪刘能等到这时刻才放香娃回家,是让她用盛夏季节世间万物的蓬勃英姿,来比对她的焕发了新的生机的儿子!

刘香叫香娃上炕躺倒,缓解步行五十里的疲乏。香娃却声明去地里叫姐姐回来,吃他从阿舅果园现摘的半青半黄杏子。刘香劝不住,告知巧儿劳作的地方,香娃飞也似去了。

2

真想一步蹦到地里的香娃无法走快。从地里回来的村民问这问那,一律是惊讶的目光。仿佛见到的不是他们从小看着长大的香娃,而是孙悟空变出来的。像香娃又不像香娃的香娃,让他们恨不能揭起衣裳看看肚脐眼周围是否还有猴毛。女人们问长问短,还要揪揪他的耳朵,捏捏他的手腕。证实眼前这个香娃的耳朵手腕是否与从前那个香娃一样。

边走边四处张望的香娃来到一斗半地边,姐姐不在地里。怅然若失的香娃,不知该及时返回还是在地边等一等。仿佛回应他的犹豫不决,东边有女人唱起"少年",沙沙哑哑。细听,像巧儿的声音。香娃惊异又兴奋,姐姐也会唱"少年"?绕过两块麦地向东边跑去。这时,跟着尾音扬起男声,也是低低哑哑的声气,断断续续,好像缺少气力不能把声音高扬起来。香娃放慢脚步。男女在天近傍晚的河滩对唱"少年",该不该去?可好奇和疑惑催促着他。终于看见河边绵柳树后有人影晃动。接近几步,真是姐姐巧儿,另一人竟然是猪娃保。"姐姐!猪娃保!"

并肩坐在河边对唱"少年"的巧儿、猪娃保被突兀的叫唤惊得回头,怔住了。香娃?!不会是香娃吧?果然是香娃!虽然不像却真是香娃!两人欢呼着跳起来,扑向扑过来的香娃,抱成一团又蹦又跳,沙石在脚下哗啦啦欢响。

意外相见的惊喜随着河水悠悠流走了。巧儿、猪娃保把香娃夹在中间重新坐在河岸,你一句我一句询问香娃如何突然掉在眼前,孙猴似的。香娃却只想知道一个答案,姐姐、猪娃保啥时候会唱"少年"了?

"说不上会唱,高兴了哼几声,你听着不好吧?"猪娃保说,"我听记的'少年'多得肚子里装不下。可我是骚干声气哑嗓子。你姐姐唱了叫我唱,我就胡唱一段。"

说笑中河水暗下来。巧儿慌忙起身,"只顾说话忘了时候,快!快回家。"拉起香娃对猪娃保说,"你先回去,明早过来跟香娃喧板。"

猪娃保两步一回头地离去。

"姐姐。"香娃想问,你怎么和猪娃保在一起?姐姐是十足的大姑娘,脸面光鲜目光明亮嘴唇红润。打量姐姐让他有些难为情。"没想到我回来吧?"

"没想到。阿妈每天每日念叨你怎么还不回来,怎么还不回来,听得耳朵都木了。怎么这时节才回来?"

"阿舅说庄稼遭冰雹绝收,家里没吃的,要我等今年收了庄稼再回来。我知道阿妈等我等得心急,硬回来了。"

进入村巷,巧儿拉住加快步伐的香娃,"回家别说见了猪娃保。阿妈要是知道我跟猪娃保在一起,骂我哩。"

"为啥?"

"你别问为啥,你照我说的办就成哩。"

香娃望着姐姐眼睛,应了。

3

巧儿、香娃说笑着进来,发现父亲盘腿坐在炕上,香娃极不自然地叫一声阿大,贴站在母亲身后,仿佛没勇气多看父亲一眼,多说一句话。刘香把香娃推到炕沿边,"两年没见大大,见了大大不多说几句吗?"捏一下香娃肩头。

香娃会意,贴坐在父亲腿边。憨哥打量香娃,"长成半壮小伙了。你阿舅舅母一天给你吃啥好东西,把你吃得红头花腮。"抚摸香娃肩背,"脊梁圆棱棱的,净是膘。"

"阿大!"巧儿不无嗔怨地瞅一眼父亲。她担心"净是膘"这句话会让香娃反感。发现香娃笑着,没有不高兴的样子。香娃懂事了。懂事的香娃再不会与父亲顶牛。

憨哥被眼前的和谐气氛感染,痛快着说:"从明日起,香娃美美地耍几天。你的伙伴们见我就问'香娃啥时回来?'尤其是猪娃保,见一次问一次。明早先去看看猪娃保。"

香娃张嘴要说,发现巧儿急迫地使眼色,改口道,"猪娃保……还没娶媳妇吧?他大我六岁哩。"朝巧儿望过去,巧儿却把脸偏转到一边。

点了灯,香娃继续数说贵德的见闻。药香是如何做成,特别说出盘香的制作工艺。详细叙说东山洛赛家里趣事。本本子洛赛如何念经。很想说说万德太每夜不在家睡觉,而青措每晚约男人进来睡觉的怪现象。顾虑父母姐姐听了会说他不学好,没敢说。

睡觉前,刘香特意叫巧儿闻闻香娃,身上是否重新有了香气。巧儿惊异:"真有了香气!一股一股好闻得很。"

憨哥不信。闻了几下,什么气味也闻不出。

4

香娃回家的消息,尤其香娃身上失而复得的香气,让自小喜欢香娃的奶奶、嬷嬷、婶婶、嫂嫂们先后来到憨哥家,证实传言是否正确。下院新嫂朵秦氏头一个到来,"香娃,到我跟前,叫我闻闻。"

给父亲整理烟叶的香娃忸怩着不肯接受朵秦氏的亲热。被朵秦氏揽抱在怀里,满头满脸地嗅着,顺势亲了几口。臊得香娃满脸通红,周身燥热,挣脱朵秦氏搂抱,躲在父亲身后。

"才十五岁,就知道害羞了!"朵秦氏佯装生气,"小时候最爱叫我揣鸡鸡,在我怀里乖得猫儿一般。两年不见,这么认生!"对刘香说:"身上实话香着,还是香草气味。"给香娃招手,"过来,我只想多闻闻你身上香气,又不吃你!"

香娃贴紧汗味浓烈的父亲,躲开朵秦氏热烫的目光,被一种奇特的感觉弄得情昏神迷。那晚在万德太家,他梦见朵秦氏揣他下体,揣得他浑身向下体热缩,缩到极致又猛地飞爆开来,他惊醒来以为尿炕了。可阿舅说他长大了,成了男子汉。他才明白,从下体喷射出来的有骨头味的黏糊糊东西不是尿尿。从那一刻,他明白万德太为啥不在家睡觉,青揩的炕上为啥每晚都有男子做伴。后来,万德太又给他解释什么是抬势。从那以后,他的下体总是热乎乎的,有什么东西从里向外膨胀,把下体胀得像一截木棍。心里痒酥酥,总感觉这种痒酥酥的心情需要一种抚慰、一种化解,却不知从哪得到这种抚慰化解。这种需求迫使他身不由己四处乱窜,如同红了脸膛拖着一侧翅膀围着母鸡转圈的公鸡;又如哼哼唧唧伸缩着细尾巴满村巷瞎跑的牙猪。此刻,朵秦氏竟然当着父母亲说揣他下体的往事,岂不令他窘迫,难为情!

"看样子,香娃真大了。要谋着寻媳妇哩。"朵秦氏用这种见解给香娃一个台阶。

所有闻见香娃香气的女人都惊喜不已,"是大荔花的香气。"上院嬷嬷肯定地说:"与我先前闻见的香气一样。"

"不对,我闻着变了。当年我闻出是菊花香味;今天闻,成了石珠花香气。"

女人们惊惊诧诧的举动影响了男人。为了解惑,都把鼻子伸向香娃,结果啥也闻不到。顺风耳解释说:"婆娘们的天性!见了心疼男娃娃,恨不得装进香包连在心口上。闻见的是自己香包的气味。"

长腿却说:"是香娃身上的汗气!婆娘们把个家身上的胭脂香粉混进香娃汗气,以为闻见了花香。"

这天早饭后,刘香、巧儿下地提草。香娃径直到猪娃保家,给柯连氏问安,把猪娃保叫出大门,如此这般说明理由,要求猪娃保陪他一天。猪娃保清楚,巴结好心目中的小舅子,自己阵营就多一员大将。

选择该去的地方,两人都认为绵柳湾最适合今天的心情。对于香娃,绵柳湾有太多童年的记忆。面水背柳,是数说种种新奇见闻的绝好地方。说得高兴,可以放胆吼上几声"少年"。对于猪娃保,绵柳湾凝留着巧儿的身影气味,巧儿不在身边胜似身边。

太阳高过柳树,香娃同猪娃保钻进绵柳丛,背靠柳荫面朝湟水席地而坐。时值仲夏,阳光温熙,细水清澈;粼粼波纹下,褐脊鱼儿摇尾戏浪,吞吐水泡。静心感受,水在倾诉,树在沉思,天地在深呼吸,太阳在旁观;大静中一切生灵在律动。时光在生命的无声喧哗中爬行。两人把心事化入虚幻,听凭静水深流,顽石默动。许久,许久,一股气息从香娃口里流泻而出,成为一首"少年":

> 一根木头河沿上搭,
> 人过时担惊着哩;
> 少年本是心里的话,
> 唱出来宽心着哩。

"你唱的这首'少年'我没听过。是从贵德听来的?"猪娃保默记的唱词全部刻印在心里。

"是我个家编的。"

"你会编'少年'?"猪娃保惊疑,"这个令儿也是头一次听。"

"令儿是我阿舅教的,姜麻姑令。阿舅说一个叫姜麻姑的人唱这个令传开了,所以叫姜麻姑令。"

"我以为'少年'都是先人们唱出来,后人一代代照传下来的。没想过要现编现唱。日后我们不光要听记别人唱下的'少年',还得自己编唱'少年'。"

"就是。只有把自己心里想的与眼前见到的景物合在一起编成'少年'即兴唱出来,才会成为真正的'少年'把式。"

猪娃保听得兴趣盎然,"你这一说我明白了。你在东山还有什么感想体会,都说出来叫我听听。"

望着悠悠东逝的河水,沐浴着仲夏和熙阳光,香娃把贵德两年的见闻体会,特别是东山村一个月的所见所闻所想一一数说出来。说得兴起,连万德太私下说过的抬势也说了出来。

猪娃保半醉半醒地问道:"抬势?什么是抬势?"

香娃意识到说失了口。觉得这种话难以出口,尤其对猪娃保。可经不住猪娃保好奇心的攻击,心一横胆一壮,"抬势就是姑娘把身子往上抬。万德太说,与没有抬势的姑娘睡觉不舒坦。"

二十一岁的猪娃保自觉听这种话脸烧心跳,慌忙岔开话题,"怪不得你从贵德回来变了一个人。人得多经见世事。顺风耳爸爸、长腿达达都是经见多的人。说话做事跟别人不一样。日后我们得多经见世事。"

"尤其是爱唱'少年'的人。"香娃补充自己的心得,"经见多,才能唱出别人没有的'少年'。"

第二十八章

1

香娃一骨碌坐起。客店一片昏暗,只有挨着橡条的竖格小窗透进灰白天光。通铺上鼾声此起彼伏。"宋家爸爸。"他摇醒睡在左边的长腿,"我听见炮响。"

长腿睁眼,"天没亮,你心急啥!快睡下,天亮再起来。"

香娃自责沉不住气。为了见识六月六老爷山朝山会,他和猪娃保接二连三地奉承请求,长腿才答应作他两人的向导。初五赶到桥头镇,为的是从头到尾把朝山会全程看进眼里。

香娃盼望快快天亮。挤睡在车马店通铺上的二十一人,全是大老远赶来亲历六月六朝山会的。长腿睡前说,从说话的口音,听出有来自互助的土民,化隆的回民,循化的撒拉,西宁的买卖人,湟源的手艺人,湟中的农民,还有大板山下的蒙族牧人。这些人,大多是唱"少年"的把式。凭着天生好嗓子,从小到大装进心里的"少年",哪里有会场就往哪里凑,顾不得山陡路远,天高水长。即便不是惯唱的把式,也一定是爱听"少年"的好家。趁着农闲,抽出三五天工夫,来会场逍遥逍遥,自在自在。因了老爷山六月六会场比其他地方的会场多一个朝山仪式,来这里的游人格外多。汉、藏、回、蒙、土、撒拉等民族的歌手齐集会场,带着一年一度的热切,一生一世的向往,在会场寻访知己,觅求知音,挑战强敌,追慕高手。此等盛会,香娃岂能等闲视之。

睡在香娃右边的猪娃保拉呼、咬牙、放屁。香娃趴在铺上,枕头支住下巴,眼巴巴望着墙壁上方的简易竖格木窗,直把窗纸模糊的灰白看成清晰的青白,坐起来再次摇醒长腿,"宋家爸爸,天大亮了。"

长腿闭着眼睛说:"心急得活像抢汤水哩!"展臂打哈欠,"不想睡就去圈里拉牲口饮水去。"

香娃穿好对襟夹袄,下铺穿鞋。长腿把斜布大襟短衫套上袖子,一手扣纽子一手猛拍猪娃保枕头,"快起,杂碎只剩汤汤了!"

惊得猪娃保猛坐起来,"牛杂碎还是羊杂碎?"

"猪杂碎!"长腿嘿嘿嘿笑起来。

香娃到牲口敞棚,解开三头牲口缰绳,拉去河边饮水。很多人蹲在河边,掬水往脸上拍淋,噙水咕嘟嘟地鼓腮,扑扑扑地喷吐。香娃把三头牲口拉到没人地方,由它们并排站在岸边,伸长脖子垂下脑袋,用宽厚嘴唇往口内捋水。香娃蹲下来掬水洗脸。身侧又蹲下一人洗脸,头缩垂着,肩背耸得老高。香娃觉得眼熟。那人洗完脸,用褐袄袖口揩着眼窝起身,弓腰鼓背的姿势让香娃灵醒,这人是去年贵德六月会上见过的那人。异地相逢的惊奇让香娃忍不住说:"我见过你,去年贵德六月会上。"

"我……"对方游移着目光打量香娃,"我不记得你。"

"可我记得你。贵德六月会上,你见我一个人守着围帐,你说你想躺在栽绒褥子上缓一阵,我怕挨阿舅骂,没让你……"

"我早忘了。"扫视香娃牵着的三头牲口,"你不是贵德人,是桥头上的?"

"我是平安尕庄人,浪会场来的。你也是浪会场的?"

对方脸上露出不屑对答的神情,虾一般游走了。

2

匆忙吃完早饭,长腿率领心急的香娃、猪娃保,在牦牛山找一处理想地块,"这地方好,眼宽。"

香娃打量四周,正前方是老爷山山门,上山石阶。顺石阶望上去,半山腰错落着几座殿宇,飞檐翘角气势高壮。再往上就是巍峨的山头,高低远近上下左右的景物尽收眼底。不无敬佩地说:"跟上宋家爸爸,不见的光景见哩。"

抽烟的长腿笑得流出涎水。

眨眼工夫,四周坐满了游人,把朝向老爷山门的这面山坡黑压压坐得密密实实。他三人坐在山坡正中偏上,扭头往上看,层层叠叠的面孔,黑的白的红的棕的,闪着眼睛张着鼻孔抿着嘴唇。启口说笑的,亮出白牙黄牙没牙的;朝下看,黑头发白毡帽红绿头巾,黄草帽白凉圈黄油布伞,织成一片晃动的画面,露出高低错落的肩膀,前三后四的后脑脊梁,嗡嗡嗡地向上蒸发着喧哗。山坡下,游人如织人头攒动。孩童尖细的叫喊,成人缓闷的话语,女人悦耳的朗笑,摊贩粗壮的叫卖,声声入耳。

片刻,一缕朝阳染黄山头嶙峋怪石。徐徐下移,染亮茂密树梢、高翘的殿角。大殿偏殿之间升起袅袅蓝烟,扩散着柏叶香气。四面八方先先后后爆响火铳,惊天动地。接着,鼓乐喧天,由远及近。香娃眼下那一片头颅不再乱晃,而是追随火铳声齐刷刷转动,忽而朝东忽而朝西。香娃扭头朝上观望,那层层叠叠的面孔,一律睁圆了眼睛,眼仁被火铳的炸响牵动,忽而向左,忽而向右;一律半张着嘴,不时伸出舌头舔着嘴唇。

香娃眼花缭乱神情飞扬。比起威远镇二月二会场,贵德六月会场,大通的会场看头最多。像碧绿潭水,澄澈得难测深浅;像天上云彩,多得不知远近。

四面八方的朝山队伍在山门前汇集。轰轰隆隆的冲天炮声中,唢呐领头的鼓乐一波撵着一浪地张扬着震耳欲聋的喧哗。大喇叭的长鸣;玉笛、鹅骨笛、竹箫的清音;大锣大钹手鼓碰铃、三响七响九响甚或十二响的云锣、交板;用震脑的音浪,钻心的声势,掀动着长条形镶着牙边的"襁子",明黄色伞罩,七彩绸缎的筒状"吊儿",在人们的视野里上下舞动,左右摇荡,前拥后塞。满山满洼满街满坡的游人,恼恨爹娘少给了一双眼睛,多生了一双耳朵。

结集山门的十几支朝山队伍,混合成声音的巨浪,色彩的军团,浩浩荡荡涌入山门,挤上石阶。青石牌楼在摇晃,高耸的殿脊、飞翘的殿角在颤动。老爷山的千年石骨,被凡人的双脚敲击出动地的轰鸣。

"我见包家爸爸在人伙里。"香娃指向山门左侧的人群。

"宋家爸爸,你说包家爸爸不来会场,怎么又来了?"猪娃保试图从涌流的人群中找见顺风耳。

"腿长在他身上,他想来我有啥办法。"

一向合伙浪会场的宋家爸爸、包家爸爸这次没能一起出门,令香娃有点费解。

大前天,长腿去河边饮牲口回来,被顺风耳堵在巷口,"每次浪会场都要伙我,这次为啥不伙我?"不高兴的语气脸色。

"你是非太多。"

"我哪里多了是非?"

"我问你,煽呼村民逼刘香还账,是你干的吧?"

"狠人自以为真是狠人,狂得没尺码了。得给他点苦头。"

"给狠人苦头,为难的是刘香。"

"就为这不伙我浪会场?"

长腿不想多说,赶着牲口走开了。自己明白就好。自上次假弄寺院喇嘛吓唬刘香,长腿就打定主意与顺风耳保持距离。

顺风耳冲长腿背影问道："看过耍猴吗？"

当时没明白，顺风耳何以问这古怪问题。现在看着山坡上下浪会场的热闹人流，长腿倏忽灵醒了顺风耳的用意。人们喜欢往热闹处凑堆，跟着别人起哄，为的是从中寻找快乐，让苦难中麻木枯槁了的心情暂时得到些滋润补偿。尕庄人十有八九没有条件看到江湖艺人耍猴。如能看到猴子被主人惹逗做出种种动作怪相，岂不是天赐的快乐。如果不但能旁观猴戏，而且还能做猴子主人掌控全局，敲锣击鼓指挥猴子演戏，让观众快乐还让自己得意，岂不是更大的快乐。长腿突然找到了顺风耳所作所为的真实目的和险恶用意，不禁往潮涌似的人流中搜寻顺风耳的踪迹。

"宋家爸爸，我们跟队伍上老爷山吧？"猪娃保不满足只在山下旁观。

"成。"长腿起身。带领猪娃保、香娃上山为次，主要是想找到顺风耳也来会场的动机。

3

香娃、猪娃保夹护长腿沿着陡直的石阶上山，提防前人的脚后跟踢中鼻梁。一步一挪上到观音殿，一股异常声浪从山下一波一波传递上来，石阶上拥挤的人流，被一声紧似一声的喝令、责骂分割左右，闪让出一条通道，空显出石阶的青白棱角。片时，十几个头戴大檐帽，腰扎白皮带，腿缠白绑腿的警察疾步踏踏而上，挥舞手上柳条，喝令两边人群休要占道。接着上来数十名背长枪的士兵，站立通道两侧，用身体堵挡熙攘拥挤的群众。而后，上来六七位戴礼帽、穿绸衫、蹬皮鞋的人物，稳步拾阶而上，彼此谈笑风生。

"马主席！"人们的窃语蜜蜂一样飞传开来。

"左边是王县长。"

"右边是省政府秘书长陈显荣。"

省主席、大员光临六月六朝山会,不是破天荒也是绝无仅有。被兵士们堵挡的群众激奋地伸长脖子,伸得比大雁还长;瞪大眼睛,瞪得比鸡蛋还大。香娃被挤在最后,多亏身后挺着几棵桦树,又被猪娃保紧紧挽住胳膊,不然早已滚到沟底。

人群渐渐松动,多种传言留在人群嘴边,一会儿说:"马主席要去祁连山牧场避暑,顺路上山看景。"

一会儿说:"山西那边打日本阵亡成百上千将士,马主席借朝山会超度亡灵……"

一会儿说:"马主席爱听'少年',今年的'少年'把式们有了露脸的机会。"

又有人说:"给马主席唱'少年'?怕是脖子痒了!"

……

长腿同香娃、猪娃保随人流经过无量殿侧,那些黑制服警察和黄衣裳士兵围站大殿四周,不准群众靠近。随人流拐向东边,深入山坡林地。顺眼的地方都被先来的游人占据。香娃三人只能坐在一棵倒地的枯树上歇息。"你唱几段。"猪娃保怂恿香娃,"唱几段把他们压住。"

香娃想唱却不敢唱。想唱是心里有一股情绪在鼓涌,很迫切很强烈,要他把气血变作声音释放出去,与满目的绿树,树冠间显出的蓝天,树叶筛下的金黄光斑,以及洗涤心胸的润泽气息融汇起来。不敢唱是从没在这么多人的场合张口歌唱。何况今日上山的,全是走州串县的好唱家!自己一个麻雀,哪能在百灵鸟伙里显能?鼓动猪娃保:"你肚子里货多,你唱!"

猪娃保摆手摇头:"我要有你的声嗓,早唱开了。你唱!有人敢跟你对唱,我记下的'少年'准能把他唱赢。"

香娃想唱不敢唱地犹豫着,听见树林深处飞来歌声,惊得树叶哗啦啦抖动,鸟儿在枝间跳来跳去。细听,是阵风带来的歌声,很轻很细却十分清晰,如同一枚连着七彩绮线的绣花针,戳在香娃心上,用那根无形的丝线扯着拽着,使心房颤抖。辨别方向,从林地东北方向传来。周围游人纷纷起身向东北方向走去,互相联络鼓动,"快!香娃唱开了,快去听呐!"

"走啊!听香娃的'少年'去。"

香娃愣了。长腿、猪娃保也愣了。香娃还没张口呢!转念明白,人们说的香娃,是另有其人。长腿记起来,有次去保安,听说保安也有一个叫香娃的孩子,与香娃一般大小。难道是那个香娃来老爷山会场唱"少年"?不由分说推一把香娃,"听见了吧?又一个香娃来了。你俩快去看看,那个香娃跟你这个香娃一样不一样。"

树林深处传出另一种召唤:"乡亲们!姑舅哥们!姊妹们!今日马主席高兴,要听'少年',有本事的把式快去啊!唱得好,马主席有赏!"

原来是黑制服警察和黄衣裳士兵在树林中游走呼叫。

猪娃保向警察问清地点,拉着香娃朝林地东边跑去。

4

林地中央宽敞平台,扎着一顶大帐房,四周站立着警察、士兵。香娃、猪娃保从团团围挤的人群挤进去。帐房门洞开,帐内铺着栽绒马褥子、坐毯,排放几张炕桌,桌上摆着盛食品的大木盘,盛干果的小瓷碟,喝茶的龙碗和盛酥油的木匣。省政府、县政府的大员们盘腿坐着谈论说笑。帐房后边冒着炊烟,士兵蹲在土灶前添柴理火,煮肉烧茶。传令兵提着紫铜火壶进出帐房。

围观游人,打算施展本领的唱家们屏息静气地等待,踮脚尖伸脖子往帐房内窥探。大人物们喝茶的喝茶,吃果子的吃果子,喧板的暄板,一时半会儿顾不上他们。就彼此招呼、问候、说笑起来:"马福,前年在五峰寺会场分手,再没见你。去年在七里寺会场寻你,不见你影子,今年咋出来了?"

"姑舅哥,听说你嗓子不成了,怎么还往会场跑?扯牵啥呢?"

"嗓子不成,耳朵好者。孙悟空留下'少年',不光叫人唱,还要叫人听。"

"马爷,你的尕连手还没寻见吗?年年见你满会场寻连手,年年寻不见连手。别寻了,你一个老阿爷,胡子长到脚面上了,谁稀罕你!"引起一片哄笑。

红了脸膛的马爷反唇相讥,"老是老,刀刀!不信叫你媳妇试当一下?"仰天大笑几声,念出一首"少年":

> 你骑的骡子我骑的马,
> 马比骡子(哈)快了;
> 我活了八十(者)你十八,
> 谁害嘛不害的见了。

香娃望过去,果然是威远镇二月二会场,贵德六月会场见过的那个马爷。满脸皱褶,胸前一把银白胡须,眼睛依然闪着机敏之光。用胳膊碰一下猪娃保,"就是那个马爷!还在寻连手。"

猪娃保却说,"快看快看!"用肘戳捣香娃。

香娃怔懵,"看什么?"

"你看帐房出来的是谁!"

一个威武英俊的高个军官走出帐房,扫视围观群众,走向帐房后边,手里捏着鞭子。万先生!在徐四十五家用长鞭击死天狗,杀场上看着杀死豆姐姐麻五哥,把吐血的香娃送回家的万先生。他怎么在这里?盯视万先生的黄呢军服,腰际的宽皮带,斜挎的盒子枪,捏在手里的软把长梢皮鞭,香娃在心里搜寻答案。猪娃保说出了他的诧异,"万贵人升官升到马主席身边了。"猪娃保不会忘记万先生,尤其不会忘记给他两块银元的恩情,"走,我俩去帐房后面给他说几句话。"

香娃拉住冲动的猪娃保。人家是官人,贵人,早已不记得他俩谁是谁了,贴上去只会讨个没趣,得等一等看看情况。

一个礼帽绸衫的白胖子走出帐房,挥手让围观人众息声,说:"今日马主席光临老爷山朝山会,是我们大通百姓的光荣。马主席爱听乡亲们唱'少年'。叫乡亲们来,给马主席好好唱几声。唱得好,马主席要给赏钱。谁先唱?"

人众如同躲避宰杀的牛羊,下意识往一起凑缩,好像要寻找靠山。只有挪动的脚步声,衣裳蹭摩的窸窣声,没人胆敢挑头。白胖子催问,依然没人站出来,只互相张望,交换眼色,窃窃私语,等待并希望出来一个胆壮头大的人。忽然,人群分开一条缝隙,一个弓腰驼背的人左手扶着后腰,右臂甩动走出人群,立在空场中心。不及众人替他担心,脖子前伸下巴上翘可着劲儿唱了起来,唱的是直令:

太阳出来绕三绕,
绕不到天河的口里;
尕妹们好比红樱桃,
吃不到阿哥的嘴里。

高亢嘹亮的歌喉让在场众人屏声敛气睁大了眼睛。真正是人不可貌相,海水不可斗量!一个虾一般蜷缩的人,竟然有如此畅亮的声嗓,把直令唱得没人再敢唱直令。怨不得头一个站出来显能呢。不等声音收尾,在场人众齐声喝彩:"再唱一个!"

此人真能沉住气,不在乎众人起哄的鼓噪,自管向帐房内巴望。白胖子进去,片刻出来走到此人面前:"马主席问你什么名字?"

"翟达贵。"

"哪里人?"

"河沿上的。"

"河沿上的?黄河沿还是湟水河沿还是黑河沿?"白胖子不满意这种回答。

翟达贵不明确回答,只笑笑。

"马主席说你声嗓好,是唱'少年'的材料。只不知你咋是这模样?天生的还是遭了不幸?"

翟达贵低头不语,用右手拍抚后腰。

人群窃窃私语。知道底细的人揭发起来:"驴日的在会场见个媳妇就死磨硬缠地弄人家哩。会场散了还不死心。跟人家跟到村庄,黑天半夜爬人家墙头,被人家男人整成这个样子。第一次整伤后腰,第二次整歪脖子,第三次整掉两个指头……"

香娃听得惊心动魄。才明白此人只用一手捧水洗脸,另一手用衣袖遮着,是少了指头怕人发现。

"……真正是精尻子撵狼,胆大不害羞。"知道底细的人继续发表见解,"如今敢在马主席眼前显能,怕是把头整掉哩。"引起一片窃笑。

意外的是,白胖子竟然给翟达贵一块银元,"马主席赏的。你这样子没办法下苦挣光阴,凭唱'少年'挣口饭吃,不容易。"

这么轻易赏钱,"少年"把式们不再犹豫,争先恐后挤到场地中央施展才艺。回族歌手,藏族歌手,蒙族歌手,撒拉族歌手……还有土族女人也挣了一元赏钱。白胡子马爷唱了两首。猪娃保说:"唱的还是威远镇会场唱过的那两首。一辈子只会两首'少年',又不看火色,哪个女人肯给他当连手!"

猪娃保想挣一块赏钱,自知天生的嗓子只会丢人,没敢造次。鼓动香娃唱几段。香娃胆怯。白胖子阻止那些想挣赏钱的愣头青歌手,问道:"保安香娃来了没有?来了就站出来,马主席点名要听你的'少年'。"

香娃莫名其妙地紧张起来,心跳得逼出一头热汗。人群中闪出一个少年,圆圆的光头,大大的耳朵,高高的鼻梁,明纠纠的眼睛;穿着无袖对襟黑斜布夹褂,黑市布单裤,黑直贡呢圆口千层底布鞋。比香娃略高一点,略瘦一点,年纪却相仿,大不了一岁,小不了半岁。

这个少年气宇轩昂走到众目睽睽的焦点,双脚八字站定,抬起左手捂住耳腮,放声高歌:上去高山望平川……

歌声清纯嘹亮,亢昂激越。喧闹的老爷山在歌声中沉静下来,独留歌声在天地间起伏、悠荡、回旋,揪动所有人心一起颤动、共鸣……

听呆的香娃清醒过来,这是什么令儿?这个上天入地没有顾忌的令调,穿透了他的心窍,把他的灵魂牵引到一个奇幻境界。

"我也不知道。"猪娃保也从惊诧的迷呆中清醒过来。

"这是河州大令。"知情人说。

河州大令?河州在哪儿?河州竟然有这么动心的令儿,这么英雄的少年!竟然也叫香娃。香娃的心激颤不已。如果这个香娃就是他这个香娃该多好啊!但不知他为何也叫香娃?

是他生下来也散发香气?也有刘香这样的母亲,憨哥那样的父亲?

白胖子进帐房听取马主席讲评,出来赏给保安香娃两块银洋。大声对群众讲道:"马主席听了香娃的'少年',说我们青海的'少年'唱得好,不比甘肃差。叫你们好好努力,美美地唱,赛过甘肃、宁夏。"

围观人众高声欢呼,鼓掌表示拥护。

保安香娃的"少年",把比唱推向高潮也推向顶点,没人再敢出头。听众尽兴的尽兴,失望的失望,纷纷散去。好家们簇拥着保安香娃走了,没尽兴的游人追随而去。

莫名失落的香娃恍惚看见顺风耳的身影混在人群中。仔细寻看又不见踪影。紧忙对长腿说:"我看见包家爸爸了。"

长腿冷冷地回应:"我也见了。别理他,他犯病呢。"

猪娃保同香娃终于有了与万先生说话的机会:"万先生万先生!"

万宜权认出是香娃,"你怎么也在山上?"打量猪娃保。猪娃保慌忙鞠躬,"万家爸爸,我给你鞠躬了。"

习惯了百姓奉承的万先生点点头。问香娃:"是上山听……哦不,香娃会唱'少年',跟麻五哥学的,刚才怎么没唱一段?"

"他怕唱不好,没敢唱。"猪娃保替香娃回答。

万先生右手捏握软把长梢皮鞭,左手大拇指插在皮带上仔细打量香娃,像看一幅女人绣出的精美绣品,"比我送你回家时好多了,成了半壮小伙。"发现香娃盯视他手里皮鞭,万宜权打手势让香娃、猪娃保跟他走到人少地方,松手让长长鞭梢垂落在地,抬头扫视树冠。香娃也抬头寻望,看见一棵松树的枝梢跳跃着几只麻雀。意识到万先生要给他展示鞭技时,听到一声尖锐的划响,一只麻雀和几枝针叶坠落在地,麻雀被鞭击失形。"我知道香娃心里想什么。"盯视死麻雀的香娃听到万先生声音,"这条鞭子是我的伙伴,如同画家的毛笔,账房先生的算盘,从不离手,天天抚弄,从中找些乐趣。"

扬鞭击中树梢麻雀的神功令猪娃保惊诧。香娃却急想离开。却听万先生说:"你俩等一等。"疾步朝帐房走去,片刻回来,给香娃两块银元,给猪娃保一块。"等于马主席的赏钱。"说了几句,回帐房去了。

手里捧着两块火炭的香娃,根本没听清万先生说了什么。满心是那两块烫手的东西,感觉不会走路了。好在猪娃保手里拿过银元,不至于恍惚,掐一下香娃胳膊,香娃才活过来。转身给长腿夸耀手里的宝贝,发现长腿不在身边。四周寻找,却看见顺风耳靠着一棵大树,与那个弓腰突背的虾米唱把式说话呢,看样子说得十分投机。两人不便上前打搅,捏着烫手的宝贝东转转西走走,极想把亮晃晃的宝贝举过头顶大喊:"马主席的赏钱! 马主席的赏钱!"又怕给万先生造成麻烦,没敢喊出声音,只在心里重复:"马主席的赏钱! 马主席的赏钱!"直到手心被宝贝磨出热汗。担心宝贝会随着汗水从指缝流失,认为交给长腿暂且保管最为妥帖,却总是找不见长腿去了哪儿。回到树下,顺风耳一人抽烟,那个河沿上的怪人不在身边。

"背锅儿走了?"猪娃保问。

"走了。"

"跟他有啥说头?"

顺风耳意味深长地望着香娃,"有的是说头!"

第二十九章

1

憨哥捏着两块银元,在村巷大踏步走来走去。人里的孙子,钱里的金子。白元不是金子,照样给他添力,把地皮踏得咚咚咚颤响。吃早饭时刻,家家户户墙头冒着炊烟,除几只鸡在粪堆下刨食,一头猪在墙角蹭痒痒,村巷了无人迹。终于有人背着背斗从村外拐入村巷,是下院新嫂朵秦氏的公公。憨哥把两块银元分拿两手,相互碰击,让朵秦氏公公以为他在专心倾听白元的响声,不是给人夸耀。擦肩错过,憨哥故作慌张状:"哎哟!要不是见你脚影子,没知道有人走过来,你拾粪去了?"继续碰磕两手的银元。

朵秦氏公公往憨哥手上扫一眼,走开了。憨哥认定他老眼昏花,把银元看成两片白石头,忍不住把银元亮在朵秦氏公公眼前:"这是马主席赏给香娃的白元,真正的袁大头!你听。"拇指食指掐住白元猛吹一口,凑在朵秦氏公公耳边。

"我耳朵背了,没听见。"撒腿走开。憨哥大为扫兴。没见过白元的庄稼人见白元不肯惊诧,愚到家了!转念,自己选错了对象。下院秦家的光阴,在尕庄不数第二也数第三,一年的收成能变出七八块白元,见两块自然不稀罕。应该……不仅要叫对方稀罕,还得叫对方肚子里胀气。直奔庙院骨头爷家。

骨头爷坐在院坪,剥头年割下的干席茇,身边放着扫帚把、扫帚环。"扎扫帚啊。"憨哥蹲在骨头爷身边,"骨头爷,我家香娃上老爷山浪会场,遇见马主席,赏给两块白元。我心想马主席平白无故赏给我儿子白元,是日弄人吧?你老人家给我看看,白元是真是假。"

骨头爷接住,用两个指尖掐住银元,猛吹一口气,凑上耳朵细听,"真货。"还给憨哥,继续剥席芨,好像席芨比白元更惹他喜爱。

"你不多说几句?"憨哥碰击两块银元。

"你养了有出息的儿子。"眼睛望着手里的席芨。

憨哥觉得骨头爷成心不把他和白元放在眼里,不禁气从心中来。"还是老天爷有眼。去年一场冰雹,有些人就看我的笑谈,巴不得把我狠人饿死。向他借点粮食,把尻门子翻到领豁里。不料想我狠人还是狠人,儿子出门浪会场,拿回来马主席的赏钱。这两块白元,能量一石粮食吧?"

"量十石也是你狠人的,我不眼热。"骨头爷把碍手的扫帚一脚踢开,碰疼了憨哥的脚巴骨。

憨哥悻悻然走出庙院。下一个找谁?长腿是见过世面的。找官保!光棍官保爱耍赌博,手里攒不住钱儿。白元会让他眼睛发光。趁他见白元咽涎水的时候说他几句,把去年那口气给他吐回去。

不料,在村巷碰见找他回家的香娃,"阿妈叫你回家,有事跟你商量。"

憨哥不想被儿子指挥,却又感念儿子挣来赏钱给了他,同香娃回到家里。

"阿大。"巧儿一脸的埋怨,"香娃把赏钱给你,是让你买一顶新毡帽,买一双干烟掌布鞋,再扯布做一件新衣裳,不是叫你拿出去夸显的。"

"我不是夸显白元。我是夸显我后人有本事,浪会场能浪来马主席的赏钱。亘古以来,尕庄人谁得过这样的赏钱?我要叫他们明白,狠人就是狠人。"

香娃给父亲递上烟瓶,"万先生念我是熟人,给我和猪娃保白元,不是我俩唱'少年'挣下的。你这样夸显,叫人家笑话哩。"

"由他们笑话去!万先生不是说等于马主席赏的吗?我就是要让他们知道,亘古以来,尕庄只有我家香娃得过马主席的赏钱!谁不服气,再叫马主席赏两大回来,我就当他是狠人。"磕着烟灰,问刘香叫他回来什么事?

刘香和颜悦色,"白元虽是万先生念惜香娃给的,可也说明人家万先生看得起香娃,希望香娃能像保安香娃,能在人前头唱出好'少年',拿真本事领赏。"

"成!日后但凡有会场,就让香娃去。"

"主要是平日多给香娃学唱的机会,叫香娃唱得比保安香娃还要好。"

"成!"憨哥果断表白的同时多出一个心眼,"你叫香娃多学'少年',是想把两块白元拿出去花掉?"

刘香不让男人误解儿子,"香娃一回家先把白元给了你,叫你买帽子买鞋。儿子有这个心,咋会把钱要回去?只要你日后别嫌香娃学唱'少年',香娃就能一心一意学唱。"

香娃唱"少年"得到省主席奖赏,尕庄人引以为荣。从小偏爱香娃的奶奶、嬷嬷、婶婶、嫂嫂们,先后来家中,要看看得了马主席赏钱的香娃,还认不认疼爱过他的奶奶嬷嬷婶婶嫂嫂们。香娃还是香娃,见她们紧忙起立让座,叫声还那么甜。要说有点不一样,就是小时候见她们就往她们怀里拱,撒娇,任她们揣鸡鸡。如今站得远远的,知道害羞。这怪不得香娃。快十六的半壮小伙,再像小时候一样撒娇,反遭人们笑话。"我看得出来,香娃不是一般的娃娃。"上院嬷嬷乐呵呵地说,"果不其然,越长越心疼,越知事了。"

她说了大家想说的话。奶奶、嬷嬷、婶婶、嫂嫂们为了证明香娃在她们心目中占有何等的分量,都用各自的方式做出表示:"香娃,明日到我家来,我给你扯长面吃,把你肚子吃得圆圆的。"偏院婶婶说。

"嫂子给你做一件汗褟,绾上虎头纽子,你下次浪会场穿上我做的汗褟,唱'少年'会唱得更好。"

"多谢新嫂。"莫名的羞怯让香娃不敢正视朵秦氏。

"我给香娃做一双鞋,鞋底纳得厚厚的,香娃穿在脚上,去多远的会场也不穿帮。"

"我给香娃扎两双袜溜根,扎得花花的。"

……

坐在炕上撕羊毛的刘香盯住儿子,"奶奶嬷嬷婶婶嫂嫂们把你这么要紧,你是如何打算的?"

"好好学,好好唱,不给她们丢脸。"

"不单要好好学好好唱,还得好好地做活。"刘香语重心长地说,"我们是庄稼人,把地里活儿做好,才能吃饱肚子,吃饱肚子才有精神力气学唱'少年'。不能听见大家夸你你就忘了根本。"

"我知道。"香娃想起阿舅刘能。

心里牢记母亲的叮咛,香娃认认真真做好每天每时的活儿。早起拾粪、出粪、拉土垫圈;犁地、打坷垃、磨地、浇水、翻地、拥洋芋、拔大豆、割菜籽、碾场;往磨坊搬运磨物;给庄舍帮工打庄廊、上房泥、翻地、整修水渠和塄坎、放树、泡栽子……其间,张家奶奶老伴辞世,朵秦氏小叔子娶媳妇,上院嬷嬷的小儿子犁地被牲口踢断小腿……香娃被邀作执客,喜事上收集桌张板凳,借送大盆碗盏,知道了哪种宫碗来自江西景德镇,哪种海碗来自湖南礼陵……丧事上分派挖坟坑,接送老师傅、吹鼓手,明白了什么是双吹双打,什么是请亡送亡,什么是家祭;学会了怎样捆绑棺材绳索;拉病人去大庄看病,去药铺抓药,知道了戥子、镇尺、药碾子、虎头药包;拉牲口去兽医铺看病,知道了什是中结,什么是黑汗风,学会了使用灌角;年头节下帮村舍杀猪宰羊,学会了煺猪毛拔猪鬃,剥羊皮灌血肠……

2

香娃埋头做活，沉默寡言，好像总有想不完的心事。一旦单独做活，远距庄舍村民，没有妇女的时候，便放开声嗓吼唱，以心目中的保安香娃为标尺，模仿河州大令。可无论怎样模仿，都感觉不像。觉得那个香娃是天上云彩，他这个香娃是锅里冒出的热气；那个香娃是夜里的三星，他这个香娃是炕墙的灯盏；高低、远近、形态各不相同，无法相比。香娃为此苦恼、困惑、沮丧。同样岁数，保安香娃咋能唱得那么好？难道保安香娃天生是唱"少年"的材料，而他这个香娃只能跟在人家身后学仿着吼几声，命定跟不上人家？如同麻雀永远比不上百灵，蚂蚱永远跟不上秋蝉。

特别让香娃羡慕佩服向往的，是保安香娃的那副胆气。同样是十五岁，他不敢站到众人眼前唱一首"少年"，可保安香娃却像到了无人之境，显得那么自在、从容，好像点名叫他唱"少年"的不是马主席，而是他哥哥、兄弟，或者是一块儿耍过尿泥的童年伙伴。难道保安香娃不知道帐房里坐的是何许人物？不知道马主席说打人就能打人，说杀人就能杀人？面对一个笑起来是罗汉，怒起来是金刚的大人物，保安香娃忘了自己的脖子是肉长的？苦胆是绿的？小小年纪，他从哪儿借来那么一副胆气？

"艺高人胆大！"长腿给香娃解惑，"等你唱得赛过保安香娃，别说是省主席，就是蒋委员长，你也敢在他面前唱。"

唱得赛过保安香娃？啥时候才能唱得赛过保安香娃！

香娃反复领会。保安香娃唱起来，声音高亢嘹亮舒展。如同站在山顶，眼望着苍苍莽莽的绿野大川，吞吐的气息没有任何堵挡，任凭它自由飞升，飘逸。一如天上白云，自如地游荡、变化。认为只要站得高，望得远，一定会掌握河州大令高亢舒展的声调气韵。一旦得空得便,就爬上山坡,或者陡直的崖顶,反复练唱。唱得头顶轻舒漫卷的薄云越积越厚,成为铅灰色,成为酱紫色,成为橘橙色,而后又飞散得剩下棉花一样的云条,或者卵石一般的云斑。可依旧觉得,唱出来的河州大令缺少保安香娃的那种撼人心魄的气势,飘逸悠远的韵致。

香娃生自己的气。决心从此不再管什么河州大令。只要把自己学会的直令、尕马儿令、白牡丹令、大眼睛令唱好,把不能对人明说的心思变作歌声张扬出去也就够了。可那个穿无袖对襟夹褂,圆口千层底布鞋的保安香娃不肯离开他的心房。总要趁他发怔发呆的时候从心房跳出来,磨他的眼仁,踹他的心思。望着那个与他一般大小,一样高低胖瘦,名字也叫香娃的保安小伙,他又觉得没什么特别之处。认为那个香娃能办到的事他这个香娃也应该办到。

有了这个想法,香娃意识到方法不对。反复体会琢磨,认识到,河州大令的要害在一个河。这河不是小河,而是大河,水浪滔滔的黄河。滔滔不绝的大水从上游滚滚而来,又滚滚向远方流去,那种奔腾不息的气势,绵长不断的声韵,正是保安香娃歌声的筋骨,支撑着绵滑柔软的皮肉。钻进人们耳朵,叫人觉得是那么顺畅贴切,那么悦耳动听。

绵柳湾。巧儿、猪娃保常去的绵柳湾,成了香娃此后练唱的地方。虽然面对的是湟水而不是黄河,虽然湟水没有黄河宽没有黄河深,水流不比黄河大,可他是听着她的水声长大,喝着她的水成长的。黄河能涤荡保安香娃的心胸气度,为什么湟水不能涤荡尕庄香娃的心胸气度?同是滔滔流水啊!同样是自西而来往东而去绵绵不绝的人间乳汁啊!只要朝朝暮暮厮守着她,感知着她,祈求着她,就会从她绵长的流动中抓住那股滔滔不绝的气势,那种没有定规的起伏。

香娃一早一晚来到绵柳湾,从东方鱼肚白到朝露初升,从暮色四合至月牙挂天。他唱啊唱,唱啊唱,把身边的绵柳唱得从嫩绿变成老绿又变成金黄再变作褐紫;唱得眼前一丛一片的菖蒲从泥里抽出细芽,长成剑一般长叶,矛一样主茎,抽成狼尾似的籽绒;把无形的河水唱成有形的冰凌,再唱成封河的冰盖,又唱得消融成无形的水声,终于把河州大令唱出了自己满意的味道。

香娃把猪娃保叫到绵柳湾,唱给他听。猪娃保仔细听了三遍,"像了,可还有不像的地方。"

"哪儿不像?"香娃认为猪娃保的耳朵毕竟是猪娃保的。

猪娃保慒懂片刻,突然灵醒,"我知道了!调令一模一样,可声气还是不一样。保安香娃用河州口音唱,你用平安口音唱。河州大令必须用河州口音,才能唱出真正河州大令的味道。"

香娃灵醒。唱了三年,从十五岁唱到十八岁,总算找准了毛病,却无法解决。平安话是他的母语。要想唱出地道的河州大令,他必须丢掉母语!这是他无法接受也是不能接受的。这才明白,三年来只认准一个方向,结果是走了一条长长的弯路!

怎么办怎么办?时光流逝三载,他如何才能回到原点上去?他想到长腿,见多识广也喜好"少年"的长腿,会给他指点迷津吗?

"其实我早看出你走的是一条弯路。"长腿伸手揩去香娃眼窝的泪水,"我没有阻止,是想叫你个家明白。个家明白才是真正的明白。调令可以模仿,什么样的调令都能模仿得像模像样。可传达调令的声韵是学不会的。炒面就是炒面,洋芋只能是洋芋。煮洋芋炒洋芋烧烤洋芋都是洋芋,可味道不同。吃了煮洋芋,想吃烧烤的洋芋,你得靠火。用煤火烤,用麦草火烤,跟烧红的土坷垃烤,哪个洋芋最香?"

"烧红的土坷垃烤熟的洋芋最香!"

"对了!用最土的办法烤出的洋芋味道最正。保安香娃用河州口音唱的河州大令味道最正。你用平安口音唱的河州大令是变味的河州大令,怎能与人家原汁原味的大令相比?你得找出个家的原汁原味。"

民间通俗说法同样醍醐灌顶！香娃兴奋不已,"我该怎么做才能原汁原味？"

"好好唱你的直令、尕马儿令、牡丹令。有很多调令是靠平安、互助、碾伯、民和、大通、湟中、湟源等等口音,才能唱出原汁原味。比如互助土民的'梁梁上浪来'令,土族令,你学唱起来要比河州大令容易。因为平安与互助的口腔接近。"

类似的道理,给香娃指明一条路,但凡有人唱"少年",他就仔细倾听,分辨是哪里口音,唱什么令儿。然后比较,什么口音唱什么令儿最动听。比较来比较去,比出不少的见解。香娃想得睡不实吃不香,想得头疼。一个听似简单的"少年",竟有这么多曲曲道道。看来,要想把"少年"唱得人人爱听,唱得像保安香娃那样从容自如地面对千人万人低人高人,实在不是一件容易的事。他需要高明的人给他引路、指点,可这个高明的人在哪儿？

第三十章

1

送客人的高先生给道谢离去的人扬扬手,转身对巧儿说:"我没记错的话,你是尕庄的,叫巧儿。"

喘气的巧儿接不上话头。香娃替她应道,"就是就是,来大庄先生家看病。"

"你是?那年我去尕庄给巧儿母亲看胳膊,没见过你。"

"我是她兄弟,叫香娃。"

"哦。"高先生从头到脚打量香娃,"小时候给你看过病。多年不见,长成小伙了。长得像你母亲,尤其是眼睛。"礼让姐弟进门。高先生招呼巧儿坐在炕沿,取腕枕放在炕桌一角,宁神静息给巧儿切脉,审度巧儿气色、舌苔。切右脉又切左脉,想了想,问道:"咳喘了多久?"

"六七年了。"

"为啥拖到现在才来看?"

"起头两年咳喘得不厉害,一开春不咳不喘好好的,心想过一阵自然会好。"感觉"为啥拖到现在"话里有话,疑惑着问道:"是不是看不好?"

高先生答非所问,"病刚刚上身,及时吃药调理,好得快也好得彻底。时间一久,就得多费事。"高先生沉思片刻,"还记得病是怎么得下的吗?"

巧儿当然记得。不过……巧儿瞅着香娃犹豫起来。说出生病诱因,香娃就会知道父亲猜疑并祸害货郎的旧事。不说,高先生难以把握病因病理。自己病情加重,与猪娃保的亲事就会陷入无望境地。便把当年喝了盐重的山羊肉汤,追撵货郎口渴,喝泉水的经过说给高先生。

高先生听完巧儿追叙,扫视巧儿、香娃,"你一说我明白了。我先给你俩打个比方。"指一下火盆架上的火盆,"你们尕庄人家冬天有点火盆的吧?"

"有,北房奶奶家就有火盆。"香娃纳闷,火盆与看病有何关联。

"是在火盆上炖茶吧?"

"是,用砂罐炖茶。小时候常听北房奶奶说,砂罐炖的茶香。"

"火盆火旺,砂罐水干忘了添水,会是什么结果?"

"北房奶奶家出过这种事。"香娃记忆犹新,"有一次砂罐炖干了,北房奶奶儿媳妇舀来冷水添进去,砂罐激裂一条口子,漏得不能用了。"

"这样一比方,你俩就会明白。羊肉性热,山羊肉热性更重。喝了太咸的山羊肉汤,如同火上浇油。追撵货郎跑得心躁气急,肺热亢盛,水津不通,猛地喝下冷水,肺经受强烈刺激,酿成病因。砂罐破裂,可以请碗儿匠打眼钉卯补漏。经络损伤却再难复原……"

香娃截断高先生的话,"我姐姐的病是不是……"治不好?意识到这样问只会给姐姐增添忧怨,失去希望,顿然收口呆望着高先生。

"不会像你推想的那般可怕。《黄帝内经》说,肺主气,司呼吸,通调水道,宜散卫气;肺在体合皮,其华在毛,开窍与鼻,在志为怨,在液为涕,是人体气和津液代谢的主要脏腑。得长时间护理调养,自然而然好转。我说两个白方,回去按方子要求配制服用,还得注重日常起居饮食的调养,尽量少做重活,少着闲气,不虑不躁保持心理平和,自然好转。至于快慢,得依赖个人的造化。"从条桌取下笔砚纸张,书写两帖偏方的配制材料和服用方法,念给姐弟听。

第一方帖:

南瓜姜汁麦芽膏:南瓜五个,鲜姜汁一两半,麦芽一斤半。

将南瓜去籽,切块,入锅加水煮成稀烂成粥,纱布绞取汤汁,入锅煮其汁剩一半,加入姜汁,麦芽,文火熬成膏子,早晚各服三钱。

第二方帖:

猪板油麦芽蜜膏:猪板油三两,麦芽糖三两,蜂蜜三两。

上述三味熬成膏。每日服数次,每次一汤匙,口中含化。常服可除病根,忌食生冷辛辣食物。

把方帖交给巧儿,"另有其他方剂,可材料不便宜,配制费事。我尽你们庄稼人好寻的东西配伍。回家如法炮制,先服第一帖,如见效,换服第二帖。麦芽得去街上药铺购买。"

巧儿姐弟再三致谢。香娃怀里摸出白元奉上,被高先生推回双手,"我看病从不收费,念你们老远驮来面粉,再驮回去过于费事,我收下面粉。去药铺买麦芽,配药买蜂蜜都得花钱,拿回去自己用。"

告辞要走,巧儿想起母亲的托嘱,"高先生,我阿妈叫我向你打问一下,一个人这儿不疼那儿不痒浑身舒坦着,就是不想吃饭,一天天见瘦,这是得了啥病吧?"

高先生望着说了几句话就咳喘的巧儿,心头涌溢悲悯。庄稼人家的女人,被艰辛贫寒限制,不到迫不得已,不知道及时看病。拖重了病情才问医求药。巧儿代为询问病情的,一定又是女人。可不见病人,他无话好说。

高先生沉默不语。巧儿以为没听明白,做出进一步解释,"我们下院新嫂从五月半间开始不好好吃饭,说是不饿,不想吃。硬吃吃不下,还得天天做活,眼看着一天比一天瘦。她公婆男人说她有病,叫她来大庄看病,下院新嫂说自己身上不疼不痒舒坦着,能有啥病?吃不下饭,给家里省点口粮。活照样做,只见消瘦。半年时间,快瘦成猴了。阿妈叫我趁看病问问你,这种样子,是不是得了外道病?"

高先生的悲悯在心里起伏。有病却心存侥幸,把原因归咎于外道,这是庄稼人的通病。以为请神拜佛驱鬼就能禳解世上一切灾难。如果无效,就归咎于命运。这种见解行为,耽延了多少能够治好的病症。便严肃起脸色,"我得见过病人才知道是什么原因。回去告诉她,不能大意,尽快找先生诊治,别动不动就说是外道。"

回到家里,巧儿要去下院传达高先生意见,刘香说:"刚从外边回来,又要出去!去了咳三喘四的,病人对病人,有什么好!叫香娃去。下院新嫂老早对我说:'我自小稀罕香娃,如今有病不出门,想见见香娃见不着。叫香娃抽空过来看看我,我有话问他。'"

2

朵秦氏的公婆、小叔、男人、儿女挤在上房炕上吃晚饭。"阿妈在东房里躺着。"朵秦氏九岁的儿子说,"问话去东房里问。"

香娃退出上房,纳闷这一家人的态度,一律是不耐烦样子,好像懒得提说单独留在东房不与大家吃饭的病人。走进东房北头,倚着枕头半坐半躺的朵秦氏令香娃惊悚。这是下院新嫂?那个爱说爱笑,走路风风火火,做活手脚利落的下院新嫂?上次见她在大门外坐在墙根晒太阳,手里拿着针线絜鞋口。那时候只听说下院新嫂有病不能下地,留下来看家、做饭。算时间,距今不过三个月,怎么病成这个样子?猛看,炕上半坐半躺的只是一副骨架。额颅、颧骨、下巴、肩头棱角分明地夯翘着,似要顶破干薄的肉皮露出骨头颜色。瘦,突出她的五官,眼睛、鼻子、嘴显得格外扎眼。尤其眼睛,大得令人惧怕。香娃呆立炕下打量朵秦氏,与心目中的下院新嫂做着对比,心被悲惧淹没。小心着伏身炕沿,握住朵秦氏伸上来的双手,感觉握住了一把嶙峋的骨节。

"香娃,你总算看我来了。"朵秦氏的声音几乎没变,还那么柔,那么甜,"我天天盼你过来看看我。"拍拍炕面,"上来,坐我身边,让我闻闻你身上香气。"

香娃坐在炕沿脱鞋,心里矛盾着。自己是十八九的大小伙,贴坐在一个女人身边不自在。更大的不自在是,一见朵秦氏,他就想起下院新嫂揣他鸡鸡的往事,想起万德太家第一次遗精做的那个梦境。可他不能违拗下院新嫂的要求,何况是病人的要求。如果喝他的血能让她的病好,他乐意让她喝他的血,别说是在她身边坐坐。

香娃上炕说:"新嫂,他们都在上房吃饭,没给你端一碗吗?"

"我想挣扎着吃几口,一吃就噎得换不上气,不如不吃。"

"那也得吃,人不吃饭咋成!吃不了稠饭,叫他们给你撒拌汤,煮米汤。"

朵秦氏惨淡地笑笑,"现在就靠拌汤吊命呢。老天爷给了这个病,浑身上下里外一点不疼,就是不想吃饭。好像上辈子是个好吃的人,吃过了头,这辈子叫我把多吃的还回去。"双手揽抱住香娃肩头,"你再往我身上靠靠,叫我闻闻你的香气。"

香娃缩腰贴近朵秦氏脸庞,听她着劲吸着鼻子。吸了几下,说:"闻不见了,闻不见你身上的香气。"松开双手,用大得瘆人的眼睛盯视香娃,"你身上咋没香气了?是我病得闻不见,还是你身上没有了香气?那些奶奶、嬷嬷、婶婶们闻过没有?她们说没说你身上还有没有香气?"

香娃努力笑一下,"我成大人了,奶奶、嬷嬷、婶婶、嫂嫂们再没闻过我身上的味道。"

"你阿妈呢？她说没说过你身上还香不香？"

"阿妈也没说过。"

朵秦氏居然笑出声来，"这么说你得改名字，再不能叫你香娃。"伸手摸抚香娃脸蛋，"还是小时候好，闻着香香的。长大成人就变了。"叹一声，瘆人的眼睛盈满泪水。

香娃感觉朵秦氏的语气怪怪的，不敢在她身边逗留，"新嫂，我阿妈叫我过来，说你有话要问我。你有啥话就问，我好好地听着。"

朵秦氏再次惨淡一笑，笑得泪水滚出眼眶，"我能有啥话？我是想闻闻你身上的香气，怕你人大了不来，谎说有话要问。总算把你盼来了，可你身上不香了。"呆愣片刻，把手伸到枕头后边，抓出一把五颜六色的香包。"等你不来，我把前些年端午节做的香包翻出来放在头底下，想闻就闻香包儿。"

朵秦氏用骨节嶙峋的手指，分解缠绕成一团的垂穗和系绳。分出一个，说："这是前年做的香包。"又分出一个，"这是大前年的。""这是大大前年的。"把三十几个香包分放在炕上。这些用锦绫绸缎碎料缝成的香包，有白绫做的萝卜、兔子、羊羔；有红绸子做的心、辣子、花檎沙果；有黄缎子做的金瓜、狸猫、鹿羔；有绿绸子做的青蛙、盘蛇、白菜；有紫缎做的茄子、牛犊；有黑缎做的马驹、狗娃；还有用两种或三种颜色搭配做的茶壶、莲花、菊花、牡丹……由于在手里拿来拿去，有的香包已显陈旧，褪淡了鲜丽的光泽。只有近几年的香包闪烁着绸缎锦绫的艳丽色彩。"只可惜装进香包的香草时间久了，没有香味了。"

香娃挪坐炕沿边穿鞋边说："我来，是给你和你家里人传达高先生的话，高先生……"

话被朵秦氏打断，"多谢你们想着我的病。我的病不是先生能看的病。我得的是心病，没人能治我的心病。我知道我的病最多拖到来年端午节，到时候谁也不拖累了……"

香娃慌忙打断她的话,"新嫂你别胡想。不是先生能看的病,就一定是外道病。邀个好法师禳解一下,病就会好。"香娃嘴上这般劝慰,心里认定朵秦氏真得了外道病。要不咋这么怪怪地说话,叫他听了心里发毛。既然是外道,大约与她要闻香气有某种关联。"年程久的香包不香,可近两年的香包一定还有香味,你把去年的香包寻出来,装进去的香草一定还香着。"

朵秦氏听这话变了脸色,瘆人的大眼睛涨满泪水,呆呆地盯住香娃。香娃心里一酸,紧忙躲逃出来,"新嫂你缓着,过几天我再来看你。"

第三十一章

1

"阿大,猪娃保咋没回来?"巧儿被父亲阴沉的神色唬住,问话小心翼翼。

"你问我,我问谁去?"没好气的回答。

巧儿和刘香对望一眼,又犯病了!憨哥在煤窑与顺风耳或者猪娃保发生摩擦,不想一起干活,独自回家来?一同搭伴出门下苦,会闹什么矛盾?为小事拌嘴,不至于撂下同伴独自回来吧?

阴沉着脸的憨哥脚后跟碰磕炕墙,把鞋甩脱下来,要蜷腿上炕,被刘香拽住,"衣裳裤子全是煤灰,这么上炕,把白毡抹成黑毡哩。"提板凳放在炕前,"等巧儿烧了热水,把头发手脸腿脚洗干净,脱了脏衣裳再上炕。"

憨哥只顾抽烟,没一点听从的表示。刘香估计他这次生了不小的气。缠着跟他说话,难免要犯口舌。到厨房,把头年节省的几块大煤放进灶膛,等上了火色,撅垒在泥火盆内。家里平时不架火盆。不是不想架,而是缺少架火盆的燃料。今天让憨哥脱光衣裳擦洗脏成木炭的身子,点上火盆房内热火些。

刘香把洗东西的大节盆抬进房内,同巧儿将着旺的火盆抬放在炕沿下,舀热水倒满节盆,巧儿避出去了。刘香关住房门催了几句,憨哥才撂开烟瓶,把里外衣裳脱下来,精光着站在地上擦洗身体。刘香用毛巾蘸水,擦洗憨哥肩背后腰,洗了四五下,盆水变作黑水。换第二盆水,第三盆水,才算把身上的煤黑洗净,露出白肉。等憨哥穿上干净衣裤,刘香打开房门,把脱在地上的脏衣服泡进水盆端到院里。

避在北房的巧儿听见院里有动静,出来帮母亲洗父亲的脏衣服。连着倒去几盆黑水,盆水中撒碱面,终于洗净沾染的煤污。刘香对巧儿说:"看衣裳脏下的阵势,这次去煤窑下了煤井。"

母女合力把湿沉的主腰拧成半干,搭在太阳下晾晒。刘香回房,见憨哥坐在炕上打盹,火盆的煤火已经着败。要抬走火盆,憨哥发话了,"香娃呢?不在家里,整日去哪里疯着?"

"冷月寒天没活好做,尕娃们能在家里闲坐着?凑伴儿耍去了。"

"凑伴儿玩耍得选个时候。后响了,为啥还不回来?"

刘香扎上围裙,"今晚想吃啥?你说,我去做饭。"

"想吃天爷的脑瓜盖!"愤愤的口气,"是不是还在东跑西颠地唱'少年'?"

刘香不满男人的口气,有意刺了一句:"你不是叫香娃好好地学唱吗?不是盼着学好'少年'领赏钱吗?听你今日口气,又不想叫他学了?"

"你们婆娘家知道个屎!"瞪圆眼睛,瞪得眼球白鼓鼓的。

刘香紧忙躲开。男人两手空空独自回来,十有八九没挣上钱。要不就是被煤窑掌柜责骂,气头上回来,要把气出在婆娘儿女身上。

点灯时分香娃回来了。兴高采烈的香娃发现父亲坐在炕上没有好脸色,收起快乐礼节性地问道:"阿大回来了?"

"你盼着我苦死在外头别回来是不是?"乜眼打量儿子。

一句邪话噎住香娃不知如何接口。在母亲、姐姐脸上搜寻答案。巧儿慌忙打圆场,"阿大两个多月没见儿子,等你一后响了,你到底去哪儿了?"

389

领会了姐姐眼色，香娃高兴地坐在炕沿，"我去红庄了。是长腿达达领我去的。红庄张泥水匠的二牡丹令唱得好，我让长腿达达带我去见张泥水匠，学唱二牡丹令……"

话被憨哥截断，"怪不得这么高兴，原来学'少年'去了。令儿学会了，肚子也混饱了，往后是不是不想做庄稼？"

"阿大！"听出话头不对的巧儿加进一句，"是你叫香娃好好学唱'少年'的，今儿咋说这样的话？"

憨哥冲女儿瞪眼睛："我不说这样的话该说哪样的话？！十八九的人了，不知道把家里活儿做一做，整日想着唱'少年'混肚子，不该我说吗？"

唱"少年"是实，混肚子让香娃委屈。"家里该做的活我都做了，唱'少年'是你同意的。我想趁着冬闲多学令儿，往后多给你挣几个赏钱。"最后一句带着情绪，口气硬硬的。

"多谢多谢！我没命使唤你的赏钱。可我是你老子，还得问你，庄稼人家哪有做完的活儿？别的不说，我叫你多拉土，你拉来多少？你整日嫌房子窄小，不把倒胡基的土拉够，房子从天上掉下来吗？咋不趁闲去林子里拾烧柴，去河滩挖石头？"

眼看父子要争讲起来，刘香推搡香娃离开房间，"跑一天没乏吗！你没乏，你大大乏了，叫你大大早早地睡。"

刘香辗转反侧不能入眠。虽然憨哥单独从煤窑回来让她摸不透原因，可憨哥对香娃的指教不能说不对。秋后打碾结束闲下来，香娃的心思全在学唱"少年"，眼里不见活儿。平日的担水扫院，揽草做饭，煨炕出灰，由她和巧儿包干，轮不到香娃。香娃该做的，是去南台多挖崖土，拉运回来堆放庄廓墙下，等开春多倒胡基盖上三间属于自己的房屋，是全家人共同的意愿。憨哥、香娃作为家里男人，这个意愿更加突出。总不能永远借住在人家院里。再说，自北房奶奶去世，北房奶奶老三儿子和媳妇就不太乐意让他家继续从一个大门出入。憨哥早想有自己的庄廓，盖自己的房子。眼看香娃已成大人,要娶媳安灶,这个意愿显得更加重要。可每年的庄稼收下来,缴够公粮钱款,几乎没有多余的粮食换成现钱置办家业,只能一推再推。憨哥冷月寒天去煤窑下苦,只为挣几个能买梁柱檩椽的现钱。分派给香娃的活儿没做,当父亲的岂能不生气,骂几句也是应该的。可香娃不受父亲的指责,这样下去如何是好。是起初怂恿儿子唱"少年"错了?还是父子间当年的误会成见并没有真正消除?

不能入睡的还有憨哥。本想装出头挨枕头立即睡死的模样,让刘香以为他走路疲乏,睡得十分香甜,可身体不争气,不配合。气躁起来,用拳头捶砸枕头,好像是枕头不让他安睡;又夸张地往炕下吐痰,好像地皮也令他烦躁。

憨哥这些动作,加重了刘香的疑惑。他怎么啦?以往出门十天半月回来,为解决云雨之困,给她说话会空前地柔和,眼光如同粘着蜂蜜,生怕引她不愉快,减了他的兴头。平日棍子一样直硬的一条汉子,为了贴她身子,显出孩童般的憨娇。相隔多日凉了的夫妻情分,在肉体的贴合厮缠中恢复热度。今日的男人怎么啦?究竟在煤窑遇到什么不顺心的事,提前单独回家又如此烦躁不安?猜疑归猜疑,她心里做好准备,如果憨哥有肉欲需求,她顺从并让他满意。相信她的似水柔情会浇灭他身上这股莫名躁火。正在刘香百思不得其解的时候,憨哥直通通地说:"我尿胀了,想日你,你给日不给日?"

这种突兀的质问引起刘香强烈的反感:"你问的这是啥话?!我是你婆娘还是什么?给牲口配种也没有这么说话的。"打定主意,他要动手强要,她就反抗!不能让他把她当作一头草驴或者一头母猪。她是人!是人就不能接受这么粗俗的对待。他在成心戏谑她,用来发泄对她的某种不满。这念头让她警觉。难道他又被什么人挑拨,要故意找她的不是?

"不给日就说不给日的话,别以为我不日你就会胀死。"

这不止是戏谑,而是侮辱、挑衅。刘香忽地坐起来,举起枕头,要朝那个长着粪坑一样臭嘴的丑恶脑袋砸下去。枕头举过头顶凝住了。他在这等境况下没有打她,说明他对打她有了顾忌。作为男人顾忌着不敢打她,她一个女人家怎能打男人?手一软,枕头掉在炕下。蜷进被窝,被子蒙头大哭。

对刘香的戏谑侮辱,让憨哥暂时得到心理上的满足,暗自得意又暗自懊悔。比乱麻还乱的思绪,在意念上缠来绕去,沉入一个黑黑的深渊。

2

听见收工升井的喝令,憨哥拖着盛满煤块的大筐半爬半走挪到井口,不知是凌晨还是黄昏。冷风中清醒,发现一天星星。

"洗完手脸再吃饭。"顺风耳饱汉不知饿汉饥,把一个盛水瓦盆放在憨哥脚前。

"是肚子要紧还是皮脸要紧!"憨哥没好气地一手端大碗,一手捉干粮大嚼大吞。手上煤灰弄脏了干粮。心想吃下去肠子也会黑掉,管他呢!桥头煤窑全是黑的。路是黑的,水是黑的,树是黑的,连河滩的石头沙子都是黑的。一方水土养一方人,黑了才算煤娃娃!

肚子填满了,还有饿意。这是渴得过火,喝进去的水装满肠子,吃下去的干粮全在水面上漂着。

猪娃保舀来一盆温水,"洗洗脚再睡。"

"洗尿哩!脚要紧还是瞌睡要紧!"憨哥倒头便睡,不知道自己一肚子气,是气个家还是气别人。要不就是气那些梁柱檩椽。冰凉的被窝让他浑身打战,反倒没了瞌睡。身子被带进被窝的煤屑硌着,极不舒坦。起身把铺上煤屑扫下炕沿,发现被里子成了黑色,肚皮也乌黑油亮。"狗日的煤娃娃不是人当的!"接连骂几声,心里才平顺下来。

"你这样子,钱没挣下却把个家气成咒世哩。"顺风耳好意敲打,要憨哥保持平常心。

"都怪你!说好把我派在井口绞辘轳。"

"掌柜的变卦,我有啥办法。"顺风耳往柱上磕烟锅,"煤窑上也就十几个辘轳,都想留在井口,谁挖煤?"

憨哥无言。夺过顺风耳烟瓶接连抽三锅,作为出气。

"在家里没见你怕苦,到煤窑咋害怕下苦?猪娃保也下井挖煤,不也好好的?"

憨哥承认顺风耳说得对。嘴上却说:"猪娃保是猪娃保,我是我。我儿子快说媳妇了,他猪娃保不下黑苦,驴年马月说上媳妇哩。"猛然记起猪娃保要说的媳妇就是个家的姑娘巧儿,小看猪娃保等于小看自己。

"其实。"顺风耳字斟句酌地说:"是你个家打错了算盘。你下煤窑苦一个月,抵不上香娃唱一首'少年'。只要香娃唱'少年'多挣赏钱,用得着你下这般黑苦吗?"边装烟边想,又说:"我要是你,就让香娃满世界唱'少年'挣钱去。出去一次挣来两块白元,十次就是二十块,打庄廓盖房子全有了。"

憨哥心里一动,转念愤愤地说:"靠唱'少年'挣光阴,羞死先人哩!得赏钱也就那么一回,是马主席喝醉了……"

话被顺风耳打断,"马主席是穆斯林,不喝酒。你说这种话,小心马主席听进耳朵里,打你的背花敲你的骨拐。"

憨哥笑了,"我惹笑呢。话说到这里,你给我详细说说那一天马主席给香娃赏钱的事,叫我们再高兴高兴。"

"真想听?"

"真想听。听得高兴,就有瞌睡了。"

顺风耳用巴掌揩一下玛瑙烟嘴,递给憨哥。"其实,香娃得赏钱我偏巧不在跟前。有一个世不全头一个领了赏钱。听人说,这人是嫖风大王,年年跑会场唱'少年'寻连手,寻上连手就缠到人家家里,上房爬墙要跟人家睡觉。被人家男人发现,打成半眼。头次把腰整断了,第二次整歪了脖了,第三次整掉两个指头。如今成了半眼还不死心,哪里有会场往哪里跑。那天头一个站出来唱'少年',得了一块赏钱。我心想这人肚子里一定有很多很多故事,跟他喧板去了。"

"他给你说了什么?"猪娃保兴趣高涨。想知道那个弓腰驼背抬不起头的人,肚子里究竟装着什么样的蛐儿虫儿。一定是那些蛐儿虫儿,让他胆敢第一个站出来给马主席唱"少年"。

顺风耳扫视憨哥、猪娃保、半睡半醒的拉鼻态,把与翟达贵的喧板绘声绘色叙述出来,给三个伙伴消困解乏。

3

翟达贵拿到赏钱就脱离人群,对众人视为稀罕,必须把热闹观看下去的场所没有留恋。这让顺风耳觉得奇怪,并对翟达贵产生了兴趣。这人身上有戏!有戏就可观可读可品,然后变作自己的新鲜见闻,说给庄舍村民暖耳,岂不快活!慌忙离开人圈,跟在翟达贵身后,寻找搭话机会。

翟达贵塌腰弓背地捯动双腿,从后面看,只见撅高的屁股和为了平衡身体而前后甩动的右臂。顺风耳感觉这个不合群的踽踽行者,有着某种奇怪的情绪。等翟达贵走到游人稀少地方,用右肩抵着一棵树滑坐在树下,顺风耳笑着上前搭讪,"姑舅哥的'少年'唱得实话好。"紧忙递上自己的烟袋烟瓶,"抽几瓶烟吧,我的烟叶是从兰州买的,不呛人。"

"多谢姑舅哥,我不吃烟。"翟达贵疑惑地打量穿戴整齐的顺风耳,似乎对他的套近乎不觉得意外却要保持警惕。

"是为了唱'少年'不吃烟吗?"顺风耳从口袋揣出核桃大小的冰糖,"那就把这点冰糖吮上,你们的嗓子要紧。"

翟达贵伸出缺少两个指头的左掌接住冰糖,示意顺风耳坐下。顺风耳靠一棵桦树坐在对面,"听姑舅哥说是河沿上的人,你说的河沿是哪儿?"

"凡是唱'少年'的地方,都是我说的河沿。"

顺风耳抬头,望着桦树扭曲的枝干想了想,"我明白了,你说的河沿上不是指一个地方,而是指一个大范围,包括黄河、湟水两大水系的整个区域?"

翟达贵笑了:"姑舅哥是有见识的人。"

得到翟达贵夸奖顺风耳十分高兴,"你比我还有见识。头一个站出来给马主席唱'少年',一点不怯场。拿了赏钱也显得平平常常。要是别人,没这个胆子。"

"马主席听的是'少年',不是看人的长相。我'少年'唱得好,怯啥?"

"确实确实!你的'少年'唱得好,好得没口儿说。"心里接着说:为女人把个家整成半眼,划来吗?嘴上又说:"听人伙伙里的说,你原本是个干散人儿,为唱'少年'寻连手,被整成这样子。我本不该问这些。可话说到这里,你能不能给我详细说说?"伸手弹掉翟达贵头发上的一只蚂蚁。

"这有啥说头!人世上来了人世上闹,人世上闹几遭哩。"似乎这两句不足以表白心迹,又念了两句,"年轻的时候草尖上飞,人老了你不要后悔。"

"这么说,你寻了不少的连手?"

得意的微笑添加翟达贵脸上的光彩,"天爷给我世个唱'少年'的嗓子,叫我把个家的心思唱成'少年'。只有把心思唱给女人听,才叫唱'少年',才能唱好'少年'。我年年赶会场,就是想寻一个听懂我心思的女人当连手。从我十八岁唱'少年',到今年三十九岁,一年算一个的话,维过二十一个连手。"

顺风耳言不由衷地恭维,"像你这么活一场,不枉在人世走一遭。我想不通的是,会场上寻连手,是亘古传下来的习俗。不论是姑娘还是媳妇,听你唱'少年'动了心,动了情,愿意当你的连手,也是该着的。可会场散了你还要纠缠人家,人家的家里人能答应吗?整断你的腰,整歪你的脖子,剁你两个指头算是轻的。你不怕要你的命?"

翟达贵笑了,不过是苦笑,"这也是我想不通的地方。我的'少年',会上咋唱会下也咋唱。会场上我是什么心思,会场散了我还是什么心思。既然会场上愿意做我连手,为啥散了会场就要变心?这不是用着了拉进怀里,用不着搡进崖里吗!我要叫她们知道我的心是啥样的。为这个,别说给她一个指头,就是给她一条腿、一条命,也要叫她们为个家的薄情后悔一辈子。"

顺风耳听得毛骨悚然又暗暗佩服。为寻个长久连手不惜赔上身家性命,代价未免太大了吧?可眼前就是这么一个犟板颈。被整成半眼还不汲取教训,还要坚守自己的信念。该替他叫好还是该替他惋惜?想了想,换了口气,"这二十一个连手里,有没有最让你中意的?无论寻多少连手,她始终在你心里站着?"

翟达贵垂头沉思片刻,望着地上匆匆爬动的几只蚂蚁说:"有一个。那时候我在碾伯'积成当'当伙计。有天早上去河边饮马,碰见一个尕媳妇,她听过我的'少年'把我记住的,隔了好多年她还记着我。第二次见面答应跟我去库房。她是我永远永远忘不掉的连手。"见顺风耳听得聚精会神,便添油加醋地描绘起来:"这个尕媳妇心疼死人哩,长着一对会说话的大眼睛,毛墩墩的眼睫毛往上一挑,就把人的魂儿勾掉哩。肉皮儿绵得绸子一样,一指头能搗出水来。我在库房里隔山取火弄了半天,没把我嬲死!"

顺风耳听得心猿意马,随口问道,"她是碾伯人?"

"不是。她说她到碾伯给娘娘做伴,是尕庄人……"

4

说者无意,听者有心。憨哥从无意的闲聊中再次得到证实,刘香被翟达贵弄过!翟达贵至今记挂着刘香。怪不得香娃爱唱"少年",刘香要支持香娃唱"少年",原来是翟达贵下的种子!一想到家里婆娘儿子是这等货色,自己冷月寒天下煤窑,实在是白白地受黑苦,白白地流汗!是戴着绿帽子当冤大头!如此这般苦思两天,背着顺风耳等人独自愤然回家。

回家路上,憨哥劝告自己强压心火,再不能靠拳脚说话。上次拧断刘香胳膊,不但没有显示狠人气魄,反倒损伤了狠人名声,让拉鼻态也敢说他的邪话。如果进门就拳打脚踢,势必引惹庄舍邻里猜测原因。三猜两猜免不了让顺风耳知道。顺风耳什么人物!必定与翟达贵说过的话联系起来。只有尕庄的刘香有碾伯娘娘,也只有刘香长着会说话的毛墩墩大眼睛。这不是撅起尻子叫人看吗!无论如何不能鲁莽,得忍气吞声从长计议。

憨哥心里的曲曲道道,刘香哪能得知!可怜刘香被子捂头哭了半夜,早上起来,巧儿、香娃惊诧不已:"阿妈你怎么啦?眼睛肿得烂桃一般。"疑惑的目光对住父亲。

憨哥慌忙躲开,将捏在手指的一只肥虱放在窗台,大拇指甲压下去,啪!指甲被虱血染红。呸!朝指甲吐口唾沫,蹭在毡上。

吃完早饭,刘香把香娃叫到炕边,"你大大从煤窑回来,是挣够了买木料的钱。见你整日只图玩耍,没把倒胡基土拉来,害气了。从今日起,别再乱跑,去南台多挖崖土,借牲口驮运回来,开春天热把胡基倒够。"

"知道了。"香娃与巧儿对望。母亲为了替他辩解,与父亲争吵哭肿了眼睛。

黑着脸色的憨哥对转身要走的香娃下达死令:"从今往后不许你唱'少年'!再听你唱'少年',把你的嘴撕烂。"

香娃愣怔,"为什么?"

"不为什么,只为叫你学好。'少年'是野娃们唱的。唱'少年'的全是贼打鬼!"扫一眼刘香,"我要托人给你说媳妇。再唱'少年',谁家的姑娘给你?!"

野娃!贼打鬼!刘香猛地听见这两句不想听见的话,心里一揪。怪不得男人这次回来怪怪的,八成又听了什么闲话。可给儿子说媳妇毕竟是好事,便随着男人的口气,"听见了吧?你大大为你早点说下媳妇,你个家知事点。"

5

日子在香娃的劳作中一天天滑走。腊月、正月、二月二龙抬头,堆积庄廓墙下的土堆高及半墙,占据西墙外有限空地,香娃还不住手,很有点给父亲示威的意思。憨哥只得低头,"够了够了!缓几天,准备种地。"

眨眼二月底。窝了一冬的村民往地里驮运粪土,撒粪,平地,准备播种。香娃感念长腿三番五次借毛驴供他运土,主动给长腿家拉运粪肥,被长腿媳妇留下吃饭。饭后出来,天已黑透。经过下院庄廓,听见院内咚咚咚敲鼓,间杂着当啷啷铃声。站下听了一阵,鼓声铃声息止,突显一串古怪的嘟嘟囔囔。纳闷着回家询问母亲,得知下院新嫂病已危重。说是被花鬼纠缠,请来法师设坛驱鬼。

香娃心酸。上回见下院新嫂,除了奇瘦,好像没什么要紧。难道依旧不思饮食,耗尽了身上活力?但愿请来的法师法力宏大,驱走纠缠下院新嫂的花魔鬼怪,还她健康。如果法师法力有限,或者本不是外道,请法师驱鬼岂不耽误病情？如果……香娃不敢深想。下院新嫂自小给他的疼爱已深深渗入他的血脉,他不能没有下院新嫂。

翌日,香娃进入下院,一来看看疼爱他的朵秦氏,兑现许诺；二来给她公婆丈夫提出建议,请法师驱鬼靠不住,得请先生号脉吃药调治。进上房说明来意,征得长辈同意,香娃走进西房。进房就怔住了,下院新嫂居然坐在炕前机凳上,照镜子梳头呢。难道真是外道,被高明的法师驱走了鬼怪魔障？

听见动静的朵秦氏发现来者竟是香娃,受惊似怔一下,笑了,"我猜谋你会来看我,果然来了。"手拄炕沿要站起来。香娃慌忙扶她站稳身子,感觉她的胳膊只剩骨架,没一点皮肉。可她脸上却是一种奇特的神色,使得由于精瘦而特别突出的眼睛闪出揪人心魄的神采。

"今日我觉得身上有了点气力,下炕把头发梳一下。"指着炕沿上揉成一团的头发,"头发脱落这么多,稀得不成样子了吧？"

"没稀没稀！你的头发还像从前,又黑又厚。"香娃言不由衷地宽慰道,"你觉得身上有了气力,说明请来的法师是好法师,把害你的妖魔鬼怪赶走了。你会一天比一天好。"

朵秦氏苦笑笑,"妖魔鬼怪在我心里,谁也赶不走。"示意香娃扶她上炕,"我个家知道得的啥病。身上哪儿都不疼,就是没心肠吃饭。"

挪到炕脚,让香娃拉被子盖住双腿,"今早我想喝熟面糊糊,等他们把熟面拿过来,再把开水端过来,我又不想喝了。见你来了,我一高兴,又想喝了,麻烦你……"

香娃慌忙去上房。都出去做活,只剩她婆婆。香娃把火盆上炖着的砂罐提到西房,给她撒熟面糊糊。撒好端上炕,"新嫂,我喂你吧？"

朵秦氏笑了,是灿烂的笑,"还是香娃懂我的心,我没白疼你。"孩童般张嘴,等待香娃用勺儿舀起面糊,吹几口,送她嘴里。她夸张地吞下去,咂着舌头,舔几下嘴唇,"好久好久没喝这么香的熟面糊糊。"示意香娃继续喂她,直到喂完半碗,才说:"好了,再不想喝了,多谢我的香娃。"

香娃放好碗勺。朵秦氏用骨节嶙峋的双手抓握香娃右手,举到嘴前,"我用你的手揩一下嘴,你不多心吧?"

"不多心不多心。"香娃配合着用手掌揩去她嘴唇嘴角上的面糊,感觉从她鼻孔呼出的气息十分微弱,如同游走的一丝凉气。意识到朵秦氏今天的举动隐含着什么,或者预示着什么,心中顿时涨满了恐惧和悲哀。

"我等不到端午节了,你今日能来看我,我死也没什么念想了。"

这话让香娃害怕。"新嫂你已经好转,别说这种叫我害怕的话。"

"我能好不能好个家知道。香娃,你新嫂日子不多了。原想能等到端阳,等不到了。我……你给我唱个'少年'吧,我知道你爱唱'少年'。"

香娃为难。在人家家里唱"少年",要遭唾骂的。可要求他的是个病人,危在旦夕的病人,怎能违拗她也许是最后的要求。

朵秦氏看透香娃的为难,"你悄悄地唱,只唱两句。"

"唱哪两句?"

"唱:'相思病得在心肺上,血痂儿结在了嘴上。'"

香娃顿然明白,下院新嫂得的是相思病。心疼一下。这一疼变作冲动也变作勇气,把嘴贴近朵秦氏耳根,舒展气息,用拔草令轻声唱出来:

  相思病得在心肺上,血痂儿结在(个)嘴上。

朵秦氏眼里盈集颤抖的泪水,集成晶莹珍珠滚过脸颊,打湿前襟。"多谢香娃。念你这样对待我,我把一切告诉你。你听了只许放在心里,不许给别人说。"

"我不说,只把它放在心里,一辈子记着。"

原来,朵秦氏小时候,跟同庄一个叫树娃的男孩经常一起玩耍。稍大一点一起拾粪,拔猪草,抬水,放羊;再大一点一起下地做活。树娃与她同岁。由于家境贫寒,每年四月去石山崖壁采摘香草,临近端午节上街卖香草补贴家用。每次采摘来香草,分一点送给朵秦氏。朵秦氏利用这点香草缝制香包。缝一对儿,一个自己戴,一个送给树娃,年年如此。长大成人,她父母嫌树娃家境贫寒,把她许给尕庄朵家做媳妇。树娃照旧一年一度去深山崖壁采摘香草,四月底托人把香草送给她。她也照旧缝制一对儿香包,把其中一只托人带给树娃,或者端午节回娘家伺机送给树娃。去年四月末,她没收到香草。过端午节回娘家,才知道树娃独自去石山采摘香草,失足从山崖滚落山涧亡故。她一惊一悲一疼,把病种在心里。

"树娃到阴曹地府一定孤单,我得给他做伴去。"

做梦似的香娃猛地灵醒,"新嫂你千万别这样。看你今日气色,法师的法术见功了,你会一天比一天好起来。"

朵秦氏灿烂地笑了,"病在我心里,谁也治不了。话说到这里,我给你托嘱一件事。他们知道我不好,把我的老衣、棺材都做下了。我把我的要求说给他们,叫他们给我穿老衣,把我的香包全连在我身上。我死后,麻烦你过来看看,他们听没听我的话。要没听,你给我男人和儿女提醒一下,叫他们入殓前一定一定把香包给我连上。要不,我死了闭不上眼睛。"

香娃感觉汗毛和头发森森作响。不应承会叫下院新嫂难受加难受,紧忙应承下来。汪着眼泪给下院新嫂说下一堆宽慰话。离开时,感觉胸腔内心肺已经碎裂。

只隔一天,朵秦氏过世。作为邻居,香娃被邀担任执客,有机会接近停放灵堂的亡人,却没理由揭起亡人身上盖被察看。等到娘家人望骨,香娃趁机挤到灵床边,看见那些花花绿绿的香包尽数连在朵秦氏身上。朵秦氏睡熟一般,这才舒出一口长气。

入殓,听朵秦氏男人给亲友们说,朵秦氏咽气前自己穿好老衣,连上全数的香包。摘下这些香包,恐怕给家人造成祸害,只得由她连着。可见法师说得对,她真被花鬼索去性命。

第三十二章

1

这天,刘香同巧儿去一斗半拔草。憨哥扛着泡好的杨树栽子去南台栽植。香娃计划用一天工夫,挖一个存水大坑,再把绕村而过的溪水担来注入大坑,改日便能和泥倒坯。正在挖坑,看见一人骑枣骝马来到门前,下马朝大门内张望。

香娃扔下铁锨上前问道:"你寻谁?"

穿灰色卡其布制服,留着分头的来人牵着马缰绳扭头回答:"甘家英的家在这院里吧?"

游先生!惊喜的香娃几乎是蹦跳到游歌身边,惊得枣骝马昂头挪蹄。游歌慌忙抓紧缰绳,哦哦哦地让马安静下来,才回头打量立在身边的小伙,"你是……"

"我是香娃!游先生不认得我了?"

游歌从头到脚打量香娃,"我送你去贵德那年你十三岁,如今二十了吧?长成小伙子,都不敢认了。"

"十九,再过半年就二十了。"接过马缰绳,"游先生从西宁过来的?"

"我去大庄拜会高先生回西宁,顺路看看你母亲。你母亲在家吗?"

"阿妈拔草去了。"要拴马让游先生进院,游歌说:"你们都忙着,不要为我费事。带我去地头见见你母亲,我就得回西宁去。"

香娃穿上挂在树杈的外衣,把铁锨放回家里,让游歌上马,他牵缰绳。

"我骑马让你牵缰绳,像什么话!"游歌把缰绳交给香娃,"你牵着,我俩走着说话。"

路上,游歌简略说出这些年的经历。那年从西宁返回西安,去延安上抗日军政大学。毕业在部队从事文化宣传工作。被搞电影的朋友再三再四叫到西安从事电影配音。去年,青海省政府的朋友万宜权给他致函,恳请他来西宁应聘国立湟川中学音乐教师。好不容易抽出空闲去大庄拜会高先生,顺路来到尕庄。

"这么说,你如今是城里学堂老师,再不走了?"

"不走了。我要在西宁安家定居。"

香娃老远看见母亲、姐姐的身影,高声喊叫起来:"阿……妈!阿……妈!"

埋头拔草的刘香抬头张望,呼喊的香娃与她足足隔着三块麦地,身边走着一个生人和一匹大马。刘香心头一动,游先生?!听到儿子的第二声呼喊,"阿妈,你看谁来了!"

刘香被天光耀得看不真切。但儿子喜冲冲的声音,足以叫她肯定来者必是游歌。撂下手铲飞速跑出麦地,慌乱惊喜让她踩倒一溜麦苗。跑过两块麦地,迎面走来的果真是游歌。刘香意识到这么兴奋有点唐突,猛地刹住脚步,望着踏踏而来的游歌,把突起的兴奋压抑下去。相隔一丈的时候,听到游歌的声音:"大嫂你好!没想到我会来吧?"

"就是就是。你是大地方贵人,咋会轻易来我们这种小地方。"心里接着说,可我知道你迟早会来的。同时后悔没把喜鹊弹梅的枕头绣出来。要不,这次就能送给游先生。

面对面站住,相互打量对方。游歌眼里,刘香与多年前几乎没什么变化。虽然劳苦和贫寒给她明显增加了岁月的痕迹,可独具的生命活力依旧从她那双明亮澄澈的美目中熠熠地闪烁着,依然如初秋深邃的天穹,高阔、深远、透彻。

刘香眼里,游歌胖了一点也白了一点,突出的是有了成熟男人的沉稳洗练。多年前的游歌是一棵青杨树,峻拔、秀逸、苗壮,迎风的树叶抖出响亮的声音。如今的游歌成了一棵松树,挺拔、伟严、端庄,透出风雨冰霜中历练成的骨骼坚硬和气韵凝重。

"阿妈,游先生要在城里学堂当老师,不走了。"香娃的喜悦随着语气高扬给母亲。

"太好了!"刘香情不自禁吐出心中自然而然冒出的话。虽然明白游歌不走与自己的生活其实没什么关联,却依然感到兴奋和踏实,"快,我们回家,回家我给你烧茶做饭。"扭头朝女儿喊道:"巧儿,你一个人拔着,我把游先生让到家里去。"

"大嫂,不打扰你了。我去大庄拜会高先生,回西宁顺路看看你们。见你们都好,就放心了。就在这说说话吧。"

"不成不成!"刘香用坚决的语气,并佯装不高兴脸色,"你从那么远的地方来看望我们,你就是再忙,也得去家里坐坐,喝口茶,吃顿饭才能走。"

游歌望着刘香眼睛,决定顺从她的安排。那年在河湟谷地搜集民间歌谣,每到一地,每进一家,所有的主妇都用这样的语气,这样的真诚,这样的热望挽留他,甚至恳求他进她们的家门,坐坐她们的土炕,喝一碗她们烧的热茶,吃一口她做的家常饭菜。这种发自内心没有任何功利目的的质朴愿望,是不能轻视也不该轻视。"大嫂,我听你的,可你们正忙着,让你放下地里活儿回家给我烧茶做饭,我于心不安。我在高先生家吃了早饭,骑马走了一会会路,还饱饱的。你先同姑娘拔草,我同香娃在附近转转,等到吃中午饭时候,我们一起回去好吧?"心里做好准备,如果刘香坚持要带他回家,他就客随主便。脚踩大地,就得听从大地的心声。

"也好也好。"刘香笑得目光灿烂,"还是你们识字人知道体谅别人。"给香娃叮咛:"你领游先生去河滩,把马拴在林子里,你俩安心暄一阵。"目送香娃同游先生牵马穿过小树林，转身匆匆回家。既然留不住游先生，就得做一顿可口午饭，让游先生吃饱肚子，才放他上路回西宁。

刘香回家洗净草汁染绿的手指，取出门箱里的包袱，打开，将夹放在衣物中间的羊肚手巾包取在浮头，展开羊肚手巾，绣了一半的枕头显在眼前。小心分开合在一起的枕头片，她的眸子便被耀映得开了梅花般红艳。她后悔估计错误。原以为游歌是外路贵人，回外地老家再没可能来尕庄这个小地方看她这样一个庄稼女人。她表面上给游歌绣一副枕头，也巴望他能再来。实际上她知道没有这种可能。这副精心绣制的枕头，只是她的一个希望和寄托。每每拿在手里绣制，游歌就显在眼前，对着她说话、微笑、唱歌。格外突出又反复出现的，是游歌把马镫套她脚上而后扶助她上马鞍的那个动作。为了不断地重温这些暖她心肺的往事，她不想一口气绣完这副枕头。绣得时间越长，这些暖心的往事在她心目中就留驻得越长。她要用这种漫长，把这段暖心往事深深地铭刻在心房。即便将后不再绣制枕头，这段暖心往事还会在心目中重复再现。以她平素的针线功夫，一副枕头十天半月就能绣完。可这副枕头她断断续续绣了七年。而且只绣出一片。剩下的一片，她计划花费更长的时间。这是她的秘密，也是她的一份持续的快乐。除非心情十分郁闷或者特别愉悦，家里十分地宁静，她是不会拿出来给自己展示的。每展示一次，心灵就得到一次抚慰和振奋。为了长时间保持枕头白绫的素净和红梅的鲜艳，她用干净羊肚手巾包裹。每次取出来展示，要再三再四洗手，直到指甲缝不留一丝一毫尘垢。七年的漫长时光，她没给这副未完成的枕头染上哪怕针眼大的一个污点。托底的白绫依然白净如雪，枝上红梅依然红艳如初。可她估计错了。游歌，这个远在天边高在云端的贵人，竟然回来了！来尕庄这个小地方看她来了。这是多么深远的情义啊！早知道他还会来，她该把这副枕头绣出来，趁他来的时候送给他。不过不要紧,香娃说游先生在西宁学堂做老师,安家不走了。即便日后不来尕庄,她绣好枕头总会找到送给他的机会。这些想法让刘香心里热乎乎的,脸上热乎乎的。小心着将枕头片合起来,用羊肚手巾包裹严实,夹放在衣物中间,裹缠好包袱放入门箱。

2

香娃陪游歌来到绵柳湾,缰绳搭在马鞍,任枣骝马在河边湿润草滩自由散步吃草。两人坐在河岸。河对岸绿绿的林带,林带后起起伏伏的褐红色山峦,山峦上端蓝得耀眼的天空,天空上或厚或薄的流云,吸住两人心思,忘了自己在天地中,还是天地在自己心目中。是河水轻吟浅唱的倾诉,让两个人听到了天地的声音也听到了心灵的声音。

"游先生,我想唱'少年'。"

"好啊!面对如此秀美山川,只有放声歌唱才能倾诉自己的感想。"

"我唱得不好你不笑话吧?"

"我有什么理由笑话歌唱的人?你笑话过山上不长草,笑话过树叶要黄要落,笑话过夏天清澄的河水到冬天结成冰块吗?"

香娃惊住了。游歌说得比唱得还好听。给这样的人唱"少年","少年"就会像眼前的山,头顶的天,脚前的流水,不但令他倾目而且会让他倾心。于是抬手捂托耳腮放声唱出一首直令:

> 铁匠打下的铁抹子,
> 木匠做下的椅子;
> 千里的湟水有底子,
> 人心里有没有底子?

颤抖着远飘的尾音未被河水汲尽,游歌使劲拍起双手,呱呱的掌声惊动河水压低了喧哗。"香娃唱得太好了!"游歌惊诧地打量香娃,仿佛香娃整个变成了声音,"没料到你有这么好的歌唱天赋,这么好的嗓音条件,再唱一段。"

被赞美被鼓励的香娃神采飞扬,"这次我唱白牡丹令。"放眼长天高歌:

> 三扇托笼蒸馒头,
> 油包子搭在个后头;
> 活人了活在人前头,
> 别落在别人的后头。

"好好好!太好了!"游歌拍着香娃双肩,"你的'花儿'唱得好,真真的好!这样唱下去,一定会成为最好的'花儿'歌手。"

香娃盯视游歌双眼,心里暗暗得意。得意中突然清醒,"可我唱得不如保安香娃,保安香娃唱得比我好。"

"保安香娃?谁是保安香娃?"

香娃简要说明见识保安香娃的经过和对保安香娃的印象。

"上次我搜集民歌去过河州,没听说那边还有一个香娃。不过河州的'花儿'听了不少。河州人用河州口音唱'花儿',韵味确实不一样。不过唱'花儿'也得因人而异。得依据人的先天秉赋和嗓音条件,不能追求一律。就如河岸上的树,杨树是杨树,柳树是柳树。虽然同是树木,因品种不同才有了不同的木质和形态。你说,世上只有一种树好,还是有各种各样的树好?"

"有各种各样的树好。"

"为什么?"

"树各种各样,树林才好看。到秋天有的树叶黄得早,有的树叶黄得晚,树叶颜色分出七八种黄,层层叠叠才会好看。"

"对了,花儿也一样。都开得一模一样一个颜色,花园就显得单调。'花儿'都唱得一模一样,一个调令一个声腔,'花儿'还有什么生命力?还有什么色彩?只有不同的人唱出不同的'花儿',用不同口语唱出不同的调令,'花儿'才会显得丰富多彩。"

"这么说,我这样唱是对的?"

"我不能说完全是对的,但能说大致上是对的。你必须随你的嗓音,你已经形成的发音习惯,你对唱词的理解和感悟,甚至你对生活生命的理解和感悟,去唱你想唱的'花儿'。千万不能以为别人唱得比你好就去模仿。一模仿,你就丢失了自己,丢失了个性。'花儿'是民间自发形成的文化形态,必须遵循它自发的这个前提。就如地里长出的一株树苗,它的生长,要随从土质、气候条件、环境条件而自由地生长,才会长得茁壮。要是违背它生长的客观条件,人为改变它的生长规律和生长条件,就是拔苗助长,会适得其反。"

聚精会神倾听的香娃心潮澎湃。原以为唱"少年"就是唱"少年",别人咋唱他也跟着咋唱,没想到其中竟有这么多的说道。对游歌有了更深的敬佩折服。"游先生,话说到这里,我问问你,你在城里学堂教书,还去不去乡下搜集'少年'?"

游歌亲切地注视香娃,"我应聘来西宁做音乐教师,很大程度上为了给自己创造便利条件,更好地从事民间群众艺术的搜集研究。我经过前一次河湟地区的采风,明确了一个事实,河湟谷地的文化艺术种子,全都埋藏在民间,取之不尽用之不完,是一座独特的文化宝库。比如你们的'花儿',五花八门异彩纷呈,我穷其一生精力,也未必能挖掘它的百分之一二……"

"游先生,多谢你给我讲了这么多道理,叫我知道唱'少年'不单单只为唱'少年'。今后我一定一定好好学,好好唱,争取有朝一日叫你把我唱的'少年'记在你的本本里。"

"那自然那自然。"游歌再次拍抚香娃双肩,"但你不要把这事当作负担。还像现在一样,想唱就唱,想怎么唱就怎么唱,保持眼下这种自然状态,千万不要为唱'少年'而唱'少年',更不能为了出风头唱'少年'。刻意的追求,会让你失去自然本色。"

3

刘香回好长面,准备了做臊子的材料,锅里温了水,等香娃邀游先生回家,左等右等不见人来。站大门外张望,又走到巷口,村外小道没有人影。仄身回家,憨哥站在门外打量挖了一半的土坑。见刘香扎着围裙,没好气地问:"你没去拔草?"

刘香反问:"你的栽子栽完了?"

憨哥答非所问,"挖坑的人呢?才挖了一半,又去哪了?"

"家里来客人了。"刘香尽量不让内心的喜悦从口气中露出来。以憨哥最近的脾气,对游歌这样的来客不可能持欢迎态度,又不能让人家觉察到男主人的冷淡。温和了语气,"你猜,是哪来的客人?"

"管他是哪来的客人!又不是年头节下,闲柱柱地有啥转头?"六亲不认的架势。

刘香忍着不满,"是城里来的贵人。"把"贵人"二字说得很重,意在提醒憨哥留意自己的言行,"是上次来过的游先生。去大庄看望高先生顺路来看香娃。"她不能说是来看她的。

"怪不得呢。看你高兴样儿,倒像是来看你的。"

"游先生如今是城里学堂老师。当老师的这么远来看一个乡里娃,我们不给人家吃顿好饭,说不过去。你要觉得给客人吃长面不体面,就把那只不下蛋的母鸡宰下。来尕庄狠人家的客人,别人都绷着眼睛看着,看狠人如何待应。"

这句话厉害!说得憨哥没了词儿。正巧香娃同游歌回来了。香娃给游先生介绍:"这就是我阿大。"

蹲在炕沿前抽烟的憨哥不自觉地站直身子,心里说:"看面相不像个坏人。"

"大哥,我给你们添麻烦来了。"摆手让憨哥坐下。

憨哥无话好说,把烟瓶递给游歌,"吃烟!"

"大哥,我不会吃烟。"推开烟瓶,"上次来你们家,香娃母亲请来几位乡亲陪我聊天喝酒。我本不会喝酒,一高兴喝醉了,闹得大嫂深更半夜操心我去院外呕吐,现在想起来还觉得难为情。"

不提上次尚可,提起上次,憨哥满心酸涩。虽然眼睛望着烟锅,眼角余光却在侦察游歌的一举一动,是否与刘香眉来眼去。嘴上阴阳难辨地说:"我以为城里人喝酒喝不醉,原来照样儿醉,醉了照样儿吐。"

"大哥说话真有意思。"游歌听不出憨哥话里有话,"我平时很少喝酒,那天高兴喝得太多,睡下后胃里难受,吐掉才好受些。叫你们常喝酒的看,太不像样吧?"

"哪敢哪敢!谁敢说城里学堂的老师不像样子。"朝地下吐口唾沫。

香娃抹净炕桌,端来油醋、辣子、蒜泥、鸡蛋黄花木耳臊子,接着端上长面。吃饭中间,游歌问起朵秦氏,说她热情活泼风趣,给他留下深刻印像。听说朵秦氏已经去世,叹惜不已。香娃觉得可以向游先生求教,"游先生,你肚子里装着那么多学问,也能说睡梦?"

游歌对这个问题来了兴趣,"你的意思是我会不会解梦吧?"

"对对对,就是这个意思。我做个古怪的梦,不知道是好梦还是瞎梦。"

"什么梦?"

"下院新嫂去世后,我心想会梦见她。可一次也没梦见。倒把北房奶奶梦见了,你说怪不怪。"

不及游歌说话,一直埋头吃饭的憨哥气冲冲地插话:"一个男人家,盼着梦见殁掉的亡人,真是闲得没盼头了!"往炕桌使劲磕筷子,想把粘在筷头的一片葱叶磕掉。

此话惹恼香娃,"你知道什么!我盼着梦见下院新嫂是有原因的。"

憨哥、刘香、游歌都把疑惑的目光投给香娃,有原因?什么原因?

话赶话说到这个关节,为证实不是虚妄,香娃不得已把下院新嫂去世前与他的对话如此如此,这般这般全盘托出。

说者无意,听者有心。憨哥咂摸出别一番意思。朵秦氏从秦家嫁到朵家,全尕庄公认是个贤惠媳妇,品行规矩。不承想心里装着如此重的心思,临死还恋着情人。这种掩饰得十分隐秘,到死也没显露的私密,只能说明一个道理:即便是万人承认的贤惠女人,很有可能是伪装出来的。油然间,另一件事跳出记忆库。顺风耳儿子十岁那年,去秦靳氏家借东西,折损了秦靳氏痴心养护的大荔花,被责骂为"有人养没人教的坏种",打出家门。闹得顺风耳夫妇上门讲理,从此两家人彼此仇视,互不来往。闹得全庄人纳闷,秦靳氏并非小心小气之人,何至于为几枝折损的大荔花与庄舍翻脸?联想起秦靳氏从香娃身上闻出的大荔花香气,是否也说明,秦靳氏心里也有一桩与大荔花有牵连而不可告人的私密?这些念头让憨哥坚信,刘香会说话的眼睛是惹祸根苗。贼打鬼"隔山取火"是板上钉钉的事情。碍着眼前坐着客人,心火重新燃烧的憨哥不便发作,把气撒给香娃,"快把饭吃!一个男人家,婆娘般的哪有这么多的说头!快吃,吃完饭让游先生上路!"

憨哥的语气脸色显着极大不耐烦。游歌快速吃完饭,下炕穿鞋,"大嫂的长面真好吃。"

刘香不便再挽留,指使香娃,"快去,把游先生的马拉到大门上来。"

憨哥却说,"我去牵马,你们把想说的话说完。"意味深长地扫一眼刘香,出去了。

刘香真想把游先生留下来,与香娃好好地交流交流,却又不自觉地送出房门,送过院坪送出大门。香娃问道:"游先生,你啥时候再来尕庄?你日后出去搜集民歌,带上我吧?"

"这次回去,一时半会儿离不开学校。往后搜集民歌,主要靠各地举办的'花儿'会场。集中三两天时间,与各地的歌手们见面、交流。你要有兴趣,可以去会场,我们会遇面的。"

憨哥已把枣骝马拉在门口,"游先生的这匹枣骝凶得很,鞍鞯辔头也讲究。骑上这么一匹马,威风死哩。"把缰绳递给游歌。

"我一个中学教师,哪有这等好马。是我朋友万宜权的马,借我骑几天。"

"香娃,你把游先生送到大路上去。"刘香心里万般不舍,极想送送游先生。碍着憨哥只得止步,用她的会说话的眼睛望着游歌的背影拐出巷口,怅然回家。

香娃送到大路边,"游先生,我俩定好在六月民和七里寺会场见面,你一定一定去啊。"

"我一定去一定去。"游歌挽住缰绳,左手抓住扯手,抬左脚认镫,扳鞍上马。右脚刚离地面,马鞍从马背溜滑下来,把游歌摔个四脚朝天,马惊得倒踏四蹄喷出响鼻。游歌红着脸站起来,拍打身上灰土,笑着说:"只顾与你说话,忘了紧一紧马肚带。"把滑吊在马肚内侧的鞍子托上马背,整理垫缇后鞴,勒紧前后肚带,重新扳鞍上马,说声民和会场见,抖辔头奋蹄而去。

第三十三章

1

云雨出了透汗的憨哥说:"难为猪娃保借车拉你们浪会场。我知道猪娃保想的啥心。你去。有你看着,巧儿猪娃保就不敢胡来,我留下看家。"

刘香也就不坚持要男人同去。她去要与游歌遇面,送给游歌绣好的枕头,憨哥不去也好。抓捏憨哥已经疲软的东西,使它二度发作,再次云雨一番。身心得到满足的憨哥离开刘香身子就呼呼睡死。她却没有睡意。悄悄起身穿好衣裤,下炕点灯洗净双手,搬炕桌上炕,把油灯挪放炕桌,从门箱取出包袱打开,展开羊肚手巾,取出枕头仔细检看,挑一枚绣花针,穿上绮线,补绣有意剩下的最后一道工序:绣喜鹊眼睛。她留下没绣,是因为还没想好,如何才能把喜鹊眼睛绣成活物的眼睛,让人一看喜鹊是活的。游歌夸她的眼睛长得美,会说话。她要想方设法把喜鹊眼睛绣得像她的眼睛,会说话。让游先生从喜鹊眼里看到她的心里。

伴着闪跳的油灯火苗,直绣到鸡叫三遍,终于绣好两只喜鹊的眼睛。双手捧住枕头仔细端详,喜鹊黑亮的羽毛在灯光下忽近忽远地闪着变幻的光彩。眼睛也如会说话的嘴巴一样灵动着。成功了!极度的喜悦令她忘乎所以。几拳捶醒死睡的男人,"快看快看!这喜鹊的眼睛是不是会说话?!"

半醒半迷糊的憨哥眨巴着惺忪睡眼,"啥?哪儿有喜鹊?"

"这儿。"她把绣着一枝红梅,梅枝上蹲着一只喜鹊的枕头片对着憨哥,"这喜鹊的眼睛是不是活的?"

"你拿这么远,我看不清。"伸手要抓枕头,她迅疾缩手躲开他的脏手,"你的手不干不净。想看,起来穿上衣裳下炕洗净手再看。"意识到自己兴奋过度,干了一件蠢事。"我给你惹笑呢,你睡你的觉。"慌忙将两片枕头的绣面合好,小心包严实,塞进包袱放入门箱。

吹灯睡倒的刘香被一整夜的兴奋托举在飘飘忽忽的云端,眼皮干涩却毫无睡意。想着包袱里喜鹊弹梅的枕头,设想游歌接受她这份心意会是什么表情,雄鸡第三次高啼起来。

2

一行人赶到中川已近傍晚。在向阳山坡下选中地方,卸车安灶。观音保不愧是擅出门车户,野外食宿的用品尽数带在车上,还专门带来浪会场必用的下饭罗锅、烧茶火壶、扇火皮袋、挖灶小铲。男人们都有出门经验,趁三个女人东张西望的时候,三下五除二挖好灶炕,捡来烧柴,又从河滩抬来一块扁平光滑大石头,供女人们当案板使用。

过厌了家里千篇一律的日子,乍到野外,一切都显得新鲜。河中舀水,林里拾柴,石上和面,皮袋鼓风,烧开的茶比家里香,揪下的面片比家里好。说笑着吃完黑饭,已是繁星缀天。杠梢车带着挡风遮雨的棚布。三几下立起架杆,绷上棚布,成为三个女人歇息营帐。男人们和衣靠着车辁辘喧板。瞌睡来了席地而卧。

清晨,被百啭千鸣的鸟啼唤醒。向阳坡地,沿河两岸的平坦地块,已被各色各式的篷帐扎得满满当当。灰蓝色炊烟从篷帐间一缕一股升起来,绕着篷帐盘旋,缠住林梢缭绕,熏呛得野鸦在树棵间低低地旋飞,落在草坡,望着打扰它们的人众。

随着太阳升高,一拨一伙的游人携家带口,从林间小路口、山头豁牙中涌现出来,彩云般起起伏伏向会场汇集。土族阿姑礼帽上的插花,撒拉艳姑衣袍上的镶边,藏族姑娘腰间飘垂的绸带,汉族姑娘媳妇的红头绳、姜黄湖蓝葱绿青黛头帕……提着的白凉圈,戴着的黄草帽,打着的油布伞,把游人染成七彩漩涡,伴随着喊声吼声呼声应声喧喧哗哗地旋动、流淌、集散、交错,诱惹得太阳不甘落寂,拼命地布洒热情,会场上便有了炙烤人心的红火。

"香娃,唱!快唱!这时候不唱等待何时。"

长腿认为,会场上不动声色地酝酿着即将爆发的一种能量。趁这没人出头领唱的时刻,谁要是率先唱起来,意味着抢占整个会场的风头,点燃所有人心目中那个激情的火苗,引领整个会场沸腾。他要鼓动香娃,准确地说要鼓动平安尕庄的香娃抢占这个先机,为平安尕庄人争光争气。只要香娃领先张口,便会出现一鸟入林,百鸟息声的效果。

"唱!放开胆子唱!"刘香鼓励儿子。都说香娃"少年"唱得好,好得领了马主席的赏钱。可她从没亲耳听过。她要听听,儿子到底好到什么程度。"唱!来会场就是为了唱。"

香娃有些胆怯。再次望望母亲,母亲眼睛里闪烁着整个会场的色彩,仿佛汇集了会场上所有人的期待:唱吧唱吧唱吧!顿时有了信心,挺直腰背,右手捂托耳腮,用高扬的直令放出一腔豪情:

> 牛皮割成皮条了,
> 卧龙的毡,
> 我当成绣花的毯了;
> "花儿"的会场来惯了,
> 不来是,
> 龙离了长江的水了。

高亢、激越、嘹亮的歌声从香娃口腔振荡而出，以无形的穿透力向天空扩散，向大山扩散，向林莽和原野扩散，向人们的心灵扩散。如同一股劲风，从香娃站立的草坡一波一波涌向四周的山坡林地，淹没了混沌的嘈杂。一种透明的空静罩住整个会场，似乎所有人都在静等从云端，从山峦，从林莽返弹来的回音。只有呼吸声在舒缓地起伏。那是水在呼吸，草在呼吸，树叶在呼吸，大地在呼吸，所有的生灵在呼吸。这些只可意会不可感知的呼吸，在一刹那的空静中汇聚成一股气浪，一股声势，从四面八方自上而下，自远而近席卷而来："哦哦哦……"整个会场重新沸腾，所有人都朝香娃站立的地方挥舞双手，摇动手巾、头帕、衣带，"哦哦哦……"

香娃感觉自己随着悠扬的"少年"四散飘飞，又感觉被歌声穿透的山山水水花草树木，都随着他的气息在颤动、在舞蹈。在他感觉双脚离地身如羽毛般飘飞起来的时刻，母亲、姐姐从两边搂抱住他的肩头，用她们的胳膊和手掌，将亲人的赞许祝福柔软地压他肩上，用体温把她们的喜悦兴奋传达给他的血脉。他领会了母亲、姐姐的身体语言："你唱得好，太好了！可你得沉住气，不能得意，不能轻狂。人外有人天外有天。会场上人山人海，一定有很多很多唱家在悄悄地寻找对手，检验对手呢。你有胆量第一个唱，不能以为就是唱得第一。沉住气虚心听别人唱。你来会场，唱是次要的，学才是头等大事。"

仿佛在回应香娃的心声，周围的游人先后放声唱起来了，有男声也有女声，此起彼伏。有唱直令的，有唱水红花令的，有唱二牡丹令的，有唱尕马儿令的……有的令儿香娃头次听见。香娃对应着唱了几首，聚集他周围的听众越来越多，里三层外三层，把他和同来的七人包围起来。前边的席地坐了几圈，后面的挤挤匝匝站立圈外。上百双眼睛盯视香娃，一律是好奇中隐着敬佩，期待里不无挑剔的目光。

刘香有些担心。香娃唱得虽好，可面对这么多期待的听众，肚子里究竟有多少货实能让他从头唱到尾？打量香娃,表面上没一点怯场样子,但眼神已经流露出紧张和慌乱。猪娃保看穿刘香心事,走到她身边低声说:"婶婶,你把心放在大校场里。凭我这些年记下的'少年',别说十个八个,就是来一百个唱把式,我也有应对的词儿。"

"快唱！我们是听'少年'的,不是看你们摆扎的。"人群里有人嚷叫。

"香娃,唱!"长腿高声高调地说,既对香娃也对叫嚷的人,"你是唱'少年'唱大的,不是人们吓大的,唱!"

胆怯的香娃有了豁出去的激奋,清清嗓子,唱起二牡丹令:

> 湿柴和干柴一笼火,
> 火没有干柴时不着;
> "少年"是肝花心是我,
> 心离了肝花时不活。

悠长又颤抖的尾音还在持续,人群暴起掌声喝彩:"好!"夹杂着吼叫呐喊:"嗷——嗷——嗷——"

听众的激奋无异于火上浇油,香娃放声唱出白牡丹令:

> 大石头磨下的大砚台,
> 松毫(两)画了个雀儿;
> 不为"少年"我不来,
> 八抬轿抬不到这儿。

听众激奋的喝彩、吼叫引来更多围听者挤在圈外,踮脚伸颈往场内探望。那些礼帽上插花,脖颈上挂珠,手腕上套镯的大姑娘小媳妇,手背捂着鼻嘴,用火辣辣的目光从头到脚,再从脚到头地抚摸着香娃。香娃又如烈火迸出火星,扬声高歌尕马儿令:

> 白崖头上的雁儿窝,

白鹁鸽又抱了蛋了；

今儿唱下的"少年"多，

到明早再听不上了。

　　接连十几首，香娃有点气力不支，嗓子干涩，扬出的声音不再油一样润滑。用目光向长腿求援。长腿站起来对围观听众说："獭肚蛙跳三下还得缓一下，我们的唱家已经唱了大半天，得缓一阵，喝几口茶，麻烦这边的人。"指一下杠梢车辕条前挤坐的人们，"让一下，叫唱家的阿妈出去烧一壶茶，唱家喝足了再给你们唱。"

　　听众骚动起来。伴着哄闹声和古怪的吼叫，以示他们的不满和失望。"这算什么唱家！才唱几声就不成了，这还是唱家？"

　　一个黑脸膛的中年汉子讥嘲道："我从十二岁浪会场，唱'少年'的见过成千上万，没见过这么不经唱的唱家！"扭转头颇煽动左右，"你们说对不对？"

　　"对！对！对！"一连声的附和。

　　窘迫的香娃满脸通红，抖擞精神打算续唱，长腿却说："你缓你的，别管他们。"笑着朝人群拱手，"乡亲们，姑舅爸姑舅哥姑舅姐们，你们想听我们唱家的'少年'，就安静坐一阵，叫我们的唱家缓一阵，喝几口茶。我们的唱家可不是你们见过的唱家。"盯视发难的黑脸膛中年人，"你见过成千上万的唱家，可你见过马主席给过赏钱的唱家吗？我们的唱家给马主席唱过'少年'，领过马主席的赏钱。这么贵重的唱家，不是你见过的满山满洼胡喊几声的那种唱家。想听，就安静坐着等一阵；不听，把地方腾下。"

　　这席话管用。听众的高声嚷叫变成交头接耳的窃窃私语。窃语间把复杂的目光投向香娃。一个戴白顶帽的回族青年字斟句酌地对长腿说："我们没见过却听说过。得过马主席赏钱的唱把式是河州的香娃。河州香娃用河州话唱'少年'，"目光投在香娃身上打量，"看年岁邦七邦八，可你们不是河州的。"

　　人群暴起哄笑和嘈闹。

长腿毕竟是长腿,"这位姑舅哥,你说得没错。老爷山朝山会马主席赏了的不只一个唱家。你知不知道河沿上的翟达贵？知不知道平安尕庄的香娃？全不知道吧？今儿我叫你开开眼界。"将香娃往前拉一拉,"你眼前站的这个唱家,就是我们平安尕庄的香娃！"

一个席地坐在中间的中年汉子向前后左右扬扬手臂,"既然是得过马主席赏钱的唱家,就让人家缓一阵,喝几口茶。"把挎在身上的军用水壶取下递给长腿,"壶里是凉茶,叫你们的把式喝。"扭头对众人,"趁这空眼,我给大家唱几段。"左胳膊肘支在盘坐的腿上,手托耳腮眼看地面唱起东峡令：

一对儿骡子去陕西,
回脚时驮了个枣儿；
这一个阿哥好声气,
赛过了百灵的雀儿。

老成中年汉子的声音低缓苍劲,从容不迫。虽然坐着唱,眼瞅地皮,好像没有勇气也没有能力张扬,不过是自娱自乐随口唱几声而已。可人们从他的唱词听出来,是个有道行的真把式,不动声色地向得过马主席赏钱的唱家提出挑战。

口干舌燥的香娃手捧水壶,拧开盖子喝凉茶,并没在意中年汉子唱了什么。猪娃保对他低声说："听到了吧,人家要与你对唱。"

香娃一激灵,收拢散逸的心思,只听清对方最后两句。一刹那的慌张后,香娃激情高涨。老成中年汉子貌似无意向他吹来的这股劲风,正好可以抖动他这棵树上疲沓的树叶。这个从心灵突发的意念助长了他的信心,在对方尾音刚刚落下的那一刻和上东峡令：

三星跟上七星转,
亮明星上来了左转；

你是弓来我是箭,

搭上了射下个牡丹。

香娃引吭高歌的时候,老成中年汉子抬头望着香娃,似乎对香娃歌唱时的表情神态十分着迷。香娃用长长的拖音结束对他的应答,并把自得中不无求教的目光投向老成中年汉子时,老成中年汉子又低头望着地面,胳膊肘支在腿上,手捂耳腮唱起来,依旧是我行我素,只为个家高兴而随意唱几声的样子。

大红的桌子三条腿,

桌子是谁油下的?

你知道"少年"的亘古脉,

"少年"是谁留下的?

猪娃保及时贴近香娃,对他耳朵说:"别怕,这种词儿我心里多得没数儿。他唱到哪儿,我们就能跟到哪儿。我说你唱,不信唱不过他。"

香娃浮悬的心顿时落回心窝。猪娃保的记性加上他的声嗓,至少能与这个老成的唱家比个平手。对方唱到第四句,猪娃保在香娃耳边口授四句。

香娃照猫画虎,用清亮的声嗓把这四句扬出口腔:

西天取经的是唐僧,

白龙马跑天下哩;

留下"少年"的孙悟空,

你问它想做啥哩?

这种貌似礼尚往来,实则暗暗角力的对唱,在围观听众一阵高似一阵的喝彩声中继续着。中年汉子唱道:

冰冻三尺是咋来的?

河里的麻浮是咋的?

>尕脸脑害下是为咋的？
>嘴皮上血痂是咋的？

香娃应对：

>冰冻三尺是冻下的，
>河里的麻浮是冷的；
>尕脸脑害下是想下的，
>嘴皮上血痂是急下的。

中年汉子突然改换令儿：

>一颜一色的什么牛？
>五颜六色的什么牛？
>挨打受骂的什么牛？
>上墙爬壁的什么牛？

香娃以同令接上：

>一颜一色的是黄牛，
>五颜六色的是犏牛；
>挨打受骂的是犍牛，
>上墙爬壁的是屎巴牛。

……

对唱持续两个时辰。站在头顶的太阳听得兴奋，给使劲喝彩鼓掌的听众频频加温，使得他们热汗淋漓，不得已脱离拥挤人群去寻找阴凉。老成的中年汉子站起身，给香娃、猪娃保拱手："不愧是领过马主席赏钱的唱家，我们后会有期。"转身拔步而去。香娃慌忙撵上几步，"姑舅爸，你的水壶。"双手递上有背带的灰绿色军用水壶，"多谢你的凉茶。"

老成中年汉子单手推回水壶，"水壶送给你做个留念，算我认了个朋友。"转身迈步，又被香娃扯住后襟，"多谢你把这么好的水壶送给我。可我不知道姑舅爸姓啥名啥,哪里的人。"

"我是山底下的人。姓艾,名叫艾长。"挣脱香娃不舍的拉扯扬长而去,瞬时被熙攘游人淹没。

3

顺风耳接住巧儿递上的茶碗,"吃了晌午我留下看车,你们分头浪会场去。民和会场的上刀山最有看头,别错过。"给香娃叮咛,"后晌别唱,把嗓子缓好。今日人们把话传出去,明日会有不服气的唱家寻你对唱。浪着缓半天,攒够气力明日再唱。"

"我听你的话,包家达达。"香娃谦恭地应诺。

说是分头行动,猪娃保却要同刘香母女一起。以猪娃保的话说:"会场上难免遇上不三不四的人,我要保护你娘儿俩。"话对着刘香说,眼睛只瞅着巧儿。大家只好依他。分手前,刘香悄悄问香娃:"你不是说游先生要来会场吗?怎么还不见他的影子?"

"游先生说来就一定会来。你们浪的时候留意着,说不定在哪儿碰上他。"

香娃兴奋不已。一上午的比唱,他的名声传开了。在会场把他当作唱把式称赞的人们,散场后把他的名声传带到更远更多更广的地方。香娃这个名字,会被更多爱唱"少年",爱听"少年"的好家、把式们记在心里。这样的前景实在让他振奋。于是,起先怕被人们认出而低头缩颈行走的香娃,被这空前的振奋搞得挺胸昂首,故意咳三喀四地踩着重重的脚步。

香娃的用意很快被人们领会。一群围圈对唱的男女,发现旁边走过的就是前晌唱红会场的香娃,呼啦一下把他围住,"香娃,再给我们唱几段。"一律是殷切期求的眼神。

香娃真想唱。这么多人用这么热切的眼光望着他,是对他多大的敬仰多大的鼓动！不唱对不住人家。可耳边响起顺风耳的叮咛。明天要与找上来的把式比唱，给这些无名小卒白费精神是划不来的。于是说："我唱了一上午，唱乏了，再没心唱了。想听，明早去上河沿听。"拨开眼前的人走开了。后边跟上不满的声音："没听说唱把式唱乏的。保安的香娃唱三天三夜都不会乏。你算什么唱家？还香娃呢，真是辱没了香娃这个名字。"

香娃后心挨了一拳。站下来要理论几句，送水壶的中年汉子出现在心里，忍着走开了。

4

刘香、巧儿、猪娃保、观音保来到上刀山场地。这里远离树林，又在河滩边上，围观群众前拥后挤，在太阳的强照下骚动不安，释放着比阳光还要强烈的热能。远在十几步就能感觉到波及面庞的热浪。站在水泄不通的人圈外面，只能望见刀山顶端，听到一阵一阵皮鼓铜铃的骤响。刘香用手遮阳站立片时，感觉前面蠕动着一堵火墙，站立左右的巧儿、猪娃保是两根火炭，实在不能坚持下去，"你们想看就挤进去，我得找块阴凉地方。"给巧儿留下一个眼语，离开这个不见刀山只感到火海的地方，她这是一举两得。自己可以随意，也让巧儿、猪娃保得些自由。

西边两箭远有片树林，由于地势低洼，见到的只是一片树冠树梢。刘香设想那儿应该有一条潺潺流响的小溪。走到近处，树身全部显出来，原来是一块洼地，稀疏的杨柳树间丛生着沙柳、黑刺。

刘香疑心茂密的灌木丛中会有幽会偷情的男女而不敢靠近，可伏在沙地的树影诱惑着她。观察片刻，灌木丛中没什么动静。走过去，站在一棵杨树下，撩起前襟扇凉。洼地缺风却安静。刘香心里的躁火在这难得的宁静中发散而去，澄明的心中显出游歌身影。香娃能找见游先生吗？如果游先生没来会场,她得另找机会把绣好的枕头送给他。

近旁有人唱起"少年",声音低低的,缓缓的,苍苍的。

> 半山云彩半山雾,
> 雾罩了大峡的口子;
> 尕妹是绸子阿哥是布,
> 布粗者配不上绸子。

刘香好奇又纳闷。这么悦耳的声嗓,不去人前张扬,却躲在无人地方。躲开人群又不甘孤寂,唱"少年"排遣苦闷。转念,这种偏离热闹的地方,林木繁茂,那些在会场对眼的男女,要寻这种地方幽会偷情。倘或是一对有意人在这里唱"少年"倾诉衷肠,发觉有人偷听,岂不让双方难堪。慌恐着要离开,又舍不得这分阴凉。正矛盾着,听见扑踏扑踏的响动,接着看见一个古怪的身影,弓腰驼背上身低俯,伸长脖颈下巴朝前,着劲地前后甩动右胳膊,小心地迈着双腿,用以平衡身子的失重。

仿佛见到怪物的刘香禁不住呀的一声。走过去十几步的怪物停下来,掉转身体,发现一个穿戴整齐的女人站在树荫下。往回走几步,前后叉开两腿支撑前伏的上身,甩动着右臂,用黑焦脸膛上的一双细长眼睛打量刘香,而后问:"你出声是叫我吗？"

古怪又猥琐的人形让刘香既反感又怜悯,答非所问,"唱'少年'的是你？"

"是我。"黑瘦呆板的脸膛由于兴奋而活泛起来,"你听着怎么样？唱得好不好？"

"唱得好是好,可在没人地方一个人偷偷地唱,有啥意思？"仔细打量怪人,发现他蜷在腹前的左臂伸不直,手上缺两个指头。

"你不也是一个人躲在没人地方吗？"怪人向前挪两步,"你说我唱得好？那你还想听不想听？想听,我给你再唱几段。别看我身子不展板,可我的声嗓好,能把哭着的人唱得笑起来,把笑着的人听得哭起来。"

刘香认为怪人在吹牛。心里说:就你这样儿能唱出好"少年"?嘴上说:"唱得好为啥不去人多的地方?"

怪人脸上显出得意的浅笑,"我寻下个连手,她叫我到这里等她。我等了半天不见她来。"扭头看一下待过的那丛黑刺。在他说话时,黑刺哗啦啦地响了几下。

刘香也听见了。判断黑刺丛后还有一人,也许就是怪人所说的连手,怕被人发现不敢出来。

"你……"怪人的细长眼睛闪出猥亵之光,"你也是来这里等连手的?"

刘香反感怪人产生这样的疑问,严肃了脸色,"我是寻阴凉来的。"扭脸躲开那两束令她难堪的目光。

怪人嬉皮笑脸,"你哄人哩。"往前挪两步,"你别嫌我身子不展板。我年轻时候攒劲得没口儿说,是远近闻名的唱家。我在老爷山唱'少年',领过马主席的赏钱。"

意外让刘香把目光投在怪人身上。香娃说过,老爷山会场第一个站出来给马主席唱"少年"的是个世不全的人。难道眼前这人就是那人?真要是那人,能在众人眼前第一个站出来给马主席唱"少年",算得上有本事的人。不禁和颜问道:"本事这么大,不去人多的地方唱你的'少年',干吗要避在这里?"

"不是给你说了吗?我来这里等连手。"细眼又闪出猥亵目光,"等来等去把你给等来了。"前挪两步要拉刘香的手,惊得刘香跳到树后,"你别向往!我是好人家的女人。"

"嘿嘿嘿。"讥笑从怪人错开的嘴唇响出来,"再是好人家的女人,浪会场不就是想寻个连手吃几口野食嘛。我俩碰在这里,就当一次连手。"出手拉扯刘香衣襟,吓得刘香跳出去一丈远,听见黑刺丛又哗啦啦响了几下,感觉黑刺丛后有人影在晃动。

刘香确信躲在黑刺丛后边的就是怪人偷嘴的女人,此刻见他还想占别的女人的便宜,摇动黑刺向他提出抗议。便用不屑又讥嘲的口气挖苦道:"你尿下一泡尿照一照,像你这等世不全,还敢……"绕过另一丛黑刺,快步脱离这个讨厌的地方讨厌的人。

怪人紧追不舍,"你像我当年的一个连手。尤其你的眼睛,活活儿就是她的眼睛。我向往了几十年。今日遇见你,你叫我想起了她,你就得……"

刘香跑起来,脚步声敲碎怪人的声音。

刘香揣着一肚子羞愤懊悔回到杠梢车作为据点的地方,愣住了。坐在车轱辘前喝茶的,除了顺风耳、长腿,还有游歌!

第三十四章

1

游歌迅疾起身,对发愣的刘香说:"大嫂,不认识我了?"伸出右手。

刘香慌忙用双手合握住游歌的右手,确信不是做梦,"我以为你忙,不来会场。"

"我与香娃约定,怎能不来。到会场四处寻找香娃,遇见了宋大叔。"

"太好了太好了!"喜悦染红刘香双颊,眼波荡漾,"快坐快坐。"拉游歌重新落座,才松开游歌的手。"你们喧着,我给你们做饭。"挽袖子去河边洗手。令她心烦意乱的嘈闹,顿时变得水一样清凉,把透心的爽快从手指传遍全身。

香娃回来,高兴得又蹦又跳。贴坐在游歌身边,看他记录的乐谱,指着画在五条直线上的豆芽问长问短。猪娃保同巧儿回来了,给游歌学说上刀山的惊险。游歌听得津津有味,感慨不已,"民间真是藏龙卧虎啊!这次来民和会场,半天工夫接触了十几位民间歌手,记录了二百多首唱词,十一种调令曲谱。"

巧儿、观音保搭手,刘香做了一锅面片。游歌双手接住巧儿端上的饭碗,香味沁入心窍。看碗内,雪白的指甲面片,碧绿的配饭菜叶,满口生津。吃下两口,弹舌赞叹,"好吃好吃真好吃!"

顺风耳说:"你吃腻了城里的精米细饭,到乡下吃我们庄稼人的粗茶淡饭,刚换口味觉得新鲜,多吃几顿就不说好了。"

"这样的饭我会永远说好。如同你们随口唱出的'花儿',百听不厌。民间没有不好的东西。"

"游先生这是安抚我们呢。"长腿用树枝替代的筷子敲着碗口,"不过这顿面片不好吃才怪呢。水是河里的长流水,面是石头上调和揉光的,下锅的菜是山坡上现摘的花花菜、苦苦菜、野沙葱,吃饭的地方有山有树有花有鱼,这样的饭吃着能不好吗!"哈哈大笑。

"你说的是虚话还是实话?"香娃、猪娃保、顺风耳异口同声模仿长腿的语气。

惹得刘香、巧儿跟着欢笑。

饭后,香娃陪游歌沿着河岸散步,绕过各式各样的露宿篷帐,穿过一片幼年杨树林,沿着生长豌豆、胡麻的坡地塄坎,缓慢走到山包顶端。这里远离嘈杂的露宿营地,又能居高临下把沿河排开的会场全景尽收眼底。此刻,浓重的暮色混合着河谷上久久缭绕的炊烟,使山坡下树林间的景致朦胧不清,只有星星点点闪烁的灯火继续陪着歌声,提示出宿营篷帐的大体方位,张扬出人们不肯收敛的余兴。不知觉间,天穹上数颗星星眨动起含蓄的眼睛。那锃亮的,如同会场上兴头十足的女人;那似亮非亮的,仿佛卖弄歌喉却被年轻歌手挤出人堆的老者眨着不服气的眼睛。香娃油然想起长着山羊白胡须的马爷。马爷来会场了吗?如果没来民和会场,大约找见了向往多年的连手。如果还没找到,就一定会来的。明天,或者后天,说不准又会见到这个让他既敬佩又不能理喻的马爷。

"太美了!太美了!"席地坐在柔软草坡的游歌,双手拍着膝盖连声赞叹。

"什么太美了?"香娃也被游歌闪烁的目光激奋着。

"一切的一切!"好像拍疼了膝盖,游歌用手掌抚摸着。

"一切的一切？"香娃似明白又不明白，"啥是一切的一切？"

"这里的山，这里的水，这里的树，这里的庄稼，这里的人和这里的歌。这里所有的事物都美，美不胜收。"双手朝天高举，"哦哦哦……"

高亢嘹亮的豪喊，冲破封锁美景的夜色向四野飘去，从树林、草石、水波以及星星点点的灯火上反弹回来，"哦哦哦……"

"香娃你说，我在这儿喊叫，你母亲他们能听到吗？"

"能听到，一定能听到。"香娃愉快地说。他俩落座的山头，距他们的宿营地少说有三里之遥，加上河岸两边露宿篷帐中难以间断的笑闹嘈杂和歌声应和，游先生的吼喊传不到那么远。可他宁愿说能听到。

事实是，刘香没听到，却感应到了。她跳动的眼皮和发热的耳朵提示，出去散步的游先生和香娃正在说她。她设想明天用什么方式把她精心绣制的枕头送给游先生。农村妇女把手绣的针线活儿送给村民庄舍是常有的事。有的是应承了别人的请求，有的是主动送人以展示自己的手艺。她把绣着喜鹊弹梅的枕头送给城里贵人游先生，会不会传出闲话？为防止闲话传入憨哥耳朵，她得寻找适宜的时机。

刘香想着这些绚丽的心思，无意中发现，距他们营地几丈远的一棵树下，蹲坐着一人在连续抽烟。一闪一灭的烟红，模糊映显出那人的鼻尖和半个脸颊。那样子，说孤单不像孤单，说图清静也不像图清静。刘香望了几眼，心里牵着出去的香娃、游先生，盼望他俩尽快回来。

2

香娃感应到母亲的心事，虔诚地问道："游先生，还有一事我想不明白,你给我说说吧。"

"啥事?"

香娃简略讲说下院新嫂生病情况及弥留时刻向他提出的请求。最后说:"新嫂去世后,我盼着梦见她,希望她给我托梦,可梦不见她,梦见的却是北房奶奶。"转述北房奶奶去世前做的梦境,"游先生,这里面是不是有啥说道?"

欣赏月光晕染成的朦胧画面,游歌说:"这是个深奥的问题。我很少想这方面的事,很难说透彻。简单地说,人日有所思夜有所梦。梦是人的下意识或者潜意识的一种反映。从生理科学上讲,人睡着后,大脑皮层还在工作。大脑皮层储存的种种信息,会零零碎碎出现在人的意识中。这就是为什么人的梦总是支离破碎的原因。朵秦氏生前行为和去世前的表现,证明她心中有个比婚姻家庭更让她动情的心结。这个心结表现在生活中,就是她珍爱的香包。延伸,就是她青梅竹马的男友。她一生为人女为人妻为人母,做得尽职尽责,却不一定说明她心里不存别的向往希求。为了家庭子女,她只能永久地遮蔽心目中美好的向往希求,终久成为一个心结,因心结而苦,因心结而死。我估计北房奶奶心中也有类似的心结。延伸着说,河湟谷地的哪一个妇女,不深怀这样一个既美好又不能公开的心结。她们心怀美好向往又不便公开,只能借助别人宣泄或者排遣这个心结。为啥与你联系在一起?因为你爱唱'花儿'会唱'花儿',而'花儿'唱的就是一个人心里的向往,排遣的就是淤积在心里的苦闷、忧愁……"

香娃似有所悟,"这么说我明白了。北房奶奶去世前,梦见领我给每家每户散发沙枣花。沙枣花是北房奶奶从我身上闻出的香味。她领我给每家每户送沙枣花,是希望我把身上的香气散发给每家每户。是要我好好地唱'少年',把家家户户人们想说又不能说的心思唱出来吧?"

"你这样理解就对了。梦终归是梦,无法用具体的生活来解说。人们常说梦想梦想,就是指那些无法变为现实的向往。拿我们读书人的说法,梦想就是理想。人是需要有理想的。有理想却不便公开表白,是民间普遍存在的一种现象。人们向往幸福生活,向往美满婚姻,向往浪漫的爱情,可现实中偏偏缺少这些。人们只能把这些向往点点滴滴积存在心里。积存多了、久了,就凝成一个心结,然后等待和寻找时机把这种心结稀释,化解,发散出去。这大约就是各地一年一度定时举办'花儿'会场的心理成因。人们乐意聚集花儿会场,是因为花儿会场给他们提供了化解心结、张扬梦想的场所。人们可以从别人的歌唱中听到自己的心声,也让自己的心声得到别人的共鸣。人们把日常的辛酸苦闷暂时丢在脑后,借用这个场所尽情地、大胆地、自由地抒发感想,排遣忧愁,释放积压在心里的苦闷忧怨,让心灵在空前的自由自在中得到某种满足,汲取某种信念,去应对又一年度的生存苦难,等待期盼下一轮的释放……"

这些深入浅出,不避深奥又尽量通俗的解释,如同月光沐浴大地般沐浴香娃心灵,让他形成一个念头:好好唱"少年",做一个给千人万人传达张扬心声的"少年"把式,不负下院新嫂的嘱托,不负北房奶奶的期望。

3

凡常的早饭,由于游歌的加入而显得不凡常。"游先生,今日你作何安排?"长腿捧着茶碗问道:"还去寻访唱把式吗?"

"今天我要守着香娃,身边有个唱把式,何必要舍近求远?"

"香娃唱下的'少年'你要全记下吗?"猪娃保翻看游歌笔记本,好奇地问道:"游先生,那个本本上全是字儿,这本子上是什么?"

"记下的乐谱。"

"你记的乐谱不是五根线上挂着些豆芽吗？这上面没有五根线,没有豆芽。"

"那是五线谱,这是简谱。"游歌指点着乐谱唱给众人听。

觉得稀奇又听得兴奋的香娃、猪娃保请游先生再唱白牡丹令。却听见一个直冲冲的声音："这里是香娃的地方吗？"

众人寻声投去目光,一个二十四五岁,浓眉大眼高鼻梁薄嘴唇方下巴的青年立在他们眼前,穿着无袖对襟黑褂,有补丁的黑布裤子,干烟掌圆口鞋。最夺目的,是眉宇间那股咄咄逼人的英气。

"你……"顺风耳打量对方,"寻香娃什么事？对唱吗？"

对方答非所问,"都说上河沿有杠梢车的地方是香娃的地盘。"扫视杠梢车和拴在车尾正在吃料的黑马,"车在这里,香娃怎么不在？"

众人纳闷着交换眼色。猪娃保没好气地说："你先站稳了。"指一下香娃,"他就是香娃。"

对方用轻蔑的目光从头到脚扫视香娃,"他是香娃？香娃就一个,没听说有第二个香娃。"

"对了,香娃就一个！你眼睛不好,往前几步仔细看好。"猪娃保被对方的傲慢惹毛,语气生硬。

对方冷笑一声转身要走,被猪娃保揪住后襟："我们暄得好好的,你凭空找什么茬儿？想唱就唱几声,不敢唱就说不敢唱的话。"

"不敢唱？是我不敢唱还是你们不敢唱？"打开猪娃保揪抓的手扬长而去。

猪娃保要撵上去问个究竟,被香娃拽住,"他寻的是保安香娃,不是我。"心里泛起些隐隐的酸涩。

4

"游先生,同我们一起回吧,去尕庄我家缓两天,再回城里学校。"刘香这样提议也这样设想。如果游先生同意,香娃有两天时间向游先生求教,她也用不着在这儿送枕头给游歌,去家里更为妥当。

"大嫂,我告假四天。在会场多留一天,后天搭乘兰州过来的汽车直接回西宁。有机会我一定去尕庄看望你们。"

饭后,往车上搬放东西,备马驾辕。刘香取出头帕包,珍重地取出绣制着喜鹊弹梅的一副枕头,展在手上最后打量几眼,递给游歌:"游先生,多谢你给香娃当了一天一夜老师,教给他那么多学识。我们庄稼人没别的好东西答谢老师,把我绣的这副枕头送给你作为答谢。"双手捧送给游歌。

游歌诚惶诚恐双手接住,捧着细看。正是夕阳含山,彩霞绘天时刻,七彩绮线平绣的红梅黑喜鹊,被彩霞镀得熠熠生辉。游歌心头一颤,眼窝湿了,"多谢大嫂,把这么贵重的手工艺品送给我,让我感动。"情不自禁捧到嘴前,撮起嘴唇轻轻一吻。在游歌把两片枕头的绣面合起来的时候,斜刺里飞来一人抢夺他手上的枕头。游歌本能地闪身保护手里的珍贵礼品,被来者揪抓住其中一片狠劲一拽,将相连的两片枕头撕去一片,只留一片在游歌手里。

突发变故令在场众人目瞪口呆。抢夺枕头的竟然是憨哥!

"你……"惊得鼓圆眼睛的刘香凝住了。

憨哥用冒火的眼光在刘香和香娃身上扫来扫去,"你们以为背着我,我就什么都不知吧?"嘿嘿冷笑两声,"没想到我会悄悄地跟到会场吧?这一下我全看明白了。"看一眼抢在手的一片枕头,"你们说浪会场,实际是来会你们的野男人,野大大!有一个世不全的野男人野大大还嫌不够,还给这个。"颤抖的手指对准游歌,"给这个城里有钱汉……"

冲天愤怒噎住憨哥喉咙,几乎把冒火的眼仁噎掉在地上。眼仁没掉地上,枕头却被他摔在脚下,抬脚往枕头上踩踏。说时迟那时快,刘香扑他脚下抢救她千针万线绣出的喜鹊弹梅。落下的脚踏在刘香手背,刘香疼叫一声,在男人腿梁上狠咬一口。憨哥抽开小腿踢上一脚,踢中刘香眼窝。刘香捂住眼窝用肩一扛,憨哥踉跄几步倒卧地上。刘香神速捡起枕片细看,雪一般纯的枕头,血一样红的梅花,头发一样漆黑的喜鹊,已被泥土污染。刘香吼哭着跳起来,扑向刚刚站稳的憨哥,被巧儿和长腿媳妇死死抱住。

惊愣的游歌明白眼前发生了什么,镇静着自己走到憨哥身前,"大哥你听我说……"

"你说屎哩!"一拳捣在游歌脸上,捣得游歌一个趔趄,捂脸的手指缝显出血红。愤怒的香娃上前要撕打父亲,被刘香吼住。转脸对顺风耳、长腿吼叫,"你们瞎了吗?没见他把游先生的脸打烂了?你们治治这个畜生!"

在突发意外变故中失去判断力的顺风耳、长腿,上前訇骂着将憨哥推开。憨哥要挣脱两人的推搡,被长腿两拳一脚,这才老实下来。

观音保赶开围上来看热闹的人众,挥鞭击打辕马脖子,杠梢车毂辘滚动起来,在河边坡地上颠颠摆摆几乎要侧翻下河。心头蒙上一层黑灰的巧儿、长腿媳妇扶着刘香跟在车后。冒着火星的香娃见顺风耳在一旁劝慰游歌,觉得没脸面对游先生,在猪娃保拉拽下跟车而去。剩下的长腿,认为打是打骂是骂,丢下憨哥不该,要拉憨哥一起走,被憨哥骂道,"你管屎的事多!"

好心不得好报,长腿咬牙切齿地说:"你狗日的放着好日子不过,放着好婆娘不爱惜,你的狠人当到头了!"拔腿撵车而去。

第三十五章

1

尕庄的村头巷尾庙院空场传着惊人消息:憨哥要休妻逐子!

发生在民和会场的事尽人皆知:刘香去会场不但与早先的连手、香娃的亲父幽会,还看中城里有钱的教书先生,送信物表情,被男人当场识破,人赃俱获。

各种传言在人们舌尖上跳动,齿唇间流淌:"不会吧?刘香除了那对儿眼睛不安分,心是实的,没见做过出格的事啊!"

"画虎画皮难画骨,知人知面不知心。早有人提醒憨哥,留心婆娘那对儿会说话的眼睛,如今应验了。"

"花儿不长胳膊不长腿,跑不出花园,可保不住不来蜜蜂不来蝴蝶。花儿是手长的人折的。再说,花儿不招蜂惹蝶还叫花儿吗!"

"亘古以来,花儿会场就是叫人们浪的。哪个风流男儿多情女子不去会场吃两口野食?先人遗留的风俗,憷头憨哥能改变?"

"如今狠人成了憷头!哈哈哈……"

乡老儿子,如今的保长听见这些传言,坐立不安。谁家没有碟大碗小,铁勺碰锅沿,猫儿偷嘴,老鼠舔油的勾当!没这些还算民间,还叫百姓吗!通常,遇见这种事,睁只眼闭只眼就过去了。顶多哓几声,训几句,谁敢不听!眼下这事却不能这么简单对待。一则,小时候常听父亲说,没娘娃憨哥从贵德娶来花骨朵般俊美媳妇,是全尕庄人齐心协力帮衬的结果,给尕庄人长了精神争了面子。二则,憨哥从甘滩来,被尕庄人当作没娘娃照应着长大成人,娶妻生子,憨哥是全尕庄人的憨哥,不是憨哥一人的憨哥。三则,憨哥求北房奶奶请乡老做主去贵德提亲,赌咒发誓要善待娶来的媳妇,即便是麻子、瞎子、瘸子,全当作娘娘对待。如今憨哥休妻,刘香势必回贵德娘家。这让贵德人如何看待尕庄人?岂不是让贵德人把尕庄人的脸当成尻子耻笑?无论发生在刘香身上的事是真是假,都不能视为他两口、他一家的家务小事对待。

想了一天一夜的保长决定干预这事。他传唤知情人顺风耳、长腿、猪娃保以及北房奶奶老三两口,齐集憨哥家中,公断这桩家务纠纷。借父亲威望的保长盘腿坐在炕上,让见过世面的顺风耳、长腿隔炕桌坐在两面,喝着巧儿端上的酽茶,如此这般讲明意图,让在座当事人发表意见。

憨哥先讲休妻逐子的理由:如此如此,这般这般。

香娃瞪着虎目听完,咬牙切齿地说:"你不想要我这个儿子,我还不想要你这个大大。没一点尿本事,只会打人骂人……"

用手捂着肿眼的刘香断喝:"香娃!"

顺风耳字斟句酌地发表个人看法,"事出有因,不能全怪憨哥。怪就怪那个贼打鬼,影子般没有不到的地方。"很想把老爷山与翟达贵的交谈和盘托出,证明自己这样说有根有据。转念觉得不妥。这时节说出贼打鬼与刘香"隔山取火",无异于火上浇油。再说,当着香娃、巧儿、猪娃保揭丑,要犯众怒。"至于休不休是你们家务间事,我不好多嘴。"

长腿硬着脖子说:"憨哥这是马不跳鞍子跳。放着这么好一个女人,你不爱惜,有你后悔的日子!"

"她好不好,你咋知道得这么清楚?"憨哥对长腿鼓突眼仁。

"我就是清楚!"想说头次送刘香去大庄给香娃看病,路上要占刘香便宜,被刘香巧妙拒绝的经过。转念,这不是把个家的尻子当脸吗？只好嗫嚅着："我就是清楚！"

"你当然清楚！"蹲在地上双手抚弄烟瓶的憨哥冷笑一声，"我看你是谋我婆娘没谋上，才这么说哩。"

轮到刘香说。刘香左手掊遮火辣辣肿痛的左眼，右手揩去眼角泪水："如今我有一百个嘴也说不明白。也不想说，等老天爷给我做主吧。我只后悔当年哥哥要把我出嫁到这里，我没争讲几句。后悔跟他去曲坛寺会场听'少年'，后悔去碾伯娘娘家遇上贼打鬼又听信他的哄骗。是我自作自受。他要休我，我只一点想法，离开他但不离开尕庄。央求保长准我在尕庄借间房子住下，操心我的儿女。"

"你想屎的美！"憨哥把烟瓶折成两截，"你的儿女？巧儿是我的，你休想把巧儿领走！"

该巧儿表态。巧儿无声地抹泪，望着猪娃保，似乎希望他主持公道。可猪娃保能说什么？该说什么？

北房奶奶老三儿子发言："憨哥休不休婆娘我管不着。我只管我阿妈当初给我说下的话。我阿妈把憨哥六岁上领进我家，当作自家儿子抚养，养大求乡老做主，求全庄人凑集彩礼给他娶媳妇，把西房借他成家住到如今。要是保长准许香娃娘儿俩留在尕庄，我的西房借给娘儿俩居住。要不，我就把房子收回来，给儿子说媳妇。憨哥不是狠人吗？住哪儿你个家思量去。"

综合当事人意见、态度，保长做出几条决定：

一、休刘香等于打尕庄人耳光，扇乡老耳光。不准憨哥休妻逐子。基于眼下情势，准许夫妇分居，香娃随母，巧儿随父。现有地亩对半分种。今年庄稼双方协力收割打碾，粮食对半分成。家里日常用具、农具双方协商分割。

二、秉承北房奶奶意愿，刘香母子继续借住西房。憨哥自行解决住房。住房解决前，巧儿由母亲代管。

三、庄上考虑把搭建在南台存放工具的窝棚及窑洞分给憨哥修补居住。

四、在刘香没有消除心里积怨前,憨哥不得用任何借口理由干扰刘香生活。否则庄法不容。期间双方反省,争取早日良心发现。

憨哥垂头默不作声。保长自信公断是公平的,拂袖而去。顺风耳、长腿也先后悄然离开。北房奶奶三儿子说:"原等你们一两年内打庄廓盖房子搬走,我好给小娃娶媳妇。如今看你们把日子过烂场了,保长发话叫刘香娘儿俩住在这里,我听也得听,不听也得听。"扫一眼憨哥去了上房。

刘香用左手捂着肿痛的左眼,用流泪的右眼望着脸色铁板的憨哥,"他大大,事情闹成这样,怪你也怪我。保长叫你住南台窝棚窑洞,会委屈巧儿。我的意思是,猪娃保把巧儿等了多年,巧儿的病也大好了,我们得说话算话,把巧儿给猪娃保。庄子里没有谁家的姑娘到二十七八还没出嫁,也没见谁家的小伙子等一个姑娘等到二十七八。当初借口巧儿有病,是怕猪娃保把巧儿娶过去不当人。看了多年,看出猪娃保是个实心人。你从这里出去前,我们先把巧儿打发掉。"转而问香娃,"你有啥想法?"

"我能有啥想法?"香娃没好气。他认为早该成全巧儿、猪娃保的婚事,拖到现在全怪父母。

"他大大说句话。"刘香尽量温和着口气。憨哥狠归狠,愣归愣,但对她的温情仍旧不会忽视。

憨哥看着地皮,"叫猪娃保阿妈请媒人办彩礼。"

2

巧儿取出羊肚手巾,放盆内热水浸透,拧成半干三叠交给母亲。刘香用湿热毛巾捂住左眼,单眼看着生铁般冷沉的儿子,开花般明艳的女儿,说:"只剩下我们四个人。我知道香娃、巧儿都疑心我做了对不住你们阿大的事,让你阿大不顾羞丑在多人前骂我打我,回来又要休我。今日我当头对面把话说给你们做儿女的。信,由你们;不信,也由你们。"把同憨哥去曲坛寺会场,听贼打鬼唱"少年",去碾伯给蔺家娘娘做伴,无意中遇见贼打鬼受他哄骗的前因后果,一五一十详详细细讲说出来。最后说:"无论我怎么解释,你大大总不相信。总认为我与贼打鬼不干净,又认为我还跟别人不干净,连累游先生在众人前丢了脸面。如今你大大休我,要把香娃赶出家门,都由这事引起。细想想,也不能全怪你大大疑心。好了,话就说到这里。巧儿,把你大大的铺盖、衣裳、吃饭碗筷收拾齐全。香娃去南台把窝棚窑洞打扫干净,生火熏上几天……"

"用不着你给我操这份闲心!当年的没娘娃没饿死没冻死,如今离了婆娘娃娃,不信能把我饿死冻死!"憨哥忽地起身拔腿离去。

此后几天,憨哥独自去南台收拾窝棚窑洞,清理内外人畜粪便,点燃柴草熏烧窑洞。最后一天,捆了一条四六毛毡,一床被褥,一件皮袄从家里出来,被五个骑马背枪人堵在院外。

骑马人先后下马,缰绳集中在一人手里。其余三个持长枪从三面围定憨哥。

挎短枪手里捏着鞭子的人,用鹰一般贼亮的眼睛打量憨哥:"你就是憨哥,狠人?"冲人的语气。

憨哥以为要抓壮丁,把慌恐的目光投在对方脸上,认出是曾给猪娃保两块银洋,曾送香娃回家的那个姓万的有钱汉。意外中不禁闪出几丝喜悦,"是万……先生呐,你大老远来夯庄做啥?"

虎脸鹰眼的万宜权凶凶地说:"你别问我做啥来的,你只问你个家,在民和会场做了什么?"

憨哥脑子一空一胀,明白为游歌被打的事前来问罪。慌乱中抵赖道:"会场上只听别人唱'少年',没做啥呀。"把由于慌乱散丢在地的毡卷抱起来,"我先把这些破烂放到窑洞去,回来再给你细说。"抽身要溜,被两个士兵横枪拦住。

听见动静的巧儿跑出大门,发现这个阵势,折身跑回房里,叫母亲、香娃出来。香娃认出万宜权同时明白来者用意,紧紧挽住母亲胳膊,不让她上前询问事由。

万宜权咬牙切齿地说:"你个刁民,平白无故打人,快把人家眼睛打瞎了,还说啥也没做,你说!你还想做啥?!"

被激起莫名愤怒的憨哥,把刀子一样的目光戳在对方脸上,"别说打瞎眼睛,就是打死了,也是我自家的事!是我与婆娘的事,要打要杀有保长,有县长衙门,与你的尿相干哩!"

狂妄的无理激怒万宜权,捏着长鞭的右手一扬一抖,折叠的鞭梢呼啸一声,击在憨哥肩头,白市布汗褂立时绽开一条破口,露出肩窝一溜血肉。

"我日你先人!"憨哥破口大骂,扑上前撕抓打他的恶人,被士兵三两枪托,膝盖一软扑跪在地,抱着的毡卷皮袄散了一地。

听到风声前来围观的村民越集越多,围站周围低声议论。这个说:"憨哥是没娘娃,从小缺少教养,没人管得住,如今管他的人来了。"

另一人说:"憨哥在民和会场打了城里做官的有钱汉,这次怕是保不住命了⋯⋯"

七嘴八舌各有说辞。

憨哥瞅着肩头抚搓膝盖,眦眉瞪眼似要发作。刘香要上前扶拉他起来,却被香娃紧紧拽住不让她挪脚。刘香瞪住分明有点幸灾乐祸的香娃:"他是你大大啊!"

"他是什么大大!是大大会把我当作野娃?是大大能叫我野种?能赶我出门?能休你?我没有这样的大大!"

母子的争讲分散了万宜权的恼怒。看见刘香左眼窝肿起青紫大包,瞪着一只眼与儿子理论,上前问道:"你的眼睛也是他打肿的？"

"万先生，我的眼睛是他气头上不防顾一脚踢下的。千错万错都是我家里人的错。你大人大量，饶他是个乡里庄稼人，不明事理……"

话被万宜权截断，"你被他打成这样还替他说话。你家里的事我管不着，也懒得管。可他打伤了游歌眼睛，住进了公教医院……"

刘香截断对方的话，"你说啥？游先生的眼睛也被他打……打伤了？"禁不住大抖大颤，带动香娃的前襟抖颤起来，"听见了吧香娃，他把游先生的眼睛也打瞎了！天哦！天哦！他把祸闯大了！"歇斯底里地抓撕衣襟头发和天空，似想抓出个答案。

巧儿、香娃劝慰母亲。万宜权说："医生检查，游歌眼球充血眼底出血，闹不好要失明，正在医院治疗。"

刘香双腿一软瘫坐地上。憨哥却又跳又蹦地大喊："他勾引我婆娘！勾诱我……家尕娃唱'少年'，当野娃……"

万宜权挥手，两个士兵背好长枪，一左一右架住憨哥两条胳膊。万宜权用鞭子点着憨哥脑门说："刁民你听着，游歌是城里国立中学音乐教师，去花儿会场搜集民间歌谣，发现培养民间歌手，是给政府干事。你说他勾引你婆娘，有啥根据？"

"他想日我婆娘。勾引我婆娘黑天半夜给他绣枕头。他不日我婆娘，我婆娘能给他扎枕头吗？"

"天哦！"刘香吼哭，撕发扯衣，疯癫得让巧儿、香娃不知如何是好。

围观村民哄闹起来，嘈杂的交头接耳让现场一片混乱。

憨哥继续蹦跳着嚷叫："你们仗着是城里人，仗着有钱有枪，欺压我们百姓。有本事你把我砍掉，宰掉，把我婆娘驮到城里，让你那个姓游的日去……"

巧儿撒手丢下母亲跑入院门。

万宜权反倒镇定下来,"刁民你听着。我是游歌不吃不喝的朋友,但我不是公报私仇。你日娘捣老子没一句好话。要不是我穿这身制服,非把你这条肮脏舌头割掉不可。"抖几下长梢皮鞭,"我今日只想叫你记住,除了王法,还有公理。我以罗家湾营盘的办法惩治你。你个家选,是敲你骨拐还是打你背花?"

极度愤怒张狂的憨哥,被万宜权的鹰眼和气势镇压,停止蹦跳咒骂,似要瘫坐下去,被两个士兵架住胳膊支持着。

村民们面面相觑,没人出面求情告饶。有人东张西望寻找顺风耳。只有顺风耳或者长腿有胆识站出来为憨哥说几句话。可这两个奸贰没来。有人高喊:"谁去叫保长?快去叫保长来。"

刘香知道敲骨拐、打背花什么意思。挣脱香娃扶抱扑跪在万宜权脚前,"万先生,你非得替游先生出气吗?要是游先生在,他能叫你敲他骨拐打他背花吗?你要真是游先生不吃不喝的朋友,就看在游先生对我好,对香娃好的面子上,饶他一次,他会记住你的恩情。"

"屎的恩情!"憨哥大呼小叫,"日我婆娘,勾引我儿子当野娃,是屎的恩情!要杀要剐快点,我狠人是吃干粮长大的,不是吓大的。"

狠人?!这就是狠人?!什么是狠人?村民们再次哄闹起来。平日只随口叫叫,没多想过。今日才明白什么是狠人,什么是应该的狠人。

万宜权的灼灼目光扫视在场人众,"听见了吧,他开口闭口只会说一个日字!这样的畜生,不给他点颜色,一辈子不明事理。"万宜权要拉起刘香,刘香却给他频频磕头,"万先生,你真要咽不下这口气,就打他背花。庄稼人,敲骨拐日后不能下地做活。"

万宜权后退几步躲开刘香的纠缠求告,给两个士兵打手势,士兵三五下扒下憨哥的汗褂,双架着胳膊把憨哥拖出去一丈远近,背对万宜权站住,踩牢憨哥脚面,等待万宜权施刑。

万宜权两手抚弄牛皮软把长鞭,抖一抖蛇一般伏地的鞭梢,对刘香说:"看你面子,我只抽他五鞭。"舒展猿臂,让长长鞭梢在头顶划出圆圈,手腕一拧一抖,随着一声呼啸,一丈外憨哥撕心裂肺半声惨叫,脊背显出一道血痕,从左肩胛骨到右肩胛骨,平得如同红笔写上的一横。接着左一竖,右一竖,再两个横道。在场人众惊得鸦雀无声,一齐把惊成肉丸的眼仁,对准憨哥背上那个血淋淋的日字。

"他不是爱说日吗?我让这个日字渗进他的皮肉、血脉,刻在他骨头上,看他将后还敢不敢日娘搞老子地满嘴胡说。"招手,两个士兵松开憨哥胳膊,憨哥身子前后闪晃两下,扑爬地上。

万宜权一个手势,牵马士兵牵过坐骑,五人各自接辔头扳鞍认镫上马,在围观人群闪开的空隙中呼啸而去。

聚拢成圈的村民默声观望扑爬在地的憨哥、坐在地上抹泪的刘香。既不扶助憨哥起来,似怕这样做对不住刘香那只青肿得更加厉害的眼睛;也没人上前劝慰刘香,似乎这样做会亏待了憨哥。无情麻木的壁上观,令阳光变得灰暗。

"去,把你大大扶起来。"刘香推一下香娃。

"他不是我大大。"香娃双手插进刘香腋窝,将她扶抱起来,"这么歹毒的人不是我大大。踢你眼睛不说,还把游先生眼睛打伤,我不要这样的大大。他不是狠人吗?由他去吧。"硬拽母亲回家。

刘香母子离开现场。几个老成村民打算扶拉憨哥,憨哥却自己站立起来,摇晃着捡拾散落地上的毡片、皮袄,带起尘土。有人说:"憨哥,回家吧,这不是充狠人的时候。"

憨哥对劝告者苦笑笑,"没娘娃天照应。我当年是没娘娃,如今是狠人。"向后缩耸着双肩踏踏离去。有老成村民尾随去了南台。

3

回到房内的刘香上炕坐好,接住巧儿拧成半干的热毛巾,捂住火辣辣胀疼的左眼。"这个天杀的,把我踢瞎了,是个家的婆娘。把人家游先生整瞎,不是害人家一辈子吗?"抽泣着给香娃说:"你出去借几个钱,去城里看看游先生。见了游先生,替你大大下个话……"

香娃刀一样截断母亲的话:"我凭啥替他下话?万先生没把他整死不错了。等着吧,游先生眼睛治好便罢,治不好瞎了,有他好过的日子!"抽身要走,巧儿喊道:"不在家守着阿妈,这时刻还有闲心浪荡去?"

"我去借钱。"

"他把香娃的心伤透了。"刘香把凉毛巾递给巧儿在热水中透透,"你大大不认香娃,认你。你叫上猪娃保,去南台窑洞服侍几天。脊背被鞭子抽烂,不好好操心溃下哩。"

"猪娃保去他阿舅家商量娶我的事,五天才能回来。"

"那你一人去。拿上碗筷,再拿几个馍馍。窑洞要是没有烧柴,回来背一捆草过去。"

巧儿沉默片刻,"等你捂罢眼睛我再去。"把透热的毛巾拧成半干放在母亲手掌,眼泪扑簌簌湿了脸颊。

巧儿走后,刘香肩膀抵着窗台,忍耐眼眶周围的胀疼和眼睛内针扎般间断的刺疼,心里苦水翻卷起来。自己的眼睛瞎了就瞎了,怨不得别人,只怨自己不检点不自重,为向往两样好东西,受了贼打鬼哄骗,被憨哥抓住这个说不清的话柄。偏巧又在民和会场遇见那个贼匪,被偷跟在暗处的憨哥发现,认定她与贼打鬼偷偷会面。难道这是老天爷成心安排?如果她同巧儿、猪娃保去看上刀山,就不会发生这等事情。可她鬼迷心窍,非要寻个安静阴凉地方,一寻寻出这么大的是非。把原本说不清的事弄得更加说不请,连带游先生受了委屈。想起游先生,会场的情景又在心里显动。夕阳余辉中,熠熠生彩的枕头被游歌双手捧接,又被突然出现的憨哥抢夺踩踏。憨哥踩踏的不是枕头而是她的心,她的五脏肝花,她一世的憧憬向往。好在憨哥抢夺并踩踏了一片枕头,另一片被游先生揣进了衣兜。

刘香挪到门箱前,取出从憨哥脚下抢救的一片枕头,捧在手里,心开始疼痛。雪一般洁白的白绫枕头上,到处是灰污痕迹。她十分得意的喜鹊眼睛,被踩成一团黑斑,再没有灵动神气。细看,喜鹊眼侧有个破孔,洞穿白绫和托底硬衬。用手指从下面顶一下,孔眼四周的破茬清晰可辨。是憨哥鞋掌沾着沙石,这破孔是沙石刺穿的。仿佛一根针从这破孔刺出来戳在心上,刘香的心房疼得战栗不已。难道这是天意?为这片彰显自己心灵美愿的枕头,不但坏了自己眼睛,还坏了游先生眼睛,连喜鹊的眼睛也被整破。这难道真是天爷给下的结果?倏忽记起"积成当"库房看过的那面铜镜。当时,铜镜照出的那双眼睛令她心悸,疑心有灵气的铜镜,不但摄取了她的眼睛,还摄取了她的灵魂,将她永久地封闭在那个黑暗角落。那一瞬的心灵悸颤,现在还停留在心窍之内,一如刚刚发生。看来,这一切都是天爷事先安排好的。既然是天爷安排,她就得服从,就得认命。

刘香忍耐眼内针扎似刺痛,抚摸手上原本纯洁如今已被污染的枕头片,抚摸原本灵动如今已经僵死的喜鹊,喉咙噎几下,一股酸疼冲喉而喷,暴成号啕。

哭空了满腔悲怨,受伤的左眼更加胀疼。刘香倒头躺下,想用瞌睡暂时淹没满心的酸涩苦痛。头挨枕头,眼眶的肿胀更加厉害,好像全身的血液都要从火辣辣肿胀的眼周破皮而泄,哪有睡意!挪动头颅,让左眼少受压迫,装在枕头内的荞麦皮窸窸窣窣发响。

就是这个枕头,让游先生对她的针线产生兴趣。这枕头是她做姑娘时节,在嫂子指导下绣制的。朱红缎底色上,绣着五朵白牡丹。雪一般素洁的花瓣,碧玉般亮绿的叶叶,经多年的炕烟炕灰熏污,陈旧不显昔日光彩。可游先生依旧从中看到了她的巧手、她的灵慧。为了报答游先生的这个评价,她才决定绣一副更好的枕头送给他。岂料……飞扬又专注的思绪被一阵紧骤的脚步声粉碎。香娃急火火回来了,"阿妈,我去大庄请高先生给你看眼睛,高先生病着来不了。"

"高先生病了?"刘香慌忙坐起来,"他老人家……不是什么要紧病吧?"

"高先生说是老病,时轻时重。我说了缘故,高先生说:'我只能依你提供的原因症状,开个活血化瘀疏经通络的方剂,暂时起个化瘀消肿止疼作用。眼睛内的毛病得去城里医院仔细检查,我不能猜测着下药。'亮一下手提的虎头药包,"我在大庄药铺抓了三服。"

巧儿回来了。"阿妈,阿大在炕上趴着,脊背还在出血。我一张口他就骂人。我烧下半锅开水,说好后晌再去看他。"

香娃说:"阿妈,我跟巧儿商量了,吃完这三服药,不管消肿不消肿,都得送你去城里医院。"

"好我的儿子,去城里医院得有钱财。我们手头没一分钱,咋去医院?再说……"再说什么,顿住不说了。

香娃明白母亲要说什么,"他只是皮外伤,伤不到筋骨。可你伤的是眼睛,大意不得。"

"去医院得多少钱?去年的粮食接不上今年的秋收,没一颗粮食可以变钱。"

"车到山前必有路。我精壮壮一个小伙,在城里寻个活儿,边看顾你边挣钱。再说,到城里就能见到游先生,让游先生借钱给你治眼睛。"

"你这不是在寻瞎气吗？眼看你大大……哪能再去见游先生？就是能见，也不能向人家借钱。不能叫人家说我们把伤眼睛的事赖给人家，这事千万不能……"

香娃来气了，"左不能右不能，莫道等着把你的眼睛瞎掉？"

刘香反倒笑了，"你莫道盼着我的眼睛瞎掉吗？没事！吃了高先生三服药，肿消下去就没事了。我个家的病我个家清楚。这些天为了这些事，把正事忘掉了。你快去地里看看，要是庄稼黄透，得尽快割田。"

香娃凝坐片时，默然离去。

第二服药吃下去，要把脸皮顶破的肿胀感缓解了，眼眶四周轻松了许多。"青紫也褪了。"巧儿用指尖轻轻按压母亲太阳穴、眉棱，发现一肿一消，母亲厚密的眼睫毛脱落得稀稀疏疏，"你感觉眼里的扎疼轻了吗？"

"轻了轻了！"刘香佯装喜悦宽慰女儿。实际上，肿胀消解，眼内的刺疼却加重了。原先间断刺疼，变成了持续的刺疼，疼点好像在眼仁中心，又好像在眼仁后面。她希望这是药物反应的效果，又下意识害怕眼内发生着不祥的病变。可她不能让儿女担心，嘴上说："等吃完第三服就会见功。"

4

刘香打消所有的顾虑，取头帕苫住尚有瘀青的半个脸面，从家里出来，拣人稀的村巷拐出村子，快步走向南台。

老远看见憨哥坐在窑洞门外，后背朝着太阳，披着一片黑布，好像在吃烟，又像在打盹。渐走渐近，惊得大吼一声。这一声揭去憨哥背上那片黑布，露出黏黏糊糊一片血肉，黏糊中显着向外翻卷的一道道伤痕，伤痕上糊着半黄半红的脓汁。几天来巧儿给她说，憨哥整日晒太阳,认为太阳能把伤口的脓血晒干。她听了觉得有道理,没怎么在意。庄稼人皮实,铡草伤了手指,割草划破脚面,便宜的,往伤口压些毛蜡;不便宜的,往伤口撒些香灰、净土,或者清水冲洗一下,或者用嘴吮咂几下,疼上三两天也就好了。憨哥的鞭伤经太阳暴晒几天,会收敛结痂。没料到脓血招来成群苍蝇,而他竟然由着苍蝇在伤口吸食脓血。

这一幕震撼得刘香欲说无声,欲哭无泪,"你……你这是做……做给天爷看,还是做给我看?"话出口,眼泪泉涌而出。

"我做给个家看!"憨哥气恨恨地说。听刘香哭得十分悲伤,放缓语气:"我听老人们说,蛆儿爱吃烂肉。叫苍蝇多下蛆,再叫太阳不停地晒,看它好不好!"

刘香扬手扑打眼前纷飞的苍蝇,心里冒出一个主意。"走!"命令的口吻,"你不把个家当人,我还得把我当人。跟我去大庄,让高先生给你治治。"抓住胳膊要拉憨哥起来。

手被憨哥一掌打开,"说尿的容易!这身上沾不得衣裳,精身子去大庄,不是叫人看我的笑谈吗!我狠人死,也得死出个狠样来。"

刘香被一股莫名气噎得喘不上气,着劲捶几下胸口,才说:"是你的面子要紧还是命要紧?"

憨哥不出声,闪刘香一眼。这是相当复杂的目光速递,恼怒、怨愤、哀伤、悔恨、愧疚,所有心事在这一闪中击进刘香一亮一暗的双眼,直达心窍。她转身跑开了,疯也似跑下南台又拐向东方,渐渐气力不支,停下来抚胸喘息。原以为一口气可以跑去大庄,请不来高先生,可以求教一个救治方法。可她不能持续奔跑。气力不支是一方面,主要是奔跑的双脚牵扯着还没大好的左眼,脚掌震动眼球跟着刺疼。这样震下去,向好的眼睛岂不重新肿起来。仅仅眼肿倒不要紧,如果震得眼球出现坏的变化,岂不前功尽弃。她得求人借牲口去大庄。

长腿听了刘香哀诉,不假思索地说:"你的心好过头了!他憨哥把事情做绝了,你还有心肠管他?踢骡不死,毛病不改。由他去吧。"

最能体谅人的长腿不肯原谅憨哥,全尕庄再没人能为憨哥出力。刘香只能徒步去大庄。豁出不要个家眼睛,也得把男人从苍蝇嘴下救出来。

走一阵,小跑一阵,气噎汗喘的刘香不得不坐在路边缓解眼睛的剧烈刺疼。

长腿骑骡子呼唤着撵上来,在刘香身前滚鞍下骡,"我借官保骡子撵来。"见刘香一只好眼给他送出感激的心波,凶凶地说:"我是为你,不是为那个瞎厾!"扶刘香认镫上鞍,"官保的骡子不是走骡,鞍子也不好,骑着不舒坦,可总比你走得快。"

等刘香骑稳,嘚啾一声,骡子颠三晃四迈开步子。长腿牵缰绳紧随右侧,不时用缰绳头甩打骡子屁股催它快走。刘香于心不忍,"他宋家达达,你也骑上吧,跟着骡子把你走坏哩。"

长腿冲刘香嬉笑:"你说的是虚话还是实话?"

"我说的是实话。叫骡子站住,你骑在我身后。"

"骑上去就得贴住你身子。"

"贴就贴,如今我怕啥。"

"嗯……还是你一人骑着,我腿长跟得上。再说这骡子不像我的走骡,走不快。"

高岐伯果然在炕上躺着。在老伴扶助下靠被垛坐好,听完刘香数说的经过,及憨哥背伤程度,说:"如今给人看病的人也成了病人。别说去尕庄,就连大门外都走不动了。头几年营盘里有人挨了背花,挨了足足三十皮鞭,脊背被抽成稀烂露出骨头,抬来叫我治,治好了。我只能把办法教给你,回去照我说的办,能好不能好,看你男人的造化。"问老伴,"家里还有干净扣布、核桃仁吧?"

老伴去了厢房。片时回来,将一丈长短的新白扣布、一碗核桃仁放在炕桌。

高岐伯指着白扣布说:"回去叫两个知事得力帮手,先把白布用盐水浸透,叫你男人平趴炕上,用盐水洗净背上脓血,叫两个帮手从两头扯持白布,上下闪抖盐水浸湿的白布。湿重的白布闪下去会粘他背上。抖起来,脊背的烂肉脓血会被白布粘离伤口。如此上下闪粘数次,如果布上只见血水不见脓汁,把嚼成黏糊的核桃仁糊抹在伤口。如果一次能把脓血腐肉粘尽,抹上核桃糊,三两天就会长新肉结痂。如果一次不见效,用盐水洗净白布再粘一次。这些核桃仁够用一次。第二次先要备好核桃仁,记住了吧?"

刘香、长腿异口同声,"记住了。"

"记住就好。"做一个可以走的手势。

"高先生,我走得急,没拿一分钱,倒拿了你的白布、核桃仁。过后我一定把答谢给你送来。"

"别说这样的话。我行将就木,这恐怕是我为乡亲做的最后一件善事。能治好你男人鞭伤,也是我的造化。要紧的是,我看你的眼睛还没好透,又不像外伤。你不能大意,快去城里医院看治。"

回尕庄路上,长腿感叹不已,"高先生治好多少病人,行了多少善积了多少德,如今病到自己头上,医术不管用了,只能等着咽气。真正是生死由命。"

刘香突然感到在高先生身上看透了人世的无奈无常。像高先生这样的好人,老天都留不住。憨哥的伤治好治不好,也就由不得谁了。治好固然好,治不好,是他造孽造的。如此一想,心里反倒安实下来。

第三十六章

1

高岐伯的办法灵！用盐水浸湿白布，闪粘去憨哥背上溃烂化脓腐肉，抹上刘香、巧儿、猪娃保嚼细的核桃糊，第二天显出奇效。个别零星愈合不佳的伤口，如法加治，竟全好了，五天结痂。褐色死皮干痂脱落，五道鞭痕成为一个嫩红色日字，如同钤在脊背的一枚大印，让所有目睹者啧啧称奇。有人玩笑着说："憨哥，凭这肉印，你的狠人名声会广传天下。如果有人不信你是狠人，你脱衣裳给他看这肉印，谁敢皮犟！"

憨哥听出话里有话。这不是他的荣耀而是耻辱。渴望红痕尽快褪净，又疑心这是天爷给他的永久警告。唯一办法，在任何场合不脱衣裳，哪怕盛夏六月，也不能让人看见这个渗入皮肉的日字。人活脸树活皮，如今他不但顾脸还得顾皮。

"你真是憨哥。"顺风耳听了憨哥顾虑，半开玩笑地说："别人问起来，你就说这是胎里带。莫道日字见不得人？日头儿明朗朗照着乾坤。日子得一天一天地过，不都是日吗？再说，识字人把日字念作曰。曰是啥？就是说，将后有人问话，你知道的，就告诉他；不知道的，脱衣裳把后背支给他，哪怕是识文断字才高八斗的人，也不敢小看你。"

在憨哥为后背印记反思忏悔开悟的日子里，刘香左眼周围的瘀青完全褪尽，眼眶恢复了往昔的光鲜。那种无法睁大眼睛的内牵外扯的感觉也基本消失,可以像以往那样自由地上下扑闪睫毛。但是,眼仁却像罩了一层灰白的丝网,只看见眼前晃动的光影,却看不清东西轮廓和人的眉眼。左眼麻了?少说成了半麻?基于眼皮能上下灵活扑闪,加上右眼的帮衬,儿女们并没发现,以为她的眼睛全好了。她没敢把这种变化告诉儿女。这是眼内从坏转好的必然过程。要是沉不住气大惊小怪地告诉儿女,岂不让他们担惊忧虑。何况黄熟的庄稼急需收割,同时给巧儿缝制嫁衣,预备出嫁事宜。

阴历八月十六,猪娃保迎娶巧儿过门。八月二十日回门。刘香悬吊在虚空摇来晃去的心思终于落入心窝,觉得乱纷纷的日子总算理出了头绪。平稳下来的心里,冒出的第一个清晰又迫切的念头是:自己的眼睛好歹有了结果,游歌的眼睛会是什么状况?人家是城里老师,挣着薪水,住进医院治疗,不会落下与她一样的下场。可得不到实信,她不能百分之百地放心。眼下庄稼已割倒,巧儿也出嫁了,捆子排在地里晾晒,等待上场打碾的空当日子里,得打发香娃去一趟西宁看看游先生。如果游先生的眼睛已经大好,那么万先生就不会再来找憨哥问罪。如果……一想到游歌的眼睛与她落个同样下场,她就浑身发抖,心被掐捏一般疼痛。就是这个"如果",让她不敢打发香娃进城去见游先生。如此矛盾着,不知如何是好。

香娃突然对她说:"阿妈,田割完了,我得出一趟门。碾场前如果回不来,姐姐和猪娃保帮你碾场,我给猪娃保说好了。"

"如今是你姐夫,怎么还叫猪娃保?得改口叫姐夫。"

"若要好,小名叫到老。"

"那也得改口叫姐夫。不能叫人家笑话你没有大小。"

"好好好,从今往后见他就叫姐夫。可我的事你得答应。"

刘香盯住儿子凝神注视片刻,"我不能答应。"

"为啥?"

"唱'少年'快把家唱烂散了,再放你出去唱'少年',这个家没法收拾。"

香娃皱眉头,"这些事与我唱'少年'有啥相干!再说,你叫我好好向游先生请教,不就是让我唱好'少年'当个把式吗?"

刘香无言对答。道理上讲,家里出现这些纠纷矛盾,不能与香娃唱"少年"扯在一起。认真想想,这一切的发生,无一不与"少年"纠缠在一起。如果当初不跟憨哥去曲坛寺会场听"少年",就不会遇见贼打鬼;不遇见贼打鬼,就没有后来的事,香娃就不会被父亲疑心为野娃野种,也就不会为了避让父亲,出去遭遇那些糟心事。说来说去,都是"少年"惹下的祸。可是,这些账怎能算在香娃头上?香娃自小爱听各种各样的声音,听什么学什么,学什么像什么。好像天生是唱"少年"的材料。不让他唱,制止他学他喜爱的东西,不应该啊!可这样的话是不能给香娃明说。唯一的办法……刘香心头一动,"我不准你再唱'少年',是怕你说不上媳妇。我跟你大大前前后后托人说了十几次,人家都嫌你是唱'少年'的,认为唱'少年'的人心野、心花,只顾自己快活,不顾婆娘娃娃的死活。你听听,人家是这样看待唱'少年'的人。人们不肯把姑娘许给你当媳妇,你就要打一辈子光棍。你说,是打一辈子光棍好,还是唱'少年'好?"

"我宁愿打一辈子光棍!"

刘香生气。"你说得轻巧!我与你大大就你这么一个儿子。你打光棍,甘家不就断后了?"眼泪溢出眼眶,"早知你这样不知事,我悔不该把你送去贵德阿舅家。当初只为你少受委屈,去阿舅家避避你大大的猜疑。不承想……说来说去,只为你好好地长大成人,你大大……"

香娃的眼珠由于不耐烦而鼓出眼眶,"你开口一个大大,闭口一个大大,他算什么大大?大大能骂儿子是野娃野种?能把儿子赶出家门?"眼神顷刻间变得轻蔑,"事到如今,我倒希望他不是我大大。我宁肯当野娃野种,也不想要他这样的大大。"

"香娃!"气愤抖颤着刘香的声音,"谁家的后人这么说个家的大大?眼看着你大大疑心我做了对不起他的事,疑心你不是他亲生儿子,你还要这样说话。你这不是成心把不是的事说成是吗?"

香娃冷笑着哼一声,"是与不是,你个家心里清楚!怪不得他再三再四寻茬头,你再三再四让着他,怪不得不顾个家眼睛跑大庄求高先生给他治伤。八成是你真做下见不得人的事,心里过意不去,才这么由着他捉弄,还死皮赖脸地为他说话。"

一股气恼顶上刘香脑门,左眼猛地刺疼一下,眩晕起来。她想哭,却哭不出声来。一股浊气噎住喉咙,噎得她大抖大颤。自小,她给了儿子那么多的照应、偏爱、理解。为儿子的健全成长,她受了多少委屈、误解,放弃了多少美好向往。到头来,得到的竟是儿子的猜疑、不理解。看来,虽然儿子的肉身是她孕育而成,出产而得,可儿子的灵魂是天地给的,山水给的,草木土石飞禽走兽五谷六畜给的。难怪香娃生下来身上散发异味;难怪刚出月就没黑没亮地哭闹;难怪高先生说他从胎里带了心病;难怪他学鸡学狗学羊学牛地胡叫乱喊……这一切,都是他要唱"少年"的先兆呀!既然命定是唱"少年"的材料,她制止阻扰,就是与他的命过不去!说什么他是活佛的转世灵童。如今她才算明白,香娃是"少年"的转世灵童!既然是"少年"的转世灵童,就无法让他屈就于日常俗务的牵绊,屈就于亲情的厮守祖爱。"少年"是鹰,得任它高飞;"少年"是风,得由它扫掠四野;"少年"是水,得随它流淌奔泻。在自由自在随心所欲的流淌奔泻中,成冰成气成雨成雾成云……

一连串从眩晕的头脑中,从颤抖的血脉中萌生的念头,让刘香渐渐平静。理一理头发,用自己的阴阳眼睛盯视香娃固执又茫然的面孔,肃穆地说:"你成心要把'少年'当作你的衣食父母,当作你的终生伴侣,当作你的天地,那就随你。但有两件事你得给我做好。一、尽快磨些新面送到大庄高先生家。给我男人治伤拿了人家一丈白扣布,一碗核桃仁,我说好收了庄稼要答谢人家。高先生病着,去时抓上两只鸡,多拿些鸡蛋。二、去一趟西宁,看看游先生眼睛治好没有,替我和我男人多说好话,求他原谅我男人的粗野。如果眼睛还没治好,求游先生给万先生多说好话,别再寻我男人的不是。我们庄稼人家,经不起再三再四的责打。办完这两件事,上天入地全由你。"挥一下手,似乎在表示你走吧,也似乎在表示从此情断义绝。

被母亲松开翅膀的香娃,恨不得立即飞往保安。为感激母亲的宽容、理解,他尽快碾出新麦磨成面粉,装上五升白面,抓上两只公鸡,提上三十个鸡蛋送去大庄,却是高先生病逝入殓日子。替母亲在灵前磕头烧纸,回家谎说:"高先生病已好转。"

刘香半信半疑。最终认为,高先生一生无偿救助草民百姓,积下长命百岁寿数,理所应当。

2

夕阳西下,香娃进入西宁东梢门,寻一家车马店住下,向店主问明昆仑中学所在方位,街道名称,拌炒面吃了晚饭,安歇。

翌日清早从店里出来,边走边问,来到昆仑中学门口。门房工友问明来意,说:"正在上课,等下课打发同学叫游老师出来。"工友给香娃让座、倒茶,一眼一眼看着钟表。到下课时刻,手持木柄摇铃出了门房,顿时铃声大作。铃声未息,静谧的校园喧闹起来。穿着阴丹长衫和藏蓝制服的男女学生拥满操场,跳绳、滚铁环、拍皮球。工友唤来一名男生交代几句,男生飞跑而去。

片时,穿灰布单衫的游歌躲着蹦蹦跳跳的学生向门房走来,喜形于色捉住香娃双手,"没想到是你。你母亲、姐姐都好吧?"

"好者好者!"香娃打量游歌眼睛。两只眼睁得一样大,眼皮同时眨动,眼仁同样炯炯有神。不像母亲的眼睛,看上去总感觉有点说不出的差异,"游先生的眼睛全好了?"

"全好了。医生检查眼底有点出血,住院治了十天,全好了。"

"阿妈最怕阿大打伤你的眼睛,放心不下,催我上来看看你。这就好,阿妈可以放心了。"

经过铃声中迅速空寂下来的操场,绕过一座花圃,两排教室,是一排平房。从北往南第三间是游歌宿舍。

"你坐着,我去火房提一壶热水,把你送来的鸡交给厨师。"

"我在店里吃了早饭,你别麻烦了。"

"我提热水你洗把脸。主要是告诉大师傅,让他今明两天给我做一份客饭。"

香娃坐在椅子上,扫视屋内陈设。单间宿舍内,靠窗一张书桌,书桌一头摞着整整齐齐的书本,书本一侧摆放着细瓷笔筒、黄铜墨盒。一张板凳支着的板床,床上是整洁的蓝白方格的床单,叠放得有棱有角的被子,被子上的洋枕头苫着素雅的枕巾。就连床下的一双布鞋一双皮鞋,也摆得齐齐整整,一双鞋并在一起,与另一双鞋空出五寸远近的间隔,鞋尖摆得一样齐整。如果从床沿吊下一根垂线,线头正好对着鞋尖。床与书桌间是他落座的椅子。板床另一头,方凳上摞着一只棕箱一只皮箱,皮箱上有几件洗净叠好的衣物。近门一角是木制脸盆架,架上镶着一面方镜,镜下突出一个小平台,放着洗脸香胰子,白色双料搪瓷脸盆沿上搭着白羊肚手巾,架侧有一把雪花铁皮的长嘴水壶。

房内最醒目的,是桌上那个四方形玻璃罩匣,明晃晃地显着里面那片由母亲手绣的枕头。香娃小心翼翼双手捧起玻璃罩匣仔细观看。罩匣的底座是一寸厚的木片,云旋水回的木纹证明是沙枣木。底座四边刻出凹槽,玻璃罩严丝合缝地卡进凹槽。底座中央突起一片向后倾斜的薄巧靠木,枕头靠着木片斜立在玻璃罩内。轻轻转动玻璃罩匣,枕头上的七彩绣线放射着绚丽奇妙的光彩。

游歌提水回来,见香娃捧着玻璃罩匣,一边倒水一边说:"你母亲的手真巧,绣出的喜鹊活的一般。尤其喜鹊的眼睛,轻轻动一下枕头,喜鹊眼睛就灵动起来。我在民间看过无数的枕头,比起来,你母亲绣的这个枕头最有创意。"把毛巾泡进脸盆,给香娃示意洗脸,继续说:"枕头用白绫托底,在雪白底上绣上大红梅花,褐色梅枝,又绣上黑色喜鹊,白绫竟然没沾上一丝一毫的杂色,依旧雪一般洁白纯净,羊脂玉般晶润。可见你母亲花费了何等的心思心情,寄托了何等美好的愿望。这样一件精品,心灵的杰作,我不用玻璃匣把它保护起来,让它沾上哪怕针尖大的一点尘垢,我的良心良知将会永世不安。"

香娃珍重又小心地把玻璃罩匣放回原处。走到脸盆架前,一边挽袖口一边说:"你这样珍爱母亲绣的枕头,要是叫我母亲看见,不知会怎么感激你哩。从做姑娘起,她不知绣过多少枕头、袜底、袜溜根、针线荷包,从来没想过会被别人当作稀罕宝贝珍藏起来。"

"我珍藏的何止是一片枕头。"游歌提高声音对掬水洗脸的香娃说,"我珍藏的是一种文化。是河湟谷地广大劳苦妇女们被忽视、被压抑的锦绣心灵和她们勤劳、善良、隐忍的崇高品格。是她们憧憬向往美好生活的信念和信心。"游歌激奋地挥舞双手,如同面对成千上万虔诚的听众,"我把它当作河湟文化的一种结晶,当作我今后文化追求的最高范本来珍重珍爱珍藏的。我会天天看着它,时时品鉴它丰富的情感内涵,作为我艺术追求的动力和我生命激情的燃料……"

香娃慌忙拧干毛巾擦脸,"只可恨我那不讲理的阿大夺去一片。要是两片都被你拿来,你都会装在玻璃匣内吧?"

"自然。你父亲的出现和行为太让人意外,不过我能理解他为什么会这样做。我们不说这件事了。你这次来,一定还有其他事吧?"

"就是来看看你。阿妈担心你的眼睛要没治好,叫我给你下话,别再让万先生找我阿大的麻烦。"

"我明白了。上次万先生去尕庄,我事先并不知情。他从尕庄回来才告诉我,说他去尕庄替我出了一口恶气。为此我跟他争吵几句,抱怨他不该瞒着我去尕庄报复你父亲。别人不仁我们不能不义。何况是你父亲气头上失手的。如今我的眼睛好了,万先生再没理由找你父亲的不是,你放心吧。"

听说高先生已经过世,游歌深感意外,为自己忙于教务而不知情嗟叹不已。

对话中间,游歌欣赏着香娃的眼睛,恍同见了刘香。这让香娃纳闷:"我的脸没洗净?"

"哦不!你的眼睛让我想起你母亲。上天给你母子赐了这么一双美目,让人越看越想看。恨不得它是一件可以捧在手心的工艺精品,爱不释手啊!"

"都说我阿妈世了一双会说话的眼睛。你说我的眼睛跟我阿妈的眼睛一模一样,是看出我的眼睛也会说话?"

"何止会说话!简直就是一幅水墨山水画,一首朦胧抒情诗啊!"

这些话语中蕴含的文化力量,在香娃尚未开发的处女地一般的心灵播下一颗茁壮种子。心灵多了这样一粒种子,香娃的眼眸就多出一束神采。

听说游先生后晌有课,香娃冲冲动动地问:"是教唱'少年'吗?"

"学校不教'少年',只教歌曲。"

"歌曲?什么歌曲?能叫我听听吗?"

"当然可以。"游歌突发灵感,"按课程表今天教'大路歌'。你这一说,我有了一个新的打算。我写了一首歌词,谱了曲,原计划下星期音乐课教给学生。正巧你来这里,我调整一下,今天教唱我创作的这首歌。上课我带你去教室。"

3

上课铃声响过,校园充溢肃穆的宁静。香娃的心突突狂跳,双腿发软,"游先生,我害怕。"

"别怕,全是十三四岁的少年学生,很规矩。"

不等香娃调整好情绪,游歌先把香娃推进教室。唰的一声,三十几名男女同学齐刷刷站立起来,给香娃和游歌鞠躬,而后齐刷刷落座,把齐刷刷好奇疑惑的目光投给香娃。香娃喘不上气息,脸憋得通红。

"同学们,"游歌拍着香娃肩膀,"今天的音乐课,我给同学们请来一位贵客。"

贵客?!同学们交头接耳交换各自的好奇、疑惑。这个显然是来自农村,几乎大他们一倍的青年;这个进入教室就如大姑娘一样腼腆得不敢抬头的陌生人;这个穿着补丁旧单衣,皮肤黝黑畏畏缩缩的乡下人,是老师请来的贵客?看不出贵在哪儿啊!

交头接耳的窃窃私语组合成一片声波在教室内嗡嗡嗡地回旋着。不敢抬头的香娃,被这种听上去不甚友善的嗡嗡声压迫得更加不敢抬头,只用眼缝瞅着脚尖前的一片青砖地面,心里恼恨自己。不就是一些十三四岁的城里脬蛋娃吗?你一个二十几岁吃苦长大的人,没道理害怕他们。这个想法从心底勾出一首民谣:城里娃,没见啥,见个羊粪蛋儿叫阿大。这首民谣给香娃打了强心针。感觉对这些把麦苗当作韭菜的毛孩子,自己有理由挺直腰干抬起头颅。于是抬头直视一张张光鲜又稚气未消的面孔,发现他们脸上除了好奇、疑惑的表情,并没有看见怪物的诧异和见了大粪、土坷垃的轻蔑。于是又挺一挺腰背,把并在一起的双脚挪成八字形。

"同学们,我请来的是一位民间歌手,是你们河湟谷地民歌界的后起之秀……"

歌手歌手歌手……回应的声波起伏着喜悦的颤音。

"这位歌手名叫……"游歌一下子窘了。认识多年,竟没问过香娃的大名。歉笑着,"看我这老师当的,把人家请来,却不知人家的大名。你的大名?"

"甘家英。"香娃响亮说出令自己自豪的官名。

甘家英甘家英甘家英……回应的声波再次旋响。这个头发不太整洁,脑袋圆圆,脸盘圆圆,有一对大眼睛,一个陡鼻梁,两片厚嘴唇,如一截树桩般结实的乡下青年名叫"甘——家——英"!同学们的眼里飞出了异样的神采。

"同学们,甘家英有一个特别的乳名:香娃。我认识他一直叫他乳名。你们的家长不是爱说:'若要好,小名叫到老'嘛。"

同学们哄堂大笑。一个穿毛蓝制服的男生站起来问:"老师,他小名为啥叫香娃?是不是他阿妈把他养在花丛中?"

众同学为这有趣的提问哄笑起来。

"郝琦同学问得好!"游歌兴奋地说,"听甘家英母亲说,他生下来浑身散发香气,所以起乳名香娃。而且,至今他身上依旧散发着香气,你们信不信?"

"信!"

"不信!"

香娃纳闷,游歌为何要说让他难为情的话。

游歌握住香娃的手说:"同学们安静!我同甘家英在教室走几圈,你们都闻闻,看看能在他身上闻到什么香气。"捏一下香娃手腕,似在告诉他:听我的,走。两人在三排课桌中间的过道来回走动。经过一张课桌停留一下,有的同学凑上鼻孔闻香娃身体,有的在老远抽动鼻孔。来去走动三圈,在同学们交头接耳交换感想的时候,游歌发问:"哪位同学先讲?"

一个中分头的男生站起来说:"我闻见了炕烟气味。"

同学们哄笑。另一个平头男生说:"不对!炕烟味道是难闻的味道,不是香味。我闻出……是……青草的气味。"

"好!郑明同学说得好,加入了自己的理解和想象。"

游歌的提示发生作用。同学们争先恐后地发表见解,"是土坷垃的气味。"

"是小麦的味道。"

"像马兰花的香气。"

"河边上淤泥的味道。"

"是云彩的味道。"

同学们齐声为这个奇思妙想叫好。

游歌朝这个同学跷起拇指。

"是泉水的香气。"

"好!"同学们高声喝彩,游歌跷一下大拇指。

"像天空的味道。"

同学们为这种大胆的联想和发挥又一次齐声叫好。

所有同学都发表了见解:土地。石头。树木。花草。马粪。鸡毛。酸菜。洋芋。红萝卜。白菜……

游歌挥手让大家安静:"谁来归纳一下,甘家英身上到底是什么香味?"

同学们窃窃议论,交换眼色,一个短头发女生站起来说:"是农村的气味。"

游歌用肯定的语气:"好!不过还可以延伸。"

"是庄稼人的体味?"小眼睛男生边举手边说。

全班发出一片沉沉的窃笑。

身在其中的香娃既纳闷又兴奋,既恍惑又愉悦。下意识认为游先生这样做有什么用意。到底有什么用意,又难以事先明白。

"请同学们在更大更广的层面上想象一下。"

叫郝琦的男生疑惑着问:"是生活的味道?"

"是大自然的味道?不!应该是大自然的香气!"男生郑明理直气壮地说。

"对!郑明同学说得最好!香娃身上的香味是大自然的气味。不过我还要进一步说,大自然是个宽泛的概念。如果我们把大自然比作一个人,我要问,这个作为人的大自然有没有性格?有没有脾气?他的性格脾气靠什么体现?"

一阵沉默。一个长辫子女生站起来回答:"下雨就是大自然的脾气。"

游歌及时肯定:"陈艾思同学讲得好。大家顺着这个思路再想一想。"

有了启发,同学们争先恐后地说:"打雷闪电是大自然的发怒。"

"刮风下雨是大自然心情郁闷。"

"春夏秋冬的四季变化是大自然的生命周期。"

"树叶落下是大自然叹息。"

"下雪是大自然戴孝。"

同学们齐声喝彩,为这个艺术化的联想。

"同学们都说得对。我再问一个问题。把大自然比作一个人,那么这个人的喜怒哀乐靠什么方式,用什么器官表达出来?"

"眼睛,从眼睛体现出来。"名叫司有敏的女生抢先说。

"为什么?"

"因为眼睛是心灵的窗户。"

"好!现在请甘家英唱两首民歌。是你们当地称为'少年'的山歌。如果甘家英的眼神是大自然心灵的无声表达,那么他唱的歌就是大自然心灵的有声倾诉。请同学们从他唱出的民歌中品评大自然的声势。"对诚惶诚恐搓着双手的香娃说:"唱!唱两首。"

"嗯……唱啥令儿?"香娃想唱又怕唱。想唱是在这些充满好奇心的学生娃面前展示自己的本领;怕唱是人们把"少年"当作野曲,尤其是城里人。把野曲唱到城里学堂会不会招来责骂?

游歌却给予他鼓动,"随你,想唱啥令就唱啥令。"

香娃听从游先生安排,挺胸运气,放声高歌河州大令:

> 上去高山望平川,
> 平川里有一朵牡丹;
> 下到川里折牡丹,
> 折不到手里枉然。

同学们听呆!一个个半张着嘴,眼睛睁得溜圆。看上去没什么特别的乡下人,竟然唱出这么高亢嘹亮的声音。这绸缎一样滑亮,水波一样闪动的声音,是从人的喉咙唱出来的?这起伏振荡的声音,有冲天的气势,有撕锦裂帛的力度,又有撞击人心的神功。这是拔尖的激奋,扯长的忧怨,穿成珠串的心声……在同学们听得如痴似醉的当口,如鸟儿下落收了翅膀,歌声抿起来缩回甘家英口齿之间。

一刹那的静穆后跟着疯狂的鼓掌。

激奋的香娃乘兴唱出直令:

> 圆不过月亮方不过斗,
> 美不过五色的绣球;
> 走不完(的)大路喝不尽(的)酒,
> 唱不完世上的忧愁。

尾音渐弱渐收,同学们的耳膜还在嗡嗡嗡地鸣响。游歌说:"我今天请甘家英唱民歌,想必同学们明白了我的用意。接下来我给大家教一首歌。"游歌取一支粉笔,在黑板上写出四个大字:眼睛之歌。

眼睛之歌眼睛之歌……诵读的声波在教室里振荡。

"同学们安静。请同学们认真看看,甘家英是不是长着一双特别美的眼睛？"

　　起先大体观察香娃体貌特征的学生娃,仔细观看香娃眼睛,惊讶不已。全班三十几位同学,不！全校六百多师生,没一双眼睛比得上香娃的眼睛。也许大小可比,外形可比,可眼神无法相比。眼眸中心那个大自然一般丰富广博的灵魂无法相比。这才豁然明白,老师为啥请来这么一位贵客。为啥绕来绕去说那么多奇怪有趣的话题。

　　"同学们,我先后三次去河湟谷地采集民间歌谣,认识了甘家英母子。他母子都有一双美轮美奂的眼睛。因为见识了甘家英母子的眼睛,我有了创作'眼睛之歌'的冲动。我谱写这首赞美眼睛之歌,采用了民歌元素。原计划下星期音乐课给你们教唱,可巧甘家英来了,我就利用他做些教唱前的铺垫。"游歌拍拍手上的粉笔末,给香娃一个深情的眼语,坐在风琴前。

第三十七章

1

爬山涉水穿村越庄半个月,香娃来到同仁县境内。再走半天,就是保安香娃的家乡。

不料,他扑空了。

保安村口靠着百年榆树抽烟的老者听了香娃来意,打量着香娃说:"你来得不是时候,香娃半年前出门了。"

"他……出门唱'少年'去了?"

老者眼里闪出讥嘲的目光:"什么时候,有心思唱'少年'?出去躲壮丁了。"

这一路走来,到处风传国民党与共产党交火。为阻止共产党军队,马步芳加紧抽丁军训。有男丁人家惶惶不可终日,生怕抽丁的扑上门来,都躲走了。

香娃心里被铁勺挖去一大块,空洞难耐。"他会躲哪儿?"

"听香娃家里人说,循化街子清真寺有个阿訇是香娃朋友,大概去那里了。马匪抓兵不会抓到寺里去。"

香娃抽身要走,被老者叫住,"看你是实诚人,又是头次来保安,住一宿再走。最近常有散兵土匪打劫行人,走夜路不安全。"

不听老人言,吃亏在眼前。香娃听从老者劝阻,去老者家留宿。当晚了解到保安香娃的生活简历。

香娃父亲朱俊是当地民歌把式。香娃自小跟父亲学唱,掌握不少令调、唱词,时常与成人在田间地头对唱,成为远近闻名的"少年"歌手。十二岁入村办私学,有了一定的文字基础,将熟知的"少年"唱词一一记写下来,记满三大本,六千多首。

怪不得保安香娃唱得比我好,香娃辗转反侧不能入眠。保安香娃凭着认下的字,将所有会唱和不会唱的"少年"记在本本上,三番五次熟记在心。可我离开猪娃保就成了有声音的哑巴。香娃记起小时候被父亲扛在肩头游走四乡的往事。倘或那时候父亲送他去大庄私塾学文识字,而后把唱过听过的"少年"全记下来就好了。一想起父亲,香娃心里泛出酸涩苦水。香娃前思后想,觉得保安香娃唱得比他好,全因为有个好父亲。

2

撕羊毛的刘香把后背支给太阳。秋后的太阳用亮晃晃的胡须蹭着她的夹袄,把一片痒酥酥的温暖拓在她脊背,心房也暖暖的。现在是阴历九月底,晒太阳成了享福。边晒太阳边撕羊毛,刘香的享福伴着一个温暖的愿望。尽快把锈污的旧羊毛撕散,给憨哥装一条厚被。人们说窑洞冬暖夏凉。夏凉是对的,冬暖却靠不住。再暖的窑洞,能比家里的烫炕?只有装一条厚羊毛被,憨哥睡在窑洞才不会受冻。这样做不全为男人,是为了不辜负保长的一片美意。保长的美意是要她继续做憨哥妻室。既然是妻室,就得尽到妻室的责任。哪怕憨哥心里灌了生铁,她也得想方设法烧出一炉旺火,把灌进憨哥心里的生铁烤热烤红,烤成白炽,再用她忠贞的小锤把它敲打成一个成器的模样。

一串脚步声响进大门。是巧儿、猪娃保。刘香放下手里羊毛,拍打腿面的羊毛碎屑:"寻上气死猫灯盏了?"

"寻上了。"猪娃保亮起手里的气死猫灯盏,"向庙院骨头爷借的。"说话间盯住岳母眼睛,发现左眼上下眼皮显得僵硬,眼光也如搅浑后没有澄清的泉水,不比右眼晶亮。承认巧儿说得没错:"阿妈的左眼出毛病了。"

刘香抚弄借来的气死猫灯盏,发现巧儿、猪娃保窃窃私语,私语间窥视她的眼睛。女儿、女婿觉察她的左眼出了问题。可他俩看出的只是左右眼睛表面的差别,至于眼内有什么变化,只要她不说,他俩就不会知道。"你俩别疑神疑鬼。我的左眼总是发痒,忍不住要揉,揉多了,眼皮就红渍渍发僵,眼仁也不亮了。这是眼睛好转的迹象。人身上受伤出血,好的时候都要发痒。痒,说明眼睛要大好了。"刘香指使巧儿,"去,把厨房里装清油的木梢梢取来,给气死猫灯盏灌满油,天黑前给你阿大送过去。有这灯盏,就不怕偷嘴的老鼠,串门的野猫。"

据巧儿说,憨哥分居拿去南台的油灯,平放在炕沿,先被老鼠舔尽灯油,后被争抢舔油的老鼠弄下炕沿摔成碎片。此后憨哥摸黑睡觉起夜。刘香于心不忍,打发猪娃保寻来这只气死猫灯盏。

要取油梢的巧儿被猪娃保拦住,"得先穿上灯捻,才能灌入清油,要不怎么穿灯捻?"

"看我!要不是你提醒,出洋相哩。"刘香急忙翻找出搓灯捻的棉花,搓了三根灯捻。猪娃保从灯嘴口捻转着往里穿,不走,用席芨棍捅进去。终于把三根捻子穿入灯腔,留下半寸长的捻子在灯嘴外面。猪娃保提来十斤装的扁圆形木油梢,让巧儿双手捧住气死猫油灯接受倾倒下来的清油。巧儿感觉没有把握,"我倒你接。"

猪娃保没好气地鼓出眼仁,"接都不敢接,还敢倒?倒需要技巧。"

刘香明白巧儿心思。万一接偏,清油在灯孔四周溅起来,会污了她的新夹袄袖口。急忙说:"我接我接。"要过灯盏双手捧定,"好了,你倒慢点。"

猪娃保叉开双腿站定,左手持木梢横把,右手托住底沿,慢慢倾斜油梢,凭着感觉,让黄亮的清油从木梢的三角形梢口闪出来,缩成一股毛线粗细的油线,自上而下流泻,端端地注入灯上小孔。

刘香感觉线一般倾流的清油偏了,没有对准小孔,小心又果断地挪动手里灯盏,结果清油流击在灯孔一侧,溅了一手。猪娃保及时收正油梢,"阿妈你接偏了。"

"我明明让灯孔对着淌下来的清油,怎么会接偏?是我双手不稳。这次我拿稳,你慢慢倒。"做出全神贯注的架势。

巧儿灵醒,"阿妈!你别哄我们,你的左眼是不是看不见东西了?"心里大喊:只有两眼错光才会出现这样的现象!

刘香心房被震动。此前她不相信左眼看不见东西。虽然眼前罩了一层白纱,视线变得模模糊糊,依旧不相信这是失明的前兆。即便明白有这种可能,也不想接受。她害怕的不是眼睛失明,而是引发儿女对父亲的极大愤恨。她要隐瞒事实,让儿女和乡亲以为她的眼睛已经全好,即便没全好却没有大碍。不料无意中露出底细。露了底细再掩饰只会让姑娘、女婿加倍伤心。于是佯装出无所谓的样子:"看不见就看不见,有什么大惊小怪的。世上看不见东西的罪人不是一个两个。再说我还有一只好眼睛哩。"笑出声来,证明真的无所谓。

巧儿和猪娃保眼内闪出泪光。

"巧儿,放硬气!真瞎了,是我命里该遭的。不让你们知道,是怕你们忍不住说出去,让全庄人知道,让保长知道,你阿大的罪孽就大了。如今你俩知道了,就得听我一句话,不准给人说我左眼瞎了。我的眼睛已经瞎了,闹到天上,眼睛不会再亮起来。我们得为你阿大着想。"

3

香娃一门心思赶路,想着如何才能追寻到保安香娃,尕庄、母亲、姐姐都抛在脑后。犹如白云远飘,并不把天空放在心里。因为白云知道,无论飘到哪里,天空依旧是天空,丢不掉的。倒是保安香娃,成心与他捉迷藏,在他撵到的时候先行一步,让他扑空。

"走了,昨日后晌走的。"清真寺阿訇得知香娃来意,捻着胡须,睿智的双目闪出惋惜神情。

"他说没说要去哪儿?"声调因失意而干涩。

"没说要去哪儿。只说他是满天下跑惯又要随时吼唱的人,寺里清静不适合他。我说你从家里出来是为了躲兵,躲在清真寺最安全。他说宁肯冒着抓丁的风险,也享不了寺里清福。"香娃转身离开,阿訇补上一句:"你去河沿上问问。河沿上有几个撒拉水手,是他在会场上结识的朋友,说不定去那儿了。"

香娃来到黄河岸边,望着滚滚东去的河水,被它勇往直前的气势感染。比起小时候在贵德见过的黄河,这里的黄河河面宽阔,水流湍急,如同从高向低倾流的铜汁。沉重地起伏推涌的水面上,这儿那儿旋转着一个个肚脐似水眼,旋吸着水面上的泡沫和其他漂浮物,让人猜测那圆圆的肚脐眼下是一个何等凶险的暗穴。香娃产生了吼唱冲动。只有放声吼唱,这旷无人迹的河谷才会振荡出人气,才会把深藏在深谷茂林的保安香娃呼唤出来。

在香娃调整气息捂腮放唱的时刻,从上游飘来颤悠悠歌声,顺着水面断断续续流下来。香娃为之一振。河对岸寂无人影,河面上空无一物,只有铜汁般沉重起伏的流水,和水声里跳荡的歌声。香娃循声寻望,终于看见上游百丈远的河浪上,颠簸着一只皮筏,在起伏的水浪间时隐时现向下游颠漂而来。筏上一人奋力拨划着木桨,让皮筏在滚滚直流的急水中破浪向南岸冲刺。皮筏被水浪掀颠,几乎把划桨人倒入河中,可划桨人居然唱着"少年"。水浪上颠漂的皮筏,皮筏上拼力划桨同时吼唱"少年"的人,让香娃看得惊心动魄。

> 黄河上渡了一辈子,
> 浪尖上耍花子哩;
> 双手划起桨杆子,
> 活像是天空的鹞子。

河中央的皮筏眨眼间向下游冲颠而去。收住歌声的划桨人前扑着上身奋力拨划桨片,终于在百丈远的下游把皮筏划到南岸。划桨人跳进浅水,把皮筏推过浅水拽上沙滩。

香娃奔到跟前,是个二十三四的壮实青年,古铜色脸膛、臂膀,浓黑剑眉,晶亮杏目,穿无袖对襟排扣白褐褂,黑市布单裤,光脚。令香娃惊讶的是,在皮筏上拼力前扑拨划木桨,青年的褐褂以及膝盖以上裤腿居然没有水湿痕迹。难怪划桨的同时把"少年"唱得那样舒展,如在平川闲步,又如坡上放羊。不禁佩从心中起,敬在胆内生:"你的'少年'唱得好,好得没口儿说。"

拄着木桨的青年镇定又谦逊地打量香娃,丝毫没有听到恭维的愉悦得意,"姑舅哥要过河?"

"不过河。我来这里寻问一个人。"从举止神态判断对方是个撒拉族水手,"姑舅哥怎么称呼你?"

"我叫韩乙不拉。姑舅哥找问啥人?"

"保安香娃。姑舅哥知道保安香娃吗?"

"保安香娃谁不知道!你找问他做啥?"

"跟他比……"意识到比字说得狂妄,慌忙改口:"跟他学唱'少年'。保安香娃是有名的唱把式,我慕名前来讨教。"

"哦。姑舅哥怎么称呼?"

"香……"意识到香娃会让对方产生误解,急忙改口,"甘家英。"

"甘姑舅哥在哪听过香娃的'少年'?"示意香娃可以坐在皮筏上,自己却席地坐在沙滩。

香娃真想坐上皮筏感受一下。有八个鼓鼓的羊皮袋支着,坐上面闪忽闪忽一定很舒坦。担心犯人家什么禁忌,席地坐在青年身边。"在大通六月六朝山会场听香娃唱过一次。那次香娃得了马主席四块赏钱,我得了两块赏钱。"

"这么说,你也是个唱把式。"

"算半个唱把式吧。"香娃歉笑笑。

"你唱几段叫我听听,有没有香娃唱得好。"

香娃听得出来,有没有香娃唱得好,实际是没有人能唱得比香娃好。这刺激了香娃的自尊心。忍不住说:"其实我是来找香娃比唱的。"

"跟香娃比唱?"撒拉青年用刀刃般锋利的目光侧视香娃,锋利后面是怀疑、轻蔑,仿佛看一个给老虎炫耀胡须的幼猫。

"你不信是不是?"香娃的自信膨胀起来,"在今年的民和会场,我唱了两天两夜没一个对手。只可惜没遇上保安香娃。我去保安跟他比唱,庄子里的说他出门了。我撵到街子清真寺,寺里阿訇让我来这里寻他。你先说,你知不知道香娃的下落。你要知道,我就唱两段叫你听听。"

撒拉青年笑了,一口整齐洁白的牙齿愈加耀目,"我跟香娃是你不吃我不喝的朋友,能不知道他的去处?你先唱两段让我听听。唱得真比香娃好,我就告诉你他的去向。"

香娃松松腰带要唱,撒拉青年扬手制止:"且慢!"起身推皮筏入水,站在浅水,拽住被流水掀得起起伏伏的皮筏,"上筏子。"

"你不是要我唱吗?上筏子做啥?"

"上筏子唱。香娃坐我筏子过黄河,从南岸直唱到北岸。"向皮筏频频摆手。

香娃胆怯。筏子上唱"少年",没经过也没把握。不敢上筏子,等于承认保安香娃比自己强。撒拉水手这样做是试探他的胆量。自己首次坐皮筏一定唱不好"少年",却不能因此后退。硬着头皮踏上皮筏,还没站稳,撒拉水手推皮筏进入深水区并跳上皮筏。香娃被水浪掀撞得猛起猛落,忽而倾斜忽而平伏的筏子,令香娃头晕目眩,双腿颤抖。慌忙下蹲,双手紧抠皮筏栅木,感觉身子成为一片羽毛,随着颠簸的皮筏忽上忽下忽左忽右失去了定力重心。心脏缩成一块石头,上下左右甩击得胸腔咚咚乱响,使得抓抠皮筏栅木的双手痉挛,十指麻木。眼前,水花旋转水珠跳荡,紧闭双眼仍旧眩晕恶心。感觉撒拉水手成心将皮筏划在浪高流急的中心水域,故意让他心惊,令他胆寒,叫他害怕皮筏倾覆葬身水底。这样的意识倒让香娃有了豁出去的镇定。镇定下来,体会到身在皮筏上,皮筏在急水中起伏摇颠的规律,渐渐胆壮,气定,神清。睁开眼睛,被皮筏掀搅得滚翻的水花,被波浪掀摇成醉汉的皮筏,不再令他眩晕,令他恐惧,令他心神恍惚。感觉应该歌唱,声音不及出口,被从浪尖闪落浪谷的皮筏揪断了气息。试着张口再唱,又被东倒西歪的感觉扯断了意念。这才明白,在急流中颠簸的皮筏上自如地运气歌唱,非一日两天三月半年的工夫。真正是关公面前耍了大刀,孔夫子门前卖了孝经。

香娃终久没能唱完一首"少年"。撒拉青年划皮筏到浅水区,跳入水中,香娃跟着跳下水,把皮筏拽上沙滩。香娃的衣裳全湿透了,而撒拉水手除膝盖下的裤腿湿了,上衣裤腰干干的。香娃心灵受到再一次摇撼。

"实话是站着说话腰不疼。"香娃脱下上衣边拧水边说,"多谢你教我明白一个事理。"

"还敢不敢跟香娃比唱?"

"不敢了。"

"现在你好好唱几段叫我听听。"

香娃满怀敬服接连唱了四首。谦和的心境,让他唱得从容不迫,自然悠长。

"好好好!"撒拉水手使劲鼓掌,"不愧是得过马主席赏钱的唱把式。可我听得出,你的苍声和尖声唱得与香娃不同。"

"苍声?尖声?"香娃意识到对方不是等闲之人,"啥是苍声尖声?"

"这里的道门多,我也是听香娃说的。我嗓音不好,唱不过别人,可我听过不少唱把式的'少年'。听来听去,还是香娃唱得最好。好就好在他把苍声、尖声用得好。"

香娃灵机一动。寻不见保安香娃,何不向这位撒拉水手学些本领。少说得把皮筏上唱"少年"的功夫掌握下来,将后遇见保安香娃,至少这一项不会输给他。"姑舅哥,你要不多嫌我,就收留我在河沿上给你搭下手吧。教我划筏子渡河,教我筏子上唱'少年'的本领。"

"好!"撒拉水手笑着应承。

4

憨哥从中庄抱来一条四眼狗!

消息风传尕庄:抱来一条狗?不牵着怎么抱着?公狗还是母狗?

消息用玩笑的口吻传播。多数人听后一笑了之,少数人用嘲弄的口气说:"狠人也怕孤单,抱来一条狗做伴。"

"活该!放着花骨朵婆娘不受用,只能以狗为伴。"

"八成是寻个母狗过干瘾吧?"

都猜错了。憨哥抱一条狗回来,为他看门守家,守护他好不容易弄来的木料。

趁着农闲,憨哥不但把崖壁自上而下铲削得平展光堂,还进山砍伐几十棵松木。这些松树两丈有余,根部大海碗粗细,梢头宫碗大小。粗一头截下一丈是檩条,余下全是椽子。这等好木料码放在窑洞外,得时时刻刻操心着。保长分割给他的活命土地,是他开在南台的旱地。白天在地里做活,看得见窑洞门前动静。可他不能不睡觉,不能不离开南台去外庄办事。他决定去中庄铁匠铺,定制够用的爬钉,把木料钉连成一体,小眼人就不敢轻易下手。趁巧儿上南台问事,留下巧儿看守木料,他跑一趟中庄。铁匠铺没有现成钯钉,得烧炉子现煅。他等不及,赶回家来。路上,见一人狠劲踢踏吱哇乱叫的狗,勒住脖颈的绳套牵在主人手里,狗挣脱不得,拼命向后倒退,躲避主人的踢踏,血红眼球几乎要爆出眼眶。

憨哥看得不忍,"它与你什么深仇大恨,要你这般对待?"

"早上喂过它,它却把我挂在门后的一条猪皮撕下来吃了。"

"别说吃你一条猪皮,就是吃你一个猪头,也不能这样踢踏,狗命也是命。"

对方乜憨哥一眼,"你知道啥!那条猪皮是我的脸面,吃掉猪皮等于吃了我的脸面,岂能饶它!"

脸面?猪皮是你脸面?憨哥大惑不解。

原来,这人家里穷,往年不见一点荤腥。今年过年,婆娘娘家送来一条猪肉。肉吃了,留下猪皮挂在门后。夫妇出门,用猪皮蹭油嘴唇,让庄里人以为他天天有肉吃。不料被狗偷吃了猪皮。

说话间,接连几脚,踢踏得四眼狗吱哇乱叫在地上打滚。

憨哥恼恨此人心眼歹毒,为一条猪皮下毒手整死一条狗命。从对方手里夺下牵狗绳索,"把它给我。"拉着走出十几步,发现狗的一条前腿被主人踢伤。抱回窑洞,坐在炕沿揣捏受伤狗腿,从狗的惨烈嘶叫判断,腿骨断裂。小心又果断地捏巴捏巴,撕一条破布缠裹伤腿,说:"我就这点本事,好与不好,全凭你的狗命。"炕沿前铺上麦草,让狗卧在草上,早晚定时给水喂食。晚上睡不着,趴在炕上,就着气死猫油灯的昏黄光亮,他看着狗,狗看着他。看得心酸,给狗说话,直到瞌睡袭来。

眨眼半月。这天早上醒来,发现狗立在炕沿下巴巴地望着。见憨哥醒来,浑身抖几下,把沾上身的草屑灰土统统抖飞出去,留下一身乌黑光亮的毛皮,小眼睛上方两坨圆圆黄毛显得格外醒目。狗缓过劲了!憨哥跳下炕给狗端水喂食,说:"你的腿要是全好了,吃完食就去窑洞门外卧着。你想你主人要走,我不留你。你要念我危难时刻救了你,就留下来给我看护木料。我不拴你,由你自由来去。只一条,见小孩不得扑咬。还有我的姑娘巧儿,她胆子小,受惊吓要犯病。再说,她怀了娃娃,不准你对她龇牙咧嘴,听见没有?"

狗眼上的两团黄毛抖动几下。

5

刘香双手持握长把桦木榔头,挥起来,砸下去,嘭的一声,棱角分明的土坷垃碎成小块。举榔头再砸,小块的坷垃全碎了。遇上块大冻着的,榔头砸下去震得双手虎口生疼。得连续几榔头,再用榔头捣几下,才能散碎。

忘我劳作,让刘香忽视了东方天宇渐渐畅亮又色彩绚丽的天色;忽视了晨风中微微摇晃的树枝的婀娜多姿,以及绵柳丛中鸟儿们吵嘴似的喧闹;忽视了亘古以来悠然东去而今依然如故的流水。当她感觉臂膀酸困,必须解开斜襟薄棉袄纽子,让汗湿的胸怀感受一下凉爽的时候,发现太阳已经高过树梢,把她的影子斜拖在地上,每动一下,影子就被凸凹不平的地面扭曲得变了形状。地边上有人说话,"缓一阵吧。"

是顺风耳,提一张铁锨站在地边。

"他包家达达,这么早出来了?"

顺风耳笑了,"不早了,已经饭罢了,你做活做糊涂了。看你打散的坷垃,天没亮就到地里了吧。"

刘香也笑了,"如今剩我一个,不下茬不成呐。"

"香娃还没音信?"

"没有。前些日子听庙院骨头爷说,在循化黄河沿上见了香娃。离得远,又像又不像,大概认错了。"

"眼看要种田,你不叫香娃回来?"

"我想是干想。儿子大了,翅膀硬了,天知道飞哪去了。"刘香心里酸涩涩的。按理,香娃应该在种田前赶回来。

"你出来,我有话问你。"顺风耳把铁锨插在地里,取出烟瓶装烟。刘香撂下榔头走到地边,顺风耳盯住刘香眼睛看了一阵,与自己婆娘的丑相做对比,心里暗喜。迷色势利的尕庄狗日的们,你们眼里心里的娘娘成了半瞎,看你们日后怎样对待。不无幸灾乐祸地问,"你的左眼睛看不见了?"

刘香一惊,"谁说我看不见了?我眼睛好端端的,谁说看不见了?前一阵看东西有点模糊,那是伤没好透的缘故。如今好透了,看东西亮亮堂堂的,跟先前一模一样。"闭上右眼,"你手里的烟锅是黄铜的,烟嘴是玛瑙的,烟锅里还没装烟,对不对?"继续闭着右眼,打算顺风耳回答后再睁开。

"对是对着,是你没闭右眼前看下的。"顺风耳的语气怪怪的,"别哄我了。前几日听人说你眼睛看不见了,没信。今日见你眼睛,才信了。你为啥哄人,我知道。可你哄不过去了。你左眼仁上罩着一层白雾,一看就能看出来,你在哄你自己。"

刘香不禁问道:"你听谁说我的左眼看不见了?"

"你别管我听谁说的,反正我看出你的左眼看不见了。我知道你哄人是为了憨哥。也说不定是为了尕庄人。可哄来哄去,受害的还是你个家。"

话被刘香打断,"你真看出我的左眼瞎了?"后悔不应该说成瞎而应该说成麻。瞎,是承认自己左眼全看不见了;麻,是还能模模糊糊看见些东西。

"连这点看不出,枉为顺风耳。"怪笑一下,"看你右眼,像看一座一进三院的大宅,一下子能看到第三院宽敞亮堂的天井和上房堂屋的全副摆设。可你的左眼成了大门内的照壁,只见照壁,照壁后面什么也看不见。再说,先前两眼一样儿饱满,一样儿灵活。如今,乍一看一模一样,细看,左眼的眼仁没神。如同两颗葡萄,一颗水汪汪的,另一颗已经少了果蜜,从表皮开始干缩。"

刘香头里嗡的一声,耳内蜜蜂乱飞。原以为除了自己,眼内的变化别人无从知晓。谁知到头来瞒哄的只是自己。抱怨巧儿两口嘴不牢已没意义,唯一办法是请求顺风耳保密。庄稼人眼拙心粗,只要顺风耳不说,外人就不会知道。外人不知,憨哥就不知。不知情的憨哥就有回心转意的可能。"他包家达达,既然你知道了,求你替我先瞒着别人,千万别让憨哥知道我左眼瞎了。他心里压上这个罪孽,再不敢回家,不敢见我。"

"我能替你瞒哄,可你的眼睛瞒哄不住,它会越来越干瘪。难道你成年累月躲在家不出门?"

刘香感觉顺风耳这样说有点别有用心,不禁问道:"你今日来就为告诉我这事?"

"不全为这事。"犹豫一阵,"端午要打发小丫头,给婆家人抬针线,得十副枕头。这么短的时间,婆娘一个人顾不上,叫我央及你和长腿媳妇,帮着做点针线。如今我哪敢再央及你,你眼睛成这样子,再叫你做针线,是害你哩。"

"叫你媳妇把该做的针线拿来。我一只眼瞎了,还有一只好眼,多熬几夜,赶端午帮你们绣下两副枕头。"

"那就好那就好。我叫她把针线材料拿过去,到时候我把你算在娘家人里,邀你去婆家吃席。"收起烟袋要走,又说:"憨哥去山里砍来一些松木,把窑洞两边崖坎铲平,用铲下的土倒胡基,要垒院墙盖房,你知道吗?"

"听说了。"

"老早就听他谋划着另打庄廓另盖房,从北房奶奶家搬出来,结果拖了一二十年,庄廓的影子也没见着。如今一个人住进窑洞,不能指靠你和香娃,反倒下起茬来。真正是塞翁失马,焉知非福啊。"

刘香回到地中央继续劳作。心想,真要两三年内垒上院墙再盖上几间房,也算他多了当狠人的一分本钱。只不知他心里的真实想法是啥,是为了证明自己是狠人,还是表明自己要回心转意?真要是后一种想法,她该替他高兴。

第三十八章

1

赶往丹麻途中,香娃疑心在哪个路口走错了方向。民间自发的集会,一年一次已成定规,几十年不曾间断。按理,明日是丹麻会场正日,那些盼望等待一年的好家们,应该从四面八方涌向会场才对。可今日的川道渺无人迹。掌纹般网在山坡的小路空无人烟。道旁寂寥田地中,零星人在埋头劳作,村口只有蜷卧打盹的老狗和树杈上翘尾巴的乌鸦。

空落失意的香娃放慢脚步。撒拉水手说得十分肯定:"去丹麻会场一定能见保安香娃。香娃与那里的会首有过生死之交。"

迟疑的香娃赶到丹麻,相信道听途说并非虚妄。庄子里人说:"这种时候谁还有心情唱'少年'?男人躲走了,剩下老弱病残等着营盘官兵上门收粮派捐。这时候赶会场,是往老虎嘴里送肉。"

失落的香娃决定到会场场址看几眼。好歹来了一趟,把场址环境熟记在心,算得上没有收获的收获。一方水土养一方人。循化黄河养育出彪悍的撒拉水手,撒拉水手带他练出皮筏上唱"少年"的本领。丹麻土族花儿会场尽管只剩下山水草木,没有歌声人气,同样会给他注入某种信念、信心。

距离村庄两华里的河沿滩地,听见有人在孤声吟唱,声音低沉沙哑,唱的是幽怨低回的盘山令,听不清词儿。循声寻过去,见一人坐在高出河岸的沙石坎上,面朝阴坡郁郁葱葱的桦树林,倾吐着心事。香娃三步并作两步迈在沙石坎前,白胡须白头发的歌者竟然是他认识的马爷。"马爷!你是马爷吧?"

老者收住歌声,捻着飘垂胸前的须梢,笑眯眯地,"你认得我?"

香娃喜不自胜,"第一次见你在威远镇二月二会场,那时候我九岁。第二次见你在贵德六月会场。你老人家还像当年一样硬朗啊!"

"托老天福,能吃能睡能唱。"捋须仰天大笑:"哈哈……"

"寻见你的连手了吧?"香娃庄重了语气玩笑着问。

"说没寻见已经寻见;说寻见还没寻见。"马爷用已经不明亮的眼睛审度香娃,"来之前没听说今年的会场不办了?"

"半路上听人说,不信,赶来看看究竟。"

"我也是。会场办与不办,与我该来不来是两回事。没人的会场我照唱不误。"

香娃由衷敬佩马爷有这等坦荡心怀,难怪老当益壮呢,"你该叫上你的连手,叫我看看。"

马爷拍拍胸脯,"连手在我心里,正跟我对唱呢。我倒要问问你,年轻轻的怎么是一个人,没叫个伴儿?"

"我来丹麻追寻一个唱把式。"

"什么样的把式让你这么远地追寻?"

"香娃!保安香娃。"

"唱河州大令出名的香娃吧?他今年不来这里。"

"你认识保安香娃?"

"保安香娃谁不认识?不认识保安香娃就不是唱'少年'的。"捻着胡须,"他去年秋天去了三角城。三角城有他阿舅。"

"你怎么知道?"

"去年六月我去五峰寺会场遇见他。他说今年要去三角城种羊场学习种羊配种,是他阿舅叫他去的。"

"他会不会还在三角城？"

"十有八九还在那里。"

去偏远的三角城躲壮丁同时学习掌握一门畜养本领,是保安香娃最好的选择。"多谢马爷给我指明了香娃去处,我去三角城寻他。"

"要去就快去。香娃是满天飞,去迟了他又会飞走。"

感觉被神差鬼使的香娃给马爷作揖,慌慌离开。走出十几步回头,"马爷,忘了问你的家在哪儿,我得闲去拜望你。"

马爷看着香娃不回话,似乎耳聋没听清。香娃追问,得到的回答是:"我是天底下的。"

天底下的？天底下在哪儿？香娃琢磨半天才似有所悟。

2

搭乘的杠梢车把香娃放在巴燕,朝西南而去。依据车户指点,香娃沿着坎坷土路,在荒无人迹的山野赶路两天,到达西海山口已近黄昏。虽是初秋,山坡上下稀疏草地已经泛黄,透出枯萎的凄凉。一股一股刮来的西北风,有着刀子割人的寒意。香娃备感孤寂,油然想起母亲、孕庄。责问自己,野雁般四处飘飞,能飞出什么结果？恼恨保安香娃,风一样没有定轨,影子般虚虚幻幻。这捕风捉影的勾当何日才见功效？

山豁口有人影晃动。一个,两个,三个,都背着长枪。暮色中看不清什么着装,难以判断是营盘兵丁还是土匪。香娃犹豫着前行还是躲起来,被对方发现,吼喊着令他过去,并把背着的长枪端在手里。香娃硬起头皮接近三个凶神恶煞,心里七上八下。

原来是军兵,穿米黄浅灰军服,与罗家湾营盘军兵一样的披挂。不同的是脸色黝黑,似乎被荒野山口的罡风吹了几年。

"啥人?"居然是西宁口音,"往哪里去?"从头到脚打量香娃。

"姑舅哥……"

"谁是你的姑舅哥!"命令香娃转身,用目光检搜香娃全身,命令把肩上褡裢放在地上,取出里面的东西。证实只装着两个青稞面干粮、一小袋炒面、一疙瘩茯茶、一把五寸腰刀、一个木碗,别无他物。兵士恶声恶气发问:"拿刀子做啥?"

"路上防身。"

"你是平安人?"又一兵士脸上浮显悦色,是大通口音。

"姑舅哥好耳朵,听出我是平安人。"香娃认为出门人要学会恭维别人。

大通兵向另一个请示:"不是湟源人,放他过去?"

被请示者狐疑地打量香娃:"不是我们要抓的人。可不能这么放走,得叫营长发话。"一个手势,大通兵让香娃背起褡裢,跟随着拐过山豁口,看见几顶帐篷,帐篷橛子上拴着三匹备着鞍子的军马。

大通兵站在中间帐房门外,"报告营长,抓住一个过路人,是平安人不是湟源人,放走还是扣下?"

香娃的心一下子悬在半空,唯恐帐内下令扣下。扣下无异于抓了壮丁,等他的不再是保安香娃,而是营盘里的豆面撒饭,长官的皮鞭和通铺上的跳蚤。

帐内静默半天,突然有了声音:"什么年岁?"

完了!香娃双腿打战。二十五岁正是上火线打仗的最佳年纪。

帐房吐出一个中等身高壮实的成年人,左挎盒子枪右挎马刀。香娃觉得面熟,还没想起在哪儿见过,对方惊惊诧诧地说:"我认得你,你是香娃对不对?"

香娃的心一抖一热,是民和会场与他对唱"少年",送给他军用水壶的那个好人。高兴得以为做梦,"你是营长?"

答非所问,"你来这里做啥?"营长也被意外会面兴奋着,拉住香娃手,久违的亲人般端详香娃的穿着气色。

"我去三角城寻保安香娃。"香娃高兴得不知说啥为好,"我要不是香娃,你要抓我吃粮去吧?"

营长笑着把香娃拉进帐房,给传令兵吩咐:"快去烧茶煮肉。"让香娃坐在栽绒马褥上,给他讲说带兵把守山口的来龙去脉。

艾长营长是湟中班沙尔人,西宁守备师属下湟源守备营营长。营属二连一排去蒙古道抓壮丁,被群众抗拒。副排长被一名壮汉推下崖坎毙命,壮汉逃脱。全营部署把守各路通道关口,设卡围堵抓捕凶手。他今早骑马从营部赶来查看,不料遇见了香娃。

"是老天爷安排我俩遇面的。"香娃认为这样解释这种巧遇最合常理。

"就是就是。"艾营长取出带来的干肉、奶皮让香娃吃,催促传令兵端茶,尽快煮肉。"你咋知道保安香娃在三角城?"

香娃简略数说追寻香娃的经过。"这两年我不但学会了筏子上唱'少年',还在撒拉水手指导下,学会了保安香娃的尖声苍声互换唱法。"说得兴奋,"你也是唱把式,我唱几段,你听听是不是有了长进。"

"等日后吧。吃了手抓我俩美美地暄一夜,'少年'日后再唱给我听。"

"队伍上不让唱'少年'?"

"眼下非常时期,共产党军队节节胜利,老蒋的天下眼看垮掉哩。上面再三再四部署抓兵上火线,弄得人心惶惶。这时候听你唱'少年',这些吃粮人就会想家,想媳妇,想连手。要是跑掉几个,我没法向上峰交代。等日后有机会,我俩唱他三天三夜。"

香娃只得收起满腔激奋,"从这里去三角城还有多远?"

"步行得一整天。"把盛着牛血般浓酽茯茶的茶碗端给香娃,"这一路荒无人烟,狼群出没,孤身一人步行太危险。你自管喝茶吃肉,今晚住下,我俩好好喧个。明早我派人骑马送你去三角城。"

3

香娃东张西望想了一阵,朝最近一间看上去像个铺面的房屋走去。他得问问这里的人,是否知道保安香娃的落脚地点。这间铺门外侧,靠门板摞放着几架破旧的骑鞍驮鞍,有的鞍头开裂,有的断了鞍梁。铺内,既像交易铺堂又像鞍鞯作坊,案上地下到处是半成品鞍架,墙上挂着辔头、围脖、肚带、后鞦、皮绳、夹板之类的车马挽具。

铺堂没人。香娃正打算喊问,从隔间走出个五十上下成年男子,瓜子脸,陡鼻梁,薄嘴唇,丹凤眼,黑直贡呢对襟褂外套着元宝领白羔皮坎肩,宽松的斜布大裆裤,脚上居然是有钱汉穿的皮鞋。香娃谦卑着说明来意。

"听我侄女说,来过一个河州口音的青年,唱'少年'能把姑娘媳妇的眼泪唱出来,却不知是谁家亲戚,也不知如今在不在,你得去城里问。"用外眼角微微上挑的丹凤眼打量香娃,"你大老远跑来就为寻一个行踪不定的人?"

香娃想编个合乎人情世故的理由,免得对方小看他为了唱"少年"四处游荡弃家不顾。一则临时编不出让人信服的理由,二则觉得有这种长相的人,一眼会看穿别人心思,说谎只会招人家反感,便一五一十说出真实目的。

"原来是个唱把式,失敬失敬。"让香娃进铺堂里边,抬一条凳让香娃落座,进隔间端出一碗酽茶。"家在城里,我白天过来看守铺堂,接送活儿,后响关门回家。我看你是实诚人,如不心慌,跟我喧半天,后响同我一起回城。"

闲聊中知道对方身世。姓常,是祖传三辈的鞍匠。原籍甘州,因一桩冤枉官司,家道中落,迁居三角城。手艺远近闻名,早先的客户慕名追撵到三角城订制各类鞍鞯,生意再度兴盛。说得高兴,领香娃参观后院作坊、仓库,指着几架崭新的骑鞍,如此这般做出讲解:"这是四平'白菜花'鞍子,这是毛氆氇鞍座,这是硝牛皮彩绘鞍鞯,这是二龙戏珠黄铜马镫,这是牛毛编织的肚带,这是梅花鹿后腿皮制成的马鞘……"

这些包银镶铜富丽堂皇的骏马骑鞍,以及配套的辔头、肚带、马镫,让香娃大开眼界。真正是隔行如隔山,一个行当有一个行当的说道。"掌柜的,'白菜花'是啥意思?"

"鞍子的前后鞍头,用整块的桦树根砍成。这种树根自然长成白线条花纹,形状像一朵大白菜,所以称为'白菜花'鞍子。"

"这些东西全是你做的?"

"我只做鞍架。包铜镶银配辔头马镫的活儿,由铜匠、银匠、皮匠、铁匠分头做,各挣各的钱。做成的鞍子由我与顾客结账,再与匠人分成。我一家来到三角城,把三角城有关的行业买卖带动得发达起来。除去各路买卖人,有钱汉的骑鞍、驮鞍、队伍营盘订制的军马骑鞍,够我一家人三百六十五天不停地操劳。"

倾听传奇的香娃正在云雾中游走,有人在铺堂叫道:"掌柜的!"

常鞍匠高声应答同时给香娃一个手势,香娃慌忙跟随。一位穿隐花黑缎长袍,外套琵琶襟蓝缎黑羔皮马褂,戴黑呢礼帽的中年人站在铺堂门外,给鞍匠拱手:"掌柜的,鞍子好了吧?"

"三天前等你来取。"做出礼让手势,"进去喝口茶还是急着要走?"

来人指着拴在木桩的枣骝马,"你看,它等新鞍等不及了,快把鞍子拿出来。"

掌柜进铺堂搬取鞍子。香娃打量来人的坐骑,枣红毛色,绸缎一样明光滑亮,眉心一坨宫碗大小白斑,圆如银洋。这马腰身修长,颈首昂然,尻臀圆满,四肢健拔,墨玉似眼球,透闪着高傲警觉的眸光。身上只搭一片汗褟,虽然被缰绳牵拴在木桩,却高昂头颅,不服气地喷鼻抖尾。香娃第一次见识如此夺目惊心的骏马,不禁把钦佩的目光投在它主人身上。

常掌柜双手抬抱鞍子走出铺堂,"这鞍子配你的千里一盏灯,环湖草原你就是头份儿。"

马主人接住鞍子要搭上马背,常掌柜笑着说:"你二话不说就往马身上搭,不怕做得不合适?"谦逊的微笑透着自信。

"你是谁?你是常鞍匠!"马主人笑了,"不信你常鞍匠就不来你这儿定做鞍子。"

"且慢且慢!正因为我是常鞍匠,更不该马虎。你稍等片刻。"快步进入铺堂,旋即出来,手提一张黑笼纸。走到马身边,一手揭起汗褟,一手把整张黑笼纸搭在马背,覆盖上汗褟,"把鞍子备上。"

马主人搭上鞍鞒,整理汗褟,揪起马尾套上后鞦,一边紧肚带一边说,"不是我不信你,是你个家不信个家。"

香娃看着稀诧,听着纳闷,闹不清卖主买主有什么说道。

常掌柜解开拴在桩环的缰绳,递给马主人,"骑上跑一圈,跑回来再说。"

马主人认镫扳鞍上马,抖一下辔头,骏马昂首一声亮嘶,奋蹄扬尘而去,眨眼消失在小山包后面。一碗茶工夫,随着紧骤的蹄声,枣骝马已被主人驾驭回来。马主人跳下马,把缰绳递给迎候的常掌柜,松解前后肚带,后鞦,抱下鞍鞒。常掌柜揭起汗褟取下汗湿的黑龙纸,抖着细看,确信没一处撕裂皱烂,才对马主人说:"你放心了吧?"

马主人眉开眼笑,"本来就放心,是你个家不放心。"怀里取出鹿皮小袋,松开系口倒出一把银元放在掌柜手里,"点一点。"

常掌柜说:"不点了吧。点多了你疼心,点少了我寒心,不点为好。"哈哈大笑。

马主人重新搭好汗褉,备上鞍子,勒紧前后肚带,拱手与常掌柜告辞,"我要让我的千里一盏灯把你的好名声传遍环湖草原。"扳鞍上马,抖缰奋蹄而去。

看出点名堂的香娃问掌柜:"要是黑龙纸撕破皱烂,说明鞍子不合马体?"

"正是。机巧全在鞍墁的弯度是否合适。好鞍子,瘦马肥马老马毛驴都能共用。这正是我常鞍匠无论走到哪儿,老顾客就追寻到哪儿的缘故。"

黄昏时分,常掌柜搭板上门,给守铺院的伙计叮咛一番,带香娃步行到三角城内。留香娃在家过夜,讲说环湖草原的传奇,听得香娃心潮澎湃。

4

翌日,在常掌柜家吃了早饭,香娃沿破旧低矮的土房街巷寻问多人,都不知保安香娃的来龙去脉。一位皱纹比核桃壳还要密的老者打量香娃后说:"现如今兵荒马乱,火线溃散兵匪出没,让城内居民对生人存有戒心。加上三角城地处偏远,居住分散,谁家有亲戚来,谁家有人出门,多不知情。"最后语重心长地劝慰香娃:"心实好,太实未必是好。看眼下形势,断不是追寻对手比唱'少年'的时候,速速回家才是万全之策。"

如同一盆井水兜头泼下,香娃热涨的头脑出现片刻清醒。循化街子清真寺阿訇、撒拉水手、丹麻相遇的马爷都把保安香娃的行踪说得活灵活现,怎么会追不到? 难道原本就没有这个保安香娃? 是自己天缘不够,机遇不巧,总是失之交臂;还是由于痴迷于"少年"的诱惑,衷情于游荡的自由,把家和亲人抛在脑后,被天爷设置了太多的障碍?

突然眼前一亮,两座土打庄廓之间的夹道中,走出一个长辫女子,扭扭答答舞舞蹈蹈向北走去,把葱一般端直的背影,花瓶似的腰身,水上漂一样的步态显给香娃,诱他身不由己跟随上去。这女子身穿紫色碎花棉袄,外罩紧腰山羊皮坎肩,下身一条黑布棉裤,脚上一双绣花布鞋。那两条乌油闪亮的长辫,合着步态在身后左右甩摆,红头绳扎留的辫梢,左一下右一下拍着圆泛又微微后突的尻蛋,甩得妙不能言。香娃咽一口涎水,一首"少年"油然浮上心头。

> 长把铁勺擦糙子,
> 白纸(俩)糊下个亮子;
> 我见的尕肉儿长辫子,
> 花蝴蝶儿的样子。

"少年"勾出香娃特别的情绪,令他心头发酥发麻发痒发急,感觉有根无形的线,把女子左右跳荡在尻蛋上的辫梢与他的心尖连在一起。女子辫梢一跳一荡,他的心就一紧一缩地酥麻。这是从来没有过的。自喜爱"少年"到自如地吼唱,包括在会场与男男女女的歌手对唱,也没产生过这样的心情。今天咋啦?莫非突然闪进眼光的这个女子是狐狸精?草原有狐狸,难免成精。要不就是馒头花精?变成人形蛊惑四处游荡的男人。馒头花俗称狼毒。想到毒字,香娃打个冷战,立马清醒自己在胡思乱想。人就是人,如此鲜鲜活活一个女子,怎么会是狐狸精、馒头花精!如此一想,又一首"少年"从心内油然浮升:

> 一对儿骡子进西藏,
> 驮了个北京的碗了;
> 一心儿扑在你身上,

千里路不说个远了。

这首"少年",让香娃下意识认为鬼使神差来到三角城,是为这女子。不然,为啥三番五次追不见保安香娃,却由着这人指那人引地来到这里。既然天爷做这安排,他就不能马虎对待。慌忙追随半扭半舞行走的女子,却已没了踪影。后悔只顾胡思乱想,把天爷给他的女子丢了。猜测哪是她的家。最后认定,院墙比其他院墙高出一截,大门也比其他大门气派的院落,是女子的家。因为从女子的穿着,辫子的乌黑程度,走路的姿态,可以肯定她的家道殷实。

香娃站在这家门外,洞开的门内,一面照壁拦住他往里窥探的目光。不过让他肯定了自己的判断。只有殷实而非纯牧业人家,才会在院内砌立照壁。只要等在门外,哪怕等上一天,不信女子不出来。

一种空前的信念和冲动支撑着香娃,在院门外一丈远近的地方徜徉等待。等到晌午,再等到傍晚,不见女子出来。香娃欲走不得,欲罢不能。所有过往路人站下来疑惑地审度他,然后匆匆离开。香娃意识到心生妄念,必须打消妄念尽快离开。可心上总牵着那根线,线的另一头拴在女子辫梢,揪得他心尖发痒。最终,冷寒的暮色压迫他三步一回头地离开那个一直洞开的院门。

一对相依为命的老夫妇问明香娃来路来由,同意借宿。在一个豆油灯布洒弱亮的土炕上,被兴奋疲惫双向折腾的香娃,半醒半睡中做了怪梦。

眼前起起伏伏的草地山坡,由绿变红,竟然成为一片花海。浪花般鼓涌摇曳的,全是馒头花。艳红簇拥着粉白,粉白中透着艳红,一望无际。他在花海中奔寻,感觉有人在召唤他,吸引他,迫使他寻觅。他不辨方向地奔跑,终于看见被重重叠叠馒头花掩埋得只剩一张面孔和一只挥动的手。意识到对方在呼救,上前刨挖那些石头一样哗啦啦作响的馒头花。原来被埋的竟然是母亲刘香。

他刨啊刨,终于抓住母亲呼救的手,奋力从花坟中拽出来,却是偏院婶婶。怒目竖眉的偏院婶婶指着他破口大骂,骂他践踏她喜爱的馒头花,把花朵践踏成泥。他低头观看,脚下流淌红红白白的泥浆,泥浆中夹着馒头花的残枝败叶。他知道闯下大祸,双膝跪地求偏院婶婶恕罪。偏院婶婶黑着脸色走开去。他扑上去揪拽住偏院婶婶后襟,感觉扑入一个深渊,被惊醒。

"你一连声叫偏院婶婶,谁是偏院婶婶?"慈善的老主人坐起来问。

"我梦见了偏院婶婶。"香娃用手掌按压咚咚响跳的心房,"是我家隔壁院里的婶婶,自小把我当作儿子看待。"

"哦。"老主人吹灯躺倒,"听你老在翻身,又说胡话,以为魇下了。"

香娃回味梦境。出门两年多,母亲和院邻念叨他,盼他尽快回家,才做这样的梦吧?

5

这天吃饱早饭,千恩万谢告辞老夫妇出来,直奔昨日认准的那座院落。打算直接闯进去,借口寻问保安香娃下落。如果能见用辫梢拴住他心尖的女子,与她说几句话,把她的模样仔细记在心里,回家好有个念想。到门口犹豫起来,万一入错门,被主人视为流窜贼匪冷眼驱逐,岂不难堪。正矛盾着,听见门内照壁后有脚步声响动,接着出来一个三十多岁的男子,见门外站着一人,愣一下,问道:"你还没走?"

香娃回顾,身后没人!意识到在问自己,纳闷着反问:"你是跟我说话吗?"

"你以为我跟谁说话?"

"你……见过我?"香娃打量面色黝黑五官周正的英俊男子。

"你不是香娃吗?看你样子,倒像不认识我了。"疑惑着审度香娃,似乎被香娃的懵懂弄糊涂了。

"我……"脑子一激灵,"你把我当作保安香娃了?"

对方的眼神更加惶惑,"难道你不是保安香娃?"

对方认错了人,而且见过保安香娃。香娃被这奇怪的相遇惹笑,"我是平安香娃不是保安香娃。听你口气见过保安香娃,你啥时候在啥地方见过保安香娃?"连珠炮似追问对方。要抓住这个从天而降的机会,不能让苦苦追寻两年多的保安香娃从嘴边上溜掉。

对方从头到脚仔细端详,然后笑了,"猛看你就是香娃,细看又不是,听口音更不是。也怪,天下竟有这么像的人。要不是口音不同,说你们是双双子,没人敢说不是。你……也叫香娃?"

香娃斩钉截铁:"香娃是香娃,却不是保安香娃。我是寻访保安香娃到三角城的。你快说,你是怎么认识保安香娃的?"

"是我妹子唱'少年'认识了保安香娃。领香娃在我家住了几天,前几日刚走。"

"你妹子?唱'少年'?"陡起的好奇心潮水般淹没心目中的保安香娃,只留一个唱"少年"女子。"这么说,我昨日见的是你妹子?"

"昨日你见我妹子了?"

香娃把昨日见到的女子的穿着打扮绘声绘色地告诉对方。

"你见的是我妹子。"

"她在家吧?"心突突地击撞嗓门。

"走了,今早走了。"

"走了?去哪儿了?"

"去马场了。"

"马场?去马场做啥?远不远?"

青年庄严了神色,"你听见我妹子不在,咋是这样子?你……不会是看上我妹子吧?"玩笑语气中透着拷问。

自觉有点失态的香娃嗫嚅着,"你妹子会唱'少年',我想……想听她唱'少年'。"心里认定,有那么一副让人销魂的身材,"少年"唱得一定高妙。

"三角城周边百里草原,没人敢说我妹子的'少年'唱得不好。要不,香娃不会追到三角城来。"

香娃感觉这奇奇怪怪的遭遇中隐着某种天意。禁不住问道:"名声这么大的女子,有了婆婆家吧?"

青年的浅笑透着无奈,"名声大是大,却没人敢要,怕她唱'少年'唱野了心。就是有人想要,我妹子不一定愿意。她说她要寻个唱'少年'的男人,唱得要比她好。亲戚朋友保举的对象,她没一个看得上。阿大阿妈拿她没办法,只能由她。由来由去把岁数由大了。前一阵,妹子看上了保安香娃。听说保安香娃已经成家,她三天三夜不吃不喝不睡,只撑着香娃唱'少年',把人家吓跑了。"

香娃按捺不住烧心的激奋,"你领我去马场吧。"心里接着说:论长相,论本事,论唱"少年",我与保安香娃不相上下。你妹子见了我,没有不情愿的道理。

青年看出香娃的执着。又从面相、举止、谈吐看出香娃是有来路有来头的有为青年。让香娃入家,讲明自家情况。

这家姓韩。青年韩少俊,父亲韩占原。为马步芳官办企业"德兴海"管理一个小型马场,培育训练走马。马场距三角城五十里马程。父母及妹子韩少英常年生活在马场,留韩少俊夫妇在城内看家并经营皮货店铺。每隔半月,妹子韩少英来城内驮取日常生活用品,联络消息。前天从马场下来,今早驮运四口袋粮食、三十斤清油、两包茶砖以及青盐、火柴、卷烟等生活用品返回马场。

"这么说,你妹子过半月才能来你家?"

"大致是半月回来一次。不一定是妹子,有时是父亲来。你要有心有工夫,就等半个月。"韩少俊望着香娃欲说不说地游移片刻,"有件事得给你说清楚,你得好好掂量掂量。要觉得不合适,走你的路。免得将后抱怨我们为了打发丫头,哄骗了你。"

香娃听得懵懂,"啥事?"

"我妹子身材好,嗓子好,可惜脸面世得不好。"

香娃心一抖,"麻子?"

"不是麻子。"

"瞎子?"话出口后悔问得失当。一人骑马来去驮运东西,不会是瞎子。

"半眼?"

"也不是半眼。反正不是你心想得那么好看。"

"世不全?"香娃脑海中掠闪出形形色色的残疾人:背锅儿、瘸子、短臂、没手、扁头、兔唇……

"也不是世不全。反正……"反正什么,韩少俊欲言又止。

香娃判定对方在试探,"不可能!你世得这么攒劲,妹子怎么会不好看?俗话说,买衣裳看袖子,说媳妇看舅子。看你这个哥哥,你妹子准定好看。"

韩少俊意味深长地笑笑,"那你就等着吧。"

"等可以等,不就半个月吗?可我一没亲戚二没朋友,没地方吃住。"

"这个难不住你一个大活人吧?能几百里赶来三角城,不信找不见吃住的地方。"这句话佐证了香娃的推断。对方要考验他对此事的热情、决心,以及处世生存的能耐。

"要是半月后回来的是你父亲呢?"

"那就要看你了。"

这是要考验他的耐心和应变能力。香娃决绝地表态:"我等!豁出等上一月两月,不信听不到你妹子的'少年'。"

"不单单为了听我妹子的'少年'吧?"

第三十九章

1

偏院婶婶的丧事,刘香在厨房忙了五天。发面,蒸馒头,烧火,洗抹……一则,偏院婶婶自小喜爱香娃,时常把应该留给孙娃的好吃食留给香娃。如今偏院婶婶百年,应该在丧事上尽心尽力的香娃却远在天边,她当母亲的替香娃尽些孝道。二则,自知左眼失明,她出门想方设法躲着村人,生怕被人看出她的左眼被男人打瞎。躲来躲去,还是被人知道了。她想通了,瞎了一眼,还想方设法让人以为没瞎,到头来瞒哄的只能是个家。她得面对这个事实,得理直气壮地站在人伙中,叫人们知道,刘香还是刘香。当年是两只眼睛说话,如今剩下一只,照样会说话!只当上房的两扇窗户关了一扇,房里的东东西西照样儿摆着。丧事是全尕庄的丧事,全尕庄男女老少全在丧事上走动。挺胸抬头地做好自己该做的事,等于告诉全尕庄人,瞎了一眼的刘香,心是原来的心,情是原来的情,对个家的遭遇没有丝毫抱怨、颓废。只有这样,犯了众怒的憨哥才能得到尕庄人的宽恕,才会有勇气回到她身边。

自然,刘香发现了一些细微变化。以往她一出现,人们把她的眼睛当作两面明镜,看了又看,照了又照,而后当作古今儿说了又说。尤其是一些男人,用她的眼睛当火把,点燃心里掩藏的那个向往;又把她的眼睛当作两眼清泉,滋润心里滚烫的干渴。如今,尕庄人不敢直视她的眼睛。迎面遇见,诚惶诚恐地躲开,仿佛她的左眼不是男人失手打瞎,而是他们弄瞎的。可他们又忍不住,趁她不留意或者走神,迅疾朝她的眼窝闪上一眼,再闪上一眼。那躲躲闪闪的目光,充满哀怨和恼愤,困惑和迷茫,疑虑和猜忌。好像那层水雾般的云翳,蒙蔽的不是她的眼仁,而是他们的心窍。他们哀怨乡老过世太早,没能很好地履行当年的意愿,善待她这个为尕庄长了精神的女人;他们恼恨尕庄出了憨哥这等粗野男人,用自己牙齿咬碎含在自己嘴里的宝贝;他们从她的因男人的粗鲁蛮横而致残的眼睛中,看到了他们永远没有机会愈合和复明的良知。他们要把这一切归结为愤怒的巨石,一层又一层地压在憨哥身上,用以求取自己心灵的宽松。可她清楚,村民们越是替她鸣不平,替她抱屈,把一切过错归咎于憨哥,憨哥就越没有理由和勇气回到她身边。

凌晨丑时,唢呐呜呜咽咽地嘶鸣,催逼八个壮年男子抬起棺材,在众村民簇拥下飞也似去了。家家户户门前燃烧的麦草,用金红火舌舐舔着黎明前的黑暗,弥散着庄户人家暖暖的忧伤气息。刘香走进抬去亡人空荡荡的灵堂,清扫灵堂里外草铺。起灵后由丧官抛洒在灵堂的十全大补汤药,弥散幽醇的草药芳香。闻着这透人心窍的自然香气,刘香庆幸自己勇敢地迈过了人生路上一道坡坎,同时寻得一方称心的白绫。这是这次丧事上的双重收获。是偏院婶婶留给她的最后祝福。

"香娃到了新的地方,那地方满山遍野开着馒头花。"无疾而终的偏院婶婶临走留给后人的话只这一句。谁也闹不清她临终为啥要说这种话。她朦朦胧胧觉得,寻找多日没寻得的白绫,居然在这次丧事中得到了。这不能不说是偏院婶婶在冥冥之中助她的一臂之力。

2

自从顺风耳口中得知,一个眼睛受伤枯瘪,如不留心,会牵连另一只眼睛,闹不好跟着枯瘪。所谓的留心,就是不能劳累,不能忧伤不能哀愁。如果是城里有钱人家,大约能做到。可她是庄稼人,靠下苦填饱肚子,靠忧烦消磨日子。比起活命,一只眼睛的好坏无足轻重。能做的,是好眼睛受到牵连前,把该做和想做的事做完。

什么是该做的事?什么又是想做的事?想来想去,眼下最要紧的,是把憨哥从游先生手中抢夺踩踏破污的那一片枕头重新绣好。她聚心绣制送给游先生的枕头应该是一对儿。被憨哥夺走一片,游先生手里的枕头单了,不囫囵了。她聚念的愿望单了,不囫囵。得照模照样绣出另一片,才能把个家的心愿补齐,补囫囵。到那时,纵然留下的这只好眼跟着枯了麻了瞎了,她也不觉得这辈子有什么缺憾。

从门箱取出被憨哥践踏又被石子硌出破孔的单片枕头,高涨的心潮跌落下来。起初绣这副枕头的底料是一方白绫,从长腿媳妇手里要来。如今要补绣一片枕头,首先得有一块同样颜色质地的白绫。可她清楚,在尕庄找寻这样的白绫,等于旱天里求雨。可心愿已经萌芽,哪怕磕头作揖,也要求天爷给她赐下一星半点的雨水来。

上院嬷嬷看了刘香捧在手心的一角白绫,说:"这种绫子我做姑娘时见过一次,嫁到尕庄,再没见有人穿这种绫子的衣裙。你得去大庄寻,或者去城里有钱汉家寻问。"

长腿媳妇打开所有的铺衬包袱让刘香翻看,别说同样颜色质地的白绫,就是颜色接近的绸子缎子的碎料也没有。

顺风耳女人仔细审看刘香拿去的白绫碎料,"我手里没这种绫子。你一定要找寻这种颜色这种材料的绫子,先把这点绫子放下,我拿去让亲戚们寻一寻。"

刘香没把白绫碎料交给顺风耳女人。这是她绣枕头剪下的唯一一角碎料,万一被顺风耳女人弄丢,再没有可以参照的原料。没有碎料参照比对,就得把那片枕头拿出去叫人们翻看比对。那是她破碎的一片心意,不能让别人拿在手里说三道四。

寻问孖庄所有会做针线的女人,都没有相同白绫供刘香使用。不得已的刘香决定退而求其次,找一块颜色质地接近的白绸,或者白缎做枕头底面。不过,得等到啥时候?她乐意等,她的眼睛乐意等吗?天爷终于睁开了睡眼。那天,偏院婶婶的外甥媳妇从城里坐轿车来孖庄祭奠大姨娘。跪在灵堂哭天号地哀诉片刻,被偏院婶婶的儿媳妇扶拉起来,让进西房坐在炕上喝茶。刘香提了茶壶来西房给城里亲戚添茶。这个穿一身黑缎夹衣的城里女人,从底襟口袋摸出一方手巾揩嘴。刘香眼前一亮,感觉这女人的手巾是她需要的那种白绫,要求对方把手巾给她仔细看看。对方大度又纳闷地把白绫手巾递给刘香。刘香的手感肯定了她的判断。捧近单眼细看,果然是她日思夜想的那种白绫。双手不禁抖颤起来,声音跟着抖颤,"我该叫你姑舅妹子吧?姑舅妹子,不怕你笑话,我想求你把你的这个手巾给我……"切切地望着穿戴讲究的城里女人,等待她的施舍。

城里亲戚与偏院婶婶儿媳交换眼色,"这是我揩嘴手巾,你要它做啥?"

刘香不想让对方以为她眼小而轻视她的要求,便把真实原因告诉了对方。

城里女人半信半疑地打量刘香的单眼,看出被深重忧郁浸泡得发亮的眼瞳内,透出真诚和执着。"你要不嫌是我用过的,你就拿上吧。"她对刘香的理由半信半疑。乡里女人绣枕头,哪有先绣一只,隔几年再绣一只的?

3

那是个阴天。天阴得几乎要哭出声来。巧儿给父亲送来新做的一双布鞋,一件主腰。使性绊坎地撂在炕头,瞪着父亲呼哧呼哧喘粗气。憨哥问这是为什么,巧儿哭起来:"阿妈的左眼瞎了,你知道不知道?"

"左眼瞎了?!"他大吃一惊,心被针戳疼,"不可能!眼睛不是面捏的镜儿,说碎就能碎。"嘴上犟着,心里害怕。刘香左眼真要瞎了,尕庄人就不会饶了他。当年当着乡老和北房奶奶,给所有资助他彩礼的人吃咒发誓,要善待娶来的女人,哪怕真是麻子,也像娘娘般供在心里。如今损了刘香眼睛,等于损了全尕庄人的面子,损了全尕庄人的良心,闹不好要把他乱石头打死。

"猪娃保咋说?"

要指望猪娃保从中说和,得了解猪娃保对此事的态度。

"他说从今往后不认你这个丈人。世上坏人再多,也没你这么坏的人。"

巧儿哭喊出的这句话,令憨哥双腿发软。依炕沿蹲下,呆想半天,想出一个计划:再跑一趟碾伯,从贼打鬼当过差的"积成当"问清贼打鬼的真实住地,去他家中,哄也好,吓也好,把贼打鬼弄到尕庄,当着保长、众乡亲、刘香的面,叫贼打鬼把当年与刘香做下的丑事原原本本说出来。只要贼打鬼把事情坐实,别说打瞎刘香一只眼睛,就是全打瞎,是她该受的。看尕庄人还有什么屁放!起初瞒着压着不把事情说破,一为狠人名声,二为保全刘香脸面。事到如今,要保狠人名声,就顾不得刘香面子。这是是非非,全是你刘香引发,是你那对会说话的眼睛引发。头次拧断你胳膊,你好了胳膊忘了疼。靠你那双妖媚眼睛,黑天半夜给那个姓游的城里人绣枕头,还问我喜鹊眼睛绣得灵活不灵活。这不是往活人眼里打沙子,往我下巴下垫砖吗!你在会场当那么多熟人送枕头给姓游的,不就是眼热他是城里人,有钱汉,比我年轻吗?你这是背着鼓鼓找捶,寻着挨打!别说打瞎一眼,就是打死了,上公堂你也没理好讲!

憨哥越想越气也越想越怕。害怕刘香娘家哥哥找上门算账,害怕那个姓万的和姓游的合伙寻他报复,害怕香娃回来与他没完没了。有了如此念头,后背鞭伤烙铁烙了般痛彻心肺,把蹲着的身子缩成一团,瑟瑟发抖。

4

望着骑一马牵一马的藏族汉子被山包淹没,香娃顿时被渺远的空旷包围,备感孤单。藏族汉子说,越过西北那道山梁,就能看见马场的房子。

他将要见到背影端正得葱一般,腰身秀溜得花瓶一般,走路水上漂一般,而且会唱"少年"的女子。他暗暗感激着女子的哥哥。虽然嘴上要他等待半月甚至一月,实际上心里谋算如何早一日把他送往马场。一位去巴燕扎藏寺朝拜的藏族牧民经过三角城回牧场,女子的哥哥托这位藏族汉子带他到这个山口。香娃朝挡住视线的那道山梁行进,设想与女子会见的情景。设想中,山坡上下应该散布着星星点点的马匹,白马、灰马、枣骝马、青马、黑马、土黄马……一律低垂着脑袋安闲地啃吃牧草。事实是,只有零零散散分布在坡梁上下的羊只,三十几只,啃吃已经枯黄的低草。低洼的坡下,立着一匹备着鞍子的白马,旁边坡地上躺着一人。香娃希望躺在马旁边的人就是他想见的女子,决定唱一首二牡丹令试探试探。

鸭子抱了鸭蛋了,
鹅飞到水滩里了;

唱第二句,四仰八叉躺着的那人坐起来,好像被突然听见的歌声弄懵了,确定是不是白日做梦,然后站了起来。

老远儿见了花儿了,
腿软得走不动路了。

香娃唱第三句,那人一跃上了马背,箭一般朝香娃奔驰而来。当香娃刚刚看清骑马人穿着紫红灯芯绒皮袍,感觉是个女人时,对方突然勒马停蹄,勒得白马前蹄离地几乎直立起来,而后停在原地,由着白马急躁地转身,刨地,嘶鸣。

香娃禁不住鼓荡的激情,再次放声吼唱尕马儿令:

大骡子驮的卷卷布,
尕骡子驮的是枣儿;
尕妹妹好比梅花树,
风刮着落不下雀儿。

骑马女子把马头拨来拨去听完香娃的尕马儿令,放声应和:

金桶里担水银缸里倒,
几时儿满缸口哩;
我这里望来你那里耀,
几时儿成连手哩。

是她!是那个背影一根葱般端正,腰身花瓶般好看,走路水上漂一样的女子,唱"少年"的本领比他推想的还要好,声嗓清亮,气韵悠长。香娃不等女子唱完,拔腿向她和她的"少年"奔去。女子的"少年"告诉他,她盼他如同春天里盼雨,夏天里盼风,秋天里盼太阳,冬天里盼火。当自上而下奔跑在山坡的香娃险些被旱獭洞陷得扑爬下去,努力着快要看清女子脸庞时,女子抖噔头驾驭白

马,朝右边一个山包飞奔而去,眨眼间停在山包顶端,看着抚胸拍腰喘气的香娃,唱起伊呀伊令:

> 珍珠玛瑙的孔雀伞,
> 花阳伞,
> 打上了会场上浪哩;
> 阿哥是一眼好清泉,
> 六月天,
> 啥时候解我的渴哩?

喉咙冒烟的香娃努力平顺气息并提醒自己,不能再上她的当。只有天下最傻最傻的人,才会以为两条腿的人追得上四条腿的骏马。女子的"少年"已经说明,她想着他,盼着他,等着他。见到他,她比喜鹊高兴。不敢照面,是女子先天的羞涩作怪,是后天的难为情捣鬼。他与其拼命跟她玩耍猫捉老鼠的游戏,不如去那几座土房讨一口茶喝。土房是她的家,看她有本事不回家去。香娃得意自己的聪明,转身向土房走去,不再理会山坡上企图捉弄他的女子。

5

背靠山坡的院落围墙五尺高低,除中间一座院落,两侧院落的前墙只留一个豁口,豁口一侧立着破旧的杠梢车轱辘,大约晚上当门扇使用。香娃判断主人家在中间院落,推开虚掩的院门。院中有三间北房,三间西房,东南角一间敞棚,棚内是泥砌马槽,槽下有几只母鸡在马粪上刨食。"有人吗?"

北房出来一位五十岁上下的和善女人,盯住门外的香娃发呆。香娃入门笑着问道:"你把我看成保安香娃了吧?"

听出声音不对,和善女人仔细打量并疑惑着说:"打眼看你是香娃,听你说话声音又不是香娃。你是谁?"

"我就是香娃。"简略说明原因和来意。

和善女人听说是儿子让来的,紧忙把香娃让进房内。

盘腿坐炕上喝茶的男主人也用诧异的目光打量香娃,"十个孙猴一个脸,你跟那个香娃像得活包上。"

香娃试探着问:"我在来路上遇见一个骑白马会唱'少年'的女子,她是你们家里的?"

"是我丫头。"女主人说,"打小在马场长大,跟着牧马人骑马、唱'少年'、挡羊,满山满洼跑大的,野得不像样吧?"

香娃笑一笑,"'少年'唱得好,好得没法儿说。我转了那么多会场,头次遇见唱'少年'唱得叫我服气的女子。"

要接话的女主人被男主人一个手势止住,"听你口气,也是会唱'少年'的把式?"

香娃自谦地笑笑,"人们都这么说。"

"你们唱'少年'的都叫香娃?"

香娃只好说明追寻保安香娃的前因后果。

"怪不得呢。"女主人叹口气。

香娃不明白这句"怪不得呢"是什么意思。看看男主人,再看看女主人。

女主人看出香娃心思,说:"前头来的香娃在我家住了两天,被我丫头瞅上了。说,除非嫁给香娃,要不当一辈子老姑娘。缠着我老两口,要我俩说服香娃招女婿。香娃说家里有媳妇,哪能再招女婿?见丫头缠着不放手,偷偷儿走了。那个香娃走了,又来了你这个香娃。来了你这个香娃,这些天没精打采的丫头,又唱起了'少年',这不是怪不得是什么?既然丫头见了你高兴,你多坐几日,给她多唱些劝人心的'少年',把她丢给那个香娃的魂儿劝回来。"

男主人接住女主人端来的砂罐,给香娃的茶碗添茶,"你能劝她回心转意,你走的时候我给你一匹马。"

这个要求许诺,与其说利用香娃,不如说给香娃一个大胆接近女子的理由。香娃忙不迭点头应承,险些把头从脖颈上点下来。

女主人安排香娃睡在北房西头炕上。躺进被窝的香娃等待女子回来,听见的只有近处远处的几声狗吠,还有撕打窗户纸的风声。听着听着,迷入梦境。

6

半睡半醒间,听到些奇怪的声音。心一抖清醒,沙啦啦的声音是窗纸发出的。草原上低矮的土屋,大多是脸墙以房门为中心,两侧对称着留下两个窗洞,安上简易的柳条格窗棂,从外边糊上窗纸。人坐炕上,深深的窗台可以放茶碗、烟瓶、柴皮厘等杂物。细听,沙啦啦的声响不是吹风。草原夜风刚烈,窗纸受风会嘭嘭地鼓动。

香娃坐起来,把头探进窗洞,听清,有什么东西在窗纸上划来划去。突然明白,是他等了半天不见面的女子,回家要与他幽会,用手指抠窗纸呢。顿时心跳如擂鼓,浑身燥热,命根木橛般硬爹起来。想缩头佯装什么都没听见,可下腹烫乎乎地将一种奇怪又强热的力量挤压进全身血脉。用手指在窗纸上戳个破孔,单眼探看究竟。草原的夜是真正的夜,一线寒气刺着他的眼球。借着微弱的星光,终于看清,是一根细树枝在窗纸上蹭着划着。顺着树枝看过去,是从西房北头窗户探出来的。一下子明白,同时一下子糊涂。明白糊涂间,只感觉命根硬胀得生疼,除非去西房让她解救,不然会像一根硬柴腾起火焰烧化他的全身。可他不敢,窗棂是从外面泥死的,从窗洞爬出去不可能,要去得从房门出去。可女子的父母睡在北房东头炕上。按捺燃烧的心房和命根躺进被窝,假装什么也不想,什么也不做。不成!心已溜进西房钻入女子被窝,被她夹在湿烫的裆内,惹得命根流出涎水。

香娃心一横,起身穿上衣裤。俗话说,母狗不翘尾,公狗不上架。是他们的丫头用树枝勾引他不得安睡。再说,丫头深更半夜如此大胆地引诱家里的男客,十有八九不把娘老子放在眼里。不被丫头放进眼里的父母是不必害怕的。

香娃有了理由也有了勇气。摸出隔间门,希望听见东头炕上起伏如雷的鼾声。没有!一丝也没有!好像都睁眼屏息静听他的动静。想撤回炕上,双腿不听使唤。摸近房门,扣着。双手捏住生铁扣链、扣鼻,取下扣链悄无声息。轻拉门扇,门轴惊天动地地吱扭一声,顿时僵在门口。僵了半天,东头炕上毫无动静。香娃出门想拉闭房门,怕门轴雷动坏了好事,索性不去管它。蹑手蹑脚走过星星看护的院坪,推西房门,虚掩着。一半明白一半糊涂的心窍一下子通透。刚摸进北隔间,听见女子气喘喘催促:"快快快!"

自万德太家吃羊肉喝羊汤半夜以为尿炕,阿舅说他成了男人开始,香娃以为成为男人的标准,是每隔几天跑马一次。每次跑马都做怪梦,梦中多与女子纠缠。那种与女子纠缠接着跑马的快感,比吃手抓羊肉快活百倍,比吃酥油炒面快活一百倍,比吃油饼、炒鸡蛋、拉条都要香上百倍,比渴急了喝水,饿急了吃馍馍还香,比冬天晒太阳,雨雪天睡烫炕,耳朵痒了掏耳朵还要舒坦。吃东西的香甜能比较出来,软软的,绵绵的,油油的,脆生生的,甜滋滋的,懒洋洋的。可与女子纠缠而后跑马的快活说不清白。好像整个身子一瞬间紧缩成一股精水迸射而出,射得势不可当,迸得酣畅淋漓,整个身心化解在迸射中,快活得要死。每跑一次马,心里就多一分对女子的迷恋和急渴,猜想与一个真女子纠缠而后跑马会是怎样的情状。

一切都得到了答案,得到了验证。一切都变得真实具体却如做梦一样不可思议。香娃只感觉与一个光溜溜的身子颠三倒四,翻云覆雨;只感觉女子急迫地揪扯他的耳朵头发,撕抓他的肩背后腰;只感觉女子的头拨浪鼓一般在枕头上甩来甩去,喘吁吁地叫喊香娃!香娃!香娃!只感觉女子颠抬扭摇地让他上下左右地颠动,颠动成一股热乎乎的黏液被她吸进体内,化进她的血脉。

接连四次,干柴烈火终于结束了噼噼啪啪的爆燃,安静下来。在余烬温温地亮着微红的时候,香娃用意识收拢软成一坨面团的身子,回味其中的惬意,小声问道:"你香娃香娃地连声喊叫,不怕你阿大阿妈听见?"

"就为叫他们听见。"

"那就把我俩乱石头打死哩。"

"打死我俩,没人给他俩养老送终。"

"……是你阿大阿妈叫你这样做的?"

女子自管咯咯咯地笑,在他肚皮上拍了一掌。

"你香娃香娃连声叫,把我当成保安香娃了吧?"

"莫道你不是保安香娃?"

"我是平安香娃,不是保安香娃。"

"可你是我心里香娃。"

"可我不是保安香娃。你把我当作保安香娃才让我日你的?"

女子愣怔片时,"你别哄我。我听你唱'少年'就是香娃,我只认你这个香娃。"

"这么说,你真把我当成保安香娃了。"被甜蜜浸泡松散的心思,聚成一股既甜又苦的滋味。甜的是女子听他"少年"当他是香娃,说明他的"少年"唱得不比保安香娃差;苦的是女子错把他当作保安香娃,他不就成了草人、皮娃娃?

"反正你已经日我了,不许你再说这个那个的。我心里只你一个。永远只你一个。一辈子只你一个。"

"为啥?"

"你'少年'唱得好,比我心想的还要好;你人长得攒劲,比我向往的还要攒劲。"把香娃往她身上拉。

香娃爬上去,手插进她尻蛋下,湿漉漉一大片,"你……尿下了?"

女子揪一下香娃鼻子,"二十好几的男人,连这点都不懂。"嘴凑近香娃耳门说了一首"少年":

大丫豁大来小丫豁小,
大丫豁顶上的俄堡;
大丫头大来小丫头小,
大丫头皮里的水多。

唱念了几百首"少年"的香娃岂有不接的道理?还给她一首:

大红箱子揲箱子,
上头揲上个扁箱;
我俩腔子揲腔子,
中间插一根擀杖。

女子再度颠抬扭摇地呻吟起来……

刚完事,鸡叫了。女子推香娃,"快穿衣裳过去,别叫他俩知道。"

香娃想耍赖,"你不是说你阿大阿妈叫你这么做的吗?还怕他们知道?"

"叫你过去你就快过去,犟啥!"光身子帮香娃穿好衣裤,推他下炕。

第 四 十 章

1

　　刘香把选定的细袼褙用尺子量着,剪成五寸五分大的正方形,平铺在炕桌另一头,用刮刀将细面糨子均匀地涂在袼褙上面,擦净手指上的糨糊,将事先放在一边的白绫盖在上面,用手掌仔细抹压几次,感觉手下光滑平整,放在门箱上边自然晾干。想了想,取出头帕,提着抖几抖,苫盖住枕头片。炕上铺着毛毡,她上下炕起坐,都会蹭起毡上灰尘。盖上头帕,防止灰尘污了白绫枕片。寻要来这方白绫实在不易,她要处处留心,让白绫从第一针到最后一针的绣制中,始终保持雪一样洁净的本色。

　　接下来整理绮线。刘香把绮线一束一缕地搭在手掌上,凑近灯光欣赏它们的颜色。这一束一缕一股的丝线,随着手掌在灯光下挪近挪远,那亮闪闪的色气忽而深忽而浅地变化着,比黄昏西边天上的云霞还要绚丽。稍微动一下手掌,油灯映在丝线上的那些光斑,就放射出七彩光晕,比雨后天上出来的彩虹还要美艳。这些即将在她的精心绣制下变成一枝梅花一只喜鹊的多彩丝线,让她心里既充实又温煦。

　　刘香计划用一个冬天,一针一线从从容容把这片枕头绣出来,绣得与游先生手里那一片一模一样,甚或比那一片还要耐看。冬天,没有什么拼力的重活需要她做。日常的担水、扫院、垫圈、出炕灰的活儿,如果对她的右眼也有损伤的话,一个冬天会见分晓。如果当真会受到左眼牵连,她毕竟把枕头绣好了。唯一令她不安的是,香娃回来发现她的眼睛是因为父亲的粗野蛮横致瞎,会做出什么反应?她该如何化解父子的仇恨?总得想出个万全之策。

刘香把理齐的丝线用黑龙纸一束一缕一股地隔着包好,收进门箱。枕片得等到明天才能晾干。明早开始,先契边子,再绣回纹边框,然后照着憨哥损坏的枕片,把梅树的枝干绿叶绣上去,然后绣上梅花,最后绣上喜鹊。设想成品后的总体效果,刘香激奋不已,恨不得雄鸡啼鸣天光大亮穿针引线立即动手。这种久违的激奋,令她吹灯躺下后久久没有睡意。千丝万缕的思绪与七彩丝线缠绕在一起,闪闪烁烁从眼前铺展开去,铺向天际,铺向地涯。在这绚丽的云蒸霞蔚似的思绪中,闪跳着一星模糊又具体的疑问:"香娃,你在哪儿?"

2

被摇醒的香娃看见窗户已被太阳耀得黄亮黄亮,一骨碌坐起来。摇醒他的女主人柔声问道:"睡醒了吧?睡醒了起来洗脸吃饭。"意味深长地瞅一眼,出去了。

香娃穿好衣裤,下炕去院外解手。回来发现被子已被女主人叠放在炕脚,还把盛了洗脸水的脸盆端放在堂屋地上,手里拿着羊肚手巾候他洗脸。香娃心里溢满感激,却不敢正眼看女主人。蹲下洗脸,接住女主人递上的羊肚手巾,都躲着女主人目光。不过,心里滚动着暖洋洋的自信。如此贵客般伺候他,想必没有觉察到他偷情的勾当。要不就是为了顾脸而佯装不知。于是,整夜颠鸾倒凤带给他的通身轻爽让他有些飘飘欲飞的得意。

洗完脸回到隔间,炕桌上已经摆了一碟子狗浇尿油饼,一碟子炒鸡蛋。女主人旋即提来铜壶,倒一碗奶茶端给香娃,"快吃,肚子饿了吧?"

"爸爸呢?"

"今天是三六九压马日子,去马圈压马了。"

"压马?压什么马?"

女主人也躲躲闪闪不敢直视香娃。好像一看,双方都会脸红。望着地上一把笤帚说:"就是驯练走马。"

"那……你家姑娘也去压马了?昨晚我睡的时候还没见她回来。"认为这样试探便能知道丫头父母是否觉察了他俩的勾当。

女主人盯住香娃反问:"回来没回来你不知道?"跟着意味深长地微笑。

香娃明白了。他偷弄人家丫头,或者就是他们成心要他弄他们的丫头,而后给他烙油饼炒鸡蛋烧奶茶,把他当女婿看待。提悬的心一下子泡进奶茶中,"那……她咋不来吃饭?"

"她早起赶羊出去了。"

偷情偷出这等局面,香娃满心欢喜又隐隐感到不安。不过,今日的肝花比明日的肉香。与那精条条柔软身子厮磨的快活实在妙不可言。纵然付出一死,也值得。如此一想,乐意把自己当作丈母娘眼中的乘龙快婿,大嚼大咽。

吃饱喝足,问清去马场路径,香娃从土房出来。去马场看压马是他的借口,去野外寻那野丫头才是他的目的。他可着心劲吼唱"少年"希求感知的无拘无束的野劲儿,竟然在一个女子身上得到了。这种消融肉身消融灵魂的狂野,单从唱"少年"中难以寻到。

"你成男人了。"阿舅刘能的话又在耳边响起。每次跑马总觉得没能透彻的那种快活,以及小时候被下院新嫂揣摸鸡鸡的那种奇妙感觉,终于在昨夜的放荡放纵中透彻地释放出来。这就是男人的含义吗?真是这样,他是有能力做一个好男人的。

刚刚拐过土房后面的山嘴,香娃被一种似有却无的訇訇声吸引,站下来判断这种奇特的声音从何而来。这时,脚下地皮颤动起来,如同大地受了风寒在寒战,或者受了惊扰在悸动。地动?这个念头闪过脑际,还来不及做出进一步判断时,眼前的原野尽头,水浪一样滚来一道飞尘,飞尘中滚动着五颜六色的灵石,起起伏伏推着向前滚动的灰尘,訇訇訇的声音越响越烈,越烈越近。终于看清,是一群骏马挨挨挤挤又井然有序地狂奔过来。领头一匹雪白骏马,高扬着飘抖的鬃毛,错后而且紧贴白马的是各色骏马,黑马、红马、青马、棕马、白马……五颜六色的长鬃旗帜般在它们身上猎猎飘扬,和着万蹄击打大地的鼓面,声震天宇,势不可当。说时迟那时快,这些蹄子点地就弹飞起来的精灵掠过香娃眼际,訇訇訇震响着朝北狂奔而去,后面紧跟三名手持长杆的骑手,长杆头上缠甩着长长的绳索。

香娃看得热血沸腾。那些骏马远去了,留给香娃一堵滚地尘埃,让他的心跳和着马群震地的蹄声。那些马匹身子贴着身子踏着同样步伐,以个体的奋发激励出彼此的协调;以桀骜不驯的狂奔体现出整齐划一的和谐。难怪丫头做事胆壮得近乎疯癫,连偷情也显得狂放不羁。整日与这群骏马为伍,再懦弱的性情也会变得凛烈。

被崭新感想充实的香娃,看见一排又一排低矮土墙作为围栏的马圈,马圈木栅门敞开。走近,听见东边圈内有动静。走过去,立在矮墙外面探头观望,原来是丫头父亲,用一根长缰绳牵着一匹黑炭般乌亮的骏马,挥动长梢皮鞭,吆喝黑马在空场内转圈。场地上,一半是平地,另一半埋设着大小高低相等的石头,间距相等。丫头的父亲立在圆圈中心,一手牵缰绳一手挥鞭,驱令黑马转圈。转到埋置石头的地方,骏马显得既紧张又谨慎,提起前蹄认真迈跨挡道的石头,再小心迈过后腿。迈过半圈挡道石头,马儿立即松弛下来,甩头抖鬃地踏着小步,很惬意的姿态。

香娃足足看了一个时辰,听见丫头父亲的呼唤:"进来吧。"原来已经发现香娃立在墙外探头观望,没有及时理会而已。

香娃诚惶诚恐走进圈门,担心见到一张恼怒的面孔。不料丫头父亲和颜悦色地说:"没见过驯走马吧?"

"没见过,这是头一次。"香娃尽量用自卑的口吻,证明自己懂得尊敬别人,尤其是有本事的人。"走马都得这样驯练吗?"指一下埋在地上的那些石头。

"这是驯练走马的过步。一般的马,后蹄踏在前蹄踏过的地方。好走马过步大,后蹄落地会超过前蹄蹄印。这些石头,是按马的步幅大小埋栽的,间距由短到长,循序渐进。马为了跨过石头,得把步子迈大,抬高前蹄。步子跨大才能拔开膀子。拔开前膀的好马,前蹄从嘴边跨出去的。这样驯出的马过步大,一步能迈出六七尺远。过步大就有了速度。"

"哦。这得多长时间?"香娃感慨不已,难怪老人们说行行出状元,一个行道有一个行道的说道。

"难说。有的马灵,走了过石再压几天,就是一匹走马。"

"压马?怎样压马?"

"压马是骑在马身上练它的步伐。压马人不拽辔头,只抓住鞍口,由着马儿先踏小步,随它自由迈步。如果步子迈得稳,令它加快速度。如果步子迈得凌乱,拽辔头令它重来。这样反反复复驯练,马就会按照人的意图迈出理想的步伐,渐成习惯。"丫头父亲抚摸黑马的耳朵、鼻梁、头颅、脖颈,似在奖赏它的机灵。"这得看压马人的本事。本事大的压马人,别说骑在马上,就是骑一条板凳,板凳也会走几步哩。"哈哈大笑,笑声中充满自豪。

香娃认为应该恭维一下,"你就是本事最大的压马人吧?"

"本事是不是最大,我个家不好说。反正省上马主席,省政府秘书长陈显荣,马主席手下好多师长旅长团长,骑的走马都是我驯压出来的。"

香娃试探着问道:"爸爸,你的马场有多少匹马?"心里估计他看见的飞奔而过的马群少说有三百多匹。

"多的时候一千多匹,如今只剩下三百多匹。"

"……都卖出去了?"

"被马主席调走了,配备上火线的队伍。"

香娃感觉丫头父亲一下子高大起来,他必须像仰望寺里佛爷那样地仰望。心同时缩成一团。昨夜的勾当,一旦被这位比佛爷还厉害的人觉察出来,会把他大卸八块。正忧心着,丫头父亲问道:"你看我丫头怎么样?"

慌乱间摸不准这话的用意,嗫嚅道:"她的'少年'唱得好,好得没口儿……"

"我不是问你这个。我问你她这个人怎么样。"

香娃小心审度对方神色,感觉问话中另有意思。当父亲的不至于问丫头在炕上的表现如何。香娃脑子一转,"到现在我没见她的面,咋说她好还是不好?"

丫头父亲望着脚前几个深深的蹄窝,"也是,没见人,咋说哩。我看你是个实心人,在我家多坐几天,早晚会见她的。"

"她挡羊早出晚归,我又闲得没事干,要不……"试探性地说,"你借我一匹马,我骑上寻她去,帮她挡羊。"

丫头父亲想了想,"我丫头脾气古怪,怕见生人。你嫌闲得慌,去马圈寻人喧板。等我丫头愿意见你的时候自然会见你。"

3

刘香把枕头放在炕桌一角,打开夹绮线的纸包,挑出一束褐色绮线。昨日,她在院里太阳光下绣完回纹花边。今日天爷变脸,挤下来一星半片的雪花,她只能坐在炕上绣梅树枝干。抽一根褐色绮线,用蘸了唾沫的手指肚把炕桌上的绣花针沾起来,一手持针一手持线穿针引线。绣花针针眼比芝麻小,昨日穿两下就穿上了。

今日穿了七八下,每一下感觉穿上了,其实没穿上,不禁生自己的气。定一定心神,举针捉线再穿,还是穿不上。这才明白是眼睛的缘故。自己依靠一只眼睛,而这只不争气的眼睛也发生了变化。一股强烈的悲怨从心底泛涌起来,飞溅的浪花变作泪珠,蓄满眼眶,模糊了视线。刘香把针线撂开,望着昏黄的窗纸,尝受向她袭来的酸涩的哀伤。

曾经在阴雨天气做过针线。可不像今天这样,感觉眼睛十分吃力。盯住针脚多看几眼,就麻麻花花看不真切。分分明明的针脚模糊成一条虚线,让她疑心走歪了针脚。看来,她少了的不只是一只会说话的眼睛,而是少了半个心眼,少了半个灵魂,少了一生一世活人的半个理由和期待。

刘香真想放声大哭一场,把心里所有的悲苦怨恨倾倒干净。可她不敢哭。惊动北房里的出来询问原因,而后让村民们认为,刘香瞎了一眼,在别人跟前假装硬气,背过人用眼泪洗脸呢。村民们这样认为,等于把给予她的同情怜惜,变作加倍的愤恨压在憨哥身上。按说,这是憨哥应得的下场。可她希望的不是这样的结果。保长不许憨哥休妻逐子,是不想拆散一个家庭,拆散一对患难夫妻。旁人都有这样的好心肠,她岂能因为男人伤损自己一只眼,就怨恨他一辈子。他是气头上失手。她要因此与他水火不容,就成了故意。别说瞎了一眼,就是另一只连带着瞎了,她也不能让心眼瞎掉。眼睛瞎了还可以做人,心眼瞎了就难在世上立足。

这一串伴随眼泪的思索,让刘香渐渐平静下来。揭开被子下炕,立在面柜前,决心进一步考察自己,是否真正地想通了。她要照照镜子,看看瞎了一眼的她,在面对镜子时,是否与不照镜子同样坦然,同样不以为然,不以为羞。她得让镜子里的自己承认这个事实,她必须过这一关。轻轻挪开压在镜背的黑釉双耳陶罐,刘香的双手微微颤抖,心也抖着。这样做该不该?对一个原本长得俊俏,自小到大被人们赞美的女人来说,破了面相无异于要了她的命。不!比要命还要叫她难以承受。还是不照的好。一照,这颗心肯定要四分五裂,强埋在心里的怨恨就会趁机飞散出去,乱箭一样射向憨哥,冰雹一样击灭男人留在她心里的那一点温暖。

刘香双手捧着双耳罐犹豫起来。真想重新压住镜背,让它永世不得翻身面对天光。可……她不照镜子不等于镜子不照她。镜子可以避开,可人们的眼睛能避开吗?尕庄所有人的眼睛都是镜子啊!那些镜子明朗朗地照着她的脸,照着她的心,她能避开吗?最好的办法是狠下决心照照镜子,把破相的脸看得明明白白。让那个不敢正视事实,不敢承认事实的人彻底死心,彻底破灭幻想,死心塌地地面对所有人的眼睛,所有人的心事。

刘香决绝地将双耳罐放在一边,吹掉镜背上积落多日的灰尘,双手提住可以翻转的镜架,定神鼓气,翻转镜面对准自己面孔。一刹那间,她觉得照见的不是她而是一个幽灵,由她幻化出的一个幽灵。当她排斥瞬间的幻觉,认定镜子里看着她的就是刘香,心窍一缩一放,把贯彻骨髓的疼痛压入她的周身,血脉贲张并燃烧起来。她看见了一个半哑。因为此前,人们都夸她的眼睛会说话,从她四五岁一直听到四十几岁。可镜子里的刘香只睁着一只眼睛,另一只眼睛被枯皱干瘪的眼皮苫盖着,让那只活动着眼睫毛的好眼睛,像一个想说话却吐不出声音的哑巴,急憋得气息壅塞,语不成声。她眼前是被天狗吞掉半个月亮的天象;是半边下大雨半边冷晴的古怪天象;是被粪土堵塞只能从另一侧汩汩冒泡的一眼山泉;是被掠地狂风撕去一半花瓣的牡丹;是一只被利箭射中一眼在山道上歪歪斜斜探路的梅花鹿;是一只被顽童揪去一扇翅膀而伏在地上挣扎的蝴蝶;是高峻的山峰被暴雨淋塌一半,剩下一半在风雨雷电的击打摇撼中摇摇欲坠,险象环生……

最让刘香恐惧的是,镜中那只睁得鼓突的眼睛中,腾腾的火焰压制着荡漾的清波,火焰头上迸溅着愤怒的火星,仇恨的火星,绝望的火星。刘香越看越觉得镜里的刘香不应该是这个样子!不应该这样丑陋这样猥琐这样可怜可悲！怪只怪这面镜子,把不该是刘香的刘香照了出来,让应该是刘香的刘香怒火中烧,肝裂肠断。刘香疯魔地举起双手,拼力往下一摔,咔嚓！！镜子闪闪烁烁分散成碎片,铺满地面。

刘香望着溅了一地的细碎镜渣,心灵被那些闪烁的碎亮再次戳扎。蹦跳着踩踏那些可恶的镜渣,要将它们踩踏成为粉末,连同那个不该是刘香的刘香,踩踏成粉末被风吹散不留痕迹。

一股空前的魔力控制住她,想哭想号却发不出声音。声音哽在喉咙,似要噎破喉咙,塞断气息。只剩一个念头在脑海中旋跳:拉开房门,飞奔去南台,狮子一样扑撕住憨哥,拔他头发,撕他双腮,捶他胸背,顶撞他肚腹,而后朝窑壁一头撞去,让她这个枯油的灯盏顷刻熄灭。

呼的打开房门怔住了。积在院坪的雪足有五寸,如同铺了厚厚一层棉花,干净得耀眼。世界穿了孝衫。肃穆、宁静、庄严。寒气、浩雪扑灭了刘香冲天的心火。刘香质问自己,踩踏如此洁净的雪奔去南台,向男人泼泄一腔怨愤,叫男人知道她的愤恨、绝望,值得吗？气出了,怨愤泄了,如果能让瞎眼复明,大约值得。可瞎了的眼睛是不会复明的。如果双方撕抓扭打中憨哥再次失手伤了右眼,岂不是在天爷脸上扒出新的窟窿！

刘香关上房门退坐炕沿,望着摔破又被她踩踏踢扬在满地的镜子碎片,空洞的心窍如同天上出满了星星。一个完整的镜子,只照见一个瞎了一眼的刘香。这破碎的镜子,哪怕指甲大一个碎片,同样能照出一个瞎了一眼的刘香。上百个碎片,就能照出上百个瞎了一眼的刘香。这上百个碎片就是上百个人的眼睛。镜子可以摔碎,人们的眼睛能摔碎吗？

房门嘭的一声被推开,惊得刘香从炕沿跳起来,脚下发出破镜片再度碎裂的声音。

"阿妈！"头帕肩背上全是雪花的巧儿被地上闪闪烁烁的碎镜

片惊得发呆,"阿妈你……哭了?"

一股酸涩噎住刘香,迫她扑在女儿怀里大哭一场。可她忍住了,哽咽着:"我不小心把镜儿打破了。"

巧儿装出抱怨的口气,"你不是说永远不照镜儿吗?"母亲把镜子放倒并压上双耳罐那天,她在母亲身边,觉得母亲的做法十分幼稚可笑。此刻,母亲嘴上说不小心打破了镜子,实际是痛惜曾经恩爱的夫妻竟然成了冤家,镜儿一样圆满的婚姻被摔成碎片。

"我听顺风耳说,一只眼瞎掉,会牵连另一眼也会瞎掉。我今早做针线,穿不上针,穿了七八次穿不上。我怕我的好眼睛受了牵连,想照一照,手没抓牢,镜儿掉在地上摔破了。"

"你听风就是雨!顺风耳的话要除皮着听。好端端的,好眼咋会跟着瞎掉。莫道你盼着好眼睛也瞎掉吗?"

"这样子,不如都瞎了好。"随口一句话,引出刘香一个奇怪念头。

"瞎了一眼你连镜子不敢看,要是两眼都瞎掉,你怎么活人?"一种隐忧在巧儿心里泛涌。

"两眼都瞎掉,我就要馍馍去。"刘香苦笑一下。

"阿妈你胡说啥!"巧儿迈着沉重步伐去厨房取来扫帚,把满地碎镜渣扫堆在墙脚。

愣望着女儿扫地的刘香回过神来,"这么大的雪,不在炕上窝着,过来有啥事?"

巧儿抚摸隆起的肚子,"眼看要坐月子,坐月子就不能过来看你。猪娃保要服侍我,恐怕也顾不上看你。你得想法打听香娃下落,把香娃叫回来。"

"你说得轻巧!他出去满天飞,我往哪儿打听去?"

"香娃出去两年了,你莫道不想他?"

"想也是干想。儿子大了翅膀硬了,只顾自己快活,心里没这个家,没有娘老子。再说,他真要回来,见我眼睛成了这样,就放不过你阿大。家里眼看成了这样,香娃回来再与你阿大争闹起来,还能收拾吗?不如不回来。"

4

憨哥把最后一块草泥大坯垒上墙头,强烈的自豪感涨满心房。全厼庄以及平安地块上,有谁能在一年多点时间里,凭个人气力和心眼,把一座庄廓墙垒起来?只有他狠人!从今往后,那些等他上门求告求助的厼庄人,那些爱看别人笑谈的厼庄人,即便嘴上不承认他是狠人,可心里非得把他当狠人不可。你们不是都向着刘香吗?都巴望我憨哥离开刘香就会丢了魂儿,丢了两只手,吃不上喝不上穿不上。先成为寻口,再成为孤魂野鬼。你们想得太美了!轮到别人,大概能遂了你们的想心。可我不会。我是谁?狠人!

不过,把他涨得恨不能跑去庄子里大喊大叫一通的豪气后边,隐着些顽固的焦虑。墙起来了,支撑他的信念随之没有了。接下来做啥?此前一年多日子里,他满心是垒墙的信念,干的是垒墙活儿,做梦也在垒墙。垒墙让他忘掉一切,忽略一切。如今墙起来了,被他忘记、忽略的一切又来搅扰他。先是刘香,用一只好眼瞪他,似要把眼珠变成一丸烧红的铁蛋,射入他心中,把他从内到外烧化为灰烬;再就是那些阿奶、婆娘,想用唾沫把他淹死;还有保长为首的那些男人,自以为能给刘香做主,当半个娘家人,不停地在他耳边聒噪:"墙垒起来又能怎样?不还是一个人吃饭、睡觉、屙屎尿尿!墙能一个人垒起来,房子也能一个人立起来吗?有本事立一间房子。立啊!你不是狠人吗?一个人立柱上梁叫我们看看!"

憨哥给自己定下一个新目标:做一双鞋,尽快做一双鞋。一个人立不起房梁,做鞋总可以吧?有鞋,就能出门寻那个天杀的贼打鬼。寻见贼打鬼,能哄就哄他来。不能哄,就赶驴一样把他赶到尕庄,赶在保长眼前,叫贼打鬼把当年与刘香隔山取火的勾当一五一十说得清清楚楚明明白白。到那时,保长和尕庄人就得舔他尻子,就会为了弥补他们的错误,主动向他讨好,帮他立房上梁。

憨哥把穿烂的鞋拿在手里细看。这双鞋,是保长判他住窑洞后穿出来的。一年多和泥倒坏垒墙的重活,没把他累垮,却把这双鞋挣得到处是窟窿眼睛。为了省着多穿些时日,多半时间他光着脚干活。省着省着还是烂了。出门穿一双破鞋,要丢狠人的脸。可做鞋得有袼褙、麻绳、针锥、粘鞋帮的布料。他得等巧儿来,向她要做鞋的材料。可巧儿十多天没来南台。巧儿不来咋办?他总不能为了袼褙针线,去庄子里求爷爷告奶奶吧?

憨哥穿上破鞋要出门,又犹豫起来。如果有人见他趁着大雪进了庄子,一定会说他偷偷摸摸回来,无非是求人,要么就是死皮赖脸求刘香给他一次热怀。即便他们不这样想,万一被人看出他脚上穿着破鞋,狠人的名声又会蒙上一层耻辱。两难中看见四眼狗,计上心来。

"尕黑,进来。"朝窑门外呼唤。

卧在院墙豁口草窝的四眼狗欢奔进来,浑身披挂亮闪闪雪花,望着憨哥摇尾巴。

"我把你从坏人脚下救出来,养你两年多,现在该你报恩了。"

四眼狗抖着耳梢,眼珠亮出疑惑的光。

"巧儿十多天没来,不知养下没养下。你去,到巧儿家门口喊几声,巧儿听见你声音就会从家里出来。见她出来你就往回跑,她明白你是我打发去的,就会跟你来南台。我的话你听清了吗?"

四眼狗转动耳梢,尾巴似摇非摇地动两下,站着不动。

憨哥重复说过的话,厉声下令:"去!去庄子里叫巧儿快来南台。"

狗好像明白了,这儿闻闻那儿嗅嗅地在炕沿前走动,没有走出去的意思。

"我把你当作知心朋友,原来是个蠢蛋!"憨哥左顾右盼,看见放在炕角的粗瓷大碗。这是巧儿最后那次端来搅团的大碗。憨哥拿碗凑近狗鼻,"你怕下大雪寻不见去巧儿家的路吧?这个碗是巧儿端来的,闻出她的气味就去叫她。明早雪停,我抓雀儿叫你吃肉。"

四眼狗偏头歪脑地打量主人,闻闻大碗,喉咙咕咕噜噜响动几声,转身出去钻进草窝。憨哥意识到这招不灵,得想别的办法。庙院骨头爷成为首选。一辈子光棍的骨头爷,吃穿个家料理,手头定有做鞋材料。憨哥找两块兔皮裹住破鞋,用断绳捆扎停当,给四眼狗叮咛几句,踏着没脚大雪直奔村庙。

5

庙门外积雪已被骨头爷扫堆在两边,扫出供人行走的一溜道路,又盖上一层薄雪。推开虚掩的庙门,从门口到殿阶的甬道也是扫过的,厚雪堆积在两边。殿内供桌上的油灯火苗,在纷纷飘旋的雪花后边,似红似黄地隐显着。推开庙院西北角简易厢房的门扇,骨头爷盘腿坐在炕上正在纳鞋底。憨哥暗喜,骨头爷想推辞,也没理由了。

骨头爷对憨哥冒雪到来不觉得意外,指一下炕沿,"坐。"

憨哥使劲跺脚,跺掉腿脚上雪泥,解开兔皮露出破鞋。骨头爷果然主动开口,"怨不得大雪天来庙里,鞋烂了。"

憨哥把骨头爷纳了一半的鞋掌要在手里翻看,恭维道:"针线比女人做得还要好。"

"少给我灌米汤!说,是不是没袼褙粘鞋,要袼褙来了。"

憨哥笑了,"到底是伺候佛爷的,心里明着镜儿。"

"听人说,你一人用草泥坯圈了院墙。那是粗活,有力气就成。做鞋可是细活,你能行?"

"没吃过猪肉莫道没见过猪走?看都看会了。只是手里没材料,跑来往你要点。"

"听人说,你把婆娘的一只眼睛整瞎了。是害怕庄子里女人把你撕成铺衬,才不敢向她们张口。又怕被人碰见,趁着下大雪来求我?"

憨哥低头愧笑,"你咋啥都知道。"

"我是伺候佛爷的。"顿一下,"你整瞎的不是婆娘一只眼。你整瞎了全尕庄人的一只眼,你犯了众怒。"

憨哥不明白此话含义,盯住骨头爷眼睛等待下文。

"你日子过好了,有了婆娘娃娃,就忘了当年的孽障。你父母被甘家滩兄弟们赶出家门,是尕庄人收留住在南台窑洞;下大雨窑洞垮塌你父母无常,是北房奶奶惜你没娘娃,收留养你成人;又是全尕庄村民收粮收钱给你置办彩礼,从贵德娶来媳妇。连我一个光棍,也出了一升豆儿。你口口声声要善待刘香,把她当成娘娘供在心里,结果呢?多好一个媳妇,被你猜疑打骂,还把人家的眼睛整瞎了。你这是等于说,全尕庄人都把刘香看错了,把你看错了?这不是等于你把全庄人的眼睛整瞎了吗?"

憨哥感觉心被重重地撞一下,接着被什么利器戳穿,恐惧淹没了疼痛,只有张着耳朵听的份儿。

"人不是畜生,得记人恩,报人情!我每天每日天不亮起来打扫庙院,给佛爷点灯上香,大雪大雨天从不间断。表面看我在伺候佛爷,实际上我在报答尕庄人用布施供养着我。"从单只门箱翻找出两片袼褙,一束细麻绳,两枚大针,几尺黑布。"拿回去做鞋好好想一想,尽快给刘香认错。给刘香认错,等于给全尕庄人认错。不然,纵然能做千双布鞋,也没有你行走的道路!"

第四十一章

1

在丫头母亲注视下洗完脸,香娃以女婿加贵客的姿态走进隔间,炕上坐着丫头的父亲,单手端着龙碗喝奶茶,眼睛只望着碗口。香娃顿然紧张。每天老早出门去的家主今日坐在炕上,有事要发生?

家主放下茶碗,给香娃一个手势,"坐。"严肃的口气。

香娃感觉偷情的勾当被家主觉察,心跳顿时狂乱。

"来我家几天了?"家主终于抬头直视,还好,目光善善的。

"十几天了。"香娃后悔只顾与丫头肉挨肉在炕上快活,忘了具体天数。

"十几天?"审讯的口气。

"十……五天了。"

"十五天是半个月,这半个月你在我家高兴吗?"

"高兴高兴!"香娃慌不择言,"你们把我当成……"险些说成女婿,"当成亲戚,好吃好喝地伺候我,太当人了。"

"高兴就好。"家主做手势让香娃喝茶,"听丫头说,你答应娶她做你的媳妇,接下来有何打算?"

这话是跟丫头被窝里说的。丫头紧箍着他的腰反复问他:我好不好?他说好。好了就娶我当你媳妇吧?他不想回答,又觉得这种时候叫她失望,不应该。况且丫头的好,不仅仅是会唱"少年",而是让他一上炕就变作神仙,比神仙逍遥自在。娶她做媳妇,就会一辈子当神仙。就说:娶!娶你当我媳妇。除了你,哪怕是昭君、貂蝉,我都不稀罕。

丫头把被窝里说下的话告诉了父母,是生米煮成熟饭。他吃也得吃,不吃也得吃。"这事我先得回家跟父母商量,叫他们请媒人办彩礼。"

家主与主妇对视一眼,"听丫头说,你父亲见不得你,与你母亲是牛见了刀子,分开坐着,你是避家里不痛快才出来闯荡的,父母亲能给你做主?"

在被窝与丫头说下的心里话,全被丫头转说给她的父母。到这地步,他只能实话实说。"我出来两年多,不知阿大阿妈和好没有。已经和好,我的事好办。要没和好……"顿住想了想,"我把阿妈接到三角城来,把家安顿在马场,只不知你们肯不肯。"

家主脸上浮显胜利的自豪,"你跟我想到一起了。"端茶碗递在香娃手上,"丫头给我说了你的身世,我就有了主意。把你阿妈接来,我腾出两间房子安顿你们。丫头与你成家,我老两口还能天天见她。马场的日子比种庄稼舒坦。"撺一块炒鸡蛋送到香娃嘴边,香娃诚惶诚恐张嘴接受这个赏赐。

咽下赏赐,说:"我把家安顿在这里,少英的哥哥能答应吗?"心里说,不会是赶掉儿子招女婿吧?

丫头父亲庄重了脸色,"我只给你安顿个家,不是招女婿。"做出请吃的手势,"三角城是藏区,我们在这里几十年,有些事顺了藏区习俗,比如……"比如什么,没说出来,"吃,多吃,把肚子吃饱。"

香娃推测家主想说却没说的话,大约是指丫头在父母眼皮底下与他偷情的勾当。当年万德太妹妹青措,就是这样做的。父母佯装不晓,其实明白如同照镜。这是藏区风俗,姑娘先寻男人再出嫁。怪不得他偷人家丫头,人家待女婿一样待他。

他答应娶丫头做媳妇那晚,丫头对他说:"我要是丑八怪,你也娶我?"

"别说是丑八怪,就是丑九怪丑十怪,我也要娶你。"心里说:"你这是试我的心呢。"

"我真是丑八怪。白天不敢见你,是怕你嫌我丑,不要我。"

"不可能!俗话说,买衣裳看袖子,说媳妇看舅子,你哥哥长得那样英俊,你阿大阿妈也没有怪相,你怎么会是丑八怪?"顺口把父亲当年的经历讲给丫头,"我阿大年轻时候跟脚去贵德,看上一个女子,跟去人家家里,死乞白赖要说成个家媳妇。那女子的哥哥哄我阿大,说他妹子是丑八怪,又黑又麻。我阿大根本不信。心想背影葱一样端正,腰身花瓶一样受看,走路水上漂一样的女子,咋会是丑八怪?结果把比花骨朵还俊的女子娶来成了我阿妈。"

说到这儿,香娃奇怪同样的事如今又落他头上。是老天爷半睁半闭的眼缝里只见憨哥、香娃,把同样的运气先后赐给他父子。至于丫头白天不让他接近,是吊他胃口。或者丫头长得比当年的母亲还要俊俏水色,担心他见了她的美貌怕自己配不上她,才与他捉迷藏。觉得丫头实在是一个十全十美的妙人儿,不但人美,心眼儿更美。趁着丫头沉入梦乡,发出轻微鼾声,他摸着洋火,划着一根,欣赏丫头的天仙美丽。不料被睡着的丫头一口吹灭,不让他细看。惹得他又把丫头弄了个大汗淋漓,弄得她把一颗头甩得比拨浪鼓还快,好像他让她踏上云头踩着快风,比神仙还要陶醉。

等陶醉的丫头沉入梦乡,香娃用一条胳膊支住身子,借窗户透入的朦胧天光,打量丫头的面容。草原上没有月亮的夜色是真正的夜色。香娃眼前只是一团模糊白影。他努力辨白这团白影,大致上感觉丫头的鼻梁好像塌陷着,额颅和眉棱突出着,双腮比较发达。除去这些可以视为缺陷,也可以不视为缺陷的面相,看不出丫头有什么怪相。

"该说的我都说了。"家主把香娃从沉思中唤出来,"你今天就动身回去,我们等你家大人的回话。"

"走着去吗?"

"哪能让你走着去。"家主冲窗户唤一声:"丫丫!"

窗外应一声。原来丫头没去放羊,而且好像一直站在窗外倾听房内的谈话。随着揪扯香娃心肺的响动,自称丑八怪,被香娃认定为仙女的丫头闪进房来。香娃顿时成了泥神。

前突的额头,两条硬棱的眉骨,发达的下腮,把凹陷的鼻梁衬托得格外刺眼。刺目中略显滑稽的是向上翻翘的鼻尖,鼻孔直接朝前。更要命的是,右眼仁上有个豌豆大的萝卜花,使丫头注视香娃的眼睛显得一个大一个小,一个亮一个暗,一个闪着灵光一个透出僵涩气息。香娃头里嗡的一声成为空洞,想大胆直视丫头却把目光别向梁头。

房里涨满尴尬的宁静。

许久,家主口气愤愤地说:"我丫头的人才差了点。要不是眼里的萝卜花,人才也差不到哪里。可丫头心好,又世下一副好嗓子,'少年'唱得远近闻名。先人们说,才女无花颜。人靠本事活人,不是靠脸面。那些脸面好的多半命不好。人们说的红颜薄命就是这个道理。丫头看上了先来的香娃,非他不嫁。可先来的香娃嫌丫头人才不好,借口家里有媳妇,走了。丫头不吃不喝寻死觅活要跟那个香娃去。多亏又来了你这个香娃,长得跟那个香娃一模一样。丫头又有了活人的兴头。我心想,这是老天爷怜惜我丫头一片痴情,把你这个香娃派来了。念这一点,我们……多余的话不说了。现如今你见了丫头,我从你脸上看出来,你后悔说下的话了。"

"没! 我没后悔!"香娃感觉灵魂从肉身中跳出去不理会他。理直气壮地说:"说下的话,堵下的坝! 我不后悔。"

"那好!"家主望着离开香娃肉身似虚似幻的灵魂,"我明人不做暗事。你现在后悔,我们不为难你。谁叫丫头世得不好。如果你离开这里变卦,就是当面一套背后一套,嘴上一套心里一套,我就饶不了你。你清楚,马主席和他手下那些大官都骑着我压的走马。只要我说一声,哪怕你钻进老鼠窟窿,他们也能把你搜挖出来。"

跳出香娃肉身的灵魂想潜入肉身,却被肉身排斥并讥笑道:"你不是跳出去充好人吗?回来做啥?不怕我烂臭了连累你?"

香娃的灵魂被肉身嘲弄得羞愤难当,决心做一个不要肉身的自由体。愤愤地对肉身说:"丫丫的脸面出卖了丫丫,可我不会出卖自己。我就要充当好人!就要说话算话!"对家主说:"你放心,我是男人,答应娶丫丫,她就是我媳妇。我不嫌她丑。先人们说,丑媳妇是家中宝。"嘿嘿嘿笑起来,趁肉身被笑声麻痹时潜回肉身。

家主叮嘱丫丫备两匹好马。从皮箱取出二十块银元交给香娃,"让你父母用这些钱置办彩礼,请上媒人快来回话。我给钱的事别对丫丫哥哥说。"

香娃应着,走出房门走出院门。女主人追出来,把一个鼓囊囊的褡裢交给香娃,"褡裢里装着四个焜锅,几疙瘩熟马肉,你路上吃。还有一疙瘩酥油,你阿妈喝茶。"

香娃一直感觉丫丫父母把他当女婿厚待。此刻,以女婿的身份当仁不让地接受这些馈赠。

丫丫拉来两匹备好鞍子的骏马。香娃在丫丫父母注视下认镫上马,丫丫同时上马,一抖辔头,两匹骏马奋蹄而动。

跑出马场,勒马并辔而行。香娃耳内是马蹄落地的踏踏声,眼前起伏辽阔的原野,把他缩成一团的心拽拉开去,随着大地的起伏向天边延伸。他想看看丫丫是什么表情,却不敢看,生怕她丑陋的面容叫他心生怨悔。丫丫没有骗他。她先用歌声后用肉体吸引他,再把自己是丑八怪告诉了他。这是她或者她父母的聪明才智。而他,从她的歌声,从她的肉体体察到她火热的激情、忘我的痴情、敢于冲破世俗的勇敢和担当。可他却由于她的丑相而……是天爷捉弄他。他该恨该骂的不是丫丫而是天爷、命运。

一想起命运,他想到了母亲。母亲是个仙女般美的女人,却由于美丽而被父亲猜疑、轻视,连带着他也被猜疑、轻视。想到这些他心里平静下来。尕庄人会从他母亲的经历作出判定,人的一生好坏,不取决于长得是否好看,而是取决于是否有好的命运。只要尕庄人明白这一点,就不会讥笑他香娃娶一个丑婆娘。

"你咋不说话?"丫丫小心地问,"是不是后悔了?"

香娃大胆地望向丫丫那张令他失望的面孔。丫丫眼睛蓄满眼泪,就差没有流出来。他从晶亮的泪光中,看见一个被萝卜花遮蔽的纯洁的心灵。像一滴露珠,在乱石杂草丛中颤动。"你放心,你把身子给了我,我没道理后悔。我是想,我俩当两口儿,一天到晚地唱'少年',会不会连庄稼也不想做了。"

"我俩不种庄稼,我俩放马。骑马唱'少年',直唱到头发白掉。"

"好!直唱到阴曹地府去。"香娃伸出一手搭住丫丫肩头,"现在就给我唱一段。"

丫丫嗯一声,旋即放声吼唱直令:

> 铁青骡子枣红马,
> 好身架,
> 你看那骡娃的跑法;
> 我学下的少年用车拉,
> 好唱家,
> 拴下个太阳了唱吧。

香娃随着远遁的尾音和上一段:

> 白杨树长高(者)三丈三,
> 像雨伞,

树根里常流的清泉;
不说个人才要投缘,
投上了缘,
看你是活像个貂蝉。

2

刘香从包袱取出被憨哥踩踏损污的那片枕头。新绣的枕头已经绣好了梅树枝干、花瓣花蕊、喜鹊,只剩喜鹊眼睛没绣。绣制中间,她随时取出损污的枕片做比较,确定绣上去的树枝一样粗细,一样长短;花朵的数量和排列位置,以及喜鹊在枝上的站立姿态,与先前的枕头一模一样,才放心地继续绣制。过去一两天,她又疑心新绣枕头与旧枕头出现偏差,不吻合。紧忙把包住的旧枕头取出来比较,发现没出差错,就抱怨自己疑神疑鬼。这是想香娃想的。总觉得香娃会在她绣好枕头之前回家来。眼看枕头一针一线快要绣成,可香娃没回来。这种思念让她跑神,睡梦颠倒,疑神疑鬼。

刘香把新旧两片枕头并放一起,靠近窗户做最后的比对。一样!两片枕头一模一样!连四周的万字回纹边框,排列布置得一样齐整。她把两片枕头叠放一起,对齐四边四角,用绣花针从喜鹊嘴尖扎下去,抽出针,揭开上面一片,针眼正好在下面喜鹊的嘴尖处。喜悦溢满心房。游先生拿到补绣的这一片,与先前拿去的那一片绣面对绣面合起来,花儿对着花儿,树枝重着树枝,喜鹊的眼睛吻着眼睛,是真正的一对儿。

她事先想象,绣出枕头对比出一模一样的效果,她会高兴得跳起来。此刻,她的高兴并不像事先想象的那般强烈。如同春天播种,向往并希求秋天庄稼丰收时,会高兴得扑在地里打滚。可真到了收获时刻,事先想象的快乐一点也不强烈,不值得扑在地上打滚。她清楚,这都是香娃闹的。要不是把一半心思分出来牵挂香娃,她的喜悦会比此刻浓烈得多,厚重得多,实在得多。原以为了却这个心愿,她再不会有什么向往,有什么希求,从此安安心心过日子。不承想,渴望见到香娃的焦虑急迫,淹没了她事先想象并等待的喜悦与充实。

她得趁着右眼还能看见,看看儿子,看看出门闯荡两年的儿子变成什么模样。黑成什么样子,瘦成什么样子。把儿子两年多变化的模样看进眼里,印在心上,这只好眼瞎掉就没什么缺憾。可这个希求总跟她的盘算打架。她见儿子是好,可儿子见她已经瞎了一眼,是被父亲打伤后瞎的,是把他视为野种的父亲造成的。这会让父子两个势不两立。儿子老子势不两立,她所有的希望、努力等于白费。见儿子要紧,还是消除父子间的仇恨要紧?

她反反复复掂量其中的轻重。在她左也难右也难不知如何是好时,她手里的绮线让她想起一桩又一桩往事。这些往事教她明白了一些道理,巩固了她实施自己计划的决心。

那天,她要绣梅树枝梢,抽一根褐色绮线,穿在针上,第一针扎下去,雪白洁净的绫子底色上有了一个褐色针脚。这褐色针脚细微单薄,让她想起娘家杏树上的细梢。那是结杏将熟没熟时节,五岁的她叫来几个伙伴进果园玩耍。伙伴们眼馋树上垂挂的杏子,流下涎水。她寻来一根干树枝,令一个伙伴把他的弹弓绑在树枝顶端,伸上去用弹弓把杏树细枝勾垂下来,摘杏子让伙伴们解馋。这事被父亲发现,夺下干树枝要打她,哥哥刘能挡住父亲的责打,保护了她,还替她遮掩,说伙伴都是他叫进果园,摘杏的主意是他出的。父亲抽打哥哥而饶了她。第二天第三天,父亲还在嘟囔,嫌他们把不太熟的杏子给了别人。第四天,一场狂风暴雨,把树上杏子统统打掉,一个不剩。哥哥幸灾乐祸地对父亲说:"刘香摘几个杏儿你要骂要打,现在老天爷把几棵树上的杏儿打完了,你去骂老天打老天吧。"气得父亲直翻白眼。当时她小,不明白其中的道理。如今想起来，老天的大错盖住了她的小错。父亲无法追究老天的大错，就不能在乎她的小错。再说，谁能说老天爷刮狂风下大雨是犯错？谁敢怪罪天爷？

那天半阴半晴，刘香坐在台沿上绣梅花。大块大团的云彩，贼追着一样从天上匆匆飘过。从云缝漏下的阳光，刚刚给她手里的大红绮线镀上亮色，又被云团遮掩，绮线变成血一样的暗红。眼前亮一阵暗一阵，眼睛格外吃力。无法专心的刘香又想起香娃。牵着大红绮线的绣针从白绫面穿刺下去，戳在她托着枕头片的左手的中指。细微却连通心窍的疼痛，令她撂开枕头，一粒针眼大的血珠，在手指肚上颤动。她甩掉血珠，把中指含在嘴中吸吮，油然记起小时候父亲讲过的一件家事。

事件发生在蜷爪爸爸身上。这个叫蜷爪的爸爸（绰号是事件发生后起的）家在麻巴村，藏汉杂居的村庄。村中有座藏族村民供奉的小寺院，叫天堂寺。一天，寺里喇嘛给村民通报，寺里十捆硬柴被人偷盗。从踪迹看出，盗贼趁夜深人静翻墙入寺，盗走阿卡们从山里辛苦砍伐来的硬柴。请有威望的爸爸在汉族村民中查证落实，给寺院一个说法。寺院要爸爸查证，意在盗硬柴者是汉族村民。爸爸认真查询，没人承认盗了寺院硬柴。寺院坚持己见，理由是藏族村民视寺院为圣地，岂敢入寺夜盗。村内汉藏两族村民相互猜疑，指责对方，引起多起纷争。为平息日渐加剧的民族仇视，也为此事找出合理答案，寺院阿卡在寺门前架锅生火，烧沸半锅清油，扔一把斧头入油锅。说汉人如果没有偷盗寺院硬柴，从油锅捞出斧头来证明。佛爷会护佑清白人，捞出斧头皮肉毫毛无损。爸爸为了维护汉族村民尊严，也为维护村民和睦，更因为相信一身清白一腔正气，必得佛法护佑，代表汉族村民履行誓约。斧头捞出来了，爸爸的半条胳膊被沸油烫伤，至后皮肉干缩，手腕手指蜷缩成枯柴模样，蜷爪的绰号应运而生。盗柴之事不了了之。蜷爪爸爸赢得全村汉藏村民的共同尊崇。十岁的刘香听此往事，心里有了朦胧心得:父亲给她讲此往事,意在要她明白,做人要勇于担当。遇事要像蜷爪爸爸那样敢于担当。

此刻刘香设想,指头被针扎破,就疼穿心窍,当年的蜷爪爸爸经受了多大的痛苦!经受剧痛并失去一条胳膊的正常功能,却赢得了汉藏村民的尊崇敬佩。这是保宁刘家的荣耀。刘香感觉父辈的这个荣耀,至今还照在她的头顶,亮在她的心中。只要敢于担当,疼痛不再是疼痛,缺失也不再是缺失。

刘香拿起绣花针,果敢却有分寸地在左手食指肚戳一下,血珠冒出来,颤着增大,红艳如同太阳照耀的大红绮线。她没觉得疼痛。这个试验和发现,让她感动得流出眼泪。

十几朵红艳的梅花,花心里黄灿灿的蕊都绣好了,该绣树叶了。按理,梅花开在寒冬,不该有叶。可一代一代的妇女传承下来的梅树都要绣上绿叶,为的是好看,颜色丰富。况且游先生手里那一片她绣了绿叶,这一片不能不绣。刘香操针穿上碧绿绮线,一针一针绣得专注。绣针引动一丝一缕的绿意,在她眼前洇散,成为一片油绿的麦田。绿油油的麦田又让她想起一桩往事。

有一年初夏拔草时节,下院新嫂朵秦氏小叔子在河滩挡牲口,与伙伴贪玩,拴在石头上的毛驴挣脱缰绳,跑进官保家麦地啃吃青苗。好在被人发现,赶开毛驴。官保知情,与下院新嫂的公公论理,出言不逊争吵起来。原本要道歉的朵秦氏公公,因官保态度蛮横不给好话。官保气不过,寻机报复,将自家骡子赶进朵秦氏家麦地,掠吃踩踏青苗。双方再次交恶,请保长评理。保长听了前因后果,做出评判:"毛驴挣脱缰绳啃吃官保麦地青苗出于无意;官保赶牲口掠吃朵家青苗却是故意。过错不在先后而在轻重。朵家小孩贪玩忘记管理毛驴,轻;官保出于报复赶牲口吃青是故意,重。"判定官保秋后赔麦捆十个。村民齐声说好,对保长秉公办事,不偏不倚的办事作风大加赞赏。如今,保长出于不偏不倚秉公处事的态度,制止憨哥休妻逐子的无理诉求,为她,为憨哥,为香娃留下退路。作为当事人,她不能因为个家的一只眼睛,在父子间制造一座阻隔的大山。纵然这座大山已经形成,她也要用她的爱心诚意,把它化解为一马平川。

刘香在头发上蹭几下有点涩滞的绣花针,把蹭光蹭亮的绣花针举在眼前细看。穿在针上的葱绿绮线,碧莹莹地垂在白绫底色上。绣好的红梅花、喜鹊都朝她笑着。喜鹊似乎对她说:"你想得对,快把我的眼仁绣出来吧。等我的眼仁灵动起来,你会说话的眼睛就永永远远留在了世上。"

3

韩少俊给妹子承诺,必须等待可靠人,才把香娃送去西宁城。等待多日,终于等来机会。岗察千户王爷要去塔尔寺朝佛,四个随从都背着长枪。王爷的坐骑海青,是丫丫父亲驯压的走马。韩少俊嘱托王爷把香娃安全送达西宁。在通济桥头与王爷分手,香娃进城直奔昆仑中学。游先生是唯一相熟的城里人,借宿一夜,剩下的路就得步行。况且,心里有太多太多感想,需要给游先生吐露,听听游先生的指教。

门房工友把香娃让进门房说:"游先生这些天早出晚归十分忙碌,难说几时才能返校,你得耐心等待。"

三天的鞍马劳顿,让不常骑马的香娃腰酸背疼。迫切地问:"游先生每天出去,不给学生上课吗?"

"时局混乱,人心惶惶,多数学生被家长拖后腿不来上学。只有少数老师坚持上课。"

"游先生天天出去忙啥?"

工友望望门外,把嘴凑近香娃耳边低声说:"共产党队伍打到兰州了。我猜谋,他的忙碌与时局有关。"

闲谈中,工友听说香娃曾经来过学校,顿然兴奋,"我想起来了,游老师曾把一个民间歌手领进教室,启发教导学生,而后教了一首'眼睛之歌',在学校唱红了。不但昆仑中学唱红了,满西宁的中学小学都爱唱这首歌曲。那一阵走在街上,上学放学的学生都在唱'眼睛之歌'。人人都说这首歌曲好听,人人都在传唱。后来听说,这首歌曲被西安那边的人装进唱片。没想到你就是来过的那个唱民歌的把式。"摸摸茶杯,倒去半杯添上热茶,端给香娃,"喝,趁热喝,你们唱歌儿的嗓子最要紧。"

香娃耐住性子等待,同时胡思乱想。后悔经不住丫丫挑逗,轻易上了她的炕,把生米煮成了熟饭。后悔被丫丫的肉身粘得颠三倒四,没能保持一丝清醒。怪只怪个家饥荒,见了吃食不知道挑一挑拣一拣就大吞大嚼。记得人们说过一句笑话:"尿儿尿儿,闯祸的头儿。"如今个家的尿儿真给个家闯下一桩祸事。还记得有句俗话,"皮是一个皮,脸上分高低。"如今这样的遭机落在自己头上,不能不细细思量这些俗话中隐含的道理。单从这一点看,保安香娃比他聪明,比他把得稳。丫丫从保安香娃身上吸取教训,想方设法躲着不让他看清面相,又想方设法捏住他的五脏六腑,把他变成偷一口青油而掉入水缸的老鼠,由她决定生死。

如此想来,怪罪丫丫毫无道理。丫丫在适当时间表白自己是丑八怪,可他由于得了便宜执迷不悟,也不能怪自己不检点不沉稳,哪一只馋急的公猫看见香肉不动爪子?要怪就怪老天爷,总想着捉弄人摆布人。想想尕庄人的种种遭遇,先让顺风耳娶个丑女人,尝尽了丑造成的苦头;又让憨哥娶个俊媳妇,饱受俊造成的烦恼。这究竟是老天成心耍人?还是黑头凡人该受的孽障?

穿云走雾的思前想后,让香娃恍恍惚惚如游梦中。猛地听见"游先生回来了"。一激灵,看见游先生笑眯眯打量着他,"怎么瘦成这样子?"挽住香娃胳膊,"听工友说你等了四个小时。走,去我宿舍。"

书桌、椅子、单人床、脸盆架、长嘴铁皮壶……与两年前一模一样。唯一不同,是桌上多出一个一尺见方,五寸薄厚的革面匣子。匣上摆放着装母亲枕头片的玻璃方匣。灯光下,匣内枕头片上的梅花、叶子、喜鹊的轮廓、颜色泅闪着虚幻的光晕。

"没想到你会来。"脱外衣的游先生笑着说,"要知道你来,我把今晚的活动推后一天。"

"活动?"香娃从游先生的言谈表情判定游先生说的活动一定十分热闹,不然咋会深更半夜才回来。

游歌的目光在灯下熠熠生辉。压低声音:"解放军即将解放兰州,紧接着要解放西宁。我召集进步青年学生开会,商讨协助解放军进城事宜。"游先生询问香娃两年的经历。

香娃大略讲说一遍,着重说明遇见丫丫缔结婚约的经过。

"你这是歪打正着。要追寻的保安香娃没追到,却追寻到媳妇,可喜可贺!"把毛巾递给香娃,"给我详细说说你的未婚妻。"

香娃默声洗脸,拧毛巾,揩脸。游先生要他详细说说未婚妻,他该怎么说?要是丫丫丑得不至于令他灰心,他乐意说给游先生听。说给游先生,等于说给母亲。可丫丫实在是说不出口。尤其与丫丫睡觉的事,说出来岂不让游先生耻笑。

游歌觉察到香娃的情绪低落。"说下媳妇应该高兴,你怎么没精打采的?难道未婚妻不称心?"

"长得不好看。主要是眼睛里有个萝卜花。"心一横说出来,想听听游先生如何评价他的这个荒唐选择。

"既然生理有缺陷,你为何应了这门亲事?"

香娃欲说又止,躲开游先生审度的目光。

"我明白了,你走差一步棋,想悔棋都不能,是不是?"

"是她阿大不许我悔棋。他说马主席手下的大官都骑着他驯压的走马,都是他的朋友。我如果骗他,钻进老鼠窟窿也能把我搜挖出来。"

游先生笑起来,"他吹牛。如果单为这一点,你没必要顾虑。西宁很快要解放。马步芳政权的高官幕僚再没有作威作福的可能。他们自顾不暇,哪有心思管你的婚事。"游先生坐在香娃身边,"我清楚你为难的原因。要打消这些为难,你先得弄清一个问题。就是丑与美的关系。换句话说就是表面与实质的关系。人故然需要一个好的长相,但更需要一个好的内心。表象是短暂的,内心才是长久永恒的。婚姻是终身大事,你得从长计议。西宁解放新政权成立,你要面临一个全新的社会。新的生活习惯、新的生活观念、新的道德规范,都会影响你对这件事的判断选择。眼下不妨先放一放。你们民间不是说日子长着树叶儿,心急吃不了热豆腐嘛。"

香娃笑了,决计听从游先生的话,把此事放一放,看看西宁解放后的形势再说。如果母亲反对娶一个丑媳妇入门,他便听从母亲意见。到那时刻,丫丫父亲没有机会追寻上门骂他忘恩负义。即便追上门来责问,他只说父母不同意,他也没有办法。只是那样一来,他在丫丫心目中,不是一个男人,而是被她用扣子套住又被她放生的可怜虫。同是香娃,保安香娃聪明地绕开了暗扣,而他却俯首帖耳地钻进扣套,而后又靠她的宽厚胸怀窃得自由。凭这一点,他这辈子永远输给了保安香娃。

为填充内心出现的巨大空洞,香娃无话找话,"游先生,上次我来你桌上只摆着放枕头的玻璃匣,今天多了一样东西,这是啥?"

"是留声机。"整理枕巾的游先生说。

"啥是留声机?"

"就是你们所说的洋戏匣子。"游歌撂开枕巾,"你这一问,让我记起一件事。"把装枕头的玻璃匣挪放一边,将革面方匣挪到桌子中央,揭开盖子,取出一个明晃晃的拐把,把一头塞进匣子一侧的小孔,搅动七八圈,提起银光锃亮的物件挪到圆盘边沿,将最前端的尖嘴轻轻挨近黑颜色圆盘,黑颜色圆盘旋转起来,同时吱扭哇啦地唱出声音。

香娃惊讶、兴奋。一个圆盘一个装针的尖嘴,能划出如此悦耳动听的歌声,这里边有着何等玄妙的机关?

"你别只顾稀诧。"游歌及时引导,"仔细听听唱的什么歌曲。"

"什么歌曲?"香娃茫然反问。

"'眼睛之歌'。是我创作的'眼睛之歌'!"

香娃想起游先生带他进教室与学生对话的情景,"这歌儿唱我的眼睛?"

"准确一点说,是赞唱你母亲的眼睛。你先认真听听,听完再说话。"

香娃调集心智,吸纳机头张扬出的那股清越明亮的歌声,感觉那声音如同潺潺溪流,渗入他心田,沁入他气血。似乎是"少年"却不是"少年",好像把"少年"中某种东西糅了进去,有一点"少年"的味道,却比"少年"还要受听,还要缠绵,还要悠扬。

> 眼睛,眼睛,说话的眼睛,
> 流露天地的博大,
> 倾诉生灵的心声。
> 五谷田禾因你丰满,
> 山川草木因你葱茏。

香娃眼前现出母亲的身影,母亲的眼睛,长而密的睫毛,澄澈明亮的眼珠,乌黑深邃的瞳仁,以及被瞳仁映射出来的千山万水、高天流云。"我听明白了,是唱我母亲的眼睛。"

"也可以说,是赞唱所有与你母亲一样的河湟妇女们的眼睛。不仅唱她们美丽的眼睛,还在唱她们美丽的心灵。"

> 眼睛,眼睛,美丽的眼睛,
> 体现百花的娇艳,
> 展示月亮的灵魂。

牡丹因你含羞,
蝴蝶因你飞动。

山泉水一样澄澈晶亮的歌声从香娃心田潺潺流过,流向起伏的山峦、开阔的原野、茂密的树林、疏朗的庄舍。香娃的心随着歌声浏览熟悉的山川草木、庄舍村田,感觉身如和风,意似云霞,在歌声里徐徐卷舒、升腾、变幻……

眼睛,眼睛,活泼的眼睛,
传达飞鸟的快乐,
描绘溪水的轻松。
彩虹为你起舞,
蓝天为你透明。

眼睛,眼睛,忧伤的眼睛,
激荡着生命的酸涩,
沉淀着活人的苦痛。
风雨给你哭泣,
天地为你呻吟。

香娃听呆了,听痴了,听得心里甜甜的酸酸的涩涩的苦苦的,禁不住泪水盈满眼眶,长睫毛一抖,变作珠子滚过脸颊。自觉有些失态,用巴掌揩眼窝,难为情地说:"你的歌儿太好听了。我回家第一件事就是告诉母亲,游先生为她的眼睛写了一首歌曲。西宁的学生唱红了,外地学生也唱红了。不但唱红,还收进洋戏匣子,反反复复放出来叫人们反反复复地听……"

"香娃,你是最直接的当事人。能从你这儿听到这样的评价,我这首歌才算真正成功了。告诉你母亲,等西宁解放形势稳定下来,我带着留声机去看望她,让她亲耳听听我为她,也为所有河湟妇女创作的这首歌曲。"

第四十二章

1

憨哥咒骂骨头爷。成心给他生锈的铁顶针,太小,套不上粗硬的食指。拿切刀挤进顶针接缝,打算撬松一点,不料断为两截。为了穿着结实耐时,他粘了三层袼褙的鞋底,结果是纳起来费劲。没料到做鞋比垒墙费事。一个人垒墙没难住他,一双鞋底却让他束手无策。这才明白,刘香黑天半夜点灯熬油给他、给巧儿、给香娃做鞋,费了多大的劲。这想法让他觉得对不起刘香,亏待了刘香。要活人,离了女人真不成。

看着扔下的鞋底恼火三天,意识到一点点困难就诱使他软下心肠。如果听凭心肠继续软下去,这两年就白白地硬气了。必须把刘香从心里赶出去。办法是设想刘香与贼打鬼隔山取火的情景。这一着真灵!为巩固重新硬起的心肠,他必须把鞋底纳出来。

真是苍天助他,让他记起去煤窑下苦那一年,见到下路来的耍猴艺人。男人在街头设摊耍猴,女人坐在街角纳鞋底。那女人纳鞋底不用顶针。细看,手心有个枣核一样的木棒。空心的小木棒,用松紧带穿着套在手上当顶针用。憨哥找一块硬杂木削成圆柱体,用烧红的铁丝烫出通孔,穿上麻绳拴在手心,试了几次,可以当顶针使用。

这天,刚把充当顶针的小木棒套上右手,卧在墙豁口的四眼狗狂叫起来,接着听见有人呵斥四眼狗。谁如此放肆?竟敢惹他的狗伴!憨哥几步跨过院坪跨出墙豁口,愣住,来的居然是保长、长腿,跟着一个怪人。

保长、长腿在炕沿落座,怪人斜靠窑壁蹲在炕下。憨哥打量怪人,发现除了又黑又瘦身子不展板,五官并不难看。把狐疑的目光投向保长,"保长,你……他……"指一下怪人。

保长与长腿交换眼色,"你不认得?"

"好像在哪儿见过,想不起来了。"

保长庄严地说:"他就是翟达贵。"

贼打鬼?!贼打鬼是这个尻样?他来做什么?呆目打量眼前的古尔怪。这又黑又瘦弓腰塌背的古尔怪是贼打鬼?他咋这般丑陋、猥琐、龌龊?一股掺和着窃喜的恼怒,从憨哥心中滚腾出来。一定是保长、长腿看着他与刘香不阴不阳地过日子,合不是分又不是,想方设法找来贼打鬼弄清事实真相,以便彻底了断这桩公案,给尕庄人一个明确的交代。可这样做,无异于往狠人头上抹屎!尕庄人发现占刘香便宜,夺走刘香良心的,竟然是一个世不全的尻人。他这个狠人,还有刘香,日后还有什么脸面在人前头行走?人活脸,树活皮,这是成心要剥他脸皮!把恶恨恨目光从贼打鬼身上移开,投在长腿脸上。

"你别拿这种眼光看人。"长腿几乎是咬牙切齿地说,"你接二连三地折磨刘香,先拧断她胳膊,再整瞎她一只眼,根子全在这人身上,我把他找来……"

话被憨哥截断,"啥?!是你把这个尻人找来的?我说呢,像他这么个世不全的尻人,要不是有人领路,哪敢跑我门上来!当年在威远镇会场,这狗日的说他弄了刘香,我还半信半疑着。是顺风耳从大通老爷山回来说,贼打鬼在'积成当'号房弄了一个女人,这女人是尕庄人,长着一对会说话的眼睛。他是绕着弯儿告诉我,这狗日的世不全日了我婆娘!如今你把这狗日的领我家里,是给我胀气,还是往刘香头上抹屎?"

长腿厉声厉色地接住话茬儿,"是我千方百计寻他来当头对面做证的。"扭头恶声恶气对贼打鬼说:"说!当着保长和刘香男人,把当年的事说清楚,一是一,十是十,你要不说实话,保长叫来全尕庄人,把你乱石头打死。"

翟达贵惊恐地扫视虎视眈眈的保长、长腿、眼里喷火的憨哥,嗫嚅了几句,对憨哥说:"姑舅哥,当年我在威远镇会场给你说的不是实话。"停下来审度憨哥的反应。

"说!为啥不说实话?"保长喝令。

"我唱'少年'浪会场遇了那么多女人,都答应当我的连手。唯独你女人不答应。我把她哄进号房看好东西,她还是不答应。她说她是有主儿的人。我维了那么多连手,没一个像她。我认为她是世上最好最本分的女人。越这么认为越忘不掉她,就把她放在心里,当成我最好最向往的连手,逢人夸,见人赞。在威远镇给你那样说,是夸我有一个好连手,好得没口儿说,是叫你眼热。却不知道你是她男人……"

憨哥听得火暴,飞起一脚把翟达贵踢趴在地,要踢第二脚,被长腿猛力推开,扶拉翟达贵起来。

憨哥咬牙切齿:"狗日的说得轻巧!你随随便便一句话,把一块大石头塞我心里,叫我白白地揣了一二十年,你狗日的!"扑上去又要踢打,被保长喝住。

保长放缓语气:"听见了吧?你随口一句话,让人家好两口成了冤家。顺风耳又从老爷山带回你的虚话传给他,加深了两口的猜疑矛盾,导致伤了刘香眼睛。是宋姑舅哥看见刘香受了天大的委屈,为了给刘香洗清冤枉,千方百计找见你,花心思下决心把你叫来尕庄,当着我和刘香男人把是非说清楚,还给刘香清白。"

极度恼怒又极度悔恨的憨哥禁不住浑身颤抖。保长的话说给贼打鬼也说给他。他们说的全是真话?是为他好也为刘香好的真话?是真话他就得听,就得……他不知此刻该做什么,在原地跺脚拍胸地转圈,而后拔腿跑出窑洞。

"快!"保长跳起来追撵。长腿撵出窑洞又折回来,瞪一眼蜷缩成一团的翟达贵,扔下他飞撵而去。

2

一路疯跑的憨哥反反复复说着一句话,如同沉重的鼓槌反复敲打潮湿的鼓面:刘香,我错怪了你!我冤枉了你!我亏待了你!刘香,我错怪了你!我冤枉了你!我亏待了你!……

在村巷行走、干活的村民见憨哥疯跑过来,张着嘴,鼓着眼仁,贼追着一般。纷纷让路,慌忙拉开挡道玩耍的小孩,而后凝望憨哥跑过的背影,判断憨哥是不是疯了。看方向,憨哥往家里跑。两年多不进庄子的憨哥怎么了?随后看见保长、长腿撵追过来,也是五马六枪的阵势,于是得出结论:要出大事!

憨哥撞开虚掩的大门门扇,门扇撞上门框的重响把他从疯张中惊醒,停在当院,手抚几近胀破的胸膛急促喘息,接着咳嗽。对刘香而言,他的出现必成意外。强盗般撞入房里,岂不惊吓刘香。他要等气息平缓,心情平伏才能进房。进去跪在炕沿下,只说一句:"刘香,我给你认错来了。"

这句话感动了自己,眼眶胀胀,鼻孔酸酸。这时,听见了刘香的声音:"谁在院里?"

"是我。"憨哥心抖气颤地应一声。

"是……"刘香听出是憨哥声音,"是……谁我不管,想进就进来吧,别装憨哥的声音哄我。谁都知道,憨哥两年多没进这个大门。"

憨哥的眼泪一下子滚出眼眶。望着半掩的房门,感觉一座高山横在眼前,令他没有力量胆气接近和跨越。保长、长腿先后撵进院门,见憨哥愣在院中,明白他在调集进房的勇气,陪站在憨哥身边。

"你们站在院里做啥哩,有事进来说吧。"刘香听出院里不仅一人。

保长给长腿使眼色,一人一条胳膊挽挟住憨哥,连推带拉弄进房门,进门愣住!炕上的刘香正用双手探摸炕沿,想下炕又不敢下炕的样子。听见脚步声抬起头来:"你们是谁?"

三人惊呆!刘香的那只好眼虽然睁着,却白乌乌蒙了一层青白云翳,如同一只实心的瓷珠,或者一只死羊的眼睛。

"你……"三个男人惊呼,张开的嘴合不上了。

刘香继续摸索炕沿,"我不见了。两个眼睛全不见了。你们过来坐在炕沿上,别出声,看我能不能揣出你们是谁。"

三个男人继续呆愣。他们活人的经验穿不透眼前这个世事。让他们惊讶不解的是刘香显得十分坦然,好像瞎了双目的不是她而是别人。凭刘香的心肠,别人的眼睛瞎了她也不会这么无关痛痒。

刘香拍着炕沿,笑着说:"不敢叫我揣吧?我的眼瞎了,心没瞎。不信,你们过来坐在炕沿,我准能揣出来是谁。"

保长、长腿忍着心疼,推憨哥贴近炕沿。刘香挪动身子,双手摸索着抓捏憨哥胳膊,顺胳膊往上揣摸,摸到肩头、脖颈、下巴、脸颊、额头,手停住,颤抖起来,"憨哥!你是憨哥!你……你不是不认我吗?你干吗还要来啊?!"双手撕抓憨哥领豁,用头顶他胸脯同时号啕大哭。

憨哥任凭刘香顶撞他的胸脯,感觉撞得太轻。打算掰开刘香撕抓领口的双手,退后一步跪在炕沿下,又觉得这时刻掰开她的手不该。何况保长、长腿在场,跪下太失男人尊贵。便哽咽着说:"刘香,我给你认错!本该跪下认错,可我是男人。我的身子没跪,可我的心跪下了。我错怪了你,冤枉了你。我当着保长、宋家爸爸的面给你认错。你要信我的认错,就别哭了。"

刘香顿然刹住哭号,用袖口沾沾泪湿的眼窝,伸手摸索。保长慌忙握住这只手,另一只手被长腿握住。哽咽的刘香说,"保长、宋家爸爸,多谢你们把香娃大大劝回家来。"顺势拉保长、长腿坐她两边,"我等这么一天,总算等到了。"

"可你……"保长、长腿对望一眼。

"我自小看着个家的眼睛长大。别人都说我的眼睛如何如何好看,会说话。我看惯了个家的眼睛,听惯了外人的赞美。别说伤了一只眼睛,就是掉一根眼睫毛,我都心疼得几天没精神。憨哥不小心把我左眼损伤,我就害怕看个家的眼睛。看一次,我就恨憨哥一次。要是这么恨下去,我这个家就永远不团圆了。我的眼睛要紧,可我的男人、我的儿女和这个家更要紧!我是为了不叫个家恨男人,才把剩下的好眼睛戳瞎了。这不,老天爷见了我的实心。我昨日刚把眼睛戳瞎,今日憨哥就来认错。"

憨哥、长腿、保长都压抑住声音哭起来。除了哭,他们此刻无话好说。

刘香却惹起笑来:"你们大男人家也知道哭吗?别哭了!听我说。我的两个眼睛就如上房的两扇窗户,亮亮豁豁整整齐齐安在房门两边。要是把一边的窗户取掉,泥死,剩下另一边的窗子,看着不顺眼。泥死的窗户没法再打开,干脆把另一个窗户也泥死,看着倒顺眼,你们说我的话对不对?"

不表态不应该。三个男人又抹眼泪又甩清鼻涕:"这么说也对着。"

"我的话对着,那你两个给我说说,如何把香娃大大劝转的?"

保长沉思片刻,把长腿为了给她正名,想方设法找到翟达贵,逼来尕庄与憨哥当面对质的经过简略说出。刘香听了,沉吟片刻:"把人家叫来,没难为人家吧?"

"没难为。"长腿说着瞪憨哥一眼。

"没难为就好。说到天上地下,错在我们个家心里,怨不得人家。这事就算一风吹散,日后再不提了。"

"不提!不提!"三个男人只有附和的份儿。

"宋家爸爸,你给我们家的恩情,容我将后慢慢报答。这辈子报答不完,下辈子接着报答。"

长腿愣一下,大声吼哭起来。惹得保长神经质地搓手。

"宋家爸爸,你要不叫我难心,就别哭了。你是经见过大世面的人,心里啥都装得下。听我一句,收住你贵重的眼泪。"

长腿及时收住哭声。

"香娃大大。"刘香伸手握住憨哥及时迎上的双手,"我眼睛不见了,从今往后家里家外的活儿你得多操心。你不能嫌弃我瞎了眼睛。你得把这两年亏欠我的给我好好地补上。"居然笑出声来。

"我补我补!我当着保长、宋家爸爸给你吃咒,你眼睛好的时候是我婆娘,眼睛瞎了还是我婆娘。我把你服侍一辈子。我要说了虚话,天打五雷轰!"

第四十三章

1

消息风一般吹遍尕庄。

长腿媳妇率先赶来,确定不是妄传,对男人下令:"快去寻牲口套车,把刘香拉去城里看眼睛。"长腿要走,被保长唤住,"算了,认命吧。兵荒马乱时节,城里人都出去避难,谁有心情顾一个病人。就算人家不要钱白治,也晚了。"顿了一下,"这是刘香、憨哥命定的,认命吧。"

认命吧。这话与其说是对刘香夫妇说的,不如说是对全尕庄村民说的。透出对人生的无奈和困惑。所有前来看视的村民,不论男女老少,都把这句话当成不可抗拒的魔咒,小心翼翼走进来,望着双目失明的刘香发愣发呆。女人们挤坐炕上低声替刘香哭泣;男人们蹲在炕前柜角,吃烟、咳嗽、小心地吐痰;老人们呆立片刻,摇头塌腰悄声离去;孩童们挤成一堆立在门口墙角落,惊恐地扫视在场大人。所有人都用沉默掩饰自己的惊惧、哀伤、困惑、不安。仿佛一旦有人出声,就会平地掀起一阵旋风,撕裂这难得的和谐平衡。

还是有人禁不住心疼,率先哭出声来。众人怒视这个没眼色不看火候的奴才,发现竟然是拉鼻态。蜷蹲在门角落又甩清鼻又抹眼泪。

这是尕庄又一奇事!这种场合该哭的人太多太多,唯独不该拉鼻态哭。"拉鼻态你怎么了?"巨大的疑惑变成在场众人同声的问题。

拉鼻态用左袖口抹一下泪水,右袖口擦一下清鼻涕,扑通一下扑跪在炕沿下,"刘香嫂嫂,是我害你成了这样,是我害你成了这样。"额头碰地咚咚闷响。

在场众人大惑不解,无声的沉默中突显出急迫的喘息。

"田家尕姑舅,你没做过对不起我和憨哥的事啊!快起来。你给我磕头我消受不起。"刘香要探摸着下炕,被憨哥挡住,"你只给我两口做过好事。当年为了叫憨哥娶我,你们家出了三升麦子,三升豆儿。我们心里记得牢牢的。虽说你娘老子已经过世,我两口儿得把这账还给你。快,别哭了快起来,站到我眼前头来。"向前伸出双手,似要握拉拉鼻态的手,"如今我两口和好了。等日子过得有起色,我两口先还你的账,还要帮衬你早日娶上媳妇成家。"

"就是就是。有啥话站起来说。"憨哥上前要扶拉鼻态起来。

拉鼻态就势抱住憨哥双腿说:"狠人哥哥,我不该听信顺风耳挑唆,寻来三个要馍馍佯装喇嘛骗吓刘香嫂嫂。不该跟着顺风耳煽火大家往你家讨要旧账。是我做的混账事,逼你把刘香嫂嫂的眼睛打瞎了……"

在场众人面面相觑。同时左右探寻,这才意识到顺风耳不在场。尕庄出了这等大事,顺风耳应该在场。"顺风耳怎么没来?"有人高声找问。

知情人高声应答:"我见顺风耳在河滩挖石头呢。"

挖石头?他早不挖石头,晚不挖石头,却要在今天这个日子挖石头?一向消息灵通的顺风耳,一向爱出头挑事的顺风耳,在憨哥家出大事的时候不来憨哥家显能,却去河滩挖石头,不对头啊!在场众人感觉其中必有蹊跷。顺着这个心思深想,得出答案的先是憨哥。"我总算明白了!顺风耳起头给我讲说一丈之内才是夫的古今儿,直到最后从老爷山会场带回贼打鬼的虚话,都是为了挑拨我和刘香的夫妻关系。要是今天拉鼻态不把别的事情说出来,我们还不相信这些年一桩桩一件件与我家有牵连的事,都是顺风耳一手策划出来的。"被刘香双目失明的巨大事件震撼得失去自我的憨哥,无意间又把自我抓握在手里,"保长,得把顺风耳叫来与拉鼻态对证。要是拉鼻态说的都是真话,我就要向他要我婆娘的眼睛!"

憨哥的提议引发在场众人的高声响应:"对!如果对证是实,不能便宜了这个坏尿!要叫他赔刘香的眼睛!"被刘香双目失明的巨大事件震撼得失去判断力的尕庄村民,认为只有严惩顺风耳,才是修补自己残破良知的良方,才会让贵德的刘香娘家人不把这天大过错的原因归咎在尕庄人头上。

"拉鼻态,你去把顺风耳叫来。"保长表态了。果决的态度后隐着些用意。拉鼻态面对双目失明的刘香突然良心发现,为拯救自己失衡的心,出卖了顺风耳。打发他去叫,对他的出卖是一种惩罚。说不定见到顺风耳又要见风使舵。那样,不但识透这个人,还能起到给顺风耳通风报信的作用,好让顺风耳有所提防。尕庄人的主心骨不在自己心里,而在别人嘴里。

拉鼻态义无反顾拔腿而去。官保说:"我也去!"紧随其后。"我也去!"冶家老大和张家小三不等保长发话,追随而去。

呼啦一下,剩下的男女老少风一样旋扬而去。刘香失明的美目压迫着他们,脱离这个场合,压迫才会解除。何况……何况河滩上可能有好戏,不看会后悔。

2

杂沓的脚步声渐渐统一成义无反顾的气势,启发村头巷尾等待事态发展的村民,抖擞起精神,借助突起的莫名冲动、激奋,向河滩进发。尕庄人历来齐心,别人要做的事你不做,要被笑话的、小看的、怪罪的。与其在想做不想做时被人笑话、小看、怪罪,那就不如不做。尕庄人一旦齐心,敲打地皮的脚步声就有了战鼓的作用。使男人们奋发出捍卫真理的大义大勇。此刻,这个真理是:刘香那对会说话的眼睛是他们永远听不尽的无声故事,是他们永远看不厌的一道风景。如今这个故事和这道风景,被顺风耳为首的歹人祸害了,将要变成他们无法治愈的心病。只有严惩那个祸害故事和风景的歹人,他们心里才会好受一点。

女人们则为了找到一种久已想找到的答案:在自己男人心目中,刘香那对会说话的妖媚眼睛,到底引起过多少波澜?从今天男人们的行为举止、语气声音中,可以看出些眉目。反正刘香会说话的眼睛再也不能让自家的男人动什么心思了。不妨让他趁此良机好好地表现一番,让他在尕庄人队伍中充当个不该轻视的角色。

就是这些可以称作各怀鬼胎的内心动力,让尕庄人在对待这件事上显得十分齐心,十分地大义凛然,人越集越多,几乎把尕庄所有男人女人老人小孩全数卷带着奔向河滩。如同飓风卷带残枝败叶,实际上连大树也拔出根来。

3

拉鼻态、官保、冶家老大和张家老三先后离去后,沉默的刘香问保长:"保长,他们去河滩,会与包家爸爸争讲着打架吧?我的眼睛已经瞎了,别为我的瞎眼伤了大家的和气。"

保长沉吟片刻说:"该叫顺风耳知道知道,尕庄人在紧要事情上是不糊涂的。争讲几句,打斗几下,会叫顺风耳记住教训。"

"那……"刘香转问长腿,"宋家爸爸,你把贼打鬼找来给憨哥做证,憨哥和你都来了,贼打鬼呢?"

长腿这才意识到慌乱中把贼打鬼一人撂在窑洞。说:"我估计他没脸再见我们,会悄悄地走掉。"

刘香有些隐隐的担心。"香娃大大,你去南台看看吧,得防他想不开祸害了窑里木料。去了好话好说。已是过往,叫人家安安静静回家去。"

"木料要紧还是你要紧?"憨哥冲刘香鼓起眼仁。意识到再不该朝刘香耍脾气,放软口气:"我要守着你,从今往后只守着你。"

长腿起身说:"我去南台。是我把贼打鬼寻来的,还得由我把这个鬼送走。"他把送字说得很重,不知是什么用意。

4

顺风耳果然在河滩。手边一把铁锨,一把十字镐,正蹲在沙石堆前抽烟。大庄的有钱汉修盖一座宅院,需要大石头砌墙基墙根。顺风耳听得这个信息,决意下几天苦工,让石头变钱。听到杂沓脚步声由远及近,抬头,尕庄的男女老少数十人洪水似汹涌着朝他而来。紧忙起身,听见了拉鼻态硬直的口气:"顺风耳,保长传你去狠人家问话。"

"你叫我什么?"一向对自己低眉顺眼点头哈腰的拉鼻态,突然改变称呼,而且是居高临下的口气。

"你别问我叫了你什么。快!快去狠人家,保长有话问你。"

顺风耳意识到要发生大事。因为望着他的所有尕庄人,都是五马六枪的表情。为掩饰慌乱,或者为了体现临危不乱,顺风耳弯腰拿起铁锨,"没见我在挖石头?保长叫我啥事?"

"你挑拨狠人整瞎了刘香眼睛。你挑拨我寻来叫花子装喇嘛骗吓刘香。保长要你去跟我对证!"

顺风耳心窍一缩一胀，把喷火的目光剌向拉鼻态，"拉鼻态，你当初是怎么应承我的？刘香眼睛瞎了，是狠人耍狠的结果，与我有屎的相干！你狗日的……"禁不住喷出突生的恶言秽语。

"你才是狗日的！前前后后都是你在捣鬼！答应给我的白洋铜元至今没见面，害得我跟在你尻子后头当坏人。你才是狗日的！"拉鼻态抖着手指对准顺风耳。

顺风耳扔开铁锨朝拉鼻态扑过来，"有人养没人教的混账东西！你也敢骂人？看我不撕烂你的皮嘴！"扭成一团撕打起来。

包围成圈的村民们，随着两人扭拉撕扯的恶斗，东倒西歪。官保出手拉架，明显向着拉鼻态。顺风耳怒不可遏，骂道："你们这些狗日的！你们这些舔肥尻子咬瘦屎的混账东西！你们这些落井下石的……"被官保一脚踹倒在沙石堆上，"打！打死这个驴日的！听见了吧？他骂的不是拉鼻态一个人。他骂的是我们大家。他这是骂我们当年瞅不上他的丑婆娘，瞅不上他的蠢笨儿子……"几句话煽火起众人积压心里长年的不满。虽然明白这些长年的莫名不满不单纯来自顺风耳，不能单单发泄给顺风耳。可既然是顺风耳成心要引燃大家积存太久的心火，何况正是刘香瞎了眼睛的节骨眼上，你顺风耳不是出气皮胎谁是出气皮胎？于是一拥而上，吼叫着撕打顺风耳。

"打！打死这个驴日的！你们大家都听见了，他骂的不是拉鼻态一个人，他骂的是你们！你们是谁？就是我们大家。"官保煽火的同时，想的是对顺风耳的长久宿怨。这驴日的！因为我阿大在世时骂过他是奸人，是抬头一个主意勾头一个计的奸人。他就记仇，不叫我去煤窑挣钱。叫拉鼻态去也不叫我去，好像煤窑是他开的。这个在心底发酵多年的宿怨，终于在今天找到了出气孔。"是他还记着我们见不得他的丑婆娘，见不得他的贼骨头儿子，他才记我们大家的仇。今日骂我们是你们！这能怨我们吗？谁让你娶了个丑婆娘？谁让你养下个只会损坏别人家花木的贼骨头儿子？至如今把气出在我们头上,骂我们大家舔肥尻子咬瘦屎。我们舔了谁的肥尻子？咬了谁的瘦屎？他的意思是我们舔了刘香的肥尻子……"

不提刘香还好,提到刘香,尕庄人心里腾起烈烈大火。要不是顺风耳三番五次挑唆憨哥,憨哥能整瞎刘香的眼睛？"打！打死这驴日的,打死了干净！"

顺风耳被愤怒的尕庄人围在人圈中心拳打脚踢。能挤到身边的女人使不出拳脚,就往他脸上身上吐唾沫,吐痰。尕庄的男女老少,为了挤到前边为瞎眼的刘香报仇,为好心的乡老和北房奶奶单梁氏报仇,前拥后挤乱成一团。终于形成默契,前边出了气的后退,让出地方供后面的人上前出气。在这退出跟进的中间,人圈中心出现了短时的空洞。这空洞让尕庄人看清,顺风耳抱头蜷腿倒在沙石上,还在叫骂。这时,有人弯腰拾起一块石头,双手举过头顶,而后朝着被唾沫喷湿的顺风耳身子砸下去。众人纷纷效仿。顺风耳从泥土中挖出的大小卵石,被众人捡在手举起来又还给顺风耳。在石头哗哗啦啦相互撞击的脆响声中,顺风耳的身子一点一点地隐去。

有村民飞奔入村,边跑边喊："保长！保——长！顺风耳被乱石头砸死了！"

在刘香身边静等顺风耳到来受训的保长,打个寒战,脸色变了。略一愣神,起身飞也似奔往河滩。不能打死顺风耳！共产党眼看要来,共产党上来第一件事,把所有旧政权官宦抓送牢房,然后镇压。包括为旧政府跑腿的保长。这等时节纵容村民打死顺风耳,就是共产党制他的一条罪状。

保长站在河岸上喘平气息后看到,河滩中央有个突起的石堆。一只青肿紫胀的手夆在石堆外面。那夆开五指紫胀失形的手,仿佛要从空中抓住一根救命稻草,或者一个答案。保长浑身寒战,感觉被卵石打埋的不是顺风耳而是他自己。不禁愤怒而又不无恐惧地扫视眼前的村民。这些曾在父亲感召下一呼百应做善事的孞庄人,会在共产党的感召下一呼百应把乱石砸向他这个当保长的乡老儿子吧?所有村民都把目光盯在夅着一只死手的石堆上发愣,好像梦中打死人被后怕惊醒。又好像在怀疑是否做过打人的恶梦。最终,保长不敢再看这些已被火焰烧黑了的木头一样的村民,默声离开。

第四十四章

1

坐在炕上默等结果的刘香终于听见一串疲软的脚步声响进大门。推一下守在身边的憨哥,意思是出去接一下。憨哥没动。长腿的声音响进房门。"狗日的贼打鬼已经走了。走之前大概被四眼狗咬了。他打死了四眼狗,洒下了一溜血迹。"

憨哥忽地跳起来,被刘香及时拽住后襟,险些把刘香拖下炕沿。

从河滩回到刘香家的部分村民,没有把河滩发生的事告诉刘香,那样只会给失明的刘香添加伤心。他们知道,只要假以时间,一切都会发生变化。眼下只给刘香传达临时编造的保长意愿:"刘香、憨哥又到一起了。这是全尕庄人盼望的事情。眼下时局不稳,也不知解放军上来是啥阵势。这一阵少出门,把庄稼务劳好,憨哥家里家外活儿,要靠大家帮力……"

于是众人七嘴八舌地应承。这个说,犁地活由他包干;那个说,往地里送粪他顺手就能做掉;再一个说,撒种磨地的时候他撂下自家活儿先帮憨哥。妇女们争先恐后应诺帮着拔草。拔草时节天天领刘香去地里,唱"少年"让她听。将后,憨哥、刘香、香娃的鞋脚针线全由她们缝制,直到香娃娶媳妇成家。

"保长叮嘱:各家各户给亲戚朋友捎话,多打听香娃的下落,打听到消息及时回话,尽早把香娃叫回来。"

"对对对!"众人同声附和,"香娃该回来了。回来先给香娃寻访媳妇,像当年给憨哥娶刘香一样,香娃媳妇也由全庄子合力承办,把喜事办得红红火火。"

刘香心里涨满感激。大家为这个破镜重圆的家设身处地着想,既证明大家已经原谅了憨哥以往的所作所为,也证明她戳瞎自己一只好眼达到了预期效果。用一己的伤痛换得众人对她这个家庭的信心。兴冲冲地说:"多谢众位乡亲这么看顾我和我的家里人。家里家外的粗活,香娃和他大大能顾得过来。如果香娃娶了媳妇,加上巧儿两口,拔草的活也能拿得下。眼下需要众乡亲帮力的,是南台窑洞院里的房子……"

话被长腿打断,"听你的意思,不在这院里住了?"

这句话让众人意识到,北房奶奶三儿子一家怎么没有出现?全村家家户户都来安抚刘香,唯独同院房东装作不知道?

朵秦氏小叔子说:"马兰花娘家大大殁了,一家人跑丧事去了。"

"哦。"众人这才有了另一个意识:趁着北房没人,刘香才实施了戳眼计划,为的是不给自己反悔的可能。

众人的推测没错。刘香就是趁这时机实施了个人计划。在任何人不知情,不被惊动的前提下,独自完成这个空前绝后的计划。巨大的痛苦,空前的恐惧绝望甚至悔恨造成的歇斯底里,她要一个人承受,以免中间受到劝阻干扰而失去自残后的坦然。

众人一齐把敬服的目光投在刘香脸上。在认识一个有了缺陷的面容的同时,赏识一个完美高大的生命形象。

刘香感觉到众人的注视,"多年前,我们就打算打个庄廓,盖几间房,一直没办到。如今憨哥凭着一个人的力气心眼,在南台窑洞前垒好院墙,还从山里砍来盖房木料。他的力气不能白费。把房子盖在南台,就成了我们自己的家。等北房奶奶老三一家跑完丧事回来,把这个计划告诉他们,他们会高兴的。"

2

感觉自己的热诚多多少少给失明的刘香注入一些继续活人的信心,也给自己注入了心安理得继续活人的理由后,村民们陆续散去。留在最后的长腿夫妇,再次说些宽慰鼓励的话,揣着满心的空洞走了。房里顿时安静得让刘香害怕。双手探摸炕沿上人们留下体热的地方,问:"香娃大大,你在哪儿?"

"我在柜前头蹲着。"空前的懊悔和难为情操纵着憨哥,不知做什么好,说什么好,只呆呆地望着炕上石雕似的刘香。

"摔绊了大半天,你肚子没饿吗?"

"你饿了吧?我给你做饭去。"憨哥如同获得特赦的罪犯,决意在重获的信任自由中好好表现一番,"你想吃啥?说,想吃啥我给你做啥。"

"叫你做饭,我坐在炕上等着吃,心里过不去。可也得等我习惯了看不见,摸熟来去的道路,才能去厨房给你搭手,做伴。今日靠你一人做饭了。今日是个好日子,你做长面吧。"

"成!我做长面,我在南台时常扯抻乍皮吃哩。"憨哥夸张地挽袖管,好像刘香看着他,"今日……"欲言又止。

"说话咋说一半咽一半?有话就说,就我两口,又没别人。"

"今日咋没见巧儿、猪娃保?他两口不想见我吧?"

"又胡想了。巧儿坐月子二十天了,猪娃保三天前去他阿舅家借粮食。"心里说:我是趁他们不能过来看我才下的决心。

一个时辰后,憨哥把一碗长面双手端给刘香,"我给你喂吧?"

刘香笑了,"我眼睛不见了,心还见着,手脚也好好的,这时候叫你喂着吃,叫人笑掉大牙哩。等我老得不能动弹,你再喂吧。"一手捧住碗底,一手拿筷子,老汤油炒葱花的荤香扑入鼻孔。家里只有半罐老汤油,是巧儿过年煮肉掠下的。院外菜畦只有羊角葱和鸡毛白菜。用老汤油炒葱花拌长面,是憨哥唯一的选择,也是眼下家里最可口的饭食。她捧在手里的,何止是一碗长面!

刘香把嘴贴住碗口,用筷子探索着挑一根长面送进嘴中,夸张地嚼几下,"面揉得精,扯得也薄,只是盐重了。"

"我忘了老汤是咸的,炒葱花下了青盐。"

"也不是很咸。好厨子一把盐嘛。"又笑了,"你不去下饭,站着看什么?是怕我把面叶吃进鼻子哩?"

"我得等你吃完再去下饭。"

"快去下饭,端过来和我一起吃。"

憨哥言听计从。吃完饭,特意洗两遍锅,烧半锅开水,凉成温吞水端给刘香解咸。

刘香喝下两碗笑着说:"长面没吃得济,开水把肚子喝胀了。"抬头思忖一阵,"啥时辰了?"

"已经麻糊儿黑了。"

"饭吃饱了,开水也喝够了,剩下的活明日再做,早点上炕缓下吧。"

原本想说:上炕我俩好好喧个。却把此话咽了回去。两年来,她感觉积压下太多太多的话需要给男人倾吐。而且相信,一旦面对回心转意的男人,她的心里话会像洪水一样冲泻而出,冲泻得酣畅淋漓。可此刻,她觉得这些话无从说起。甚至觉得积满她心房的不是一句一句可以明明白白说出来的话。如同把一袋豆儿哗啦倒在地上,一粒粒分分明明,而是一团纠缠得太久已经生锈的乱麻、羊毛,无法挑理出清晰的头儿,要么全是乱爹的线头,不知先扯出哪一根才好。她估计憨哥有她一样的心思,不然,怎么只听见他窸窸窣窣动弹的声音,而且是小心小胆轻手轻脚的声音,好像声音一大就会令她反感。"你在炕上吗?"

"在炕上。"

"在哪儿?"刘香探出双手揣摸。

憨哥慌忙伸手接应,"就在你对面坐着。"

"你不是说天麻糊黑了吗?快把灯盏点上。"

"我点上灯盏了。"其实他没点灯。没点灯是因为害怕继续看到刘香废了的一双眼睛,那比往他心上戳刀子还要叫他疼痛。黑暗可以遮蔽一切。看不见就只当什么也不存在,存在的,是刘香心中向他一波一波涌溢过来的爱意。只要感觉这股爱意浸淫着他,冲刷着他,并将他淹没,他的心才会渐渐地适应这个事实,接受这个事实并担当这个事实。

"你咋悄悄的?分开两年多,你不想跟我说几句话吗?"刘香用手指抠着毛毡,听那熟悉的声音。以往睡觉前,由她清扫炕毡,今后……她认为扫炕的事可以自己做,只要把笤帚放在一个固定的地方。

"我不知该说什么。"憨哥望着刘香黑乎乎的身影,"我有一肚子的话,就是不知道先说啥。"

又是沉默。刘香抠着毛毡,以免沉默变成令人难耐的死寂。憨哥受到感染,也用指头抠起毛毡。

"我照你踩踏损坏的那片枕头又绣了一片,绣好后包进包袱放在门箱里。我们的老祖宗传下的规矩,送人家枕头得送一副。我们不能让游先生拿着单片枕头。我补绣一片,等机会送给游先生,他手里的枕头就囫囵了。你日后从门箱取东西小心着,打开包袱取东西,先把手洗干净。枕头是白绫子绣的,不小心弄脏哩。"

"我小心着,取包袱先把手洗净。"

"我出不了门,这枕头得由你找机会送给游先生。"

"成!我心里放着,有机会给游先生送去。"

"你不怪我给外人绣枕头、送枕头了?"

"我只怪我混账!错怪了你也错怪了游先生,我后悔死了!"呱呱呱地扇自己耳光。

刘香扑上前拦挡男人，扑在男人怀中，被憨哥借势抱住。刘香感觉男人的眼泪滴在她头发、脖颈，再也忍不住心里鼓涌的万种悲情，放声号啕大哭，惹出憨哥冲天的悲声。

终于哭够了，哭得济了，夫妇收住余留的一丝莫名难为情，恢复常态。憨哥点灯，扫炕，拉开被窝，服侍刘香下炕去院外解手，回来服侍她睡下，吹灯上炕钻进自己的被窝。

刘香听动静男人睡在另一边，说："你睡那么远干啥？莫道我俩不是两口儿？"

"这两年在南台一个人睡觉，惯了。"

沉默片刻，"听人说你养了一只狗，是为了给你做伴？"

"不全为做伴。我见它快被人整死，惜它的孽障，要来养下的。"

"公狗么母狗？"

"你又胡想了，我是人不是畜生。"

"我知道你是人，是有婆娘的人。莫道你不想你的婆娘吗？"

"不是不想，是不敢想。我一想你，背上的鞭伤就火辣辣疼哩。"

刘香明白，由于误解和嫉恨，生长在憨哥心窝的那个无形屏障，不会因为误解和嫉恨的解除而跟着消失。它会变作厚厚的难为情蒙蔽住他的心灵。要撕开这道屏蔽，她得主动。

刘香思忖一阵，"你往我这边挪一下，叫我揣揣你的背。"

憨哥裹被子挪到刘香被窝旁边。刘香把手探进憨哥被窝，男人结实的肉体，在她手指手掌触及的一瞬间，把那火辣的感觉传导进她的肉体，引她浑身燥热，"你再靠近一点，我够不着。"

憨哥认为这是刘香的暗示和召唤，掀掉被子钻进刘香被窝，攥住刘香一只乳房。

"你饥饥荒荒地算啥？！我只想揣你背上的伤，留没留下疤痕。"

憨哥气息短促,"能不能揣出干疤?"

"能揣到,显朗朗地在手下。"这么一道,从肩头直到腰里,这么一道,从左肩胛到右肩胛。刘香在他背上画出一个日字。

听说背上日字疤痕一笔一画地突出着,憨哥勃起的命根疲软下去。感觉在体内,尤其在下腹部流窜的那股热能,一下子汇集在后背,变成一个血红日字,把火烫的灼疼导入心窍、骨髓,整个身子冷凉下来,蜷缩成一团一动不动。

刘香意识到这个日字疤痕已经烙进憨哥灵魂,掌控着他的心思情绪。便说:"我惹你哩,你背上光光的,什么也揣不着,跟当年一样儿光。"

"实话吗?"

"不是实话莫道是虚话吗。"

"这么说,别人看不见我背上有几道干疤?"

"看不见,我揣着跟以前一模一样。"

憨哥顿时情欲勃长,命根硬挺。刘香感觉到他的急不可耐,突然为自己的主动难为情。她接受回心转意的男人,可她的心是否真的接受饥荒的男人?不能让她的心意在欲火焚烧下化为乌有,事后后悔上了饥荒的当。她要把持住。于是又说:"我哄你哩,你背上的伤疤一棱一棱突出着,你是不是一想女人干疤就会显出来?"

这一招绝灵,憨哥燃起的欲火再次熄灭。

把憨哥推入他的被窝,刘香心底升起一些古怪的得意。

3

吃早饭前,刘香说:"昨晚梦见香娃了。今早醒来,眼皮不停地跳,我估计香娃要回来。吃罢饭你把我领到大路边上,我要等香娃回来。"

给刘香拌炒面的憨哥嗯一声,"左眼皮跳还是右眼皮跳?"

"左眼皮跳。"

"右眼跳财左眼跳祸。"祸字出口憨哥后悔不该说这句话。庄稼人能有啥财?而祸字叫人觉得不吉利,心惊肉跳。如此一想,觉得刘香的左眼皮跳不是好的征兆。联系刘香梦境,感觉香娃回家发现母亲双目失明,一定把所有怨恨归结在他头上,潜意识里害怕香娃回来。最乐观的希望,是香娃在外面闯荡几年,回家时领着媳妇甚至儿女。心里有了自己的婆娘娃娃,就不会十分在意父母的好歹。但他不能把这些心事透露给刘香。佯装出十分乐意的口吻:"你吃得饱饱的,把茶喝足,就能坐路边等上一天。"

"听你口气,叫我一人在路边上等着?"

憨哥试探性地说:"我害怕香娃见你眼睛成这样子,又会跟我争讲。儿子刚回家就跟我吵嘴,会让你犯心。"

刘香也担心这个。刚刚有了起色的家里,不能因为香娃的出现引起新的矛盾。"你把心放进大校场里。香娃的话我说。你把我领到路边,就去做你的活儿。反正我吃饱喝足了,等一天不渴不饿。"

出门时,憨哥特意卷拿一片独睡白毡,一把油布伞。刘香一人等在路边,坐在毡上比坐在地上软和,困了可以躺下。万一来一场过雨,有伞不会淋湿。

"还是你们男人想得周全。"刘香用赞许的口吻表达自己的感激。

村民看见憨哥扶着刘香过村巷朝北行走,关切地询问:"两口儿去哪?夹着毡拿着雨伞,不像走亲戚啊。"

亲戚是指猪娃保家。村民都知道巧儿坐月子不能回娘家看望母亲,但母亲可以上门看望女儿。

"香娃要回来了,我去路边上等儿子。"响亮的声音透着自豪。

老成村民提醒道:"这些天从兰州那边退下来的散兵一伙一帮的,坐在路边小心着。"

"我知道我知道。"其实并不知道这样回答指什么。

走出村口,刘香被空前强烈的困惑罩住。憨哥把她安顿在路边要去地里做活,如果巧儿能来做伴该多好。假如巧儿没坐月子,一定会来做伴的。即便坐月子,听到她把个家的好眼睛戳瞎,也应该过来看看她。可巧儿没来,猪娃保也没来。这是不是说明,小两口不但对父亲有成见,如今连对她也有了成见。这种对她行为的不疼不痒,是对她行为的否定!否定它的作用。否定它的意义。要不就是对她这种行为的无声抗议!这些猜测疑虑,如一块巨石压在刘香心上,使她双腿沉滞,脚下磕磕绊绊。

来到路边,憨哥选一处背风向阳洼地,刘香却要坐在路边高坎上面。憨哥只好把毛毡铺在土坎上面,扶刘香坐下,把油布伞放她身边,"你能辨出东西吧?"

刘香笑了,"我眼瞎了,心没瞎。当年我送香娃去贵德,面朝北坐在这里,左首是西,右首是东。现在我照样儿朝北坐着。"突然感觉不对头,"你叫我面朝南坐下了?"

"面朝南身上热火点。"憨哥的眼睛被照在刘香身上的阳光耀得半睁半闭。

"可我背对着大路。"刘香挪转身子,"我面朝大路,从左首过来的声音就听得清楚。香娃……"不禁笑出声来,"我不知道香娃从西边来还是从东边来。"

憨哥不忍心留下刘香走开,可地里活儿不能耽搁,硬起心肠刚走出几步,刘香说,"你停一下。"

憨哥走回来,"怎么啦?"

"我听见香娃的脚步声了,是从西边过来的。"

"你想儿子想糊涂了。大路上没半个人影,哪来的脚步声。"

刘香生气了,"你把耳朵放尖了听听,明明是香娃的脚步声。"

憨哥摆出依顺样子认真倾听。果然,似有似无的声音从很远很远的地方传过来,嗵嗵嗵,咚咚咚,好像人行走,又像别的什么声音。突然明白这声音的来源,"这不是香娃的脚步声,这是兰州那边传过来的,是打炮的声音。"

"你是说,共产党的队伍打过兰州了?"

"你仔细听听,是打炮的声音。"

刘香微微偏头,支起右耳辨听。什么也听不见。听见的只有自己的心跳。

后　　记

　　《麒麟河》、《民生街》出版发行后,我面临着自我突破和超越。基于"风流河湟三部曲"的文脉立意确立在河湟这个地域概念和青海本土文化的形貌范围之内,我不能在选择题材上另辟蹊径。丢开自己熟悉的生活去追逐与我生命没有关联的别一种文化理念和写作姿态,无异于背叛我的文化宗脉和文学主张。我能做的就是在创作手法上有所精进。《麒麟河》、《民生街》是以批判现实主义手法创作完成。《花儿是心上的油》用浪漫主义手法进行尝试,是因为"花儿"这种文化形态本身含有浪漫的人文成分。

　　《花儿是心上的油》起草于2007年12月初,脱稿于2010年3月底,历时三年完成。其后两次删改润色,2011年6月定稿。定稿后,基于眼下文人出书的尴尬局面和纯文学不被世俗看好的处境,以及前两部作品问世后,读者的认可程度与文坛反应冷漠的滑稽反差,我决意放一放再作出书考虑,至少得找一个最佳的出版时机。岂料机会来得比我预期的要快。这当然得力于党的十七届六中全会的召开。

　　自然,我的文化自觉和文化自信绝非因为某个会议的召开而确立。它是与生俱来,是与我的生命同步形成。由于这种自觉和自信,我始终保持着一种清醒;清醒着不被甚嚣尘上的物欲淹没裹挟;清醒着不被文坛的是非炎凉左右遮蔽;清醒着按自己选定的文学道路走下去。我的清醒为我赢得了"天时地利人和",这大约是"天道酬勤"的别一种诠释。

《花儿是心上的油》能够尽快问世与读者见面,是人民文学出版社潘凯雄社长和赵萍主任切实有效扶持的结果。借此付梓时机,向他们以及人民文学出版社全体同仁表达我衷心的谢意。

作　者
2013.9.16